（2023卷）

散文

主　编　梁晓阳

UNITY PRESS
团结出版社

图书在版编目（CIP）数据

北流文艺. 2023卷 / 梁晓阳主编. -- 北京 ：团结出版社，2024. 7

ISBN 978-7-5234-0953-4

Ⅰ. ①北… Ⅱ. ①梁… Ⅲ. ①中国文学-当代文学-作品综合集-北流 Ⅳ. ①I218. 674

中国国家版本馆CIP数据核字（2024）第089378号

出　　版：团结出版社

（北京市东城区东皇城根南街84号　邮编：100006）

电　　话：（010）65228880　65244790

网　　址：www. tjpress. com

E - mail：65244790@163. com

出版策划：书香力扬

经　　销：全国新华书店

印　　刷：四川科德彩色数码科技有限公司

开　　本：145mm×210mm　1/32

印　　张：32

字　　数：662千字

版　　次：2024年7月第1版

印　　次：2024年7月第1次印刷

书　　号：ISBN 978-7-5234-0953-4

定　　价：200. 00元（全四册）

《北流文艺》编委会

目 录 Contents

圭江北流

冯艳冰

1

很多年后，我仍记得写诗的小吉端起酒杯把满满一杯啤酒倒扣头顶的情形。冒着白花花泡沫的液体自板寸头顺流而下，先是弄他一头一脸，后来汇合到已被汗水湿透了的白T上。热情爆棚的北流人把尾音总是上扬、古音韵浓郁的白话抛洒到潮湿燥热的空气里，让它弥漫在北流的整个上空。尤其待客或跟朋友相聚的时候，北流方言更是接近易燃易爆的热度，他们说话稍稍用些力气，那燥热的空气都被炸得噼啪作响。我们坐在街边的大排档喝夜酒，听过往行人的对话，就像看满街的烟花落地开花。

小吉倒扣酒杯是喝酒的开场白，除了表达他喝酒的欢喜和决心，还有一层就是对文学的敬意。当晚喝酒的都是文坛圈子里的兄弟，不少还是外地的客人。小吉以为，跟文友喝酒不可作假，得好好喝，认真地喝，得给足文友们面子。以致十多年后即便在场者的面容已模糊不清，仍然记得他当时劝也劝不住的热情。那是一次文学笔会，总之北流的文学活动很频繁，久不久就不得不跟他们混在一起。

喝酒的那条街叫沙街，与北流的圭江平行而驱。中国地势西高东低向东倾斜，江河多自西向东归入大海。偏偏有“不同流合污”自南向北的，广西境内如发源桂林猫儿山的湘江，毛泽东吟诵的“湘江北去，橘子洲头”便是。另一条不随大流追求个性的，正是北流境内的圭江。向北而流的江河不要说在广西，在中国亦是不可多见。倘若你见过中国那张自北向南倾斜的地形图，了解广西以丹霞地貌和喀斯特地貌为主，实在不知道这条河流哪来如此这般强烈的胆识和勇气，顽固地另辟蹊径逆流而上，穿过重重的高山险滩直奔北去，能这样不顾规矩的任性，真真的难得难得！

有人也豪爽高效，站在河岸，看着滔滔北去的江水，直接取了“北流河”的名字，既描绘了河流的动态风貌，又表达了倾慕中原文化的心意。位居广西东南部的这个县级市，北流河穿城而过，这小城直接就取了“北流”的名字，这地名儿反而准确响亮，且简单易记，自然深入人心。写诗歌也写小说的朱山坡却说，这是官方或外地人的叫法，本地人不理这一套，还是叫它圭江。因为江比河大，当地人以为，把故乡的江叫小了是对祖宗不尊重。

不愿被规训的圭江自北流经容县，直奔藤县汇入珠江流域的西江而去。从江河的范畴来界定，广西整一片都属珠江流域。在中国的版图上，曾经很长的时间里，广西因地处边疆又经济落后被划归西南地区，近年不知是否出于江河流域及经济发展战略考虑，在版图的重新划分上，广西归属了华南地区。对于这样的格局广西人似乎更是欢迎雀跃，以为自己向先进地区又迈进了一小步。在漫长的历史进程中，广西的文化主场在桂北，在文化认同上，桂北方言的西南官话自然成了广西的“普通话”。广东广西互为比邻，北流便是落在两省一墙之隔的支点上，被称为“粤桂通衢”。多少人家与广东不过一座山、一道溪流、一条公路或者一块田垌的距离，两省生出诸多鸡犬之声相闻也频繁且亲密往来的趣事，有自家的母鸡越界到广东下蛋的，也有广东的牛走失到广西吃草的。总之两省虽有边界，但大家不分彼此地交往，而操持粤语的北流人与广西的“官方语言”相去甚远，身在广西自然却跟广东更为亲近。

北流是哪年去的去了几次，实在没有太多的印象了，去过的记忆影影绰绰地都堆叠在一起，往北流走动多了，北流的人事总是挤挤挨挨，想起它们便是一层一层一浪一浪地涌过来，好在有文学的顶光，稀释了无序的时间，可将近处与远景的前尘往事拉近推远。循着这道光，记忆便有了深浅轻重，有了清晰可辨的节奏，不难从凌乱的时光里找出记忆的线头。

2

不知通过怎样的渠道，2003年拿到了朱山坡的诗稿刊发后，《诗选刊》立刻给予转载，之后一直关注他的创作。2004年在《诗刊》上读到他的长诗《粤桂边城》，开篇便是“我的家在桂东南的一个小镇 / 与粤为邻 / 地表潮湿，植被繁茂 / 四平八稳的山像塞车一样 / 让山雾缠在这里”。至于两广的关系，“广东人什么都从这里拉走 / 唯独山与雾留下”。全诗朴素的极简主义的记录与描摹，朱山坡像掘地三尺般地，写尽了南方粤桂边城故乡这座小镇的人情风土与世事沧桑。我看见，那段重要的生命履历和精神刻痕，在暗处熠熠发光并伴随他终生。

诗歌创作只是朱山坡文学人生的序幕，让他功成名就的却是小说。如今他已是国内“七〇后”有代表性的作家之一。从他出版的多部小说不难看出，他的小说虽轻易地翻手为云覆手为雨地屡屡多变风格各异，细读文本之下，你会发现他的小说背景都有一个南方之南小镇的时空贯穿始终。他所开辟的文学地理诸如“米庄”也好，“蛋镇”也罢，已然成为朱山坡小说写作的地标。小镇是他小说主人公的安放地落脚处，又是他念念不忘逃离的居所和来路。这样充满矛盾的所在不正是人们对于家乡的复杂心理吗——年少时总是渴望无尽的远方，成人之后又总被脚下这片土地牵绊。少年的经历与南方这片故土的血脉关联，无意识却无比强大地参与到他的创作当中。

前面说到的那场街边夜酒，山坡是召集人之一。大概是2005年前后，《广西文学》为整合青年作家队伍，出版有十一位青年小说家参与写作的“广西青年小说专号”，朱山坡位列其中。这时候他是玉林市政府办的一位党政秘书，在应付文山会海之余，仍有旺盛的余力耕耘文学这亩良田。不过彼时他小说创作的风头已盖过了诗歌，随后一路高歌不止。因着他的创作成绩，2013年他调到广西作家协会工作，离开了常人向往的可能混个一官半职的环境，终可心无旁骛地专注于文学创作。从第一份乡镇工作开始到今天的任教于高校，这其中的沟沟坎坎，得要一行行的文字一部部的小说去一一填平呢。

我们成了同事，在楼道的转角或是机关的饭堂匆匆偶有相遇，却不比之前有更多的交流。他的大部分消息我基本通过文讯或是单位工作群里获得，比如出版的新书、获奖的喜讯、参加某个文学活动，等等。他所在的省作家协会完全就是服务性质的，上接中国作家协会，下联各地市作家，事务琐碎繁杂，忙起来千头万绪的，可书还是一本一本地出，写了长篇写短篇，再诗歌再散文再长篇再短篇，轮番地先后地同时地并驾齐驱地写……不知道他哪来的时间？！有一年参加来宾的花山诗会，出差路上的同事闲聊，才揭开“惊天秘密”。大巴上，前排一男同事转过身来颇为神秘地问道，你们猜怎么着，上个月我到柳州开会偏偏把材料落在了办公室，早八点半的车，只好六点回单位，停车那会儿看到山坡的车，问门卫，山坡没开车回家？门卫说哪里！我都上的大夜，晚十一点接班，第二天八点交班，山坡几乎五点半就到了。也不知道同事出于自己的发现而兴奋还是感佩山坡的勤勉和毅力，竟摘下眼镜直擦脸上的汗。这则“八卦”不知道多少是编排多少是夸张，总之“刻苦”二字是核心便错不了。原来山坡从黎明开始，向着许多人仍在酣睡的清晨夺取时间以喂饱他的文字时，满足于现状倦怠于当下的众生，让时间这头野兽不知不觉间吞噬了无数日夜。在文学这个大作坊里，不管是工作的时间长度还是码字的数量，朱山坡可谓劳模。对于惜时他甚至到了压榨自己的地步。2016年我们一块儿到新疆采风，他是那次活动的组织者，一路由南往北，辗转上万公里，管着将近二十人的吃喝拉撒。当时他正在写着一个长篇，出门在外车马劳顿也不能耽误他的写作进度。好几次大队伍离开驻地，他等着宾馆服务员开发票那一小会儿，匆忙掏出腰包里的那个随身记录本。秦立彦在她的《蜜蜂》里写道，“蜜蜂总能找到花朵/它们也在等待着它”。就像山坡总能找到时间，时间也在等待着他一样。

惜时如金的朱山坡似乎没耽误人间的欢愉与确幸，尤其写作是个体力活儿。健康与壮硕的身板是他压榨自己的前提，于是在喂饱文字的同时不忘伺候自个儿的身体。一周得有两到三个晚上去打排球，他说，然后嘿嘿地笑。显然他很满意自己饱胀的肌肉。奇诡的是，山坡细致的五官不像是被亚热带丛林焐热的子民，有的是桂北的儒雅气象。我问玉林作家协会主席晓阳，看过一份资料，说到朱山坡祖籍是湖南的？晓阳瞪大眼睛提高音量：祖籍？祖籍不能这么定的。晓阳着急起来说话有时有些结巴，这时候的表情反而比平时更生动，声势也宏阔，他一着急我就为他心生疑虑，这人说不了悄悄话的吧。好在大音量不妨碍他同时是个性情温和待人宽厚的人，这会儿他着急着要解释祖籍的事情——我跟他的祖上都从广东过来的，我、小吉、山坡还有夷珊，我们家都在粤桂交界的云开大山脚下。真要寻根问祖，往远处说，我们梁姓的源头在河南，今天还有人组团去河南认亲的。

总之，晓阳前面提到的云开大山脚下的四位，虽是乡党，长相各异，甚至相去甚远。

3

先说小吉，阔脸方额浓眉大眼，大腹便便的身材是那句“一切存在皆有善意”的最好诠释。全身上下没一处锐角，没一丝戾气，长相是很南方的那种，一副好得不得了的脾气。小吉出生的大伦镇到广东的信宜市，骑车也就二十多分钟，少年之前到信宜的次数要多于到自个儿北流的县城，讲的也是广东茂名的白话。中国之大，差不多交界的省区都有这样的状况，只一山一河一路之隔，饮食文化方言无别，甚至同族同宗，却各属不同的地区，有自己的父母官。好几次听小吉眉飞色舞地谈起，如何跟村子里的同伴，骑自行车穿过广东的街圩去看大海，年少轻狂和回不去的欢快啊。朱山坡的六靖镇那排村朱山坡生产队（山坡笔名的来处），则与广东的高州更是近在咫尺，在他的诗文里常常会有“此去高州”多少里。地缘相近年龄相仿的两位少年同属北流南部，当地没有尊师重教的传统，也没出过什么值得夸耀的读书人，但少不更事的他们都爱着文学却互不认识。

曾经，能改变命运实现农转非的考试——供销社在编名额考试的五元报名费，都拿不出的小吉，命运却有低开高走的转折。两次大跨度的职业生涯考试，都得益于只以作文考试作为唯一遴选方式而得以逆袭！他由一名只有初中文凭的农村少年，成长为一名基层文联干部，对文学的挚爱没有被辜负，这得多大的人生幸运啊。小吉说从娘胎出来那一刻起，世界呈现给他的是肉眼可见的坎坷和命运的多舛。他出生那年母亲已是四十七岁的高龄产妇，作为农民的父亲，五十一岁老来得子的喜悦应该很快就被眼前的贫困碾轧得荡然无存。农村需要劳力，可在他记事起，父母已是迈进晚年需要人照料的老人，彼时家中长兄又因超生被罚得家徒四壁而自顾不暇。冥冥之中，是贫困、无望和晚景悲凉把他迎到了这个世界。上苍让他体验贫穷的困厄，又努力把精神的圣餐送到他的面前。好在有心中的热爱为他撑腰，文学为他点亮照耀旅途的前程。斗转星移，悲苦、饥饿已破碎成尘，不甚欢愉的童年也随岁月老去，唯有他和文学一起成长，三不五时地也有作品在《人民文学》《诗刊》《星星》等大刊发表。据说在国刊《人民文学》发文章那会儿，还接到过北流市委书记的祝贺电话。这样的荣誉想必很是够小吉春风得意好长一段时间的。后来又经历了小学教师、县报编辑、政府秘书的人生站台，最终他毅然地毫无半点犹豫地选择了文学艺术界联合会作为履历的终点。

小吉说兜兜转转，总算摸到了文学的门槛。也许有人唾手可得的饭碗和职位，小吉却要走过千山万水去涉险滩之难攀万仞之顶！幸好他紧握理想的灯盏，即便跌入黑暗坠入深渊，文学也会陪他走过漫长而无光的暗巷，并护他周全。如今，他不过小城里的一介文人，千万个中国最基层文联主席中的一员，平凡到不值一提。而且最开始，他也是千万个热爱文学的执着者追梦人，对于文学只是热爱而非把它当作改变命运的工具，努力与坚韧也许永在光的背面而不被看见。值得激赏的，是终被文学的星辉照耀。

至于小吉的“总算摸到了文学的门槛”，看似云淡风轻的如愿以偿，期间熬过的是三十年的艰辛历程。我调侃，问他，从黑夜里走来，是否有你们铜石岭从海底隆至地表这么漫长？他用他的北流普通话回我，差不多。接着又问，肉身如何能跟山川相比？

肉身何尝不是人类的山川，山川也应该是大地的肉身吧，它们该有着怎样不为人知的秘密关联？

4

位于城市东郊的铜石岭是北流的一张金名片。

去过两次，都是来去匆匆，除了留下层峦叠翠的美好印象和紫铜色的岩质、峭壁悬崖的奇崛记忆之外，大脑影像里的U盘，转身又被层层叠叠的祖国大好河山所覆盖。2021年《广西文学》和广西作家协会在北流举办广西青年作家培训班，偷得半日闲，约了获2021年广西诗人年度奖的谢诗人和几位文友，在北流的街头巷尾转悠。步行穿过临江的沙街，到了一处僻静院子的侧门，谢诗人说北流市博物馆，进去看看？看似在征求意见，实则顶着午后的秋阳，带我们走街串巷之后停下脚步的他，蓄谋的用意全写在了脸上。谢夷珊太瘦了，以致无力拒绝岁月馈赠给他的任何痕迹。十年前他在一篇文章里豪横地编排二十年前的自己：说那时还差半年才到而立之年，虽然高瘦，却年轻，年轻得可拧出一丝水来（原话），云云。一言以蔽之，二十年前瘦得只能拧出一丝水的青春也值得无比怀念，足以让十年后已是满脸沧桑、体若瘦树的自己羡慕不已。十年前已是瘦树一棵，如今的谢夷珊更像大雁那首《盆景模特》所描述的——要为艺校找一位老人做人体模特，“要瘦，要特别像盆景那种。”全是筋骨的样貌他很合适。若不是有朋友提到他曾经在部队服役三年的经历，难以置信谢夷珊这样的身板如何入伍建功立业。偏偏他就立了三等功。朋友置疑，这功不会是英雄救美给立的吧？他不辩解，即便笑出满脸的枯藤老树，日常待人周到贴切的他，旁人仍觉得是如笑颜如花般舒服。他北流腔浓郁的普通话，不像别的人有电闪雷鸣的火光，虽有起伏，偶有听不清到底是“上午”还是“下午”，好在语调总是平和缓慢，他任北流市委对外宣传办公室主任是可以胜任的，人家不用为他担心。

他把我们带到北流市的博物馆，指着一面直径巨大的铜鼓让我们好好看看，上面有细致的云雷纹、两旁鼓耳的饰纹也很华丽，他说这是世界现存最大的铜鼓！

大热的天不午休，原来他要我们来看这面鼓王。

铜鼓是中国南方古代青铜文化的产物，对于壮族它意味着财富、权力，是一件重器，相当于中原的鼎。在广西，它变着花样让你随处可见。广西民族博物馆、广西壮族医院这样的大型建筑也是借鉴了铜鼓的造型；南宁机场往市区必经的壮锦大道，隔离带上百花丛中的十一面铜鼓，不敲自鸣地告诉你，此段开始进入铜鼓的地盘了。去年《广西文学》杂志创刊七十周年，设计封面时想着怎样出新生彩，各路大神想破了脑袋，最后还是回到文化的原点，半面铜鼓占了版面的五分之一。在广西的文化长河里，这么一件厉害的圣物，几千年来居然多半出自北流，还是鼓王的原产地。有朋友问到，几千年前哦，弄这么个大家伙，得费掉很多铜的，工匠也需有做重器的经验和技术才成，北流怎样做到的？！谢夷珊说，欸，这才是重点啊。离北流城十公里处的铜石岭，那里大把的铜。

倒也是，一听这山的名字，自然是因盛产铜矿而赢得的殊荣。后来得知，古代的采矿、冶炼、铸造均在铜石岭一地完成。北流是出土铜鼓最多的地方，市面流通的铜币、世界最大的铜鼓也产自此地。有了铜器，自然也聚集了大批南来北往的商人，他们眼光独具，经验老到，知道什么样的货色运往哪里能赚得盆满钵满。好在发源于云开大山的圭江往北，发源于大容山的南流江南流，一地有两水满足了货运的需求。贵港与合浦汉墓出土的翔鹭纹铜鼓、铜凤灯、盘和鎏金圆牌等这些精美的铜器，还没有考证到它们来处的记录，但是宋人乐史的《太平寰宇记》有记载，说南越王赵佗曾在铜山"铸铜"，一个铸字，揭秘古人在铜石岭不仅采铜矿，就地冶炼，而且还就地铸造铜器。这都得益于铜石岭的高铜藏量以及便利的自然环境。真是天造地设，圭江发源于云开大山，却绕铜石岭而过，一艘艘满载铜器和铜钱的货船从这里出发运往各地。圭江穿北流城而过，至今河床下仍遗失有铜器，以铜钱最多，到了枯水期，还有好事者打捞上不少古币。

一座矿山，集采矿与铸造为一体，从探矿需要有智慧、经验的牛人起，进而是采矿、冶炼的众多苦力，再到那些能天马行空、脑洞大开的精美铜器设计者和铸造者，这还是小件物品的生产，大件如铜鼓的铸造，工序又极其复杂，要有各路大神、能工巧匠才能完成。那么多的壮汉劳力和能工巧匠汇聚于此，日常的吃穿用度，闲时的娱乐消遣，当时的繁盛与喧嚣可以想见的。铜石岭上到底养活了多少人多少个家庭不得而知。北流古时属南越国，开国之君赵佗也是听闻此声色来此铸铜的，铜石岭之名声可见一斑。唐时称铜州，叫铜都也不为过。

北流铜鼓产于西汉末年，到了隋唐逐渐停业，期间应该还没有人才流动之说，难不成汇聚在铜石岭的精英牛人都是北流本地人？就有同行者感叹，就铜器铸造这一行业，从科技到人才的储备看，那个时段，北流算不算是世界的硅谷。

说到硅谷，顿时觉得北流高大上起来。记得朱山坡曾动过把湘江搬到北流的心思，唠叨自己的家乡偏远闭塞，什么版本的地图都找不到生养他的那块土地。倒是对湘江情有独钟，极尽羡慕之能事，于是想把湘江搬到北流去，好让它与圭江并肩而行，两水一同北去，他的家乡从此就有了名川。在文章里，我知道他对湘江的溢美之词和向往之情不是风凉话，都出于真诚。其实在青铜时代，圭江早已名扬四海。

5

坐拥悠久的历史，就文化积淀而言，北流算得上富裕之家。可朱山坡除了焦虑家乡没有名川大山可以依傍之外，他还焦虑家乡自己最好的文友晓阳老家背后的天堂山，他即将召集体己的文友，每人几锹土，不管用多少时日，无论如何也得把那座天堂山加高两米，超过目前桂东南第一高峰大容山（两山高差是1.4米），以便乡党晓阳文运亨通，所有的付出不被遮蔽。

晓阳和朱山坡在高中时因诗文结识，这友谊的缔结转眼就是几十年。他们是一对文学兄弟，用山坡的话说，从"县城文学青年"到"县城文学中年"都混在一起。

一直跟写散文的晓阳没有太多的交集，尽管朱山坡把他界定为小城文人，人家已经有了两部书写新疆的长篇大书，拿了不少奖。

对于新疆，每一个时光晓阳都想拆开来看，最后由两部书说出他心中的秘密。显然他被新疆的人事抱紧了双手，我总想，他是不是来偿还前世的债务。西域的人情世故虽与我们隔着千山万水，却被他用文字拉到近处，隔着时光打量我们。丹纳在《艺术哲学》里说，艺术家和艺术作品的产生，是离不开他所处的时代的，有什么样的艺术就有什么样的艺术家。

大家用来调侃的，是晓阳娶了位从小在新疆长大的姑娘为妻，从此成就了他的传奇人生。

按文学的一般规律，人们叙事书写的，多半是自己熟悉的人事，不少的文坛大咖，把自己邮票一样大小的家乡当矿藏深挖一辈子，写出了享誉世界的名著。晓阳偏偏舍弃了二十多年自我人生经验，将自己的文学人生绑定在西北，决绝而义无反顾地把文学野心着陆在新疆这片广袤的土地上。这一看似偏离常识的文学实践，已被晓阳铸成一道文学之墙成为梁氏创作的地标。也有文友对于他剑走偏锋的行径给出诸多的解释，但我以为，这是晓阳写作的必然。生而为人该是多么奇妙啊，有人眷恋故土怡然自得，有人思虑远方内心驿动不已。晓阳正是那位内心永驻远方的浪漫码字人，只要远方微露光芒，他理想的翅膀便会扇动起来。娶新疆的阿依为妻是爱的终曲，在高中上文学函授班认识的新疆曼丽姑娘，则是浪漫的序章，那时少未更事的他甚至想到新疆上门为婿了呢。新疆的传奇、浪漫及姑娘华美的服饰、辽阔的草场、塞外的旖旎风光与民俗，想必都成了唤醒梁晓阳深埋文学种子的催化剂。我理解的故乡既是形而下的故土，亦是精神飞升的灵魂住所。两者对个人的塑造与定型都有着不同寻常的价值与意义。新疆的一切契合撬动了晓阳内心对美对浪漫对远方对生命朴素的迷醉与沉溺，最终成为他灵魂的归宿地。因此我们不难理解，至今为止晓阳两部文学成就最高的长篇散文《吉尔尕朗河两岸》和长篇小说《出塞书》，其目光为什么完全都投注到新疆专注于新疆了。

一位地道的南方人专注于西北大漠的书写，也许会有人质疑，以南方的生活经验去表达大西北的人生感悟，会不会没了根基而流于表浅？但说到底，他的根在南方，只是命运的机缘巧合，上苍赐予了他一份写作的厚礼，而赶巧他又有能力把南北两极的生活泾渭分明地编织在文学的空间里，把控在水乳交融的艺术层面，在精神的本质上他实际完成的是南北的往返与穿梭，在当下文坛，实在是一个文学的异类。也正因如此，他的文学实践与林白、朱山坡、林森、陈崇正等新南方写作有所不同，它构成了纯粹南方写作的另一道风景，他这一脉，是对新南方写作的丰富和有力补充。

6

我知道晓阳是有野心的，可是在北流有写作野心的不止他一个。

第一次到北流，进入地界不久，当我以每小时120公里的速度从一段平常平坦的高速路飞驰而过时，后座的朋友说，我们刚在鬼门关走一遭。我差点没一脚踩了刹制。那个传说中的阴世阳间的交界处、阴曹地府的古关隘，此时正阳光灿烂，一派现代化气象，根本没了《辞海》描绘的“双峰对峙，中成关门”，夜里也没有被一团白雾笼罩、鸦雀悲鸣甚是可怕的景象。古代只因瘴气迷蒙环境险恶，“十人去，九不还”，才得了鬼门关名，让唐宋诗人迁谪荒蛮，经此而死者趾踵相接。在古代，原是避之唯恐不及的生死门，到今天，反而成了一份文化的荣耀。2003年，嚣张的朱山坡在他的《生在鬼门关》里，居然调侃当今这一大波生在鬼门关住在鬼门关的文人，“在鬼门关穿来穿去/像在时光隧道中进进出出/因此也似乎忽生忽死”。此时俨然已是一份丰厚的文化遗产的鬼门关，之于北流的诗人应该是他们文学之旅的出发地，文学之舟的始发港，是他们一切的文化背景。2005年，北流的民间诗群“漆诗歌沙龙”组织了一个盛大的“鬼门关诗会”，六十多位诗人参与了徒步走鬼门关、鬼门夜宴、夜拍鬼门、鬼门论诗、鬼门篝火、鬼门喊诗、夜宿鬼门等，对鬼门关充满想象力的演绎以及前所未有的文学热情，将那里的点点鬼火燃起一簇簇的熊熊火焰。除了如今活跃于文坛的朱山坡、伍迁、晓阳、小吉、谢夷珊、琬琦、湖南秀才、陈琦、马路等都参与到那次活动中外，令人激赏的，还有一批当时仅为年轻的诗歌的爱好者的到来。有意思的是年仅十四岁的陈一默，家境并不富裕，对文学却是一腔的热情，不知道她是通过怎样的渠道获得开办诗会的信息，又以怎样的途径顺利地让小小年纪的自己获得“夜宿鬼门”的资格的。她清晰地记得，活动结束了，返程时，谢夷珊拿了十元钱让她买早餐，囊中空空的她却还一个劲儿地推辞，最后拗不过，又羞涩又感激地接过了钱。如今她已是一位日益成熟的诗歌写作者和诗评者，是某个平台的主编。谢夷珊依然是北流文学积极的组织者和诗歌写作的推动者，自然他更是一位优秀的诗歌实践者，而且逐渐形成有自己路径和独特标志，2021 年 1 月的《诗刊》，山坡在《对南方以南的一次诗意的书写——读谢夷珊组诗〈槟榔屿〉》写道：“谢夷珊执迷把南方的事物梳理成杂花生树一般缤纷绚烂的诗句。而近两年来，他突破了地域，不是向北，而是不断向南、向南，越过南海，行走在赤道的边上，穿梭在南洋诸岛的密林和鸥鸟中间，写出了惊艳的诗句。”也因为他的诗歌成绩，获得了“2021 年广西年度诗人奖”，该年度奖的颁奖词正好由我执笔：“最终决定诗人高度的往往不是技法而是视野，谢夷珊对此有着特别的心得。除了读书，穿越国境线的万里路成就了他诗歌的追求。他善于通过情景勾勒诗歌意绪，‘鱼虾没有国籍只有故乡’仅就诗歌创作规律而言，这一概括足够精彩。授予 2021 年花山诗会年度诗人的桂冠，对其无疑是最客观的褒奖。”同年获得年度诗人奖也是另一位北流女诗人安乔子（本名冯美珍），我给她的颁奖词写道：“冯美珍是如何被‘漆’成安乔子的？她从一位诗歌爱好者成长为一位优秀诗人，勤奋与悟性缺一不可。她的创作笔触细腻，目光深情，善于透过平视捕获日常平凡的诗意。近年来，她执着而有效的创作，在我国当代诗歌的田野上留下了特殊的身影。这正是我们把 2021 年花山诗会年度诗人授予她的理由。”

同年一地有两席获奖不易，倘或再举行“鬼门关诗会”，夜拍鬼门将会有多少耀眼的文学光束呢。

7

北流的写作者喜欢把林白叫大姐。林白是他们的，更是北流的。北流有了林白，似乎家底就厚了起来，出门在外说话也硬气。20 世纪 80 年代，在广西她已是文学桂军的主力。后来离开广西北上，不时有人在谈论她的创作成绩，她的文学影响力已是全国层面的了。之前我在一家理论刊物，不曾跟她有过交集；后调到现在的文学期刊，我主持的“重返故乡”栏目有一个刊外的文学延展活动，每年选择一位国内著名作家的故乡作为采风的目的地，2016 年我把这个活动选在北流，正好兼顾了林白、朱山坡、梁晓阳、谢夷珊这几位乡党。

活动定在当年的三月底，南宁满城已是惠风和畅，只着一件衬衫，就可以惬意地穿梭在明媚的春光里。林白由北而南，我接到她时，剪着一头短发的她，正脱去在北京登机穿的厚外套。她纤细娇小的身材犹如南方的一株藤蔓，轻盈，强韧，可绕时间的长河而不折。随人流走出站口时我一眼认出她来，那一刻，她那花白的没有做过任何修饰的头发，犹如她驳杂而奇幻的思想，在尽情绽放。她一身清朗，多像她在小说中写的那些植物从时间中涌来一样，她像是从人间的沧桑巨变中走来。我让她稍等片刻，因为参加这个活动的《散文选刊》主编葛一敏刚着陆。等我把一敏接上回到我们约定的地点，她拉着旅行箱兴冲冲从候客大厅外赶到说，趁着等人的一小会儿，到机场外转了转，发现机场就有班车回北流的（在后来的《返乡记》中她写道：机场有两趟到北流的班车，一百四十元，开车时间分别是下午一点半和下午五点二十，玉林则从上午十点开始一直到晚上十点都有车出发，平均每小时一趟），以后回家不用兜个大圈进南宁汽车站乘车了，直接从机场就可以回家。真是近乡心切啊，我甚至看到另一个林白已抽身而出，向着她的北流飞奔而去。机场是一个大中转，各路班车汇聚于此本来是日常，让少小离家的她像发现什么秘密似的。看着她的兴奋，你才知道家乡不仅仅是一个概念，也不仅仅是亲人、故土的代名词，它近乎一种超级酶，哪怕小小的剂量都会催生游子分泌异乎寻常的生命体验。仲春时节，柔和天气之下的和煦暮色里，成了林白返乡的开始。回乡及参加活动的过程，后来林白用没有任何修饰的日记体记录了下来，成文为《北流六日记》发在“重返故乡”的栏目里。本色的文字呈现，如一册以时间为轴的返乡写生连环画，一个接着一个的故人旧友出场，画面清晰人物轮廓逼真，线条简洁朴素。转发这篇返乡记时我在当时的朋友圈写道：“有感触温情的记忆，也有尖锐冷硬的当下……这样平静的笔调写故乡，就像血液从静脉回流到心脏。”林白在日记的开篇说到，是以原始粗疏的面目发表出来。今天再翻阅，如看一场怀旧的幻灯片，还乡被她真切地还原并完整地保留了下来：“星期二，阴。……一棵龙眼树还是原来的，后门还有。一位满头白发的老者来到我面前问我是否认得他。是苏老师？”“星期四，阴。……下午到家，弟弟从博白回来了。黑、瘦，虽然话不少，却给人木讷的感觉。跟社会几无接触，整日跟瘫痪病人在一起，状态不好。去年跟所有人说，他全年无休，二十四小时陪护伺候大小便……只有我出面要求，弟弟起码一个月要有两天休息。我说这话时很痛快，替弟弟争取两天时间却成了恶人。”类似内容，我们在她的最新力作《北流》可以看到。

其实，在她那部被誉为林白创作集大成者的《北流》，正文的开篇即提到我们2016年的返乡活动：“这一日，老天爷给李跃豆（小说女主）降落了一个故乡。她又有几年没回来，正巧一个‘作家返乡’活动，一举把故乡降落了。”在我的编辑生涯里，这个属于我原创的文学活动的初衷，不过是为作家深入生活提供优质平台，不想，这样一个朴素的愿望居然能与一部优秀的作品有内在的契合，也算实得其所。

林白返乡的《北流六日记》基本是回乡的日常，可我注意到，在日记的末尾，即返回北京前一天，有一则与返乡没有关系的内容：“2016年4月1日……微信看到凯尔泰斯于2016年3月31日去世，享年八十六岁。”这位2002年获得诺贝尔文学奖的匈牙利作家的获奖理由是：“表彰他对脆弱的个人在对抗强大的野蛮强权时痛苦经历的深刻刻画以及他独特的自传体文学风格。”凯尔泰斯被称为“最远的弱星的孤独”。因为他是奥斯维辛的灵魂代言人，他一生只写与奥斯维辛有关的书，很多人读不进去也读不懂；而读懂的人不过是小众，林白显然是后者。那则日记寥寥数语，她节录了凯尔泰斯获奖感言中“写作绝对是一桩绝对严格的私人事件……”一句，然后写道：我突然醒悟：只存在一个唯独仅有的客观现实，那就是我自己，我的人生。这是一个脆弱易伤、载着困惑时代之记忆的礼物……说来说去，作家究竟为谁写作？答案毫无疑问。很显然，林白从凯尔泰斯的文字中听到自己心灵的声音。她与这颗文学的灵魂是契合的，甚至他们“独特的自传体文学风格”也如此相近。

其实我挺好奇，作为诗人和小说家的林白，她的文学双翅是多意的：一方面她拥有斑斓而奇崛的想象力与创造力，在文学实践的道路上不断刷新自己；另一面，林白的文学双脚驻扎在大地上，既深切又稳当，她小说的诸多细节都直接来源于身边的人事和市井最底层的琐屑。升腾飞翔的思绪与坚固扎实的生活，被她揉搓得水乳交融。

直到 2021 年，林白携《北流》强劲来袭，几乎收割当年著名的文学年度排行榜。2022 年中国作家协会的“新时代文学攀登计划”在湖南的益阳启动，中国作家协会与 32 家共同发起单位签署了合作议定书，发布的第一批入选项目名单共 19 部，林白的《北流》赫然在列。作为北流的同乡，想必那些在鬼门关日夜穿梭的文人们是何等自豪。甚至一个举办了九年之长的，北流这样一个县级市“大业文学奖”，居然抢在中国作家协会之前首次将“2021 年度致敬作品”颁给了《北流》。

返乡后一别六年，再见林白，是在线上的宝珀理想国文学奖评委论坛的视频，这是一个以青年华语作家为褒奖对象的文学奖。她头发比之前的更短，刘海缩到头顶，露出光洁饱满的额。耀眼的白发除了折射岁月馈赠的睿智，更多的是前辈激赏、期许的祥和亲切。她称小说的北流白话，是广东乡下的次方言，她的长篇《北流》就是用故乡的方言写成的。而这次参评的作品中，一部有九百多页的长篇，用的正是广州粤语。她坦言，没想到用粤语写作能如此生猛，厉害了。

在一众字正腔圆、用词考究、逻辑严谨的北方评委堆里，她用改造后的仍带着浓郁的北流方言的普通话发言，自在、坦率、随性，是识别度极高的林白体验式口语。作为南方之南同乡的我，真是欣慰啊。在我们南方方言里，仍保留着华夏民族的古音韵，至少我们知道，唐诗宋词就是用这样的调子唱和的。

按人口的比例，北流的文学爱好者几乎居广西之首。榜样所生发的对文学热爱的动力日益见隆。出生于五十年代的潘大林老师，在广西文坛曾名噪一时。还在乡村读书的山坡为见大林老师一面，脚一跺，横下心来倾自己所有，买了一张车票去追星。作为文学大姐的林白，身后有一众的迷弟迷妹，那情形还真有百鸟朝凤的阵势。如今已被称为坡大的朱山坡更是故乡文学大众的幕僚与导师。山坡在首府工作，家小都还在北流，回家也就一脚油门的事。周末或节假日文友相聚的简餐上，大家研讨切磋的多半还是创作技艺，甚至连投稿这最后一环都坦诚交换心得。北流的文学热潮历久弥新，还得益于晓阳、谢夷珊、小吉等这波中国最基层的文联管理者，他们用各种不同方式鼓舞奖励投身文学实践的本土文人。北流邻县盛产的沙田柚，曾经被作为创作优秀奖的奖品。每年颁布的北流作家发表作品年表，也是人们反复观看对比的激励媒介。

千百年来，每一个行业都有自己的鬼门关，文学也应如此。而出入鬼门关成了作为作家文人成人礼的一种象征。这是一道坎、一扇门，跨进去，走出来，不知高低不知深浅不知宽窄。时至当代，一茬茬林白式的作家，他们笃定脚下这片南方的热土，在生活中摸爬滚打历尽沧桑，这才有了他们各具春秋的一串串有意味的文学足迹和文学作品。北流有自己的名家名作，有众多的文学后辈，俨然已建成了一座文学城池，这片江山坚如磐石且后继有人。

（原载《作家》2023 年第 3 期）

圭江奔流

莫晓霞

大河平阔，流势平缓，汩汩滔滔，流霞映彩。至水流湍急之处，其势汹涌，浪如激雪，以洪荒之力一路向北。“山川之美，古来共谈。”这是南朝文学家陶弘景晚年所写《答谢中书书》一文中的开头之笔，这世间，美的东西都是互通的，倘若陶弘景曾站在北流河上，定能发出同样的感叹。

北流河，又名圭江。关于圭江名称的由来，北流坊间有两大传闻。

一传：圭，是古代帝王、诸侯在举行庆典时拿的一种玉器，其形上圆下方。圭江流经陵城的河段（也就是现在的圭江一桥下游约半公里）中，有块紫色斑斓的石头，露出水面部分呈圆状，入水部分呈方形，被人们誉为圭石，视为至宝。圭江则以此石命名，原指松山（二渡口）至勾漏村这一河段，后来人们把北流河统称圭江。

又传：宋代文豪苏东坡先生被贬至海南之时，曾乘船经过北流并泊船住下休息。一日黄昏，北流县令陪同苏东坡到河边赏景。到达得月亭附近的小山坡上，苏东坡远眺江景时，发现江中有一黑点，便问县令：“那是何物？”县令答曰：“一块泡在江中的大石头。这块石头无论江水如何暴涨，都不会把它淹没。因其形状似乌龟，老百姓又称其为‘龟石’。这龟石表面光滑细腻，且质地异常坚硬，便常有百姓前去凿取石头用来雕刻图章。”苏东坡甚感惊奇，即刻遣人前去取样，后发现这龟石竟呈现出紫红色，十分艳丽，便郑重地对县令说道：“此为宝玉啊，随意开凿破坏太可惜了，应该保护起来。且这‘龟石’之名实在不雅，可改为‘圭石’。”有附和这道传说的北流人，便称其为圭江。

我们无法考究它们的真伪，但圭江，终究是北流人心目中一个神圣的所在。

水是万物之灵。一座城市，因为有了水，而显得更加灵动美丽。可，但凡胜景，不仅要出自大自然的鬼斧神工，更要经过人类之手日经月累的精雕细琢。北流得以快速发展的这十年，财政的大力投入功不可没。

巍巍山河，雄起北流。北流圭江边上的清晨，辽阔的江面经过上千年风雨的洗涤在平静的日子里显得明媚祥和。2016 年以来，北流财政相继投入资金 2 亿多元建设了印塘圭江大桥并已投入使用。这是北流市区及市郊第四座“圭江大桥”，也是玉林市内迄今跨度最长的公路大桥。大桥起点位于圭江北岸印塘村 324 国道旧路，终点位于圭江南岸六地坡村附近，大桥辅道与玉容一级公路相接，路线全长约 1.7 公里，其中引道长约 1.2 公里，大桥桥长 421 米，桥宽 27 米。主桥最大跨度为 120 米，2 个 60 米的边跨，大桥南北引桥各 40 米，为双向四车道公路桥，两边各设 1.5 米宽人行道。

晨起锻炼的北流人，或漫步或踩脚踏车在人行道上，悠闲地享受印塘圭江大桥上空旷而舒适的微风拂拭面颊，偶有行人趴在栏杆边，俯览桥下的江水，水深不见底，潺潺而流。

在日新月异、时代飞速发展的今天，圭江水域依旧能保持洁净如初，这离不开北流财政的投入和打磨。圭江乃至任何河流的纯净度，就如女人脸上的红润和光洁度，需要长期的护理和保养，北流深知此理，仅是 2021 年北流市便投入财政资金 8600 万元支持打好环境污染攻坚战，南流江流域、北流河等主要河流稳定实现Ⅲ类水及以上标准，饮用水水源地水质达标率 100%。

水是人类生命之源，而民生的福祉，产业的发展，亦是北流市委市政府携北流市财政这十年来孜孜不倦追寻的目标。

北流市委市政府为北流财政保驾护航，北流财政只管在时代的洪流中勇敢地扬帆起航。

（一）留守与就业

同一片蓝天下。

这是六月的一天，满街瓜果飘香的季节。

西垠镇村民德石大叔把三轮车停在圭江边一处闲置的空地上，自己一屁股坐在江边一张干净的石凳上。他拿出手机看了一下，刚好早上七点。他摸出红色塑料袋里的一个馒头，慢条斯理地啃了起来。旁边花圃里的植物上还沾着亮晶晶的露珠，德石的三轮车上一箩筐带壳的红衣花生把圆胖的筐体挤得满满当当。吃完早餐，他也不急着去卖花生，而是把身子正了正，目光斜视前方，静静地欣赏起圭江的风景。

但他也并没有把心思完全放在欣赏美景上，他的思绪已经离开脑子飘到了很远的地方。

德石的老婆患有慢性病，常年服药。他们原本生有三子一女，女儿因嫌弃家中贫寒，加之成绩不好，考不上公办高中，对家里颇有微词，外出打工后，竟从未同家里有联系。后德石三个儿子成年，陆续外出打工，有了收入。加上德石自己勤勉地养些鸡鸭，打点零工，家里经济略有起色。

后经政府扶持和家里的存款，一家人合力建成了一套带院子的平房。但后面又赶上两个儿子相继娶媳妇，紧接着生孩子，大儿子生了两个，二儿子也生了两个，口袋里的钱光填饱肚子就够本了。再也凑不齐资金来加建楼层，一大家子依然挤在只有一层楼的平房里。

大儿媳觉得在这个家里，生活没奔头，脾气变得暴躁，整日寻个由头同大儿子吵架。2018 年春节刚过，全家人还沉浸在新年的喜悦里，大儿媳却悄悄收了行李，趁着刚蒙蒙亮的天，隐没入暗郁的薄暮之中。

大儿媳妇丢下年幼的孩子离家出走后，德石的大儿子先是外出寻找，找寻不到，不得已放弃外出广东打工的打算，留在家里照看两个年幼的孩子。小儿子看着，更不敢外出打工了，终日在家里守着老婆孩子。三儿子外出广东打工，也极少愿意回来。这户人家，一夜之间又掉入脱贫到返贫的死循环里了。

这个冬天额外寒冷，德石裹上厚厚的大衣缩在院门的角落里耷拉着脑袋，那一夜愁得白了头的银丝被刮过的风刷得愈发凌乱。

春分刚过，气候逐渐变暖，雨水充沛，阳光也明媚了不少，德石侍弄完他家的菜地，正往家里赶，远远地就看到他家一对一的扶贫干部胳肢窝下夹着公文包，正紧赶慢赶地朝他家的院子走来。

田野里尽是新翻的泥土的清香，水田里一层水泛出的粼粼波光，美得如梦如幻。德石的老婆正带着几个娃在门口玩，看到扶贫干部李果走近跟前，还没来得及开口诉苦，李果赶忙朝她摆摆手，示意她不必开口，嘴里又忙不迭地对他们说道："有好事，有好事。"

李果嘴里的好事，其实在前几年一直跟他提过，就是鼓动他的儿子们去创业。为什么德石用了"鼓动"这一个词呢？因为在他一个老农民看来，一个没背景没文化一无所有的乡下人背负着一身债务去创业，简直是挖个深坑给自己跳。

这是上刀山下火海——要命的事。德石不好当着李果的面驳他的好意，但是过后，德石在自己老婆面前就能叨叨个没完。在德石看来，孩子们要是放以前，没书读了，就该老老实实去放牛、去耕田、去开荒、去做本本分分的事，一个一无所有的人，能翻起多大的浪？德石有这样的观念，便总催着孩子们去打工。打工存钱，他认为是最可靠的生存之道。

但现在？德石看着李果手中厚厚的资料，再看看大儿子、二儿子、二儿媳妇正津津有味地听李果讲政策，他倒是更迷惘了，如今，他再有什么想法也不敢想了。

到广东、上海等地打工攒钱，并不是唯一的出路。像德石家这样的情况，田地本来就少，人口又多，有效劳动力还少，且不能常年外出务工，如果依然固执己见，还整天等着机会外出拼搏，更不是长远之计。

扶贫先扶志，治穷先治懒。这一家子年轻的劳动力还不如留在北流，投入北流的产业发展大潮中。

北流市委市政府在发展产业投入和振兴乡村这一块，从来出手不凡。自甘新路修建完成投入使用后，从新圩到北流的交通纽带变得顺滑无比，家具大街应运而生，北流市出台了家具产业发展扶持办法，安排专项资金2000万元，对新入园的近1000家企业进行扶持奖励，把家具产业培育成为60亿元级的特色产业。

西埌镇就在甘新路边上，交通便利，离家也近，李果提议兄弟俩可以考虑小额信贷，把拿来的款项投入到家具加工或者找到合伙人，投到店面上去。

北流市这些年贯彻执行金融扶贫政策，足额配备扶贫小额信贷风险补偿金、财政贴息资金、农业信贷担保注册资本资金等，引导金融资金和社会资本投入到扶贫产业开发中来，促进全市贫困人口脱贫致富。

"这是利国利民的好事。"德石脑袋好像突然灵光了起来，口里毫无征兆地蹦出这么一句高大上的话来。几个人转过头，几双眼睛齐刷刷地看向他，德石的脸忽地红起来了。他脑子飞快地继续想着另外的事：必须转变观念，让儿子儿媳留在本地工作，要是能拿跟外出务工一样的收入，怎么也比背井离乡好，孩子老人都能得到照顾，这个家就能一直完完整整下去。

小老百姓的需求也只不过是这一日三餐求安稳。想到这，德石准备跟着儿子们去甘新路上好好走一走。

沿路走来，家具门面红色匾额高高挂起。兄弟俩貌似从未和父亲这样细细看过这些从小走到大的道路的真实面貌。当初从广东回来，只觉道路变宽了，变大了，变漂亮了，但却从未留意过她如何变得如此宽阔而美丽。德石在儿子们的提醒下，特地数了数重修后的甘新路，结实的沥青混凝土路面，顺向和反向车道分别为三机动车道和一非机动车道。顺反方向车道中间铺上一条长条花圃隔开，花圃里各类花草形态各异，草木茂盛，绽放的各色花朵，花瓣娇艳，泼泼洒洒。

那些年开车在路上半眯着眼努力瞅前方的日子；那些闭上嘴巴，鼻子也能进尘埃的日子；那些出一趟们就带一头灰的日子，仿佛还在昨天，又仿佛没有出现过。德石看看自己的脚尖，又拍拍自己的裤脚，没有灰尘，更无泥泞。德石脸上保持着微笑，把甘新路的一处处熟悉而陌生的地方看了一遍又一遍，还细细地把它们全装进了脑海里。

日子太快了。德石觉得自己好像什么都有了，又好像什么都没有。他将近六十岁的年纪，这个年龄他自认为放在村里还是能上山劈柴的，所以但总喜欢自嘲才正值壮年，却已儿孙满堂，但钱袋子依然空空如也。德石觉得有些不甘心，又甚感自己翻不起多大的浪来。跟着儿子们走了一圈之后，他们站在街边的一家大超市斜对面开始就刚才自己观察到的东西，以及自己心里的想法提出来彼此讨论交流。

德石看着熙熙攘攘的人群，这个曾经在家里说一不二的男人开始慢慢缄默下去，他把发声的权利交给儿子们。父子三人商量了一阵，决定兵分三路，德石继续侍弄他那几块菜地，再贩卖一些当季果蔬之类的；大儿子需要回家照顾孩子，想挑一家正招工的店铺上班；二儿子想学一门手艺，便要去寻一份木工活来做。

李果说，机会对于每个人都是同等的，前提是，你要有目标，要足够努力。德石觉得他说得对极了。

为增加就业率，北流市每年都召开大大小小十几场招聘会，财政搭建了直通平台，解决了大部分贫困户的就业问题，留住了本地壮年劳动力。

在德石儿子们的工作、生活慢慢回归正道一年后，新的好消息又传了过来：西埌镇木棉村13、14组被确定为北流市乡村振兴示范点。

这真是令人振奋的消息。

梅竹兰菊四君子之一的“竹”，象征着不同流俗的高雅人士。历来被文人墨客所高颂，苏轼在《于潜僧绿筠轩》这样写道：“宁可食无肉，不可居无竹。无肉令人瘦，无竹令人俗。人瘦尚可肥，士俗不可医。”

好一个“宁可食无肉，不可居无竹”！苏老先生倘若来到木棉村，定是对住在这里的人们艳羡不已，尚且不说改造后的古朴的亭台楼阁、典雅的古巷、褐青色的石板路、宽敞的书室，单单这2公顷连绕村庄的苍翠竹林，已是异常难得的神来之笔。

晚饭后的闲暇时光，你到竹林的石板路上走一走。再侧耳聆听风从竹林间略过，发出细细碎碎的“咿呀咿呀”的声音，宛如吃饱喝足后的婴儿在被逗乐后无比愉悦的惊喜，又宛如有人在林间和着一段温软多情的曲子，长袖起舞。

徜徉在竹林的小道上，仿佛有一股安神的力量，把你拖入千百年前的时光中，有古道、有西风、有西下的夕阳、有小桥流水人家，你在自然、恬静的氛围里感到无比心旷神怡。

你再沿着小道往上走，会看到一间名为“圭江陶社”的手工作坊商店，店里各色陶瓷陈列案前，屋子旁边的另一处，有孩童在摆弄未成形的陶瓷。一手瓷彩，满脸稚笑。孩童抬起头，德石发现那是二儿子的小子。

才一年的光景，二儿子便举家搬出村子，在镇上租了一房子边住边上班，二儿媳却时常喜欢带着孩子们回到木棉村玩耍。摆弄陶瓷，是孩子们最喜欢的事。

常年在外的三儿子近期表示要带女朋友回来，德石既是欣慰又担忧，但儿子信誓旦旦地说，想要一起回家创业，叫老父亲莫担心。德石担不担心倒是其次，就是久不久要发发呆。村子在变，路在变，桥在变，他的模样也在变，他的头发全白了，道路两边的花却更艳，草更绿了，城市变得更年轻了。他不知道自己该喜还是该忧。

德石转念又一想：“人变老，日子却越过越新。这不是好事吗？”这样想着，他又有干劲了，瞧着自己车上的花生也显得更颗粒饱满了。

在德石轻快地转身，骑上车子，去往热闹的人群时，他背后的圭江，正在阳光下像一束丝绒似的尽情灿然闪烁，又似从天际间泼下的水银，闪着明亮的光辉。她一路向北，滋润着这座城市的每一寸土地。

又是一个丰收的季节。

（二）陶瓷与铜鼓

古时的北流河流域，素有“南方水上丝绸之路”之称，是中原通往交趾（今越南）的必经之地，秦汉起便接纳了来自黄河流域、长江流域的先进文化，并因陶瓷业的崛起，水路交通愈加繁华。北流陶瓷生产历史悠久，是我国岭南陶瓷文化的发祥地之一，宋代出现产品“施及外洋”的著名岭垌窑群，见证了北流日用陶瓷生产的“千年历史”。两千多年来，北流被誉为“中国日用陶瓷之都”，2011年8月31日，中国陶瓷工业协会授予北流市“中国陶瓷名城”称号。

北流人制作陶瓷的工艺已被子子孙孙传承了不知多少代。

尽管北流陶瓷业历史悠久，但纵观整个北流，陶瓷制作业依然呈现零零散散的状态。直到2016年，为配合国家培育特色小镇政策，北流市鼓励贫困户以委托经营的模式，将2999万元扶贫小额贷款资金投入到总投资20亿元的三环陶瓷小镇一期600亩核心区的基础设施建设，入股参与到陶瓷工业转型升级，致力于打造集生产、研发、检测、培训、展示、贸易、技艺传承和工业旅游于一体的综合性特色工业。三环陶瓷小镇建成投入使用后，实现年均日用陶瓷交易额超过200亿元的目标，并吸收2万名农民当地就业，入股贫困户每年还可获得股金分红4000元。

这真是个两全其美的办法。陶瓷业实现了整合，农民也实现了创收。

日子走到今天，创设特色品牌，激励就业，提高财政收入，依然是北流的当务之急。作为首个超100亿元产值的龙头行业，北流市已形成了以日用陶瓷为主，建筑陶瓷等其他陶瓷品种为辅，相关配套产业共同发展的陶瓷产业集群，成为中国四大日用陶瓷产区和出口基地之一。

但近十年来，由于受到国家汇改、改革开

放红利消失和国家环保政策等影响，国际日用陶瓷市场持续疲软低迷。与此同时，日用陶瓷原辅材料大幅度上涨，企业盈利空间不断被挤压，以出口为主的北流日用陶瓷产区竞争力连年下降，产业不断萎缩，北流陶瓷产业转型升级迫在眉睫。

在这紧要关头，北流市委市政府在企业资产盘活、企业融资、项目用地、燃气价格、固定资产投资补助、技术更新改造、人才培养引进、品牌建设、市场开拓等方面出台了一系列有助于先进陶瓷新材料产业发展的具体扶持政策。

以国内日用陶瓷龙头企业广西三环集团为例。在北流市委市政府这些年的大力扶持下，目前，广西三环集团正在大力发展纳米陶瓷探针、反应烧结碳化硅材料、石墨烯功能材料、超微粉、高性能陶瓷复合透水砖、多孔陶粒、碳化硅第三代半导体等多种特种陶瓷功能新材料，技术陆续取得突破，其中，仅纳米探针陶瓷、反应烧结碳化硅材料等市场规模就达到百亿元级别。

每年一届的中国（北流）国际陶瓷博览会的成功举办，也都离不开北流市委市政府的正确把控和北流财政的大力支持。北流正在努力推进北流陶瓷产业向多元化、品牌化、国际化方向发展，把陶博会当成一张响当当的北流名片，打向国际市场。

开国初期，我们干什么都是摸着石头过河，但凡前面有盏灯为我们保驾护航，谁又愿意当瞎子呢？好的经验就应当得到发扬光大。

我们顺着圭江继续向北，到达北流市东郊10公里处的民安镇，目之所及皆是高耸巍峨的石头山林，石头全裹着一层紫铜色外衣，造型千姿百态，石头林夹杂在青草与矮树之中，在蓝天白云的映衬下傲然独立。此处乃铜石岭。现为国家4A级景区广西铜石岭国际旅游度假区所在地。

在景区还未筹建之初，这是一个较为偏僻的地方，石头山，黄泥土，山间小路横在村子与村子之间，其中就有一个叫作丰村的地方。村子就在铜石岭脚下，村民世代农耕，但到了二十一世纪，随着外面的世界越来越精彩，而村子因为地处偏僻，许多年轻人放弃了家中的良田，转身投入到背井离乡的打工潮中。

村里的土地日复一日地在家中老人的手上荒废掉。老人老了，孩子还小，壮年人却都已丢弃了祖祖辈辈赖以生存的种植手艺，让良田逐渐荒芜，村道被荒草覆盖，凋零的庄稼和颓废的气息充斥着村子的每一个角落，最后成了名副其实的“空壳村”。全村共有贫困户39户、贫困人口近200人。

老人不愿离开村庄，但生活艰难；年轻人丢掉了家园，但心无所依。如何振兴家园，成了村民们心头的一块大石头。

正在丰村人一筹莫展的时候，北流政府发来了好消息：全国优选旅游项目、自治区统筹推进重大项目、总投资50亿元的国家4A级景区铜石岭国际旅游度假区落户丰村。这是发生在2016年的事，“2016”成了丰村村民们永远都无法忘怀的数字。

当时，上级财政当机立断，拨下补助资金200万元助丰村整体入股度假区，村级集体每年可获得10万元股金分红。与此同时，在本级财政资金的支持下，丰村推动了山林土地流转改革，以1.8万多亩土地入股景区创建，全村2000多名农民每年都可获得稳定的股金分红收入。景区每月还提供就业岗位500多个，农民可在当地就业致富。这一年，丰村农民人均纯收入达4200多元，全村不但达成整体脱贫的目标，还成为桂东南颇具特色的乡村旅游景区。

走进丰村，家家户户全是古朴的大门和宽敞的院子，有许多人家在屋外的围墙边上围起了篱笆，种起了花。村中有悠然自得的老人坐在大树下乘凉。有更闲适者，便去屋前侍弄自家的花。古色古香的村庄，有游人发出想要同这侍弄花草的老人一同照相的请求时，老人欣然同意，脸上亦露出宠辱不惊的表情，大有陶渊明“采菊东篱下，悠然见南山”的神韵。

脱胎换骨后的丰村，正如一只美丽的孔雀在像世人骄傲地展屏。

截至2020年，北流市建档立卡贫困户16002户、贫困人口70491人全部脱贫，59个贫困村全部摘帽。

丰村的贫困户不仅早摘掉了贫困户的帽子，而且还在富裕的道路上驰骋了好些年，想到这，丰村的人在梦里都能笑出声来。

三环陶瓷小镇的农民是幸运的；丰村的农民是幸运的；北流市城区居民、北流市乡镇居民、北流市的农村农民难道不也是幸运的吗？在全面奔向小康的路上，北流时刻上紧发条，为拉动北流经济建设，为北流人谋得更多福利，为能在如像疫情这类天灾前依然屹立不倒，北流财政全把资金用在“刀刃”上了。

2020年，新冠肺炎疫情对北流市的经济进行了无情的冲击。全市中小企业大面积停工停产，在如何艰难的情形之下，北流市政府迅速做出反应：出台应对新冠疫情支持中小企业发展的十六条措施，通过减免税费、财政奖补等措施，累计投入资金超1亿元扶持企业复工复产，同年3月上旬，全市中小企业复工复产达100%。

教书讲究因材施教，经济发展自然要讲究因地制宜。北流的陶瓷、建筑、新兴家具和旅游等项目是当地的优势特色产业，针对这些产业的特点，北流制定了相应的财政扶持政策，推动产业经济链做大做强。

一座城市的健康发展，离不开财政对资源的合理分配。在经济发展蓬勃的今天，财政，这位城市的管家婆，依然深感任重道远啊。

（三）小人物与创城

凌晨五点钟的北流城区街道，空气里弥漫着黎明时分的清爽，来自江边的风带着水腥味扑向绿树成荫的街道。江水不停息，但城市尚处在半梦半醒的状态，人们也还在甜蜜的梦乡里，城市的灯火在天幕慢慢裸露出的一点点泛白的微光中悄悄减弱下去。

刘老汉推开自家的厨房，拉开灯，煮一碗面条，然后静悄悄地看着雪白的面条在开水里翻滚，他这些年改不掉早起的习惯，但每日早起总爱在煮早餐的时候发会儿呆，把脑子里不快乐的因素理一理，清一清，就跟每天手上挥动垃圾铲的垃圾倒到车上一样：他每天的不愉快都必须在出门前从脑袋里清理出去。

吃完面条去厨房外自家的厅堂，坐在长凳子上套长裤，穿鞋子。人年纪大了，容易睡不着，早早就醒来了，但每次他都轻手轻脚的，尽可能不发出更大的声音，家里还有晚上经常加班，很晚才回来的儿子、儿媳和上学的孙子。尽管他已经够小心翼翼了，但在二楼的儿子正迷迷糊糊、睡眼惺忪地从卧室门外的卫生间出来，依然听到了楼下父亲的声音，只见他探出一颗头发蓬松的脑袋问老父亲，“今天又上早班呢？多加件衣服。”说完把头一缩，又回屋了。

刘老汉戴上帽子，拿上工具，打开自家的大门，门外熟悉的江水的气息扑面而来，刘老汉深吸一口气，略略伸了伸腰。他透过浓密的树干上层层叠叠的叶子缝隙往上看，还能依稀瞧见深蓝的夜空上几颗繁星在闪烁，黎明的晨曦正在云层后慢慢剥开夜晚的外衣，透出一片微弱而温和的光。

他的清洁车还静静地停在门外一侧，车顶几片枯叶，枯叶上沾着露珠，他一一捡起来，往地上一丢，拿起扫帚开始扫地。从隔壁邻居家门口的空地扫到他家门口，再从他家门口扫到另一边的邻居家。北流城区的楼房一栋挨着一栋，每家门前都有花圃或者一两棵树，落叶在初冬的季节里也不甚多。

他扫得很快，才几铲的功夫，垃圾就装上了车，路边陆陆续续有卖早点的商贩推车出来。这座小城市的温度也在慢慢升起来。

刘老汉把扫把和垃圾铲放在驾驶车的后座，脚一抬，跨上车发动引擎，随着车底下冒出的几缕青烟，他和车子便一同滑入林荫深处。

家门口并不是他的清洁范围，他沿着圭江一路开下去，看到出现在路上的同行，他总会朝别人轻轻点点头致意，都戴着口罩，谁能准确把谁认出来呢？但是他们都是这座城市的清洁工，也称环卫工人，严寒酷暑，哪里都有他们的身影。

环卫工人。刘老汉喜欢这个称呼。自从北流评上“国家卫生城市”“全国文明城市”之后，他更重视自己的工作。

尽管作为土生土长的北流人，他也未必知道北流还是国家园林城市、国家节水型城市、国家新型城镇化综合试点城市、中国陶瓷名城、建筑之乡、荔枝之乡、中国百香果之乡、中华诗词之乡、中国慈孝文化之乡、中国乡贤文化之乡、中国楹联文化城市、广西第二大侨乡和世界铜鼓王的故乡。

如此负有盛名的小城市，没有辜负像刘老汉这般普普通通老百姓的爱。刘老汉爱工作是爱工作，但是并不能说他爱扫地。

当然，有谁天生爱扫地呢？没有。刘老汉也并不是天生爱扫地，何况他已经过了知天命的年纪，之所以还能保持着一份热爱，完全是因为他对这座城市的环保工作无比地热忱。

他觉得自己绝对称得上热忱的市民。他风雨无阻地给邻居们免费扫了几十年门前的垃圾，这份坚持就不是一般人能做得到的。孔子有言：知之者不如乐之者，乐知者不如好之者。意思是：懂得它的人，不如爱好它的人；爱好它的人，又不如以它为乐的人。刘老汉把为城市做清洁工作看作自己晚年生活的一份兴趣爱好，而不是工作。这样的信念让他在工作的时候很是愉悦。

“扫地也算是门学问吗？”孙子问他。

“自然的。”刘老汉回答，“扫地也要讲良心、细心和耐心。一个地方能被我扫得一尘不染，那我得特别用心地扫，但是我认真扫了，也还有人往地上丢垃圾，那我还得扫。还不能有怨言。这就是我的本职工作，也是我掌握的大学问。”

孙子说：“明白了。就像我们志愿者上街给人家宣传不要随手丢垃圾、不要随地吐痰、不要随地大小便，因为这都是不文明的行为。我们要做个文明的好市民。但是要讲得好，要讲得对，要讲得人家心服口服，也是一门学问呢。”

刘老汉觉得孙子说得太对了。一个文明的行为，不是随手就能做到的吗？

北流这几年都在抓清洁，抓不文明的现象，在公园、在小巷、在桥边，到处竖立着类似于“爱护环境人人有责”的牌子。北流市委常委、宣传部部长陈小凤在《北流市创建全国文明城市工作汇报》中指出：在市中心城区的街道、公园、广场等重点部位，设置了1000余处固定公益广告。并精心打造创建全国文明城市主题街道、广场、公园，在背街小巷绘制精美主题墙画1000多平方米，更新公益广告3600多处。

北流城区的绿化面积也在不断扩大，鲜花品种不胜枚举，亭台楼阁也如雨后春笋般冒了出来。它们的出现，把北流打扮得像爱美的小姑娘，花枝招展的。

创建宜居城市，更离不开财政的支撑。所以，在树立城市经营理念，确保城市发展的现金流方面。北流市委市政府倡导树立城市经营理念，以城市政府为主导的多元经营主体，运用市场经济手段和经营思维，对构成城市空间和城市功能载体的自然生成资本（如土地、水源）、人力作用资本（如道路、桥梁等基础设施）及相关的延伸资本（如政策、品牌形象、知名度、文化特色）等可经营资源进行资本化的市场运作，对财政资金、土地资源、产业资源与社会资本等进行资源整合，全面提升城市运营综合效益，实现城市建设投入和产出的良性循环、城市功能的提升，促进城市社会、经济、环境的和谐可持续发展。还下达了“花钱必问效、无效必问责”的严格指令。

这北流城区的美，美得很值啊！

刘老汉开着清洁车在城区的街道上行驶，人们总会有礼貌地礼让他。有的人家看到他的车子过来，大老远就把门口的垃圾拾掇干净，提着绑好的袋子，小跑到他车子旁边丢上去，边丢边笑着对他说：“你辛苦啦！”

这种变化在刘老汉看来是悄悄的，好像一个园子里的果实总是偷偷地、悄悄地长出来，再悄悄地变大。今天，你在菜园子里还没发现的东西，明天不知怎么的就给冒出来了，这里一个那里一个，兴许到了明天，遍地都是。可是作为耕耘者，每日在园子里辛勤耕作，却来不及去慢慢留意和欣赏园子里每一处花草的变化。

园丁太忙。同样，刘老汉父子也忙。刘老汉是一名普普通通的环卫工人，儿子也只是这座城市里普普通通的城管。这座城市挺大，街道很多，刘老汉和儿子即使工作时间一致，即使都在大街上，也难得碰上一面，但也并不是没有。

刘老汉还记得那天中午的太阳很是毒辣，他把车子停在一处还未招商的铺面前，自己挪到树下的石凳上坐着休息。正打着盹，从太阳下突然蹿出的吵闹声一下子把他从瞌睡中惊醒。

斜对面的街道上，有个拐角，刘老汉看得不甚清楚，只判断出有几个商贩正在同城管争吵。吵到激动处一个商贩把一锅正冒着热气的食物往前面的人泼。刘老汉心里“哎哟”了一声，差点泼到一高瘦个子的年轻人身上，那年轻人连忙跳开，站到离商贩几米远的距离跟他好好讲道理，商贩不依不饶地跑上来指着年轻人的鼻子骂。

年轻人微微往后退了几步，企图避开商贩的锋芒，谁知商贩突然举起右手准备往年轻人的脸上招呼去，年轻人一察觉，立马眼疾手快地倒退几步，并举起自己的右手随时做好挡脸的准备。

刘老汉定眼一看，那不是自己家儿子吗？没来得及细想，刘老汉一下子从石凳上跳起来，手上还拿着扫帚呢，挥着手中的工具三步并作两步冲了上去……

结果，“仇”没报成，刘老汉还得把地上的汤汤水水清扫干净，儿子也在安抚好商贩的情绪之后，继续巡逻街道去了。

当北流的灯火在城区的每一条街道逐渐亮起时，儿子也回来了。今日事，昨日事，哪个事能轻轻松松呢？可是你不能计较，绝不能跟人急眼，这是工作中该有的样子。说得好听，叫退一步海阔天空，说得难听，叫忍气吞声。可你得转换观念想一想，如果大家都各不让步，那岂不是要干架，要继续丢东西、骂人，那还有什么文明可言？牺牲小我，成全大我。才是大局观念。

在厨房的餐桌上，在家人面前他们有说有笑，把今日开心的事拿出来一起分享。父子俩谁都没有提到某条街道的事。刘老汉知道，儿子在外受委屈，也绝不是一天两天的事。可是你不能计较，绝不能跟人急眼，这是工作中该有的样子。说得好听，叫退一步海阔天空，说得难听，叫忍气吞声。可你得转换观念想一想，如果大家都各不让步，那岂不是要继续丢东西？要继续骂人？甚至要干架？那还有什么文明可言？牺牲小我，成全大我。才是大局观念。

刘老汉还能想到更长远的：儿子白天遇到的委屈，跟这座城市历经的一千多年的风霜相比，这点不开心又算得了什么呢？

可等家人吃完饭散去，父子二人面对面坐着的时候，两人却沉默不语。刘老汉默默地陪儿子喝了两杯啤酒，便站起来，越过桌子，走到儿子身边，拍拍儿子的肩膀表示安慰，儿子亦轻轻用年轻的手掌覆盖住父亲的手，表示宽慰。

刘老汉看吃得差不多了，便独自回屋睡觉。儿子再坐几分钟便也回屋睡觉了，他们都知道，当新的一天来临时，他们还是要继续走到街上各司其事。太阳照常升起，日子永远是新的。

好在最艰难的时日都过去了，当好的行为变成习惯，当公约变成人人都习以为常的行为，那么一切都会变得越来越和谐。

随着城市设施的不断扩建和完善，刘老汉现在清扫的区域比之前扩大了许多，但他感觉工作却反而更加轻松。不文明的现象少了，人为丢弃的垃圾现象也少了，占道经营变成合理经营后，街道明显空旷许多，那空出来的位置不再垃圾满地，于是，他的工作量反而少了。

刘老汉很高兴。

华灯初上的夜，刘老汉携着一家老小一同到圭江大桥上散步。圭江大桥的夜景，可谓流光溢彩。音乐喷泉、音乐喷灯、多彩的水柱、雄伟的大桥，在五彩斑斓的世界里交相辉映。“此景只应天上有，人间哪有几回闻？”

北流人真幸福。

在财政某项工作汇报中，有几段话令我印象深刻：进入21世纪以来，为了实现“金北流”崛起的梦想，150多万北流儿女大力传承和弘扬敢为人先的北流人精神，用他们的汗水、用他们的智慧、用他们的执着，响亮地打出了“全国文明城市、自治区文明城市、国家园林城市、国家卫生城市、中国最美文化生态旅游名县（市）、中国百香果之乡、广西县域经济发展先进县（市）”七张名片。

2016年以来，北流市中央和地方财政收入总量连续六年位居广西同级第1位，县域经济综合实力保持领先地位。连续6年入选中国最具投资潜力中小城市百强县（市），2018年成为中国西部百强县（市）。2019年被授予“广西壮族自治区北流市财政局全国财政系统先进集体称号”。

这是北流人的骄傲，但荣誉已属于昨日，今朝则更应努力。北流财政带领着北流人把桥一座座地建在圭江之上，再把路一条条修在北流人回家必经的地方，那里布满阳光和鲜花。

（四）家园与工业园

“着力在专项债券、中央预算内基建投资、乡村振兴补助资金等重点方向实现新的突破，力争专项债券资金规模跟上我市经济财政发展总体水平。”

“引入第三方招商和园区的服务管理，营造良好营商环境，主动融入‘两湾’经济圈，吸引大湾区重点企业总部签约落户北流。”这是我在北流市某年财政工作总结中摘录下来的两段话。

如何建设？如何引入重点企业？如何在这个拥有着一千多年历史的古老土地上创造出新的世界？北流财政感受到了强大的压迫力，时光在追逐着他们往前奔跑。

“我们申请了专项债券资金，投入到工业园区——总建筑面积为 180 万平方米的标准化厂房及配套用房建设中去。要有发展，才能吸引有能力的人来投资，才能让在外经商的北流人想回家、要回家。让漂泊在外的北流人能全身心投入到家乡的建设中来。”北流市财政局局长李艺说。

家是什么？家是每个北流人魂牵梦绕的所在；家是团团圆圆，幸福美满的地方；家是北流人身与心最后的归属。家，就刻在北流市财政局文化长廊那一封封家书里，也刻在了这位财政局局长的心上。

但在所有时代的洪流中，全方位的建设，从来不是说说而已。

当我坐在行驶的车上，感受着工业大道上平坦而宽阔的路基给人带来的“势若骏马奔平川”的感觉时，那一排排、一列列整齐的路灯，仿佛要争相涌到我们跟前，千言万语，一吐为快。

路灯自然是不能说话的，但车上一行人的倾诉热情却一发不可挡。对于工业园的建设，北流市财政局副局长廖锋、“两湾”北流产业园管委会规划股股长林冰等人却有说不完的话。

他们细心地给我解答所有疑问，给我介绍北流近十年来的发展，跟我描述平地上伫立着那两个大规模的工业园区，告诉我一条村道是如何变成大道的，一条国道是如何伸向了更远的远方。又从远方带回了一大批企业发展本地经济。

在提到丰村如今的经济模式时，他们特地带我去到“玉林村级集体经济产业示范园”［香港德永佳集团：创科纺织（广西）有限公司］参观，这也是玉林北流村级集体经济的一个示范点。门外的车棚里整齐地排列着满满当当的本地车牌的电动车，有少许的工人在大楼外走动。

财政投入建设厂房，通过外租或固定资产入股的方式，让村民在获得集体经济收益分红的同时，又能降低发展壮大村级集体经济的自然风险和市场风险，一举两得。

“他们每年的经济来源，一是分红，二是直接来这里上班领工资。生活有保障，贫困户自然就容易脱贫了。”廖锋说。

“是的。而且，他们的收入绝对不比丰村低。”林冰也说道。

兜里有粮，心里不慌。阳光下，那几个工人正在用北流话轻声交谈着什么，他们脸上总洋溢着淡淡的笑意。

离开“玉林村级集体经济产业示范园”后，工业大道的道路中间有块竖立的匾牌引起了我的注意：黄底红字，写着“农民工创业园”几个大字。

出于好奇，我特地要求他们带我到附近转了一圈，路边都是厂房。其中有家“南益集团·广西北流南达时装针织有限公司”，门前一张巨大的招聘广告海报特别醒目。我们一行人均好奇地走进一看，海报上不仅把各类车间、员工宿舍、餐馆等相片一一展示出来，还对各岗位的招聘人数、福利待遇、发放工资的时间等等信息，也一一详细地罗列出来。工资待遇不菲，住宿条件也非常不错。

有人开玩笑说，看完自己都想来这工作了。

廖锋说，这是李局长亲自招商进来的项目之一。

保民生，一切以民为本。这个道理他们懂。

但招商引资，首先要有资本。这个硬茬他们更懂。

对于北流市委市政府和北流财政来说，工业园的建设，就相当是在培养一个孩子，一个全新的孩子，一个能成长为健壮青年的孩子。所以，他们时刻盯紧工程的进度，丝毫不敢懈怠。

北流市人民政府2022年7月《北流市工业发展情况汇报》显示：北流市规划建设广西（北流）轻工产业园，实行“一园多区”开发模式，超常规破解土地、资金瓶颈，建设集中连片式标准化厂房及配套用房180万平方米（其中标准化厂房120万平方米、宿舍、食堂、配电房等配套用房60万平方米），目前已全部封顶，完成室内外装修约75万平方米。

除此之外，工业园区内驻扎有医疗服务点，规划有小学等相关配套项目。为解决百姓的后顾之忧的问题上，北流市委市政府和北流财政这位大管家总能思虑深远。

但这还远远不够。专项债券资金用去了哪里？他们要向国家有个交代，要向百姓有个交代。你招商，必须要做到让入园的企业“当月入园，当月投产”。这样企业才会愿意加入。

“拎包入住，”李艺笑着做了一个拎包的手势，“我们建设工业园的前提之一，就是能让企业拎包入住。如果他们遇到困难，能解决的我们决不懈怠。给人家看到我们的诚意，人家才肯回来。”

要让企业入园说难也不难。要让在外的北流商人回来，踏着生养自己的土地，建设自己的家乡，更是不容易，却也容易。

谁会轻易舍弃自己的家园？

在中国人的观念里，不管是荣归故里，还是衣锦还乡，最终都要落叶归根。

落叶归根的想法一直缠绕在罗世昭的心里。

罗世昭是地地道道的北流人，却一直在深圳打拼，他成立的“瑞捷金富科技有限公司”，专门生产汽车配件精密模具等产品，生意做得风生水起。但他心里终归没有忘记圭江的水正以怎样的姿势奔赴远方。

钱是永远赚不完的，但是故乡却只有一个。在他乡打拼的岁月里，工作忙的时候，连回家都是一种奢望。终究应了那句：他乡容纳不下灵魂，故乡安置不了肉身。

世间可有两全之法？罗世昭的疑惑，也是所有漂泊在外的北流游子们的疑惑。

2021年10月，深圳的天还热乎乎的。

北流工业园区的建设也在热火朝天地进行着。大量的厂房已经完工，其他配套也正在逐步完善。北流市派出的招商组通过多形式、多渠道的招商方式，已成功招商众多企业进驻工业园区。

招商组找到罗世昭的时候，他心里很是激动。但是，当迁移产业，回乡投资的现实真正摆到面前的时候，作为一个在外地已站稳脚跟的生意人来说，搬迁，或者回归，总不是那么容易的事情。

他现实中面临的问题多，内心的顾虑也不少。

眼见才能为实。罗世昭决定回北流工业园实地考场一番。

罗世昭第一次进入工业园区的时候，着实大吃一惊。园区内五十多栋厂房楼整齐地排列在工业大道的一侧，园内道路宽敞，厂房规模有大有小。厂房格局布置均按照标准化规则进行室内外和水电装修，室内配有可使用的符合厂房标准的电梯。

园区还规划有商贸、餐饮、医疗、娱乐、教育等生活性设施，可满足各自所需。

罗世昭觉得，之前招商组宣传的：为吸引中南部乡镇、外地劳动力向园区集聚定居，形成产城融合发展新格局，而创造的优质居住和教育条件、低廉的生活成本的内容真实。

罗世昭手里还捏着招商组发给他的《广西北流投资指南》，里面有非常详细的“产业扶持政策”。对于政策，他读过，也无需再去看。此刻，他默默站着，陷入了沉思。

工业园笔直的路延伸的不远处，有一片浓密的竹林，那是罗世昭再熟悉不过的风景。竹林下的河水正欢快地朝着远方流去，每一次都能流入游子的梦里。河水是一条大江，他们就是这江河里的鱼，鱼儿怎么能离开了水呢?

竹林边上便是远山，罗世昭站在一处厂房的窗户边安静地眺望远方，他能想象出那满山的荔枝树正成片成片地长在连绵的山丘上，它们等着来年的夏天，结出满树丰润饱满的果实，农户们搬出一筐筐颗粒饱满、红彤彤的荔枝，那一颗颗喜人的荔枝正满脸喜庆、从从叠叠地把圆胖的箩筐挤得满满当当。那诱人的颜色啊，总馋着每一个远在他乡的游子。

回来吧，家乡的建设需要你。

空旷的道路上种有高大的树，有笔直的路灯，更有四通八达的交通……罗世昭看完这一切后，心里已经有了主意。

2022年3月，当北流这块古老的土地上开始了农耕，路边的枯树上抽出了娇嫩的新芽，圭江水变得更清澈，大路变得更宽阔。

在这个充满希望的季节里，罗世昭毅然决然地回来了。

他带着他的技术团队和他的生产设备，回到了北流工业园区。“深圳瑞捷金富科技有限公司”正式更名为“广西瑞捷金富科技有限公司”，入驻工业园。

我们一行人正在他公司前台对着那一排“金光闪闪”的字感叹不已的时候，罗世昭恰巧出现在门口，我们原本只是想进来看一看就走，没曾想他极其眼尖地看到了廖锋和林冰，他很是高兴，便非常热情地用北流话招呼我们进厂参观。

“厂里的工人今天放假。”罗世昭说，“每周都要准时给他们放假。这样才能劳逸结合嘛。”

“我们这里没有资本主义，我们也不搞资本家那一套，哈哈。”罗世昭还开起了玩笑。

大部分工人放假，厂里还有少许工人在一大排机器面前工作。机房的墙上挂着一条标语：工作为了生活好，安全为了活到老。

标语很活泼，罗世昭人也很活跃。他讲话语气很快，行动风风火火，实打实地带着我们一层楼一层楼地参观他的厂房。给我们介绍机器的运转方式。遇到板材，他就用手使劲敲，甚至跳上去使劲踩，他告诉我们：“我这里完全按照在广东时候的标准来执行的，材料都是用最好的！”

从一楼到顶楼，他事无巨细地一一跟我们道来，他说，家乡诚心实意地给了他投资的需要，他也要踏踏实实地把事情做下去。

2022年8月29—30日，北流市委市政府精心筹备、组织，在北流城区成功召开了以“北商回归，共建铜州”为主题的北商大会，北流市委常委、常务副市长梁春锋主持会议。

北流市委书记刘启在会议上对来自全国各地的来宾们说了一句令人印象深刻的话。刘书记说：“‘北商’既指北流籍企业家，也包括在北流投资发展的外地企业家。”

北流市是一个海纳百川的城市，北流市委

市政府“筑巢引凤，招商引资”的一切举措，不单单是要吸引北流籍商人回归，更是希望更多有实力的客商前来投资发展。刘书记的一句话不仅坚定了北流籍商人回归的决心，更暖了外地客商们的心。

此次大会，北流市人民政府代表、有关乡镇人民政府代表分别与17家企业代表进行了项目签约。此次参会的企业家共带来了30个项目，涉及机械锻造、汽车配件、电子信息、日用陶瓷、玩具制造、新材料等重点产业。

其中包括嵊州市鑫辉机械锻造有限公司北流项目、北流市高达玩具有限公司二期生产项目、深圳瑞捷金富科技有限公司配件精密模具生产二期项目、广东金源宇电线电缆有限公司新能源汽车配件及线缆研发生产基地项目等。

据了解：2021年1月至2022年9月期间，北流市实现新签约入园企业44家，总投资53.95亿元；总共有39家企业租用园区标准化厂房、总面积约74.6万平方米，5家企业购地自建、购地面积共321.5亩；新入园企业已落地31家，17家达到投产或试产条件。

“财政收入是经济发展的晴雨表，是衡量一个地区经济发展质量和效益的重要指标。”这是北流市市长华海德在《关于加强财源建设壮大财政实力的思考——以广西北流市为例》中提到的一句话。虽是晴雨表，但事在人为，总是喜欢晴多过雨。稳市场主体、稳住就业、保障民生，还有财政保工资、保运转、保民生的“三保”支出，哪个不需要财力支撑？

财源是财政之基、发展之源。财源滚滚，就如这奔流的圭江，江水从不停歇，北流的发展永不止步。

为推动北流市的经济发展，北流市委市政府通过加强财源建设，建立可持续发展的财源体系，来增加财政收入，增强经济综合实力和社会公共服务能力，实现财政与经济的良性互动。北流市委市政府明确指示：每年召开纳税重点企业表彰大会，安排专项产业扶持发展资金对年度纳税额超过1亿元、5000万元、1000万元和500万元的企业分别进行表彰奖励，激励全市企业以纳税重点企业为榜样，不断做精做优做大做强，营造良好的营商环境和奋力赶超的发展氛围，筑牢财政增收支柱。

采访结束时，我从他们给我的资料上又摘抄下一句话：（2022年）园区建成后，预计可引进企业50多家，实现年产值超80亿元，创税超4亿元。

这是北流财政在北流市委市政府的正确领导下，给北流人民交上的一份满意答卷。

北流人勤勉笃行，不负韶华。

他们仰望夜空，有美丽的流星划过天际；他们低头俯览，圭江水从桥墩下，从城市的沉静或喧嚣地带日夜奔流不息；他们勇往直前，在奔赴每一个美丽前程的日子里，他们披荆斩棘，不负韶华。

一江碧水、两岸城墙、四季云雨，千年古城、万年文明。这圭江的江，这北流的城，这千年风情的水域和城市，承载了北流人所有的悲欢、奋战、时间和不朽的传奇，生生不息，无可替代。

作者简介：莫晓霞，笔名莫晓，广西作家协会会员，有作品散见《广西文学》《三月三》等各报纸杂志。报告文学《一座小城镇的梦想》曾获由《广西文学》编辑部、广西作家协会联合举办“庆祝中国共产党成立100周年”重点主题文学创作征文活动报告文学二等奖。

新荣掠影

陈丽冰

前记

2023 年 4 月 3 日，这是一个作为北流人值得纪念的日子。这一天，中国作家网公布了 37 个中国作家协会 2023 年度文学志愿服务示范性重点扶持项目名单，北流市作家协会“作家深入基层赋能乡村振兴”志愿服务活动名列其中，这是广西唯一入选的项目。4 月 8 日，该项目在北流市新荣镇毓山村正式启动。

中国作家协会会员、玉林市文联副主席、玉林市作家协会主席、北流市文联主席梁晓阳，中国作家协会会员、玉林市作家协会副主席、北流市作家协会主席吉小吉，以及刘军海、曹美兰、莫晓霞、陈丽冰、黄国显、黄苹等 10 多名作家诗人，与新荣镇宣传委员李国伟、新荣镇文联主席梁树生、毓山村党总支书记宋盛放等镇村干部和群众参加启动仪式。随后，作家们参观了毓山村的村容村貌，走进农家，感受乡村振兴的丰硕成果。

新荣往事

从北流市区到新荣镇有 20 公里，再继续往前走 10 公里，就到达一个叫北容的村庄，我的老家就在那里。那里是北流和容县两地的交界处，因此这个村庄的名字也算是名副其实了。

小时候，常常听祖辈和父辈们说起“塘角圩”，他们把它描述得热闹、繁荣而又令人向往，还有一些关于圩日里的见闻，都令我百闻之后产生一见的渴望。我问爷爷，那里为什么叫塘角圩，是不是有一个池塘？他说是的，那个圩市就设在一张池塘旁边，一到圩日那里的人可多了，人多热闹，交易也多。后来，在我的观察下，我就发现每逢塘角圩的圩日，都有一些乡亲一大早就出发，肩上挑着自家养的猪仔，一步步地用脚板丈量着土地，赶着路去到塘角圩，把猪仔卖了换钱回来。偶尔也有其他卖木柴什么的，也都是肩挑脚走，大汗淋漓地赶到塘角圩，希望能把东西卖个好价钱。这便是我对新荣的最初印象。

再后来，我在县城读小学，经常独自乘坐班车（那时还不叫公共汽车）在开学、假期里往返于县城和老家之间。每当车子经过新荣，车轮碾过那些凹凸不平的黄土道路时，我都会认真地端详当年久负盛名的塘角圩。这时我才懂，这个塘角圩又称新荣圩了，因为它已于 1987 年 3 月从民安镇分设出来，属于新荣镇管辖，因镇政府驻新荣村 (原塘角圩) 而得名。

不管它是塘角圩还是新荣圩，它在我的心目中已留下了我对于圩市的种种美好想象。我把眼睛贴在车窗上，目光随着移动的车子把窗外一间间缓缓后退的店铺一一扫描一遍：道路两旁都是一些简陋的店铺，有理发店、杂货店、供销社、百货公司的营业部、炒粉店、猪饲料店、包子店，当然还有猪肉摊子、单车修理摊子，等等。遇到圩日，还会有更多的摊子摆满了道路两侧，比如卖各种农产品的摊子、卖狗皮膏药或老鼠药的摊子，等等；行人也更多，挨挨挤挤的，把前进的车子也挤得也只好龟速挪动了。所有的这些事物，就已经囊括了一个乡村集市的所有元素。当然，贯穿过整个新荣圩的道路是我不喜欢看的，它是那样的破烂坑洼，有太阳的时候尘土飞扬，下雨的时候到处是黄泥水坑，或许这并不是每个圩市都拥有的特点。

2013年春末夏初，我有幸得以参加北流市诗词协会组织的“禾苗青又青”采风活动，目的地是新荣。我们走进农家小院、踏进田野、爬上了牛肉庙。当时，新荣镇文化站的梁树生站长带队，一路上给我们作讲解，令我记忆尤深的是关于牛肉庙的故事，它展示了当地勤劳的劳动人民对美好生活的向往。秀美的田园风光、百姓富足的生活，都让我们感到满心的欢喜。

第一书记和他的狗

上一刻钟还坐在村委办公室里面跟我们侃侃而谈的驻村第一书记，而现在我们刚走到楼下，他就已经操起了扫把，在地上刷刷刷地扫起落叶来。其实落叶也不多，只是因为刚下过雨，雨水把道路上的落叶冲刷到村委一楼的台阶上。邱书记左手扶着垃圾铲，右手拿着扫把，把地上的落叶聚拢起来，继而扫进垃圾铲，一连串的动作都是那么的自然流畅，好像就是在自家里打扫客厅一样，既是一种出于内心自发的责任，更是一种长年累月形成的劳动习惯。被他换为“小白”的那条翘着尾巴一身白色短毛的小狗，就在他的身后转来转去，似乎一刻也不能离开主人那样。大家也跟着亲切地唤它为小白，它都一一地摇过尾巴表示应答，很温顺的样子。我想，小白是不是发扬了主人的一些良好习性，要不怎么总是一副遇事不急不躁、不慌不忙的样子。

村委会的干部告诉我们，来自北流市中等职业技术学校教师岗位的邱永丰，自2021年5月在毓山村驻村以来，深入学习党的十九大、二十大精神，认真贯彻落实上级的各项任务。他通过抓基层党建，提高了队伍整体素质，使基层党组织政治功能得到有效发挥，凝聚党员力量带动毓山村各项工作的开展，给村里面带来了新面貌。白天的工作自然不用说了，晚上他还经常走村入户。村里有些路段黑灯瞎火的，很多村民家都养有土狗，夜里一听到不明动静都会狂吠不止。一般的人不是怕黑，就是怕狗，但是邱书记什么都不怕，他就怕工作做不好，老百姓的困难解决不了。邱书记就带着他的小白，开着小电驴，一户一户地到村民家去走访。时间久了，小白跟村里的小孩都熟悉了起来，小白走到哪里都有小孩逗着它玩。

邱书记一直坚持吃住在村，累计走访群众六百多次，帮助群众解决难题20多个。他通过土地流转、山地林地出租的方式来增加村集体经济收入，2022年村级集体经济收入达23.6万元；还动员脱贫户入股新荣旺岭优质水稻种植专业合作社，每年能获得一定的分红，大大提高了脱贫户的年人均收入，进一步巩固了脱贫攻坚成果。他还组织开展中秋节慰问老人，为全村142位60岁以上老人送上慰问品；定期开展爱心义剪义诊、禁毒、消防知识、法治宣传等系列志愿服务活动；组织大学生开展“七彩假期 情暖童心”“大学生公益课堂”3次，惠及133名小学生；开展环境卫生整治10多次；召集抗疫志愿者70人参与疫情防控斗争中，为疫情的胜利贡献力量；通过向后盾单位和帮扶单位争取项目资金10多万元，用于毓山村村村 “白改黑”改造提升工程，使村容村貌得到有效提升，进一步提升了人民群众的幸福感和获得感。

走在宽敞的村道上，沉浸在满眼的鸟语花香之中，和一栋栋掩映在树荫中的小洋楼相遇，跟迎面走来的每一个悠闲自得的村民打招呼，我感受到了这里的国泰民安，看到了乡村振兴的成果。我是真心地希望在这个新时代中，有更多的像邱书记这样的90后，勇敢地挑起第一书记的责任和担当，为国为民办实事，这样，我们的乡村又何愁不振兴呢?

蜕变中的新荣

这两三年来，在北流市委市政府的正确领导下，特别是市委刘启书记到新荣镇调研时，指出“完善提升乡村基础设施最让人民群众有获得感、幸福感”，在刘书记的关心指导下，新荣镇党委政府和各村“两委”统一思想，于2022年1月开始谋划实施新荣镇乡村振兴“村村白改黑”主干道路改造提升工程，计划投入1000万元对新荣镇圩镇以及镇通村的主干道进行道路综合改造。具体做法是，道路改造工程先对破损路面进行修复，再进行全面沥青铺设，并进行路灯架设等，从而全面改善人居环境。

2月26日，该镇举行新荣镇乡村振兴“村村白改黑”主干道路改造提升工程开工仪式，并于3月6日正式施工，从圩镇—大同—新荣村开始，逐村推进。

主干道路改造提升工程边施工，边向上级争取资金。完成圩镇、大同、新荣村主干道路路段提升后，新荣镇争取到玉林市交运局160万元的道路改造奖补资金。

在施工过程中，发挥各村自主能动性，以村为单位进行施工建设，由乡村振兴理事会进行募捐和资金管理，采取边筹款边建设模式，每完成一段就来一轮宣传，“筹款—建设—宣传”滚动式推进，募捐全程监督，资金管理公开透明，各村把募捐活动、资金募集支出情况及时在村委会张榜公布，还发布到各片组村民信息群和各村乡贤微信群里公示，再宣传再动员，群众参与热情持续高涨，各村形成你追我赶的氛围。

12月24日，新荣镇乡村振兴“村村白改黑”25.3公里主干道路改造提升工程全线贯通通车，用时仅10个月。工程全面完成后，通过玉林市“四好农村路”示范乡镇验收，拟获得玉林市交运局道路建设奖补资金50万元，同时，拟获得自治区发改委圩镇建设奖补资金400万元。

我踏在黝黑的沥青路上极目远眺，心里感到十分的踏实与由衷的喜悦。这一条黑色的道路正如一条丝滑的缎带，随风飘舞，向远方蜿蜒伸展，把全镇的新荣、大同、振新、六华、五常、扶中、毓山7个乡村紧密地连接在一起，从此人们告别出行难的困境，从此村里的物资得以畅通无阻地跑向全国各地……这真正是一条实现了“路通财通”的乡村振兴之路!

新荣镇一如既往的是北流粮食高产区，作物以水稻、花生、甘蔗、木薯、黄豆为主，其中以盛产优质大米而闻名，“新荣大米”早已成为十里八乡家喻户晓的金牌大米。全镇大力推广种植超级稻、有机富硒米的种植技术，其中扶中村、新荣村为核心示范区。全镇开发水果、经济林面积达三万多亩；年母猪饲养量7000多头，是市内猪花产区；特种养殖以饲养七星鱼、塘角鱼、海狸鼠、金边土鳖为主。矿产资源有高岭土、黄金、铅锌矿等。镇办企业有新荣外墙装饰砖厂、第四水泥厂、烟花厂、通迅电缆厂、红砖厂。村办集体企业有红砖厂、纸箱厂、纸厂、塑料制品厂、木器厂及一批果场。长岗岭工业小区是新荣镇工业大会战的“主战场”，已形成了以日用陶瓷、建材、皮具、毛织为主体的多元化产业格局。交通、通迅、文化、卫生等基础设施建设不断完善，该镇 1994 年实现村村通程控电话，1996 年率先成北流乃至玉林市村村道路硬化乡镇；有万册科技图书馆、影剧院、农民文化活动中心遍布各个乡村；有中小学教学点 19 个，医疗服务点 26 个。

其中优质大米（新荣米）闻名两广，杂交水稻制种面积每年稳定在 8000 亩以上，是北流市最大的制种基地。镇上拥有年生产能力 2000 万件的出口型日用瓷企业两家，其他建材、皮件、食品、塑料、玩具等企业 115 家，商业、饮食、服务等第三产业方兴未艾。

站在我身旁的这位健美而丰腴的女士，是新荣镇文联艺术团的卢灿团长。她伸手往前方一指，“你看，这就是我们晚上跳广场舞的地方。”我扭过头，看见了一个广场和舞台，不是很大，但足够抢眼。透过那几个“毓山村文化活动中心”鲜红的大字，我仿佛看到了这里每晚歌舞升平的景象，就如刚才卢团长给我看她手机里面的演出照片那般。卢团长告诉我，新荣镇每个村都有文艺队，有的村甚至有两个，大家经常联合参加一些演出赛事，多次获北流市广场舞大赛一、二等奖等各种奖项。

卢团长还自豪地说，他们 2016 年前往香港参加香港国际艺术节第一届中华老年体育舞蹈邀请赛，镇文联艺术团获金奖一等奖，大同文艺队获金奖二等奖。我不由得惊叹了起来：“真想不到你们获得了这么高规格的奖项！”俗话说，物质文明搞起来了，人们就会自觉地追求精神文明了。就如今天的新荣镇，群众富裕起来了，精神追求也跟上了节拍。也难怪北流市诗词学会新荣分会的会员也很出色，先后斩获国家级、地市级和县市级各类诗联大赛的奖项。而且，于 2012 年 10 成立的新荣文联，是玉林地区首个镇级文联。

陈家祠堂和格力商贸城

我跟着大伙一起走进良图陈公祠，这是毓山村的陈家祠堂，一座古色古香雕檐画壁具有岭南宅第艺术特色的三进院子。它虽然没有江南地区那些古庭院的高贵典雅，也没有北方大宅院的浩荡大气，但是在我们这种小地方能够把清代的建筑保存得如此完好，而且还有一定的文化底蕴，也算是百里挑一了。

一位年长的阿公为我们讲解，村支书介绍说这是陈姓的五叔。我就想着，这是不是之前我熟悉的五公呢？五公家跟我们家是世交，我爷爷那一辈两家人就友好往来了，但是我已经有近 20 年没有见过五公了。我简单地跟五公交谈了几句，想不到已年过八旬的他，记忆力竟是那么好，他一下子就认出我来了。我说要和他拍张合影，五公就乐呵呵地笑了：“好，我和我的侄孙女拍一个！”

我们跟随着五公的脚步，仔细地聆听他的讲解。对于这座祠堂里面的人和事，他是那么的熟悉，他热切地向我们娓娓道来，生怕漏掉了什么。

祠堂门口两边各摆着一尊很有年代感的厚重青石，大家都猜测着它的用处。我就想着，应该是像很多的老房子那样，大门前面放置一大块拴马石，用来把拴马的绳子绑上去。但是，五公告诉我们，这是练功石，两块石头各重 320 斤和 280 斤（旧秤标准），是用来练腰、腿气力的。原来如此！大家都觉得开了眼界。

这座陈家祠堂流淌着崇文尚武书香传世的优良家风。武术被誉为国技，在南方民间叫作“打功夫”。该家族历代都有成批的“功夫佬”，拳术、棒术、刀术都曾有师傅头（教头），学功夫的目的一是防身，一是表演。据传，清朝道光年间(1825 年)，族里出了个武举英兰公，他上京参加会试，官至江西九江前卫协运府升授督运守府（今军区后勤部长）。祠中有联：“社山武举古文明，良图进士数风流；何须苦磨三尺剑，五寸笔头利过枪。”族人还喜欢“走军界”，从军报国。民国初年，有2人跟随孙中山先生搞革命，直到告老还乡。北伐战争时期，有3人参加革命，后参加抗日战争。抗日战争时期，该族有一大批青年应征入伍；新中国成立后参军的青年就更多了，有的退伍后转到了政府或工矿单位上班。此社山陈族自七世起就有了文化人，至今具有大学专科以上学历的有近百人，他们各竞风流，活跃于军、政、文化等各领域。

从毓山村出来，我们驱车前往位于城区近郊的格力商贸城。它的创始人是陈玉川先生，五公的儿子，一位从仕昌陈公族系的德行公祠（良图陈公祠的母支）走出来的商界精英。他于改革开放之初，在北流城区建立“北流市鼎力电器商贸有限公司”，致富不忘家乡，热心于捐资助学慈善事业，曾获北流市政府、教育局授予“捐资助学功臣”牌匾。

我们在城北方向的高速引道上疾驰前行，到了火车站的红绿灯左转弯，马上看到了右边街道第一排崭新楼房的外墙体上几个醒目的竖幅大字：格力商贸城。后面还有几排高六七层楼的毛坯楼房，从整体上看，该商贸城已初具规模，各栋楼房主体部分基本完工。据陈董介绍，格力商贸城建于2020年，占地面积有6万多平方米，计划投资6—7亿元，前期已投入两亿多元；这里将建成一座大型家居批发零售市场，提供家电、家具、家居装修一条龙服务；其中一、二层是店铺，从事经营活动，楼上几层则是住宅；商贸城对复退军人、大学生、文创、直播优先就业创业，减免一年以上租金。我想，这不仅仅是一座商贸城，它更是一座理想之城，它托起了陈董的商业梦想，也托起了一代北流人的创业追求。

我们走进样板楼，一边参观，一边感叹着这里的特特设计和时尚的装修，还有令人心动的价格。在这里，买一层得两层，如果买3楼，那么就可以使用3、4两层；如果买5楼，就可以使用5、6楼，还有7楼楼顶；两千多元一平的价格，一套普通商品房的总价，就可以享受到两层或三层的空间，实在是太划算了。

在7楼顶层的大露台中极目远眺，眼前一片开阔毫无遮挡，城区近在咫尺，更远的地方则是群山环绕烟雾迷茫。露台后边有一间星空房，宽大的玻璃屋顶犹如给房子打开了一个巨大的天窗，使整个房间显得明亮舒适。近年来，我也参观过大大小小的房子，倒是真的没有见识过这种这么新颖的设计，说不定是名列广西前茅了。在这里，白天可以享受阳光，晚上可以仰望浩瀚的夜空，那是一件多么浪漫享受的事情！大家都说，如果能住在这里搞文艺创作，肯定会创作出更多的优秀作品。

三育初中以及其他

在振新村里，有一所三育初中。该初中成立于1944年，当时是三条村的乡贤、军长集资建成的私立学校，故命名“三育初中”。

那是20世纪40年代初，由于乡里子弟入学困难，时任国民党某军军长的平山村人梁朝玑提议，将平山（今新荣村）、振新、大同三个村子梁氏的蒸赏产业和各种民会庙会的产业合计稻谷1200多石充公，创建三育初中，建校资金不足部分由他负担。于是，平山、振新、大同三村学生到三育初中就读，免收学费，外地生收费也很低，每人每期交稻谷100市斤，外地生占多数。把中学办到偏僻农村，给乡亲们带来了极大的便利。

由于三育初中地处北流、容县两县六乡镇的交通中心，因此也方便了附近各村和容县毗邻，甚至梧州的学生都慕名而来。

当时乡公所和小学设在庙堂里，地方很窄，梁朝玑就把家族坐落在塘基堡的玉田公祠捐献出来，作为永安乡公所和永安中心小学。该校安置不下六个班的学生，梁朝玑又让两个低年级班级设在他祖宗留下的旧屋里，称为文星校。除此之外，他还捐资为家乡建造了一座旺平桥，此桥现在还在使用。

为三育初中的教育事业作出突出贡献的人，还有马来西亚华裔赵文海，他为三育捐资建校 40 多万元；还有原玉林地区行署副专员周桂森；还有原广西师范大学校长梁宏博士；还有曾在国务院工作的梁初宏；等等。

我在电话中简单地采访了三育初中的宁副校长："我们学校在新中国成立之后，就变成公办学校了。十几年前我们还招收容县的学生，现在只招本土的学生了，除了原来的三个村，六华村的学生也来这里读书。目前在校生有 1040 人，我们按照党的教育方针，努力办人民满意的教育，按照国统要求，我们学校是经常获得二等、三等奖的，升学率在兄弟学校中也是名列前茅。"我又问他，学校里面是否还保存有过去的旧建筑。他就说，校门还是原来的老校门，坐北向南，大门上面盖着瓦片，尽管经过了翻新和加固，但还是保留着之前的旧风貌。听到这里，我的内心被打动了：这既是对历史文化的尊重，也是对一个地方人文底蕴的传承；不忘初心，方得始终，我相信从这个校门走出去的莘莘学子，肯定不忘母校的培养之恩，日后都会为家乡的建设添砖加瓦。

对于家乡的建设，新荣人从来都是那么不遗余力地支持。如今，就拿"村村白改黑"此项民生工程来说，新荣镇不等不靠，号召举全镇之力、人人参与，镇村通过乡村振兴理事会，多方位立体式开展募捐活动。镇领导干部和镇直单位干部率先带头捐款，随后村"两委"干部、组长、党员们纷纷响应，甚至是村 80 多岁老党员们也纷纷捐资捐物铺路。一些企业老板、在外任职有影响力的领导干部等乡贤纷纷拿出建设家乡的热情，在一次乡贤座谈会上募捐的资金约 250 万元。例如，广西城建建设集团有限公司的周伟、周昌盛捐资 200 万；广西铭丰实业集团有限公司的梁振捐资 50 万；北流现代田园装饰有限公司的陈昌盛捐资 101080 元；北流市鼎力电器商贸有限公司的宋大箐、陈宝雁捐资 100800 元；万鑫房产公司、新荣镇商会会长梁金城捐资 10 万；广西吉瑞建设有限公司的蒙海生捐资 10 万；新荣村的杨军捐资 8 万；广西阳光医药有限公司的宋奇、宋家旭捐资 7 万；等等。除此之外，他们还召开沿街沿铺募捐会议，很多住户和个体老板大力支持。据不完全统计，各类捐款捐物累计价值达 600 多万元。

后记

众人拾柴火焰高。每一位勤劳勇敢、热爱家乡的新荣人，都把家乡的事情当成了自己的事情；每一位到新荣任职的父母官，都把新荣当成了自己的家。只要大家心往一处想，劲往一处使，还有什么困难不能克服的呢？祝愿新荣人民在这次乡村振兴的浪潮中继续勇敢搏击，创造出一片新的繁荣天地来。

屯秋矿随记

黄应樑

1

“呦呦鹿鸣，寨美一方。”从柳州过来，看到这几个耸立在半山腰上的大字，我知道已经进入鹿寨县境内了。一群鹿儿在“呦呦”鸣叫，这样的地方一定会很美。不错，搭乘我们的车子行驶在宽阔平坦的公路上，公路中间绿化带和两旁各种绿植郁郁葱葱，高低错落。绿树掩映下的紫荆花朵朵盛开，木棉花火红妖娆，将城市与道路点缀得异常美丽。

虽然之前也多次来过柳州，但碰上这满城花开的时节还是第一次。我忍不住扭头往窗外看，窗外江水缓流，天空白云舒卷。我自言自语说，“柳州处处可见紫荆花啊！”

“是啊，近几年政府大手笔，引进种植了几十万株紫荆树。”司机师傅自豪地说。

“哦！难怪城市道路这么美丽。”

“也不仅仅是城市道路绿化好，乡村公路也很好啦。”

“那你们不是很幸福？天天在花园里跑。”

“嗯，可以这么说。”

2

在县城住了一个晚上，按照计划我须前往平山镇屯秋村，屯秋村有个著名的屯秋铁矿。第二天一早，平山镇党委副书记吴开虎已开车到酒店门口等候。这个80后的乡镇领导沉着干练，侃侃而谈，一路上给我们介绍了平山镇的历史人文，和屯秋铁矿的一些情况。他说，20世纪50年代，当时屯秋乡干部杨胜德在山路上行走，无意中发现一些石头，呈褐色，把其中一块拿到手上掂量掂量，发现手感比别的石头重。于是便邮寄给有关部门化验。确定有开采价值后，1958年屯秋铁矿正式开采，开采面积有4平方公里，同年开始兴办柳州钢铁厂。可以说，柳州因矿开厂，因厂而兴旺。

我查阅了相关资料，杨胜德的石头在柳州确实起到引子的作用。“就是这几块石头，引出了经营至今的屯秋铁矿。正是有了这片矿区，今天成为中国西南片最大钢企的广西柳州钢铁集团有限公司才得以建立。”（《南国今报》2016年3月6日报道）正当我暗喜碰上了一个好向导的时候，车子开进了平山镇政府。在平山镇，我们再次进行了分工，吴副书记带着另外一名女作家采访堡底村的历史人文。镇宣传委员罗艳负责带我进山，这样的安排也很好。罗宣委是一个高高瘦瘦的年轻姑娘，开车十分老练，带着我在弯弯曲曲的山路上飞驰。

刚开始，坐在副驾座上的我反而有点慌张。罗宣委说，“不怕的，车速慢，路况好，还有我地头熟。”

“你是平山本地人？”我问。

“不是，我是外乡镇的。父亲以前在屯秋矿工作，小时候在矿上小学读过两年书。”

“哦！那我又跟对人了呢。”

“是啊！父亲至今也没有离开，在屯秋开着一个小卖部。”

“有时间安排采访一下你父亲吗？”

“看时间定吧。”

大概二十分钟路程，我们到达屯秋村。在村口，一截贴着朱红色地板砖的矮墙上，斜刻着“柳钢屯秋铁矿”几个大字，大字上落满灰尘，周围草木繁茂，树荫已经将砖墙遮蔽了半截。旁边的平房，红砖黑瓦，有三、四排，房子前面的空地也生长青草，估计很久没有人住了吧。罗宣委介绍说，这是屯秋矿三区，相当于一个前站，沿着道路继续走，才是屯秋矿真正的生活区。

我开始认真观察矿区周边的环境，群山连绵，满目青翠，除了已经停用的矿区破碎段外，不少村民自建房散落在周边坡地里。一条干涸的小河穿过矿山门口，与它的专用铁轨一样延伸远方。经过石板桥便到矿区门口，这是三岔路地段，村民比较多，像个集市，百货店，药店，化肥店都有。我正要拿手机拍一些照片，罗宣委给我介绍一个人，他是屯秋村委委员、专干胡启国。

“我联系了胡委员，他比我更加熟悉屯秋矿的情况。”她说。

“好哦。”我说。

胡委员冲我笑笑，我伸手过去，握了握他那粗糙有力的大手。

3

岔路直入就是矿区，首先映入眼帘的是办公楼，办公楼在生活区内，独立成院。可能是因为周末的原因，办公区铁门紧锁。我从铁门望入，可见几栋两三层高的楼房，数株高大的榕树、槐树，树底下停着一些车辆，有小轿车，的士头，小货车等。据说现在还有十几个人留在这里办公，所以偌大的院子就显得有些空空荡荡。

找不到负责人，我们只好出来溜达。面前是一条约4米宽的水泥路，往左走是一区，往右是二区。由于人车稀少，又受雨水的长久冲刷，路面颜色开始变得暗黑，个别路面开裂，起砂。我们往一区方向走，一区的树木普遍高大，路边种有蔷薇，三角梅及一些菜花，生活气息与散落在角落里的红砖楼截然不同。

胡委员带头走路，这条他走了无数次的路。这个刚满50的男人，中等身材，皮肤黝黑，不时地给我介绍这是什么楼？这是什么树？什么花？

“这是游泳池，小时候我经常来游泳。”胡委员介绍说。

游泳池的大门还在，锈迹斑斑的铁门和铁锁早已融为一体，估计用钥匙都已经很难打开了。四周的围墙爬满了藤蔓，只露出半边门口以及一些水泥地。池内已经长满杂树和青草，要不是有人介绍，你想象不到这里曾经是热闹非凡的游泳池。

“游泳要交钱吗？”我问。

“游一次要交两毛钱，和看电影一样。”胡委员停顿了一会儿，又说，“矿山的职工子弟不用交钱，村里的小孩要交。那时候夏天都盼着放学游泳，大人，小孩一起玩耍，真是开心。”

“是啊！那时候很多孩子没法享受这样的待遇啊。”

顺着道路左拐上坡。沿途有人在种地，有人在收拾干燥的木柴枝杈。他们是一些留守老人，个别是附近的村民，在坡地里种一些玉米、花生，姜等。

半山腰上是矿区学校，有幼儿园、小学、初中、高中。我们到来时也是大门紧锁，矿山小学旁边是初中高中部校园，它们之间原本有小路连接，现在都已杂草覆盖，面目全非。小学校园还是比较完整，三面都是二层高的教学楼，前面是围墙，看得出来过去建筑的坚固结实。校园里有篮球场，有水泥砖筑砌的乒乓球台和几副生锈了的单双杠。

可以想象，这里的教育还是很完备的。“多的时候单小学就有几百学生。我们村里很多小孩来矿上读书的。”胡委员自言自语说。

“你也是在矿上读书吧？”我问。

“是啊！我小学在村里读，在矿上读了三年初中，原来叫柳钢三中。”

“哦”，我霎时有点惊讶，认真打量着身边这个像矿山一样沉默但丰富的汉子。“初中毕业就参加工作？”

“不是，初中毕业我考上了鹿寨职校，读畜牧种养专业。1992年毕业后回屯秋做兽医，兼做兽药饲料，还到街上摆档口，代杀鸡杀鱼等，总之什么工作都干过。”

谈及自己的经历，胡委员内心没有太大的波澜，仿佛是讲述别人的故事。

4

“我在矿山工作了几年，那是2008年的时候，进来做保安，当时我能进入矿山工作感觉很幸运。”

从原路返回。胡委员指着稍远处一块平缓的坡地说，“那里有一个鱼塘，我以前承包过。”

“哦！你还做过老板呢？”我再次惊讶地看着他。

胡委员低着头，忙补充说“不是老板，那时候年轻，自己刚好也有一些养殖知识，就想着承包鱼塘，结果没捞着钱，还赔了一些。”

我顺着他手指的方向，看见一个大坑，坑底没有水，到处都是草木，四周砌筑石头。鹿寨整体上属于缺少地区，但地下水特别丰富。矿区大门前那一条小河流，村民们戏称四季河，我正纳闷河名称的缘起。胡委员说，春夏涨水的时候有河，其他季节不涨水就没有河，所以叫四季河。

我问，鱼塘里的水是地下抽上来的吧，养鱼可能养不大啊。

胡委员说，这跟水应该没有关系，主要是养殖经验和技术问题。我经验少，鱼塘里经常出现死鱼，所以不赚钱。

再次经过宿舍区，我提议，不走原路，从小区里面通过。宿舍区里十几栋红砖楼和一些低矮的平房，整齐排列，布局合理。远看，很有那个年代工矿企业的强烈气息。近看，你会发现随处可见的是凌乱与荒芜，仿佛那是历史久远的年代。废旧的砖头，杂物，各种野草苗木侵占了楼与楼之间的公共地盘，不少植物在破败残垣中吐出了嫩芽，一些硕大的仙人掌，完全封堵了楼梯口。

7栋旁边的空地大树较多，长势良好，但其中有三棵香椿树枯了，每棵树约有20米高。为什么就这三棵树枯了呢？旁边的大树一点问题也没有。胡委员说可能是被雷击，也可能是树高了。雷击可以理解，树长高了就枯，我想不出来原因。胡委员的解释是可能恰好碰上底下是岩石，或者是混凝土地基（因为原来有很多平房拆除了），树根不能再往下长，不能提供充足的营养和水分。

我继续前行。感慨地说，“这么好的建筑丢弃有点可惜了。”胡委员观察了一下说，“那边应该还有人居住，因为总有人舍不得离开。”

在另一栋楼转角，真发现上面两套房挂着衣物，其中一处养着几只狗。我们行走的声音，说话的声音可能惊动了它们，大小差不多的几只狗一齐跑到阳台狂吠。一个个把头伸出阳台栏杆外，垂下舌头，龇牙咧嘴，它们警觉地望着我们三个“入侵者”。

5

老工人马富强正在自己的小菜园里拔大蒜，拔起来的大蒜摆放地里，排成了一小排。小菜园在柴火房后面，我们仨穿越柴火房。马老拍了拍蒜头上的泥土，停止了手中的活，忙着招呼我们进屋坐。柴火房三面码放晒干了的木柴、树皮，头顶横木也摆放木柴。柴房里有几张小凳子，我们的聊天就从这里开始。

我说，老人家今年高寿？他说，82岁了，1966年进矿山工作，至今没有离开过。

老人很健谈，告诉我老家在荔浦县，1999年退休，现在退休金3000多，有三个小孩，全都在柳州钢铁厂工作。

我问，矿山鼎盛时期什么时候？他说，88、89年左右吧，那时候号称广西第一大铁矿区，职工和家属加起来将近一万人，比（平山）街上人多，那里一天卖不了几头猪，我们矿山一天十几头猪全卖掉。

停顿了一会，接着又说，现在矿山暂时都不生产，可能是进行战略调整，技术升级吧。广西产出的很多铁矿，四川重庆贵州产出的部分铁矿石，都通过火车拉回来储备。毕竟大家都知道，任何一个矿山开采期都有极限的。

我说你退休了，不出去跟孩子生活（马老

的孩子曾动员他出柳州一起住）。他说，不想走，这里的柴火没有烧完，丢了也可惜，况且一辈子在这里工作生活，习惯了。

2012年马富强老伴去世后，他在矿上兼职做一些退休人员工作。那时候他早已退休，但他心底里一直装有自己的工友，特别是当初一起从荔浦县过来的有167人，现在还剩10多个人。说着说着他站起来找他的已经发黄的旧笔记本，笔记本里面记着每位退休人员姓名，电话号码。如果不在世了就在名字旁边打勾，重新标注亲属联系人姓名电话。

提及现在的生活，老人家十分乐观，他嘻嘻笑两声，说身体还好，腿脚灵活，眼睛不花。他特别提起有空闲的时候到平山镇、东泉镇上帮别人画像，一天画一张，由于技术好，收费比别人便宜些，别人画一张收200元，他收180元，有的给150元，也可以了。所以找他画像的人还不少，有的还找上门。马老说，他画画主要是为了消遣，打发时光。近段时间不画了，主要是没有炭精粉，他的炭精粉是从上海买回来的。

在马老的柴房里，我很自然想起了我的父辈，跟马老一样的耄耋之年，都是工矿企业退休。我的岳父与马老的职业最接近，他20世纪90年代从南宁272地质队退休，一辈子都是从事地质勘探化验工作，可以说走遍了广西的山山水水。父亲也是90年代从南宁化工厂退休，2015年母亲病故之后，父亲常常也是一个人，有时候跟我们在县城里生活，有时候上南宁，更多的时间是自己在农村老家。

这个看似什么都不缺的年代，老人家身上隐藏的孤独感，还是随处可见。临走时，马老盛情邀请我们上他二楼真正的家。他说上去看看嘛，我给你们煮面条吃。

6

太阳当空照。此刻已是中午时分，我们还在考察电影院、旧饭堂、卫生所等旧址。从进矿区大门开始，大家没有喝过一口水，却始终保持兴致勃勃。罗宣委胡委员知道我来一趟不容易，想尽量多走一走，多感受一些。走到卫生所杂草丛生的大楼前，胡委员伫立很久，大门口标志性的蓝色镶心门还在，但很多门窗坏了，玻璃烂了。胡委员说，这里是住院部，门诊在路的对面，小时候很害怕来这里，打针疼。

二区的人气稍微比一区好，应该有二、三十个工人还居住在这里，从路边经过可看见他们晾晒的银灰色的工作服。

“今日屯秋矿，已经实现了机械化的高效作业，不需要那么多人工操作了。”胡委员说，“听说最近有从事养老康游产业的机构来考察过，这里适合做养老院，疗养院。”

我说，“是啊，这么多整齐的楼房，完好的水泥道路，一般的城镇都没有这个现成的条件。”

“而且这里空气好，水质好，生态环境也好。”

“嗯，在这里散步都比城里舒服。”

说到散步，胡委员话锋一转，说，“我现在没有这个条件。主要是忙啊，每天除了做好村里的工作，回家还和爱人养了50头黑山羊，十几头香猪，种植了14亩甘蔗，20亩水果（南方蜜橘）。”

“哦！那应该赚钱了吧。”我做了进一步

了解。

“现在每头山羊利润有1500元，香猪也有2000多，一年下来纯收入有十万元左右吧，生活在慢慢好转。我两个小孩都小，一个读小学一年级，一个读幼儿园。要积蓄钱财给他俩读书啊！”

“孩子小？第几胎？”我又一次不解地望着他。

“前面有个大儿子，在2015年得白血病死了，那一年儿子才16岁。”胡委员说话总是云淡风轻，但我怕触碰到了他内心的痛楚，便不忍再追问。

继续走的时候，正好有两三个老乡在一栋旧楼旁边开荒种地，种一大片叶子火红火红的植物。我习惯性地问，“那叫什么名字？叶子比花好看。”

“可能是南天竹吧。”

“种好了拿去卖吗？”

“不卖，种出来自己观赏。”

“这种植物感觉非常好，很温暖。”

时间过了中午1点，我们提出，请胡委员到镇上吃午饭，他说，不了，我要回家打油茶，两个小孩子都喜欢吃，老婆也喜欢吃。要不你们去我家喝我亲自打的油茶吧。

7

很遗憾没有去胡委员家里喝油茶，错过了直观感受这个矿山男子家庭生活的机会。由于时间关系，也没有采访到罗宣委的父亲。因为我们来之前已约定，采访结束后到堡底村（与屯秋相邻）吴副书记的老家吃饭，那是一个历史文化底蕴十分深厚的村落。吴副书记的父亲早早准备了丰盛的饭菜，他的三叔吴宏礼得知我们在堡底村，在办完他外家（爱人的娘家）的事情后，也匆忙赶过来和我们吃饭。

吴宏礼是县政协文史委主任，是远近闻名的乡贤达人，还是一个随时能编山歌唱出来的人。和他在一起的另一位能人叫老骥，真名叫刘现瑞，约70岁，是平山镇矛盾纠纷调解志愿服务队队员。我们浅酌几杯谈兴正浓的时候，他们用桂柳话说给作家们来一个鱿鱼闷，起初我以为是加一道本地的特色菜肴，不料他们俩唱了起来。

平山山歌出了名，
因有歌仙鱿鱼精，
鱼精家住鱿鱼闷，
闷水甘甜四季清。

都知道鹿寨是广西山歌之乡，平山镇号称“歌乡里的歌乡”。当然我们不会放过能随时随地编唱山歌的人，三叔吴主任和老骥也乐意，稍一商量，即兴又唱起来了。

今日作家来采访，
鹿寨平山好地方，
历史悠久有古典，
还望作家帮传扬。

吴主任认真的态度很快就将山歌的氛围带动起来，他圆润浑厚，略微激昂沙哑的“平山腔”，在老骥低沉的和声烘托下特别有韵味，让我体味了山歌的美妙，见识到了山歌之乡的风采。

这么说吧，鹿寨平山不仅有丰富的屯秋矿，也有悦耳动听的山歌。

遇见北流

陆寿贤

自古大江滔滔向东或向南顺流，豪气冲云天。在广西的版图上，大江大河众多，逆流之河实乃罕见。处在桂东南的北流市，有一条大江名叫圭江，自南向北逆流而行，穿过北流市的心脏，滋养这方水土的人们，塑造北流人逆境自奋蹄的意志，书写这座城市耐人寻味的故事。

因文学与北流结缘。想逛北流，主要是因为认识贵港市作家协会主席徐强先生，他是北流人。他带领贵港市作家协会会员参加采风和学习，引荐我和贵港的文友们融入北流的《漆》诗歌沙龙，大家对徐强主席十分佩服。在接触《漆》诗歌沙龙的日子里，我对北流文友文学创作的高涨热情和不俗成绩，心生敬意。所以就想到北流逛逛，见见师友。

机会来了。时值金秋，第17期广西青年文学讲习班暨2021年《广西文学》改稿班在北流举办，为期五天的培训学习，我是贵港作协的学员之一。北流，我终于来了！在下榻的北流国际大酒店培训的五天时间里，聆听文学领域的名人名家的创作经验、传经送宝。以诗歌、散文、小说的创作摆开擂台，各抒己见；学员作品的点评，针针见血，精彩迭起；自由发言提问，把文学创作中所遇到的问题，晒在太阳底下，见光解决。同班学员结下深厚情谊，享受了一场文学交流的美味佳肴，真实触摸到北流的文学脉搏。

北流是中华诗词之乡，在这个文学创作氛围浓厚的小城，走出了全国知名作家林白、朱山坡等人。北流的《漆》诗歌沙龙，蓬勃发展，如春笋拔节长高。近年来，北流市每年举办的大业文学奖、众旺诗歌奖，激励着本土作家传承文脉，勤奋笔耕，文学作品频频登上国家级、省级、市级文学刊物，文学创作的激情如滔滔北流的圭江向前奔涌。

北流是人间烟火味浓厚的小城。晚上，与一起参加培训的文友逛夜市，街上的美食店、服装店、宝珠店、眼镜店、超市等店铺装饰优雅、美观大方，店铺老板一脸春花绽放的表情，招呼四方来客。街上灯红酒绿、人头攒动，每一束灯光的绽放与行人的影子，互相媲美，似流动的花伞，星星点点装饰着这座美丽的小城。行至北流步行街，一阵阵烤肉的香味让人垂涎欲滴，忽然想到北宋著名诗人苏轼的诗句："青浮卵碗槐芽饼，红点冰盘藿叶鱼。醉饱高眠真事业，此生有味在三余。"他对美食的追求和阔达的人生态度影响深远。

北流的特色美食之一，要数脆皮香肉了。想起几年前在贵港作协微信群里，市作协副主席梁勇晒出师友们到北流作协交流采风，饱尝北流脆皮香肉煲的图片，金黄色的香肉、赤红的荔枝、生韭菜拌酱油辣椒，真是刺激味蕾呀！俗语说"吃了夏至香，西风绕道走"，意思是说夏至时节吃香肉可大补元气，是大受人们欢迎的舌尖上的美食。为此，趁着这次在北流培训的机会，一定要尝尝北流脆皮香肉。根据有"北流的美食活地图"之称的徐强主席的妹妹的推介，按图索骥，到了这家在北流做脆皮香肉名气较大的美食店。然而令人扫兴的是，美食店老板娘说断货了！正如一只彩色气球刚冉冉升空，突然泄气掉落地面，放气球的小朋友一脸茫然的感觉。写小说的文友红梅说："留点悬念吧。"文友们无精打采地漫步圭江岸边，遥望圭江桥，路灯绚烂、车辆穿梭、树影婆娑；圭江护栏廊道的小广场，有年轻人弹奏吉他、清唱歌曲。凉风轻拂，北流这文艺的夜、浪漫的夜、沉醉的夜，顿时又让我们激情满满，不虚此行。

在培训学习的第四天下午，学员们一起去游览北流的AAAA级旅游景区——北流铜石岭景区。北流素有"世界铜鼓王故乡"之称。铜石岭因春秋至隋唐产铜而得名，景区内有汉代冶铜和铸造铜鼓遗址，是广西壮族自治区重点文物保护单位。据有关部门考证，铜石岭是我国岭南地区最早的冶铜遗址，因出土于北流的世界最大"铜鼓王"所用的铜，经化验得知，其成分与铜石岭冶铜遗址的铜大体一致，可见"世界铜鼓王"铸造应与这个遗址有关。

景区大门的城墙古朴宏伟。大门内的铜像广场，骑兵摆阵，马车滚动，步兵列队，主帅赵佗身披铠甲、策马挥剑，虽是铜像，但是制作形象逼真。这一幕幕当年出征场景再现，让人有一种穿越的感觉。

绕过铜像广场，来到四合院式的南越王府新址，这是2015年在旧址上依明清风格重建的，青砖黛瓦、琉璃飘红、彩釉花窗，房间设计玲珑巧妙，有的作研学教室，有的内挂本地书法名家墨宝，有的展示摄影佳作……尽显铜石岭无限的魅力。

"云顶漂流""彩虹滑草""云上火车""卡丁车趣"等游玩项目是铜石岭景区的打卡项目，让游客乐此不疲，流连忘返。

夕阳西照，铜石生辉，圭江依旧逆流勇往直前。我和文友心心念念的脆皮狗肉味道如何？北流，这个美丽多姿的小城，期待下次如愿以偿。

作者简介：陆寿贤，是贵港市作家协会会员，广西北流《漆》诗歌沙龙成员。在各级报纸、杂志发表文学作品近百篇。

吴青先生

——记冰心的女儿

汪　彤

一

我没告诉她，已经离开北京。可我刚落地天水，却收到了她的微信，她说："这期《文艺报》上登了你们学习班结束的消息。你已经平安到家了。甘肃很冷，多多保重。我一切都好。放心吧！"

我向她承诺过：在北京，每个月都会去看她一次。我说过的话，总不会爽约，我给她说这些话的时候，她已是孤单单的一个人，我想尽自己最大的可能去关心她，照顾她。我能想到老年丧偶的痛苦和孤单，一边是自己和爱人共同走过的人生道路，一边是等待自己与爱人重逢的天堂。在不能预测，生命未知的时间里，苦熬着日子，这些日子，对于生命个体来说，是短暂的，而对于一个失去伴侣的老人来说，孤零零难熬的日子，又是漫长而不知归期的。

陈恕先生离开吴青先生时，吴青先生已是80岁的高龄。走进解放军304医院密集的楼群，我在大楼里横来竖去地行走，不知道她在哪里，我急切地想见到她，边走边打听。医院的每一座大楼之间，似乎都有秘密通道，这些通道，只有穿白大褂的医务工作者清楚，他们在这里看过太多人间的生死病痛。堵在他们面前问话，他们也只是轻描淡写，或左或右顺手一指，我穿过长长的走廊，来到地下告别室，走向吴青先生。

地下室的走廊漫长而又安静，一眼望不到头，走向吴青先生的路，如此漫长却可以抵达，我们每一次的相遇，似乎是隐秘宿命的安排，我本不该在布置好的灵堂与她相见，我本该早早地去看她。

二

我和吴青先生相识在2014年的济南，在第六届冰心散文颁奖大会上，我穿着暗红色的旗袍，手里拿着照相机到处拍。我没有见过这样大的盛会，我感到新奇。拍完会场，还给会场侧旁穿着红色礼服的模特们拍，当我把镜头对准一条充满阳光的走廊时，一位穿青花布衫，挺直腰杆，步履轻盈，花白头发的老人走了过来。我早知道她是谁，她和几位文坛前辈是这个盛会的焦点。早有人悄悄指给我，她就是冰心的女儿。她胸前戴着红色的"出席证"，眼神里的目光坚定而温和。我没有思考，径直走到她跟前说："能跟您合个影吗？"她微微地笑，只说了一个字："好。"我便有了第一张与她的合影。合影中，她笑着与我交流，皱纹从脸颊两旁，向上翻卷，像一朵盛开隆起的花瓣，而我的身体转向她，微微颔首，恭恭敬敬地守在她身旁。

三

吴青先生是北京外国语学院英语教授，多次被评为优秀研究生教师，多次获得“北京外国语学院优秀教师奖”“基础阶段外语教学陈梅洁奖”，曾多次被选为海淀区人大代表、北京市人大代表。母亲冰心送她一本《中华人民共和国宪法》，于是她被人们称为“手握宪法的人大代表”，也被媒体称为“最犀利的人大代表”。她常常说：“作为人大代表，首先要学习宪法，研究宪法，中国必须要实现法治，而不是人治。”她关注公民的权利，是以《宪法》维护权利的人大代表；是全中国第一个设立“选民接待日”的人大代表；还是一个不定期向选民汇报工作的人大代表。她尤其关心妇女权益，成立北京农家女文化发展中心。2001年荣获“拉蒙·麦格赛公众服务奖”，2003年被瑞士“施瓦布基金会”提名为世界杰出的社会活动家，2003年被改革杂志农村版评为最关心“三农”问题的二十人之一。

或许吴青先生一生，做过许多轰轰烈烈的事业，但无论走到哪里，去向哪里，她的词条、标签和介绍她的最初，总是以：“中国著名作家冰心和社会学家吴文藻的幼女。”冰心先生的女儿吴青，她身上的光辉，与母亲投射给世界的光亮，一起闪耀，而母亲辉映世界的光环，同时包裹、包容着她。每次吴青先生走近我们，我们会觉得，冰心先生离我们那么近，吴青血脉中的气息让我们觉得冰心先生就在身旁。对吴青先生而言，无论做任何事“真”字是母亲冰心教育她做事、做人的方式。“而‘真’字，也是冰心坚持一生的文学观，冰心先生曾提出自己对文学的理想：这其中只有一个字‘真’。”

四

在第六届冰心散文颁奖会上，我与台前很多单腿跪地的摄影追随者，不停地按动手中的快门，我们尽可能蹲得很低，让更多热爱冰心先生的人们能听得到、看得到冰心的女儿。吴青先生眼里流着泪，脸上闪着泪光，她从讲述母亲告诉她“养一只小狗和一只小麻雀”的态度开始，告诉人们：“从小妈妈就对我说，我首先是一个人，然后才是一个女人。在妈妈的影响下，我一直意识到要做一个独立的人，要自爱、自强，要做对人、对社会负责的人。”冰心先生通过女儿吴青，深情地一遍遍对世界说：“有了爱就有了一切。”

会场上，静悄悄的，人们流着眼泪听着“妈妈对我的影响，冰心教我怎么做人……”，闪闪的泪光中，我们仿佛看到伟大母亲冰心就在我们眼前，她此刻离我们是如此的近。

颁奖会后乘车，又遇见吴青先生，我按捺不住内心的激动，向她询问：“吴老师，你在台上讲‘爱’，讲女性自爱、自强、自我解放，那么女性应该如何去爱？”吴青先生笑笑，没有立刻回答我，我们被热爱她，与她合影的人群冲散了。

在济南乒乓球主题宾馆自助餐厅，吴青老师手端一杯红酒，径直走到我吃饭的桌旁，我有些受宠若惊，紧张而恭敬地赶忙站起来。吴青先生虽然微笑，却郑重安静地对我说：“我想和你谈谈，女性如何去爱的话题，我们去那边……”当我万分荣幸地跟着她，被她带着走的时候，我身后有无数羡慕的、好奇的、不解的目光关注着我们。而也正是这些目光，我们的谈话断断续续，一次次被打断。和我一起获得冰心散文奖的一些熟识的女作家，她们不时走到我们桌前与我搭讪，为的就是与吴青先生再更近一些的交流，吴青先生与我谈论的话题也只开了个头，便定格在应接不暇的合影留念中了。

陈恕先生已提前回房间，我送吴青先生时，她递给我一张名片，之后的几年里，逢年过节，我会照着名片上的电话号码，发个短信问候她，偶然也打个电话。吴青先生的话语方式，是不容易立刻与旁人的思想达成共识，然而她心里的爱是真实和真诚的，让人时时刻刻能感受到。

五

穿过地下告别室煞白而悠长的走廊，人们已排成长队，队伍最前头，面对大家站着的是吴青先生。我没有任何顾忌和顾虑，径直向她走去。她哀愁的像孩子一样无辜的目光，让人怜惜地心痛。我一边告诉她："吴老师，我是汪彤。"一边张开双臂，与她紧紧地拥抱。她像个孩子一样柔软而服帖，她在你怀里，似乎马上便与你的身体合二为一，两个拥抱着的身体，成为彼此延伸的一部分，她没有任何排斥或者防备，她心里童真、童稚的爱，瞬时便淌进你的身体，与你的脉搏一个节拍跳动。

吴青先生问我："你从甘肃来的吗？你怎么那么远赶来了。"我没有回答她的话，只是紧紧拥抱着她。她身边没有孩子，那一刻，我感觉自己就是她的孩子，我想给她亲人陪伴的力量。然而，她又在神情迷茫和柔弱之后，坚定而坚强起来。她愁苦着、哀愁着，却镇定地为了陈恕先生把追悼会开得尽可能完整和圆满。她没有无助的恸哭，她脸上始终淌着擦不干的泪水。吴青先生在追悼会最后发言，谈的依旧是爱。她说：感谢陈恕先生的陪伴，今天陈恕先生穿着母亲冰心用毛笔写的"有了爱就有了一切"的背心走了，他虽然走了，但他依旧希望人们知道爱是一种责任，人要做真、善、美的人，爱人类、爱自然，用心去爱，有了爱就有了一切……

六

冰心先生静静坐在绿色冬青之中，依旧托着腮，安静地沉思。她生前应该非常喜欢花，她面前，汉白玉的花瓶里时常插满鲜花。这是坐落在现代文学馆小树林里冰心先生的雕像。

这是一个特殊的坟冢，人们常常看到冰心先生年轻时优雅地坐在那里沉思，雕塑旁一块白色长方形塔基上写着："有了爱就有了一切"。但很少有人转到白色塔基之后，另一面嵌着一方铜质墓碑，赵朴初先生题字："吴文藻、谢冰心之墓"。

我去看吴青先生，离开文学馆时，在冰心先生的雕像前深深地鞠三个躬，我心里默默告诉冰心先生："放心吧，我去看吴青老师，她会很好，不要挂念。"

记得追悼会之后几天，我常常惦记吴青先生，想到她，心里不时有些说不出的痛。我打电话安慰她："过几天我就来看你，你要保重好自己，吃好一些，多休息。"我怕陈恕先生走了之后，她不会照顾自己，她始终不喜欢与保姆打交道，她喜欢安安静静的生活。

我常常怀着内疚，本来一个星期之内要去看看她，却拖了很久，我总想她需要有人陪一陪，说说话。经常与老人打交道，我知道自己能够陪伴好她，而我却是俗事、杂事缠身，终于在一个星期天，从鲁迅文学院出发了。

我怀里捧着香水百合、菊花和康乃馨，敲开了一扇棕色的门。这应是一处有象征意义神圣而圣洁的地方，这里客厅的音响柜上，供奉着冰心先生的遗像，高颈的水晶玻璃花瓶插满了鲜花。我甚至不敢仔细打量屋子里的家具和摆设，我怀着惴惴而崇敬的心，不敢没有礼貌的窥究和探寻。就像到了一座庙宇的佛像前，这里似文学殿堂的庙宇，让我只能虔诚地祭拜，只能低头颔首地恭敬，而任何环顾四周的打探和窥视，似乎都是不礼貌的。

坐在沙发上，我的眼睛始终看着前方，一条黄色绸缎围绕着冰心先生的遗像，遗像前又立着两个镜框，一个是白发苍苍的吴文藻先生的单人照，一个是吴文藻先生与冰心先生的合影，合影照片的背景，是梁启超先生给当时正在美国留学的冰心先生的撰联："世事沧桑心事定，胸中海岳梦中飞。"这副对联的两句是冰心先生自己从清代诗人龚自珍《己亥杂诗》中选出来的。冰心先生当时虽身在国外，但仍眷念黎民，胸怀海岳，向往自由之志。如今，虽然冰心先生已在天国，但她热爱祖国的情怀总会通过女儿吴青，传递给无数热爱她的人们。

我沉思的时候，吴青先生却在客厅外的餐桌上，用一些淡紫色的纸张，包裹一对白瓷茶杯，她边包裹边说："小汪，这是我妈妈的遗物，一对茶杯，送给你做留念吧。"我听到吴老师的话，心里震颤一下，我的感激大于喜悦，并且有一种悲喜交集，却无以言表的矛盾心理，我沉默许久，不知该说什么，我低声对吴青老师说："我受不起……"可我又是一个俗人，能够得到冰心先生生前的遗物，这对于一个平凡的我来说，是太大的荣幸，我难以推辞说不要。

这次与吴青先生交流了些什么，我已记不太清楚，只记得我们说起过斯诺先生。我们出去散步，走在一条铺满金黄落叶的小道上，路旁长长的围墙，铺满了爬山虎深红色的叶子。我搀扶着吴青先生，但她似乎并不需要搀扶，她的一条腿，因股骨头移植而疼痛着，但我似乎始终被她轻轻带着往前走。吴青先生说："一定要从世界的角度看问题，我们中国人不能觉得自己有什么特殊……"我陷入深深的思考，我感觉到：她的身心，一直有着忧国忧民的沉重压力，她总想将母亲爱人民的心愿，表达得更彻底，更完善，更清楚……

中午吴青先生有午休的习惯，散步回来，送她上楼，我没再逗留，我说："累了好好睡一觉。"吴青先生说："希望能睡着……"我鼓励她："能睡着，想点美好的，别想那么多……"我们说着"谢谢"再见了。

七

手里提着冰心先生生前用过的两只茶杯，我脚下的方向，好像早就安排好了，我朝着北大未名湖走去。我一直想在未名湖畔的椅子上坐一坐。我想在阳光里，拿一本书，静静地看上一天，我想陪伴那些曾经把青春的光和生命的热奉献给祖国，又将生命最后安顿在这里的前辈们。当我刚落脚湖畔，手里的布袋子，也同时落在地上，我叫一声"坏了"。只听一声清脆的碎裂，我连忙打开包裹的纸张，一只杯子碰到草地里的石头，破碎了。我心痛无比，怨恨自己不小心，但又马上安慰自己。我想任何事物，一定不能太满，任何事物的存在，都有恒定的宿命，先辈们或许需要用一只杯子碎裂的声音，去祭奠他们曾经暗无声息地离去。

我郑重地提着剩下的一只杯子，和那些曾经完整的生命碎片，一个人绕着未名湖走一圈。我用藏族人转经的方式，朝拜北大一隅的神圣。我甚至不知不觉离开大路，爬上一座自己也不知为何要上去的小山，那里有一座坟墓安静地躺在夕阳里。我非常惊讶，墓碑上写着埃德加·斯诺，这正是吴青先生非常崇敬的国际友人。据说埃德加·斯诺“曾在上海，见到了宋庆龄和鲁迅，引发了他对记录中国人民苦难与向往的中国新文艺的兴趣。后来他对萧乾讲：‘鲁迅是教我懂得中国的一把钥匙。’”而斯诺先生将生命最后一刻，安放在中国的土地上，他传承的依然是冰心先生所倡导，吴青先生所继承的：“有了爱，就有了一切。”

八

再见吴青先生是2017年的最后一天，那天早上，我曾这样写日记：“没想到，2017年最后一天，会在北京度过。我从鲁迅文学院出发，去追求文学梦的路上行走，我的去处有方向，那里有一位老人在等着我，老人供奉着另一位老人的照片，她们是我心里的两盏灯。”

依旧敲开3单元34号门，门上多贴了一张白色的纸条：“1：00—3：00午休时间，医嘱谢客。”我心里一紧，担心正在发生的流感。门开了，吴青先生穿着浅白色的牛仔裤，宝石蓝高领毛衣，花白的头发，闪着银色的光。她的身材修长而挺拔，不像80岁的老人，却像个女学生。一首轻柔的钢琴曲，环绕屋子四周，像一只温柔的手，抚摸每一个角落。窗外淡淡的阳光，洒进屋里，柔和而温暖。这次我终于大胆地环顾四周，客厅阳面的窗台上，有两尊小型的冰心先生雕像：一个是冰心先生怀抱着小猫，和蔼而慈祥。一个是冰心先生沉思静坐年轻时的风采，这与现代文学馆的雕像一样。音响柜上，放着两只白色的小蜡烛，和一个圆玻璃罩，里面是永远盛开的红色绸花，鲜艳而美好，这是永恒的祭献。吴文藻先生和冰心先生从照片里微笑地看我，他们慈爱而安详。旁边是一张陈恕先生与吴青先生挽着手，坐在湖边的照片，他们脸上的笑，洋溢着幸福与欢乐。

听着舒缓的音乐，看着吴青先生恬静的生活，我心里安慰许多，我即将离开北京，不知何时再能与她相见，这次似乎是我们又一次长时间、远距离的分别。我们相约挽手出去走走，她穿一件大红色棉衣，像寒冷冬天里的一团火焰，又像一朵盛开的红梅。吴青先生虽然一个人生活，但冰心先生早已教给她勇敢面对生活一切困难的能力，她始终以真实的自我，面向热爱冰心先生和热爱她的人们，她始终将自己最真的爱奉献给人们。我们互相搀扶着，走在冬天最后的一天，我们搀扶着，向新的一年，新的一天走去，怀揣着我们心里一颗滚烫的爱人的心。

作者简介：汪彤，中国作家协会会员，鲁迅文学院第33届高研班学员，中国散文学会理事，中国报告文学学会会员，甘肃省评论家协会会员。作品发表于《人民文学》《天津文学》《芳草》《飞天》《红豆》《文艺报》《光明日报》等省内外杂志刊物，出版散文集《心若琴弦》《人的美丽是心底的明媚》。获第五届冰心散文奖；获甘肃省第四、五、六届黄河文学奖；入选2014、2015、2016、2017、2018年中国散文排行榜。

一位非虚构写作者的“非虚构”

秦湄毳

她写了《天使PK魔鬼》，一位绝症女孩在生命最后一段微笑面对生活；她写了《山城不可见的故事》，一组底层劳动者的生存图景；她写了《老大姐传》，一位坚持活出自我的农村女性的潇洒一生；她写了《杂病记》，人吃五谷杂粮生百病，病却可见世间百态；她写了《老漂族》，展现为帮儿女带孩子客居异乡的老人的际遇；她写了《食味人间成百年》，有时吃一种食物，也是怀念一个人的一种方式；她写了《无声之辩》，以“中国首位手语律师”的人生传奇为主线，以文学的形式向三千万聋哑人伸出援助之手；她写了《社区现场》，深入挖掘并讲述了社区各种“接地气”的百姓烟火故事；她写了《我的声音，唤你回头》，这是《民法典》与“非虚构”的首次相遇；她写了《疾病之耻》，善意提醒人们正视积弊甚深的疾病误解……

她是当下《北京文学》《中国作家》《解放军文艺》《山西文学》等文学杂志青睐的一个非虚构写作者。她叫李燕燕，许多人称呼她“燕子”。

退役女军人

地方大学毕业后，燕子是带着“厂二代”父母的叮嘱和期盼走进某军医大学机关的，正常情况下，应该努力的方向是成为一个组织处或宣传处“写材料”的“笔杆子”，可她虽中文系毕业，“写材料”却并不在行。起先，燕子并不清楚为什么会这样，也努力学习公文写作，可是收效甚微。直到后来，一位领导提醒她：“要写好材料，你得先琢磨琢磨领导的心思，看看人家究竟在会上想讲些什么。”她这才恍然大悟：原来自己从来就没有观察领导“在想什么”的习惯。

在“老机关”看来，燕子就是个没长心眼

的“傻丫头”，瞧，别人在《解放军报》发了个“豆腐块”，还要藏着掖着绝不声张，可这丫头却不，她一有东西发表，就到处与人炫耀，很是“高调”，“太不稳重”。燕子的高调，延续了若干年，哪怕在高手如云的鲁迅文学院，她依然毫不避讳地推介自觉拿得出手的作品，以及她所认知的“非虚构”。

那个时候，燕子在军医大学还是蛮出名，年轻的她尤其“擅长”写舞台剧的脚本，当然，这所谓的“擅长”，在真正做舞台剧的人看来却是“很业余”。当然，做这些根本不可能让燕子成为“大机关”不可或缺的“人才”。所以，有将近十年的时间，燕子陷入迷茫，很多东西拿不起可又放不下。多年以后，她才知道，当时的迷茫来自“不自知”。

燕子的父母是历经坎坷的“五零后”，又在20世纪90年代双双因为企业不景气而提前退休，窘迫的生活情形使得他们格外“求稳”，所以他们要求女儿要捧稳一个“铁饭碗”。女儿毕业后的路子，父母很满意。

在一次采风活动中，燕子大起胆子在一位“茅盾文学奖”作家以及一群文艺创作骨干的面前，表演了一个很业余的单口剧。没想到，那位著名作家连声叫好。燕子告诉他这个剧是自己原创的，结果他对她说：“好好写下去，我看好你！”

来自“茅奖”获得者的鼓励，让小小的业余作者受宠若惊。那一夜燕子翻来覆去，想到了很多。原来，从大学时代开始，她就开始了写作，写小说、写散文，甚至还和同学一起创建了学生社团——新青年文学社。围绕着校园招新，新青年文学社与早就存在的“太平洋文学社”展开了激烈竞争。值得一提的是，当年曾与燕子一度争得水火不容的“太平洋文学社社长”，也是她的师兄，如今是四川一位名气响亮的诗人。

“文人意味着一生受穷。”父亲曾一再跟她说。所以工作以后燕子从未想过正儿八经搞文学。这次采风前，她的大部分“创作”都是基于“工作需要”。

采风是个转折点，她开始更多地创作“工作以外的东西”，并渐渐“上瘾”。这使她有机会进入解放军艺术学院学习。在那里，她大胆地把自己的一篇纪实作品，发到一位报告文学名家在课堂上留下的邮箱里，原想着大概率是“石沉大海无音讯”，但那位名家几天后居然给她回复了：“你很适合写报告文学。”让她感动又惊喜。

2015年夏天，在解放军艺术学院学习结束的燕子，突然得知即将改革的消息，事关能否继续穿军装以及前路如何，自认长期“不务正业”的她莫名慌了。倒是一位熟识的文学编辑给她打电话：“无论你到什么地方，只要是你热爱的，就一条道走到黑。”这话让她至今印象深刻。

2017年燕子成为一名军队自主择业转业干部，顶了许多压力，却又有机会来到鲁迅文学院学习。从此，开启了她近乎专业的写作之路。

自由撰稿人

首先得认可自己的选择——

毕竟，捧了将近二十年“铁饭碗”，每每身后有个组织，一朝离开还真的不适应。何况，人都是讲“面子”的，“平台”就是“面子”的载体呀！

这就是燕子脱掉军装第一时间跑去某师范学院做聘任教师最真实的想法：有人问，我就跟他说，我在某某大学教书哩！

当然，这个工作燕子并没有做多久。她要跑很多采访。

2019年，燕子仍然不敢坦然承认自己是个“自由撰稿人”，那时她更喜欢向大家介绍自己的社会头衔，比如某区作协副主席，某学会副会长之类。

2023年，43岁的重庆市作家协会副主席李燕燕这些天在忙活一件事——修改自己的“百度百科”。她试图把“自由撰稿人”这个身份给加进简介，岂料这点小事没有预想中那么顺利，连续两次都“未审核过关”，理由是需要找到印证这一身份的相关资料。没有想到现在修改词条都这么严格！于是她又开始在所有被媒体发布过的带着“作者简介”的作品中去扒拉，可结果令人郁闷，暂时还找不着。

能够把自由撰稿人这个身份介绍，想要放在“重庆市作家协会副主席”的前面，燕子说：“我真正认清了自己是谁，自己能做点什么。”

写作的门类很多，怎么最后就认准了写“非虚构”呢？

“因为今天的现实远比虚构精彩。”燕子回答。

23岁。工作调动来到重庆不久，燕子就见识了许多生活中的“反转”。

初来乍到，燕子在宿舍附近的家具店买床，坐着轮椅的老板听了她的口音冲她笑：“小妹，四川那边的吧？”她不知深浅地点头，甚至告诉那个老板她现在的单位。老板很热情，燕子用一个月的工资买下一张不到一米五的“实木床”。两个月后，燕子从床腿隐蔽的蛀洞里惊讶地看到里面的空心，愤怒油然而生。待她翻出购货单据行走如风拐进那个巷子，隔着一段距离，却看见那家店贴着“清仓转租”的告示，卷帘门闭了一半，坐轮椅的老板和妻儿围坐在旁边五金店一侧。她走近正要发作，却看见一只眼睛紧闭凹陷的女人，正把切了三刀的一小牙西瓜，用力掰开，中间的两瓣分别递给女孩和男童。十一二岁的女孩咬了一口：“妈，又沙又甜，就是太少了。”“少？晓得不，西瓜八角钱一斤，不贵嗦？”女人咬了一口手中三角形的瓜块，就只剩下一点淡红。不到三岁的男童嘴里咀嚼着瓜瓤，汁水顺着嘴角流到罩衣上，坐着轮椅的男人一手捧着略大点的三角形瓜块，一手掀起男童罩衣一角，给他擦嘴巴：“吃得完不？吃不完早点说。”注意到燕子站一旁看他们，男人扭过轮椅，愣了半晌，然后一脸真诚憨厚：“小妹，我那个实木床睡起还可以噻？生意不好，我们清仓甩卖，里头东西都打五折，看你还要点啥？”她曾经构想过如何和奸商撕破脸维护自己的权益，可临了只是淡淡地摇头，然后离开。

26岁。一场大手术之后，燕子迅速发胖，生活也遭遇许多困难，心态开始恶化。那些年微博很热闹，她常常趴在电脑前，用“看热闹”的心态寻找比自己还“倒霉”的人。直到燕子在微博上认识一位绝症女孩，并不经意间走进她的生活，陪伴她走过生命的最后一年，亲眼看见亲情与现实、湮灭与重生等一对对复杂矛盾，在这场亲眼见证的生死别离中逐一展开，直击人性与人心。这是燕子人生中又一次重大转折，她由此顿悟：生活，包含太多美好！每一个平凡人，都是一段传奇，记下他们的故事，就是记下了一段生命独特的旅程，就是记下了这个时代。

非虚构的奥妙也就在此：创作，就是记录，是有血有肉地记录。

燕子就此明白了非虚构写作的重要意义。

既然是有血有肉的记录，自然要带着自己

最诚挚的感情。

试问，人们会对什么东西产生感情？那自然要么是自己最熟悉的东西，要么是自己的“心之所向”。

在燕子的笔下，尽见特殊题材和“小人物”，从早期的《天使PK魔鬼》《山城不可见的故事》，再到《老大姐传》《杂病记》《老漂族》，再看《无声之辩》《我的声音，唤你回头》《社区现场》《师范生》《疾病之耻》……有人好意劝告她，如果拿不到“好题材”，恐怕你无论如何发表出版，拿国家大奖都无望。她呵呵一笑，没有回答。

“我一直认为，一个社会，法治、教育和对弱势群体的关爱程度，是彰显文明的最大标志。”燕子说。

“我乃一介布衣，身边的人和事，其实也都是当下精彩的中国故事中的段落，那我就写这‘一叶知秋’吧。”

在鲁院学习期间，燕子最爱吃的是“炒肝”和“卤煮”，全是下水杂碎。她喜欢到人多的街角小店，一边吃，一边顺带听一旁的食客操着“京片儿”讲故事。

做自己的文学

出去采访，燕子与受访者聊得热火朝天。

她是一个能够亲和于那些街头巷尾的婆婆妈妈的女子——花白头发常年随意扎一个马尾，夏天喜欢穿长过膝盖的女式衬衫，踩一双好走路的布鞋，冬天穿一件满布绒球的灰色大衣，配一双有许多折痕的旧运动鞋，因为耳朵不大好，所以说话嗓门很大。她和他们一聊半天，听别人讲述她兴致勃勃，她情感丰沛，很快也会沉浸到别人的故事中，幻想着自己也是其中角色。所以，采访现场她的话特别多，问题也是一个接一个。

倘若有人又从侧面讲了一个故事，并且告诉燕子就在某个近郊的乡村，他可以帮忙联系受访者。那么没有开车的燕子就会轨道转公交再转“火三轮”跑到那个地方，一路小心翼翼躲着狗直到找着站农家院落门口的大姐。

有朋友开玩笑：“现在人贩子多得很，你不怕遭拐走啊？”

“我有啥呀？要相貌老了，要身材没有，所以不怕！”燕子哈哈大笑回答。

吃大姐临时做的农家饭她津津有味，和下力的人一块蹲着吃饭她也有滋有味。她不喜欢留影照相，说很多东西搁在心里就好。

回家，活跃的燕子立刻安静下来。在书房里，她消化着别人的故事，也留意着自己走进那个故事的步履节奏。

对于地方文坛来说，燕子是个“外来者”。军地之间，原本也有差异，于是，已经获得过军事文学奖的燕子还是个“新面孔”。大家好奇地打量着她，她也试图努力融入其中。但是，有的圈子注定无法真正走进去，何况燕子天性不喜欢聚会，不会对人说漂亮话，一沾酒就过敏。所以，后来她也随缘而安了。

在一个将要步入中年的女人那里，即使再与文学关联紧密，文学也不可能成为生活的全部。燕子的日常其实有很多老百姓常见的烦心事，比如，没有余钱在住宅附近再买或租一套房子给父母保持“一碗汤的距离”，导致一地鸡毛的时候，她会感叹“其实好多事情都是可以拿钱解决的”；看到知名同行在朋友圈里秀着山水情趣、情调生活，她会感叹“他们真的跟我不同”；她会在某次获奖或拿到上万元稿酬时请几个要好的朋友吃顿火锅，朋友能让火锅店打个七折让她很高兴，接下来会在心里暗暗盘算这些钱可以有哪些用途：是不是可以给孩子报个班，是不是给父母报个“纯玩团”……可让人称奇的是，生活中的烦心事也屡屡被燕子当作了“非虚构”写作素材——在她的写作概念里，深刻体悟过的生活，与熟悉的人和事一样，都能写。

燕子曾在《文艺报》上发表过《非虚构呈现生活的特点》，她在其中表达过自己的观点：

“非虚构写作，只要属于这种类型，最大的任务，就是尽可能地呈现生活的‘60个面’—— 是的，生活有‘60个面’，甚至远远不止。我们究竟能看见多少个面？我们所见的真实就一定真实吗？甚至我们的视角，亦有平视、仰视、俯视之分。所以，写作者最需要的是在呈现手段上下功夫——‘如何呈现给读者’是作家的本领，‘感受评判’是读者的权利。”

在坦承自由撰稿人身份的同时，燕子也明白自己应当如何面对创作上必须面对的现实：没有平台依靠，没有可以“交换”的资源，不能对得“国奖”有太多奢望，不大可能出现在一些亮眼的文学活动中。自由撰稿人所有的，只有真正拿得出手的作品，以及把文学作为信仰的刊物。她十分清醒，亦愈加勤奋。所以，甚少出现在文友面前的燕子给许多人留下了“闷声发稿”的印象。

“写作码字可以让我暂时忘却许多生活中的烦恼。”一边打字一边吃零食，不知不觉就是一天。

43岁的燕子最近一年更是在学习拒绝——

拒绝写即使报酬不错却不能入心的“命题作文”；拒绝写当初只是为了应对工作、但实际并不在行的各种剧本；甚至为了拒绝盲目跟风而退出了许多群……

不问结果，一切静待岁月安排。

写于2023年3月

作者简介：秦湄毳，女，本名秦海霞，中国作家协会会员，中国煤矿作家协会会员，河南省文学院签约作家，鲁迅文学院高研班学员，多种期刊签约作者，有作品发表在《意林》《读者》《青年文摘》《散文（海外版）》《散文选刊》《小说月报（大字版）》《小说选刊》等期刊，出版多本作品集。

思想者笔记

史小溪

裸体思想者

这就是法国划时代的雕塑家、世界一代艺术大师奥古斯特·罗丹的杰作《思想者》。

裸体思想者：他蹲坐在岩石上，屈膝弓背，躯体魁伟高大，两肩很有力量；他紧蹙双眉，左手搭在左腿上，半握拳的右手背托着下颚，手臂肘依在有力壮实的左腿上，一声不响，神情高度集中，似乎忘掉了周围的一切。这个人正在紧张状态下用他的全部力量在进行思索。他反复推敲过，右臂支在左腿上这种不自然的姿势，他感性中觉得它恰好表达了人从野兽逐渐进化为思想者必须所付出的努力。

那时，罗丹把全部心血都倾注于雕塑《思想者》，虽然一个已近六十岁的人常感到精力不足常为疲惫不堪所折磨而不得不停下来。

但他必须塑造出更为深刻的作品。奥古斯特·罗丹想，希腊人和米开朗基罗塑造了一些极美的人体和完善的形态，他不想雷同那些人体的高贵、优雅或美，他要表现人。人与生俱来的悲剧。《思想者》要成为他雕塑的最后一座史诗般的雕像。

他常良久地陷入沉思。

人学会了思索，他想到，但那是在付出了

艰巨的代价后才学会的。——即使是现在，思索依然是艰难的，也是痛苦的。思索是受罪，是探求：我是谁？我从哪里来？又要到哪里去？为什么？……他要用大于人体两倍的规格来塑造躯体魁伟粗大的“思想者”，他要突出地塑造那个爱沉思的大脑袋和那承受着巨大重量的健壮的大手，以突现那种苦思冥想而坚定不屈的力。

美国作家戴维·韦斯在《我赤裸裸地来》一书里这样描述他：“奥古斯特逐渐认识到：人并不是一个为反抗腐败世界而斗争的文明的生物，而是一个在为脱离动物状态而挣扎着的兽类，而且这种挣扎并不总是成功的。他现在相信，努力脱离兽类而变成一个思想者会带来多么巨大的负担。这就使他决定用两倍于人体的规格来塑造这个最后的雕像，以显示出这种搏斗的艰苦和伟大。”

奥古斯特·罗丹是思想者。艺术家的良知因为插上了思想的翅膀而飞上了新的高度。罗丹的《思想者》就是你，是他。它表达了整个人类的努力，痛苦，整个人类从兽类逐渐进化成思想者而必须付出的艰苦的尝试、搏斗。他可能是我们当中的每一个人……

一九〇六年，正式完工的《思想者》铜像终于胜利安放在巴黎公共广场上的先贤祠前。——它也是他至此第一件矗立于大众场合的作品。

从一八八〇年七月开始雕塑《地狱之门》起，整整二十六个春夏秋冬，他就同这种或那种姿势的“思想者”生活在一起，现在这种状况结束了。这使他感到轻松。

更长一点时间，从他青年时就一次又一次在美术学院派面前“落选”，并一次又一次遭到法兰西学院及其支持者猛烈抨击的状况，也因此而结束了……

思想者，穿越时空，涵盖了整个人类思想的进步！

一九〇七年，权威的牛津大学授予罗丹荣誉博士学位；

一九一六年，国家通过在比隆公寓建立罗丹博物馆的决议；

一九一七年，罗丹死后第六天，他的宿敌——法兰西学院把他选为院士；

一九六三年，《思想者》成了现代世界最著名的雕塑。

当罗丹离开这个曾抚育他的世界七十多年后，一九九三年二月，在北京中国美术馆前大院，巍然地立起了182厘米高的裸体思想者雕像。从问世来从未跨出法兰西国门的“思想者”，破裂第一次远征东方文化最悠久灿烂的文明古国。虽然它来得太突然，太沉重了。但它引起的巨大波澜，超常的狂风暴雨般的强烈效应和人们久久的思考热情，是令人难忘的。

人们终于理解：

裸体不是下流淫秽。

神秘感只会给一个民族造成畸形的心态和

可怕的灾难。

一切伟大的哲学家、思想家、历史学家、文学家、音乐家、画家、数学家、物理学家、医学家都是伟大的思想者。

思想者是普通人，同时又是创世纪的人。

思想者也许出身富华豪门达官显贵，他们的父亲母亲也许是哲学家、数学家、律师、博士、教授。伯特兰·罗素的祖父就担任过首相。亨利·博格森、西·弗洛伊德、恩·卡西尔、让·萨特及本世纪最杰出的物理学家阿·爱因斯坦，还有列夫·托尔斯泰、艾丽·伏尼契、帕希·雪莱，他们青少年时期都受过严格的文化基础训练，他们年轻时获得的文化教养学养无疑是第一流的。

但更多的思想者往往坠地寒门，是从没受过正规教育的"流浪者"。罗丹的父亲就是一位法国农民，他和他那位同样农家出身的妻子都不会写字。编纂世界第一部《百科全书》的德尼·狄德罗，出生于一个制刀匠家庭；还有让·卢梭、斯汤达尔、莱纳·里尔克、夏尔·波德莱尔、欧内斯特·海明威、米·萧洛霍夫、海因里希·伯尔等人，他们或者当杂货店职员、小客栈学徒、仆人，或学裁缝、修鞋、抄乐谱、管理档案、做小贩、混戏班子、干小水泥匠、当兵打仗，或像乞丐一样进过收容所……他们漂泊羁旅流落颠沛的全部苦难组成了他们的幸福，并以他们卓越的成就而达到所从事那个事业的辉煌高峰。

思想者的心是裸露着的。

当十九世纪雕塑艺术徘徊于漂亮的大理石宁芙、呆板的寓言人物和超凡的英雄塑像之间而濒临灭亡的时候，罗丹以自己的劳动和创造，昭示雕塑家的双手能够不加美化地塑造出普通人物的英雄气概。这种气概来自赋予肉体以尊严的，人类不可征服的灵魂和不可抗拒的生命力。

罗丹说："裸体同淫秽或放荡毫无关系，它表现的是真实。雕塑家不应当隐藏任何东西。"于是，他在雕塑中突出被当时习俗判定为丑的东西，例如赤裸而有力度的体魄，粗糙皮肤上的皱纹，迟钝的五官以及扭曲的肌肉……罗丹把雕塑艺术从进退维谷中引出了辽阔的荒原，领上了希望之土。

"人必须用雷霆和烟火向迟钝而昏睡的灵魂说话。"面对那个时代迷惘沉闷贫乏枯竭的精神危机，弗利德里希·尼采曾这样赤裸裸宣言过。这位十九世纪下半叶的德国哲学家，同时因其思想在我们这个时代的巨大影响而视为二十世纪的思想家，曾经喊出最惊动人心的口号："上帝死了！"

上帝，西方思想界虚构的权威，操纵人类命运的人。即使造神、僵化，依然把他镀上一层虚炫的光，作为神圣不可侵犯亵渎的神灵。

尼采藐视权威，他对西方两大传统思想(希腊理性主义思潮和基督教信仰)进行了彻底反叛。这在某种程度上使他走向极端，但他"具有破坏性的思想”不啻是那个乌云滚滚翻腾时代劈开天宇的闪电和惊动大地的霹雳，他说：“上帝已退化为生命的对立物而不是作为生活的理想化和永远的首肯。”人类要靠自己的意志实现自身的解放。在人类自己这个根本无秩序和非理性的精神世界，那些“充分体现生命意义的人，具有旺盛创造力的人，才是生活中的强者”。

“上帝就是自己！”尼采的话，像荒莽沙漠亘古戈壁里冒出的一泓泉流，给僵硬窒息的古老带来生机，激活了几代人的思想。

思想者对人类命运有一种真诚的忧虑和终极性的关怀。于是他们总是踏着一条布满荆棘蒺藜的路。

他们为从秽行中获得精神的解脱和心灵的自由，而承受着可怕的郁闷，孤独。他们珍爱流水般的时光，由于他们的不善交际不愿俯就某种权威和超常的睿智，深邃，犀利，横溢的才华，而备受令人惊心与泣血的迫害磨难。正如叔本华《读书与书籍》中指出的：“我很希望有人来写一部悲剧性的历史，他要在其中叙述：世界上许多国家，无不以其大文豪乃大艺术家为荣，但在他们生前，却遭到虐待；他要在其中描写：在一切时代和所有的国家中，真和善常对着邪和恶作无穷的斗争；他要描写：除了少数人士之外，他们从未被赏识和关心，反而常受压迫，或流离颠沛，或贫寒饥苦，而富贵荣华则为庸碌卑鄙者所享受，他们的情形和创世纪的耶稣相似。”

罗丹，一直糟糕地重复着学院派诋毁诽谤压制和蔑视的命运，甚至人格的唾骂。快四十岁了，仍没有得到公众的承认。即使在朋友奔波疏通关系中偶尔入选沙龙展览的作品，也只是一次次地被安放在靠在最后边的、窄小而阴暗的角落。

……罗丹在病榻上曾悲哀地想过：“正当一个人学的东西越来越多的时候，他却丧失了力量。”他最后是在衰弱，疾病，寒冷，残酷战争造成的混乱及“很少有人再来看他”的孤独中悲惨地告别了人世的。

让·卢梭，一个留给人类《爱弥尔》《忏悔录》，对世界影响深远而复杂的人物，法国大革命中民主共和派曾视他为精神导师。正为此，他激起新旧教会、政府、法官、附庸御用作家联合在一起的疯狂攻击。他们下令烧毁他的书，到处追捕迫害他，他不得不开始颠沛流离的逃亡，从莫蒂亚到圣彼得岛又到阿尔卑斯山……

他在孤独和不幸中疯疯癫癫地活了最后八年：

荒凉郊外的葡萄园和草地的小径，曾有一位孤独的老者，常在那儿怃然良久地望着远处那一簇簇尖顶的小茅屋及它上面升起的一缕缕轻袅无依的蓝色炊烟……然后踉踉跄跄呓语：“我在世上落得孤零零的了……像一只衰老的悲鸣着的夜莺，在寂寥的林中发出低低的吟唱”……这一段话，来自他痛苦的回忆录《一个孤独的散步者的遐想》。

孤孤独独疯疯癫癫的长长队列中还有哲学家尼采、博格森，大画家凡高、罗赛蒂，音乐家巴赫、罕德尔、伯辽兹，大数学家笛卡尔、哈密顿、阿贝尔，大作家波德莱尔、卡夫卡、沃尔芙、茨威格、雪莱、兰姆、海明威、弗兹查拉尔德、三岛由纪夫……

尼采十年漂泊，萍踪无定，辗转独行。他的一生的大部分时间均受到人际纠纷、疾病缠身和无人理解的三重折磨。他的代表作《查拉图斯特拉如是说》一书的第四部分仅印刷了四十册，他被人们视为“疯子”“醉汉”……

那是一种怎样疲倦、寂寞和令人心碎的孤独啊：“天穹悬挂在黄金的蛛网里。一个畸零人无家可归，站在冬日荒凉的大地上，像一缕青烟，把寒冷的天空寻求。”他就在这样的疯狂状况中生活了十年，然后恓惶地死去……

但是，不论多么可怕的孤独，思想者的情感都永远在心海中喧嚣与骚动，思想者的灵魂在任何情况下都在焦灼不安地悸动。他们的孤独不是身心冷酷，神志麻木，更不是远离尘世，逃避现实，而是对生命对事业强烈渴望的苦涩。

他们，勇敢地承受生活的挤压和社会堕落。

你看那本当初仅印了四十册（今天传播于世界每个角落）的《查拉图斯特拉如是说》说得多好：

有许多重物要由精神来承担，要由人们敬畏寓于其中的强力负载的精神承担，它的力量渴望重物，渴望最重物。

“什么是重物？”负载它的精神这样问道。

于是跪下，像骆驼一样将重物载起。

思想者，像骆驼一样将重物载起。并为征服，为自己的气力感到骄傲。

你再看凡高的那幅风景画倾注了他多少激情与赤诚的爱啊，那火焰一般色彩鲜明而亮丽的向日葵花，给人多少强烈的情感诱惑啊！那是思想者内心世界的映照和释放的生命鲜花。——不为人世所理解，却独自一人享受着那份孤独，毫不犹豫地抛开个人的不幸和挫折，用梦幻般的爱恋抚慰这个人类星球，用艺术去战胜人生心灵上的创伤和苦难，那就是一切思想者和他们袒露出的高贵精神……

一切的幸福和不幸，皆因“人类过早地学会了思索”（罗丹）。

意大利作曲家威尔地，在他的歌剧《纳布科》中有一首歌：“飞吧，思想，乘着金色的翅膀。”

德国哲学家黑格尔曾十分赞赏这样一个

比喻：“密涅瓦的猫头鹰要等到黄昏到来才会起飞。”密涅瓦即阿西娜，希腊罗马神话中的智慧女神；栖落在她身边的猫头鹰，是思想和理性的象征。

整个人类思想艺术宝库，无论是东方的还是西方的，无论是《兵马俑》还是《思想者》；无论是《圣经》还是《论语》；无论是《富国论》《资本论》《相对论》《物种起源》，还是《李太白全集》《红楼梦》……都是人类共同的宝贵财富。这财富，已给了我们足以从中吸取的丰富营养和生气勃勃的飞翔力量。

——思想犹如黄昏时振动翅膀的猫头鹰。人类历史社会，需要一代又一代的“思想者”，为使人类的夜空更加星光灿烂，为使人类社会在“哲思”中不断地拓展进取。

青春慢

陈奕娟

我抗拒遗忘，然而那些逝去的日子，像青春一样回不来，梦幻的追忆也不能复原历史的片段。

命运的典籍，大书着奋斗二字，却在“宿命”的框架中囿禁，犹如人生的脚步总在有形无形的屋宇和道路中自缚或它缚，青春的放逐和漂泊也被一根无形的长线牵拽，一如风筝在有限的自由中无法安顿一颗失重的心，只等耗尽神赐的最后一丝风力尔后坠落。

坠落使得漂泊的终极目标获得了意犹未尽的意义，这种意义是用来诠释生命行走的方向。这个方向是反向的，是游子蓦然的回首，这是怀念的方式。

故乡是用来怀念的，青春是用来追忆的，那些伤害过我的人，帮助过我的人，都在回望中为青春赋上了新的寓意。一如于尘世的低处仰望夜空，我用一颗心，从胸膛里掏出，举过头顶让它滚烫的温度，稀释空中的寒冷，为的是让自己生命冷却的速率放缓。当冷风吹来之际，我习惯环臂抱紧自己，小心翼翼呵护生命烛焰渐渐黯然的暖意，在青春的烛芯之上静静地缓缓地燃烧，这是我的青春，这是我的青春慢……

——题记

“当所有想的说的要的爱的 / 都挤在心脏 / 行李箱里装不下我想去的远方 / 这来的去的给的欠的算一种褒奖 / 风吹草低见惆怅 / 抬头至少还有光 / 把烦恼痛了吞了认了算了 / 不对别人讲 / 谁还没有辜负几段昂贵的时光。”

第一次听毛不易的《牧马城市》，感悟出一抹阴郁隐忍的愁绪弥散于青春独行的江湖上空，化作沧桑的声音透析出异乡人心中的心酸和无奈。有人说，大抵没有那么多的迷惘与感伤，只是被破闸的旋律泄放了江湖的情与殇。每个人心底都有一座城，城的坚硬外壳裹严了柔软的故事。一如《牧马城市》中的远游者，在城市中牧马般的放牧自己。

一如当年未满15岁豆蔻年华的我，懵懵懂懂地闯进远方别人的城市，开始放牧自己的青春。

1

我的青春，从千禧年的第一缕晨曦中开始。

1999年，腊月二十六，母亲经不住我多日的纠缠，终于去向大伯母借来户口簿，带我一起去镇上的派出所办身份证。就这样，未满15周岁的我，以大我六岁的堂姐的户口簿身份，贴上父亲给我拍的黑白证件照，办了一张临时的身份证。临时的身份证即办即取，办证的工作人员，在我脸上扫了几眼，喃喃自语地说：那么小的娃，不在家好好读书，非得去打工……

时值世纪交替年代，正是沿海城市打工潮汹涌之时，这对一个乡村女孩往往是一种远方的诱惑。而对于我来说，则是一种现实的考量和选择抑或逃离：永远考不及格的数学，令我厌学；学费，对于贫困农村家庭的我，更是心中的压力。每学期的学费，都要快到学期结束时东凑西凑才能筹到，父母的叹息催生了我心中弃学的意念和行动：出去打工，赚到钱再回来继续读书。

离家前夕，母亲问我想吃什么，我说想吃皮蛋瘦肉粥。第二天，母亲起得很早，煮了一锅混合着皮蛋、瘦肉和葱花的粥，鲜香扑鼻，让我大快朵颐。母亲还煮了6个平时舍不得吃的鸡蛋，塞进了我的布包里。父亲怔怔地看着我，眼神有些潮润，嘴唇嗫嚅着“路上注意安全，小心钱物”之类的话。我傻傻地站着，心中那别离的不舍，被对外面世界的憧憬稀释：不用再面对那些头疼的数学卷了，不用再红着脸回答班主任催交学费了……

2000年正月初四，背着简单的行囊，我走出家门。初中同学李欣骑着自行车，从平山村赶来木棉村为我送行。她是前几天得知我办身份证要去打工的事。奶奶也来了，从怀里掏出一个红包给我。真难得哩，长这么大，我每年年初一都给她拜年说吉利话，她从没给过我和弟弟打赏钱呢，每年总是那句“快长高快长大”。李欣也从口袋里掏出五块钱，向母亲讨了个空红包，把五块钱装进红包递到我手里，嘱我多写信回来，下次回来要记得找她玩，跟她说说外面的世界。我一边诺诺应答，一边把收获的几个红包分别塞进身上的几个口袋。那是听从父亲的交代：钱要随身带，还要分开装，路上防小偷。还好，外婆给我买的牛仔背带裤有好多口袋，而且又大又深又贴身，装钱不易掉。外婆知道我们家经济不好，年前就送钱来给母亲，为我们安排买新衣过好年。

乘坐公交车往北流汽车站，挥别亲人和故土，踏上去中山古镇曹步的班车。平生第一次坐班车，第一次出远门。感觉特别新奇，心中兴奋不已，和同行的几个姐妹好不开心叽叽喳喳聊着，憧憬着美好的未来。班车是卧铺车，可睡可坐。望着车窗外，故乡的影子，电影般地闪过，渐渐远去、远去……

2

不知什么时候，在同行伙伴的呼喊里，我

从沉睡中醒来。在曹步下车后，比我年长三岁的邱小燕，把我们几个带到她打工的制衣厂里。

拖着行李走进工厂大门，走进宿舍，就看见地上有蟑螂惊慌地奔逃。放下行李，邱小燕轻声介绍说，这是个三四百人的厂子，宿舍平常很少有蟑螂，是那些留厂过年的人，在宿舍里煮东西吃引来的蟑螂。

已是凌晨两点多，我们怕吵到宿舍正睡的人，就脱下外套，盖上邱小燕借来的被子，睡下了。我和邱月兰害怕蟑螂，便特意选了上铺。春寒料峭，室内居然还有蚊子。似乎蚊子也欺生，夜色中不时响起我们几个人的巴掌声。

一夜难眠，迷迷糊糊到早晨六点多。有人起床，有人刷牙，有人收拾东西，有人和邱小燕聊天。“小燕，你胆子够大啊，一个人带六个小妹仔出来，她们都比你小几岁吧！有身份证的吗？到时厂里不收她们就惨了，你忘了厂里被查童工的事？”

“应该没事吧！她们都有身份证的，临时的也不太要紧吧！厂里缺人，肯定会大量招工！”邱小燕一边应答着工友担忧的询问，一边交代我们几个先在宿舍待着，等她先去打卡上班后和厂里说好，再带我们去面试填表。

八点多，穿着工衣的邱小燕回来说：“厂长说了，叫你们带上身份证去面试，你们六人，不一定全都能进厂哦！我们来晚了，昨天招了一百多人呢！早知道我们初三就出发了。”

我们几个听了，心里有点忐忑，我更是没想到，这个条件不怎样的厂也这么多人抢着进。

尾随邱小燕进了厂长办公室，一个姓莫的主管面试，厂长不怎么说话。莫主管头发微微蓬乱，高高的鼻梁上架了一副眼镜，一双不算明亮的眼睛却像一面镜子，似乎能穿透我们的内心。

轮到我面试时，他念两次都没念对我的名字。不对，是堂姐的名字。也是，堂姐说，她上学那么多年，就没几个老师能正确喊出她的名字。我看着主管，小心翼翼地补充：我叫陈孚侃。

或许是我抢了主管的话，又或者是主管觉得自己没念对我的名字，还被我纠正，多少落了他的脸面，他对我说话的语气不太好，冷眼扫过来，充满不屑，手里捏着我的临时身份证，死死盯着我的脸，大声说：陈孚侃，你今年几岁了？

我有点胆怯，答：21了。主管又问：身份证号码是多少？还好，我提前做了功课，早将堂姐的身份证号背得滚瓜烂熟。他分明就是在为难我，没听说面试要背身份证号啊。

“你糊弄谁呢？一看就是十三四岁的小丫头片子，还敢说自己是二十多岁的大姑娘，还是个临时的身份证，一看就知道是假的，你是想让我们厂挨罚吗？”主管转过头，对厂长说：年经小小的就不实诚，她们恐怕都是一路货色，一群小骗子，还是不收为好……

结果，邱小燕带来的六个人，厂里却只收了一个。其他五个姐妹面临着重新找工作的困境。虽说当初来广东，邱小燕是向父亲打包票说她们厂大量招工，我们去了肯定能进厂上班，父亲才放心让我跟她出来，现在进不了厂，我也丝毫没有怪她。相反，我还担心是我的假身份证祸及了其他姐妹，会不会影响到邱小燕以后的工作？我就不知道了。

邱小燕说，进不了厂是不能在宿舍停留的，先出厂，等中午下班了再带我们找厂，还说出门往左走也有厂，叫我们先自己去看下。后来还说了什么，我已经没心思听了。她已经很够意思了，最起码她肯带我们出门，最起码我们来的第一晚，是她求门卫放我们进宿舍过了夜。她就一平平凡凡的打工妹，能不能进得了厂，不是她说了算的。于是，我们5个，在门卫来查房前，恹恹地拖着行李离开了制衣厂。

她们还好，都有可以拉着走的皮箱，虽说邱月兰的皮箱卖相不太好，有点旧，有个轮子还坏了，拉着走起路来，铿铿地响，抑扬顿挫的，很不一样。也许是她哥哥还是姐姐用过不要了，扔了又觉得可惜传给了她吧！但总比我好，我的是行李袋，是当年母亲外出打工时用的，很平常的那种配上拉链的帆布袋。

虽然家在农村，但因一直有父母的呵护，我也是个没怎么吃过苦的人。我个子不高，八十斤左右，提着行李袋走，刚开始有点喘，后来浑身酸痛，双脚都快迈不开了。路上，邱芬还帮我把行李放在她的行李箱上拉了一截。我行李袋里有好几个粽子，有点沉。走了一段，我没好意思再让她帮我拉。

乍暖还寒的春天，我背心却在冒汗，我直接把外套扣子解开，不敢脱，脱了还得拿，这会直接增加我的负担。走走我又摸摸暗袋里的钱还在不在。当然，牛仔背带裤口袋的钱，我也时不时去摸摸，生怕有个闪失。幸好一路上保护得好好的，钱没被人摸了去。

除去路费，还剩四百多块。那是过年长辈给的一块、两块、五块、十块凑起的打赏钱。外婆知道我要外出打工，给的打赏钱也比往年多，父亲还给了我三百块，那是他大过年的，觍着脸去讨回来的工钱里的一部分。长这么大，这是唯一一年母亲没把我得来的打赏钱没收。估计母亲过年前置年货，也花费不少，她得精打细算，还得为开学的弟弟凑学费呢，我可得好好支使这笔钱，不能乱花。

对了，在这里，我得说说奶奶给我的红包，六块八毛。家里人给出门打工的人红包，里面装的数字都是什么三块八、六块八，八块八的，就图个好兆头。奶奶给的红包不就寓意着我要一路发嘛！可如今这光景，与其想着发不发，不如想想如何找个落脚点才是最重要的。

我们沿着工业区的路走，有不少车经过，有摩的问我们要打车吗，还有我们家乡的班车经过，突然之间我就想家了。低头耷脑的，很是没出息，才离家不到24小时呢！

走了好久的路，她们在聊天，我偶尔回一两句，有些没太注意听。有时觉得她们聊的事情太过遥远，有那精气神，还不如先想想今晚在哪过夜来得实际。后来又觉得，我们不过都是十来岁的小丫头片子，多好的年纪啊！就许我在这愁，就不许别人讨论一下美好的事情？

在这里，我得说说她们几个的年龄。高个子的陈冬萍过三个月满18岁，她和陈其壮都是木棉村12队的，听说她因为差几分没考上高中，就不想读书了，之前一直在家，帮家人种茉莉花茶卖。陈其壮17岁（家里有两个兄长很宠她，还有个双胞胎姐姐）。陈其壮个子小，短发粗眉，再加上男性化的名字，说起话来牙尖嘴利的，活脱脱一假小子，调皮得不成样子。邱春梅比我小两个月，算是我们当中最漂亮的妹仔：皮肤白净，双眼皮，小酒窝，笑起来煞是好看。邱芬，是我们几个中家境最好的。从小在城里长大，跟我们一道出来打工，纯属过家家。

我的手因久提行李而酸软得不行，我想和她们商量停下来休息一下，忽被前面排队等着应聘的队伍吸引。那是一个环境不错，规模不小的灯饰厂。厂房很大，也很漂亮，里面还有大大的草坪和漂亮的花园，和我们路上见到的工厂根本不是一个档次。想到我们以后会在这个厂里上班，我们几个对视一下，开心地笑了。

厂门口摆着两棵缀满红包大橘子树盆景，那对圆鼓鼓的大红灯笼，像个用刀子划上均匀雅致的经线一样的苹果，还散发着年的温馨与甜丝丝的柔意，这暖人心的灯笼，让人不经意间感觉春意融融。

我们几个融入了长长的队伍，听他们说，这厂入职门槛低，工资发放及时，各项福利不错，规章制度也比较规范。我们看到了里面的人，胸前都挂着一个纸牌牌，纸牌牌上贴着照片，后来我们才知道那是厂牌。这些人全都行色匆匆，一脸倦色。和他们身上鲜亮的厂服相比，我们身上的衣服还是陈旧的款式，非常土气。我羡慕地望着他们，很想马上就成为他们当中的一员。

我们排了差不多一小时的队才到大门口，看到招工板上写着招工要求：女性，18－25岁，初中毕业，身体健康，五官端正，400元以上/月。结果可想而知，未满18的我们，都没能进入这个看似不错的灯饰厂。

我们这支“少女找工队”，犹如初上战场败退下来的残兵败将，在别人的城镇街道上去寻觅人生转机的下一站，在命运的战场上初次体验挫败而茫然无助的孤苦。身边不时轰响着蹿越而过的摩托，我们逃荒般的形态曝光在光怪陆离的街边。

这是城市的边缘，世界的目光没有一缕斜在我们沾满尘灰的脸颊。灰暗的尘迹屏蔽了我们脸上花季初绽的纯洁与灿烂。我望望她们脸上，笑容渐渐散去，宛如叆叇的乌云弥漫，最后定格为南方天空下的一抹灰暗，那是我们共同托起的头顶上的青春的天空……

3

我们只能拖着行李继续向前走，不放过任何一个厂子。每经过一个厂，都跑到大门前看招工启事。有的工厂，远远就闻到一股刺鼻的怪味，虽然不知道这是什么味，就算没学过化学的我也知道，这些怪味肯定是对人体有害的。不知道这些明显对人体有害的工厂，怎么可以堂而皇之地建在人群聚集地？也许是内地涌入的人太多了吧，很多工厂就连普通员工也需要熟手工。

我们累到不行。遭遇了多家工厂拒绝后，之前叽叽喳喳的小姐妹们都不再吭声，也许是太累了，也许是被现实打击得士气消沉，无力无心说话。但一想到找不到工作就得露宿街头，我们都不敢停下脚步。

就在我们一筹莫展之际，或许是老天可怜我们，终于，我们进了一家新开的名叫荣泰的灯饰厂。这新开的小厂，入厂要求不严。碰了半天的灰，已经知道未成年的我们，正规的工厂是没法进去，哪怕有一间小房子给我落脚就够了。我们几个姐妹关起门来，似乎想把一天来遇到的种种委屈和心酸都关在门外。就这样，我与灯饰这个行业，从此结下了不解之缘。

灯泡在生产的过程中，需要用到扣丝机对灯芯钨丝进一步的加工，再将灯泡钨丝穿入灯芯管。而我的工作就是坐在一台手动扣丝机边前，用镊子把比头发还细的钨丝夹起来，然后在大约有0.2厘米大的芯柱的钩上挂成半弧形，再踩扣丝机压紧做成灯芯。

这是一项需要手眼协调，再用脚配合的细致工作。夹钨丝时，得用巧劲，用力过小夹不起来，用力过大钨丝会夹断，导致做成的灯管不能发亮。如果操作不当，下一道工序套灯芯管会退回来，合格率达不到就要扣钱。压紧芯柱的时候，也很讲究，踩重了，会直接把钨丝压坏，踩轻了，会跳丝，钨丝都没挂好，灯就不能亮。这些，我都有仔细琢磨，因此我做的产品，合格率很高，下一道工序的工友自然喜欢，因为节省了时间，提高了效率，这与大家的工资都挂钩的。

可别小看这工作，可不是每个人都能做得好的。比如邱芬，她做的货，压坏和跳丝的都不少，每小时都有不少被退货，这大大影响了她的进度，也遭工友排斥，大家都不想做她的货。她耐心本来就不太好，偏偏扣丝是一项极需耐心的工作。上班不到一周，她终于忍不住，与套管的同事大吵一架，哭着打了她父亲的电话（说了什么我没听清楚）。第二天，她那腰间戴着BP机的父亲就从广西开着小车来接她回家继续读书了。没想到，邱芬家里这么有钱，那时我家最值钱的就是父亲借钱买来的125摩托车。

邱芬离开那天，我们都下楼去送她。老天爷竟下起了雨，邱芬和我们告别后钻进车，车子一溜烟驰去，逐渐化作模糊的影子。

邱芬的前方是家，是学校，而我的前方又是什么呢？我的眼眶不禁一阵酸涩湿润，溢出一缕液体无声从脸颊划过。此时，我心里涌起一阵羡慕：邱芬命好啊，撒个娇，父亲就千里迢迢过来接她回家。可我……

回到工位上，我的那些工友还在跟着磁带机声嘶力竭却压低嗓门唱歌，歌声在这乏味的工厂里注入一股生命的朝气和活力。音乐的旋律在车间里弥漫着一种青春莫名的喜气，渐渐地把我心头的忧伤稀释、淹没。

邱芬的离去，让我想了很多，连日来，一抹愁绪盘旋心际挥之不去，吃饭都不香了。伙食不好，煮饭的是四川人（主管的老婆）。菜谱全是麻辣的，连青菜都放辣椒。我们向她提出要求和建议，她就改做冬瓜炖肉，然而一大锅菜端上来，里面的肥肉就只二三坨，几乎全是冬瓜。这对正在青春成长期、体能消耗大的人，显然无法提供足够的能量。一盆饭菜下肚，不多久肚子又咕咕叫了。第一次远离家门，居然要面对这种食不果腹的生活，不由想起那句民谚：“在家千日好，出门一朝难。”

忽一日，郁闷低头工作时，忽觉有一缕目光落在身上，抬眼一看，原是老板娘温柔凝视的目光。老板娘是本地人，美丽善良，说话温声细语，没有一点老板娘的架子，看得出，她身上没有一点看不起我们这些打工妹的迹象。

她问我，怎么起“陈孚侃”这个名字？我如实相告。她用异样的眼神凝视我，少顷，对我说：你的名字不好叫，可以用回自己的本名或另取一个名。我想了想，我本名中的奕字，经常有人写错或念错，不是写成变就是念成恋，改就改吧。我抬头对她说：那以后就叫我陈小雨吧！她说，好。然后，她对我说了些宽慰的话，便离去。

在老板娘的疏导下，想起离家的初心，想到母亲的话语、父亲欲言又止的眼神，我慢慢坚持了下来。我是春天出生的雨，代表着希望，代表着开始，代表着生机与活力。我要像春雨一样飞泻生命激情，洗去生命领空往昔的尘埃，为新一年的大地滋育光彩……

4

那个年代里，车马很慢，书信很远，我能做的就是打打电话诉衷肠。“大哥大”在当时属于高级奢侈品级别的产品，开着桑塔纳，手握“大哥大”，是当年的成功人士的标配。哪怕拥有一台 BP 机，也是一件值得炫耀的事。在腰上佩戴一部 BP 机，是一种时髦、有派头的生活方式。大家交换的并不是各自的固定电话号码，而是自己的 BP 机号码。BP 机在人们的腰间演绎着别样的风情，那时，最潮最常说的一句话就是“有事 call 我”。之前，我就看到邱芬的父亲腰上别着 BP 机，邱芬还和我们说过 BP 机的功能。

我从家里带来的那几百块钱，除了买必要的铺盖被褥等生活用品，买了一些邮票，然后就是打长途电话。打电话，得先打电话给邻居，通知父母过来接电话才能正式通话，很是麻烦。父母也心疼电话费贵，问完每天做什么工，和工友相处得如何，一天能拿多少钱等，就挂电话。

我们厂楼下小卖部那部按键式电话，就像宝贝一样，常常被锁在小木盒子里，只有手柄在外，只能接不能打。能打的时候，排队不说，八毛钱一分钟的电话费，让不少人望而却步，也让我忒心疼了。但我还是捺不住想家的心，一样地花钱打电话。

我知道，学校已经开学三周了。母亲打来电话说，卢老师和同学们都知道了我辍学的事情。卢老师今天已是第二次来家访（第一次家访的事母亲没告诉我），母亲叫我务必打个电话给卢老师。

五点半下班，饭都没吃，我就冲下一楼小卖部给卢老师打电话。电话通了后，我迟疑了几秒才开口，一开口就哽咽。卢老师在电话那头问我：你那么喜欢学习的一个人，怎么不读书了呢？学校广播室的编辑你也不想做了吗？还是有什么难处？

我该如何回答卢老师，我一个懵懂无知未满 15 岁的山村女孩，在没有充分理由说服自己和家人的时候，竟然冒冒失失地踏上了漂泊之路。像一根小草连根拔走，却没有想过把根扎在哪里。打工生涯的辛苦与心酸，加上每天都重复上班下班机器般呆板乏味的生活，使我一直都有重回教室的念头。

可此时我却倔强地说：老师，我数学成绩太差了，家里条件又不好……我至今都没忘记卢老师的回答：你数学成绩差，可以叫麦洁、李凤帮补课，家里条件不好我可以补贴一点学费，这些问题都是可以解决的，前提是你得回来继续读书才有希望啊！怎能遇到一点点挫折就放弃了呢？

我的心一再动摇，若不是身上的钱所剩无几，恨不得立马坐车回家去学校读书。我怎能忘怀，这才上了一年多的初中生活啊！对新学校、同学，对一切充满好奇，新课程如阳光般色彩鲜明、有着灵思奥妙的字句我更是喜欢。那些文字给我带来了幻想，那幻想又像阳光般那么虚无缥缈地飞行着，让我陷入深思，很想把一种突如其来的心情用文字写下来，于是慢慢记录。那时候，每当听到语文老师表扬某某同学的作文写得好时，我就羡慕不已。

为了得到老师的表扬，我看了不少的书，努力认真地写作文。终于等到我的作文被当成范文让老师在讲台上读，一篇、两篇、三篇，很多篇。后来上初二，负责学校广播室的卢老师做了我们班主任，在了解到我的情况后，推荐我去做了广播室的编辑，还对我说了很多鼓励的话……

后来，卢老师还说了一番让我心如针扎般的话。他说：对于一个农村女孩子来说，不多读点书意味着什么！运气好的嫁一个好男人生儿育女劳碌一生；运气不好的，嫁一个脾气坏又不顾家的男人，那就要过一生悲惨的日子了。只有多读书，才能更自由。特别是女子，读书是为了将来有更多选择的权利，而不是被迫谋生，被迫嫁人。听完，我一直在眼圈里打转的眼泪，一下子就掉了下来……

3 月 22 日这天，是我的 15 周岁生日，我最想得到的礼物是，听听家人的叮嘱和卢老师的教诲。中午，我先给卢老师打了电话，他知道是我的生日，还把几个和我玩得好的同学都喊来接电话，我颇有兴趣地和同学们聊起了我的打工生活，还和他们说，过不了多久，我领了工资就能回家上学了。他们很是为我高兴，觉得我出去一趟涨了不少知识。

我拨通了邻居家的电话，午饭过后，父亲母亲已经在那里等着我。我对父亲说了重回教室的想法。让我没想到的是，父亲不再像之前那样，以他的打工经验教导我如何应对发生的事情，而是劈头劈脑地把我骂了一顿。我委屈又难过，觉得父亲不像以前那么对我好了，正在气头上直接怼了一句：我就是想回家读书，你不帮我交学费，我自己挣钱交。父亲气冲冲地挂了我的电话，父女俩就这样不欢而散。

五点半的时候，接到了父亲气消后的电话。那次和父亲的通话内容，我至今无法忘怀。那天，我才明白，我离家时，父亲为什么欲言又止。父亲在电话里说，他吃过太多打工的苦，不想我太早步入这个社会的大染缸。之所以没钱也要借钱给我捎上，那是给我预留回家的路费。父亲极力反对我出门打工，说我年纪小办不了身份证，故意不带我去，是我背着父亲拉着母亲去借户口簿办的身份证。想到当初不听他苦口婆心的劝说，我还是毅然放弃学业，最后，父亲掷下一句“每个人都要为自己的选择买单”，我从 15 岁记到了现在……

我哭过、闹过、恨过，最终，我还是为自己的选择买了单，心里头咬紧牙关，狠狠地下定决心，继续打工。

5

2000 年 9 月中旬，我们厂从曹一村搬到曹二村。新的厂房，车间还好，就在一幢小两层的楼里。一楼大车间放扣丝机，边上一个小房间里改造成了套管车间；二楼是老板娘的办公室和测试车间。这就是小工厂的全部家当了。

一排排简易房构成整片的社区和一条条小巷，楼上楼下紧挨的房门前都是一个个小铁锁，还有关紧的木头窗子，几个开着的房门上写着“租房”“开水”“长途电话”，沿路堆放着垃圾，不时有行色匆匆的年轻人从小巷穿过。从小巷仰头望去，隐约可见许多高层住宅。

老板给我们租的宿舍就一间一百多平方大的铁皮房，在最偏的角落。大小倒是不打紧，关键是 30 多个男女要同住，这怎么方便呢？这不乱套吗？老板知道我们都喜欢老板娘，特意让她来给我们做思想工作，说现在只是过渡期，新宿舍还在出租，租期还没到……

虽然我们不愿意，但和男工友共居一室却是不争的事实，虽然男工友只有五个。真难以想象，这么一间铁皮房，又低矮又潮湿，一个月租金就要1000多块了，真是抢钱啊。我们家的房子要是像这样租出来，每月仅房租就可以赚一大笔钱，父母就不用因为学费的事情发愁，更不会反对我回家读书。想到这里，我不禁黯然神伤。

我不知道在这个陌生的地方，即将开始的新生活是什么样子，但所有的一切都让我不习惯。老板娘带我们到宿舍的一个角落，说这就是洗澡的地方，我们一下傻了眼。

那个用来洗澡的地方，老板娘叫冲凉房，就在铁皮房角落，用几块又窄又薄的木板搭成，不过五六个平方，头顶上方胡乱地搭了一块类似石棉瓦的东西，也只遮住了半个头顶。自来水是临时接的，水管还露在外面，一不留神，就能把人绊倒。透过巴掌宽的缝隙，古铜色的皮肤隐约可见，“哗哗”的冲水声传来。那是有人在里面洗澡。

我望了望冲凉房四周所谓的房门，赶紧拉着邱春梅退回到摆着上下铺的床沿边。我忧心忡忡地说：“这怎么洗？都可以看得到人呢，一点隐私都没有。”邱春梅无奈道：“有什么办法？有得住都不错了，还谈什么隐私。不过我们女孩子可以等天黑了再洗，这样外面就看不清楚了。”再不愿意，那也只能这样了。

我们一下班，最热闹的莫过于排队冲凉了。已经和男工友商量好，每天让他们先洗，洗完后不能再溜达到冲凉房这边来。我们几个广西的姐妹洗澡，都是轮流在门口守着，然后再到铁皮房外面的水龙头洗衣服。我和春梅发现，有不少工友，他们不是每天都洗澡的。套管车间那个小伙子，每每他从我们身旁走过，一股怪味就袭来，那是一种馊臭的气息。还有四川、湖北的几个女工友，也很少见她们排队冲凉。之前听过一个四川的姐妹说，她们在家也不会天天冲凉的，再说，在这也不太方便，因为没热水。

热水的确是一个问题。之前给我们做饭的主管老婆回了老家，老板娘就在曹步公园旁的一家大排档给我们订餐，每人发一张饭卡，每次去吃饭就自觉打勾，大排档就在厂房与宿舍之间。多亏老板娘帮我们订了这个大排档，那里有两个很大的热水壶，一天都有开水供应，不然根本无法解决我们热水洗澡的问题。手头宽的工友，都自己买有水壶，中午吃完饭就直接打水回宿舍用。也有不少舍不得买水壶的，就直接用塑料袋装热水回去，根本不用担心水太烫，那时也不懂高温下的塑料会分解出致癌物质苯。这里的开水，其实都不到100度，不奇怪，资本家在追求利益最大化的同时总是要实施成本最低化嘛。

刚开始还好，天气还没多凉，大排档老板娘看到我们打热水也是睁一只眼闭一只眼。天气逐渐冷了起来，老板娘对我们打包热水不再和颜悦色，我们也不再敢像之前那样明目张胆地打包热水。经常是桶兑不到三分之一的水，将就冲个凉。慢慢的，不管是广西人、江西人、湖北人、四川人，都不再热衷于冲凉这件事。而老板娘在搬厂时承诺我们的宿舍，因为暂住证的事，一直没法兑现。随后发生的事，却让我忘记了没热水冲凉和其他一切的不快。那是我们的一个噩梦，至今想起都寒毛直竖。

刚入冬，风还不显得寒冷，只是风力很大。路旁的大树被风刮得左摇右摆，不时发出呜呜的声音。大街上尘土飞扬，撒落在地上的碎纸，被风卷上了天，在灰暗的天空的高处飘舞着。

那天晚上，风异常地猛烈，直摇得铁皮房颤抖，震得铁皮哗哗作响，睡眠较浅的我，裹紧了厚重的棉被。似乎着了魔的风，好像要将这夜幕下的这一小铁皮房吹散掀翻。想起晚上大家围着小卖部电视机看的电影《人蛇大战》，讲述的是一个大楼在挖地基的时候，挖到了一个蛇巢，但是老板为了赶工期，决定把数百条小蛇全部杀死。这座大楼竣工之后，成千上万条蛇来复仇，最终那些杀蛇的人和生活在这栋大楼里的人大部分被蛇咬死，电影以大楼老板与蟒蛇同归于尽而结束。那电影真的是太惊悚、恐怖了，看得我鸡皮疙瘩都起来了。那些血淋淋的惨烈镜头，吓得我双手捂住眼睛。

6

新的一年到来，订单很少。我们是计件的，没多少事可做只好重新找厂。看着姐妹们一个个都找到了更好的工作，我虽心动却不敢轻易出厂，因为我连身份证都没有。后来，一个老乡说她们那个厂货源充足，只要是熟手不要身份证也能进，我就跟着过去了。

那个厂管吃管住，也没有人来查暂住证，至于苦和累，我是不怕的。我感觉自己在中山这个偌大的地方，就像一条流浪的野狗，急切地渴望能有主人收留，管那主人家是穷还是富。作为一条狗，有何资格在乎主人家的穷与富？

我用自己的小名就进了第二个厂。可以想象，随便用一个名字都可以进得到的厂，有什么制度可言。厂是新开的，加上本地人也不过三十来人。当我看到亮堂堂的车间和宽敞的宿舍，还有带着热水的独立的冲凉房，别提多高兴了。无论再冷的天气，我再也不用冲冷水澡了，也不用住铁皮房了。美中不足的是，这个厂不设饭堂也没给我们安排饭店，要自己掏腰包到外面吃快餐。刚开始还好，每天都有很多货做，尽管每天要出几块钱的生活费（一个快餐两块钱，面条、粉那些一块一份），可想到自己每天能挣三十多块钱呢，怕啥。这样想着的时候，心里还是挺美的。

可后来情况就没有这样乐观了。厂里的工资押后两月发放。每当没有生活费时，可以到老板那里去预支。刚开始，老板都是笑呵呵的给我们预支、签名。后来，老板的脸不再和颜悦色，而是一副很不耐烦的口气，说：“五十蚊鸡甘块就冇了？你地一个个女仔使钱甘犀利，小心嫁唔出去！过几日再黎。”

说完头也不回地走了。真想用锄头在他的秃头上敲打一下，把他打醒。要知道五十块钱是在十几天前就支给我们的，除了吃饭，还要买生活用品。再说我们支取的是自己的工资呀。我们几个姐妹只好把钱凑合着分借着用，早上不再吃早餐，中午只能吃面或粉，偶尔吃个快餐成了最期盼的事，常常是半饿半饱的。

苦撑到了 6 月份，厂里基本上没多少事做了，上一天班然后休息一天或者两天。想想自己的冲动，真不该出原来的厂。在原来的厂里，虽然没多少事做也没热水冲凉，可最起码天天有饭吃啊！现在倒好，饭都吃不饱。刚开始，我们都没觉得有多大的危机感。觉得蛮好玩，上班累了可以好好休息，有货做再全力以赴。

厂旁边新开了一家溜冰场，溜冰场里客源不怎么多。我们没事做，经常跑去看别人溜冰，却没多余的钱进去玩。热情的老板娘，一看到我们来了，就和我们聊天。得知我们没事做，她说：“这样啊，那我今天请你们溜冰吧！”（一元钱的门票）。我们听了，心里可乐了。欢快地穿起溜冰鞋在溜冰场里翩翩起舞。可能是受我们八个女孩子的影响，溜冰场一下子就多了好多人，老板娘的嘴笑得合不起来。此后，老板娘一直让我们免费溜冰。直到玩了20天，我们八个女孩子全都慌了起来。这样下去不是办法啊！囊中空空，已没钱吃饭了。我们只好去找老板拿钱。

老板给姐妹们都发了五十块钱，轮到我时，他冷冷地说：“你前几日岩罗着钱又冇了？我睇就你使钱最犀利。仲有，以后你既书某寄到我屋企，烦死人啦！”我当时听了很生气，不过我是敢怒不敢言的那种人，也没有勇气和他顶嘴。我还小声央求老板说：“老板，我真的没钱了，不骗你的。”

“我吾理你，冇钱饿死算数。”我想不到老板竟会说出这样恶毒的话来，委屈的泪水在我眼里打滚，我一忍再忍。老板在家有吃有住，每天还有工人驱使，我用什么来要求他理解，我经常是用十块钱来应付一周的饭菜。不要说吃饭了，经常都是买五毛钱的白粥喝，半夜肚子饿得咕咕叫。不支钱就算了，可为什么要对我说这样的话，难道就因为我每个月要麻烦你们帮我拿我订的书吗？可我那也是没办法啊！谁叫厂里证件没办齐，也没个准确的地址让邮政员送件呢！我不寄老板家，我寄哪呢？我倔强地在心里对自己说：你不给我钱，我明天就不上班，我就是中国人的孩子，饿急了同样会把你吃掉。

第二天早上，难得有事做了，还是很赶的订单，姐妹们早早就起来上班了。我也起来了，不过我是起来写请假条的（其实我们厂请假是不用写请假条的）：

尊敬的老板：

因本人多日来吃不饱，现又没钱吃饭，实在是没力气上班。特请假一天，不然，要是我上班饿晕在车间，后果该由厂里负责，我也会直接去告你们！还有，听说某个厂有人跳楼，厂里也赔钱了。望批准！

没力气上班的员工：陈小雨

阿荣（组长）看到我的请假条，说：“想不到你不敢说，还真敢写啊？不知那秃子看到后有什么反应？”永鲜说：“管他呢！就要这样写，怕什么！”

其实这样写，我也有点害怕的，可谁叫老板说话这么难听呢？我这不是赌一把嘛，狗急了都会跳墙呢！何况人？

毕竟是年龄小，不经事，我忐忑不安地等着不好的事情发生。不过事情不是我想象的那样，原以为又挨骂的。往日支钱一般是到老板办公室去拿。可那天，老板让他儿媳到我们宿舍五楼来找我，把钱给我后，操着一口不标准的普通说：“以后没钱可以来找我支嘛！说什么负不负责的，我们可是从来也没欠过你们的钱哦！”

因为经常无法饱腹，我们宿舍的八个女孩子时常和旁边的针织厂的打工仔出去玩，我也不例外。溜冰、卡拉OK、喝茶、吃夜宵、吃小吃。与其说去玩，不如说是厚着脸皮等别人请吃东西，而这免费的吃吃喝喝的档口，充满了太多不确定因素。

那是一家有着五百多人的针织厂，他们穿

着艳丽的工衣，长年累月的加班加点，发工资的时间，从不像我们有意无意地推迟。住在五楼的我们，与针织厂住四楼的打工仔，只隔着一条小巷子。平常对面稍大声点说话，都给清楚听了去。他们经常加班，没什么乐子，下班后经常对着我们宿舍这边吹口哨，撩我们说话。刚开始我们不太理他们，后来，他们出粮（发工资）那天，说要请我们吃夜宵，还很有诚意到我们宿舍先来邀请我们去玩，一副不达目的不罢休的架势。

白天，四个姐妹跟他们去溜冰，我没出门，一直在宿舍看杂志。到了晚上，最有主意且年长我们几岁的永鲜叫我们都不要去买粥或粉吃，说，今晚一起去玩。我们走到东升镇上的市场附近，只见路边有许多卖小吃的地方，小吃摊上有那种点缀着碧绿色青菜或加了鸡蛋的炒米粉、炒河粉，标明一元一份，很多打工仔打工妹都在摊子边吃。我之前来这买生活用品时也曾吃过，香着呢！不知道等下他们是否会请我们吃炒粉？我们几个姐妹都使劲吞了吞口水，却没舍得上前点上一份炒米粉或炒河粉。

江西妹招娣说，我们先等会，就是前面那家“肥佬荣大排档”，等阿强到了，他会给我们点吃的。阿强和阿栋都是广东人，在这里打工。可能是广东人觉得直呼其名不太礼貌，喜欢在人名前加“阿”，这似乎也表示亲昵，所以他们也这样在我们名字前加上阿字。

我们在大排档坐下不久，来自广东阳江的阿强带着两个工友一起来了，一个是湛江的阿栋，一个是贵州的沈君宝，一张桌子被我们挤得满满当当的。他们点了炒粉和炒石螺，还上了一碟瓜子。

老板很热情，光着上身，一边不断地翻炒着锅里的炒粉，一边汗流如雨。他不时地用手抹一把脸上的汗，不知多少汗水被他的手掌甩进锅里的炒粉里。我顾不了这么多，肚子饿得咕咕叫。米粉的香味不时刺激着口鼻的味觉神经，这一元一份的炒米粉此时就是最好的人间美味了。不一会，炒粉便好了。我们嗑着瓜子，喝着茶，身旁边三位帅哥说：靓女们，换个节目了。

男子在旁，女孩总得矜持点，否则我们几个姐妹可能都会狼吞虎咽起来。太饿了，感觉胃里有一个小手在抓似的，炒粉一进嘴就被那小手抓进去了。吃完后还没感觉到饱，炒粉很硬，还没有熟透，就像夹生饭，还差把火。

自从这次夜宵后，阿强他们还带过我们去茶座唱卡拉OK、喝茶。茶座的级别比大排档高档一些，吃的东西也多了不少。有各式各样的瓜子、冬瓜糖、莲藕糖、手拍黄瓜、卤水鸡脚、牛肉干，当然少不了啤酒。我们点了歌，大多是任贤齐的歌曲，比如《对面的女孩看过来》《心太软》《浪花一朵朵》《伤心太平洋》，他当时在整个华语乐坛可是最火的歌手。

“往前一步是黄昏/退后一步是人生/风不平/浪不静/心还不安稳/一个岛锁住一个人”，任贤齐无奈而躁动的歌声，消融着我们的青春。歌词里的一个岛锁住一个人，现实中的我们却被眼前浑浑噩噩的烟雾迷住了双眼。

没多久，我发现，针织厂的加班下班铃一响，招娣都会特别期待地站在窗口张望。永鲜说：招娣和阿强好上了，上周日晚上两个出去吃夜宵，招娣是第二天早上才回到宿舍，裤子的裆部有褐红色的痕迹……

招娣与我同岁，我嘴巴张成大大的O型：

不会吧！她还那么小，说不定招娣是刚来例假呢？永鲜大大咧咧地说：哪能猜错！前两周招娣还问我借过姨妈巾呢！难不成大姨妈一个月光顾她两次？

后来她们说了什么，我没再听下去。只是招娣的双胞胎姐姐来娣知道此事后，打电话把在东莞打工的姑妈和表哥给喊来了。她姑妈来的目的是要阿强给个说法，如果是真心的，可以继续相处，等到年纪了再结婚。

我们等了半天都没看到阿强回来午休，只能在五楼对着对面宿舍喊话，还托同宿舍的阿栋和沈君宝给阿强带话，叫他下班了务必到我们宿舍来。沈君宝回答得倒是干脆，只是欲言又止的阿栋把沈君宝拉开了，还把窗户给关上了。结果，常在窗边张望的招娣，等了一天一夜，也没等来要给她答案的阿强。沈君宝看着实在隐瞒不下去，便实话告诉我们，阿强这两天刚好回了老家，是回去接他刚生完孩子没多久的老婆出来打工的……

听到这个消息，招娣还不愿意相信阿强已婚，还是个做了父亲的人。在她看来，阿强对她是真心的。直到离开这座城市，她都不愿意从这场美梦中醒来。招娣的姑妈把她们姐妹带走了，可能是去了东莞，也有可能是去了深圳。

自此以后，针织厂的那些打工仔再组局请我们吃东西，我都不愿意去了，一是我不想做不合时宜的电灯泡，谁知道他们又看上了我们其中的哪个呢？二是，我怕自己有一天，也会像招娣一样，为了一餐夜宵把自己毁了。

但阿珍不一样，她还和以前一样，和针织厂的人在一起吃吃喝喝，还和阿栋光明正大地谈起了恋爱。阿栋经常从四楼那边，用竹竿传东西过我们宿舍，有时是情信，有时是吃的或小礼物，还给点小钱她花，把阿珍逗得很开心。她相信阿栋不会骗她，阿栋不是阿强那样的人。况且，他们是同一个市里的老乡，知根知底的，不必担心那么多。

那天，实在无聊，我们宿舍六人以半价的价格3块钱买了票去溜冰。我们又和往常一样，成了溜冰场里一道亮丽的风景。听着溜冰场嗨翻全场的音乐，我们像燕子一样轻盈地飞舞在溜冰场上，潇洒自如。因为经常玩，不管是前进或后退，我们都无比熟练，而且都是几个人要么手拉手，要么托着腰，一起溜。我们正青春，溜冰技术也不错，开心的笑声肆无忌惮，不时惹来场外阵阵口哨声，不少男生走近来与我们搭讪，随后加盟到我们的队伍中，把全场的气氛搅得如同喧腾的春潮。春潮之上，是我们失去方向的青春小舟，在暗流的漩涡中放逐，一如大时代长河中的一滴水，寻找同类水珠的快乐，在南方炽热的气温中挥发压抑的青春气息，释放生命深处对自由、欢乐的渴望。

天真热，那帮男生很仗义地请我们喝了冰可乐。在大家坐下来休息的档口，我发现阿珍的腿上居然有血流下来。我惊讶地问她：你什么时候摔跤了？还是大姨妈来了你都不知道？阿珍一边擦汗一边说：没摔跤啊！大姨妈都好久没来了。永鲜说：没来？你是不是有了？你没感觉到肚子痛吗？阿珍听了，脸更白了，说：是有点痛。我和永鲜慌张地扶着阿珍出了溜冰场，三个人挤上一部摩的，去了最近的诊所。

诊所里是一位四十岁左右的女医生，她对我们说阿珍是怀孕了，还有小产的迹象，建议我们带她去医院留院观察。“你们这些姑娘家真不要命，怀孕了还敢去溜冰，那么刺激的项目，就不怕有个什么闪失？还好这次只是小出血，不然……”看着稚气的我们，她无奈地摇摇头，不再数落。

我和阿珍在诊所等永鲜回去找阿栋过来处理这事。在三瓶点滴快打完的时候，阿栋穿着工衣匆匆赶来，一个劲地感谢我和永鲜帮忙照顾阿珍，说改天请我们去大排档吃饭。看得出他也是蛮心疼阿珍的。我们自己回了厂里宿舍，阿栋把阿珍接走了。我们都在想，阿珍遇上的应该是良人，会对她好，对她负责，她会幸福的。

再次看到阿珍，是三天后。她是回来收拾行李的，她的脸色惨白，精神也不太好。原来，阿栋接走阿珍不是去养胎，而是打胎去了。身心俱疲的阿珍骂骂咧咧的一边收拾行李，一边劝我们以后擦亮双眼再找男朋友。没多久，阿栋上来了，一直央求阿珍不要走，让他好好照顾她……

我们识趣的全都下了楼，不再打扰他们。半小时后，他们也下楼了。阿栋还是不能留住阿珍，阿珍下楼后打了个摩的，指着阿栋骂了句：扑街，返到屋企，米比我睇到你，睇到一次闹你一次……然后扬长而去。阿栋一脸落寞，依依不舍地向阿珍挥手。

执手相望，白头偕老的爱情谁都想拥有。可他们发展到今天这个地步，我们不是当事人并不那么清楚这段感情的原委，也没有彻彻底底地感受到他们的爱或者痛苦，所以无法评判他们之间的对与错，是与非。

整整一个6月，我们只上了几天的班，到了7月才真正有事做时，姐妹们都没了心情做了，都想着早点领到5月份的工资好重新找厂。厂里压两个月的工资，要领5月的工资就必须等到7月底或8月初。听着姐妹们打算以后的生活，我很茫然，没有身份证的我该怎么办？我也只好走一步算一步了。本地人上班有冲劲，姐妹们每天无精打采地上班，我也只能埋头工作。

8月中旬，老板还没发5月份的工资，姐妹们都有意见，吵着要他发。老板推三推四，就是拖着不发。要是哪个人没钱吃饭了，老样子，预支。

8月16号，我们去找老板要钱，可人都找不到。只有老板的儿媳妇在办公室，她说："钱是不会少你们，耐心等几天吧！厂里又没事做，我们也是没钱到账的啊！”后来才知道，原来厂里真的是经营不下去了，应该很快就要倒闭。我们真的很担心老板再也不发工资，也不管我们。好在，他是本地人，有些员工也知道他家在哪。要是他真敢不发我们工资，我们可以联合那些本地的工人一起闹到他家去。我们这样商量着，心里才稍放心些。

找不到老板预支，我们就没钱吃饭。我们能问老乡借的，早就借遍了。好在，姐妹们都很团结。当我们两天都没吃上一粒饭的时候，阿荣在整理床铺时找到了两块钱。她和我去买了四个油饼，我们五个姐妹分着吃。真的很饿很饿，可我们每个人却吃得很慢很慢，让这个咀嚼的过程尽量延长……最开朗的永鲜，泪水从眼眶滑进嘴里，她把油饼和泪水一起吞了下去。我们慢慢地咀嚼，吃鱼翅一般，口水泪水四溢。两块钱一份的快餐，一块钱一份的炒粉，在当时，对于我们来说，似乎成了奢侈品。我们连五毛钱一份的油饼都吃不起，更何况其他东西？

实在没办法了，我们到楼下的小卖部，央求店老板娘，赊了两筒绿豆饼和两瓶八宝粥分着吃，苦撑了两天。两天后，我们终于领到了

5月份的工资，同时也被宣布失业。这个新开不到一年的厂，倒闭了。老板让我们先回家或者去找工作，到11月15日再来领回6–8月的工资。我们听到这个消息后，都傻了。三个月后？谁知道三个月以后的事啊？到时老板不认账，我们怎么办呢？老板不管我们怨愤吵闹，信誓旦旦地说：再过3个月，会发给你们，放心……我们也无计可施，只好作罢，怏怏散去。

7

姐妹们把领到的为数不多的工资，还清之前借老乡的，手里的钞票就所剩无几了，我也只剩下40多块，连回家的路费都不够。厂里很快就不能住人了，我们必须马上找工作或回家。没身份证的我，更是要面对找工作的无奈。

我们不敢逗留太久，马上出门找工作。一天后，我找到了一份饭店服务员的工作，尽管我心里不想做，却要珍惜这份眼下保障生存的差使，要感谢这位湖南老板娘“收留”我。后来才知道，老板娘之所以会留下我，是因为觉得我小，不会耍滑头，还有就是我会说广东话，可以帮她招呼一些本地人。只是胆怯内向的我，却很难胜任这个别人看似简单的工作。说好三天试用期的，到第二天下午，老板娘就以我不敢大声招呼那些肥头大耳的老板为由辞退了我。我免费做了一天半的工，午饭都没吃饱，老板娘就让我走人。

8月的太阳好毒。为了节省两块钱的车票，我步行回原来打工的厂。那路好长好长，似乎怎么走也走不到尽头。我脸上满是汗水，又掺杂着泪水，脚上还起了泡，惶惶然地在天黑前才走回到厂里。

第二天，我接受了现实，知道以我的条件，铁定是找不到什么好工作，我只好收拾行李从东升镇坐车到古镇曹步，去以前我打过工的厂，找一个曾经帮过我的人，问他借路费回家。去之前，我其实不敢肯定他还会不会再帮我的，可我还是抱着一丝希望去了。

那是一位在我打工生涯中，让我心生温暖、为数不多的人，他是四川泸州人。退役后没安排工作，到广东打工，当保安，我们都叫他范大哥。

见面后，范大哥请我吃了一碗香喷喷的肉丝面，和我聊起一些以前的事，问我还有没有继续读书看报，等等。当我说明来意后，他说身上只有十块钱，他带我到厂里的保安室叫我坐着等等他，便推着自行车走了。我当时不知道他干吗去了，等了半小时仍不见他回来，以为他是不好意思直接拒绝我而找借口溜走。

我完全没有怪他的意思，本来就是萍水相逢，帮你是情分，不帮你是本分。正想离开时，范大哥满脸通红、气喘吁吁地回来了。他迫不及待地从裤兜里掏出一沓钱递给我，说：小雨，等急了吧！我去附近工厂找了几个老乡凑了105块，加上你身上的，够回家的路费了吧！

我猛点头，接过这沾着范大哥汗水、沉甸甸的105块钱，感动得说不出话来，眼泪簌簌地流了下来。这个社会有着太多的锦上添花，却很少人会雪中送炭。我靠着这笔范大哥借来的钱，平安地回到了老家。父亲问我要不要先去邮政局把钱汇过去还人家，我拒绝了。我想，我和范大哥还会再见的。

回到老家后，我凭自己的户口簿，进了一家瓷厂，做了一名贴花工。有了固定方便收信的地址后，我一直与范大哥通信，聊生活，讨论文学。范大哥还是像之前我在那个厂打工一样，给予我真诚的关怀和热情的鼓励。他说：你这个年纪的小姑娘就像小树苗，应该被灌溉，日子还得慢慢过，啥事都能过去。

很快就到了11月中旬。14日这天晚上，我就坐班车去东升镇领工资。想着15日上午领了工资，我还能去曹步找范大哥叙叙旧呢！父亲对于我能否领到工资，相当的担心。我出发前，父亲就向我索要东升老板家的座机号码，操着一口不太标准的广东话，拔了通电话过去。他无非是希望我能顺利领到工资，然后平安回家。

到了厂里，走进老板儿媳妇的办公室，几个月不见的几个小姐妹正在这里。还来不及与她们寒暄几句，我们就被请进了另外一个办公室。

老板黑着一张脸，手指在办公桌上轻敲几下，目光像神探福尔摩斯一样，凶凶地盯着我们："你们上次离开宿舍那天，厕所下水道，被人扔进好多小石头，结果整栋楼的下水道都给堵了。经过我的观察与推理，这件事肯定是你们其中一个人做的。目的是报复厂里没有按时发你们的工资。你们知道吗？单单请人疏通管道就花了一千多，还没算请人搞卫生花的钱。"老板拿出一副不解决问题不罢休的架势，说："你们要供出作案的人，才能领工资回去。"

我一脸蒙，早早离开的我根本不知道还有这档子事。我们一个个说明自己是哪天离开，离开时都有哪些人可以证明。最后，剩下最后离开的阿梅，她说了一句"我无话可说"，间接承认了自己是"作案者"……

我领到了6—8月三个月的工资，共874块，比其他工友的工资都高，算不错的了。还了范大哥的105块，还剩769块。要不是货源不足，还可以赚到更多。永鲜吆喝我们一起吃顿饭再离开，因为估计以后大家都没机会见面了。

我们都是饿过肚子的人，当然不敢乱花手上的每一分钱，所谓吃顿饭，只是一起到快餐店，每人点了一份快餐外加一杯可乐，豪爽的永鲜抢先帮我们埋了单。一餐饭后，一切都似乎烟消云散，各人又得各奔前程。

当我们一一相拥告别时，我看见永鲜的眼眶里有一颗湿润润的水珠打转，最终都没有滑出来……

我从东升镇赶到曹步荣泰厂，却找不到范大哥的踪影。厂里的人说，范大哥离职有一段时间了。

范大哥走了，也许是回了老家，也许是漂泊到别处去了。他留下的那部旧单车，停在保安亭旁，那部旧单车，宛若他的一句无声的留言。

我要还你的钱，我想跟你聊天叙旧，你去哪了啊范大哥，偌大一个中山，找一个人简直是大海捞针！我开始后悔没听父亲的话，回到老家后第一时间先还钱，也怪自己没提前和范大哥约定好，也后悔没留下他老家的地址。

范大哥就这样在我生命的视野里消失了。我不但还不了他的钱，更对不起他关心爱护我的那份情义。但我永远记得，有这样一位兄长般的外乡人，在我最困难的时候帮助过我。后来，我写了一篇《寻找范大哥》，文章发表在深圳的打工杂志《大鹏湾》，期望不知人在何方的范大哥看到，然后与我联系……

8

2003年的春天，在东莞企石的一家灯饰

厂里，我迎来了我的十八岁。没有吃上母亲煮熟的鸡蛋，也没有可口的饭菜。

18岁的人生，是生活空间的逼仄伴随内心莫名的压抑，我每天总是想在无限的矛盾冲突之中寻找出路，宛若一只蜘蛛，为了生计，在墙角里编织一张网，却被网所俘获。那微不足道的收获，更是佐证自己的贫瘠。不知贫瘠是如何发生的，在我感知到它的时候，它已真真切切地存在了很久了，伴随着的还有无限的自卑。

打工岁月的辛劳，每天上班下班三点一线的乏味，一度让我产生重返教室的渴望。可想到当初不顾父母苦心劝阻，是自己决绝放弃学业……心里一咬牙，我便掐断回家的意念。

渐渐的，打工岁月的寂寞与艰苦，让我寻找逃避现实的虚拟空间——与书结缘。书，令我遐想，令我在昏暗的灯光下梳理心灵的羽毛。年少出外谋生，枯燥的工作与生活了无生趣，这一切，让我忧郁，甚至绝望。我有着与这个年龄段不该有的成熟与惶惑。书之于我，文学之于我，是精神的避难所……生活中碰了壁，受了挫，就想躲起来，此时，书就是最好的心灵居所。久而久之，我养成了读书的习惯……

最让我期待的就是夜市的书摊，那里有很多书刊。一些过期杂志经济实惠，其中有《江门文艺》《佛山文艺》《嘉应文学》《湛江文学》《大鹏湾》等打工生活期刊。我很快被其中很多感同身受的打工故事所吸引。于是我重新拿起久违的笔，不单单只是写日记，还写纪实散文。2007年2月，我的处女作《老板送雪糕》刊发于《江门文艺》，这大大激发了我的创作热情……

2008年8月，在江门鹤山市打工的大嫂知道我爱好写作，告知我鹤山市的鸿兴印刷厂设有图书室，还办有内刊，叫我到鹤山工作。奔着《江门文艺》，我去了鹤山，进了鸿兴印刷厂。

我喜欢厂里的文化生活和学习氛围，喜欢厂刊里有我小小的一块天地。在这里，我浅尝收获的果实。很快，在浓厚的文学氛围里，我的文学创作呈井喷状态，一首首优美隽永的诗歌、一篇篇真情动人的散文在报刊发表。缪斯，向初中未毕业的我，敞开了多情的怀抱。

每天，除了上班时间，我都待在图书室看书，每次都是等到管理人员来赶，才带着不舍回到集体宿舍。洗漱后，爬在铁架床上，以枕为桌。一盏小台灯下，在稿纸和笔之间尽情地吐露当下生活，全然不觉深夜早已来临。就这样，我摸着石头过河，一步步朝着梦想的彼岸泅去……

为了让稿件快速、高效地投到编辑手中，更为了坚持梦想，我咬了咬牙，用三个月的工资，买来一台组装电脑，开始照着书本上的资料摸索学起电脑来。功夫不负苦心人，半年后，凭借书籍资料和热心文友的指点，我学会了熟练使用电子邮件投稿，还懂得应部分电脑软件的基本操作。

随着对电脑知识的了解，我有了更换工作的想法。有了打算后，就直接递交了辞工书。我在雅瑶镇一家线材公司找到了想要的工作。在这里，我工作更勤恳，凭着诚实做人和积极的良好心态，给老板留下了深刻印象。我文化虽低，却因为勤奋好学，做起事来得心应手。工作稳定下来了，就有了足够时间来写作，我一直坚持不懈地写着。我创作的诗歌、散文、评论在《南方工报》《宝安日报》《江门日报》《清远日报》《广东党建》等二十多家报纸杂志发表。

2011年10月30日，广东省青年产业工人作家协会在广州成立，我有幸成为首批会员，这使我对文学创作倍添信心。随着作品的不断发表，有文友介绍我去从事文字编辑工作，我却因没有文凭而缺乏信心，没去应聘。为了今后的发展，也为了更好地实现心中的梦想，我报读了西南科技大学。

2011年底，一则有关草根文学网举办首届“草根杯”有奖征文大赛的消息，让我跃跃欲试。最终，我的散文《文学的阳光》在三千多篇的来稿中脱颖而出，斩获散文组一等奖。得知一等奖获得者是一个仅有初中学历的作者时，草根文学网站长冰之语和评委竟难以置信。

从未满15岁走出故乡的山坳，跋涉10余载，书籍一直是我不离不弃的旅伴。2012年2月，我的第一部诗集《睫毛下的雨季》由大众文艺出版社出版。

“作为一个在工业化的大树上栖居的‘蚁族’，一棵在喧嚣的大地下寄居的‘草根’，当流水线流成生命线，日复一日的机械程序，便构成生命一个不得其解的方程……作为‘蚁族’，文学一直是我置身‘蚁窝’的一扇窗；作为‘草根’，文学就是我安心的温润的一撮泥土。”这是我在诗集《睫毛下的雨季》的自序里写的一段话。

自序，也是自励、自慰：低微如草根，生命也要发芽成长，贫贱如蚁，也要在被践踏下筑一个微小的家。尽管这是别人的城市、别人的土地，我虽卑微如尘，也可在这里安身立命，安心如家。

2012年7月7日晚，鹤山广播电台“文采飞扬”栏目，现场对我做了专访。我道出了自己写作的经历。写作，吞噬了我太多的时间与心血。主持人绮文问我，坚持写作有过后悔吗？其实，很多时候，我也会自问，自己能坚持下去吗？每当投出去的稿件石沉大海时，我也会灰心。

但细想：难道写作就是为了功利果实的回报？不，文学对我来说，是一种高雅的精神追求。它像一盏明灯，指引着我前进。这些年，在不断地获得与失去之间，唯一没有变的是对文学的坚持，是一直的读和写。它让我的生活更充实、丰盈，让我不忍舍弃，就像蚁族不忍舍弃蚁窝。文学，正是一些底层打工的蚁族在别人的土地上自建的精神蚁窝，屏蔽外面的风雨，温暖自己的的心。

9

人生不测，造化弄人，命运跟我开了个大大的玩笑：我那曾经让许多人羡慕的婚姻，突然有了变数。

十七岁那年，遇上他。一个比我大十二岁的男人。我因年幼外出水土不服，皮肤染病，肝功能检查还查出小三阳，令我害怕。是他，陪我上医院，抓药，端茶倒水。看着他忙碌的身影，心里暖暖的。为了追我，他嚼了三个月的口香糖，把抽了多年的烟戒掉了。2003年非典，到处封厂，我又病倒了，是他求科长开的放行条，冒着危险送我上医院。回来后，因为没胃口吃饭，是他求保安偷偷放他出去，只为了买一碗我想吃的皮蛋瘦肉粥。我一边吃着，一边骂他傻，心里却甜的吃了蜜般……

想起他为了自己戒烟的执着，想起他天天问我要吃什么菜时的表情；还有那次，在公交车上我吐了一车，他俯下身子擦脏物，神态动作是那么的认真、专注，默默地承受司机的一顿臭骂。

老实、本分，是个过日子的人，应该是个会好好照顾我一辈子的男人。说这句话的时候，我一直是底气十足。父母不同意，说他太大了，家太远太穷了。我固执地认定，自己找到了真正的幸福，不顾与家人翻脸，一意孤行。

与家人口角冲撞，逃离故土，逃离家人的关切。他的宠，让我像个小孩子。在那个只想着要爱情不要面包的年纪，我只看到他对我的好，我不顾一切，与他结婚、生子。

这些年，是他一直在好好照顾我。每天给我做可口的饭菜，累了给我依靠，家里的一切全由他操劳，对我尽是疼爱与怜惜。他还说：以后没有父母疼你，我会加倍疼爱你。现在，我会好好侍候你，等我老了不爱动了，你来侍候我，可好？我边点头边满足地对着他笑，说他的算盘打得真好。这也是我们之间的一个承诺，一辈子的承诺。

每次听到这些话，我心里都感觉自己是天下最幸福的女人。女人嘛，不就找个疼爱自己的人过一生嘛。虽然我们之间也有过磕磕碰碰，但我一直认为，我们的爱情会地老天荒，我们的婚姻会一直这样幸福下去，我会证明给所有的人看。

只是，人生有太多的只是。那天，我策划的文案没有通过，就是说我的试用期没有通过，我失业了。电话那头，他比我还失望，只是我并不知道他真正失望的原因。我在从东莞回鹤山的当天晚上，发现他忘了带手机出门，手机连续收到几条信息。我点开一看，如雷轰顶！我多么希望那只是恶作剧，或是我在做梦。我用他的手机登上他的QQ，一连串的信息，让我心灰意冷。原来，我的回来破坏了他们的约会，这才是他真正失望的原因。原来，那个曾为我撑起一片晴空的他，他的心，一直在温暖和抚慰别人的裙裾。

在工作面前，我多有无奈，因为我技不如人；在爱情面前，我柔弱乏力。昔日的美好的一切，瞬间化作海市蜃楼。原来，我只是蜃楼上的孤居客，一颗失重的心，顿时被骤来的雷雨揉碎，随风飘零……

好事不出门，坏事传千里。这事很快传到了我老家，娘家人纷纷打电话、发信息给我，叫我去告他，问他良心在哪？问他凭什么要这么残忍地对待你；有的则说，你还那么年轻，离开那个混蛋也是好事，干脆连孩子也不要了，丢掉过去的一切，寻找新的幸福。最气的当然是我的父母，他们刚知道的那几天，整夜整夜睡不着，不时打来电话，只说这事，口不择言地骂他，还骂我太傻：大你十几岁又咋样，还不是把你当衣服想扔就扔。他们比我还愤怒。

事实摆在面前，我才发现自己错了，错得彻底。屋漏偏遭连夜雨。我的钱包被扒手扒了，里面的身份证没了。失业了，没有经济来源，以前打工的积蓄全在他手里。这时，我才知道，没钱是多么的无奈，我开始后悔当初没有听父母说：女人要抓牢家里的经济权。而他，那个说要呵护我一辈子的人，早已把银行卡藏了起来，怕是早把它给了那个女人保管。直到这时，我看清了，原来人心居然如此不堪。在他眼里，我只是靠他才能生活的女人，我没工作，没钱，儿子就算我带走，我也没有能力抚养。

当初，我不顾父母的反对，认为父母势利，是嫌他没有钱才不许我与他结婚。我固执地背着他们拿走家里的户口本，去裸婚。如今，酿成这样的恶果，能怪谁？只能怪自己。不听父母言，吃亏在眼前。最后，父母说，不管你的事了，你自己酿的酒，你自己喝了。

我脑子一片空白。工作没了，他也不是他了。出轨的男人，就像掉进粪坑的钱，不拣，可惜，拣，恶心！我无计可施。

回老家靠父母，看来是不可能的了，我已不是小孩子。正当我为生计发愁的时候，鹤山作协主席推荐我进入一个单位做档案工作。虽是一份临时工，工资也不高，但总算是有了一份较为稳定的工作。我感激，珍惜！对于好心帮助我的人，我除了说谢谢，什么都说不出来。

而有了婚外情的他，已不像之前那样对我嘘寒问暖，还一直奚落我，说我的工资那么低，连自己吃都不够，还每天要坐公交车去上班，倒贴车费。到这里，一直在冷战的我，感到无语又很无助，无法描述的无助。这样的婚姻还有继续下去的理由吗？看到他这样的嘴脸，再看看我年幼无辜的儿子，我铁了心要带他走，哪怕是净身出户，我也要离去，把孩子带走，把孩子养大，好好陪伴孩子成长……

前阵子我做策划的那家公司，老板算厚道，虽说我没通过试用期，他还是在我离职一周后打了三千五百块钱给我当工酬。我拿着仅有的这点钱，带着无辜的孩子，搬出那个曾让我欢乐、更让我伤心的出租屋。

我在单位附近租了间小房子。简陋的出租房里，帮忙搬家的老乡走了，天黑了下来，我和儿子走进房间，骤然发现，这个世界，只留下我和眼前的孩子汕汕。八岁的汕汕，说什么也不愿意跟他父亲，而是紧紧地跟着我，我心酸，想哭。从此，我要一个人带着这个孩子，面对这个世界，面对人间的冷漠和残酷，这是年幼的孩子能承受的吗？懂事的汕汕仰着头对我说：妈妈，别伤心，有你的地方就是我的家。我们以后好好过日子，一切都会好起来的……我再也抑制不住，大声哭了起来。

中秋节，大家都欢喜着，唯有我开心不起来。我不知道节后如何安排我的汕汕，放在广西娘家，怕他不习惯我也舍不得，也怕其他人会戴着有色眼镜看他；若是带着他一起工作，我的工资承担不起，在鹤山能否进到学校读书更是个问题，而那令人头大的择校费、赞助费，想想都怕。

父母和弟弟逗汕汕说，要让他到广西读书。汕汕听后，转身看着我，眼泪慢慢渗出来，满脸凄楚：妈妈，求你带我一起走嘛！你过去说你去哪都带着我的。看着他的样子，我心酸也自责。我若是不能把他带在身边好好教育他，那样与让他跟他父亲有什么区别呢？想到这，我向儿子点点头。汕汕高兴地转过头对着外公外婆说：有妈妈的地方才是我的家，我要和妈妈一起……儿子怯怯的声音，像一枚蜂针猛地扎进我的心，我心头一悸，内心深处突然升起一个执念：我的孩子，不管怎样我都要将他带在身边，谁也不能从我身边带走！

几经周折，汕汕终于进到了沙坪一小上学，我心里的石头终于放下了。往日平静的生活，已被打破，婚姻破裂的我已成单亲妈妈。独自抚养孩子，很现实的问题摆在了面前。单位上班，工作稳定，但临时工的身份决定了工资的微薄。

为了孩子，我必须有充足的时间来照顾他的饮食起居。租房，日常用品，教育费用，我都勉强能应付。电脑被小偷盗走后，我重新买了一台，忽然发现自己已是囊中空空。当初为了争孩子的抚养权，一分钱也不要，是个多么愚蠢的选择……

再苦不能苦孩子。我咬着牙，让汕汕的一切开销维持过去的水平，甚至更好。比如，订课外读物时，汕汕是班里订得最多的一个。每天，我在心里默念，要努力给孩子一份稳定的生活……

我只有抓住一切机会干活挣钱。我全身心地投入工作中，做出了一定的成绩，得到了单位领导的肯定，领导把我调到正式岗位上，嘱我努力争取考上事业编。

经过培训考试后，我上岗了。白天，我在婚姻登记处上班，晚饭后，带上汕汕去单位。汕汕写作业，我加班，既可拿到加班费，又可照看到孩子，一举两得。时而看看执笔伏桌低头思考的汕汕，我心头涌满喜悦，身上充满干劲。

其他的时间我也没闲着，也不午休，去附近的玩具厂拿来一些公仔回家加工。有时到媒体单位兼职，做做“特邀记者”，采写一些稿子，有时做做临时的家教，教小朋友写作文……赚点外快，补贴家用。

人间有真情，世上好人多。两次电脑被盗，作协的老师送我一台；写作不顺，也是作协的老师和文友一直鼓励我，报刊的编辑给我打气……正是有那么一群人，给我温暖，让我感动，我为此深深感恩。因此，我平常常常教育儿子，要知恩感恩。那些好心人对我的热心帮助，给了我无穷的力量……我心中起誓，不管生活怎么艰难，我都要坚持下去，这样才不会辜负那些好心人的一片真情。

10

那是一段非常难忘而惬意的时光。

日子，延续着忙碌的生活，上班，下班，带娃，料理家务。假期里，我埋头于那些在当当买的书籍里。就这样，小日子倒也过得朴素安静，甚至有点懒散。

假日的汕汕，生活节奏也拿捏有度，他享受着不用做作业的时光，每天早晨看书、读书两个小时，然后看电视。上午，他朗朗的读书声，让小屋里荡漾朝气。静下来的时候，汕汕有时向我提些生活中的问题，并发表自己的见解。比如有一次，我在做罗非鱼，因为没经验，怕糊，一直在翻面，结果鱼全散了。捧着书的汕汕走过来说：妈妈，你不能太着急了。难道你不知道治大国若烹小鲜？

当人觉得疲惫不堪时，那是心灵没有归依。忙乱的作息时间的缝隙，透出心灵小忧伤的喘息。逃离现实的愿望，在心底萌芽。想去的地方不少，远的，近的都有。水乡没去成，大海没看成，沙漠、草原更是遥不可及。多想在荷塘上，或大海边，沙漠里，草原上，听一听落日余晖的呼唤，在渐渐微弱的光明里，眺望远天的微星次第明亮……

“星星点灯，照亮我的前程”，孑然独行人生路，我沉默，倔强，不甘被驯服。我的路，是独特的，以黝黑的夜色，栽种我的脚迹，茁壮我纵横恣肆的遐思，放逐我目光的辽阔，在风中激荡星星耀眼的光芒，迸发出我心中的蓬勃情怀。

滋生情怀的地方，必是能够安身立命的居所。我开始感觉到自己似乎属于这个小镇，生命中所有的悲喜在这里发生皆因冥冥中前缘所定。写字，只是我重续前缘的机械表达。而我人生有限的时光，在讲述和记录的絮叨自语中，表达生命的一种执念。

因执念而努力，因劬力而停憩，厮磨于俗世流年。流年如镜，映现那些老房子，那些小巷。巷子来往的人不多，安静得像一张旧照片。照片的底色，令我心生一丝喜欢。

有时候又觉得，这份喜欢，并不是我内心里真正想要的。我喜欢的东西，不该总是这么静谧，它应该有一种动感，一种生命成长的动感。这种动感，不在庸常的目光感知中，而在心弦感应的律动中。一如母爱对孩子的心灵感应，是预感，是直觉：汕汕在厅里看电视，在房里看书……在我的心灵视野中，孩子的生活现状和动态，比在眼前更真切可信。

这是内心的一种依赖和温暖。所以除了要做兼职必须起床，每天早上醒来，还是午觉醒来，我都不愿先起床，而是喜欢儿子唤我。喜欢他问我睡醒了没有？告诉我：他今天想吃什么？要我起来给他做。喜欢那种被需要的感觉，那是一种幸福的方式，将皱折的光阴慢慢烫平，平铺直叙一个个重复的生命细节，漫漶于似无意义的微弱的灯光里，被窗外涌进的日光稀释。

稀释的日子，那种温度和浓度，适合生命触角的期望，是一种实实在在的心灵体验，宛若双脚在鞋子里的感觉，熨帖舒适就好。

人说女儿是父亲的贴心袄，我说儿子是妈妈的贴脚鞋。所谓相依为命，就是同行同道。走着，走着，汕汕伴我行，母子连心连脚，前路哪怕千山万水，沿途都是一样的好光景。

楼下屋角处，坐着几个老婆婆，每天上午下午，大段的时间，她们都聚集在这里，大声地唠着家常，声音里听不出衰老的印象。她们穿的也都很干净，衣裳的质地看不出，但花色繁多。

有一日，路过的我无意间听到其中的一个婆婆拽着自己的褂子蛮得意地说，新做的。另外几个婆婆就开始靠近她，一边触摸一边端详一边一一点评，连连夸着这件新衣。这一幕勾起我对小时候回忆：穿上新衣后，总要显耀一番。难怪有句俗话说，老人如小孩。人老了，兴许都会这样变得像小孩子一样稚气可爱吧。

这时候我就想到，当自己年老的时候，是不是也会像这些老婆婆一样坐在一个街角看天空，拉家常，显摆一件新衣裳？我可能不会。我可能会坐在一个铺了花布靠垫的藤椅上，身边有茶、音乐、咖啡、书和三两旧友。只要还能走路，最好一直行走，而不固守一隅。还要穿上像现在身上穿的一样大红大绿的衣裙。发型嘛，挽一个簪就行。当然穿不了高跟鞋了，那就穿一双绣花鞋，鞋面绣一双小小的金鱼，或绣上连枝鹊的图案，鞋带子是盘扣的……

此刻，当我想到几十年之后的一幕幕，便感觉眼下的青春时光慢了下来。

我突然发现，我的青春，这20年时光，一直是慢慢地流逝着，以我喜欢的姗姗来迟那样的速率行走着。我想，只有慢，才能更优雅地展示美，犹如一朵云，慢慢地飘才美，一阵风，慢慢地吹才美，一颗雨，慢慢地落才美，一朵花，慢慢地开才美……

慢下来，才能停下来，停下来，才能静下来。所以更多的时候，我喜欢一个人呆坐着，安静的时候才觉得时光停滞，身上的青春便停滞走向衰老的脚步，而人世间那些沧桑的老，大都是因了行色匆匆的快，快速地走向衰老，芸芸众生大都如此。

生老病死是人生宿命，不可更改，但可调节。调节自己的脚步，让青春慢下来，就不会那么快抵达老。让大部分人先老去吧，他们匆匆地奔向老，我不愿追随他们匆匆的脚步。

我要让自己成为一个“快速致老”的旁观者，尽量单纯着，没心没肺地赖着不动，一定要最大限度地慢慢老，一如一朵盛开的花，不愿匆匆地结束自己盛开的过程，尽管锦绣容颜上沾满尘埃，风雨中历尽颠沛落泊，我犹不悲不喜，手掌心的时光，全在命运的掌纹之河中流淌，虽握在我手中，却不被我掌控……

汕汕看我发呆，说：妈妈，你不是有失眠症么，我最近学了催眠术，给你催眠了吧！我听了，心里发笑。假装听他话，让他催眠。他一只手拿了根吊了个环扣的绳子，在我面前晃荡。另一只手握紧我，他的手掌心暖暖的，给了我力量，似乎在告诉我，不管生活再艰难，我们都会携手前行……

11

在别人的城市、别人的土地上，走过了漫长的岁月，青春的烛芯越燃越短。青春的烛焰微弱，照亮的是别人的蜗居。“妈妈，我们什么时候才能不租房子住啊？”汕汕问我。“等有了自己的房子啊！”“妈妈你那么努力，现在赚的钱能买两间了吗？”“妈妈的钱在这里买个厕所都不够呢！”“啊？……妈妈，不用担心，我长大后给你买幢大房子，每天还弄很多好吃的饭菜给你吃，就像现在你对我那样好……”我不知道，往后，将来，我将迎来什么样的生活，但汕汕的话却为眼前风中摇曳的烛芯燃起一缕火焰，令我心中生起一片亮堂和温暖。

异乡漂泊，没有归属感，孤身望夜空，望着夜风吹来的星星，不知哪一颗是自己的命运。市声喧嚣的都市里，影单形只的自己宛若夜空一隅落寞的孤星，被深深的孤独感包围。风，把我吹到了这片土地上，我却不能在这片土地扎下根。我只是漂在这片土地上，像乌云裹挟的小雨。

我落在这片土地上，这座名叫鹤山的城市。

鹤山，我想应该有鹤有山：鹤选择了山，山挽留了鹤。无疑有很多远方飞来的外来鹤，在这里栖居，繁衍生息。我也算一只小鹤吧，在这里见证了一座美丽小城的成长，见证了它的飞速发展、惊艳蝶变。它也见证了我的喜怒哀乐，我的青春轨迹，我的青春慢。

由少年不识愁滋味，到明白人间事与理，我渐渐悟出生命历程的渊源，人间尘烟污垢表象背面的人性恒温，个人价值的实现来自社会责任的担当，个人命运在时代洪流中的沉浮，透过社会宏大命题都是微不足道的人间烟火。昭示出日出日落下的平凡生计：从陌生到熟悉到习惯，直到对这片土地产生依恋的缱绻情愫，把我的心与这座城市萦绕。因此，鹤山，成了我生命中的第二故乡，我生活的家园，更是精神的家园。让我有了精神的归宿与皈依，让我后来离开她后，她仍在我心里，她仍然完整地属于我，栖居于我的心里。这个城市，她的高洁理想和意志，她的美丽气质的雅致和充沛丰饶的万物生机，曾以悲悯的情怀收留我，让我饱受恩泽。那些在我坠入尘烟的岁月里给我温暖与爱的鹤山人，他们在我心中化作鹤山的地理标志，让我今生今世走不出鹤山这座小小城市大大的爱的疆域，这片疆域，已成为我心中最温柔的地方，一如一片青春的芳地，我曾经从中慢慢走过，我的青春曾经从中慢慢走过，那是一个青春舞台，我在上面独舞《青春慢》……

歌星齐一的《这个年纪》为我伴奏：

这个年纪我已不再将就有些事情无法强求
该来的总会来该走的也无法挽留
青春慢慢从身边溜走我开始变得怀旧
喝光了这杯酒就再也无法回头
这个年纪的我们爱情跟不上分开的节奏
这个年纪的我们更珍惜难得的自由
这个年纪的我们比起从前更容易感动
这个年纪的我们徘徊在理想与现实之中……

现实中，我已踏在故乡的土地上。那是自己的土地，有着天然的亲近感。行走在这片土地，脚底连心都通感着祖脉的温情。

阔别的游子回到故乡，人就老了。

对于青春残存的我，老的是心灵。老的心，易念旧，善回忆。回首远在他乡打工的日子，那些经历，都定格成了我生命领空中的星星，那是我人生最宝贵的财富，如同一段电影胶片回放我的漂泊身份画面：餐馆服务员、流水线工人、仓管、文员、兼职记者、家教、文案策划……如今，年逾而立之年的我，不再是那个懵懂少女，而是从“没心没肺”走进了“有心有思”。

从 15 岁豆蔻年华到 35 岁踩上青春尾巴，一路走来青春慢，蓦然回首慢成快，快如闪电一瞬间。漫长的时光最终似乎给了我越来越多的物质的丰盛回报，然而我却并不觉得拥有精神的充裕。而精神的充裕，往往要在追溯中实现，一如在追忆中让生命重来一次，青春再走一次，哪怕那条路依旧风雨泥泞，我依然希望返回原点，重启青春之旅，重启青春慢……

一蓑烟雨任平生

——阅林语堂《苏东坡传》有感

秦一凯

最近遇上了不少事，心里颇不宁静，好在还有书籍能聊以慰藉，闲暇之余，我便翻阅了林语堂所写的《苏东坡传》，这一看，竟使我沉浸其中且难以忘怀。倒不仅因为林语堂的文笔优美，更因苏东坡那传奇的经历。

苏东坡之名可谓无人不晓，但其一生可谓命运多舛。

苏轼是一个奋发图强的人，他为人坦荡，讲究气节，有志于改革朝政且勇于进言。跻身官场的初期，由于注重政策的实际效果，他在王安石厉行新法时持反对态度，结果遭到“新派”的排斥打击；王安石失势后，他又对司马光废除新法持不同意见，结果受到“旧派”的排斥打击。因为左右不讨好，他一生受到了两次严重的政治迫害。第一次是他45岁那年著文讽刺新法引发了“乌台诗案”，他差点掉了脑袋，幸好宋朝有不杀文人的规定，他才免于一死，但贬至黄州，在那里待了4年。第二次是在他59岁时因针砭保守派，被贬往惠州，不久再贬至海南岛的儋州，直到65岁 才遇赦北归，前后在贬所6年。

苏轼这一生虽然命运多舛，但他总是以一种全新的人生态度来对待接踵而至的不幸，把儒家固穷的坚毅精神、老庄轻视有限时空和物质环境的超越态度，以及禅宗以平常心对待一切变故的观念结合起来，从而做到了执着于人生而又超然物外的乐观、旷达的处事精神，在逆境中照样能保持浓郁的生活情趣和旺盛的创作活力。因此，他的作品风格或大气磅礴、豪放奔腾，似洪水破堤，一泻千里，如“乱石穿空，惊涛拍岸，卷起千堆雪”这样的诗句；或空灵隽永、朴质清淡，大有庄子化蝶、物我皆忘的超脱格调，如“谁道人生无再少？门前流水尚能西”这样的诗作。

人生在世，难免有苦恼、失败和困顿。当身处逆境或遭遇不幸时，如果不善于自我解脱，没有一点旷达的胸怀，则会陷入悲观的情绪而不能自拔。但苏东坡的一生给我们带来了思考，他对人生的态度，既是失败、挫折中的一种智慧，也是苦恼、病痛中的一剂良方。或许，当你对苏东坡的一生有了认识之后，你会发现，自己所面临的困难，其实都不算什么了。

苏东坡给我们留下了许多脍炙人口的作品。既有“会挽雕弓如满月，西北望，射天狼”的壮志豪情，又有“料得年年断肠处，明月夜，短松冈”的悼念之情。既有“人有悲欢离合，月有阴晴圆缺，此事古难全”的思考，又有“寄蜉蝣于天地，渺沧海之一粟”的感慨。品味这些诗句，仿佛和千年之前的人去交流，这感觉妙不可言！这些，都与他跌宕起伏的人生不无关系。千言万语，总归一句话——“人生如梦，一樽还酹江月”。

从苏东坡的传奇人生中，还可以看到人是有复杂性的，他也是如此。苏东坡是个秉性难改的乐天派，是悲天悯人的道德家，是黎民百姓的好朋友，是散文作家，是画家和书法家，也是美食家，更是代表着那个时代的士人阶层……可是这些也许还不足以勾绘出苏东坡的全貌。但这又何妨？苏东坡已经在历史上留下了属于他的地位。

著名作家余秋雨这样说：“人们有时也许会傻想，像苏东坡这样让中国人共享千年的大文豪，应该是他所处的时代的无上骄傲，他周围的人一定会小心地珍惜他，虔诚地仰望他，总不愿意去找他的麻烦吧？事实恰恰相反，越是超时代的文化名人，往往越不能相容于他所处的具体时代。中国世俗社会的机制非常奇特，它一方面愿意播扬和哄传一位文化名人的声誉，利用他、榨取他、引诱他，另一方面从本质上却把他视为异类，迟早会排拒他、糟践他、毁坏他。起哄式的传扬，转化为起哄式的贬损，两种起哄都起源于自卑而狡黠的觊觎心态，两种起哄都与健康的文化氛围南辕北辙。

小人牵着大师，大师牵着历史。小人顺手把绳索重重一抖，于是大师和历史全都成了罪孽的化身。一部中国文化史，有很长时间一直捆押在被告席上，而法官和原告，大多是一群群挤眉弄眼的小人。”苏东坡的经历，不仅诠释了这段话，同时也为后来人留下了一个值得思考的话题。

童年拾趣

曹　燕

悠悠岁月，漫漫人生，总有些淡淡的记忆，一直伴随在自己的成长之路。无忧无虑的童年，更像一枚橄榄，让人回味无穷。童年的一些经历，每当一想起，心潮起伏，嘴角上扬。

那年——1981年，我有幸参加了广西青少年科技夏令营，营地在桂平。北流团队由少年宫的张耀金老师带队，十一名学生代表分别来自不同的乡镇（那时好像叫公社）。除了我是小学五年级的学生，其他的都是初中、高中的大哥哥、大姐姐。在出发前，当高中教师的姑姑帮我买了一双很新潮的白色凉鞋；心灵手巧的堂姐帮我做了两条碎花连衣裙。

第一次只身跟陌生人出远门，一切都是那么的新奇。夏令营的活动丰富多彩：模型表演、文艺晚会、在山坡上真枪实弹打气球……第一次吃上炸茄子、菠萝包……收到喜欢的礼物：一顶可以折叠的白色太阳帽，上面印有红色的正楷字“广西青少年科技夏令营”“一九八一年夏天”。参加这次活动，我还收获了珍贵的友情：那时我们需要自备的有粮票。到了桂平，安顿好了，我们几位女生准备去交粮票。可就是我的怎么找也找不到了。我把行李袋的东西全部倒在床上，一件一件搜，还是没有。我慌了，怎么办呢？回家拿是不可能了，这里也没有亲戚。怎么办啊？我急得要哭了。这时，新圩镇的钟海燕姐姐关切地问我：“找不到粮票了吗？”

“找不到了。”我难过地说。

“好像我妈妈多给了粮票我拿来，我找找看。”钟海燕说着就爬上她上架的床，去翻她的行李箱了。

“哈哈哈，真的还有！给你。”她把粮票递给我。

“谢谢你，回到家我还给你！”

“不用谢，也不用还。走，咱们交粮票去！”

她拉着我的手，我们一起出去了。

其间，我们来到了有名的景区——西山。听带队老师说，西山八景，自古有名：乳泉琴韵、古洞仙踪、飞阁月明、官桥秋柳、云台曲水、忠勇松涛、碧云石径、龙华晚眺。踏入景区，第一印象是这里的松树高大挺拔，比我们家乡的大多了，还有其他很多叫不出名的大树。听导游说这里有很多珍稀植物，比如金花茶、枧木、桫椤、竹柏、罗汉松、擎天树、菩提树、水桐、水杉、楠木、苏铁、刺果藤、银藤、海芋、油楠等。百年乃至千年的古树有一千多株，植被覆盖率百分之七八十以上。高大长青的“龙鳞松”是西山特有的树种。原来我唯一认识的松树叫了这么好听的一个名“龙鳞松”！登山途中时时能听到清脆的各种各样的鸟叫声，寻声看去，满目都是翠叶，哪里找得着鸟儿的踪影？温柔可人的山风，清凉清凉的，夹带着松树的香味，除了让人欢喜，还是让人喜欢，总想闭着眼睛深呼吸，再深呼吸……

在中途休息时，我第一次饮到了西山茶。在家里喝的是妈妈用“老茶婆”泡的茶。一大早妈妈就烧开水，装进一个大肚子的瓦茶壶，然后抓一把茶叶放进去，这壶茶就可以包全家人喝一天了。茶黄黄的，解渴很管用，夏天时一大碗咕咕地下肚子，很是舒服。饮西山的茶用的是小杯子，刚倒出来的茶热气腾腾的，还没喝就闻到了茶的香味。茶水颜色青绿，味道甘甜，使人有神清气爽的韵味。导游说西山种有很多茶树，棋盘茶是桂平的特产，又是中国名茶。相传曾经有神仙在半山腰的一块大石桌上刻棋盘，品茶对弈，后人叫它“棋盘石”，长在棋盘石附近的茶就是棋盘茶了。

这里的石头跟家乡的也不一样，啥样子的都有，大大小小，让人目不暇接。山上还有泉水，当我看到泉水旁边写着的“乳泉”两字时，脑子里呈现的是甘甜的白色乳汁。这个乳泉方圆不过二尺，深也只有一尺多，可那里的水一直都是满满的，不见流也不见干，泉水清澈见底，水下还有许多硬币。年少的我搞不明白游客为什么要把钱扔进水里。太可惜啦！五分的硬币在家里可以买到一只香甜可口的烤包，可以买到一碗肉粥了。据说这个古泉里的水又甘又美，冬不竭，夏不溢，常年保持一定水位和22摄氏度的水温。乳泉水含杂质特别少，是不可多得的天然饮水。用乳泉水泡的茶特别香，用乳泉水酿的酒特别醇。更神奇的是每隔六十年就准时地喷涌一次乳白色的汁液，像乳汁一样，所以才叫“乳泉”的。原来我来得还不是时候，没能一睹这神奇的一幕。记得当年走到乳泉那里，坐在旁边的石凳上，我不想往上走了，问老师，我坐在这里等他们下来可以吗？老师说不可以，因为他们登上山顶后，从那边的路下山了。张老师可能看出我有点累了，鼓励我说：“无限风光在险峰。山上面有一个地方叫神仙峡，又名一线天，神仙都留恋的地方，你不去看看岂不太可惜啦？起来吧，我们继续前进！”其他同学也鼓励我继续登山。大家一路有说有笑的，高中的大姐姐（北中高才生朱文新）还不时念一两句应景的诗句。终于，我们到达了“神仙峡”。看着屹立在面前的巨石、狭道，仰望头上的一线蓝天，不由想起那句“一夫当关，万夫莫开”。你不得不感叹大自然的鬼斧神工！

那次西山之行，印象最深的是跟那位老尼姑见面。带队的老师说老尼姑年纪大了，一般的人她是不会接见的。我们这一群人是广西各地的青少年代表，所以老尼姑想跟我们见见面，不过时间只能有二十分钟。当两位年轻的小尼扶着那位穿着黑色纱衣的老尼姑，缓缓地出现在我们面前时，大家都蜂拥上去。等老尼姑坐下来，周围已是水泄不通了。我个子小，挤不进去，只好在旁边观望。不知近距离的伙伴跟老尼姑都聊了些什么，更不知面前的老尼姑居然是一位道行很高的叫释宽能的法师，人称“西山龙姑”。听导游说释宽能法师是一位充满传奇色彩的女人。她姓龙，名六纬，出家后因大半辈子在桂平西山度过，所以称“西山龙姑”。她出身名门，曾就读于广州女子师范学堂，其间，又赴京攻读于国民大学经济系。后来，由于家道中落，她尝透了人情冷暖，世态炎凉，五十多岁始遁入空门。那时的龙姑说她已年过半百，风风雨雨，甜酸苦辣全经受过了。她是怀着极其虔诚信念来受戒出家的。几十年来，她觉得人生一世唯有修持佛学，抛弃种种世俗偏见，才能解脱一切烦恼，修功积德，才能成正果。释宽能法师在修行的日子里，过着十分清苦的生活。但她凭着自己的聪明悟性和深厚的文化底蕴，每天利用诵经念佛之余，到藏经楼去钻研佛学。释宽能法师在五十三岁那年写成了《三乘教义》一书。这本佛学著作，受到了国内外佛教人士的推崇。龙姑不但自己努力修炼，还时时想方设法训练弟子的定力。据说她教给了大家一个简单实用的方法，以此来提起正念，消除杂念。这个法门很简单，就是往注满水的杯子里投掷硬币，投掷时不仅需要十分安静的环境，还需要投币的人一心一意，内心毫无杂念。龙姑自己定力深厚，曾连续向满杯水中连续投入一百多枚硬币，而水在杯口鼓起却不往外溢出。释宽能法师对佛学研究颇深，有“一代女活佛”之称。而她在诗词上的造诣，也令人惊讶。她填下的那阕《高阳台·梧州西竺园寄概》词是这样的：“六月霜飞，冤情莫白，人间西竺何方？鸳水波兴，客舟何日归航？名园我欲袈裟挂，伴青灯，对影成双。托孤雁，携上青云，扫荡胡狼。蚕身自缚谁之叹，一片迷茫，白鹤黄云，徒添苦泪千行，莫非又是秋风起，竟纷纷，叶坠寒塘。恨难消，天不锄奸，天大荒唐。”这首词抒发了龙姑目睹满目疮痍的旧中国由于日寇入侵，国破家亡，自己有志难伸的苦闷。可惜我只知道了这一首词，其他的不知道存放在哪里？

后来听说龙姑九十五岁圆寂，火化后，得数粒晶莹夺目的舍利子，这是世上罕有的比丘尼灵骨舍利，还是世界上有史记载的第一个比丘尼的灵古舍利。

那年自己年少无知，没想到要向龙姑请教啥问题，如果时间可以倒流，我想我一定会向她请教好多好多困惑自己的问题；一定向她讨教写诗填词的诀窍。

长大后才知道，能在龙姑生前见过她是多么值得炫耀的事情！以至于每当朋友、同事说想到桂平游玩，我都不忘加上一句：去吧去吧，太值得前行了！我也去过了，还见过桂平西山的老尼姑！龙姑的灵气，一直在西山，一直在我的心中。以至于我的一些诗词、散文刊发于《中华辞赋》《天津日报》《老年知音》等报刊时，我都觉得是龙姑给予了我写诗填词的灵感。就连自己曾经用过的微信昵称净心、静心也有那么点禅意吧？也许是性格所致，我虽没入佛门，但从小到大向往那种安安静静的环境，工作之余，可以心无旁贷地练字、敲字、练琴、打太极……

那年的小女孩如今已长成中年妇女；那年就以“林秀、石奇、泉甘、茶香、佛圣”称雄的西山，如今越发的葱茏、大气；而那年的龙姑将她的精气神永远留在了她挚爱的西山！

看 戏

黄文亮

我是一个土生土长的隆盛人，对隆盛有一种情结，而这种情结思维元素里便有了小时候，阿婆常常带我去看木偶戏（鬼头勾）。晚饭一段时间后，月亮高高挂天边，而皎洁的月光也照射在田埂上，我们便出发到隔壁村，欢声笑语中夹杂着小贩们的吆喝声，卖瓜子的，萝卜酸料的，摆设田螺小摊的……没有歌剧的舞台，没有庞大的乐器，基本是临时摆搭的一个棚子，一般是设在庙宇和社头旁也。看着两个人支起木偶人摆着各种姿势，而嘴里跟唱着，那时让我感到无比稀奇。直至回去后，阿婆问道："哥子，好看吗？"我笑着点头，其实最终都是为了阿婆买的5角钱葵花籽罢了。我认为木偶戏是本地方区域的艺术产物，现在基本上没有了。而再大一点时也跟阿婆看台茶，台茶也是本地方的土戏，就是几个人化着浓妆穿着各个朝代的衣物对演着。台茶彻头彻尾就是普通大众而老一辈的娱乐节目。村里有喜庆的事儿，都是要请台茶戏队来表演，一个鼓手、一个唢呐手、一个敲锣手……台茶戏的布局是舞台后面立起一块大布的背景图，前中间放一张桌子。在一个故事中再编成悲欢离合的故事，借此娱乐大家并传授社会的经验或者发牢骚的搞笑情节。记得四年级时看了一场《新白娘子传奇》，满场都是带唱带舞的，特别是白素贞对打法海那段精彩纷呈。再加上几句本地土方言，真是全场观众听得是哈哈大笑，一时合不拢嘴。台茶每次唱到最后一句大家都是跟着合奏带唱的，算是一种和声吧。而阿婆也总能跟着最后的带唱，在她的眼里能跟着带唱应该算是一种时髦吧。木偶戏在本质上也没有很大的差别，一样是跟带唱着，木偶戏只需要两个人顶上穿着朝代衣服的木偶人，使劲舞动的部分木偶身体各种动作和姿势，需要一定的力气，唱到那里眼神和动作也跟着姿势来遵守着，多数都是角色起义大胜敌人的正义故事。如宋江的起义、赵子龙的英勇、岳飞的精忠……至今还是像银幕式在我脑海里浮现。现在回想起来，看戏是一种艺术，同时也得到种种的人生经验：公子小姐的恋爱方式、吴用式的阴谋诡计、君师主义的社会观、因果报应的伦理观、江湖好汉的大块分金，大碗吃肉，超自然力牵制人间，无法抵抗……说不尽这许多。总之，那些演戏人给我们感悟的经验是非现代的。后来看戏基本是在电视上看的京剧和粤剧，本地土戏难以看到，直至大学毕业后在回故乡的路上遇到戏班子来搭台唱戏，坐了下来认真看着一样被演员老道娴熟的表演所打动的台茶戏。也许剧情和某个人的经历相似，对我引起共鸣，茫茫人海里好像自己还是像一个孩子一样和阿婆坐在某个角落嗑着瓜子在看戏。看戏是纪念我的阿婆也是我对乡村生活和童年时代的回忆与向往。某夜，靠着走廊的栏杆上，月亮还是高高挂在天空中，侧望乡贤公园，拱桥下的灯光照耀下的小溪流，这样的情景使我多么还想会去看一场戏。

那个年代的爱情

水纤纤

我的爷爷十三年前去世，留下了当时已经八十五岁高龄的奶奶。奶奶的身体仍然康健，最令人惊叹的是，她的头发直到耄耋之年都没有完全花白，柔软的黑发丝始终多于白发丝。就连她的皮肤也依旧白净，只是增添了几道皱纹。可以看出，我的奶奶年轻时一定是个美人，不过，岁月不饶人，她毕竟是苍老了。

自从爷爷走后，她的一双大眼睛深深地陷了下去，眼睛里没有一丝生气，像两口已经干涸了的深井。她的鼻梁高挺，两瓣嘴唇犹如两朵生命垂危的花，紧紧地抿着。

听说奶奶曾是地主的女儿，从小娇生惯养，还染上了抽烟的习性。在我的印象中，地主都是些十恶不赦的大坏蛋，比如故事中栩栩如生的地主黄世仁、周扒皮和南霸天都是典型的恶人形象。奶奶却告诉我，地主之中也有好人，至少她的父亲就是。他曾经助教兴学、救灾赈灾、修桥补路，举凡农村中一切需要钱的公益事业，他都很乐意赞助。

我也相信奶奶的父亲并不是一个坏地主，便缠着奶奶，让她讲以前的事情。奶奶慢慢陷入回忆中，说她的父亲从小就很宠溺自己，事事都顺着她。奶奶上头有三个哥哥，她是陈家的幺女，所以恃宠而骄。待到她婚嫁的年龄，父亲便给她许了一户人家。那人祖辈经商，精通文墨，是家中的长子。可是，奶奶不喜欢父亲包办的婚姻，个性好强的她很想自由恋爱，将来能嫁给一个自己喜欢的人。她甚至以绝食相逼，不想让自己的人生大事如此草率。可是，父亲这次并不妥协，还把她软禁在房里，严厉地说，那你饿死算了，就当他从来没有生过这个女儿。

奶奶斗不过父亲，最终还是嫁给了他指定的男人。那人便是我的爷爷，他上过学堂，斯文儒雅，对奶奶的品貌是中意的。但是，他不想勉强她，洞房花烛夜之时，两人并没有同房。他说会给她时间了解自己，喜欢上自己。

婚后，奶奶的日子过得很安逸。她完全不用担忧生活上的琐事，因为爷爷对她疼爱有加，屋里屋外的事务全由他一手操办。爷爷虽然算不上大户人家，但祖辈经商，家境也算殷实。他们家主营毛笔，拥有两间工厂，用上好的兔毛为柱毛，羊毛为披毛精制而成。由于口碑好，爷爷家的毛笔销量一直都挺好，占领了县城很大的市场。爷爷因为家中的生意，天天早出晚归，好不容易回到家，又躲到书房阅读书籍，使奶奶越发感到孤寂了。

有一次，爷爷回家很早，看到奶奶在默默地做着女红。他便问她，我不在家的时候，你都在做这个吗？她点了点头，说还有织毛衣，否则无法打发无聊的时光。爷爷对奶奶说抱歉，因为这段时间业务繁忙，把她给冷落了。奶奶却淡淡地回道，两人结婚，便是凑合着过日子，无所谓冷落不冷落。爷爷沉默了一会儿，突然提议让她陪自己到郊外走一走。

爷爷的家住在县城，离郊外还有一段距离。爷爷和奶奶便一前一后地走着，其间没有任何交流。不认识的人，根本看不出他们是夫妻关系。直到来到偏僻的郊外，爷爷才轻轻地牵着奶奶的手，奶奶很紧张，环顾四周，见四下无人，这才放下心来。

那时已是午后，田里如火如荼的野草，就像铺了一层松软的地毯，其中还开着各种颜色的小花。爷爷随手采摘了几朵野花，郑重地献给奶奶，并深情款款地说，月瑛，这些花儿送给你，代表了我的一片心意。我想和你相濡以沫，共度一生。

奶奶原本以为爷爷只是一个不解风情的书呆子，想不到他竟有如此浪漫的一面。她开始细细地打量他，他面容俊朗，身材修长，穿着整洁的长衫。最吸引她的，便是他的笑容很干净，充满了亲切感。

当时奶奶含笑不语，低垂着眼帘，面颊燃烧着鲜艳的红晕，一只手在轻轻地扯着衣角。

看到如此娇俏可人的奶奶，爷爷情不自禁地问道，我可以亲你一下吗？奶奶被爷爷的举动吓坏了，斥责道，要亲回家再亲，不能在这里！若是被人瞧见了，有伤风化。

奶奶告诉我，她和爷爷是先结婚，后恋爱。原来她的父亲一直都是最疼爱她的，看女婿的眼光很准，为她挑了一个可以托付终身的男人。奶奶对爷爷的感情很深，她说只要四个小时没有见到他，就会感到浑身不舒服。爷爷去工厂忙碌时，她就会捧起他穿过的衣服，贴在脸上，甜蜜回忆他的样子。

然而，好景不长。1928年，旧中国闹起了土地革命，经历了几场浩大的动荡之后，地主也随之被推翻。后来，爷爷家道中落，他和奶奶就搬进了阴暗、狭窄的房子里。在我年幼的记忆中，他们房子四周的墙壁上贴满了报纸，还被我戏称为“报纸屋”。屋里非常简陋，厨房与客厅都连在了一起，也没有几件像样的家具。爷爷和奶奶一共生了四个儿女，他们的日子过得很拮据。每月除了领合作社一些微薄的津贴外，就只能靠爷爷卖些字画为生。直到春节的时候，店里的生意才会好起来，家家户户都需要贴对联，而大家都喜欢去买爷爷写的字联。

我仍记得，爷爷的字写得龙飞凤舞，镜画也画得出神入化。现在回想起来，还略感遗憾，后悔我当时没能跟爷爷好好地学习字画。只因父母在我还没出生的时候，就已经迁来南宁工作，远离家乡的他们，只有过年的那几天才带我回去探望，然后又匆匆赶回来了。因此，我有很长一段的时间是见不到爷爷和奶奶的。但我知道，爷爷和奶奶的感情一直都很好，他们相敬如宾，从来都没有红过脸。他们那一代人，只要认定了对方，就会携手一生，不离不弃，直到永远。

最令我难忘的是爷爷快要病故的那一年，我和父母急匆匆地回到北流市。爷爷很早就患了老年痴呆症，这些年一直靠请来的保姆照顾，当我看到他的时候，已是病入膏肓。瘦骨嶙峋的爷爷躺在床上，动弹不得，他的眼神是涣散的，完全认不得我们了。我深吸了一口气，即刻背过身去，生怕自己再看一眼，眼泪就会崩泻而出。当时刚出社会工作的我，真不知道该如何拯救爷爷，只有拿出自己的微薄的工资全部交给奶奶，让她去给爷爷买些好吃的。

奶奶是个乐观的人，即使爷爷去世后，她也能很好地活着。我曾经问过奶奶，你想爷爷的时候怎么办？奶奶微笑着说，我可以看他的照片，追忆我们在一起的那些日子。前几天，我还在梦中见到他了，他说在那边很好，让我不用担心。现在他不在我身边，不能帮我蒸冰糖雪梨了，便让我好好照顾自己。

我这才想起，奶奶喜欢抽烟，常常咳嗽，所以爷爷就会给她蒸冰糖雪梨润肺。在生活中，奶奶虽然依赖爷爷，但她也是个很能干的女人，我们几个孙辈都是她亲手带大的。尽管听母亲说，她背着还是婴孩的我时，仍然烟不离手，不过我真的没有办法责怪她一点点。因为我知道，她已经很不容易。从一个地主的女儿，变成一贫如洗的妇人，那个过程的转变是多么艰辛！但她仍能以乐观的方式去生活，这就很令人敬仰。平时，奶奶很喜欢坐下来静静地织毛衣，织各种颜色，各种花样的毛衣。我觉得，织毛衣应该就是她生活中最大的一件乐事了。

我的奶奶即使在八十岁时，仍然还能织出漂亮的小毛衣、小毛线帽，在我还没结婚的时候就悄悄地塞到我母亲的手里，嘱咐她将来交给我的孩子穿。我曾经忍不住问奶奶，为什么这么大年纪了还执着于织毛衣？现在物质丰富了，经济也有了很大的改善，我们在商场买件毛衣已经是很容易的事情。她说，织毛衣会让她想起爷爷，回忆从前跟他在一起的每一个美好的日子。原来，奶奶把对爷爷的爱，一针又一针地织到了毛衣里。

奶奶那时跟大伯一家住在一起，他们自己建了一幢楼房，做点小生意，日子倒也过得不错。不过，听说大伯的子女对奶奶不太好，这令我很揪心。我跟奶奶离得太远，只能在有空的时候，打个电话去问候她，或者给她寄去一些钱，希望她能开开心心地安度晚年。世上有太多的无奈，生活的艰辛也曾令我自顾不暇，所以那时我能为奶奶做的也只有这些了。

如今，奶奶也随着爷爷去了，但是他们会一直活在我的心里。写下这篇文章，最大的意义就是纪念我的爷爷和奶奶，他们都是好人，一生中没有做过一件坏事，相信他们已经找到了自己的极乐世界。

此文发表于2018年2月《红豆》杂志365期

作者简介：水纤纤，广西作家协会理事。广西新联会网络作家分会副会长。文学创作三级。作品散见于《中国艺术报》《广西文学》《红豆》《西部散文选刊》等报刊。著有长篇小说《凤凰纪事》《一代女御厨》《飞越时空爱上你——战国之恋》等8部，其中长篇小说《凤凰纪事》《一代女御厨》、散文集《7招唤醒女神气质》已出版上市；长篇小说《凤凰纪事》《宛如重生》已改编成多人有声小说在喜马拉雅平台上线。

怀念恩师——卢嘉兴

颜 鸿

每一年，在老师节到来之际，内心里都涌现一种强烈的愿望，要是我的恩师还在那该多好，这样我会和恩师分享每一次发表文字的愉悦，会和恩师嗅闻铅字的墨香！然而，这种感觉越强烈，恩师在我脑海的形象就越来越栩栩如生。

初识恩师，是在市文化馆的办公室，他又高又瘦还有点驼背，拿起墙角的热水瓶把水倒进旧白瓷杯后端给我："喝口开水，还暖。"我内心忐忑不安，"谢谢卢老师！""你喊我三叔吧。""三叔"我当即弱弱地喊了一声，他应声并笑了。虽然三叔随和、待人亲切，但我还是很羞涩。我告诉三叔，《勾漏文艺》发表我的散文是我哥哥告诉我的，哥哥说他晨跑后散步从文化馆门前街道回单位，看见街边墙上张贴着大红纸，一则消息写着：《勾漏文艺》出版了，其中年轻女作者颜鸿的散文《春之歌》如一缕春风，文字表达清新流畅……

哥哥问我："是你写的吗？""是我写的。"我大声回答哥哥，抑制不住内心的激动，喜悦溢于言表。想到这里，我说："三叔，你可以给两本《勾漏文艺》我吗？一本给我哥，一本给我爸。""可以，书里面有你的作品，你不问我也要给你的。"三叔看着我严肃地说："阿鸿，你要多读书，不管是中国的、还是外国的，要读名著，你如果找不到，我帮你找。你要多练笔，写出来的作品要反复修改，好文章是改出来的……"我鸡啄米地点头："三叔，我记住了。"

我拿着三叔给我的《勾漏文艺》告辞三叔后从文化馆出来，突然觉得和煦的阳光是这样温暖，街道上擦肩而过的行人是这样亲切，三叔对我的肯定和鼓励，在我内心里产生一股力量，拨去眼前的迷茫，恰似大海中的航船已找到了前进的方向，只待我乘风破浪勇往直前驶向理想的彼岸。

我从北流回来后，得意地把《勾漏文艺》

交给父亲，并说：“爸，上面有我写的文章。”那时候由于年轻，见识肤浅，对一篇1000多字的文章，发表在县级内刊就引以为豪。

曾记得，在一个炎热的夏夜，凉风习习，星光闪烁。父亲和我坐在院子里聊起了有关文学的话题，父亲在香港接受的教育，也喜欢文学，我爱上文学就是受了父亲的影响和启蒙。父亲说：“我看了你平时写的文章，你还年轻几乎没有沉淀生活的过程，没有经历和阅历，又怎能写出高于生活的作品呢，目前你写的和闭门造车没有什么区别。” 随后父亲和我说起了他青年时期的朋友林叔叔的故事，一边说着一边感叹林叔叔坎坷的命运。

从那一个晚上开始，林叔叔的故事一直在我的脑海挥之不去，并感到压抑，总有一种要喊出来释放的冲动。于是，我以林叔叔为原型创作了小说《好梦难圆》，在创作的过程中，我的心久久不能平静。林叔叔出生地主家庭，自小一直外出在南宁求学，学业还没有结束，全国解放了，打土豪分田地的运动开始了，他中断了学业，回到了老家。

那时候，父亲刚刚从香港回来不久，参加了工作队，负责清点登记地主家里的财物并按上级的要求分配。父亲决定，把原本是林叔叔家的房屋留一间给林叔叔居住。从那一刻起，林叔叔就认定了我父亲这个朋友，并密切配合我父亲的工作。父亲说，其实林叔叔是个进步的、有觉悟的青年学生。

在一个风和日丽的早上，我坐上了到市里的班车，我紧紧抱着挂包，里面装着新创作的小说稿，这一次我不投稿了，我要亲手把稿件交给三叔，我想听三叔对这个小说的评价。

我走进三叔的办公室，不见三叔。工作人员说：“三叔去市政府开会了，你下午再来吧。”我去哥哥家，把小说稿交给哥哥看，哥哥认真地看后说：“故事挺感人的，但写得粗糙，要改。”哥哥的话无疑给了我当头一棒。我说：“我不改，三叔还没有看过呢。”在创作方面，我把三叔的话当成圣旨。

在三叔的办公室，三叔聚精会神地看着我的小说，我拿起办公桌面上的一本杂志，可我一页也看不下去，脑海不断涌现着这样的场面，林叔叔因为家庭出身而被心爱的姑娘拒绝，内心痛苦却在姑娘面前微笑着说：“我尊重你的决定，没事。”之后跑到开满花儿的河堤仰天长叹：“父辈错了，可我没有错啊。”而更多的时候林叔叔常去河边躺在河滩上看蓝蓝的天，游动的云，有时掬一把河水洗脸，有时赤脚走进河里走着，有时还大声说着什么？父亲说，林叔叔经常到河滩上读英语。都说机会是给有准备的人，在八十年代，林叔叔被组织安排到市里的一间中学教英语，其间和一名年轻的女老师结婚，生活也过得幸福，时常约我父亲饮茶，这是后话。

现在，三叔看了我的小说后又会说什么呢？在三叔充满书香的办公室里，我又在东张西望，那个陈旧的窗户，打开了一扇窗，墙上有石灰脱落的痕迹，墙角放着一个水烟筒，应该是三叔用的吧。

等待的滋味真不好受，况且是等待着三叔对我的小说下结论。这时候，三叔手上放下小说稿，走到墙角拿起水烟筒，然后吧嗒吧嗒地抽着，也不和我说话，我的心提到嗓子里，也不敢问，就是默默地看着三叔，三叔穿的灰色衬衣有些旧了，可很干净，他没有扣上敞开着，露出了里面的白色背心，额头、脸上的皱纹，体现着三叔经历了生活的磨难和沧桑。

三叔抽的水烟筒有着一股辣辣的味道，呛

得我不停地咳嗽。见此情景，三叔对我："阿鸿，你先到外面等我一下吧。"

我走出办公室到了街道边，街道还算干净，街上的车辆、行人不是很多，那些车辆几乎都是自行车，有新的、旧的，一些行人的脚步匆匆，一些行人优哉游哉，看上去生活闲淡而舒适。这时候我想起了父母亲在田间的劳累，想起了有文化的父亲，为了分担母亲的辛劳，毅然辞去电灯局 { 供电公司前身 } 的工作，回到乡下和母亲一起日出而作，日落而息，共同生儿育女，这是不是真正的爱情？父亲当年如果不辞掉在市里的工作，那么我是不是自小跟随父亲在市里读书、长大呢，像许多生活在市里的女孩子一样在炎炎夏日，穿上漂亮的花裙子和小伙伴到公园游玩，到圭江大桥上眺望自南向北而流的河流，到河滩捡拾马卵石、打水仗，采摘五颜六色的花儿，戴一朵在头上，在阳光的照耀下，花朵分外妩媚。

我再次回到三叔的办公室。只见三叔还在看我的小说稿，并拿起了笔在上面圈圈画画。

也许是为了鼓励我，三叔肯定了我的小说，他说："阿鸿，这个故事压抑，同时被一种忧伤笼罩。一位青年学生由于受到家庭出身的影响，使他失去了追求理想和美好的爱情，但他并没有对生活失去信心，这个很好。还有，小说的细节还须推敲，如林叔叔念苏联诗人密次凯维支的诗歌给他喜欢的姑娘听的时候，也太唯美了还很浪漫。'未见你时 / 我不叹息 / 更不惆怅 / 见到你时 / 也不失掉我的理智 / 但在长久的日日里不见你 / 我的心中就像有什么丧失。'在这里，你应该用一种朴素的、通俗易懂的并符合姑娘性格特征的语言，让林叔叔去表达对姑娘的深情。整篇小说的构造和人物性格，如果有它的闪光点，就记住了这个人物，就记住了这个故事，这个小说就成功了。阿鸿，你拿回去再改改，改好后再送来给我。"三叔又详细地对我说了每一个段落、章节，怎样用人物细节去反映这个故事。并叮嘱我："你一定要多读书，看看作家是怎样描述故事的。我这里已经给你找了一本英国作家艾米莉、勃朗德的小说《呼啸山庄》，你好好看看这部小说吧。"

我在此后的几个星期，一直都在改小说《好梦难圆》，或许是我太感性，改着改着就忍不住为主人公流下了伤心的泪水。改稿的日子，我不太说话，没有欢笑，我只记住三叔对我说的话："叙述时，要分清人物的主线和次线，它们之间相互关联但又有很大的区别……"终于，三易其稿后，我得到了三叔的赞扬，《好梦难圆》顺利地在《勾漏文艺》发表了，当三叔把样刊给我时，反复叮嘱并鼓励我说："阿鸿，你要做生活的有心人，多观察，多读多写，把稿件往外投。"

由于得到三叔的帮助，我参加工作了，在市里一家单位当老师，在一个暑假假期，我参加了市文联组织文学作者去北海、涠洲岛的采风活动，那是我第一次见到了辽阔无边的大海，白帆点点，海浪涛涛，海天一色，坐在舰艇上往涠洲岛时，海浪翻滚、咆哮，我的内心极其恐惧又充满好奇，慢慢的好奇战胜了恐惧，站在舰艇的护栏边，任凭海风吹乱了我的秀发，浪花溅湿了我的衣服，看着海浪涛天的大海，我被震撼了，在大自然面前，人是多么的渺小。

北海之行给了我无限的想象，也开阔了我的视野，我仿佛在天空中俯视着大海的万顷碧波，充满了激情，写了一首诗歌《湛蓝》：你从梦中走来 / 带来一片海天的湛蓝 / 你的双臂是我安全的港湾 / 枕着温柔的涛声 / 看着互相追逐的白帆 / 那尚未醒来的崖雕 / 永远做着我刚才的梦幻。

这一次，我兴冲冲地拿着诗稿去文化馆找三叔，路过圭江桥头、江边公园，有人在东坡亭里拉二胡，悠扬的琴声响遍了公园的上空，它欲说还休、如泣如诉的曲调直抵人心。这是炎热的季节，公园里的榕树下，有老人在乘凉、有孩子在嬉闹，不远处的石桌围满人，他们都在看下象棋，下象棋的、看的都无比激动，谁胜谁负即在最后一搏。

我见到三叔时，三叔正在办公室看一位作者的来稿，当三叔看了我的诗歌后很高兴地笑了，并说："阿鸿，你没有白去北海。把诗歌投到《大众报》(《玉林日报》前身)吧。""可以吗？"三叔鼓励我："这首诗歌意境深远，思维开阔，大胆投稿吧，要往外投稿，才能有进步，才能激励自己在创作的道路走得更远……"

从此，我天天都看《大众报》，有一天，我终于在副刊上看到了《湛蓝》，它的发表无疑使我信心倍增，三叔比我更高兴，说要找果戈里、泰戈尔的诗集给我读。并叮嘱我："阿鸿，不能骄傲，发一首小诗不足挂齿，你要持之以恒的写下去，创作上遇到困难找三叔，三叔会竭尽所能。"

在以后的日子里，我的另一篇短篇小说《情思》在三叔的指导下完成了并发表了，时任北流中学的老师陈兆惠为《情思》写了评论："深情委婉，曲味包韵——评小说《情思》中的简与真"一文，发表在《勾漏文艺》。一时间，各界文友都在互相打听我是谁？直到在市文创会上见到我时，才惊呼：还以为是男的呢，真年轻。

在一个阴雨天的下午，我接到了市文联的电话，说三叔已仙逝了，明天举行追悼会，全市各界人士及文学作者参加。我听到这个消息，大吃一惊，眼泪无声地流下来了，三叔怎么就走了呢，在我的印象里，三叔一直是身体硬朗、乐观自信的。

北流的风俗习惯是家里在建新房，是不能参加白事活动的，这样我就没有参加三叔的追悼会，不能送三叔最后一程，这是永远的遗憾。市文联召开三叔追悼会的那天早上，我独自去到圭江大桥上，心情无比悲痛，看着缓缓流淌的河水，仿佛也看到了三叔随着圭水远远地流去了，去到一个无人知晓的地方，那里有三叔喜爱的文学吗？三叔想抽烟时，那里有水烟筒吗？三叔，你去了，你独自到那边你要过好啊。我倚靠在圭江大桥的水泥护栏上，任凭泪水肆意地流，也无法释放悲痛。我自从认识了三叔后，三叔视我为亲侄女一样在文学的道路上教导我要脚踏实地、一步一个脚印。而我从未孝敬过三叔，三叔就走了，三叔，你虽然不是我的亲叔叔，你为我所做的却胜似亲叔叔。

三叔已走了一个多月了，一天下午，我去三叔家里探望师母，师母拉着我的手坐在沙发上，说起三叔走之前的一些事情，并告诉我："阿鸿，三叔给你的那些书，是三叔和我去新华书店买的，三叔就是想你有进步，现在你三叔走了，你要好好写，三叔天堂有知，他会很欣慰的。"听到这里，我拉着师母的手泣不成声，师母慈爱地为我擦去泪水对我说："阿鸿，三叔天堂有知，他不想看到你伤心的。"我说："师母，三叔虽然走了，但三叔生前对我的悉心教导和殷切期望我会铭记在心！"

三叔，我的恩师，遇到您是我三生有幸，我后悔在您生前没有为您点燃一根烟；您走了，我也没有给您上一炷香，也没有给您的坟头摆放一束鲜花，但我永远怀念您！您放心吧，我不忘初心，笔耕不辍。

装空调的父亲

梁依婷

在不知不觉中，炎热的夏天已经席卷了整个玉林，太阳像一个火球一般向周围散发着它的热量，在这片湛蓝的天空中，也只有白云还在顽强地陪伴着它，空气中弥漫着刚从地表升腾起来的“热乎”气。

我不喜欢火辣辣的夏天，可是只有这样火热的日子里，父亲的工作才会有着落，在生活的面前，我不得不改变自己原来的想法，用一种“中立”的态度去看待这个炙热的夏天。

自打我有记忆开始，父亲就从事空调安装的工作，那时候家里还没有钱买小汽车，父亲也没有时间和精力去考驾驶证。他每天就骑着家里那辆摩托车到县城上的电器铺子，在那里等待工作。他说在家也是闲着无聊，还不如出去寻找机会。虽然那时已有互联网，但在乡下并不发达，在找工作这事儿上，比起闭门造车，终归还是出门实践要来的靠谱。

后来工作多起来了，父亲有时候也帮忙送货，可是摩托车的容量终究还是太小了，父亲跟母亲商量着借钱买一辆面包车，等到后面赚钱了就还。就这样，我们家有了第一辆汽车，虽然那辆车是买来拉货装工具的，车里的每一个地方都能掏出几个父亲随手放的工具，但是在很多个刮风下雨的日子，它化身为一个安稳的家，用坚硬的外表为我们遮挡了寒风冷雨，让我们感受到了温暖。

说起父亲空调安装的渊源，这得从他从部队退伍之后到广东工作说起，父亲和其他人一样，为了找工作不得已背井离乡，到其他城市找工作。刚开始是在铺子里帮别人卖电器，后来也跟着师傅当学徒，学会了安装空调。去广东打工确实比在本地赚的钱多，可是也减少了与家里的联系，工作忙的时候一年也只能回一两次。姐姐之后出生了之后，父亲还在广东打了几年工。后来姐姐长大了，母亲一个人在家忙不过来，父亲就回到了家里工作。与广东的经济相比，广西就发展得慢一点，那时候北流的空调业还没有兴起，空调方面的工作岗位很少，父亲就和母亲干水电安装方面的工作。

我们村里面有一位老板年轻的时候就从事电器的销售工作，觉得电器行业前途好，后来就开始自主创业，用攒下来的钱开了一个店铺。他把村里面的一些年轻人介绍出去干安装电器这方面的工作，我父亲就是其中一员。后面老板的生意越做越大，业务也逐渐拓展，又陆陆续续开了一些分店。

在那之后，父亲就有了比较稳定的工作。只要是家里没什么要紧的事情，他都会待在店里，等待安装任务，然后根据店里的安排去工作。但是不是每天都可以有任务安排，也有很多时候是在等待中度过的，夏季是卖空调的旺季，也是安装工人的忙碌季节。

玉林接近热带，白天的太阳使出了浑身解数，像是要把自己身上的所有热量都发出来，地面被晒得滚烫，从地上升腾上来的空气都受到了太阳的影响，变得格外燥热。当周围的空气都是热的时候，风扇的作用就显得不是这么明显了，人在用热的风洗涤自己的身躯，汗水或许可以风干，但是心理上的燥热难耐依旧无法消除。

夏季的时候，父亲是忙碌的，每天得很晚才能回来。山里的蝉鸣掺杂着房间里面风扇转动的声音，我看着墙上转动的时钟，掰着手指，计算父亲回来的时间。一轮弯月高高挂起，我的睡意渐渐浓了，眼皮打架般的要合上，准备进入梦乡，这时父亲才拖着疲惫的身体，踏着月色归来。

在寂静黝黑的小山村里面，我对父亲回来的动静再熟悉不过了，他那辆摩托车突突的声音打破小山村的宁静，也打破了我们家的宁静。晚上有人和车经过的时候，楼下的狗也会在那里吠个不停。停好车后，他用钥匙打开楼下的房门和灯，在里面拿本子记下今天的数。听到这些声音，我就知道是父亲回来了。母亲等不到父亲回来她是睡不着的，所以她一听到父亲回来的声音，就下楼来加热饭菜，而厨房里的锅碗瓢盆在夜深还要工作，不满地发出了一声声闷响。父亲在吃饭的时候，她又开始忙着找衣服、烧水，尽量让忙碌了一天的父亲一回家就能吃上可口的饭菜，洗净一身疲惫，然后抛开工作的烦恼，安稳地随夜色进入梦乡。

这是他们无言的相处模式，不说话就知道对方要做什么，他懂她的关心，她懂他的辛苦。父亲在外面奔波工作，母亲负责家里的大小琐事，这就是他们两个人简单的相处方式。

在外面工作累了的时候，回到家里还有一盏为你亮起的灯，“所谓万家灯火，其中有一盏为你而亮”，这就算人生的一大幸事，这也成为父亲辛勤工作的动力。在这盏亮起的灯下，有他们两个人的努力和理解，才造就了我们家的和谐团结。

于我而言，晚上最安心的声音莫过于父亲回来的声音，当车停在家里院子的时候，我才会觉得今天的生活可以画上一个句号了，那是一种让人心安的感觉。常言道——知足常乐，家庭和睦，日子安稳，就是最大的快乐。当窗外的天空又亮起一颗星星，那就是我又许了一个愿望，看着天上的繁星点点，我心满意足地伴随蝉鸣声沉沉地睡着了。

冬季是卖空调的淡季，父亲自然没有太多的工作安排，这时候他就要寻找其他的工作来解决家里的生活问题，毕竟赚钱这件事情可不是坐等就可以完成的，他是我们家的顶梁柱，家里的开支都由父亲在支撑，父亲用他那并不粗壮的双手撑起了我们整个家。

出生于平凡家庭的人，对生活的感悟总是要

深一些，因为生活里的柴米油盐都是要考虑的问题，没有家庭可以跳过这些而去谈生活。我对家里生活现状的感悟也是从那时候开始变得深刻，父亲的收入少了，意味着我们家干什么都要细细斟酌，要勒紧裤腰带过日子，把钱花在刀刃上。

那时候，父亲还不会抽烟，他每天最喜欢的事情就是晚饭后坐在门口的老树下乘凉，和村里人拉着家常，天黑了就回到家里陪我们一起看电视，然后准备休息，这就是我年幼时对父亲日常生活的最深刻的记忆。

随着生活压力的增大，父亲的空闲时间的放松方式也发生了变化。门前的老树被砍了之后，我也不知道从什么时候开始，父亲学会了抽烟，他就很少坐在家门口闲聊，更多的时候是用散步的借口，悄悄到其他人的家里面借烟筒抽旱烟。

或许是随着年龄的增大，父亲已经不再习惯将自己的内心想法告诉别人，而是将那些琐事都随着烟吸进肚子里，那些生活的困难和艰辛也被塞进了肚子里头，深深地藏在了心里。

工作时的父亲和在家时的父亲是截然不同的两个人，在我没有跟他去工作之前，我一直以为父亲是一个善解人意，憨厚老实的人。直到后来我才发现，人的性格总是复杂的，父亲在工作中的性格和在家时的也是不一样的。

高中毕业的时候，高考成绩还没有出来，那段时间我都是在家待着，而那时刚好是空调安装的旺季，父亲的工作伙伴没有空的时候，他让我去帮他拿过几次工具。虽然知道父亲从事这个工作很多年了，但是跟着他去工作还是第一次。

每次出门工作的时候，他都会穿上公司的衣服，认真扣好每一枚纽扣，抚平衣服上的褶皱，确定没有问题了才出发。穿上那套工作服，就相当于代表了公司的形象，他力求将工作做到最好，履行自己的职责，如他当年穿上那套军装一般的心情一般。

那一次去的是商品房安装，二十多楼的高空看得人心慌，我看了一眼就不敢往外看，心脏一直在紧张地跳动着，眼睛一直盯着父亲的一举一动。在高楼层安装空调，最难的是安装外机，它不像普通的房子一样可以挂在外面的墙上，商品房的外机要放在防盗网外的百叶窗里。安装的时候百叶窗要靠人为打开和固定，父亲一边用头顶着窗，一边从防盗网把外机拉过去。

高空作业的父亲要先系好安全带，然后把绳子绑在栏杆上，他通过防盗网小心翼翼地翻到外面，然后踩着窗台外面的小块地方爬过去。被绳子绑紧的外机要先扛起来放到窗上，有人要在房子里面拉住不让它掉下去，然后再将它慢慢被放到外面去，父亲就在百叶窗里面拉住绳子，让外机往他那边去，最后他把外机拉上去进行安装。

父亲觉得我力气太小拉不住外机，就麻烦客户在里面帮忙拉住外机，他才能顺利把那个外机放进去。我没有参与这项工作，但是仅仅是在旁边看也很害怕了，那一刻我也真正明白什么是血汗钱，知道父亲赚钱的不容易。

在窗外工作之前，父亲都会往衣服口袋里面装上各式各样的零件，因为在窗外工作的时候，受到绳索的限制，不方便每次都要从里面的伙伴手里拿零件，所以他就会放一些零件在口袋里面。在高空工作的时候，他的口袋就像一个百宝箱一样，可以快速地从里面找出合适的零件。

一台空调的安装，顺利的话一两个小时就可以完成了，但是很多时候难免会遇到这样那样的问题，父亲就要及时解决这些问题，这时候真正完成一台空调的安装就需要好几个小时了。父亲在安装这方面又特别严格要求自己，经过他手安装的空调，一定要把每个环节都做好，这样他才能安心地离开，不然他觉得这就是对客户的不负责任，也是对自己的不负责任。

干这一行的工作不是说自己想什么时候去就什么去，店里派单下来了就要及时去安装，所以除了下雨等恶劣天气不能安装外，其他时间都要及时去进行安装。

有一次午后，我随父亲去安装空调，那时候正是太阳最毒辣的时候，仅仅是坐在房子里面就已经汗流浃背了，在安装外机的时候，那面墙正是面向太阳的那一面。火辣辣的太阳晒得我的皮肤也变烫了，我一递完工具，就马上退回到阴凉的地方，而父亲系着安全带，坐在窗上，一边探着头，一边拿着钻头在墙上打好孔，再将膨胀丝（一种螺丝）打到墙上。安装好支架之后，他就把外机吊过去安装好，依靠着外机的上顶面，卧在上面处理剩下的接口和管子的安装问题。

如果这时候有一个温度计的话，那它的红线一定会噌噌地往上爬，父亲在外面火辣辣的墙上一如既往地工作着，像是没有感受到这个太阳的毒辣。而我知道，他又怎么会看不到这个太阳呢，这是出于生活的艰苦和工作的责任，他咬着牙忍下这一切，硬着头皮把这些工作完成。

太阳把他的皮肤晒得黝黑，豆大的汗水顺着他的脸颊落到衣服上，溶到衣服里不见了踪影，有一些跑到了眼睛里，父亲只能通过猛地眨眼睛让眼睛好受一点。在太阳的照射下，他身上的汗把衣服浸湿了，里面那面是湿漉漉的布料，外面那面是烫手的布料，他的衣服就在这样的状态下湿了又干。

就算是这样恶劣的环境，他的动作还是那样行云流水，迅速准确地把每一个步骤完成，在高空作业的时候没有一点犹豫和害怕。

我看着不远处的天空，湛蓝的天空和软绵绵的白云，这样的景色本来是美丽宜人的，而此刻我却开心不起来。在那时候，我深刻地感觉到生活艰辛，对父亲的工作和压力也有了更新的认识。

等到他把外机安装好，回到房子里的时候，他的衣服已经湿得可以拧出水来，简单地擦了脸上的汗之后，父亲又收拾工具继续赶往下一处。

工作中的父亲是不善言辞的，或许也可以说成是铁面无私的，母亲说他在工作的时候就像是不要命了一样，一股劲地只顾着干活，没有情面可言。这项安装工作不仅是一项技术活，更是一项体力活。刚开始并不理解父亲为何在工作时会“性情大变”，但后来逐渐懂事，知道对工作严格要求，认真工作，就能大大缩减每一次安装的时长，减轻一天的身体负荷。因为父亲一旦开始工作，他就要把工作完成才会休息，而如果一天工作多的话，除了吃饭的时间，他就只能靠着和客户沟通那段时间停一下。

我之前并没有接触过这样的工作，对他包里的工具也不熟悉，这让我在开始的那几天不知道挨了多少次骂，常常因为找不到工具和分不清工具而被说。

“快点拿工具过来了，怎么还没找到。”父亲在窗外朝里喊我。

“我在找，还没找到哪一个是。”我一边应着他，一边手忙脚乱地翻着工具包，因为我不熟悉这些工具，把几个相似的工具拿出来对比了一下，对比了好一会才找到。

将工具递给父亲，他拿着看了一眼，递回来跟我说：“不是这个，我要的是小的扳手，这个是大的。”

我赶紧把那个错的拿回来，又回去翻找正确的扳手。刚开始挨了骂之后都感觉很委屈，鼻子微微发酸，转身的时候偷偷抹了眼泪。

后面被骂多了，我也清楚父亲工作时的风格，在给他递工具的时候，不说话，他骂时也不反驳，只是安静地协助他工作。

有时候好不容易装好空调准备离开了，有一些客户还会让父亲安装其他的一些东西，比如要给空调外机安一个铁皮顶；给空调安装一个排插；给导水管接一段水管，将空调的水导到其他地方……

我见过父亲在工作完一天之后，工作服的衣角上的汗水还没有滴干，又要拖着疲惫的身躯给客户安装其他东西。他慢慢地爬上墙头，在墙头小心翼翼地搭一个梯子，然后站在梯子上面进行安装。那个竹梯很长，也正是因为它长，我害怕它会不稳，人站上去的时候会滑，而且看着这个竹梯也有些历史了，生怕它会突然断掉。

我觉得我扶着梯子的手都在颤抖，因为我是害怕高空的，我没有办法想象父亲是怀着什么样的心情一步步踏上这架梯子，然后顶着压力在空中工作。我害怕危险，所以我也很担心父亲的安全，害怕他在空中工作。我跟他说这个事情的时候，他总是放心地跟我说："我就是靠这个吃这个饭的，有这方面的经验，高空作业的时候我肯定会注意的，放心吧，没事的。"

他从来没有和我说过这些工作的事情，回到家的他总是报喜不报忧，这也让我以为他的工作是轻松的，后来我才知道不是他的工作轻松，而是他在我们面前表现得很轻松。

多年的工作经历让他对我们整个县城的地理方位特别清楚，询问客户的地址时，他总能根据客户说出的地点，然后快速地说出一条可行的路线，在第二天工作的时候，他就能快速地前往规定的地点。而我们家在农村，父亲主要负责的是各个村的空调安装，当客户说是那个村那个组的时候，他总能将之前去的那些地点联系起来，问是不是从那条小路或是那里进去，他对这些道路特别敏感，减少了寻找的时间。有时候顺着客户说的路进去了没有找到地方，他也不急，重新倒车出来，又从另一条路进去，按着他自己的感觉寻找，凭借着对道路敏锐的嗅觉，他也总能在短时间内找到正确地点。

父亲在工作时，确实是有些严厉，这也源于他对工作的一丝不苟，我也不恼，毕竟谁工作不顺心时不会发几句牢骚。如果连这个小小的要求都不能满足的话，那他该通过什么途径发泄平日里的烦恼呢？工作结束后，他没有那么严肃了，会跟我说几句玩笑话，回想我们今天安装的时候遇到的趣事和难事。我觉得这个时候的空气才是轻松和舒服的，刚才的严厉也被冲淡了点，刚才工作的紧张关系也得到稍许的缓和。

暑假在家的时候，母亲要忙着家里的农活，没有时间去工作，我弟就担起了这个重任。对于年轻气盛的弟弟来说，父亲的很多行为是他没有办法理解的，弟弟经常和我说他在工作时遇到的问题。我听着不说话，心想弟弟还是太年轻，现在没有办法理解成年人的生活。如果可以舒服的话，谁又想这么辛苦地生活呢。面对家庭的重担，工作的压力，无助的父亲也没有更好的办法去解决这些问题。

电器市场改革之后，厂家那边不再负责所有的安装费用，而是要客户出一部分安装费。之前都不需要客户出钱，现在突然要客户自己出一部分费用，他们心里就会抗拒，不停地问为什么要出这一部分钱。遇到一些通情达理的客户还好，和他们讲清楚就可以了，他们也表示理解并且愿意支付费用，但是如果遇到一些不通人情的客户，他们就会纠着这个价钱不放，不愿意支付，这时候就要花费好大力气去和他们解释，有时候他们不愿意听，拒不支付，这也是常有的事。

收费这个"烫手山芋"落到安装工人的手里，父亲也是很难解决的。一方面上级已经没有这部分的工资支付，另一方面客户又不愿意支付这部分的费用。夹在中间的他左右为难，而他也不懂得灵活地处理这些事情，这是公司的规定没有办法改，但是他又很难落实这些规定。

他不会说什么好听的话，灵活地处理这些事情，有时候实在争执不下，他只好牺牲自己的利益，少收一点钱。这样的后果就是活干完了，自己的工钱却少了，可是那又能有什么办法呢。争执不下，谁也不愿意让步，如果客户给了差评，安装师傅也是要被扣钱的。

遇上讲理的客户，他们不仅会按时结清费用，还会对父亲表示感谢。我印象比较深刻的是那一家商品房的客户，他们家在二十多楼，父亲在装空调的时候，客户就在旁边的窗子看着。结束之后他对父亲说了几次感谢，他说干这一行真是太不容易了，他看着都害怕，他能体会到高空作业工人的艰辛。

白白干活的时候也有，父亲不懂得拒绝别人，忙完自己的工作之后，客户让他帮忙弄什么东西他也会去帮忙，有一些他根本不擅长，但是他也答应人家，花时间去搞。搞了半天没有搞好，自己的其他工作没有完成，要修的这个东西也没有弄好，相当于在这里白忙活半天。母亲也经常跟他说，自己不擅长的东西就不要帮忙了，不然越搞越乱。父亲听的时候很认真，不反驳，应着说知道了，等到下一次工作的时候，他该怎么做还是怎么做，随着自己的意思走。

有一次父亲和弟弟工作回来，两个人都没有说话，我感觉空气的温度降低到零下，气氛一度紧张。

看到他们不说话，我们也不敢问，两个人就这样无言地吃完了一顿饭。等弟弟上楼之后才和我抱怨："你都不知道，我讲什么他都不听，本来干活都已经够累了，还要去搞这些事情。没想到他没有得到人家的感谢，人家还嫌弃他做得不好。"

弟弟坐在椅子上生闷气，眉毛拧成一股绳，全身散发着"心情不好"的气息，我明白弟弟的生气的原因，可是我也没有办法解决。

后来我也越想越憋屈，到父亲的面前嘀咕几句，没想到就是这几句话点燃了父亲的情绪。他也很生气，一边说话一边抽着烟，"你们啊，就是不赚钱不知道赚钱难，现在疫情期间大家都不容易，就不能相互体谅一下吗？有钱赚就赚一点，人不应该那么贪心。"

我也不甘示弱，回应他说："那以后大家都知道你好说话，都按照这个价钱给你，你做的都是一样的工作，却比别人收少了钱，这不公平。"

"你觉得，这个世界那里有绝对的公平？"父亲反问我一句，我一时头脑空白了，不知道拿什么话来回应他，房间里面陷入了沉默，我和父亲对这个问题的沟通也就此结束。

有时候我也想这些制度和评价可以再完善一点，更人性化一点，也能为工人也多考虑一点，让那些像父亲这么老实的人可以少受一些苦，有时候只是因为别人的一个随意的点评，就可以让干活的人白干一天。我常常担心父亲的性格，老实的他该如何去与这个复杂的社会相处，底层的工人像漂浮在海上的浮萍一样无助。

城里面的商品房有电梯，农村里面的自建房没有电梯，有一些楼层比较高的房间，需要父亲背着那几十斤重的外机到楼顶上面，再用绳子从上面吊下来安装。我看着他抓住麻绳的双手，手上爆起了青筋，脸和脖子也因为用力过猛而涨得通红。重实庞大的外机显得他的背很单薄，机器压弯了他的背，但就是这样单薄的身躯，像一座山一样沉稳，撑起了全家人的生活，让人感到心安。

父亲也很倔强，他下定决心要干的事情就一定要完成。有时候因为一些原因耽误了行程，到下午的时候还没有完成这一天的工作量。他答应了人家今天会安装，他晚上打着灯也要去安装。母亲说父亲就是怕早不怕晚，早上醒了非要刷一会手机才起来，晚上又干到很晚。也正是他这样负责认真的态度，取得了很多客户的赞扬，后面有其他工作的时候客户也会打电话找他，赞扬的背后的辛苦付出，也只有自己才知道这有多么不容易。

遇到困难的时候，父亲不会主动和我们说，他自己搬一张椅子到门口那里坐着，然后咂咂地吸着烟。在没有合适的办法解决问题的时候，吸烟就是他缓解压力的最好办法，我劝过他不要吸那么多烟，对身体不好。他应着我，转身过去又抽起了烟，我们都很无奈，可能在这种的情况下，只有吸烟才能暂时排解他心中的愁苦吧。

灰色的烟圈在父亲的头上环绕，转而又飞向了别处，他一边吐出，另一边的又消失了，像是没有尽头一般，可能父亲的烦恼也和这烟圈那么悠长吧。

很多时候，他明明可以拒绝那些本职工作以外的事情，像一个机器一样完成各项任务。可是他并没有这样做，我觉得这不仅是父亲对工作的负责，更是内心对这份工作深沉的感情，是那种在帮助人们解决困难之后的满足和自豪，这样的力量也是他工作的动力。

家里有三个孩子在上学，家庭的重担全压在父亲的肩膀上，我上大学的时候贷了款，但是其他方面还是需要不少的钱。这让父亲更加难办了，因为维持家里的日常生活也要花钱，家里没有办法拿得出那么多钱给我上学。

开学前两天，父亲给我转了几千块钱，我看着手机转账界面五味杂陈，升学的喜悦过后是费用的忧愁，而父母也用尽全力扛下了家庭的责任。我问父亲怎么突然有钱转给我，他没有正面回答，只是让我用着先，不用担心他，钱不够用了再问。

后来从母亲那里知道，父亲是用信用卡借的钱，他打算先解决当前的费用问题，到时候再跟母亲两个人去干活赚多点钱。他说只要肯努力，我们就不会饿着，现在夏天工作也比较多，可以赚回来的。

我坐在去学校的车上百感交集，窗外虚晃而过的景色让我出了神，行人匆忙走过道路，鸟儿落在电线上，倾斜的黄昏照在我的侧脸上。人生前行的路总是不平坦的，我在前面走出一条道路，父母就在后面当我的支持者，虽然他们学历不高，工资也不高，但是在我个人的成长道路上，他们不仅是倾听者，更是陪伴者，用行动教学我怎样正确地面对生活。

科技水平的发展对从事相关工作的人员也提出了更高的要求，公司里隔一段时间就会有考试，有理论知识的考核，也有实践操作的考核。实践的考核对父亲来说是简单的，可是理论知识的考试可让父亲犯难了，多一个字和少一个字意思就不一样了。他一个小学毕业的大老爷们儿可斗不过这些“文字游戏”，可是能有什么办法，没有相关的知识就不能从事这方面的工作，他只能硬着头皮啃下这些硬骨头。

一次不过就考两次，直到考过为止，他总是这样严格要求自己。有一次回家之后，他一直在用手机看题，满怀信心考了第一次，差几分不合格，又看了一个小时，又不合格，他不放弃，就一直在那里考。他常常取笑自己，小时候读书都没这么努力，没想到现在一把年纪了还要背书考试，这个脑子都记不住咯。

说完又转向手机背书考试，白炽灯下的他

还在用笔勤奋地写着笔记，手上还留着一些厚重的老茧，我看到他的头上又多了一些白头发，眼角的皱纹也更加明显，背好像也比以前弯了。即使是这样，他也还在前进的路上，不停地努力去适应这个社会。

一直以来，空调都是我们家庭的热门话题，它已经成为我们家不可缺少的一部分，支撑着我们走过一年年的岁月。而家里面从事着空调安装的父亲，与他有关的种种，都像是一部正在播放的电影，在我的脑子中长久地保留着，成为我人生里面最珍贵的一段记忆。

那个在炎炎夏日中奔波的空调安装工人走进人们的生活，转眼又消失在生活中，人的记忆会被不断更新替换。但是对我来说，那个在高空中吊着安全带的“战士”是不能忘记的人，他坚守在自己的工作岗位上，奔波在各个家庭的墙上，带来凉风之后，又悄然退场。

近来天气越来越炎热，空闲了一段时间的父亲又忙了起来，他的手机每天都在响个不停，休息的时间都很少，有的客户要安装，有的客户要维修，有的客户要清洁……我看向窗外，今晚夜色很好，皎白如百合花，月光缓缓泻在窗边的地上，突然想到一句有意思的话：月亮转动了日夜，父亲转动了四季。

我拿起不停响的手机寻找父亲，他看着手机上的来电显示深吸一口气，释然地说：“至少这也证明了客户对我是认可的，我现在也算得上半个空调师傅了。”

我们相视一笑，好像也可以这么理解，一个令人愉悦的想法悄然流进我的心间。

根据父亲在家的时间来推断，我总结得知每年的空调安装有两个旺季：一个是夏季天气炎热的时候，一个是宜婚嫁开业的日子之前，而其他时候就是淡季，有时候在家坐上几天都没有机子装。

我在家的时候问起父亲以前的事情，聊起了他与空调的故事，也知道了父亲的工作经历。父亲是在1998年开始接触空调安装工作，中间中断过几年，后来在村里的人介绍他干这个工作的时候，他一口就应下来了。父亲身体强壮，手脚灵活，加上之前就有过这方面的经历，他很快就适应了这个工作。那时候我们广西空调还没有那么普及，能装得起空调的家里面的条件都不会很差，空调行业的发展有很大的潜力。随着经济发展，人们的收入高了，空调的价格也低了一些，至少不再让人觉得那是遥不可及的，空调进入到许多人的生活当中，父亲每个月也能靠装空调赚到一点钱。

就这样，父亲在这个行业上一干就是十几年。

而到了2022年，空调市场趋于饱和，很多家庭都安装了空调，父亲的工作少了很多，就算是每年最热的暑假，机子的数量也在以肉眼可见的速度减少，我也知道，这是社会发展中的必然性。

算起来父亲青年奋斗的时间也刚好与空调行业的发展繁荣相契合，他将人生中最有干劲的那二十年给了空调安装行业，陪伴了这个行业的成长。而我作为一个见证者，看着他们在这条路上像朋友一般，相互陪伴，共同进步，在很多个阳光灌进屋子的夏日，在很多个月光倾泻在门前的夜晚，陪伴着彼此。

历史的变迁让很多事物像昙花一现，短暂地停留在这个世上，而那些推动社会向前发展的人们，大多都在默默地生活着，即使不会被人清晰地辨认是哪一个，可是他们所代表的群体，早已在人们的心中留下深刻的印象。我为父亲而感到自豪，在人生这条道路上，他一直都是一个向上攀爬的战士。

父亲的新年礼物

黎三华

太阳已经升了起来，大年初一燃放爆竹的兴奋还没有完全散去，穿上新衣裳的小伙伴，便拿着爷爷、奶奶和爸爸、妈妈及长辈们给的几毛压岁钱，在祖屋前的地平上炫耀着，嬉闹着……

我和大姐不敢和他们一起玩，因为我们面前横着一座大山—今年的中考。待弟妹出去之后，我和大姐就在家里看书复习。

爸妈都是新中国成立前出生的人，爷爷是木工泥水匠，在白马老家很有名气。不到十岁的爸爸就跟爷爷行走在“百家”之间，在耳闻目染之中也懂得一些木匠活。他在北流的六洋水库、佛子湾水库做过施工员，在生产队当过记分员，最后定格为一名乡村教师。妈妈则出生在挑夫之家，不到十岁就被卖给当地的地主家里当婢女，新中国成立后才脱离虎口。因同在六洋、佛子湾水库做施工员和爸爸认识、结婚。水库建成后，因为爷爷的坚决反对，没有当成管理水库的职工，妈妈只好当地地道道的农民。

在20世纪的60年代末70年代初，当民办老师的爸爸凭着工分和微薄工资收入，和勤劳务农的妈妈，将一个7口之家经营得十分甜蜜，令村里的人仰慕。然而爸爸的一场大病，一个月便欠了5000多元的医疗费用，瞬间便将好端端的一个家葬送了。此后的十年，爸妈是怎样熬过来的，我真的想象不出来。但鼓励我们五姐弟读书的场景还历历在目。

1977年我国恢复高考，以前通过推荐上高中读大学的时代正式终结，让那些没有权柄被视为最底层的贫困农民子弟，看到了通过读书跳出农门的希望。正是这一年，我上了初中，姐姐正在我们初中高中班读高一。按照当时的情况，在村初中高中班毕业可发高中毕业证，也可以考当时的正式高中。爸爸妈妈也在编织着他们的希望。

从此，妈给我们讲的不再是过去古人读书的故事，讲的都是身边的人和事。有一天，她问我和大姐："你们还记得大伦照相馆的阿姨吗？她两个女儿同时考上高中，让人羡慕得不得了。希望你们两个也能考上高中。"我和大姐都没有说什么，只是默默底点了点头。

大伦照相馆的阿姨名叫刘景芬，是妈妈的很要好的同学，和妈妈保持着良好的联系，还带我两一起到她家串过门。她家里条件比较好，还十分注重孩子的教育，特别是对她一对女儿考上高中的事情，给要强倔气妈妈看到改变命运的曙光。妈妈对孩子读书成才的愿望就显得更加强烈。

1978年，外婆的邻居林维新考上北流师范，当民办老师的他正式跳出农门，也是继其妻子李永津通过高考成为正式国家干部的人。通过夫妻双方相互鼓励、又能成功考上的第一对，成为当时大白马广为传颂的一段佳话。李永津是我堂姐的侄女，因为姑妈和堂姐嫁在同一个生产队，而且就在上下屋。祖母只有一个女儿，小时候祖母看女儿，几乎每一次都带上我。看姑妈的时候也顺便到堂姐家串门。次数多了，所以和她家里的人都认识。李永津当时在大伦村当民办老师，恢复高考考进了北流师范，成为村里通过高考跳出农门的第一人。她考上之后便鼓励同做民办老师的恋人林维新参加高考，并最终考上。母亲知道这一消息后，就希望我姐弟相互鼓励，能同时考上高中，既可实现了她期待已久的希望，也能圆了我们姐弟俩读书的梦想。

爸爸则一直忙乎着他的工作，只是和孩子一起吃饭的时间少了一点。至于他忙什么，我们也不问他。直到1979年大年初一，才给我和姐姐意想不到惊喜：给我们终生难忘的新年礼物。

当天上午9点左右，随着新年爆竹声逐渐消散，小弟妹和村里其他孩子都出去玩了，爸爸才把我和大姐叫到厅中的桌边坐下，然后指着放在地上东西说："这是送给你们的新年礼物。"

礼物有两份，是专门为我和大姐准备的。礼物包括：两支英雄牌钢笔，两张小椅子，两只小木桶，两把小铁铲，两担泥箕，还有两副粪桶。看到这些东西，我和大姐顿时明白：爸爸已经给我们了中考的考题：能考上高中，已经给你们读书写字的笔，生活用的凳子、小木桶；考不上的话，也准备了生产劳动的工具。

原来近段爸爸少跟我们一起吃饭，就是一直为给我们这份礼物做准备。妈妈告诉我和大姐，为了这些礼物，爸爸先后十多次到石狗脚、雷冲、九更塘、上日塘等大山沟里，从无数的杂木中挑选回来，搬回他任教的学校；再从中选择适合做椅子、做木桶的材料，等这些材料晾干后，最后抓住节假日的时间把这些东西赶在春节前完成。

说完之后，爸爸就离开了，我和大姐默默地原地坐着。妈妈则小声地说：孩子，爸爸当民办老师每月工资只有20多块钱，妈妈在生产队劳动，凭工分过日子。我们一家7口人，是一个人多劳动力少的家庭，就目前的情况看，每天能吃上两顿稠一点稀饭就不错了，要想过好日子，恐怕门都没有。你们要想过好日子，看来只有读书。以前读高中上大学是推荐，我们的家庭可能没有希望；现在变了，是考试，是你们的机会，你们俩要好好把握。今年你们俩要参加中考，你们两个做了准备，我和你们爸爸也做了准备。我们给了你们准备好的是：一、预祝你们中考胜利；二也给你准备了这两份特别的新年礼物。现在是大年初一，我祝愿你们，愿你们马到功成；至于爸爸给你们的礼物，我暂代你们保管，到时凭录取通知书来领取。

妈妈说完就站了起来，充满期待地看着我们。我和大姐也占站了起来，相互对视了一会，向妈妈深深地鞠了一鞠躬，等于向爸爸妈妈作出承诺，我们绝不会让您失望。

之后，我和大姐缓缓地离开屋厅，回到各自的房间看书，正式开始备战中考。

为了让我和大姐有一个相对安静的学习环境，爸妈在春节后回校便放弃了我们放晚学上山打柴的要求，让我们姐弟俩每天放学后就回家做饭，让我俩早一点回到学校。看到我们认真用功，爸爸也争取每个星期天给一家人加餐，以示鼓励。

那时的所谓加餐，就是买一次猪肉，加一个炸豆腐，再加一顿完全的干饭。所吃的猪肉，是爸爸用囤积起来的肉票，从食品公司买回的猪腩肉，切成一块一块的，也比现在一般餐桌上的大一点，然后和生姜、生抽等佐料一锅生炆，虽然算不上什么佳肴，但对于我们当时的贫苦农村家庭来说，的确是一道难得的美味大餐。

姐姐是我们五姐弟的老大，由于家里穷，父母对孩子的要求也比别人的家庭也高，所以很懂事，在五六岁就开始带着我们五人帮着父母做力所能及的家务。到了小学、初中的时候，她就成为我们家的小家长。因为家庭事务的困扰，自主学习的时间少，所以初中的基础相对差一点，虽然在村初中的高中班读书，但要考上正式的高中是有难度的。为了实现读书跳出农门的梦想，实现母亲的热切期待，我在给大姐鼓励的同时，也主动地指导大姐复习，对她提出的问题，进行认真的解析和解答。

功夫不负有心人。中考成绩公布，我上了北流高中分数线，由于数学成绩没有达到北流高中的要求，被北流市第二中学（片重点高中）录取，姐姐也以超过录取分数线 40 分的成绩，被白马工作录取，也创造了我们村姐弟双双同时考上高中的佳话。后来，我成了国家干部，姐姐则成了一个大企业的财务人员，实现母亲的热切期待，圆了我们读书跳出农门的梦。

2009 年 10 月，爸爸走完了他 72 年的人生旅程。临终前，我和大姐无意找到了当年爸爸送给我的小椅子。这椅子已经非常破旧，却勾起他老人家的深沉回忆。他将即将去读研究生的大姐女儿，正准备上大学的孙儿叫到病床前，讲述送给我和大姐新年礼物故事，讲述困难能磨炼人的人生哲理。

此时，我和大姐早已泪流满面，赞叹父亲别出心裁的子女教育方式，感受爸爸淳朴、浓重的爱。

北流“东坡宴”的旅游美食故事

刘军海

引子

大宋大文豪苏轼一生热爱美食，走到哪里吃到哪里。无论境遇如何，苏大学士都永葆对美食的向往与追寻。

纵观东坡一生，从京城到天涯海角，足迹遍布大半个中国的版图，其中就包括地处岭南的广西北流。

北宋元符三年（1100年），年近花甲之年（时年65岁）的苏东坡从海南儋州赦还，路过北流。这是他的第二次途经此地（第一次路经是三年前的绍圣四年，即1097年），吟有“天涯已惯逢人日，归路犹欣过鬼门”之句。

北归之路，必经北流鬼门关。东坡居士携幼子苏过从海南儋州到合浦，一路到北流都是陆路。到达北流城后，圭江边的码头，准备作筏下改由水路返回。

时任北流知县和当地士人，闻苏大学士偶经北邑，即在码头迎接，盛意满满设宴接风洗尘。他们谙知苏大学士不仅诗书画皆绝，还是一枚大美食家。北流厨子结合本邑土产和食俗，融入苏大学士的烹制方法，精心准备了北流特色的“东坡宴”。这份菜单，荤素搭配，价廉物美，即美味又养生。流传至今已越近千年，仍为当地吃货所追捧。下面，逐一介绍当年北流“东坡宴”的各个菜品以及关于它们的由来和命名的背后故事。

一

东坡梅菜扣肉（即六地坡梅菜扣肉）：北流知县和当地士人，无不知晓苏大学士被贬黄州时曾作《猪肉颂》，最喜欢猪肉做的菜肴，而猪肉又是“价贱如泥土”的食材，只可惜“贵者不肯吃，贫者不解煮”。那么，在北流宴待苏大学士的菜品，首先就是北流梅菜扣肉。食材则是选用北流土猪（即陆川猪）的五花腩肉，做成颜色金黄、皮脆肉软的扣肉，并以六地坡村产的梅菜作打底配菜。此菜品肥而不腻，令苏大学士胃口大开、垂涎三尺。

二

东坡肘子：北流知县派厨子到肉市上去采买五花肉做扣肉时，顺便又采买了猪脚，依东坡居士的烹调方法，“净洗铛，少著水，柴天罨烟焰不起”，通过慢火细炖，做出了一锅香糯软烂的“东坡肘子”。虽然没有红烧肉，但这锅肉也令苏大学士直夸：正味！好味！

三

东坡羊蝎子：说来北流知县也是一名政声卓著的清官，俸银稀薄，也没有什么家底儿。他早闻苏大学士在儋州最馋“羊蝎子”。这个好办！昂贵的羊肉虽买不起，但用来做这道菜的羊脊骨倒是便宜。刚好打听到勾漏村当日有人屠羊，就派人去那里买回羊脊骨。那活羊，可是当地农人放养在勾漏洞一带石山上的山羊，可比惠州的羊更胜一筹。厨子依法烹制，做出来的“羊蝎子”亦令苏大学士竖指称赞。

四

凉水井鸭塘鱼：苏东坡不但爱吃肉，还爱吃鱼，而且在被贬各地吃过各种各样的鱼肴。他初到黄州曾有“长江绕郭知鱼美，好竹连山觉笋香”之句，还作诗《鳊鱼》：“晓日照江水，游鱼似玉瓶。谁言解缩项，贪饵每遭烹。”食鱼时，又对贪饵之鱼发出感慨。“北流鱼”也是久负盛名。知县安排厨子选用凉水井村鸭塘鲮鱼，用山茶油慢火香煎。骨刺脆软、肉质肥嫩、无腥味，苏大学士用手指来起，细细品嚼，夸赞：此鱼竟比“东坡五柳鱼”还诱人。

五

东坡笋炒肉：苏东坡曾说，黄州有三好：鲜美的鱼肉、便宜的猪肉、清脆的竹笋，还写下一首打油诗“无竹令人俗，无肉使人瘦，不俗又不瘦，竹笋焖猪肉”。可见，苏大学士对竹笋炒猪肉也是情有独竹。知县大人嘱人去挖民乐雷冲竹笋，交代厨子跟不肥不瘦的猪肉一起焖。这道味香质脆的“竹笋焖肉”，曾引发东坡居士“人间有味是清欢”的感叹，一时勾起他的乡思。他这次遇赦北归，临近北流城时，就吟出了“养奋应知天理数，鬼门出后即为人”之句，对政治上重燃希望兴奋得难以自抑。心情好了，那食物就更美味。这个“竹笋焖肉”，本来就是他喜爱的“至味”，又遇好心情，溢美之词也在所难免了。

六

六麻豆腐：苏东坡极喜食豆腐，曾作“煮豆作乳脂为酥，高烧油烛斟蜜酒”的绝句。北流知县派人骑马到六麻采购了炸豆腐，又到隆盛采购了水豆腐。厨子用隆盛豆腐（水豆腐）做了外焦里嫩的香煎豆腐，又用六麻豆腐（炸豆腐）和韭菜，做了豆腐酿。这两个虽都是素菜，却能吃出肉味，苏大学士赞之“比肉还香”！六麻豆腐也因苏东坡而名闻。

七

东坡茯苓粉条：宋时两广地区因地处岭南，多瘴气，易惹湿邪，被称为“南蛮地”。而北流境内山野多产有祛湿邪之效的土茯苓，民众喜欢烹制“土茯苓粉条”。知县大人交代厨子，选用六靖土茯苓和大米做了韧弹爽口的土茯苓粉条招待苏大学士。此菜品只算地方小吃，倒也让苏大学士赞不绝口。

八

东坡凉粉：土茯苓和凉粉草盛产于北流南部，以六靖所产为上品。六靖黑凉粉是本邑名产，即清凉解暑，又爽口好食，物美、价廉、易做，深受老百姓喜爱。这个特色小吃，也成为宴请苏大学士的“佳品”。东坡初尝，以为是“黑豆腐”。众人相视而笑，知县大人旁语：非也，此为六靖凉粉，采自本地仙草所制。这下更惹苏大学士食欲，再尝之，大赞。后有人称六靖凉粉为“东坡凉粉”。

九

东坡山药羹：苏东坡喜欢“玉糁羹”，即山药粥。此物滋补脾胃，伴随他身边的幼子苏过孝心将山药熬制成粥，令苏大学士吟出“一饱忘故山，不思马少游”之句。淮山和大薯都是北流土产，遍地皆是，物贱价廉。厨子在苏过的指点之下，精心熬制了一锅“东坡山药羹”。众人尝之，齐吟东坡诗《过子忽出新意以山芋作玉糁羹色香味皆奇绝天》：香似龙涎仍酽白，味如牛乳更全清。莫将北海金齑脍，轻比东坡玉糁羹。这色香味皆奇的“山药粥”，连山珍海味也不能比，美味之中见苏大学士之真性情。

十

北流荔枝：苏东坡在近花甲之年被贬惠州。尽管当地天气炎热，瘴气袭人，地僻物乏，属蛮荒之地，但这里却有他喜食的荔枝，欣笔写下“日啖荔枝三百颗，不辞长作岭南人”之豪迈之句，《食荔枝》成为传遍京城的名作，更是气杀京城里的对立派的权贵们。在盛产荔枝的北邑招呼接待苏大学士，宴席上当然要有北流荔枝了。北流荔枝稍为迟熟，核小肉脆、甜度高、酸味少。又闻说此去数十里，就是唐皇宠爱的杨贵妃家乡容州杨梅，杨玉环当年心心念念的荔枝，正是北流荔枝，不由食欲大振。东坡一边剥壳食之，一边颔首称道。知县大人在一旁笑语：苏大学士有“日啖荔枝三百颗”之吟，如今来盛产荔枝的北邑，就是日啖三千颗、三万颗也没问题，包够，放开肚皮就是了。上火了，有清凉解暑降火的六靖凉粉和北流凉茶。

十一

北流荔枝酒：尝了荔枝，再尝荔枝酒。苏东坡曾得西蜀道人酿酒秘方，以糯米和蜂蜜酿出“开瓮香满城”的蜂蜜酒。而这个荔枝酒，以糯米和甜度较高的荔枝酿造，与蜂蜜酒有异曲同工之妙。贬途上浮沉冷暖，热情好客的北流人民，令苏大学士不由百感交集，他举杯一饮而尽。即使不得志，但这杯荔枝酒，带来了甜蜜的快乐，可以一醉方休矣！

家乡的鸡锥子

曾 洁

一腔热血，可抵万难；山河无恙，有你皆安！

——题记

这个周末，姐姐约我一起回村里捡鸡锥子。我带上未满2岁的小家伙，从数百公里外的异地返乡。这是小家伙第一次跟我回故乡，还在肚子里孕育时，大流行刚刚爆发，于是我们就再也没回过家乡，借着这个机会，我带她回乡一段时间。

南方的初冬，目之所及还是绿意盎然，特别是在故乡的小村庄，山头四季青翠，八角树、鸡锥子树、山茶树、松树等在秋风里摇曳，树叶沙沙作响，树枝随风而动，像是和阔别的游子频频点头。去捡鸡锥子的那片山林挨着一片八角林，八角林的主人是村里的李三婆，三婆家就在山脚下，我小时候去过她家，见过她家门口上悬挂着“光荣之家”的牌匾。现眼下是一片火龙果基地，上山捡鸡锥子，要顺着基地旁的水泥路而行。经过火龙果基地时，葱郁之间偶见零星一点红，那就是未被采摘的火龙果了。小家伙时而走走停停，时而欢呼雀跃，乡间的一切对她而言都充满新鲜感，在秋高气爽的宜人气温里，闻着芳香果味，还有淡淡的八角味，久违的放松，让回忆的匣子一下子就打开……

小时候这里还是一片田垌，只有一条蜿蜒泥路，山上鸡锥子熟的时候，也正好是田垌里的稻谷成熟时，所以大人多半是没有时间上山采摘鸡锥子的。而我们作为从小在农村长大的孩子，把鸡锥子作为大自然馈赠的零食，因为抵挡不住美味的诱惑，小时候经常与姐姐一起上山，在树底下捡拾自然掉落的鸡锥子，除了熟透掉到地上的鸡锥子外，树上还有很多，遇到容易爬上去的树，我们还会爬树去摘，满山跑、爬树，也曾是我们的强项了。如果树太高，我们就举一根竹竿，朝树上用力敲打，一会儿工夫鸡锥子便会掉了一地。然后大家就慢慢捡，如果有条件的话，还会戴上手套，最好是那种做泥水用的有一层胶的手套，不然真的会刺到手痛。

鸡锥子可以生吃，生吃时清香脆甜，粉粉的，还可以炒吃、煲汤吃，但我们最喜欢的是用火煨吃，特别是在母亲做好饭后，她把灶里的余炭拨开，把鸡锥子放进炭火里，不到几分钟，香味就扑鼻而来，母亲再慢慢用火钳把鸡锥子取出，剥开放在我和姐姐面前，此时我们俩早就垂涎欲滴，不吃上一颗是绝对不肯吃饭的。

没挨过打的童年是不完整的，为了鸡锥子，我和姐姐也挨过一顿打。有一次，捡完鸡锥子后，我和姐姐越过八角林，抄近路回家，一蹦一跳的过程中，几株八角苗被踩得东倒西歪。三婆为此上门讨说法，母亲了解前因后果后，我和姐姐还在顶嘴，“不就是踩到几条八角吗？又不值几个钱，至于吗？”见此情形，母亲抄起扫帚就往我和姐姐身上招呼，也顾不上三婆是什么时候离开的。两姐妹第一次遇到这阵仗，立即哭得稀里哗啦，一半是痛和吓的，一半是不服气。

直到晚上，在母亲的教育下，我们才意识到自己犯了什么错。母亲说，三婆2个儿子在部队当兵，早些年，母亲为了给姐姐和我摘鸡锥子，不小心被半空中的树枝砸到头部，鲜血直流，还没回到家门口，母亲就忍不住疼晕坐在田埂休息，是三婆的大儿子回乡探亲，刚好遇到快晕倒的母亲并紧急送去医院，母亲才免于生命危险。“母亲，我还是不明白，为什么三婆一家人那么好，但是我和妹妹弄坏了她的八角树，她那么生气？”姐姐问出了我们的疑问。原来，三婆的儿子曾说起想念家乡的八角，战友们也喜欢三婆做的八角香料。三婆从那以后就用心经营八角林，探亲时大包小包给俩儿子打包好，让他们给战友们都捎上一份。我和姐姐踩坏的，是她新尝试的品种，培育很长时间了。“就像你们两姐妹，妈妈知道你们喜欢吃这个鸡锥子，会想方设法去给你们弄。三婆是把部队里的战友都当作她的儿子，所以才那么要紧这些八角，懂了吗？”了解真相后，第二天，我和姐姐去八角林，主动帮三婆收拾残局，还捡了一代鸡锥子给三婆，这才认真注意到她家门口确实有一块“光荣之家”的牌匾。

想到这里，我向姐姐打听起李三婆一家的近况。才知道三婆的两个儿子退伍回来后就创业，这片火龙果基地就是她的两个儿子搞起来的，刚开始时，基地吸纳了5个村里的妇女劳动力，让她们在家里也能提高收入。后来他们硬化了水泥路，给火龙果基地提质，等到火龙果花期时，晚上一片花海灯海，能吸引不少人来这里游玩，随着基地的发展，过去的贫困户依靠在基地务工，生活也改善了不少。大流行爆发后，三婆的两个儿子还捐赠了1000箱火龙果和不少口罩、酒精、消毒水等物资，助力抗疫一线。

此外，三婆的儿子还出资给村里的道路安装了路灯，建设村里的篮球场、娱乐设施、美化村民房子周边，该修的修，该建的建，甚至连上山捡鸡锥子的那条路，也硬化好了，当初修建这条路时，是各家各户派了代表，在篮球场开会讨论后一致通过的。原来，儿子退伍后，三婆家的八角林承包给一个老板，老板还收购村里的八角、茶子、鸡锥子等，带动村民们纷纷加入经营，修好路后，车就能直达上山。如今，村民们依靠山林发展带来的经济收入，也是一个可观的数字呢。

说话间，我和姐姐已经捡拾了一大袋鸡锥子，返回的路上，我们去看望了三婆，老人虽鬓角花白，但精神隽烁，热情地把我们仨迎进了屋，并拿出火龙果作招待。得知我们特意上山就为了捡一袋鸡锥子后，三婆指着吃火龙果吃得正欢的小家伙说：“你看看，一代人比一代人幸福着呢！我们那时上山是为了放牛，我儿子那会，上山要摘八角，你们小时候上山捡鸡锥子，到他们这一代，样样都不缺喽。”

听完三婆的话，我和姐姐相视一笑，是的，幸福越来越有质感了，但那绝对不是因为手里这一袋鸡锥子带来的，而是因为有太多人像三婆的儿子们那样，青春时报效国家，关键时挺身而出，退役后建设家乡，正是因为有了这些最可爱的人在站岗、守护、付出，我们才能在物质匮乏的日子里安居乐业，在与病毒抗衡的日子里充满信心，在平凡的岁月里一代代守望成长。

“老兵”田振华二三事

彭 奋

实验中学校园里有两棵香樟树，枝干虬劲，树冠如盖，绿叶长青。一年四季巍然矗立，历朝晖夕阴，纳万千气象，殷勤守望一届届学子健康成长。每当我路过这里，都不由自主地会想起捐赠者，那位慈祥豪爽的老人——田振华先生。

他是一位退伍军人，军旅经历使他厚植了为国为民的情怀，磨炼了过人意志，以及善于作战的本领。在我的见闻中，他就是一位退伍不褪色的“老兵”。

他的故事从2016年9月初的某一天说起。那段时间天气极为闷热，旧会堂楼外的玉兰树上，偶尔传出一两声有气无力的蝉鸣声。市内更为闷热，一楼是北流市扶贫基金会筹备办公室，室内电话铃声此起彼伏，咨询捐赠的、接受捐赠的、动员捐赠的都在忙个不停，电风扇也呼呼地吹着凉风。这时，一位六十多岁的老人走进了办公室，他大约六十多岁，脸色苍白，大汗淋漓，后背搭一条吸汗的大毛巾。进来他就坐了下来，长长地吁了一口气。老刘赶紧让我关掉风扇，并给他递上一块干毛巾。老刘说：“田董您又偷偷跑出医院了吧……”

他哈哈一笑，不回答，擦了汗，接着就开始听取汇报、分析数据，忙个不停。

这位老人就是田振华先生，当年，正处于脱贫攻坚关键阶段，在市委、市政府的倡导下，他和顾家龙、龙海盛等乡贤，发起成立北流市扶贫基金会。作为扶贫基金会筹备小组的副组长，他事事亲为，不但亲自参与管理扶贫基金会办公室选定、搬迁、宣传策划等日常事宜，还要接待前来捐款的乡贤，总累得汗流浃背。于是，他就在背后搭了一条毛巾，带着它，在烈日下四处奔忙。室内室外来回切换，一时冷一时热，不久就患上重感冒，住进了医院。眼看扶贫会揭幕在即，有些工作还没落实，他坐不住了，一瞅医生护士没盯着，就又闪出了病房，到那一天，累计在医院和筹备小组办公室之间六进六出了。

老刘和老顾劝他安心休息，但他说：“我是当兵出身的，这点小事怕什么！”老顾也是退伍军人，看到这，就说：“也对，我们军人刀山火海都不怕，还怕个感冒不成？”

——狭路相逢勇者胜，这是从古到今两军对垒时候取胜的关键，“老兵”田振华当然懂得。

都说不想当将军的士兵不是好士兵，迎难而上只是“老兵”田振华的特点，而运筹帷幄就是他能当“好兵”的本领了。

2016年10月，北流市扶贫基金会成立之初，宣传还没大规模展开，整体氛围不够浓厚，群众参与度还不够。田振华先生心里惦记着这件事情，做什么事情都拿出来说道说道。有一次，他到发廊理发，理发师提了句，您怎么白发多了点啊，他立刻接了话头，说起自己正在操心募捐的事情，顺便宣传了一番扶贫政策。理发店老板深受感动，也立刻向扶贫会捐款300元。

——游击作战，逐个“击破”，是他的策略之一，因此而募集的款项达到上百万元。

时间来到2016年11月10日，北流市募捐文艺晚会即将在晚上举行。受寒流影响，当天寒风凛冽，乌云汇聚，天色阴沉，冬雨连绵。下午3:00，离全市性募捐文艺晚会正式举行仅有三个多小时了。扶贫基金会办公室里电话铃声此起彼伏，不少人打电话来询问晚会是否改期改地点。“不改期不改地点，按原定计划进行！”顾家龙理事长和田振华都是这样回答，语气坚定，因为他们都相信，“心存至善，你的人生必有一块祥云”。

田振华在办公楼的几个办公室里来回走动，几次查看捐款数据后，自言自语说要在粥锅沸腾之前再添一把猛火。他掏出电话，拨了出去：“我悄悄跟你说啊，你镇就比另一个镇少了10万元，再发动一下，排名就上了一位了……”可能是对方有些犹豫，他就让我打开他的笔记本，从里面找了几个号码报给对方，“这几位实力雄厚，关心家乡发展，你打电话给他，说是我老田介绍的……”如此这般，他先后给5个镇打过电话，一样的“悄悄话”，一样牵线搭桥。后来，经过干群努力，进一步凝聚了全社会的扶贫合力，当晚现场募集的善款总数为3558万元。

——“僵持”阶段，出奇取胜，这是“好兵”田振华的奇谋。

谋略用于大处，真情见于细微。生活中的田振华先生至情至性，慈祥仁爱。认识他这些年来，我亲眼看到过他为见义勇为者拍案叫好的豪情，感受过为不幸落水儿童而泪浸眼眶的柔情，也见闻过他为募捐而大声疾呼的激情……记得在2017年年底，他参加了深圳市北流商会年会，和该会刘天柱荣誉会长等经济能人围坐一桌，准备吃饭时候顺便做募捐宣传。当时，刘天柱会长招呼了几位从家乡远道而来的客人，正端着酒杯，见到田振华来到身边向他敬酒、宣传，就随口开了个玩笑说：“先喝酒，后谈事！”田振华也举着酒杯说：“我平时不怎么喝酒，但为了动员你扶贫，我干了！”接着就一杯见底。座上的乡贤起哄道，一杯10万。田振华二话不说，又斟满了酒，再次一口闷，喝完咳嗽不止，但酒杯倾斜，滴酒不剩，霎时掌声哗然。刘会长当即答应再捐20万元，事后还说自己非常感动，深刻体会到了田振华热爱家乡的一腔真情。和刘会长一样为乡情感动而将大爱汇聚于北流市扶贫基金会的乡亲朋友还有很多很多。扶贫会也不负所望，开展了助学扶困、大病救助、危房改造、慰问孤寡老人等精准扶贫活动80多项，惠及全市50多项扶贫活动，惠及59个贫困村，受惠群众达3万多人，为北流市脱贫攻坚事业贡献了力量，2021年2月，荣获党中央、国务院授予的“全国脱贫攻坚先进集体”称号。

真情不负，为国为民，这就是“老兵”田振华的本色。这些年以来，他致富思源，热心公益，作为慈善会的理事长，团结带领了众多乡贤回馈家乡，惠泽桑梓；他个人慷慨捐资4330多万元，大力助推本市的扶贫脱贫、乡村振兴和助学敬老和拥军优属等事业，2019年，被授予“全国模范退役军人称号”。

桃李不言，下自成蹊。田振华先生所捐赠的香樟树，扎根于实验校园里整整10年了，已华盖巨擘，泽赐绿荫——祝愿田先生初心永葆，岁月安澜。

献血大王是我的邻居

黄正旺

“中国共产党优秀党员”“全国献血大王”“广西道德模范”“玉林市十佳市民”“北流市义工协会副会长”……早在十多年前就被包括《人民日报》在内的各大媒体报道表彰过的，前中国人民解放军广州军区特种部队战士、退伍老兵罗智住在北流市广丰路，与我是仅一墙之隔的邻居。

能够与献血大王成为邻居，我当然是非常自豪、荣幸。然而，刚和他成为邻居时，由于我这个山野农夫刚刚入城，城市观念和邻里意识几乎为零。因此，对罗智曾经多次的好心提醒甚至帮助，都错误地认为是他多管闲事，从而抵触甚至敌对人家。后来，随着他办的幼儿园墙上的荣誉证书及奖状贴得越来越多，在报纸上一次次看到他的光荣事迹，以及那一茬茬慰问和采访他的领导、记者的到来，尤其是他对我们这些邻里无私的帮助，才使我原来的不屑变成越来越以他为荣，越来越以是他邻居为幸。

通过勤奋努力和省吃俭用，二十世纪末我终于在城里购得了一席之地。建房的时候，由于周边的房屋包括罗智家都已建好，街道也早就规划并铺好。因此，建筑材料的堆放和施工过程中的粉尘及噪音处理就得相当注意，稍有不慎，就会影响到别人。然而，由于我和建筑师傅们粗心大意，即使是慎之又慎，还是有很多地方做得不到位。

那天午后，一场暴雨说下就下。因我的建筑材料刚好堆放在下水道的井盖上面，致使街道上的积水排不出去。眼看积水就要浸入房子，而我们不但没有意识到危险，及时把沙石挖开，反而趁下雨天干不了活打起了扑克。直到看见一个身披军用雨衣的魁梧男子，正飞快地在井盖上挥着铁铲，我才赶紧拿起铁铲一起处理积水。“你们谁是这房子的主人？早几天我就告诉你们，不要图方便把建筑材料堆放在下水道这里，你们就是不听。都是邻里街坊，以后抬头不见低头见，说多也不好听。要是把人家的房子浸了怎么办……”“对不起……对不起……”我连声道歉，“我以后一定注意。”“这不是对得起对不起的问题，这是有关公共意识和社会公德的问题。”听那男子边挥舞着铁铲边严肃地说，我嘴里虽然道着歉心里却抱怨着：“街坊邻里的，至于这样上纲上线吗，不就是早几天进城嘛，有什么了不起的，瞧不起谁呢。”

建好房子的第三天，还沉浸在终于变成“街仙”的幸福喜悦中的我们正准备迎接新一天的到来，突然一阵急促的敲门声响起，又是那位魁梧男子！还没等我开口问候，对方劈头盖脸就说：“老板请注意，因我们这样的小巷子不属于环卫工人负责的范围，各自门前的区域都是各自负责清洁打扫。所以，请赶快把你门前通道里的鞭炮屑和垃圾打扫干净，以后的生活垃圾也要自觉拿到巷口外面的公共垃圾桶内，不能随意丢在巷子里面，请自觉遵守。”“好的，好的。我马上打扫。”想到自己毕竟是初为城里人，虽然对这位多管闲事的邻居的意见表示认可，但是通过这两件事，在以后很长一段时间内，我对他的态度都是不冷不热，甚至大有老死不相往来的姿态。

数年后，通过在报纸上看到越来越多关于他的事迹报道，我终于知道，原来那位多管闲事的魁梧男子竟然就是名闻全国的“献血大王”罗智。于是，我开始对这位街委会“大妈”似的男人刮目相看，并没事找事地找这位爱憎分明的邻居套起了近乎。

“黄师傅，你老婆的病都一个多月了，不但不见好转，好像还越来越严重了。是否相信我，让我送你们到中山大学附属医院，找之前治好我的病的那位医生看看？说实话，我之前得的病如果不是得到那位医生的准确治疗，恐怕早就没命了。”罗智提议说。正在为老婆的病每况愈下而焦头烂额的我乍一听到罗智的建议，犹如黑暗中遇到光明，自然是求之不得了。

北流至广州，往返一千多公里，加上在广州市区里整整三天的求医问药等一应工作，全靠罗智奔忙。更因我们从没出过远门，他甚至还要照顾我们的吃住行。在顺利找到医生诊断后回到家里时，我的这位邻居仅象征性地收回了一点油钱和高速过路费。托罗智这位好邻居的福，我老婆的病经过医生的准确治疗，终于在广州之行的一个月后逐渐好转，并最终康复。

罗智就是这样以帮助别人为乐，只要是力所能及的，他都在所不辞。但是，若碰到不遵守社会公德的不文明行为，就算是一墙之隔的邻居或兄弟，他也不留情面。

我的儿子因工作需要，买了一辆轿车跑“滴滴”。有时候为了图方便就把车停在巷口。那天傍晚我们正在吃饭时，又听到了罗智的呼喊声：“黄师傅，你儿子的小车怎么又停在巷口那里，都说过几次了，就是不听。三十多户人出入必经的巷口，往轻了说，只是出入不便。往重了说，要是里面发生火灾之类的危重事件，消防救援车进不去，你叫大家怎么办，等死呀！二三十岁的人，有点公德心好不好！”

罗智，您这位退伍老兵，说你“无情”却有情的好邻居，除了祝你一生平安，我还能说什么呢。

周书玙

玉林师范学院　邓顺

“周书玙之墓”，我面前的石碑刻着这五个大字。一个活生生的人，从活着到变成一堆灰，只过了三个月，如今已再也见不到。我到现在也没有能够接受这个事实。可面前的石碑无时无刻提醒着我，周书玙已经去了另一个世界。也许是沙子进了眼睛，我眼角的泪水止不住地流下。这辈子见不到她了吗?

我忍不住地想起第一次见到周书玙。

初来玉林师范学院的晚上，我一个人绕着玉兰湖走。有位女生，白衬衫，短发，坐在玉兰湖畔，不知是赏月还是看湖。

我想，如果我再绕湖走一圈，如果她还在，我就上前搭讪。

一圈后，她依旧还在。我便走到她身边坐下。

“咋啦？”她见到我坐在她旁边，有些警惕地问我。

“我也喜欢看湖畔的夜色。没想到在这里能遇到同道中人。忍不住打个招呼。”第一次这样搭讪女生，我几乎不知道我在说些什么。

她“噗嗤”一声笑出来。“搭讪的话太幼稚了。”

“如果我是你，我会说湖中月是天上月。”她转过头，对我说。

“啊这。”被女生这样说道，我羞愧地想马上跳湖。

“玉兰湖的夜景很美。我喜欢坐在玉兰湖畔，看玉兰湖中的玉盘。”

湖畔的微风轻抚，湖中的玉盘泛起阵阵涟漪。晚风风吹过她的头发，拂过我的肩。

“你是大一新生吗？我叫周书玙。大二。”见我不说话，她反而先开口。

“是。”

“那加入文学社吧，我们社团可缺人了。”

“你加我微信我就加入。”

“那还是别进来了。”

“我开玩笑的嘛。”

在一句句的聊天中，我和她也熟悉了起来。

当然觉得大学的生活真好，校园的青春洋溢在我周围。

“走吧。”文学社社长拍拍我肩膀，“该走了。”

和我一起来给周书玙扫墓的同学，已经陆陆续续地离开，现在只剩下我和文学社社长。

“会好起来的。”社长拍拍我肩膀。

我站起来，擦擦眼角的泪水。我也许还会好起来，但周书玙却已经留在了昨天。

“我叫了滴滴，到前面等吧。”社长催促我。

“好。”我最后回头看了一眼才离开。一块石碑，一个小土包，就是周书玙剩下的全部了，从此往后，玉林再无周书玙。

坐在滴滴上，我只是望着车窗外，想起来第一次和周书玙出去玩也是打滴滴。

第一次追女生，我也不知道应该怎么做。除了知道她是文学社的成员外，我对她一无所知。

恰好电影《情书》重映，也许作为文学爱好者的她会喜欢。我鼓起勇气邀请周书玙。

“不去，麻烦。”刚在微信邀请周书玙去看电影，她便一口拒绝。

“打滴滴。我请。”我不死心。

“走！”

校门口的周书玙一袭白裙，秀丽清纯，来回踱步。

“好慢。”见到我走过来，她便跑过来，轻轻捶下我肩膀。

“我的错，抱歉。”

“那我要加一杯奶茶。”

“行。”

在滴滴车上，她一言不发，只是歪头看着窗外风景。坐在她身旁的我，也在看着窗外风景，只是眼角的余光一直注意着她。

空调的风吹过她，再吹向我，带着淡淡的清香。

不知道是周书玙喷了香水，还是本来就有的体香。

如今我已经忘记当时看电影的细节，但她身上散发的香味，至今缠绕在我心上，化不开，忘不掉。

“送你回宿舍吧。”社长似乎是觉得我状态不好，主动要送我回宿舍。

“哪里需要男生送男生回宿舍？放心，我没那么脆弱。”我挤出个笑脸道。

“我还是送送吧。”社长似乎更不放心了。

我没拒绝，便和社长一同走回宿舍。

记得向周书玙表白，就是在看完电影的晚上。

那时候我也是说送送周书玙回宿舍。

“我送你回宿舍吧。”看完电影回到学校，我对周书玙说。

“也行。”周书玙负手直走，如夜晚最亮的那颗星。

我和她并肩走在校园的夜色上。

“周书玙……”

“没大没小，叫师姐。”

“好，师姐。”

周书玙短短一句话，把我想说的话全部打断。

此时离周书玙的宿舍越来越近，离我要做的事越来越远了。

我想鼓起勇气，拿出口袋那一封信给她。

可没走一步，我的勇气便少了一分。难道这就是传说中的一鼓作气，再而衰，三而竭吗？

不过寥寥数分钟，我们便走到了周书玙宿舍

楼下。

“那拜拜啦。”周书玙正准备迈步走回宿舍，向我告别。

“等下。”如果这次错过了，就不知道下一次的机会在哪了。

“咋了。”周书玙转过身问我。

“这这。”我紧张得说不出话，便掏出口袋中那一封信递给她。

“从玉兰湖到兰园三栋……”周书玙拿到信，便念起信上的内容。

“别念。”我急忙制止了她。如果在大庭广众下情书被念出来，我一定会羞愧而死的。

这一个月与周书玙的接触，她推荐我看了不少文学作品。

因为她喜欢文学，我便看了不少作品，最终写出了这一封情书。

也许是她明白了我的意思，周书玙拿着情书挡住脸，不让我看到她是什么表情。

“你想说什么！”刚放下情书的她，立马转身，不让我看到正脸。

“我，我喜欢你。”同样是紧张到极致的我，磕磕绊绊地说出那句话。

“给我一晚上考虑。明天回复你。”周书玙留下这句话，便头也不回地跑回宿舍。

完了。我一时间没了力气，用手扶着宿舍旁的栏杆。

一般女生这样说，大概就是为了不丢男生面子，委婉拒绝吧。

回到宿舍的我，失神地看着手机，就只为了等一句话，哪怕那句话就不可能发出来。

好困，我回过神来，看向手机时间，已经三点了。

我的青春结束了。

我放下手机，准备睡觉。

“滴滴”不知道谁发信息给我，手机屏幕亮了起来。

我拿起手机，屏幕上只有一条信息。

周书玙:好。

“耶！”我忍不住跳起来大喊，我的青春回来了！

“大半夜的吵啥？”旁边被吵醒的舍友走过来，一拳打晕了我。

与周书玙约会时，她总是素颜，从不化妆。

公园凉亭里，我和她单纯坐着，坐着看池塘里的荷花。

近夏的荷花还没盛开，唯一盛开的花，就坐在我身旁。

“走走吧。”已经坐了十来分钟的我提议。

“嗯。”周书玙随着我站起来，和她走在公园里，公园并不大，周围人群也不少。

但和彭小英走在一起，却也那么开心。

“你为什么会答应我的表白？”虽然周书玙已经成了我女朋友，但我还是有些不安地问她。我害怕也许她只是可怜我，才让我做一场梦。

周书玙只是看着我笑笑，摇摇头。

见她不想回答，我也没有再问。

现在回想起来，她在我面前似乎总是笑着。

“你知道我为什么答应你的表白吗？”与周书玙坐在操场上，她突然问我。

“因为你喜欢我。”和她交往许久，我也变得大胆。

周书玙又是轻捶了下我肩膀，没有继续说下去。

这时我忽然觉得有点看不透她，明明我和她一起交往了许久。我知道她喜欢吃什么，最喜欢的歌是什么，但那一副小小的身体里，埋藏了多少事，我却一点也不知道。

接下来的日子，我会一直陪伴在她身边，互

相了解对方吗?

不行，这样越想越喜欢她，喜欢她的一切。

“周书玙，我好喜欢你，你喜欢我吗?”我突然站起来，看着周书玙的眼睛。

“咋啊?突然这样。”周书玙略微害羞地地低下头。

我没有回答，只是一直看着她。

“行啦，我喜欢你。”她似乎是见到我不说话，小声地说出这句话。

我忍不住地搂住她的腰，凑过去，稳住她的嘴。

我以为她会推开我。

但耳边的，只有她的喘气声。

周书玙的嘴唇很柔软，但我笨拙的初吻，却显得青涩。

“你们注意看着他，小心他做出什么傻事。”送我回到宿舍，社长跟我舍友说到。

“得了。”我摆摆手。“我不会那我做的。”

“那就好。”社长终于放心地走了。

坐在宿舍，宿舍里明明人都在，我却觉得空空的。一个人坐着却不知道该做什么。

“无聊。”我走出宿舍，决定出去散散心。

在学校绕了一圈，兜兜转转，学校里她早就不在了，却又到处都是她。

绕了一圈，最后还是走到玉兰湖。

玉兰湖旁有个小亭子，现在除了我外，没有其他人。

当时的青春似乎永远不会完结。现在想起来，那是的转折点，就发生在这座亭子里。

“那个……”周书玙看着我，欲言又止。

和周书玙交往已经半年了，她几乎不会用这样的语气说话。现在又约我到玉兰湖旁的亭子里，一定是发生了什么大事。

“放心，有我在。”我摸摸周书玙的头坐到她旁边。

“能借我点钱吗?”周书玙畏畏缩缩地说出这句话。

后来我才知道，周书玙的父亲创业失败了，现在破产，还欠了不少的钱。生活费与学费，只能靠她自己解决。

“我养你啊。”我脱口而出。

“哼。”她气呼呼地打了我肩膀一拳，“我会打工还你的。”

“行。”女友缺钱了借钱还需要还，那还是她男朋友吗?我心里暗暗发誓不需要她还这笔钱。

虽说我不需要她还钱，但是她还是开始了打工。早上给教师宿舍送牛奶，晚上去家教。

她本就不是很好的身体就越来越瘦，而与她的见面，也越来越少。

“不去打工行不行。”中午在食堂吃饭，我心疼地看着她的苍白的脸颊。

“不打工你养我啊?”

“我养你啊。”说出电影里的台词，我和她都沉默了。

“别想这些了。等我毕业工作了，那时候我养你。”周书玙说出豪言。

什么啊。听了这话。我眼角一酸，几乎流下泪水。我从碗里又夹一块肉给她。

“那你多吃肉，工作累。”

青春的日子仿佛就如太阳东升西落，那么自然，仿佛会一直下去。

直到那天，天气是阴天。

我一天都没有见到周书玙。

微信 QQ 都没有信息。

第二天我才知道，在她家教回家路上，出车祸了，司机逃逸。

等我去到医院，见到的是她插满管子的身体。

周书玙见到我来，张张嘴，却没说出什么，

只是挤出一个难看的笑容。我想说些什么，却只是说出一句会好起来的。

周书玙的父亲坐在走廊，一个人在默默地抽烟。

我拿出手机，把所有朋友借遍了钱，拿出了我这几年存的钱，还有这学期的生活费，垫付给医院。

我跪下来求医生，一定要救她。

医生每次都告诉我，会尽力的。

三个月后，周书玙去世了。

夜晚的湖边，清风徐来。

想起与周书玙第一次相见，也是在这样的夜晚。

那个夜晚早就结束了。

我现在怀念的，不知道是那个夜晚，还是那个夜晚的人。

时间如流水，并不会因为谁留在昨天而停止流动。

我也毕业，相亲，结婚。

婚礼上，我看着面前新娘的脸，忍不住想，这辈子就要跟她度过了吗？

如果周书玙还在，在我面前穿婚纱的一定会是她吧。

周围客人笑着对我们祝福，司仪让我对新娘说情话。

如果周书玙在我穿着婚纱，她会希望我说些什么呢？我说什么才会让她开心呢？

我说："湖中月是天上月，眼前人是心上人。"

酒店的清洁阿姨

廖林英

当电梯到达九层，我们踏出电梯口，分别寻找各自所在的房间。现在正好是中午的退房时间，一进到楼道就看到走廊停着一辆满载着换洗浴巾和被套的清洁车，我小心翼翼地越过它，并且发现周围的几间房间都是开着的，应该是有阿姨正在里面打扫。

我们一边寻找着房间号，一边谈论着长廊里的地毯和灯光，也许是声音过大，一位清洁阿姨从间房间里走出来。只见她穿着清洁制服，两手戴着手套，围裙正正的挂于胸前，身体微胖，梳得整齐的低马尾垂于后背。她浅浅地向我们微笑，脸颊上泛红的苹果肌微微提起，说道：

“姑娘来这住宿对吗，放暑假了吗？”

陌生的环境里我并不想与陌生人有过多的交流，就随意的回答着：

“对的，您好，请问916房间怎么走？”

她很热心，指着前面说：“姑娘，你往前直走，再右拐就到了。”她指引着我们走了几步，又好像记起自己的工作还没完成，就停下脚步看着我们拐进右边的走廊。

进到房间，我仔细地检查了一遍房间内是否存在着一些摄像头之类的安全隐患后，便迫不及待地想要去其他小伙伴的房间里看看。按照刚进来的那个路径走，在长廊上我又看到了那一辆停在房间门外的清洁车，那位阿姨正在里面忙碌着。我没想过自己与她还会有交流，就在我从小伙伴的房间里出来，回到走廊里时，她叫住了我：

“姑娘，你们从哪里过来的呢？”

我迟疑了一会，说：“呃，我们从学校过来的。”

她一边整理着车上的那堆毛巾，一边问我：“那你们几个人，要住几天呢？”我立刻警觉了，胡说了一句：“阿姨，我们很多人，没住几天就会走。”这时，她不再整理毛巾而是走到车子的另一端好像在寻找着什么，她让我稍微等她一下。

之后，她左右手拿着一把一次性的牙刷和梳子，右手拿着几双一次性拖鞋，一齐递给了我。我有些惊讶，接下后说了声“谢谢！”便离开了。回到房间里，我看到桌子上也整齐的摆放有牙刷、梳子等一次性洗漱用品，地下的一次性拖鞋也不止一双。我将手里的洗漱用品随手放在了进门的桌上，心里有些许的开心，但我仍然保持着警惕，关注着周围出现的反常现象。

当天晚上我们先是到酒店附近的超市购买零食为晚上看电影做准备，回到酒店后我们把各种零食摊开在桌上床上，一边看电影一边吃零食，当时的心情正如在大草原的蒙古包里那样欢快。待电影看完后，大家回到各自的房间。我正打算睡下，突然觉得有些膈应，用手一摸，原来是一些薯片渣掉在了床上，我用手随意地拍了拍便不再理会。睡觉时床头也不时飘来一阵麻辣香味，那是床头柜上放着的未吃完的零食袋。睡觉前窗帘一拉，房间里黑乎乎的一片，即使是正午的太阳也照不进一丝光亮，人躺在床上还正以为天没亮呢。突然，一阵清脆的敲门声将我们唤醒，和我同一个房间的伙伴起床去开了门。只觉得有一束光刺进了房间，接着是一阵清脆而些许熟悉的声音：

“姑娘，需要打扫房间吗？”

我瞬间从床上弹了起来，眯着那难以睁开的双眼对她说：“阿姨阿姨，你先别整理，待会下午三点我们会出门，三点之后你再过来打扫吧。”

“好的好的，我晚点再过来。”接着，房门一关，我们又继续睡下了，继续着刚刚做完的梦。但总归是带着任务来的，经过一番简单的收拾之后，在下午三点我们准时出门去当地的文化馆和图书馆寻找“牛歌戏”的素材。

再回到酒店时已经是晚上八点，大伙都身心疲惫，打开房门的那一刻我们只想扑到床上。不过当我们真正进入了房间，却意外地发现它变了些模样。昨晚吃剩的空零食袋子已经被阿姨收走了，桌面很干净，床上的被子枕头也摆得整齐。我下意识地走进卫生间，发现下午洗漱时留下的纸巾阿姨也给我们收拾干净了，在那时即使很困，但心里也是舒服的。

而后我开始整理衣物准备洗澡，却突然想起自己昨晚随手放在桌上的纸质车票，便去桌子上寻找，但找遍了桌子周围都没发现车票的影子，我又去了当天所穿的裤子口袋里看了看，依旧没有发现。我有些着急了，把自己的行李都翻了遍仍旧没有看到。之所以着急寻找车票，是因为此次出游可以报销差旅费，如果车票不见就意味着没有报销凭证，没有车票原件作为凭证学校是不予报销的，这让我十分心急。

不过这车票就是放在桌上的呀！会不会阿姨在清洁卫生的时候不小心把我的车票给扫走了。越回忆越是觉得，就是阿姨把我的车票扫走了。我立刻给前台打电话说明我的情况，由于我的情绪比较激动前台显得有些不知所措，说道：

“那您想在想要怎么办？”

我当时更生气了：“你这不是搞笑吗，你问我怎么办？”

前台安抚了我的情绪后，跟我保证说，明天

保洁阿姨上班后会认真询问她有没有看到我的车票。这样的回答并没有让我满意，但也找不到更好的办法了。第二天我赶着较早的一趟高铁，早早地就离开了酒店。在高铁上我接到了酒店的电话，前台的服务员跟我说清洁阿姨并没有见过我的车票，更不会扫走我的车票。我当时一急，语气有些激动：

"我明明就是放在进门的桌子上，她说没扫就没扫？也许她一不小心就扫掉了呢！"

前台小姐姐耐心地跟我说："好的好的，我再去跟清洁阿姨再确认一下，让她在房间里再找找，您要不再想想您是不是落在了其他地方……"没等她说完我便挂断了电话，并且安慰自己，没事、没事就两张车票而已。奇怪的是我脑海里竟然穿梭着那位清洁阿姨被上司训话的样子，她是那样的无奈与难过……

回到家里，我并没有打开行李箱进行整理，也不去在意那两张丢失的车票。突然有一晚我想写篇日记，就从行李箱里把日记本找了出来。当我翻页时，很顺畅的就发现了两张夹在本子中间的车票，正是我在酒店里误认为丢失的那两张。突然间，我的脑海里满是那个清洁阿姨的模样，她浅浅的微笑，她清脆的声音，她在走廊里忙碌的身影……

我拿起了手机，拨起了酒店前台的号码……

旅途的那些善意

玉林师范学院2020级写作班成员　刘秋含

去年国庆节的时候，我一个人去的涠洲岛。

当天晚上才登岛，下船后民宿的老板早已在出口等待接我。同车的还有一家三口，小女孩七八岁的样子。到了民宿后，我才意识到我订的民宿与计划好去的夜市有一段距离，是需要乘车或者骑电动车前往的。我试着打车，岛上的汽车不多，加上是晚上，很久都没有人接单。就在我准备放弃，在民宿对付一口的时候，一家三口要租电车去夜市。我在心里思考了一下，提出了一个无礼又大胆的请求，我问，“我可不可以租个电动车跟在你们后面，和你们一起往返？”他们听了，随即就答应了。

考虑到我第一次骑电动车，民宿老板特意从库里开出了一辆操作简单的电动车。那家人没有催我快些出发，让我在院子里熟悉熟悉如何给油，如何转弯。让我尽量适应，开得稳些。绕了几圈下来，我不再左右摇晃。

出发后，一家三口在前，我在后面跟着，小女孩的妈妈时不时回头看我跟没跟上，见我的电车没有开灯，便示意我停了下来，帮我摸索，开了车灯才继续前行。那段有些偏僻，路灯稀疏的路，在他们的带领下，被电车灯映的清晰。在即将到夜市的一个大下坡时，小女孩的爸爸停了下来，扭头告诉我这个新手，下坡时稍微带点劲就行。我连忙点头。

到了夜市后，相互加了微信约好了回去的时间，便分头行动了。我见车多人多，好生热闹，我的车技难以控制，旁边恰好有许多停放的电动车，问了路人，才放心停下。还研究了一会怎么锁车，离开前绕着电车照了一圈，好记得我停在了哪，是哪个车。

我在海边街道顺着人流的方向走，到尽头看

见了海鲜市场，买了些贝类和虾爬子（皮皮虾）。当天跟着一家三口回去后，民宿老板帮我加工了食物，我拿出了三只皮皮虾再次表达了对善良的一家的感谢。

第二天早上，民宿老板给我做好了饭，吃过后和一家三口道了别，刚要转身离开，院子里其他的客人也纷纷开口和我再见，祝我旅途愉快。

那天，一位当地人司机开着游览车载着我去了几个主要景点。

上午，去的贝壳沙滩，一路上给我介绍了涠洲岛的著名景点，在沙滩处他的朋友接待了我，给我在离海最近的地方搭了个伞和躺椅，还主动帮我拍了几张照片，并告诉我要去大教堂看看岛上的文化。临走，他还热情邀请我下午再回来看日落，可惜那天行程过满没有去看成。

在滴水丹屏的岸边，海浪日积月累地拍打，石头早已崎岖，我们要走过不平的石头才能到。司机见我穿的人字拖，担心我摔倒，便走在前面，让我跟着他踩他踩过的地方。海浪一股一股地涌上，拍在岸上，激起水花。他主动问我要不要照相，拍照时，我放在一边的水瓶被浪涌到了海边。他要去拾，我见他穿的长裤，担心湿了裤子，正犹豫不知所措。只见他直接踩在石头边的沙子上，海水没过了他的小腿，他把瓶子递给了我。我不禁感叹，岛民还是很爱惜环境的！

后来，我们又去了盛塘天主教堂，天主教堂离景区入口有一段半个小时的步行路程，见天热，我买了两张观景车票，车直接载着我们到了教堂前的小街。司机请我喝了瓶冰凉可口的酸梅汁，清凉了很多。

天主教堂里好看的建筑很多，排队拍照的人也不少，我见人多，怕耽误司机太久，就说简单拍几张就好了。司机并没有不耐烦，反而告诉我哪里哪里拍照更好看，我看见着这位不像精通拍照的30岁这样的司机小哥，认认真真蹲在地上找角度帮我拍照，十分感动。

中午气温升高，为了表示我对他的感谢，我邀请他一起吃饭。在海鲜市场，我挑了一条昨天想吃，但顾及一个人吃不完的金鲳鱼，又买了双数的扇贝，还有双数的皮皮虾。司机带我去了他熟悉的一家加工店，他用方言与老板交流完。老板就上了一壶凉茶开了空调招待我们，并笑着和我保证做的味道一流！

后来他把我安排在让他朋友景点的帆船上，我在船帆下远远地望着涠洲岛，这一次的旅途中遇到了善良的一家三口，热情的司机，还有民宿的老板还温暖的陌生人，这些旅途中的善意就如同那晚那家人的电灯一样照亮了我成长的路，让我有勇气以后去温暖别人。也让我相信涠洲岛是一个温暖的地方，不只是温度。

以至于这么就过去了，我依旧对那几天在岛上的生活念念不忘。如果解封了，我一定要再去一次涠洲岛，面朝大海，春暖花开。

青年有作为，盛世有星火

广西玉林育辉高中2101班　张雨桐

星河斗转，岁月如梭；七十寰宇，换了人间。如今的中国，锦绣河山绵延十里，富强繁荣的春风已吹遍神州大地，“华灯扛阔，万里嘉禾”当今的时代正是一个大有可为的时代，正如朝阳般生气蓬勃，正等待着我们青年去施展拳脚。一展抱负！

可为之盛世，有为之青春，生逢盛世，当不负盛世。生在红成下，长在春风里，躬逢可为之盛世，应有有为之青春：百年风雨过，灯火照山河。历史的车轮滚滚向前，今日中国的安定繁荣凝聚着无数革命先烈的心血和生命。因此，我们怎么能不加倍地珍惜这来之不易的盛世。在时代的宏伟画卷中描摹朝阳？我们怎么甘思庸庸碌碌地过完这一生？青年人，珍重地插写罢，时间正翻着书页，请你着笔，我们应当学习梁启超“十年饮冰，难凉热血”之精神，学习时代相模黄文秀在脱贫攻坚战场上不辞辛袭艰苦奋斗的精神，在这个属于我们的时代开创出自己的一片天地，回自往事时，不因虚度年华而悔恨，不因碌碌无为而羞愧。

“以吾辈之作为，燃时代之火炬。车尔尼雪夫斯基曾说：生命，如果跟时代常高的责任联系在一起，你就会感到它的永垂不朽。”每个时代的星空都会有闪亮的星辰。忆往昔，清末状元实业家张謇有感于中国薄弱的民族企业经济而走上实业救国道路；黄花岗烈士林觉民为革命献身的年仅二十四岁：鲁迅学成归国后目睹国内黑暗的社会和人民生活惨状后决定弃医从文，最终蜚声文坛，以笔为戎唤醒了在黑暗中沉睡的国人……他们是那个时代的青年，在那个黑暗混沌的时代肩负起使命，燃起希望的火炬，各有作为，在漆黑的荒野上开辟光明大道。甘将热血沃中华的先辈们为新时代的我们创造了有为的条件。

忆往昔，前人已展千重锦；展未来，吾辈必

进百尺竿。新时代的中国青年，就应该胸怀理想，志存高远，不负时代和人民的殷切期望。看今朝，石墨烯少年曹原驾驶科学巨轮遨游大海，在超等领域贡献青春力量，在科按领威大有作为，“我们的征途是星辰大海”，我国自主研发团队的北斗卫星导航系统背后是一群平均年龄只有二十几岁的青年科学家组成，他们将自己最美好的青春奋斗在科研事业上，担当的情怀最感人，燃烧的青春最可敬。反观当下，汹涌澎湃的“后浪”中总有那么几朵不和谐的“浪花”。“佛系青年”“躺平放”大肆横行，涂抹着鲜艳妆容的“小鲜肉”们只会在舞台上搔首弄姿……如果有朝一日国有难，冲锋陷阵的难道是这些“躺平族”“小鲜肉”吗？所以我们要做有志气、有骨气、有底气、能堪当大任的中国青年，才无愧于这锦绣盛世。

时代的考题已经列出，我们的答案正在写就。春风浩荡满月新，扬帆奋进正当时。我们有为青年正是这盛世的星火，冀以吾辈之青春，献盛世、续盛世！

（2023卷）

小说

主 编 梁晓阳

团结出版社

图书在版编目（CIP）数据

北流文艺. 2023 卷 / 梁晓阳主编. -- 北京 : 团结出版社, 2024. 7

ISBN 978-7-5234-0953-4

Ⅰ. ①北… Ⅱ. ①梁… Ⅲ. ①中国文学-当代文学-作品综合集-北流 Ⅳ. ①I218. 674

中国国家版本馆 CIP 数据核字（2024）第 089378 号

出　　版：团结出版社
（北京市东城区东皇城根南街 84 号　邮编：100006）
电　　话：（010）65228880　65244790
网　　址：www. tjpress. com
E － mail：65244790@ 163. com
出版策划：书香力扬
经　　销：全国新华书店
印　　刷：四川科德彩色数码科技有限公司

开　　本：145mm×210mm　1/32
印　　张：32
字　　数：662 千字
版　　次：2024 年 7 月第 1 版
印　　次：2024 年 7 月第 1 次印刷

书　　号：ISBN 978-7-5234-0953-4
定　　价：200. 00 元（全四册）

《北流文艺》编委会

目 录 Contents

视　　野

岭南故事

实力展示

圭水碧波·乡村振兴特稿

双拥特稿

凡尘印迹

小伙伴若隐若现

李柳忠

一

回到柳镇的那天晚上，我接到一个电话，说了很久的话，才知道是儿时的小伙伴“骆驼”张强打来的。于是，我饶有兴趣地询问他的近况。他在电话里闪烁其词，天南地北，像是个云游道士一样，不知从哪里来，要到哪里去，听得我云里雾里不知其踪。他说过两天再找我，多年不见了，我们几个小伙伴聚聚吧。我正想说些什么，他却粗鲁地把电话先挂了。像小时候被他打那样，我仇恨的种子，突然长成参天大树。我狠狠地对着电话骂，死“骆驼”！你说聚就聚呀？老子偏不参加！

过了两天，我带着妻女去柳镇的一个景点赏花。张强又打电话来，用命令的口气说，就安排在今天晚上，你到喜来登大酒店101大厢来！我又正想说些什么。他再一次粗鲁地把电话挂了。我轻声骂了一句，他妈的！妻子问，你骂谁？我指着景点里一个石头骆驼说，骂它，不在沙漠里跋涉，却在这里贪恋美色。妻子柳眉倒竖，说你是在骂我？我才想起她姓骆，忙作打嘴状，说我们到那边去，你看郁金香开得多艳呀……女儿早跑了过去，摆出POSE叫她妈妈拍。我乱拍了几张照片，就坐在路边的长椅上吸烟，看人来来往往，好一派欢快祥和的新年景象。突然有人拍我的肩头，我回头一看不认识，是个中年妇女，脸上笑成一团麻花，她说小李子你在这里干吗？小李子，她叫我小李子，肯定是我小时候认识的人。我正想问她是谁，她的电话却响了，跟我摆摆手边说话边走了。望着她远去的背影，我想不出她是谁。想想今晚还真的不去了。搞什么小伙伴聚会，类似的聚会大同小异，无非就是吃饭喝酒唱歌，一点新鲜感都没有，还不如在家玩手机有意思。

妻女俩拍照拍疯了。我掉头去找却总找不到。景点的人太多，好像个个女人都是她们，又不是她们。看时间差不多五点了，我只好打电话给妻子，结果不是没有打通就是打通不接。我坐不住了，沿着她们照相的地方走去。路上接到一个陌生电话，一个鸭公嗓门嚷道，你还不到场嘛？我们都到了哦。我说你是谁？他哈哈大笑，说我是谁？你还我的军帽来！军帽？我的脑海里立刻浮现一个军人形象，我想他就是王小军了。呵呵。我是拿过他的一顶军帽，在大学里确实威风了一段时间。我说你也回来了啊。他说不只我，还有几个你意想不到的小伙伴，你快快过来吧。我正要说不想去，他却挂了电话。这时，妻子打来电话说她们在“苏州园林”那边，叫我赶紧过去。我说我有个小伙伴聚会，可能……她说什么小伙伴聚会？你今年的聚会还不够多吗？快点过来！你女儿生气了。生什么气？我说小女孩就爱撒娇，你哄哄她行了。妻子气呼呼说，我也生气了！这……我只好挂了电话，移步往“苏州园林”赶去。

到了那儿，她们却坐在石椅上看照片。我知道上当了。女儿见到我笑嘻嘻地说，爸你真的过来了。我瞪她们一眼说，我生气了！妻子说，你小孩子呀？好不容易才回柳镇一趟，你又搞什么小伙伴聚会，难道是去会老情人？我无话可说。看看天色已晚，就叫她们回家吃饭。一路上我的电话不停地响，知道是他们在催，所以我没有接。快到家的时候，突然前面有几个人堵在路中间，说什么都不让我们过去。我停车下去要与他们理论，谁知他们竟张开手臂抱住我。张强哈哈大笑说，知道你是个“妻管严”，所以只能出此下策。刚才见到的中年妇女十分歉意地对妻子说，我们几十年不见，老弟嫂你放他今晚的假吧？妻子尴尬地笑笑，没说什么带着女儿回家去。

二

喜来登酒店是柳镇开发较早的一家国营企业。随着国营企业的败落，它就承包给我们的小伙伴赵庆阳。起初我们对这个人的印象不好，觉得他只有一身的肥肉和蛮力，还老爱跟我们玩，想踢他走开都很困难。不过他有这点好处，那就是从来不会生气，我们怎么打他骂他都行。另外他身上总带有好吃的东西，比如油炸、烧饼什么的，叫我们欲罢不能，将就着跟他玩吧。

当我们来到酒店时，他早在大门口等得不耐烦。特别是见到我，老远就挥舞着肥大的手喊道，小李子，小李子，一定是你。他还急匆匆地向我奔来，像只笨拙的企鹅，挺可爱的。

我心里乐了，握住他的手说，老赵你发达了啊。

他拍拍我的肩膀，大笑说，哪有的啦？混生活而已。

王小军是个急性子，叫喳喳说，我们订的大厢在哪里？

赵小阳忙领着我们进入到101包厢里。

趁大家坐下的时候，我看到那个中年妇女打了王小军的头，悄声说，你还是改不了坏毛病，整天就知道吃，肉却不见长。

张强打趣说，他的那肉长了好多，难道吴艳丽你不知道？

大家哄笑。

我认出她是谁了。记得某个夏天的傍晚，我们几个小伙伴光着身子，正在旧城区的小河上打水仗。张强和王小军打得凶，我们停在一旁看呆了。吴艳丽也在一旁犯花痴……

到如今的这个年纪，大家都不在乎什么了。吴艳丽反而大方地说，我怎么不知道他呢？甚至还伸手到张强裤头，一副要解开来看的架势。吓得他如惊弓之鸟，立马跳开了去。

众人哗然，又一阵哄堂大笑。

我注意到王小军脸有愠色，突然破了嗓门地喊道，快叫人上菜！赵庆阳你还愣在这里干吗？

赵庆阳哦哦地说，我马上去叫服务员上菜。

大家也就停下互相问候，互相了解情况。

我看空出几个座位，低声问坐在旁边的张强，还有哪几位小伙伴没到？

张强支支吾吾的，抬头看了下大家，然后十分沉重地说，他们……他们来不了了。

王小军跟我都感到很意外，同声问他，怎么回事？

吴艳丽接话说，黑炭、鸭子和嫣儿都没了。

没了？怎么会没了呢？我们很震惊。

这时，赵庆阳进来听到我们的话，故作轻松地说，说来话长，我们还是边吃边说吧。

大家都打哈哈说，好的好的。

几杯酒下肚，我感到很沮丧，也很纳闷，好好的一个聚会怎么变成了追思会？我对黑炭和鸭子的印象都不深。他们就像老墙上的污垢，房子倒了也没存在的意义。倒是嫣儿没了，我的心里特别难受。嫣儿是我爸同事的小女儿，人长得乖巧可爱，特别是她的那双大眼睛，一闪一闪的会说话。她爸是个很有文化的人，家里收藏有许多书籍。每次去她家玩，我都泡在书房里看书。她从不打扰我，安静地在一旁写作业或者为我泡上一杯茶，这样直到我上了高中，多么美好的一段时光呀。以至于在书房看书时，总会感觉有个女孩安静地坐在身旁，不时为我干点什么。在我读大学的时候，听说她嫁给一个公子哥儿，过上了幸福的生活。现在怎么说没就没了呢？

还是女人敏感、心细。吴艳丽说，是她命不好。那男人不争气，整天吃喝嫖赌的，很快把家产花光，还欠了许多高利贷。嫣儿只好开了一个裁缝店，加工、缝制各种衣料，生活慢慢也好了回来。然而在去年的春天里，她却查出患上乳腺癌，到秋天就不治而去了。

我不由得点上了一支香烟。张强端起酒杯说，小伙伴们，今天难得聚在一起，我们就一醉方休吧。王小军也说，过去的让它过去吧。赵庆阳给各位满上酒杯，吴艳丽手舞足蹈，气氛又活跃了。我们玩起纸牌游戏，谁输了谁喝酒。结果是我的手气最差，一连喝了好几大杯，醉得一塌糊涂，竟把吴艳丽当成嫣儿，搂着她又哭又笑，说了许多疯疯癫癫的话。吴艳丽哈哈大笑说，我今晚好幸福。大家都笑骂她是女流氓，怎么能够这样乱来呢？但是我并没什么感觉，只隐约地听到有人在叫我。猜测是妻子在担心我，掏出手机想给她报平安，却接到了一个电话，就是刚才叫我的声音，既熟悉又陌生，我不知道她是谁，为什么叫我，难道是嫣儿？我的心跳到了嗓子，急忙问她，你是嫣……但她很快挂了电话，只留下一阵空洞的忙音。

三

由于喝了许多酒，我不知道是怎么回到家的。第二天醒来，在那个20世纪80年代的老窗户外，我依稀能听到几只鸟儿在鸣叫。女儿也在跟几个小朋友嘻嘻哈哈地玩耍着哩。我看时间已经近十一点钟了。便打开微信查看信息，意外地发现有个好友请求，网名就叫“嫣儿”。我纳闷了。不会是同名吧？她不是死了吗？回想起昨晚她电话的空洞忙音，我不寒而栗，不敢同意她的请求。于是我打电话问张强，你们不是说嫣儿已经死了吗？怎么我微信上有她的好友请求呢？难道真的有鬼？

张强哈哈大笑，说，谁说她死了？昨晚上吴艳丽不过是故意乱编想看看你的反应而已。

我厉声骂道，吴花痴和你这个死“骆驼”，你们的这个玩笑也开得太大了吧。

你又骂谁？妻子突然推开20世纪80年代的门进来，门“吱”的一声，像是放了个屁一样难听。

我赶紧丢了手机装睡。

她见我装睡就捏住我的鼻子说，你真会装啊。

痛得我大叫起来，急忙向她求饶道，没有骂谁的啦，我骂昨晚上那帮死小伙伴们呢。

妻子故作惊讶地说，你不是说他们是你儿时的好伙伴吗？怎么这就记仇了呢？难道是争抢那个肥大的女人？

我大呼冤枉。

冤枉？妻子说，你还喊冤枉呢。

我笑着说，你们女人就是敏感，那么肥大的女人我会去跟他们争？你也太小看你老公了吧。

那是谁？妻子不依不饶，再次用力捏紧我的鼻子。

尽管痛得厉害，我想我是不能把嫣儿说出来的。

幸好女儿及时赶到，她十分果断地拿开妻子的手说，妈妈你为什么老是欺负爸爸呢？爸爸不就是去喝了一场酒吗？

我抱住女儿说，还是我的女儿好啊。

看到我们联合起来，妻子恨恨地说，那今天的饭菜你们俩来弄吧。

我正想说她小气，女儿却叉着腰逞能说，爸爸你再躺一会儿，我来弄，我就不信我不会弄！

我无奈说，还是爸爸来弄吧。

女儿的天真劲头，使得妻子没了生气的理由，指着我的脑门说，你就会拉拢小朋友，便转身进入厨房，一会儿便听到了炒菜的声音。

女儿跟我击掌欢呼，像是打了场大胜仗一样。

这时，我的微信又发来个信息，还是嫣儿的好友请求。我对女儿说，你去帮妈妈干点什么吧。女儿乖乖地去了。看着信息，的确是嫣儿，脑海里立刻浮现出她的一颦一笑，她的优雅身姿。我点了同意，随后我们便开始聊天。我说你怎么有我的微信号？她说“骆驼”给的。我猜就是他。我问你昨晚为什么不来？她说很想来，但人不在柳镇。我问你现在哪？都干些什么？她说在你不知道的地方，干些见不得人的“勾当”。我发出个惊讶的表情。她却还以一个大笑的图片……

不觉间，女儿从厨房端了盘菜出来，高兴说，妈妈煮的菜真香！

我摸摸她的头，说，我女儿真能干。便拉开饭桌、板凳，摆上碗筷及女儿端来的菜。

女儿转身又进厨房去了。

我又看微信，嫣儿在上面十分大胆地说，想见你一面好吗？

我的心骚动不已，怔怔地看着屏幕。

她发出一个鄙视的表情。

我才迟疑地说，好呀。

她立刻发来飞吻、拥抱的表情，看得出很激动、很兴奋。

我没再表示什么，她的表现太突然、太大胆，使我无法接受，哪里还是那个安静地坐在身旁的女孩？

女儿再次端菜出来。妻子跟在身后说，开饭了，开饭了。

我丢了手机，非常夸张地说，这饭菜真香啊。

妻子白了我一眼说，吃相。

然而吃不了多久，却听到窗外有人在喊，抓小偷，抓小偷啊！瞬间有很多人从家里跑出来也喊道，抓小偷，抓小偷啊！接着是一阵忙乱的脚步声……我们觉得奇怪，这里会有小偷？妻子疑惑地看了看我，意思是说这是你的老家，得由你去弄清楚。我放下碗筷出去看，发现小偷已被逮住，而且见到我时，就直呼我小李子，说要我救他一命。我仔细辨认很久，才认出他是鸭子，才不到五十岁的光景，头发全白了。我说你干吗偷人家东西呢？他低下头说，这个说来话长，你救不救？我忙对大家说，他是我的发小，如果偷了谁家的东西我负责赔偿，大家给我个面子吧。大家摇摇头说，既是你求情那就算了，反正抓住他也没有用，过一阵还会照样偷的。我谢过大家扶起他，说，你还没吃饭吧？快快去我家吃饭再说。但他没有去，只弱弱地问我，能借给点钱吗？我问借多少？他说100元。我从钱包里拿出200元给他，问他，你怎么会到了这个地步呢？他不回答我，拿了钱就走了。望着他落寞的背影，我感到十分难过，想问问张强怎么回事，却发现没有带电话出来。回到家打电话给他，却一直是关机状态。我骂了一句，他妈的！妻子这次不问了，低着头吃她的饭，一副事不关己的样子。

四

按照柳镇的风俗，大年初三以后要到亲戚家走走。前些年父母过世后，我就少去亲戚家了。现在想想无聊，便问妻女想去吗？妻子看女儿，女儿看我，说，去村上就去。她们的意思说镇上姑姑家不想去。我说如果去都要去，不去的话，人家会讲我们闲话。她们说，那就先去村上远的。我说好。于是，我们准备了一下，便开车直奔最远的亲戚家——九桥村。

其实，九桥村并不远，从柳镇往西开车只需20分钟路程。九桥村是李家最初的“巢穴”，早在清朝嘉庆年间，我们的老祖就来此置地安家了。至于为什么叫九桥村，无人考究，也不见有座像样的桥，恐怕是图吉利或者胡乱叫的吧。我在那里生活到小学毕业，留下许多童年的美好回忆。接下来是每年清明回去一次，马马虎虎地到了现在。有些人说我忘本，我也懒得跟他们理论。正想着这些事时，不得不在一个交叉路口停下车来，不知该往哪条路走？妻子说，开导航。我就开了导航。但是居然导航不了，上面没有这个地名。妻女无奈下车去透透气，跑到路边田里看油菜花。我只好打电话问亲戚，结果总是忙音。交叉路口是被铲车铲开的，分为一左一右，左边的路修得平平坦坦，右边的路还坑坑洼洼的。两条路上都空荡荡的，无车无人。我从左到右来回地走了几下，不敢断定哪条是通往九桥村的路。就在这时，突然听到有人叫我的名字，环顾四周心惊肉跳，那从右边路走来的不是我妈吗？我忙问，妈你怎么来了？她笑了笑转身就不见了。我才想起这是她的丧命之地，十年前她让一辆小汽车撞飞了去。我破了嗓门地喊，你们母女俩呢？跑哪去了？妻女立刻从田地里跑过来，头上各戴着一朵油菜花，在我看来有些花枝乱抖的感觉。她们迷惑地问，发生什么事了？往哪条路走？我镇定地指着右边的路说，没什么的，我们往这条路走吧。

果然，在我们走了一段路之后，周围的环境越来越熟悉，也变得越来越亲切了。

快到亲戚家时，看到一个老农走在前面的路中间，肩上还扛着一把锄头。我按了一阵喇叭，见他没有让开的意思，就停车下来说，大伯你让开点好吗？那老农回头看看我，突然哈哈大笑说，你小李子还真的忘本了。我感觉很奇怪，说你是谁？挡我的路还说三道四的。他再次大笑说，我你都不认识了？我认真仔细地看了他。乌黑肥大的头脸上，却有着一道明亮深刻的伤疤；在凸起的眼眶里，闪现出一股阴沉的光芒，让人不寒而栗。我由此看到一把明晃晃的刀，正自岁月的深处向我们劈来，我们血溅当场，无一幸免。我知道他是谁了。我说黑炭你怎么在这里呢？他说我怎么就不能在这里呢？我正想问他原因，妻子不耐烦了，在车上嚷嚷说，你跟这个老农啰唆什么呢？女儿也在嘀咕什么。我只好求黑炭让开。黑炭才又大笑一阵走开去。妻子问，这个老农是谁？我看他有些怪怪的。我说是我儿时的小伙伴，我也觉得奇怪，他怎么会跑这里来了呢？妻子说，你的小伙伴们都这样。我想想不只他们是这样，从这几天回柳镇的情形看，每件事、每个人都怪怪的。

亲戚家就是我的小叔家。父亲和他的弟妹们都跑到柳镇或其他地方闯荡，就剩下他在九桥村干农活了。小叔见到我们来，脸上有些意外的表情，忙招呼我们进屋坐下喝茶。妻子从车上拿出礼物。女儿生性乖巧，叔公长叔公短地叫着小叔。小叔慢慢高兴起来。叔娘也从里屋出来跟我们说话了。想起刚才见到黑炭我问他，黑炭怎么在我们村呢？小叔反问，阿红你认识吗？我说认识呀，不是说前几年被小学的围墙压死了吗？小叔说，是呀，阿红死后他的老婆就招了这个黑炭上门。我记得黑炭高中毕业就结了婚，有些惊讶地说，怎么可能？小叔脸小，眼睛就显得暴露，看起来很可怕，我小时候经常挨吓哭去。如今又见那双暴露的眼睛，我赶紧自圆其说，一个人的命运还真的说不清。叔娘咳嗽了一声，她老是怀疑得了什么大病，整天唉声叹气的。我忙问她，叔娘的病好点了吧？她十分感激地说，不怎么好的，还是老样子，这么多年也就你问了。小叔说，你这是无病呻吟，根本就没有什么的事。叔娘正要反驳，却听到有人在门外叫我。小叔说，是黑炭。我答应一声出来，果然是黑炭站在门外，笑眯眯地说，今晚想跟你喝酒可以吗？我想都没想就说，那就在我小叔家喝吧。他哈哈大笑说，就知道你够兄弟，我先去忙一会儿再来，转身便往对面的一块甘蔗地走去。这使我想起偷甘蔗的事，虽然双双被抓，但他硬是一个人给顶了下来。晚上很晚时他才来到小叔家，我们已经喝醉了。我说黑炭你就是太老实了。黑炭酒醉忘了妻子在旁，说，你也是老实，不然嫣儿怎么会远嫁广东呢？妻子在一旁偷偷掐我的屁股，痛得我喊哟哟的。女儿说，妈妈你又欺负人了。妻子脸一横就走出去。我知道她生气了，忙对女儿挤挤眼说，你去看看你妈妈。女儿努起嘴巴说，像小孩子一样，你们能不能成熟点？弄得我们都笑了。黑炭又端起酒杯来敬我，也敬小叔。黑炭的酒量厉害，我喝不过他。到最后只能叫妻子开车。妻子在女儿的游说下情绪还算稳定，但丢下一句话说，必须交代清楚嫣儿这个人。我的酒醒了大半，心里在骂黑炭。妻子记不清来时的路，开一小段路就迷糊了。幸好有个大娘来指引，她说她顺便到前边去看看。醉眼蒙眬的我，看不出她是谁，可能是哪家的阿奶吧。到了交叉路口，阿奶在路边停下来，指着柳镇的方向说，你们往这条路回去吧。妻子点点头说，谢谢阿奶。我也正想说感谢的话，却发现她的眼睛里，散发出一束幽灵的光来。这不是我妈吗？我大声喊她妈妈，然而倏地不见她了。交叉路口黑漆漆的一片。妻子惊叫一声，掉转车头往柳镇飞也似地开去。女儿却时空反差地念起诗句："碧云天，黄叶地，秋色连波，波上寒烟翠……"我茫然地坐在副驾驶上，弄不清这到底是怎么回事。

五

再回到柳镇已是深夜。

奇怪的是，我那20世纪80年代的房子，竟然灯火通明，像刚搞过什么节庆活动一样。我打开门进去看，却没发现有人在里面，也没丢什么东西。联想到见到我妈的事，妻子说，你们家可能闹鬼了。这怎么是闹鬼了呢？女儿说，妈妈你迷信，这世上根本就没有鬼。妻子生气说，你小孩子懂什么，快去洗澡睡觉了！女儿做了个鬼脸，在某种程度上挺像她奶奶的。我倒抽一口冷气，掉转头去不看她们，却看到一个影子从阳台飘过，不由得大叫一声，谁？便追到阳台上，影子早消失在黑暗之中。但感觉到很熟悉，难道是鸭子又来偷东西了？妻子说，你看是有鬼吧。我不搭理她，呆呆地坐到沙发上吸烟。女儿已经洗澡去了。一夜无话。妻子碰都不让我碰。我只有盯着嫣儿的微信头像看，是一片深蓝色的海洋，终究想不出她的模样来……

第二天要到镇上的姑姑家拜年，我决定去超市买些年货。刚走出家门外，就听说有人丢东西了。大家第一个想到的是鸭子。我想也是他干的，但为什么他不偷我的东西呢？我问他们，他为什么变成这样的呢？他们说，还不是毒品给害的。想起我就是让他带坏吸烟的，那他染上毒品就不奇怪了。我知道毒品的害处，正如他们说的那样，即使抓到他又能怎样？毒瘾戒不掉，神仙都救不了。希望他能有个好的结果吧。

出到大门外，看见马路对面有家超市，我就径直地走了进去。里面热闹非常，都是些买年货的人。我挤在人群中找到几样便去结账。结果在拐弯处撞上一个人，把年货弄得散落一地。正想说下那个人，却听到呀的一声。我看是个身材高挑的女人，瓜子脸，红头发，似曾相识的眼睛，一闪一闪的会说话。惊讶地说，嫣儿？！真是你呀！她帮我捡好年货放到我手上说，你的毛病还是不改，做事总是急急火火的。我说你也买年货？她说，不买的，我卖。卖？我说你不是在广东吗？她说，谁说我在广东的？我说黑炭。她说他一个乡下佬懂个屁。我哦的一声，就把年货放在收银台上结账，却发现是她在收钱，就说这家超市是你的吗？她数着钱说，混口饭吃而已。我才发现她好能干，当面竖起了大拇指，这么大一个超市，不是一般人能够做得来的。在去姑姑家的路上，我发了一个微信又称赞她。谁知她发出几个大大的问号，表示不理解我说的话。我说我们不是刚在超市碰到吗？她说哪有的啦？我在广东呢。我说那就奇怪了，那个女人明明就是你呀。她竟然大胆地说，你是不是想我想疯了？我大笑。

妻女不愿意去姑姑家，并不是因为她不好，而是因为她对人对我们太好了。她们受不了她的那股热情劲儿。还是在很小的时候，她就带着我们兄弟姐妹玩，给我们弄好吃的。嫁到柳镇以后，也隔三岔五地到我们家，除帮父母做事外，还教我们做玩具，比如纸飞机、竹蜻蜓和射水枪等等，让我们的童年充满了乐趣。后来上大学，她寄给我一大笔钱，让我在同学们面前挣足了面子。

到她家的时候，姑父正抱着他的小孙子玩。见到我们时对小孙子说，你看你看是谁来了？女儿跑上去抱他的小孙子。姑姑在里面听见声音，急忙跑出来欢迎，乐呵呵地说，怪不得今早听到喜鹊叫呢。她这么说，我倒有点不好意思，有好几年不来看她了。妻子说，对不起阿姑，这几年工作忙啊。姑姑说，听说小李子当官了，当官哪有不忙的呢？姑父高兴地附和，今天来了好，我有个亲戚也说要来拜年，我们痛快地喝两杯吧。姑姑说，你就知道喝酒。我点头说好。才坐下一会儿，就听到门外吵吵闹闹的。姑姑跑出去看怎么回事。我就问姑父家里的情况，得知表弟表妹们都已成家立业，日子过得还算可以。刚问完不久，姑姑慌慌张张地跑进来说，不好了，不好了，对面那条街道的一家超市杀死人了！我们大惊问，哪家超市？杀死谁了？姑姑说，就是你们家对面的永安超市，那个叫嫣儿的老板娘被人杀死了。我的心跳到嗓子上，结结巴巴地说，这这样子的啊，刚才我我才去那买年货呢。我不敢说我们认识，更不敢说她是我童年的小伙伴。姑父对姑姑说，不要去管那么多闲事，我们难得今天高兴，你就赶紧去弄吃的吧。姑姑这才回过神来，说，好好我这就去弄。妻子也跟着她去帮忙。我心乱如麻，真想赶到超市去看看情况，但我能吗？我发了个微信问嫣儿，你没事吧？她马上回复我，没事呀？怎么了？我想她们可能不是同一个人，那么到底谁是嫣儿呢？回头我一定要弄清楚来。刚好张强打来电话说，过两天你也要回去上班，我们商量再聚会一次，具体时间、地点到时会通知你。正想问他知道嫣儿的事吗？他却挂了电话。我大骂一句，死骆驼。姑父非常吃惊，许久才问我，你没事吧？我说没事，一个同事瞎闹着玩的。

姑姑很快便弄好饭菜。但当见到姑父的亲戚时，我整个人都崩溃了。姑父的亲戚不是谁，正是经常偷东西的鸭子。我质问他，你怎么会是我姑父的亲戚呢？他撸了一下头反问，我怎么就不会是你姑父的亲戚呢？姑父严肃地说，他是我的亲侄儿。姑姑说，这也难怪，我们都没有跟你说过。女儿看他的头有一根上翘的黑头发，哈哈大笑地指着他的头说，伯伯你的头型很潮哦。鸭子甩了几下头，那样子的确很酷。我悄悄问他，听说你偷东西是为了吸毒？他的脸露愠色，拿起酒杯连喝了三杯酒，意思说吸毒的人敢喝酒吗？我问他接到张强的电话了吗？他说接到了。我想再次聚会时，一切都会清楚的。于是我们便开怀畅饮起来。不用说又是我喝醉。回家经过超市时，我发现那里依然热闹，好像没发生什么事似的。

六

第二天一大早，妻女就到市场买菜去了。

还在梦中，她们回来告诉我，昨天那家超市的确发生了杀人案，死者就是老板娘。我惊问她们，知道是谁杀的吗？那老板娘叫什么名字？妻子说，我们怎么知道？女儿说，如果知道我们就是警察了。我说那也是，但街坊会议论的，兴许你们听到什么呢。妻子说，哪去管这么多，又不是我们的亲戚朋友。我有点气愤，真想大声说，她是我的儿时小伙伴！这样想着，我急忙穿好衣服跑了出去，看看到底是怎么回事。

但在大门口撞上一个人，使得我们俩同时跌倒在地。正想骂两句，他却先点名骂起我来。我看是鸭子，便嚷叫道，你怎么又来偷东西？他爬起来拍拍屁股说，你少听人乱说，我什么时候偷东西了？我答不上来，就问他，那你整天跑来这里干吗？他挪开步子走向对面那家超市，丢下句让我吃惊的话来：我住在这里，难道你让我来吗？我追上他说，你也住在这里？我怎么不知道呢。他看看我，又看看被打上封条的超市，许久了才说，这家超市是我开的，就在你们这里租了个房子住。我被彻底震住，紧张地问他，那老板娘是你……嫣儿跟你是？他性情突变，看似平静的脸上，却暗藏一股杀气，正向我挥杀过来。我便有了想逃离的感觉。于是我说，你千万要沉住气，我有急事要办，就不在这里陪你了。说完我飞也似的跑回家去。

回到家，我才忍不住骂出一句，他妈的！妻子说，你骂谁？我说骂鸭子。妻子说，他又来偷东西了？我说没有的。妻子说，那你骂他干吗？算起来他跟你还是亲戚呢。我说就是亲戚才更要骂。妻子说，因为他偷东西、吸毒？我说没有的。妻子说，没有的你瞎骂什么？我赌气说，反正就是想骂他。女儿在书房里写作业，听到我们争论，就不耐烦地说，因为他是爸爸儿时的小伙伴。妻子才恍然大悟，一把扭住我的耳朵说，原来如此，难道他跟你抢女人了？对了，黑炭说的那个女人，你还没有交代清楚呢。我说没有的事，他酒醉乱说的。你？妻子愤愤说，你给我当心点。我没好气地说，你别那么无聊好吗？妻子突然想起什么，激动地拉着我的手说，不如我们去高岩山玩，听说大年初几上香求什么很灵的。女儿从书房出来说，我的作业写完了，爸爸去吧？既然在家没事，我想带她们出去玩一下，也是个不错的选择。

如今的高岩山，已是一个充满宗教色彩的风景区。自从上大学以后，我就再没有去过。记得最后一次，还是跟这些儿时的小伙伴们去的。那时条件艰苦，我们只有骑自行车去。也就我、张强和王小军有自行车，没有的只能挤坐我们的。但是大家很高兴，总算都到了高岩山脚。于是，我们几个男的相约比赛登山，奖励是谁先到山顶，谁就可以抱住其中的两位美女亲一下。随着嫣儿的一声令下，比赛开始了。张强脚长腿长，最先跑在上面。王小军紧跟其后，不甘示弱。鸭子与黑炭，你看看我，我看看你，谁也不舍得先跑，最后同时发力，速度相当惊人。赵庆阳摆着头慢慢地像走上去似的。大家知道我体质差，说等下无论结果怎样，我都可以亲一下两位美女。两位美女大笑。吴艳丽当场抱住我想亲。我不服气地推开她，大喝一声冲了上去。结果是张强赢得比赛。还没问想亲谁，他就一把抱住嫣儿亲了起来。我们几个男的恨恨地想立马撕了他。轮到奖励我时，嫣儿主动上来让我亲。搞得我怪不好意思的，就在她的额头上快速地亲了一下。大家哄笑。后来嫣儿悄悄对我说，胆小鬼。弄得我的心里好一阵慌乱……

妻女最爱游山玩水。一到山脚就直冲山腰的观音阁，把我远远地丢在了身后。我无可奈何地摇摇头，一边拿出手机拍照，一边慢腾腾地走上去。突然身后有人拍我的肩头，我回头看见是张强就骂道，你每次打电话都急匆匆的，怎么你也来玩啊。他笑着说，还想来一次比赛吗？我看看周围，没见哪个小伙伴，说就我们俩啊？起码有三个人，而且要有个女的，奖励时才有人亲嘛。他哈哈大笑，指着上面的一个凉亭说，他们在那里哩。我说，你们为什么不叫上我？幸好我自己来了，要不你们搞私下活动，雷公会劈人的。哟哟哟，张强说，打你电话都打爆了不见你接，你还有理呀？快点上去，他们等得不耐烦了。我翻开电话记录，确实有一大堆的电话没接，便没说什么跟他上了凉亭。他们见到我都说，今晚罚酒三杯。看到他们没有少哪一个，连嫣儿也笑眯眯地在看我。我高兴地说，才三杯酒嘛，我要每人喝一杯。吴艳丽张开肥大的嘴巴说，大家废话少说，开始比赛吧。接着又是嫣儿一声令下，大家都争先恐后往上跑……不知道什么原因，这次比赛我拿了第一名。几个男的大呼不敢相信。嫣儿大方地走到我面前，仰起头来让我亲。我抱住她正准备亲时，却发现她的脸满是鲜血，不由得猛地推开她，惊叫着跑下山去。他们惊问我，你怎么回事？我哪管得了这么多，一路狂奔到山脚，跌坐在一张石凳上喘着大气。女儿的声音，这时在耳边响起，爸爸你跑哪去了？我们到处找你，你看你的脸色好难看。看到她们玩得那么开心，我于心不忍地说，我也到处找你们，真怕你们走丢。妻子说，刚才上香求过观音了，保佑我们全家幸福呢。我勉强地说，做人做事对得起良心就行了。女儿抬头看天，说要下雨了。我们也看看天，的确乌云密布，一场大雨很快就要到来。妻子说，我们回家吧。我赶紧发动车子，像逃命似地开回家去。途中我的电话不停地响，一定是他们打来的。所以我不接，事到如今，我真怕了他们。但跟上次一样，他们又拦在路上，还不由分说地带走我，直奔喜来登酒店 101 包厢。我知道任何抵抗都没有用，便老老实实跟着他们去。令人奇怪的是，当我走进包厢时，我的眼睛、耳朵出了问题，什么都看不到，什么也听不到。我拼命地喊叫着，直到第二天醒来。看到妻女坐在床边，知道原来是在做梦。妻子说，看来你要去看医生了。女儿说，爸爸你一个晚上在叫。我无语，感到很悲伤。

不久之后的某一天，我在上班的路上碰到张强。他说好多年不见，哪天我们这些小伙伴们聚聚吧？我表面上说好的，心里却说，不是刚才聚过吗？难道在柳镇碰到的不是你们？我真是见鬼了。

作者简介：李柳忠，中国作家协会会员，作品散见于《广西文学》《北方文学》《南方文学》《陕西文学》《红豆》《辽河》等文学刊物，有中篇小说在晚报副刊连载，短篇小说《老人街呀老人街》入选《南方文学》2014 年“广西潜质作家百名展”，短篇小说《门神》获“文华杯”全国短篇小说大赛三等奖，著有中短篇小说集《眼》。

金背巷

李洪波

金背巷六棵树

金背巷中段有一间裁缝店，从来不挂招牌，但因为裁缝师傅叫林木森，所以人们都称该店为“六棵树裁缝店”。

其实林木森的裁缝手艺也是祖传的，其父辈在新中国成立前也曾在陵宁街租铺面开店，新中国成立后因不愿参加车缝社（即用机车缝纫的合作社），才龟缩到金背巷的中段金背塘旁边的家继续单干，干的仍然是裁缝，一直传承到林木森这一代。

有个地理先生路过林木森的家，说此宅门前是一张水盈盈的金背塘，木因水而根深、枝繁和叶茂，“六棵树”想不发都难。

不过林木森并不如那地理先生所说的那样想不发都难，他的裁缝生意不过惨淡经营，收入勉强能养家糊口而已。即使如此，也离不开他的勤劳善良，更离不开他的业精于勤。

林木森与众多裁缝佬不同之处是勤跑圩。跑圩就是赶圩，即北方的赶集。每到县城周边的乡镇有圩日，他都会骑着一辆破旧的28寸生产牌自行车，载着一个用帆布做台面的折叠木桌和一个装有剪刀、布尺、粉饼、模板的小木箱，摇摇晃晃地赶圩。他在圩场上为农民顾客现场量身，然后裁剪布料，然后写上收据，并在散圩后带回县城的家里去缝纫。待所接的各件衣服都缝制完毕，等到下一个圩日，再赶到那个圩场交付顾客，并收下人工材料费。

林木森基本上天天赶圩，不是赶民安圩就是赶民乐圩，不是赶塘岸圩就是赶隆盛圩……他认为赶圩总比在家“守株待兔”、坐等生意强。娶妻之前，他不但要裁衣，还要缝衣；娶妻之后，则由他裁衣，让他妻缝衣。

当年单身男林木森若不是下乡赶圩，也不会认识今天的妻子许基娟。那年那月单身男林木森在民安圩开摊，常见一个扎双孖辫的高挑靓村姑站在一旁看他用布尺为农民顾客量身，然后在农民顾客送上来的布料上用粉饼画线。村姑不但看他剪裁布料，还向他请教手艺。许基娟与大多数的村姑相比属于很外向、很勇敢的女子。甚至有一次，她开口向林木森讨些剪出来的各种各样不同形状、不同颜色、不同质地的碎布，也就是边角料。林木森问她要来做什么？她不好意思地说，白色的布碎带给老奶奶纳布鞋的鞋底，花色的布碎带给妈妈做婴儿的小被单——就是把这些布碎拼凑在一起缝缀而成的防寒小被单。

“你生的婴儿吗？”林木森有意探问。

“说什么呢！人家还未出嫁呢！”村姑红着脸说。

“那给谁的婴儿做小被单？”

“给我嫂子呀，她快要产了。”

“你家里的人都这么勤俭呀！”

“是呀，你以为我是来趁圩看热闹的吗？我是刚刚卖完用来喂猪的红薯藤才来看你剪衫的。”

单身男林木森听了很感动，心里不禁泛起了怜香惜玉的微澜……

又一个民安圩日，卖红薯藤的靓村姑又来到英俊裁缝林木森的裁剪摊前，大胆地探问林木森。

“林师傅把裁剪好的布料带回家，由谁来缝纫成衣服呀？”

“由我呀！”

“师母不帮你忙吗？”

“哪有师母？我还未成家呢！”

“哦！那你注意保重身体呀，可别累坏了……”

和林木森一起跑民安圩做生意的“锁匙王”王哈，也就是金娘的老公正好在一旁摆摊，看在眼里，想在心里，有心撮合俩人。结果是，巧舌如簧的锁匙王不费吹灰之力便让来自陵城金背巷的年轻的裁缝佬林木森抱得来自民安乡铜石村的美人归，而村姑许基娟也告别了种红薯、卖红薯藤的农村生活，嫁入城镇……

就这样，传统的农村“男耕女织”的生活模式，到了陵城镇的金背巷，便变成了“男裁女缝”。林木森与许基娟婚后恩爱有加，三年抱俩娃，生育了一对儿女，儿女的模样都很出众，女儿的相貌像她爸，儿子的相貌像他妈。三棵树裁缝店一家生活虽平淡，但岁月静好……

不料改革开放后，林木森的“六棵树裁缝店”遭遇到了新的挑战——广大人民群众都不约而同地改变了消费习惯，都选择到成衣专卖店去买衣服穿了，买一块布料找裁缝量身定做新衣的人凤毛麟角。六棵树裁缝店的生意变得越来越清淡，甚至面临倒闭。

不过也有例外。陵城名媛徐美娇便是其中之一买一块布料找裁缝店量身定做衣服的人。徐美娇是北流某建筑大亨的夫人，虽年已四十岁，生得富态丰满，却喜欢穿暴露曲线的旗袍。徐美娇买现成的旗袍总觉得不合身，不是嫌长了便是嫌短了，不是嫌宽了便是嫌窄了。讨她嫌的地方甚至具体到旗袍的颜色、花样、点缀、纽扣……于是她便专从苏杭沪买回心仪的绫罗绸缎亲自找上门来要林木森为她量身定做旗袍。

林木森从事裁缝业多年，会做唐装和中山装，甚至还会做西装和各式西裙，可做旗袍对于他来说却是大姑娘坐轿——头一回。

林木森的妻子许基娟见顾客是一个穿着时髦的风骚女人，还对自己的老公眉来眼去的，老大不高兴。

阿娟说：“做旗袍你没经验，这生意拒绝了吧！”

阿森说：“人家这样信任我，我怎好拒绝呢？”

“她就像个狐狸精，令人生厌！”阿娟说。

“顾客都是上帝，不是狐狸精！”阿森说。

阿娟说：“我不会给她缝旗袍的！”

阿森说：“你不缝我缝！”

于是夫妻赌气，好几天不说话……

林木森不顾妻子强烈反对，一心要为徐美娇做旗袍。他并非为徐美娇的美色所动，而是想挑战一下自己。林木森天生有一个聪明的脑袋和一双灵巧的手，只须看到徐美娇送来的几本旗袍样板书及几件她穿过的又讨她嫌过的旗袍，便能做出一件令徐美娇十分满意的新旗袍来。没过几天，林木森做的第一件旗袍终于闪亮问世了，既传统又时尚，既端庄又性感，“上帝”高兴，店主也高兴。

当美少妇徐美娇首次身穿量身定做的新旗袍，脚穿高跟皮鞋，“嘚嘚嘚”地走在青石板铺路的金背巷时，那扭动着的腰肢、颤动着的屁股，吸引着无数的旁观者。

“这就叫旗袍啊？”有一女街坊惊奇地道，“过去只在电影电视上看见过旗袍，现在终于看见真正的旗袍了！”

“瞧那旗袍，衫脚开这么长的丫，都露出雪白的大腿来了！”又一女街坊尖叫道。

“这才叫性感！”一男青年感叹道。

老板娘许基娟见试穿新旗袍的徐美娇显得婀娜多姿的样子，不免妒火上升，从此夫妻不和，形同陌路……

徐美娇是陵城名媛沙龙“星期六聚餐会”的会长，每月最后的一个星期六是她们的活动日，花费AA制。参加活动的都是些四五十岁的贵夫人，老公非官即贵。活动日规定会员服装为旗袍，可视季节冷暖加减外套。由于徐美娇的示范和推介作用，会员常常带着绸缎布料慕名而来金背巷找林木森量身定做旗袍，使得“六棵树裁缝店”生意一时间变得十分红火。林木森的收入自然变得步步高。

林木森手捧用自己的聪明才智和辛勤汗水做旗袍换来的酬金，首先想到的是要为许基娟买一条金项链和一只钻石戒指。想当年他与村姑许基娟结婚前，曾用一条十几元钱的廉价假金链蒙骗未婚妻。村姑不辨真假，受骗上当。后来了解到“林家铺子”真的生活拮据，林木森又想讨她开心，才出此下策，便原谅了他。现在见林木森要为她买真金真钻的项链和戒指，自然心中暗喜，对老公的态度也好转了许多。不过女人天生的对“情敌”的妒忌心并没有真正消除，许基娟时刻关注着徐美娇这个假想“情敌”的一举一动……

有一段时间阿娟发现徐美娇很久不来做旗袍了，便问起一个星期六聚餐会的会员。会员说会长有了身孕，正在保胎呢！

阿娟惊问：“她有了身孕？她老公不是被传说患有不育症吗？”

那会员说：“医学发达了，原来有，现在没有了。”

“怎么就没有了？”阿娟好生狐疑。她想起林木森接待徐美娇的情景：一个笑容可掬，一个嗲声嗲气；一个任劳任怨，有求必应；一个撒娇卖乖，求这求那。难道他们……

阿娟忽然想起去年有一段时间，她几次见徐美娇上门约林木森外出办事，并且一去便有几个小时。林木森每次回来，阿娟都迫不及待盘问老公。

“你们去哪里啊？”

“去找一个人，办点私事。”

“什么私事？”

“既是私事，自然要保密啦！”

“连对我都保密吗？”

“她说对你也要保密……”

阿娟问得多了，见老公不说，便索性不问了。从此床笫之间，又少了欢乐，少了默契，少了数量与质量……

有一晚，阿娟心事重重，怏怏不乐，早早便先睡了……

忽然见徐美娇穿着一件湖蓝底色印有荷塘莲花图案的短袖旗袍袅袅婷婷走进“六棵树裁缝店”，嗲声喊道：“森哥在吗？”

林木森闻声从卧室里悄悄溜出来，

对徐美娇细声道：“小声点，别吵醒她！”

忽然不知是谁绊倒了什么东西，砰的一声响，把阿娟从梦中惊醒了。阿娟摸摸身旁的林木森，睡得像一根木头，还打着呼噜呢……

后来还是多嘴的邻居赖金娘为她揭开了事情的真相。起初阿娟还半信半疑的，这金娘虽然长得健美，人称黑牡丹，但毕竟小市民一个，横看竖看都不像名媛，怎么就知道徐美娇的隐私？后来阿娟才相信——原来“星期六聚餐会”不仅要聚餐，还要例行每月一次旗袍秀，还要唱卡拉OK，知道金娘会唱粤曲平喉，便时不时邀金娘参加“星期六聚餐会”，她可以不AA，但要教会员唱《分飞燕》《花好月圆》等流行粤曲……所以金娘便知道徐美娇前几年没怀上孕有心抱养一婴儿，无论城市农村的家庭，只要违反计划生育政策超生偷生的婴儿，都可考虑抱养，条件是婴儿要生得靓。金娘便委托邻居林木森帮这个忙。林木森去民乐乡赶圩做生意时认识一户农民，这户农民共生了三个女娃，他们愿意把超生的第四个女娃让给徐美娇夫妻养。经林木森介绍，徐美娇看见女婴长得眉清目秀的，十分满意，便给了女婴母亲一大笔钱，抱走了女婴，并取名曰“招弟”。谁料刚抱养女婴两个月，徐美娇从医院妇检回来，便告诉建筑大亨，自己有了！

徐美娇面有德色说：“真灵验，我每次去金背巷，都到金背塘旁边的土地公神像前求神拜佛。”

建筑大亨心里暗喜说：“你求错神了吧？观音菩萨才管生子呢。”

徐美娇说：“估计是土地公转达给观世音菩萨，叫观音菩萨帮咱送子！”

建筑大亨心知肚明，去年自己偷偷去医院看了男科，男科医生告知他，他妻子之所以没怀上，是他的精子有问题，叫他从此对桑拿浴说“不”——过去他为了减肥和缓解生意场上的精神压力，隔三岔五地去桑拿浴和汗蒸，把精子都“烫死”了，严重影响了生育能力，好在及时亡羊补牢，今天才播上健康的生命种子。

阿娟听了快嘴金娘这一番话，心中疑窦顿开，觉得自己怀疑了丈夫，便一改近来对林木森的冷淡，分外温存起来……

随着市场经济的迅猛发展，制衣厂星罗棋布，成衣业十分兴旺，这就大大影响了六棵树裁缝店的生意——人们都时兴买成衣，很少买布料量身定做衣服了。好在林木森还有些旗袍生意可做，通过“星期六聚餐会”的推介，容县、陆川、博白，甚至玉林都有一些喜欢私人订制旗袍的女士慕名来光顾金背巷的“六棵树裁缝店”。不过旺季多在春夏，秋冬渐淡，淡季之时林木森夫妇便做些换拉链、剪裤脚和修改衣服之类的生意……没有生意的时候，林木森与许基娟应邀参加过几次陵城名媛的“星期六聚餐会”活动，活动有旗袍秀、美食品赏与才艺表演。到了现场，他们还见到了锁匙王王哈、赖金娘夫妻、琴师陆百一与阿苗夫妇。主办方明确表态三对夫妻均不用“AA”，但王哈与金娘要演唱粤曲，陆百一与阿苗得演奏广东音乐……

后来建筑大亨因喜得贵子，心旷神怡，向到会嘉宾表态，想多积点功德，愿捐助666万元用于改善山区办学条件。在他的带动下，各对富贵双全的伉俪纷纷响应，或多或少有所表示，或用于办学，或用于建设公园，或用于修桥补路……

值得补充一提的是，某年妇女节在永丰广场举办的一次旗袍秀评比活动中，“星期六聚餐会”的十几位名媛的表演荣获了一等奖，不过她们的表演队不叫“星期六聚餐会”而叫“六棵树”，因为她们所用的旗袍统统由金背巷六棵树裁缝店量身订制，个个穿得凹凸有致，走得袅袅婷婷，虽年已四十多岁或五十多岁，但风韵犹存……

那次旗袍秀，坐在观众席上的许基娟对坐在她身旁的老公说：“我也想穿旗袍！”

林木森对老婆说：“那我给你做！”

“我穿旗袍好看吗？”

“你身材高挑，好比活动着的衣服架子，无论挂上什么衣服都好看！”

“真的吗？”

“珍珠咁真！”

许基娟被老公逗得哧哧地笑起来，举起的拳头，轻轻地落在老公的身上……

包牛

长长的曲曲的窄窄的金背巷，不仅产生过美女金娘、万玉和祝妹，也产生过琴师陆百一、农艺师表伯母和裁缝师林木森，其实还产生过厨师何李三和符苏九。

何李三是专做芥菜包卖的。符苏九是专做牛腩粉卖的。他们所做的生意虽然不同，但各人名字都不约而同地用了父母的姓。他们的手艺都是祖传的，他们做的芥菜包与牛腩粉，都远近闻名。

先说何李三所做的芥菜包是什么东西吧。此芥菜包的“包”非面包的“包”，芥菜包是用米磨的粉做的，而面包是用小麦磨的粉做的。芥菜包外面一定要有一层芥菜叶裹着，而面包绝对不用菜叶裹着。还有芥菜包里面一定要有馅，而面包不一定有馅。还有芥菜包用的芥菜叶、粉团和馅料，都是先分别弄熟后才组合成的，而面包不用。

何李三做的芥菜包皮薄馅厚，具有香浓、软滑、爽口的特点。尤其馅料里落的猪肉与高虾、竹笋与香菇木耳，粉皮里糅的糯米粉和粘米粉，包子外面裹的芥菜叶，芥菜叶上面撒的芝麻，都十分讲究原材料。就是浸泡芥菜包用的熟油，亦要讲究。就这样，优质的陆川猪肉、北海高虾、大容山竹笋与香菇木耳、北流新荣糯米与粘米、北流新圩芥菜、巴马芝麻和北流田心花生油，成就了何李三芥菜包。

早在何李三父亲做芥菜包的年代，何氏芥菜包就已成为北流驰名小吃，闻名遐迩。不但北流人喜欢吃，就连外地人到北流也不肯错失一饱口福的机会。何李三的父亲有个绰号叫花何，又叫花和尚，皆因其体胖头光脸有麻子也。据说新中国成立前，著名粤剧表演艺术家马师曾有一次在玉林演出后赴梧州路过北流，便要慕名品尝花和尚做的芥菜包。马师曾品尝后连称“好食好食”，并说此食只应北流有，广州酒家未曾闻……

有趣的是有人想仿照花何的方法去做芥菜包，但只学到所用糯米与粘米的比例是八比二，并学到一定要用石磨磨粉，甚至所选用食材原料也基本相同，可就是做不出那马师曾认可的那种味道。便有街坊邻里打趣道，你这芥菜包，菜叶虽有芝麻，却非花和尚的麻子啊！到了何李三这一代，传承人何李三坦言，此乃祖传私房点心、秘籍不可外传也，只可传给后代。

说罢何李三的芥菜包，再说符苏九的牛腩粉。先说粉，两广人所说的粉便是指米粉（即粉丝、米线）。符苏九的牛腩粉制作工艺也是祖传，符苏九是第二代传人。符苏九的爹叫老符，人们都不喊他的名字，只叫他老符。符苏九也有个绰号叫胡须佬，皆因他蓄有一匹不长不短的胡须，这匹须虽没关羽的须那么美，可也没张飞的须那么丑。叫他胡须佬，还因他的姓名叫符苏九，与胡须佬谐音。先说说符苏九的牛腩粉是什么东西吧，简而言之就是一碗氽米粉外加一勺熟牛腩。做法是先将一大把干米粉用烧滚的水淖软，然后捞起来往冷水里漂洗（谓之曰过冷河），待漂洗干净黏稠的东西，便沥干水分备用。食用时只须抓一团过罢冷河的米粉，装在一只漏勺里，再往沸腾的汤里氽几下，然后将米粉装在一只海碗里，再往碗里舀上一勺熬制过的牛腩件和2颗牛肉丸，外加一勺牛腩汁，便大功告成了。

老符的牛腩粉也跟花何的芥菜包一样，用料十分讲究，牛腩选用大容山放养的小黄牛，米粉则选用民乐乡罗政村的米粉。米粉是经过淖滚水过冷河氽沸汤而成的，白净爽滑弹牙。牛腩是用十几味中药熬制出来的，不膻不韧，甘香脆爽。后来人们也学其制作牛腩粉卖，终因其熬制牛腩的中药有秘方而学不到家。现在只有其儿子与孙女独得真传。

何李三制作的芥菜包与符苏九制作的牛腩粉因其制作精良，用料讲究，风味独特，无一不在新中国成立前风靡一时，无论富贵人家还是平民百姓，都以吃上两个何李三芥菜包或一碗符苏九的牛腩粉作早餐或夜宵为乐事。不过成也萧何，败也萧何，新中国成立前还因为何李三的芥菜包和符苏九的牛腩粉，引发过一宗惨案，至今还令人唏嘘不已……

话说陵宁街除了金背巷外，还有另外一条小巷，这条小巷位于金背巷的斜对面、文化商店正对面、福记裁缝店旁边。这条小巷有个不雅的巷名叫摸奶巷。原来民国时期，这条巷里曾有个大戏院，叫陵城戏院，经常有粤戏班在这里演粤剧。每逢开演，常常一票难求，座无虚席。上至当地军政要员、社会名流、土豪劣绅，下至平民百姓、贩夫走卒，都争相来看戏捧场，场面非常热闹。由于这条巷里宽外窄，巷口不够二米大，散场时熙熙攘攘的人群通常挤得小巷水泄不通。许多观众被挤得前胸贴后背，便有一些好色之徒趁机浑水摸鱼，对女人揩油吃豆腐。所以这条小巷叫摸奶巷。

有一段时间来了一个两广有名的粤戏班叫新声粤剧团。这个粤剧团拥有大红大紫的万人迷花旦黄莺儿，还拥有女扮男妆的文武生朱剑秋，所以在陵城戏院首晚演出便人满为患。

第一晚演出的剧目是《卖油郎独占花魁》，便吸引了当地的警察局马局长和国民党当地驻军侯连长随老百姓一起前往观看。

戏班有条不成文的规矩，便是戏演到一半，便要摇铃歇场十五分钟，让演员和观众好好休息，该歇的歇，该吃的吃，该拉的拉……卖香烟、零食的小贩子通常也被允许进场做小买卖。戏班乐队的五架头（指高胡、中胡、扬琴、笛子、秦琴）往往也会登场演奏几首广东音乐。

此时此刻，马局长和侯连长便不失时机地争先恐后地派随从到后台去给黄莺儿送鲜花和点心。马局长给黄莺儿送的是郁金香与何李三芥菜包。侯连长给黄莺儿送的是康乃馨与符苏九牛腩粉。

黄莺儿见状犯难了，当众表示自己只能吃其中一种东西，另一种要让给自己的舞台姐妹朱剑秋吃。而马局长的随从与侯连长的随从都非要黄莺儿吃自己送的食物不可，于是大吵大闹起来，互相贬低对方所送的食品。

马局长的随从对黄莺儿说："符苏九的牛腩粉比不上何李三的芥菜包有名气，还是给马局长个面子，吃他送的芥菜包吧！"

侯连长的随从也对黄莺儿说："何李三的芥菜包比不上符苏九的牛腩粉有名气，还是给侯连长个面子，吃他送的牛腩粉吧！"

正当黄莺儿不知如何应付的时候，开场的铃声摇响了，新声粤戏班的班主抓住机会上前帮台柱黄莺儿解围说，两位别争了，你们先退下去看戏，黄莺儿两样美食都不会放过的……

马局长的随从与邱连长的随从只好走下后台重返观众席。谁知演出结束后，由于摸奶巷观众拥挤，两随从分别与自己的主子分散了，正好狭路相逢，免不了为刚才的事大打出手。拳脚相加之间，竟然引爆了其中一位随从带的手榴弹，只听见轰隆一声响，炸死了一个看戏的老戏迷并炸伤了一个跟着大人去看戏的儿童……

自陵城戏院爆炸案发生以后，何符两家便产生了隔阂，从此不相往来，形同陌路。

偏偏现实生活有着许多意想不到的事情。到了何符两家的下一代，竟然谈起恋爱来了。这说起来话长。

何李三有一个独生儿子叫何车，小时候常跟其父去金背巷口对面的赵希天药店听几个药店伙计组成的五架头吹拉弹唱广东音乐。他们调音时常用C调竹笛吹“52”（即粤曲的正线）。内行的人听到的是简谱“52”，外行的人听到的却是粤语“何车”，何李三于是便把自己的儿子取名为何车。

而那边厢符苏九也有一个独生女儿叫符点。符点生在牛腩粉世家，却喜欢吃点心（点心即广东茶楼的烧卖）。符点小时候口齿不伶俐，说“点心”总要说漏一个“心”字，只说要“点点”，所以符苏九干脆将女儿取名为符点。懂点乐理的人都以为与符点音符有关，但金背巷的人都知道与点心有关。

从小长在金背巷的何车与符点读城西小学时是同桌，都喜欢在私伙局听金娘唱粤曲平喉，也喜欢听琴师陆百一演奏扬琴，爱好相同，又同住一条巷，未免青梅竹马。

好在这一对小冤家没有受到上一辈那对老冤家的极力反对，有情人终成眷属，否则有可能成为中国版的“罗密欧与朱丽叶”。不过男的坚持不入赘，女的坚持不入婆家，各自依旧与父母一起生活。征得双方家长同意和支持，他们还在外面买了一套房做新房，这样既照顾了双方的父母，也方便他们过二人世界。

听说洞房花烛之夜，符点有意效粤剧里的苏小妹三难新郎，非要何车猜中三个各打一物的谜语始得上新床不可。

符点出的第一个谜语是:“里面是菜，外面也是菜，中间隔层种菜的白黏土。”

何车听后哧噗一笑道:“这难不倒我，是我家的招牌美食芥菜包。”

符点笑道：“算你聪明，且听第二个谜语。”于是高声朗诵：“千条线，万条线，跌落水里还能见。才洗热水澡，又往冷河游，上岸还得汆下汤，不料撞上铁扇公主的美郎君。”

何车听了又笑道:“这个也难不倒我，

是你家的招牌美食牛腩粉！”

符点笑道：“也算你聪明，不过这两个谜语太显浅，你自然容易猜得中。还有最后一个谜语呢！难度要大点哦！”于是便出了第三个谜语：“扣肉。”

“扣肉？”何车丈二金刚摸不着头脑。

“就是咱婚宴吃的扣肉。谜面是‘扣肉’，却要你猜一种用物呢？”符点笑道。

“用物？”

“用物！而且此物远在天边，近在眼前！”

何车在新房里踱来踱去，左顾右盼，心急如焚，好长时间猜不出来。

此时墙上的时钟突然响了起来，正好响了十二下。符点开怀大笑道：“难倒你了吧？好啦，时候不早了，我要上床睡觉啦。”

新郎狼狈道：“那我怎么办？”

新娘正色道：“我睡新床，罚你睡沙发！”说完自个儿宽衣带解，露出一副凹凸有致、雪白光滑的魔鬼身材。只见她最后把真丝文胸也解除了，把文胸随便往衣架上一抛，换上睡衣就要上床。谁知那文胸挂不住，从衣架上轻轻地飘落地上。

新郎见状，茅塞顿开，迅速捡起地上的文胸，一边晃动，一边大声道：“我猜出来了——是文胸！”

新娘笑着命令新郎：“上床！”

……

过了好几年，何车的父母与符点的父母先后去世了。何李三芥菜包与符苏九牛腩粉的传承人何车与符点，在号称北流市“王府井”的西门口租了间铺面做生意，招牌上赫然写着“包牛芥菜包牛腩粉”。

好消息不胫而走，人们奔走相告。

“是何李三与符苏九的传人开的店！”

“卖北流最牛的芥菜包！最牛的牛腩粉！”

“吃早餐吃夜宵就吃这间夫妻店的芥菜包和牛腩粉，包牛！”

于是座无虚席，食客络绎不绝，吃过了都说：“真牛！”

一把竹骨油纸伞

我曾写过金背巷的美女金娘、万玉和祝妹的故事，也写过琴师陆百一、农艺师表伯母和裁缝师林木森的故事，还写过大厨何李三和符苏九的故事。

现在我要写另一位匠人的故事，他是专做竹骨油纸伞卖的。这位制伞匠人在北流县陵城镇的一条叫作火烧街的庞记笠帽纸伞店里当伙计，专事制伞和卖伞的工作。

那是新中国成立前的陈年旧事了。

这位匠人叫竺枝山，用粤语说起来

像与唐伯虎为代表的江南四大才子之一的祝枝山。虽说此竺枝山非彼祝枝山，但竺枝山也善画画，也会些诗词，更善制作竹骨油纸伞。画画和作诗是无师自通，自学成才，制作竹骨油纸伞则是师傅庞观松手把手教的。庞观松还是笠帽纸伞店的老板。庞观松的店是他自家房子，夫妻店，雇了忠厚老实又聪明能干的有点文化的竺枝山做伙计。伙计竺枝山另外租住在金背巷琴师陆百一家的隔壁。陆百一奏琴用的几对竹鞭，都出自竺枝山的手，用的竹也是竺枝山做伞骨用的毛竹。毛竹也叫南竹，通常高达二三丈，竹节间的距离较短，叶表面绿色，背面带淡白色。茎的壁厚而坚韧，抗拉和抗压的能力较强，是优良的建筑材料，也可用来制造器物。所以它是制作竹骨油纸伞的最佳材料。

火烧街的店铺大都做卖香纸蜡烛、木器竹器等易燃品的生意，因而常常发生火灾，故被人们称为火烧街。好在火烧街的竹木器店铺大都搭建在街道两旁的池塘旁边，一旁有现总工会的大池塘，一旁有原城西小学的大池塘，有的是水，所以火灾容易引发，也容易扑灭。

庞记笠帽纸伞店有一天迎来了本县陵城粤剧团一小生演员郭建生，他要选购一把道具用的竹骨油纸伞，以便扮演古装粤剧《白蛇传》的男一号许仙。他在第一场“西湖偶遇”中要使用此伞演戏。郭建生在店里左顾右盼，没有一把竹骨油纸伞让他看中，不是嫌太大太笨重，就是嫌颜色太深太单调。正好店伙计竺枝山在纸做的伞面上反复涂刷桐油，半透明的伞面上还画着一张绿的莲叶和一朵淡红的莲花。郭建生便被吸引了。他见竺枝山涂刷桐油的伞面积要小一点，便有心选中此伞。原来过去的竹骨油纸伞有大一点的，供男人大丈夫使用，也有小一点的，供女人或少年使用。按理说郭建生应选大一点的，但他觉得作为舞台道具用，还是选小一点的好。于是他便向店主提出要购买此把正在涂刷桐油的油纸伞。

郭建生说：“就买这把了！”

庞老板说：“此伞已有私人订制，不卖的！”

郭建生说：“我们粤剧团即将在陵城大戏院演出《白蛇传》，急用呢，先卖给我吧！”

“不行，我答应了买主，得讲诚信！再说了，许仙的伞是没画图案的，这伞不合适你。”

“那怎么办？你摆卖的油纸伞太大不适合在舞台使用！”

伙计竺枝山见状便请示老板兼师傅庞观松说：“不如我带些材料回金背巷，连夜为他赶制一把吧？”

庞观松说：“也好，不过不能与此伞雷同，我那女主顾说了，她要的是独一无二的竹骨油纸伞！”

竺枝山说：“知道！我识做的！”

于是，陵城粤剧团的当家小生郭建生当晚踏进了长长的曲曲的窄窄的青石板铺路的金背巷，找到了竺枝山的家。

单身汉竺枝山的家是间别人的出租屋，它一半是竺枝山的居所，另一半是庞记笠帽油纸伞的临时加工点和材料间。正因为这样，庞老板干脆帮其伙计兼徒弟交了房租。

在戏曲舞台上摸爬滚打了多年的小生第一次目睹了制作竹骨油纸伞的全过程，还边看边听年轻的制伞匠夹叙夹议地讲述了一段不为人知的爱情故事。

原来私人订制那把画有莲叶和莲花的竹骨油纸伞的女主顾是本地“沁芳院”的青楼女子小莲花。自古以来，青楼女子都属九流之末，受世人轻视。她们以自己的相貌、身姿、歌喉、舞技等等为男子取乐之用，与他们打情骂俏加逢场作戏，仅仅是为了男子手中的金钱而已。有一首词《望江南》，就是以青楼女子之口来讲述自己的无情：“莫攀我，攀我太心偏。我是曲江临池柳，这人折了那人攀，恩爱一时间。”中国还有很多词语是描写青楼女子的，比如“倚门卖笑”“商女不知亡国恨”等，但这只是世人对青楼女子的一种偏见而已。据我了解，青楼女子大多是身世可怜之人，她们本被命运捉弄，从小就被卖入青楼而失去了自由。为了恢复自由之身，她们只得想尽办法替自己赎身。

青楼的女子们也是有很大区别的，这种区别主要分为“娼”和“妓”。为客人表演才艺、如歌舞、琴棋、诗画等，这种女子就叫作“妓”，也称“艺妓”。还有一种青楼女子叫作“娼”，指被迫卖淫的女人。

小莲花属于艺妓，她生得容颜娇艳，体态轻盈，且琴棋诗画，无不精通。小莲花是艺名，各款衣裙，以绿色为主，偶见一朵淡红小莲花点缀其间。她卖艺不卖身。更让人惊艳的是她有一手好厨艺，能为客人做些美味佳肴。

在新中国成立前，在沁芳院吃喝玩乐的多是一些达官贵人及土豪劣绅，其中有不少附庸风雅的愿意出高价请小莲花唱支小曲弹个琵琶题幅字画或吟诗作对的，也有请小莲花亲自下厨做两个下酒菜的。其实小莲花自会打自己的小算盘，凭自己这般才貌，等闲之辈也不敢相碰，无非结交些政客豪门，也不辱没了自己，而且还赚些钱财积蓄起来，等过几年遇上个知心合意的有钱人便嫁了出去，何乐不为？后来小莲花终于结识了一个从法国留学回来的阔少爷称杨公子的，不仅气宇轩昂，富有大方，还多才多艺。小莲花觉得她心中的人，就是他了。

陵城是桂东南的小县城，自古多雨，

一年到头有许多雨天，从早到晚淅淅沥沥的。一天，杨公子携小莲花上街要给小莲花买伞。杨公子便不失时机地对小莲花夸耀他在法国的见闻，说什么在法国，无论天是否下雨，西装革履的绅士和花枝招展的淑女，总是撑着一把油布伞步行于巴黎的街头。西方的雨伞以其冰凉的钢铁伞骨和深沉的油布伞面，表现了西方人既优雅又矜持的风度。此风从古到今不变……

小莲花称赞杨公子见多识广，并称赞西方人好浪漫！但却表态她是东方人，只喜欢中国的伞。

杨公子说中国人也有布伞，一般是丝绸做的伞，这次带她逛街，就是要买把杭州绸伞送给她。

小莲花说她喜欢的是竹骨油纸伞，那竹，那纸，那桐油，都取材于大自然，而且制作工艺精巧，让人赏心悦目。她还说火烧街有这么一个地方有竹骨油纸伞卖。于是，小莲花便带杨公子找到庞记笠帽纸伞店……

竺枝山的故事讲到一半，不知为什么，便不再讲下去了。

……

没过几天，陵城粤剧团在陵城戏院公开演出大型古装粤剧《白蛇传》。在第一场戏中，郭建生扮演的许仙与陵城粤剧团当红花旦卢瑞妃扮演的白素贞同游西湖，用竺枝山制作的竹骨油纸伞，圆了人妖之间的爱情梦，向广大观众演绎了人若无情人亦妖，妖若有情妖亦人的动人故事……

光阴似箭，日月如梭，几十年过去了，弹指一挥间，当年的陵城粤剧团已不复存在了。当年的庞记笠帽纸伞店也不复存在了。所幸的是，被周恩来总理誉为“南国红豆”的粤剧尚存在，且后继有人。

后来，陵城一个粤曲私伙局“圭江粤剧社”（私伙局即戏曲票友活动的民间组织）要排练古装粤剧折子戏《抢伞》，需要一把竹骨油纸伞，但遍找陵城各个角落，就是寻不到这种伞。

《抢伞》的剧情是这样的：宋朝金兵入侵中原，逃难的百姓流离失所。一穷书生寻找失散的相依为命的妹妹蒋瑞娴，一孤苦的弱女瑞兰也正在寻找失散的相依为命的娘亲，因“瑞娴”与“瑞兰”音相似，瑞兰错应在当时而与书生相识。恰逢天下暴雨，二人开始同抢一伞，到后来同打一伞，并待雨晴后佯装夫妻，互相提携继续前行……戏中歌颂了患难之交见真情的善良美德。至于到最后二人是否真的成为理想夫妻，观众可想而知。

但目前圭江粤剧社想演《抢伞》，得有一把竹骨油纸伞啊！

于是粤剧社的社长找到当年扮演白素贞至今已九十多岁的卢瑞妃。卢瑞妃虽然扶着双拐杖行走，但精神矍铄。她说不妨去找找当年扮演许仙的郭建生，他还健在，问问他是否还留下那道具作纪念品。于是社长又去找到郭建生。郭建生退休前曾是某中学的校长，今也九十多岁了，但身体尚健。他说那道具伞早已失传了。你不妨去问问当年的制伞匠竺枝山是否还保存有他制作的竹骨油纸伞？他还健在，还住在金背巷，也该有八十多岁了。

于是社长在郭建生的带领下走进长长的曲曲的窄窄的青石板铺路的金背巷，终于找到了当年的制伞匠竺枝山。竺枝山也八十多岁矣，但白发童颜。听来访者一说，他拍了一下郭建生的肩膀高兴地说："我还认得您许仙！当年的出租屋我已买来长住了，贱内正是庞观松的女儿，她也八十多岁了。我还存有一把我亲手做的竹骨桐油纸伞，可借他们演粤剧折子戏一用！"说完，拿出他珍藏了半个多世纪的纸伞。

社长见了大喜，如获至宝。郭建生见了却惊诧万分，说："怎么伞面上还画有莲叶与莲花？我似曾相识……"

伞匠竺枝山沉重地说："那私人订制此伞的女顾客早已香消玉殒……"

郭建生不解地问："怎么啦？"

伞匠竺枝山说："她订制的那把伞还未买回，那杨公子便将她抛弃了，并偷偷去了法国……"

"她后来呢？"

"她后来跳圭江自尽了……"

竺枝山便将小莲花投江之前发生的事补充说了，说杨公子信誓旦旦要将小莲花赎身并带到法国去完婚，在杨公子的甜言蜜语诱惑下，小莲花终于把自己的贞操献给了他。后来小莲花又跟他温柔缠绵了好几天。终于有一天，那纨绔弟子非但没有兑现他对小莲花的承诺，反而不辞而别去了法国，甚至把小莲花平时卖艺所得的钱财全部卷走了……

当年的许仙扮演者郭建生说，此事当年在陵城闹得沸沸扬扬，我也略知一二。

社长怔怔地望着伞面上画的小莲花与小莲叶，伤感地道："唉！始乱终弃，真是人若无情人亦妖啊！"

……

后来，圭江粤剧社在陵城公演古装粤剧折子戏《抢伞》大获成功。中老年观众看见台上演员手中的道具竹骨油纸伞，倍觉亲切。都说："这种传统的竹骨油纸伞，不仅仅是生活用品，还是传统手工艺品，它是中华民族古代劳动人民勤劳和智慧的结果，永远值得我们怀念与点赞！"

粤乐悠扬金背巷

许多人都知道金背巷出过许多美女和能工巧匠，还知道金背巷无论新中国成立前或新中国成立后，都曾有过悠扬的粤乐声。但与粤曲和粤剧有关的人和事，除了琴师陆百一外，却鲜为人知。

这得先从金背巷的李盛业堂说起。李盛业堂第一代是清末从广东省南海县迁移而来的。因南海县紧邻粤剧的发源地顺德，所以南海人都喜欢粤曲和粤剧，南海县除了有多个专业或业余的粤剧团外，民间还拥有许多私伙局，那私伙局就是粤曲粤剧票友活动的组织。第一代李盛业堂的人和事无从考究，笔者只能从李盛业堂第二代人讲起。

李盛业堂是金背巷一民宅名，位于巷头，泥砖陶瓦，虽远远比不上北京的四合院，但也有三套房（中间一厅一左一右二房另加一厨为一套）三个天井。三套房的檐阶即走廊。走廊贯通三套房三个天井，其中还经过三个门楼。走进金背巷，人们首先听闻到的是李盛业堂里飘出来的广东音乐声。其中便有一首广东音乐叫《连环扣》。不少街坊邻里都打趣道，李盛业堂的房屋设置，也酷似连环扣，一房扣一房，一门楼扣一门楼，一天井扣一天井，令初访者如入迷宫。我的故事便从民国讲到新中国成立后。

话说李盛业堂第二代人有不同父母的三兄弟四姐妹。但他们都是南海李氏后代。三兄弟按南海李氏宗祠排辈分别叫二哥、七哥和八哥。二哥善拉高胡，七哥善吹竹笛，八哥善拨秦琴。按广东人演奏广东音乐得有五架头的习惯，就是得有高胡、中胡、扬琴、秦琴和笛子，但李盛业堂兄弟仅得其中三架头，不过也勉强能凑合成一支小乐队，还演奏得有板有眼。他们常常在大门口外的小地坪玩乐器，常常吸引众多的街坊邻里和过路人驻足相观看。

常言道，外行看热闹，内行看门道。新中国成立前金背巷有一名人叫陈敬波，时任北流中学老师。陈敬波要比李氏三兄弟大十岁左右，身材矮胖，长年戴眼镜，显得一副文质彬彬的样子。陈敬波在1926年之前曾随李明瑞、俞作豫参加过北伐战争，先后任营、团、师军需主任。1930年还参加过龙州起义，任红七军、红八军总指挥部军需处长。这位革命军人出身的中学老师也常观看李氏三兄弟演奏广东音乐，并经常笑称秃头的拉高胡的李二哥为蒋光头，吹竹笛的留长发并使用发夹的李七哥为女人婆，弹拨秦琴的每个巴掌有六个手指的李八哥为“六指琴魔”，引得围观者大笑不止。因陈敬波当过北伐军和红七、红八军的军需官，后来又在北流县最高学府北中当过老师，新中国成立后还被调任北流县人民政府建设科工作，是创办北流农场、大容山林场的功臣，所以李氏三兄弟任其调侃，敢怒而不敢言。不过陈敬波也有让李氏三兄弟敬畏之处，就是他能指出他们奏哪首广东音乐该用正线，哪首广东音乐该用反线，并指出奏“南音”时二哥的高胡应改用低胡或椰胡，还给李氏三兄弟讲了广东音乐《饿马摇铃》的典故……甚至兴致一来，还接过二哥手中的高胡，手法娴熟地拉上两曲。这让李二哥佩服得五体投地。可惜当时弹扬琴的琴师陆百一尚未搬进金背巷来住，否则金背巷便真正拥有演奏广东音乐的五架头。其实人们有所不知，当年陈敬波参加北伐战争时曾在百忙中抽空到广州的“陈家祠”和“八和会馆”（都是粤剧人的圣地）学过头架（即高胡），这让人们始料不及……

陈敬波评价李氏三兄弟演奏广东音乐虽然没有什么出彩之处，但水平不低，在陵城镇也算二三流的乐队。但陈敬波又评价李氏四姐妹中的小妹李祖馨唱腔一流，还评价嫁到金背巷叶家的隆盛乡原粤剧花旦章芳林演技一流，她们在陵城镇都算个角儿。陈敬波住巷尾，章芳林住巷中，于是陈敬波便隔三岔五带章芳林到巷头的李氏三兄弟家去唱梆黄，陈敬波自任头架（高胡），让李二哥拉中胡。在此之前，李氏三兄弟几乎没伴奏过梆黄，只会奏小曲（即广东音乐）。陈敬波可谓李氏三兄弟的良师益友，让他们慢慢学会伴奏梆黄了。

说起李家小妹李祖馨，那是八哥的同父异母妹妹。

李祖馨的母亲叫六婆，跛了一只右脚，但双手非常灵巧，纳得一双好布鞋。她做的布鞋，鞋底是用白布碎做的，而鞋帮外层是黑布做的，里层却又是白布做的。鞋底用锥子纳得密密实实，鞋帮用针线缝得错落有致。因为黑白分明，人们穿着这样的布鞋就像脚下有一双燕子在贴着地面低低飞行。

跛脚六婆做的布鞋让人穿着觉得美观大方，结实舒适，上门来定做布鞋的人不少。陵城粤剧团的团长卢宏业便是其中的一位顾客。但醉翁之意不在酒，卢宏业看中的不是跛脚六婆的布鞋，而是跛脚六婆的女儿李祖馨。

当时李祖馨芳龄十八岁，长得如花似玉。更难能可贵的是，她虽然只有小学文化，却偏爱唱粤曲，并且无师自通，每天没事干便咿咿呀呀唱一些粤剧手抄本的粤曲，还唱得字正腔圆、有板有眼、声情并茂……

就这样，卢宏业团长在金背巷这座连环扣的泥砖陶瓦房子里，不仅买到了货真价实的好布鞋，还邀请到声色艺俱佳的李祖馨参加他的粤剧团。

李祖馨不负恩师栽培，在她参加陵城粤剧团的首场演出古装粤剧《十五贯》一戏中，因饰演苏戌娟一角而一夜爆红。这一匹粤曲黑马后来还出演了古装粤剧《打面缸》《宝莲灯》和现代粤剧《中秋之夜》……一时间红遍陵城。

有一次卢宏业带领陵城粤剧团到贵

县为解放军某部慰问演出大型古装粤剧《十五贯》。演苏戌娟的李祖馨演罢戏正卸妆，突然发现化妆镜上出现一个手捧鲜花、腰挎手枪的军人身影。苏戌娟被吓得半死。原来是驻扎贵县的解放军某部的一位年轻军官，叫杨闯，在看戏的过程中爱上了美丽善良又蒙受冤屈的苏戌娟，竟不顾一切冲上后台去求爱。

“兵哥哥，你这是干什么？”苏戌娟惊魂未定。

“我要与你交朋友！”英俊的青年军官说。

“我视每位观众、每位戏迷都是朋友。”苏戌娟变得镇定了些说。

“我不同。”青年军官拍拍腰挎的手枪说，“我能保护你免受糊涂县官过于执拗的欺负！”

“那是在演戏！”

“但我不是在演戏，我要当你现实生活中的护花使者！”

青年军官杨闯的纯朴与直率、勇敢与热烈，终于赢得了艾艾少女的芳心，后来那“英雄”终于夺得美人归。这可算是一个另类样式的“柳堡的故事”了。

在此之前，李祖馨一直把自己的幸福寄托在演“况钟”的卢宏业身上，一直耐心地等待“况钟”的爱情表白。但“况钟”一直忙于“破案”，还没有太多的时间考虑自己的个人问题，才会在那一晚的演出中“大意失荆州”，让那当兵的如愿以偿。卢宏业始料未及，捶胸顿足，仰天长叹，懊悔不已。

不过正如一位外国先哲所说，仁慈的上帝在关上你的一扇门时，却在另外的地方为你打开一扇窗。卢宏业在剧团后来排演歌剧《刘三姐》的过程中，遇到扮演刘三姐的新人任小乔。俩人一见钟情，最后喜结连理。

以上是金背巷李盛业堂第二代人的故事。至于第三代人的故事，不得不提“蒋光头”李二哥的儿子李大浪。

李大浪小时家贫，母亲常常买不起飞（两广人称戏票为飞），她便通过戏院的门缝或窗缝往舞台看戏。儿子两三岁时，她还经常用背带把儿子捆绑在背上去看戏。儿子睡得正酣时，母亲看戏也看得正酣，腰酸腿麻的全然不觉。母亲有时还乘着观众秩序混乱混进场去白看戏（两广人谓“搏大力”）。李大浪开始随母亲看戏时已有三四岁了，对舞台上那些身着大袍大甲头插雉翎的大花脸角色非常害怕，往往一见到那些角色粉墨登台，便吓得屁滚尿流，便要躲在母亲的膝下，直到那些角色先后退场。

到了八九岁，跟母亲看的戏多了，李大浪在母亲的影响下也喜欢看粤剧了。他不仅喜欢看粤剧，还喜欢学演粤剧。不过，尽属胡闹，即童年小伙伴凑在一起模仿舞台上所看过的演出情景，学着演戏。虽属胡闹，不少戏剧人物倒也演得惟妙惟肖，常常让大人们忍俊不禁。他们演戏时用各种色纸和旧报纸做成戏服及帽子，用两条修长的竹篾做成雉鸡尾（即雉翎），用竹片或木棍做成刀枪。那纸做的衣服和帽子，他们竟然懂得用废弃的香烟盒子那层包装用的锡纸做成装饰的亮片点缀其上，让衣帽闪闪发光，分外夺目。

李大浪还从小耳闻目睹他父亲与七叔八叔玩二胡、吹竹笛和弹奏琴，还听他姑姑李祖馨唱粤曲，看他姑姑李祖馨演粤剧，耳濡目染，也爱上了粤曲。长大后李大浪做了一名中学老师，并做了学校的文艺队的指导老师。

在此之前，金背巷与粤曲有缘的陈敬波、陆百一、李氏三兄弟和章芳林都先后去世了。金背巷渐渐变得静悄悄的。虽然李大浪也娶得北流县粤剧团一花旦演员吕小苏为妻，但夫妻二人只偶尔在小家庭里的茶余饭后玩玩“妇唱夫随”而已。值得一提的倒是1986年李大浪与吕小苏携两个孩子参加过北流县首届家庭文艺晚会并获奖了。其中便有一个调寄“娱乐昇平”的粤剧演唱节目《红娘新唱》，歌谱还是吕小苏冒昧写信给此曲的原唱——广东著名粤剧表演艺术家卢秋萍索取的。此节目由李大浪操高胡，吕小苏唱曲，俩小孩用碰铃叮板，十分精彩，赢得观众一片热烈的掌声……

李大浪老师退休后，应一些乐友的迫切要求，带头组织成立了一个粤曲私伙局“容山粤乐社”，并从开始的八九个人发展到现在的三十多人。不仅有吹拉弹的，还有唱的；不仅有男的，还有女的。其中还有原隆盛乡粤剧花旦章芳林的儿子叶小生。他们不仅在城区公园里活动，还下乡为农民演出，他们不仅上大容山为林场职工慰问演出，还进养老院为住院老人慰问演出……为此广西壮族自治区文化和旅游厅授予容山粤乐社“广西文化厅优秀惠民演出队”的光荣称号。

但成也萧何，败也萧何，后来发生了一件冏事，差点砸了容山粤乐社的招牌。

原来容山粤乐社新来一叫王林的唢呐手。此人非但会吹奏唢呐，还善演唱粤曲。

有一次，王林在荔枝公园唱粤剧艺术大师、“慈善伶王”新马师曾原唱的粤曲《盲仔断肠歌》，唱得声情并茂，引发围观者许多唏嘘声，甚至有人伤心掉下眼泪来。

王林唱道：“……边个好心哩，打救呢个盲人。福心更善心，救苦又救贫。望求做点好心，打救我贫共困。保佑你的生意亨通，一本赚万金。保佑你长年富贵都越舍还越有。我自叹终生不幸，真感激各位大贵人。”

因王林眯缝着眼睛唱，边唱边痛哭流涕，加上衣衫褴褛，蓬头垢面，道具还使用了讨饭钵、打狗棍，观众真的以为他是乞讨的盲人，感动之余，纷纷慷慨解囊。社员们见状，却暗暗高兴，都以为是乐社创收的好办法，等以后攒够了钱，早日鸟枪换大炮，换个大音响……

谁知有个别有用心的小人向有关文化部门告状，说容山粤乐社有人在街上“化缘”，不配拥有优秀惠民演出队的光荣称号。甚至有人揭发，说吹唢呐者做过“喃魔佬”（即乡村办丧礼时请的吹鼓手）。

李大浪面对有关文化部门的问责，只好诚恳检讨说，下不为例，以后决不会再演唱此粤曲节目，更不会收取观众的捐款……此事便了了。

容山粤乐社不愧广西壮族自治区文化和旅游厅优秀惠民演出队的光荣称号，后来在全国荔枝之乡北流市的一次荔枝节庆祝活动中，向来自全国各地的嘉宾和游客奉献了一台精彩的粤曲演唱晚会节目。只见容山粤乐社的女歌手贝佩身着一袭大红连衣裙，款款登台，随即张开金嗓子，唱起了著名粤剧大师红线女曾获世界青年联欢节金奖的粤曲《荔枝颂》——

“卖荔枝！身外是张花红被，轻纱薄锦玉团儿，入口甘美，齿颊留香世上稀……”

贝佩唱得声情并茂，唱罢谢幕时，台下观众掌声雷动。此时此刻，早已候在翼幕旁边的一位帅哥观众，不失时机地手捧一束鲜花快步走向人靓歌甜的贝佩……

便有观众在台下窃窃私语：“那位帅哥就是金背巷陈敬波的事业有成的曾孙子，他誓言一定要为振兴中华民族优秀传统文化而赞助容山粤乐社……”

布爹布奶

梁晓阳

一

布奶嫁给了与娘家仅有二十米之隔、连杀鸡都能听声炒菜都能闻味的苗屋。1962年，我阿婆陆氏这样对我父亲和我十一爹说："我就仅有嗰只女了，嫁到隔篱屋，好平时回来睇睇我，苗屋有四兄弟，以后亦可以帮帮你哋嗰两只细舅……"

令陆氏意想不到的是，布奶梁传兰后来非但帮不了两个细舅，她的老公苗定德还与两个细舅争争吵吵几十年，一直到她凄然去世。

十八年后的一天傍晚，九岁的我正在屋角的猪圈里蹲粪坑，刚弯腰从旁边一个竹筐里拿起一根"屎掮棍"刮屎忽时，忽然听到了隔壁布奶家镬铲和镬头乒乒乓乓的碰击声和炒菜的香味，自己心里也觉得有些滑稽，忍不住笑出了声。

布奶家与我们这边仅隔着一条五米小巷，巷的这边是我们家的粪坑墙，巷的那边是布奶的厨房，一个用木格子做的窗户有大人高。

我父亲说过，当年他二姐之所以嫁得这么近，完全是因为苗家的条件比我们家好，我阿公未到五十岁就因为脚背生疮不能下地干活，靠偶尔给人算个八字挣几角钱。苗家是富农出身，又有牛，阿公认为把二女儿嫁近些，日后两个儿子耕田也有个姐姐好照应。但是命运给阿公和布奶开了个大玩笑，自从布奶出嫁后，至2015年她凄惨过世，五十三年，除了1963年我们祖屋初建时新婚不久的布爹曾过来帮忙锄了三天屋地，后来双方争吵得昏天黑地，还真没有几次亲戚那样的来往。

有一年发生了隔界木事件。我们在松木坳的自留山与布爹的自留山之间有一棵海碗粗的松木，父亲觉得树荫影响了八角苗的生长，就把树砍了。这是一棵大家公认的隔界木，村里人的普遍观点，隔界木嘛，谁砍都可以，谁砍了就归谁。父亲把松木削了树枝，成了光溜溜的一根，心想这几天家里没多少柴了，正好扛回家做柴。苗定德却丢丢骂骂地走过来了：“丢你母亲，你眼盲了咽咩，斫我的木啊？”父亲没想到自己的二姐夫竟然开口就“丢”他“母亲”，不觉惊愕了一霎，随即与他争辩：“你嗰只佬讲得真系爽咽，孰样我斫你的木了？当年分山时就已经划了界，锄了一条沟，这条隔界木影了我的木苗，我冇斫得？”苗定德发出一声冷笑：“哈，你嗰只佬，乜嘢你斫得我冇斫得？这条木本来就系我的，你斫了，我冇要你栽回我都好大方了，你仲想担回屋里？你想得咁甜啊？”

四爹景江正在旁边自家的自留山锄地，忍不住用一种半认真半开玩笑的口气，并且是那种嘶哑的声音说：“我怎讲你哋两只佬呢？一只系姐夫，一只系细舅，隔界木系中线生起来的，最好乜人都冇斫，但系既然细舅讲影佢木苗了，何况都斫了木撇了杈了，做姐夫的就让畀细舅如何？”

苗定德却转头望着景江说：“景江我冇讲你冇知，我让畀佢，那乜人又让畀我？你肯吗？”

景江笑笑，不再说话。

苗定德不由分说，上前就把树扛走了。这件事队里的人都知道，西垌梁的人当时还议论说：“难为死，跟细舅抢一条隔界木……”

这件事全村也知道了，大家都在议论。我也非常气愤，不光是对这件事，还对布爹这个人，你听听，他竟敢对我父亲说“丢你母亲”，这是什么话？“丢”我父亲的“母亲”，那他不是丢他的外母乸吗？不是丢他老婆的母亲吗？他这也是丢我的阿婆啊！我一想到这事就气得肺都要炸了！

我阿婆过世后的第二年，父亲已经与十一爹分家。我清楚地记得，那是一个初春的下午，屋前屋后的荔枝树开了淡黄粉白的花，十一爹正在屋背的荔枝树根除草，苗定德拿着钩刀上来，一声不响就把伸到他秆栏的三根荔枝树杈连枝带叶削了。十一爹好不容易种了这棵荔枝树，眼看长得快，树枝一天一个长度，还开了满枝的花，却不料被这个曾被称作姐夫的人削了个枝断叶落花飘，不禁大怒，大声质问他："孰咽你嗰只佬，这样做的，不声不响斫了我的荔枝木杈，你吃屎咽咩？"苗定德一边往用钩刀将落到杆栏上的树枝勾走，一边头也不抬地说："我斫错了吗？木杈遮住了我的杆栏，影响了我的牛吃禾秆。"

苗定德和另一个细舅的吵架就这样开始了，我十一奶也出来帮十一爹，把苗定德过去的所作所为全挖了出来，说到了两家隔邻田灌溉的事，"把田坑全部拦住，水全部灌进自己田里，想冇界别人做吃了啊？就算对待外人你都冇应该咁样吧？何况系你细舅！"布爹听了这话更是暴跳如雷，说十一奶自己灭亲，"系冇系姐夫细舅都系你哋讲了准，有冇有亲戚都由你哋定！"说出这些话的时候，不光东垌梁的二爹二奶、三爹三奶、十爹十奶都在说"冇应该"，连西垌梁和木瓜屯的人都在发笑。

在争吵中，布奶陷入了十分为难的境地，她不知道怎么办，帮布爹会得罪了娘家人，帮弟弟这边会激怒布爹，最后干脆说："你哋爱怎吵就怎吵，反正我两边都冇帮！唉，我真系好难做人了！"这话激怒了苗定德，骂她："既然两边都冇帮，你就系一只多余的货！"布奶顿时嗷嗷大哭。

母亲告诉我另外一件事，3月的时候，有一次她在我们家的旱坪上锄泥种地豆，苗定德先是在他家门口一言不响地望，后来专门来到她旁边，突然破口大骂："锄出的泥流落到我的坪上，下次我锄地时要出一身力，你咁样做系冇好做吃咽，死得早咽，保证你哋冇有好结果！"这样诅咒的话语令母亲十分反感，便回敬他："你连细舅细舅嫂都欺负都咒骂，你咁样亦冇会有乜嘢好结局咽，我就当冇有你嗰只姐夫！"苗定德就跳起来骂："冇有就冇有，我好稀罕咩？我亦冇傍到你哋乜嘢福气，我仲帮过你哋锄屋地呢，你哋帮过我乜嘢？"母亲气愤地说："哦，你讲得真系好听，好像传志同传信冇帮过你一样！你旁边这间屋的屋地我哋传志两兄弟冇来锄过？"据我母亲后来说，苗定德盖新房子那年，父亲和十一爹两兄弟也去帮他锄了两天屋地。但是苗定德一听这话却跳得更高了，骂："你仲好意思讲起这件事，你传志同传信来我嗰里锄屋地，出工冇出勤，锄半日吃一日，两只人做的工冇够我一半！"气得母亲大骂："冇见过咁样的佬，冇见过咁样冇有本心的人！"

各家各户的秧地已经耙好下秧后，有一天苗定德又在我们家门口骂："守芳，你孰过冇讲讲你只仔咽？你只仔踩烂了我的秧地，你讲孰做咯？"母亲就走出围墙门口问个究竟，苗定德一手扶着肩上的一把锹，一手叉腰，继续大喊："你只仔做的好事，踩烂我的秧地了！"

“你孰知系我的仔踩？”母亲恼火地问。

“吓！我孰过冇知？你三只仔都系大脚头，脚拇岔岔咽，我一睇秧地留落的脚印就知系乜人踩了！”苗定德挺了挺腰，划着手指过来。

“那你讲系乜人？！”母亲睁圆了眼睛，也愤怒地喊。

“冇系晓阳就系景瑞！”苗定德也梗起脖子，理直气壮地喊，“你三只仔出世那时境我都去望过了咽，都系大脚头！景鸿年纪仲细，我就冇讲系佢踩了，秧地里几只大脚头，冇系你晓阳踩就系你景瑞踩咽！”

“吓！你只佬真系爽咽嘞，全只队咁多侬儿，就系我的仔脚头大啊？你去睇过匀了啊？真系冇识丑咽！”母亲撇撇嘴，气愤而又不屑地回击。

“系咽吙，我就系望过匀了咽吙，西垌梁，木瓜屯，仲有你哋东垌梁，仲有我金瓜屯，哪家哪户的侬儿我冇望过？就系你屋里三只仔系大脚头，兼之脚儿长过脚拇，你知系乜嘢意思吗？脚儿长过脚拇，做工得餐辛苦！毋以为你的佬系教书佬了一屋人就好了冇起了，我睇你三只仔亦冇跳得出天堂山，一样系种田的命！”

母亲被苗定德这番话气得七窍生烟，指着他骂：“咁阴毒咽！睡梦都盼我哋日子过冇落去，最好全部饿死系吗？你嗰只佬真系阴毒咽！算乜嘢亲戚？生面人都比冇上！”

争吵到这里时被西垌梁的四爹景江终止了。景江正拄着一根木棍，弯腰担着一把木柴从山上下来，刚好经过我家门口，他就站定了，却仍旧担着柴不放下，脑袋在柴把下低垂着望向我母亲和苗定德，哑着声音说：“你哋两只人像乜嘢样？一只系姐夫，一只系细舅嫂，有乜嘢冇能够大家都让让咽？都企在路口嗰里吵得地滚天惊，乜人听闻冇当笑话来搬啊？！你哋系冇系想整条村都传你哋的笑话啊？！”

景江虽是我父亲的侄辈，但年纪比我母亲和苗定德都大上十多岁，平时说话都有些说一不二的气魄，加之在队里是个草医，我母亲早年打柴曾被青蛇咬伤，找他采过草药，苗定德的牛以前生病时也找他灌过草药水，因此他辈分虽然比我母亲和苗定德都低，但是都看在他的面上，嘀咕着渐渐停止了吵架。后来苗定德走远了，却不忘回头喊：“你去问问你两只仔，睇系冇系佢哋踩咽！”

在我对苗定德的印象中，被他咒骂得最剧烈的还不是这次，而是我家的水牛吃他田里的禾那次。那是5月里的一个周六，我答应母亲一大早去放牛兼捡一把柴。我知道湾冲山背有一片鸭脚木春花木鹊枝木等杂木可做柴，勤恳的西垌梁四爹景江在那里开荒锄坪，把两边的山林都砍了，干枯的杂木树枝摊了一路，我想我可以把牛牵到山脚，顺便到山腰捡一捆柴。

我家的水牛是在我专心捡柴的时候窜到山脚下禾田里的，禾苗正在扬花，牛放肆地吃禾，蹄子践踏着禾田，米黄色的禾花纷纷飞扬，从山脚下一直飞到山腰，还飞到了山顶和天空，我看见这些飞扬的白点子时心里惊呼不好，赶紧扔了手里的柴就往山脚下冲，当我冲进田里牵到牛时，足足三分地的禾苗全就只剩下三十厘米的禾头了，我吓得连呼吸都变得紧张起来。偏偏这时，苗定德扛着一把铁锹来了，他习惯一天来三次他的责任田看水，没想到把田里发生的一切看了个正着。他当即像有人割了他的肉一样呼叫怒骂："丢你阿妈的嘿啦，你吃屎咽啊？！有你咁样望牛咽啊？！吃了我一田禾，我一屋人今年仲有吃饭嘎？你讲讲咯，你讲孰做咯？！"

我企在田边牵着牛，大气都不敢出，听着他骂："你嗰只死仔，你咁样望牛的啊，你心咁毒咽啊？吃了我一田的禾，你系咁样做吃咽咩？你吃屎长大咽咩？"

他越骂越难听，开口一句"丢你母亲的嘿啦"，闭口一句"你嗰只粪箕提"，他也越骂越来气，突然举着铁锹往我家的牛背上"啪"地来了狠狠的一记，牛背上腾起一阵青烟，接着又是"啪"的重重一记，又一阵青烟，牛背的皮都破了，看见了血的颜色，牛连续两次往下蹲，尾巴夹在屁股上，稀牛屎一下子就啪塔啪塔出来了，洒了一田地。我大惊，这牛可是我家的重要财产，春耕夏种离不开它，要是被他打死了，那我家就比他的禾被吃了还要惨。我赶紧牵着牛就跑，牛的两条后腿踩到田塍边缘，一个趔趄，"啪"的一声又挨了他追上来的一记，我又怕又恨，哭着说："你打死我的牛了，我讲畀我阿爸阿妈听！"我的哭声和骂声似乎让他愣了一下，马上又骂："讲给你阿爸阿妈听？好呀，你去讲给佢哋听啊，你嗰只卵头，你的牛吃了我的禾，你仲有面皮去告状？我讲你听，你哋冇赔我一担谷我就冇放过你，你哋种田都冇识种，我睇你哋拿乜嘢赔我。丢你母亲啦……"

他骂得入肉入骨，还揭了我们家的伤疤，我一下子陷入了愤恨和羞愧之中。偏偏这时，他又从恶骂转到了诅咒："你哋咁样做系冇有好结局咽，你哋系冇好做吃咽，你哋总有一日着报应咽！"他一口一个"你哋"，好像这次牛吃禾事件是我们一家人蓄意干的，我愤怒了，大喝一声："我亦丢你母亲，你乱讲话咽，我冇有你咁样的布爹！"

我的话对他的刺激是显而易见的，他"哈"地发出一声冷笑，把手中的铁锹往地里狠狠一插，叉起腰望着我喊："真系出种出孽了，竟识讲咁样的话了，好，你冇认我，我仲冇想认你哋呢！各做各的吃，我亦冇会求你哋啯……”

我不再理他，牵着水牛，刚才捡好的柴也不要了，快步从另一条田塍回家，牛好像挺理解我一样，我加快脚步它也加快脚步，一边走一边对我说：“我受伤了，好痛，可我心里更痛。”我说：“为乜嘢？”牛说：“你啯只布爹打我狠，骂人更狠！”我心里想，他骂我“出种出孽”，这些连他岳父岳母和我父亲母亲都骂上了。我听到布爹还在后面大声骂：“你冇使走咁快，走亦冇用，吃了我的禾就走了？早造割了禾我要你哋赔！”牛在后面蹄子踏地塔塔响，它摆了一下脑袋，拴在它嚼子上的绳子就扯了一下我，它说：“听听，要你赔呢！”我说：“赔就赔，怕佢咩？”牛说：“你啯只布爹快做到头了！”我也狠狠地踏着脚步说：“早就做到头了！”

回到牛栏，我拴好牛，摸着牛背上的见到血迹的伤痕哭了。我说：“牛啊，对冇住了。”牛的两只大眼睛流着泪水，安慰我说：“毋哭，被佢打了一身，总算认清佢系乜嘢人了，以后你冇要理佢了！”我抚摸着牛的眼眶，抹去它的泪水，说：“系，系，冇理佢了……”

父亲和母亲来了，用鸡毛蘸了山茶油给牛背上抹，骂我：“望牛就望牛嘛，孰啯让牛落来吃禾啯，牛被啯只嘿佬打死了孰做？”父亲又去我们的猪栏茅坑边大声说：“苗定德你听着，七月晒干了谷我赔你一担！”苗定德也隔着墙大声回：“我等着呢，教书佬，你护理好点你的田，就怕你冇有谷赔……”

父亲气哼哼地回屋，嘴里发着狠，还破天荒说了一句很粗口的话：“真系飒我条屌啯，咁样的姐夫，我仲认你？就算晚造我冇有一粒谷收我亦要借来赔佢……”

那两个月，父亲和母亲起早贪黑，忙于田间管理。父亲一放学就扛着一把锹，提着一只尿素袋，太平岭、黄麻垌、黄秧田、湾冲，这里去一阵，那里走一回。很晚了他才回来吃饭，母亲端出一碗空心菜，父亲“啵啵”地喝着粥，挟起空心菜“砸砸砸”地咀嚼着。我在火灶前加着柴火，煮着大镬头里的猪潲水，心里隐隐浮起一股难受。

可更难受和难堪的还有，有一天苗英强和我去石刀山打柴，他说：“你布爹又跟你老豆母亲吵架了？讲实话，虽讲我老豆跟你布爹系亲兄弟，但系佢好小气啯，那日我屋里的鸡去佢鸡槽里吃了几口糠，佢冇系拿鸡唠敲敲地底赶走，而系出力一脚踢飞了我的鸡，我阿妈都睇冇惯佢，跟佢吵了一架。”听了这样的事，我觉得找到了同盟。苗英强突然压低声音，诡秘地笑着说：“你毋睇你布爹个佬成日骂你布奶外家的人，佢个佬好瘾那种事啯，有几晚半夜我起身去粪坑屙尿，听见佢房间里响，你知做乜嘢吗？原来系你布爹整你布奶，你布奶被整得叽叽嘎嘎叫……”

我听了苗英强的话，气得简直想拿刀去斫了这个苗定德！

二

七月收了谷子后，按亩产计算我们已经减收了。母亲叹口气说：“还了苗定德那份，再交了公粮，可能又冇吃到晚造了。”父亲气冲冲地说：“冇够吃就系吃黄狗头（蕨类植物的根）吃山蕉头亦要赔这担谷给苗定德嗰只嘿佬！”

上午九点日头就热得烫人，父亲吃力地担着湿谷摊到晒谷场上晒。我自知作孽，主动守在晒场边上，冒着烈日手拿扁耙翻晒谷子，不时驱赶着那些成群结队的麻雀。我的手臂、肩膀上因为多日暴晒已经脱皮斑斑了。

几天后，湿谷变成了干谷，父亲亲自装了一担，上了秤，足足一百斤，父亲担着和我一起来到苗定德家，苗定德二话不说就接过，“沙啦”一声倒进了自家的谷桶里。

那场夏收我们除了还苗定德的一担谷子，还要缴纳六十斤稻谷到七公里外的独山坪粮所。那天，我和母亲推着鸡公车（木头做的独轮车）载着一箩筐的谷子气喘吁吁地走在通往粮所的路上，到达粮所下面的斜坡脚时，在来来往往的鸡公车中，我看到了同样推着鸡公车缴纳公粮的苗定德，他也看见了我们，我把脸别过去，装作拿起脖子上的毛巾擦汗，再悄悄扭头看去，他一个人正吃力地将鸡公车推上长长的斜坡。不知怎的，我在心里暗暗诅咒他，希望他连车带粮倾倒在斜坡上。

那几年，布爹和我们因生产和生活中的大小事不停争吵，双方关系好比敌我，更别说能帮上忙。更糟糕的是，他与西垌梁的人也不时争吵，这让他在队里的关系也很微妙，一传十，十传百，苗定德在整个天堂村也有了不好的名声。

作为小舅子的父亲和十一爹常常因为背田塍和拦水灌溉的事和苗定德争吵。而在苗定德一边，只要一吵，他的三个兄弟也会偶尔出来帮嘴，这就成了群吵，全队的男女老少都来看热闹。苗定德每次都要说：“你哋嚣乜嘢嚣？你哋那间屋的屋背坎都系我锄嘅！”父亲反唇相讥：“你亦嚣乜嘢嚣？你那间屋的屋背坎难道我们冇锄过？”十一爹也骂：“你嗰只佬，我以为你不用求人嘅，现在我讲给你听，我哋乜人都冇欠冇乜人的！”

到了后来，就是布爹的儿子苗英金结婚、女儿出嫁我们都没有去吃喜酒。西垌梁的人说：“梁英寿当年睇错人了，白嫁了一只女畀苗屋……”

我们和十一爹两家与苗定德的吵架

历时十几年。每当有西垌梁的人提起这事，十一奶总是说："我哋屋背那棵荔枝树，冇系跟佢的禾秆栏连在一起吗，那年荔枝树长得快，枝叶遮了佢的禾秆栏巴掌大一块，佢就一边骂一边拿刀削了一大杈，怎讲那根树亦系传信十几岁时亲手栽咽，传信睇得心痛，就跟佢论理，佢就同传信吵得地滚天惊……"

我发现，在我们与苗定德吵架的过程中，布奶是最痛苦的，她曾经悄悄走到猪栏边和正在喂猪的母亲说："你姐夫就系那种人，我有乜嘢法子？同我亦冇停地吵，我劝佢冇要同你哋吵，我讲，再孰样佢哋亦系我外家的人，系你的细舅啊，你做姐夫的怎能跟佢哋吵？在队里几丑啊！可晓阳布爹骂我，丢那妈，你条胳膊肘系外翻咽啊？冇帮我反而帮佢哋，我娶错人了！你叫我怎讲？你哋吵，我乜人都冇帮，我就听。怪只怪当年阿舍阿娘睇错人，嫁我到苗屋，我真系命苦！"母亲就一边望着那头猪吃潲，一边说："系啊，命定咽，冇乜嘢法子呢……"

三

二十世纪八十年代初期，苗定德学着做起了炸豆腐生意，家里买了一台大石磨，圩日就去鹅石乡圩上买回十几斤黄豆，每天三四点钟就起来磨豆，我布奶做帮手，我母亲每天凌晨去粪坑屋解手都能看到他磨坊的灯光，听到他们磨坊里的声音，有时是苗定德骂我布奶："丢你奶嘿，叫你放快点黄豆都冇放，企在那里做乜嘢屌毛！"大概就是苗定德在推磨，我布奶在舀黄豆放黄豆，二人在拌嘴。

苗定德成天担着炸豆腐去代销店门口卖。

苗定德的大儿子苗英金尽管常有油炸豆腐吃，却早早学会了喝豆腐酒，五年级上学期考试，人家去学校复习准备考初中，他却每天一大早起来牙不刷脸不洗就去豆腐屋捞上半碗豆腐，拿过天堂米二酒瓮斟上一碗，热热的豆腐蘸上盐，浸到酒碗里吱吱地喝起来，一直喝到人家初中毕业。布爹从不说苗英金，他自己也喝，两人就有伴有朋地对喝起来。小儿子苗英银步苗英金后尘，也是四五年级就学会喝豆腐酒，热热的豆腐泡着新打的天堂米二，日子过得有滋有味。

我承认苗定德做的炸豆腐的确好吃，因为堂哥景全去买过，有时会捏起一只豆腐蘸了一把盐给我送粥。我家和十一爹家都不好意思去买。但有一年端午节，村里的另一家豆腐摊卖光了，我只好硬着头皮去苗定德的豆腐摊买。坦白地说，作为他的内侄，我实在没得过他的什么便宜，我去买一块钱炸豆腐，他不会多给一个，而据我二弟的同学万建文说，他父亲万世忠总会在亲戚的孩子来买时额外给一块豆腐解解馋。西垌梁的芳深有一次也来买布爹的豆腐，他悄悄地问我：“你布爹冇畀你吃一块啊？”我摇摇头。芳深不相信地看着我，我知道他心思，因为他父亲景山是民兵营长，也是我父母的媒人，他跟我就是在梳堂姓梁的基础上亲上加亲，所以他也想白吃一块炸豆腐。但是我没有得到，他更不可能得到，尽管他父亲是民兵营长。

那天，万世忠的豆腐才过了中午就卖完了，苗定德的箩筐里还有半箩。我那时也不明白万世忠的豆腐为什么总比布爹的卖得快，每次苗定德总要等到万世忠卖完了，那些需要豆腐的人才来到他摊前。红旗岭队的酒鬼陆家坤来买豆腐下酒，苗定德按照他的要求称半斤，加上装豆腐的篮子二两，他要把秤砣绳移到七两的刻度，当他把装着豆腐的篮子钩起时，秤杆翘高了，他拿下一块炸豆腐，秤杆又低了，他换了一只小的，秤杆又翘高了，再换一块，还是翘，这时，陆家坤说：“算了咯，多那几钱当作赏我饮豆腐酒咯……”但是苗定德说：“多了就系多了，怎能算呢？你冇吵，我有办法。”苗定德所说的办法，就是把那只净重不过一两的炸豆腐一掰两边，把其中一边留下筐里，一边放上去称，秤杆不高不低，他喜滋滋地说：“系嘛？啱啱够！”

可就是这句“啱啱够”，被陆家坤和旁边看到的人一夜之间传遍了天堂村，村人都说：“一块豆腐就系送畀家坤都冇有几多吃啊，仲好意思扯成两边，留下一边自己吃？”一番议论之后，“豆腐边”的花名就这样叫开了。

四

初秋的时候，母亲跟父亲说：“再冇起阁楼就冇好住了，晓阳读初中了，要自己一间房了。”父亲就找了风水先生李怡光，算好了日子，起阁楼的地点就在门口田边的坡地上，和十一爹的坡地接界，在十一爹那棵柿子树边。至于起泥砖阁楼的材料，父亲母亲早在去年秋收之后就准备了，一边有空就在自留山上斫杉木，母亲说是做檩条，一边在我们自留地湾冲田里脱起了泥砖，我和景瑞还去帮忙了，父亲母亲都赤着双脚，我们也赤着双脚，父亲先是在田里用牛犁起泥，再在泥里撒些禾秆，母亲赶着牛一圈一圈转，我也和景鸿赤脚在一边踩泥，牛和我们都将泥踩烂踩绵，既不硬也不烂那样子。母亲拎来畚箕、水桶和两个用长方形木板做成的砖模，砖模两头有竹子做的提手，我拿水桶去旁边的小溪装了半桶水。父亲先用扫把在桶里蘸水扫在砖模内侧四边，然后用畚箕装泥倒进砖模，倒一次就用脚踩一次，泥浆咯吱咯吱响，一道泥浆沿着敞开的裤脚溅到膝盖和大腿根……一直踩到泥浆结实地堆到砖模顶，父亲再用右脚沿着砖模上面的平面将泥拨平，多余的泥就跌到一边，然后抽起砖模的提手一提，一只长方形有棱有角的泥砖就脱出来了。父亲再拿扫把蘸水扫砖模内侧，母亲也如法炮制，我和景鸿拿畚箕装泥搬运，一只只结实四正漂亮的泥砖就一行行一排排整齐地排列在我们的田里。

几百只泥砖经过了二十几天的腊晒就干了，父亲母亲和我们赶在春插前去将泥砖担到水田边的坡地上，坡地早被父亲用锹和锄整理出一道平整的地形，父亲母亲汗流浃背地担泥砖，我也汗流浃背地一个一个抱着砖搬，父亲母亲不光要担砖，还要往上磊，泥砖就一个一个地磊上去了，就垒砌起了四五排一人高的砖墙，全部垒好后，父母再将十几块早就准备好的又大又长的杉木皮盖上砖墙，再在木皮上压上一溜的石头。

现在，终于轮到我们家起阁楼了，请了几个泥水匠，那天的时辰一到，父亲烧了鞭炮，落了砖脚，泥砖房就起了，半个月就成了形，是两层的小阁楼。可是这会儿，泥砖不够了，父亲说起码差七八十块。父亲正在考虑去哪里借，母亲说十一爹啱木冲那里脱有大大几十砖，父亲就在一天晚饭后去问十一爹，十一爹沉吟着说："我亦想晚造过后起间鸡鹿屋，有借先咯。"父亲闷闷不乐走了。母亲听了就说："你去时境我就估到阿只佬冇肯借咽，今日你去学校后，佢在柿子木根同我讲，你哋占过界了，应该在我柿子木三米远落砖脚。我就跟佢讲，那年早就分好了，我都埋了一块火砖号着，佢始冇话讲……"

父亲就坐在门后抽水烟。母亲说："睇来要揾别人了，苗定德在纸牌田那边仲有，上回佢哋起屋剩落咽。"父亲说："我知道佢有，就怕苗定德阿只佬冇肯借。"母亲说："问你二姐传兰啊。"父亲吐出一团烟雾，烟雾散后，他将头扭往一边，却对母亲说："你问，你先问传兰，冇要先问苗定德，先问苗定德冇愿借就难了。"

第二天早上，母亲提着猪潲水去粪坑屋喂猪，舀了几勺猪潲后走出来，去粪坑屋边望传兰家，布奶正在做饭，母亲轻声喊她，布奶走过来，二人就在粪坑屋前面的竹林里说话，母亲一说这事，布奶就答应了："我今晚跟你晓阳布爹讲……"第二天中午终于等来了好消息，我们借到了布爹的八十块泥砖。

二十几天后，我们家的小阁楼就建好了，二层的泥砖阁楼，黑瓦片黄泥墙，看起来旺气旺气的，十分耐看，队里干活经过的人都站一会儿看，连木瓜屯的耿定光、耿定耀都看。听我母亲说，有一次苗定德经过我们家阁楼还专门停下瞄了好长一会儿，见到我母亲就说：“好得我借那几十砖畀你吠，冇借的话你就起冇成……”母亲陪着笑说：“系，唔该你了。”“借系借吠，你哋要早点还那几十砖畀我啯吠！”苗定德背着手，不看我母亲。母亲依然笑着，连连答应说：“好啯，好啯，割了晚造就脱砖。”苗定德就背着手走了。

当晚，父亲和母亲决定秋收一结束就脱泥砖，“七八十砖嘛，早早还畀佢，仲要脱多十几只畀佢！”父亲这样说。

五

冬至过后，有一天突然下了一场小雨，这可把父亲母亲吓坏了，因为我们家湾冲自留地里的泥砖干了，可现在又湿了。下午父亲还没放学就跑回家，抱着几捆薄膜赶到湾冲时母亲正在手忙脚乱地拿着薄膜和木皮盖泥砖，“迟了点，淋湿了。”母亲喘着气说。父亲望着虽然盖好却已淋得水吱吱的泥砖，很是丧气，说：“等明日出日头了你再揭开晒晒，应该冇大问题。”母亲应了。

两人沿着田垌小路回到金瓜屯，碰巧苗定德从屋里出来，就像他已经知道父亲母亲这会儿会经过他屋边似的，他企在围墙边说：“我知道了啯，你哋那几十砖被雨淋到了，我冇要了啯吠，我冇要湿砖啯，你哋再脱过咯……”

我布奶走了出来，望着苗定德说：“咿呀，就被淋了几点水，算乜嘢喏？冇要佢哋切了，传志又教书又做田，守芳自己在屋冇顾得过来，好辛苦啯……”“吓，你识只屁！”苗定德转头愤怒地盯着传兰说，“水淋过的泥砖仲使得啯啊？你哋送给我我都冇要吠！再讲，佢哋辛苦我就冇辛苦？佢教书又冇着日头晒，我做田晒成泥鬼我更加辛苦你冇睇得见？”父亲没望他，也没望传兰，只是一边走一边说：“得啯，我明日就重新脱过！”

母亲第二天上午就赶了牛拎了木框砖模水桶畚箕去湾冲脱砖，父亲中午放学吃了一碗粥也去了。母亲铲黄泥，父亲担水拌泥浆，再铲进木框砖模里，两人踩啊踩啊，泥浆咯吱咯吱响，越踩越紧实。父亲脱了十几块砖又去学校。到了下午放学家也没进又去脱砖。三天后，父亲母亲脱好了一百多块砖，那些褐黄色的泥砖一排排摆在被深挖又平整的田里，像村里耿世汉豆腐坊的豆腐块，又像天上一夜之间撒下的黄金砖。

年前天气也出奇地好，天天出日头，父亲母亲还是怕晚间有雨，就每晚都拿薄膜盖上，不放心，又用了十几块木皮加了一层。到了腊月二十几，泥砖干了，父亲母亲喊上放了寒假的我，一人拎了一根扁担一副砖络就去湾冲，先检查有无缺角崩块的砖，有的一概不要，回头一担一担地担着砖往苗定德指定的一间瓦房放，一块一块小心地垒成砖墙，中间苗定德亲自来查看，一个一个用指头点着数，数到一百时，不数了。我知道，我们担了一百一十块。父亲问："砖冇有烂的吧，够数了吧？"苗定德脸上的表情有些讪讪的，说："冇有，够了。"父亲马上拿起砖络扁担对我们说："我哋回去咯！"我和母亲也立刻拎了砖络扁担就走。一出门，看见布奶传兰提着一个竹壳水壶在门口站着，问父亲："传志，颈渴了吃粥水先啊？"父亲不作声就走了，我跟着，听见身后母亲说："冇颈渴，得闲过我哋屋里荡啊。"传兰迟疑地应了一声，母亲就赶上我们了。

大年夜，一向不喝酒的父亲竟然笑呵呵地就着满盘的鸡肉喝起了天堂米二。他嚼了那块还带着两根细鸡毛的鸡屁股，嚼得脆声响，又美美地喝了一大口米二，吧嗒了几下嘴，说："咳，还了那几十砖，冇欠那只佬人情了，我心里始觉得爽……"

六

1992 年秋天，我要上大学了，先是嫁到三唛尖山脚的大布奶送来了一百元，说是让我读大学时好买书买笔记簿。接着是我大舅爷送来了五十元，我父亲的亲哥、远在广东海康的我九爹寄回来二百元。我即将出发上学的前一天，我的堂二爹、三爹、四爹、十爹都送来了二十三十不等的钱，我父亲的亲哥十一爹在和十一奶躲在房内商量了好一阵后，给我送来了一百元，父亲只说一句："冇使畀啯。"就不说了。母亲说："难为你哋咁辛苦揾到那点钱……"十一爹说："我都望晓阳有出息啯。"

令我父母想不到的是，布奶在我母亲当天傍晚去猪圈喂猪时，蹑手蹑脚地走来了，一边走一边回头张望，闪进猪圈里，从裤袋里掏出一张皱巴巴的五十元，塞进母亲手里，还着急地说："收紧，收紧，毋等晓阳布爹睇见……"母亲虽然惊愕，却也识相地赶紧放进了自己裤袋里，才压低声音说；"那你哪里得到的？你冇要使咩？"布奶看看母亲已经收好了钱，才吁一口气，说："我的大女英芳来时畀我买猪肉吃的，我收出来，冇让定德知……"

可是当天晚上苗定德就知道了，据说是他小女儿我的小表妹英敏告的密，她母亲掏钱时她正好在我家猪圈边的竹林里抓心乞旺玩。二布爹先是劈了二布奶脸上一巴掌，还对二布奶"丢声"连连："我丢你母亲啦，你畀了佢哋几多？去问回来！"苗定德将布奶往门外推，布奶死死抓住门轴不放，哭道："我嫁到你屋里咁多年，你打打骂骂咁多年，我侬都帮你生了三四个小的，我算对得住你苗屋了吧？我畀几文纸我外侄上大学使冇得啊？你仲叫我去拿回来，你仲系佢哋布爹吗？你仲系人啯吗？你仲要冇要我做人啊？你要我去问回来，我宁愿死我都冇去了……”

幸得苗定德的兄弟苗广德和他老婆耿秋菊、苗远德和他老婆李芹赶来劝，都说：“畀都畀了，就算了，畀外侄读书，以后可能人家冇忘本呢，来报答呢！”苗定德才气哼哼地推了一把布奶，走出去回房间作罢。

七

出来参加工作那些年，我先后换了三个单位，在市委办工作尤其忙碌，不见布奶已经五年了。调到文联后，一个周末，我终于有空去看布奶。在经过屋角边的竹林时，似乎是第一次才发现，童年时代茂密苍翠面积足有半个足球场大的竹林，已经变得我不敢相信的稀稀拉拉了，干枯、残缺的竹头遍地都是，当年，这片竹林里一只只芯乞旺飞来飞去，发出“飞飞飞飞”的翅膀振动声，这些竹子曾经是我们蹲粪坑屋“揙屁股”的“手纸”材料。

记忆中，苗家老屋尽管是泥砖黑瓦，但一直显得高大堂皇、宽敞整洁。走近围墙大门时，我惊讶地发现地坪坑洼不平，屋厅墙体有两道手指宽的裂缝，泥砖缺损严重。屋檐有好几处的黑瓦不知是被大风刮掉还是自然跌落，檩子都露出来了。檐街上除了处处都有的凹窝，还有这一摊那一道的鸡屎鸭屎。

从那个我以前熟悉的灶房门口出来一个人，尽管衣衫陈旧，满脸沧桑，目光黄浊，还赤着脚，我认出那就是当年常跟我们家吵架的布爹苗定德。他惊讶地说：“我以为系乜人，原来系晓阳……”他接过我拎来的水果、面条和猪肉，一边说：“你来就来吧，仲拎咁多嘢来……”他放好东西，给我倒了一碗粥水，仿佛知道我来的目的，不等我喝一口，马上说：“我带你去见见你布奶……”我一听就放下只喝了一口的粥碗，跟随他进了屋厅旁的一间光线暗淡的房子，他边走边说：“传兰，晓阳来睇你了……”就听地板上一阵翻身的响声，在一扇陈旧的门板上，布奶盖着单被，吃力地一点点爬起来，我赶紧弯腰去扶，却像扶着一把轻飘的棉花，她那死水一样的眼睛里突然亮起一点光，看着我说：“我外家人来睇我了？我外家人来睇我了？”等我终于扶住了她，她却认不出我了，空洞的眼睛里那点光也在慢慢地弱下去。我说：“我系晓阳啊，布奶！”她却茫然地望着我，说：“晓阳来睇我了？哦，我知了，我阿娘屋里的人来睇我了……”我不禁黯然。

我早知道他们没钱也不想送医院，就询问医生来看过没有，布爹说：“上只月来过，系平旦村的李家尊来睇啯。”我问是什么病，他说：“家尊讲系中风偏瘫高血压，仲有乜嘢大脑萎缩……”正说着话，布奶突然指着布爹说：“佢好坏啯，我想吃点肉咩都冇整畀我吃……”布爹生气地说：“你真系懵人乱告状咯，外家来人了你就咁样讲，我哪日冇整猪肉畀你吃？昨晚我仲煮一两瘦肉汤畀你吃，你告状都冇能够咁样告我啯啊……”

布奶的瘦小黑麻让我惊愕，又长又瘦只剩骨头的手脚让她活像一只长时间没有觅到食物的猴子。但是因为她的麻黑的五官轮廓，和我父亲以及十一爹是多么相似，我意识到即使她变成一只老鼠，我也能认出她来。她的头发掉了一半，可能是长时间没洗澡的缘故，看着更显稀愣愣的，身上还有一股长期不翻晒的被褥混杂着尿骚屎臭味。她的两腮深深塌进去，脸上都是癞蛤蟆皮一样的老年斑，牙也只剩下两边一张口看就见的两颗犬牙，鸡屎一样的颜色，红黑的牙床和紫黑的嘴唇嚅动着，宽松的黑裤子里伸出两支像鸭脚木一样的小腿连着脚丫在门板上拖着，看样子就算是扶她也站不起来了。

有一个七八岁的孩子在门口伸头看了一下，接着听见一个女人的声音喊：“阿东，出来吃饭，你啯只死猪，去睇乜嘢睇？臭气熏天啯，你在里头人都被熏傻了！”我正猜测是谁的孩子，布奶突然破口大骂：“娶啯只新妇有乜嘢用？回到这间屋冇肯煮过一餐畀我吃，恶死那么恶，教出的侬儿亦系咁样，人家的孙儿捧粥给阿婆吃，我的孙儿嫌我臭！乜嘢样的新妇教出乜嘢样的仔，总有一日佢亦像你对我啯，保佑有报应……”外面的女人接口骂：“你啯只老嘿，老屎忽，仲冇死，拖咁久时间冇死系浪费水米……”

我愕然。单从这些对话已经可知，外面的女人就是布奶的大儿子英金的老婆阿花。几年前母亲就跟我说过，此女人是英金在广东打工时认识，贵州人，“刚带回家时境挺好讲，见人都问，仲喊我舅奶，本地话都识讲了。”母亲说。

几年后，阿花的性格就完全变了，“我系听秋菊讲过，你布奶脚冇便，喊阿花舀勺洗脚水都冇肯舀，餐间吃饭亦系，炒好的猪肉分两份，瘦的留给自己同侬儿，肥的就给家母婆，你布奶哪里吃得落颈？”当我听到这些话的时候，我几乎就是满腔愤怒了。我强压怒火问：“难道英金总冇管管？”我母亲说：“你论那只佬，正宗老婆奴，秋菊讲，英金衫裤都系自己洗，你想咯，乜人娶只老婆冇系想佢帮自己煮吃洗衫裤啯？但系听讲阿花的裤衩英金都要帮洗，你讲咁样做只男子佬有乜嘢用……”

我是在塞给布奶五百块钱后快步离开的。我才走到门口，她就在后面喊：“我冇要你的银纸，我要银纸有乜嘢用？买回的肉我又冇得吃，全部系佢哋吃完……”我回头，看见布奶卧在门板上剧烈地挣扎着，黑手黑脚四下伸动像一只八爪鱼，蓬头散发地向我挥动着几张钞票喊。我心一狠就跨步出去了。

我一出了苗屋大门后就已控制不住，等到走进了那片竹林，我双手扶着一根丹竹，哗哗哗地流出了眼泪。

八

2015春节，天堂村里爆出了一条大新闻，布奶的二儿子苗英银在邻村平旦赌博，一夜就输了四万元。

知道这个消息后，苗英银的父亲、我的布爹苗定德深感割肉之痛，在厨房里跳着大脚痛骂苗英银，声音隔着窗户传出来：“丢那妈，你嗰只衰仔，你嗰只败家精，一年到头辛辛苦苦揾到几文纸，一夜之间一文一分都全部赌齐了，你现在系光卵冇条毛啊？你以后吃屎啊？你仲要娶老婆嗰吗？你母亲现在病得又冇死冇生，我买药都冇钱。我睇嗰只家就败在你嗰只猪手上了……”

布奶挣扎着想起来，骨瘦如柴的双手撑着床板，可就是撑不起自己的身躯，自从五年前得了肺病又中风卧床，几乎岁月就在床上度过了，我母亲和十一奶曾经两次去看望过她，帮她翻身，发现她的背脊已经肿烂了，甚至看到了蛆！在几个血肉模糊脓水外溢的小洞里乌央乌央涌动着蛆！吓得十一奶压低声音叫了一声，脸色苍白，我母亲也心惊胆战，出去喊布爹道：“定德，定德，你快来！”苗定德慌慌张张地跟着进来，脚还“哐当”一声绊倒了一只小矮凳。我母亲指着布奶的脊背对他说：“你睇，你睇……”苗定德凑近一看，吓得脸色如土。十一奶说：“孰嗰咯苗定德你只佬，传兰背脊生嗰种嘢了你都冇知道嗰啊？”苗定德一脸惊惶地说：“乜人想到会咁嗰喏……”我母亲说：“快点拿双筷子来……”苗定德就去厨房拿来了一双筷子，十一奶撩着布奶的背后衣服，我母亲伸出筷子，小心翼翼地伸进去夹，筷子每伸进去一次布奶就发出哀号一次，十一奶说：“传兰，忍忍，忍忍……”布奶哭道：“定德，你害我……”苗定德正经道：“传兰，你孰嗰咁样讲？我孰会害你……”十一奶说：“冇争冇争，先整干净再讲！”我母亲继续小心地夹，一条一条白瘆瘆的蛆被夹出来，丢在地上，十一奶就伸脚一搓，蛆成了稀巴烂。我母亲足足夹了半个小时，把三个洞里的蛆全夹出来了，地上十一奶踩死的蛆的尸体，有巴掌大。我母亲让苗定德拿来半盆淡盐水，她用小布条浸了慢慢洗，布奶又发出阵阵哀号声，骂道："苗定德，你害死我了，你害死我了……"苗定德又变色道："传兰，当着你两只细婶在嗰里，你骂我系吗？你讲话都冇有本心咽，我日日都煮粥煮饭喂你，捧屎捧尿服侍你……"十一奶说："那你总冇睇睇佢背脊孰样咽咩？"苗定德无言以对。

布奶突然痛哭流涕说："我死了算了，冇使折磨我，亦冇想折磨佢哋！我生有两只仔有乜嘢用？英金系娶了老婆，但系粥都冇肯畀碗我吃！英银长年在广东，一年到头冇回来睇过我一次！苗定德亦冇系人，喊佢煮点瘦肉粥畀我吃都冇肯煮……"苗定德怒气冲冲地说："传兰你讲话一点本心都冇有咽，你吃我煮的肉粥吃懵了咽！"

我母亲和十一奶离开金瓜屯布奶家，两个人刚刚走到粪坑边的丹竹林里，就各自弯腰扶着一根竹子"咔咔"地干呕起来，一边呕一边号啕大哭。

九

苗英银赌博输了的消息传遍了天堂村，连卧床不起的布奶也从苗广德老婆耿秋菊那里知道了，待布爹有一次端药水进来时，布奶喘着粗气问布爹："阿银赌博系冇系真咽？"布爹当时也没计较太多，气咻咻地说："孰冇系真喏？你生的嗰只好仔，真系好咽，冇讲搵到银纸畀我哋两个老嘢使，佢连老婆本都输畀人家了……"

布奶当时就被气得不停翻眼白，手脚动弹不得，只是靠着床背，一口气一口气地吞着吐着，泪流满面喃喃着："我阿银——我生的——系一只好仔……"

元宵节过后，夜夜从太平岭方向传来了几只阿咕鸟那古怪阴森的叫声，队里的老人白天都有些恓惶，不知道那阿咕鸟叫的是谁的魂。西垌梁的大堂嫂耿世珍惊惶地说："发瘟啊，夜夜都叫，冇知道乜人又要着事了……"

布奶是在第五天夜里十一点多寂然过世的，享年六十八岁。这也让队里的人印证了那些阿咕鸟夜夜哀叫的原因。当报丧的大炮声突兀而惊天动地响彻长田垌，响彻天堂山坳后，刚刚入睡的十一爹和十一奶走出地坪，长叹一声说："我嗰只大姐去了，冇使受苗定德的气了。想当年，我哋老豆将嗰只女嫁咁近，本心就系想借点苗家的力，帮帮我同传志咽，几十年过去了，佢又帮得我哋乜嘢喏？传兰自己都冇享到福，嫁嗰只佬跟我哋争了半世。去了好，冇使在阳间受咁多苦……"

布奶走的第二天早晨，山里刮起了大风，天色也阴暗一片。主事的人都说："赶紧办，派人去问日子佬，几时入土……"

布奶走的时候我母亲没有回去，母亲多年前就患有冠心病和高血压，自从父亲那年走后，我们三兄弟就不再让她参加类似的活动。我们只让她给了香纸钱。布奶只是停灵两天，简单的葬礼第三天就在苗家老屋筹办。就像我父亲当年走的时候一样，苗家只是仓促间做了一副薄棺材。除了在老屋住的苗广德苗英强父子帮忙外，搬到黄麻垌的苗远德一家也回来了，东垌梁西垌梁在家的年轻人也去了五六个。因为布奶的两个儿子和大儿媳的奇怪表现，哭丧仪式有些潦草，幸得她还有两个女儿，那哩哩哇哇的号啕增添了一点悲凉。布奶这辈子为苗定德生了两男两女，结局让我感到心酸。

在得知苗定德只是给布奶做了一副厚度只有三厘米的薄棺材后，我十一爹出面进行了干涉，特别是得知苗定德明明自留山上还有一棵粗如门扇的杉树却不肯砍伐时，我十一爹传信愤怒了，责怪苗定德："我嗰只大姐难道冇系命咩？在世时境冇享到乜嘢福，辛苦一世，去了连睡一副厚棺材都冇得！"苗定德似乎就没有任何悲伤的样子，振振有词地反击："我山上就有三棵杉木，一棵大的两棵细一点的，我要斫了大木，以后我过世了让我使细木？哦，你大姐过世了可以睡厚寿材，我过世了难道就要睡薄寿材？"如此的反驳争辩让我十一爹七窍生烟，连在一边看热闹的十爹传仁和西垌梁的景江老人也看不下去了，都说苗定德："死者为大，你仲在世好好的，讲那些话做乜嘢？自己揾倒霉啊？传兰去了你就使上好的寿材殓佢嘛，以后的事，日子仲长呢，考虑咁早做乜嘢？"苗定德却不乐意了，说："你哋以为我身体好好啊？我寿得好老啊？我身体比传兰仲要差，都冇知几时就去了，你叫我把厚寿材界佢，我冇做啯！你哋山上亦有大的木，你哋睇冇过眼你哋借一条界我嘛！"一番话气得十一爹十爹景江几个人说不出话来。

布奶的两个女儿来了，作为我的两个表姐，她们嫁到平旦村后二十多年也不轻松，都生了四个孩子，夫家日子都是一般，她们两个年近六十了，去广东打工十几年才回来，家里还有生病的老人，日子马马虎虎过下去，平时一年到头难得来看一次母亲，大多数时候是在过年后来一次，每来一次给母亲三五百块，明知父亲嫌弃常年重病不起的母亲，一个哥哥一个弟弟也待母亲不上心，一个大嫂常日给母亲脸色，骂骂咧咧，又不敢责怪他们，免不了在走的时候就哭，一路哭出门，哭到路上刚好见到我母亲或者十一奶，就抱了两个舅母又大哭，我母亲和十一奶也是爱莫能助，只是陪着流泪，说："都系命，你外公当年嫁你阿娘咁近，又系你阿舍嗰只佬，咁冇情义啯，都系命啊，受够了，去了，在那边天愿佢冇咁苦……”西垌梁的大嫂世珍三嫂家娟在路边看到了听到了，也跟着抹眼泪。

山里的风突然猛烈了，甚至飘来几滴水珠。有人走出围墙边望望天，说：“睇来要落水……”

来喃斋的是耿天理和梁元光一班人，梁元光的老婆是我远方堂哥、师公佬梁景荣的姐姐，他也大约知道苗定德的家事，对这个他老婆的疏堂姨娘身世也是颇为同情，免不了对我感慨唏嘘，还说：“放心吧，我哋喃够篇数，唱够咒语，让你布奶的灵魂超度，在天上冇受苦……”

响器声响起来了：“噔噔扯噔扯噔唠，噔噔扯噔扯噔唠，唠唠嗤唠嗤唠唠——”还有喃哆血的声音：“哆血——哆血哆血哆血——哆血——”

“开祭”了，苗家的主事人、苗定德的弟弟苗广德早就根据梁元光的提示组织了三拨人，一拨是孝子孝孙，包括苗英金夫妇、孩子和苗英银以及布奶的两个女儿，一拨是族人，包括苗英强两兄弟夫妇孩子、苗远德的三个儿子夫妇孩子，一拨人是娘家人，包括我和景平、景威、景瑞、景鸿、景林。梁元光企在灵位台边，用蹩脚的客家话高喊：

“举哀！”

苗英金、苗英银和布奶的两个女儿以及苗英金的老婆哀了三声。

“主祭长子苗英金，孝子孝孙俯伏！”

一众人便俯伏跪在灵位下，几乎所有人的头都埋低接近碰到地板。

“像样（上香）！”

旁边有人提示孝子苗英金上前献香。苗英金站起时腿抖了一下，膝盖沾了几片炮仗纸和泥巴，蜡黄着脸，俯首上至灵位左边，深深地低头，献香三支。

“因爵（献酒）！”

还是需要旁边人提示孝子苗英金上前献酒。苗英金又站起来，脸色呆滞，俯首上至灵位左边，再深深地低头，献酒三杯。

“富——威——”苗英金两手垂立，从灵台前边俯首边退着步子回到原位。

“主祭鬼（跪），以下众皆鬼（跪）！”

苗英金跪下和其他孝子孝孙一起。这时，我看见苗英银下跪的速度是很慢的，甚至有一些不情愿，先是左腿单膝跪下，一缕长发垂下掩住了他的半边脸，他接着双手叉开五指撑住了地板，有一会儿还嫌地上胸口对着位置有一块别人吐掉的鸡骨头，右手拿一张地上的枯叶拨开，又拨了一下脸前的炮仗纸屑后，右腿才慢悠悠地着地，长发便再次垂下掩住了他的半边脸。

“三抠数！”

英金在前头三叩首，后排的英银等有些茫然，有人提示：“叩头！”于是孝子孝女孝孙一同三叩首。苗英银的长发碰到了地板，他赶紧将头抬高一点。三次叩首，他三次扬头，长头发便像一把拂尘一样垂下又扬起。旁边的几个女人看了掩嘴笑。

“路抠数！”

英金英银和后排的一同再三叩首，英银的头不再像刚才一样埋得过低，确保头发不碰到地板。长头发依旧垂下，没碰到地面，又扬起。

“衫衫待抠数！”

英金英银和后排的一同再次三叩首。

“庆！”

英金英银和后排的一同站起。英银的左手拂了一下粘在膝盖上的一张红色炮仗纸，旁边的大姐英芳不满地拿眼扫视了他一下。

“俯伏！”

英金英银和后排的一同俯伏在灵台前。

“因箔！”

英金俯首上前献上一大捆纸钱。

元光拉长音喊：

“富——威——”

苗英金从灵台前边俯首边退着步子回到原位。

“鬼，以下众皆鬼！”

苗英金和其他孝子孝孙一起跪下。

“衫抠数！”

英金在前头叩首，后排的英银等孝子孝女孝孙一同三叩首。英银的长头发像拂尘一样垂下又扬起，两只眼球死鱼眼一样睁着，两手撑开五指抵住地面，牛仔裤上一边三个深深的破洞似乎提示了他的内心空洞。

“路抠数！”

英银和后排的英金老婆以及布奶的两个女儿一同再三叩首。

“衫衫待抠数！”

英金英银和后排的一同再次三叩首。英银的长头发又像拂尘一样第三次垂下又扬起，裤子上的破洞也跟着空洞地摇晃。

“庆！”

英金英银和后排的一同站起。

“俯伏！”

英金英银和后排的一同俯伏。

“因财宝！”

英金俯首上前献上一堆黄纸代替的“金元宝”。

“富——威——”元光又拉长音喊。

苗英金从灵台前边俯首边退着步子回到原位。

“鬼，以下众皆鬼！”

苗英金跪下和其他孝子孝孙一起。

“衫抠数！”

英金在前头三叩首，后排的英银等孝子孝女孝孙一同叩首。

“路抠数！”

英银和后排的英金老婆以及布奶的两个女儿一同再三叩首。

“衫衫待抠数！”

英金英银和后排的一同再三叩首。

“庆！”

英金英银和后排的一同站起。

“富——威——”

苗英金从灵台前边俯首边退着步子回到原位。

“俯伏！”

英金英银和后排的一同俯首。

“因（献）祭文！由梁元光代读祭文！”

于是元光代读祭文，全文曰：

母亲老大人灵前

维公元二〇一五年乙未农历三月初五阳上不孝男苗英金苗英银等谨以香烛牲仪酒礼跪奠于母亲老大人之灵前曰呜呼哀哉吾母别离千古别男女又别吾父更别儿孙悠悠独步回忆生平勤俭持家女嫁男婚多方调度教养儿孙千辛万苦子道未成亲身已故荒极恩深欲酬末路殓殡收埋修斋荐度西天将驾跪奠一壶母灵来格请赏勿误哀哉尚飨

读毕，元光喊：

“焚祭文！”

孝子苗英金俯首上来接过祭文，并将其点燃，和纸钱、金元宝一起放进火钵里焚烧。

有那么一刻，元光代撰代读的祭文让我听起来竟然觉得多么别扭可笑，因为里面赞扬的夫妻和睦接待亲戚热情的话对布爹一家来讲太虚假了，但我又不得不承认，那些蹩脚拗口文白不分的语句却是切合这种仪式和氛围的，也许的确能够表达一种说不清道不明的情感。虽然，我不是很认同这篇由元光按照格式代写的祭文，我觉得除了套话过多外，一些用词也不恰当，与布奶的在世生活实际不符。布奶也是我阿婆作为一种求援方式而嫁给近在咫尺的苗家的。布奶在我了解到的她的生平中，她和布爹吵多和少。至于说她“亲戚来往接待迅速”，在我的早期记忆中，似乎只有我的童年时代才多次到过布奶家，而布奶布爹也多次到过我们东垌梁。在我读小学五年级之后，我父母和十一爹十一奶甚至还有东垌梁的人与布爹因为田水柴禾之事的争吵便没有断绝过，布爹和布奶从那时开始就再也没有来过我们家，据说布奶想在每年春节过来拜年也曾被布爹骂缩了：“你敢过去我就一脚踢了你，冇要你了！”可以说，布奶处于夫家和娘家之间的尴尬处境是伴随她终生。

两点左右，我和景平去小解，经过一间正房看到里面灯亮，景平说那是苗定德平时的住房。按照风俗，老伴去世做法事时自己须独处一室。我很想进去看看这个我称为布爹的人此刻在想些什么，我记得我父亲去世做法事时我母亲在一间房内长哭一夜的情景。景平说：“冇有乜嘢好望的，嗰只佬知道后悔就冇会咁样对待我哋布奶了。”

回到地坪时天上突然就飘起了濛濛细雨。幸亏搭有灵棚遮着，干活的人都在灵棚下忙。

师公佬们在唱一篇很长的词，他们从一月唱到十二月，听起来抑扬顿挫，朗朗上口，当时我已经有意识地记录了，甚至开始录音，单单凭听，只是隐隐约约地听到他们喃的那些词，里面包含了从古至今的传说。后来我仔细地听了录音，并且找了师公佬梁景荣询问这些喃词，终于知道，这是唱《十二行孝歌》，堂哥景荣翻出他的本子，我从他那里完整地抄录了这首师公词：

一月行孝新又新，讲起当初行孝人，
郭巨埋儿为藏宝，挖泥三尺见金银。
二月行孝系丁兰，母死黄泉冇返，
刻木来作佢母亲，烧香待奉过日神。
三月行孝系百佳，百佳做官忘双亲，
朱氏在屋侍父母，罗裙包泥结山坟。
四月行孝系曹安，曹安杀儿救饥荒，
只见曹安行孝义，杀儿取肉救娘亲。
五月行孝系董永，董永家贫去卖身，
卖身捋钱葬父母，玉帝女儿结成亲。
六月行孝系黄香，黄香行孝最高强，
夏天扇枕亲娘睡，冬天温暖献亲娘。
七月行孝系木莲，木莲行孝最为先，
母死九重地狱去，百般超度上西天。
八月秋风渐渐凉，孟姜儿女送衣裳，
太白星君闻孝义，即时指引出沙场。
九月行孝系重阳，四边饮酒菊花香，
行过九洲共十县，县官留住奉亲娘。
十月行孝雪满天，讲起当初闵子骞，
宁可单身抵寒冷，回家侍奉母身边。
十一月行孝系孟冬，孟冬哭死在林中，
跪下膝头哀哀哭，大哭三声泪好浓。
十二月行孝又一年，王祥求鲤雪中眠，
鲤鱼抱回孝敬母，留下孝义永流传。
十二行孝都唱尽，二十四孝未唱完。
乜人唱多十几日，金榜题名中状元，
孝顺定生孝顺仔，怀逆定生怀逆儿，
冇信睇睇檐滴水，点点滴滴无差移。
……

《十二行孝歌》唱了，不知道俯伏在屋厅内棺材前的苗英金苗英银以及英金的老婆阿花会怎么想？他们一会儿跪着，一会儿又坐在后面的小矮凳上，茫然望着地坪上，那里是边打镲边喃唱的师公佬，是配合师公佬摆设道具的本屋人和邻居，是坐着看喃斋的人们。我在想，布奶的两个儿子和那个儿媳，他们听了这首词吗？他们听明白这首词了吗？

器乐声停歇之际，我才注意到有景荣、元光两个师公佬在响器边的椅子上睡着了，旁边有人说，他们昨晚在协保村刚做了一场，熬了一宿，今夜他们轮流敲打喃唱，应该也累了。

但是还在喃唱的三个师公佬开始了下一步的流程，就是“探药树”，来帮忙的西垌梁的芳深说，你布奶大半世都系吃药过，当然要探药树。只见一个师公佬在一条木凳上放了一个口里插有山茶枝叶的沙煲，在好长一阵绕来绕去的走动和几番配乐的喃唱之后，他拔出山茶枝叶，从沙煲里掏出一把硬币，打翻了沙煲，硬币望空一撒在地上，然后说，那些银正面就系阳，你哋捡起来，属于你哋的，保健康，反面就系阴，留给地下人的。于是他们赶紧捡，一人都捡了五六个，留下的十几个阴面的硬币在地上。我想，要是全部阴面就好了，那九泉之下我可怜的布奶就有钱买药了，不，最好就是她的在天之灵健康，她的下辈子再也不用买药吃药了。

作为我阿公唯一在世的儿子、我布奶的弟弟十一爹，他后来在我面前这样评价布奶说：“当年我老豆一直脚跛，考虑到你九爹去了雷州半岛，我同你阿爸仲小，才十几岁，怕我哋揾冇到饭吃，就把你布奶嫁到隔壁的苗家，本意系想假如平时碰到乜嘢困难，你布爹布奶可以照顾我们。谁知佢一世都冇享到乜嘢福，仲成为贫困户。我哋老豆系算八字咽，但又怎算得出，你布爹布奶冇单指帮冇到我哋，仲同我哋争吵了一世！”

在场的我和景平几个堂兄弟听了话，长时间感叹唏嘘。

天刚刚亮时境，濛濛细雨变成了中雨，瓦顶上开始“滴滴答答”，很快瓦坑就流下小瀑布。主事的苗远德急忙让自己的大儿子找来我们东垌梁的芳军、芳兵和西垌梁的芳智、芳坚，说：“你哋几只揾几根长竹篙，一张最大的薄膜，去太平岭把那只坑遮起来，再拎一只胶桶水勺去，有水了你哋先戽出来，否则等一下出山，如果入了一坑水，孰放得入那副木……”芳军芳兵芳坚方智就赶紧忙起来，一番准备后，出门而去。据后来芳军说，还真的进了一坑水，四个人轮流进去舀水戽水，外面一个人在坑边接过胶桶倒掉，足足忙乎了一个小时，四人一身泥湴，水戽完了，这边也到出山的时间了。我十一奶听了芳军的话后感叹说：“传兰就系命苦，你睇咯，天都哭了。”

我布奶是在一场没有完全停住的小雨之后被抬上太平岭的。响器在响，山路渐渐泥泞，红色的棺材覆着白色的挽幛牵一路的黑幡，蜿蜒在碧绿果树杂木掩映的山径中。

布奶走后不久，老山歌王蔡甲有根据苗英银的故事，用牛嘿戏的调子，以苗英银的口吻编了一首《戒赌歌》：

开声唱，讲原因，先把遭遇对人论，
十三出门落广东，人读学校我揾银。
三更半夜流血汗，一年揾得四万文。

为因嗰只六合彩，输了几多我钱银。
文钱能赚三十九，风吹灯草打动心。
开笼米助试试睇，就从单双包起身。
开始得心又应手，两期中了几千文。
老鼠去偷磨口谷，得吃又想第二轮。
田螺脱足失了运，包单出双捉弄人。
火烧蕉木心冇死，期期加注包起身。
结果当晚出单数，屙尿出血伤了肾。
血本四万全押尽，石片打漂冇剩分。
过后庄主来追债，一日来追好几轮。
篾扎禾头箍得实，火烧棺材热死人。
苦苦哀求请体谅，家中确实冇钱银。
人穷志短冇办法，只好静坐听风音。
古人冇知今时月，今月曾经照古人。
莫道南风会转北，北风亦会转南云。
若有晴天云开日，慢慢把银还返人。
人讲世间黄连苦，我赛深山苦蔓藤。
告知各位解民情，莫学后生苗英银。
哭亦冇完讲冇尽，刀插猪肺痛钻心。
编成一曲山歌传，留给后世人传人。
……

《戒赌歌》一夜之间传遍了天堂村，甚至传遍了整个鹅石乡的大小村落，那些对赌博深恶痛绝的人家都把这首戒赌歌唱给歌家里的人听，很快，许多赌博的后生仔后生妹都戒了。倒是我那表弟苗英银还没有，一时成了鹅石乡村村队队的知名人物。

十

东垌梁的日子愈见风生水起，家家户户先后起了小楼，买了小车。布爹家境一直困难，大儿子苗英金早些年在东莞水泥厂工作，水泥厂技术革新后，他没文化年纪也大了，就回到了老家，却落下了肺病。二儿子苗英银在广州跟人做水磨，一直嗜赌成性，一发工资就去赌屋，一年没有几个钱带回家。队里人都在传说，他的大儿媳即苗英金的老婆阿花一直对两个老人不好，闹着和他们分家。他们家二十多年前就起好的一层砖混楼，今天故园依旧，一直没有加高，且早已墙皮剥落。

布爹十分苍老了，脸上布满了又深又厚的褐色皱纹，连走路也颤颤巍巍的了。大年初二晚，我就跟母亲说想和景瑞景平景威他们过去看看他。我母亲有些记仇，想起当年他对我们家的歧视和咒骂，一直愤愤不平，对我说："你要我去睇佢？当年佢咒骂我同你哋的阿爸，现在你哋的阿爸又去了咁多年，我想想都冇愿原谅苗定德，如今你哋要去探望佢，等于向佢讨好，抑或去施舍？讲老实话，我真放冇落嗰个面子……"

但是我和两个弟弟并没有这么看，大年初三上午，我们跟景平和景威一说这事，他们就答应了。我们便捧了两箱水果、六扎面条和两大块猪肉，还有六个礼包一起去他家。我们还考虑到了村里的习俗和他的处境，特意不带我们的孩子去，省得过新年他要为打赏红包而为难。他大概没有想到，当年曾经与两个小舅子反目成仇，今天他们的儿子结伴来探望他。他有些诚惶诚恐，一直弯着腰亲自捧茶，还亲自下厨生火做饭。

我们在他家吃中午饭。阿花煮饭摘菜，苗英金亲自动手做了猪肉汤给我们喝。临走时，我们三兄弟除了给他们家的小孩打赏红包，还一人给了这位布爹两百块。他慌得双手对着三个红包又是推着又是捧着，一脸的感激和惊愣的样子。

回到家后我们忍不住议论和叹息，二弟景瑞说："那只人就系冇知自己几斤几两啯，我哋与佢哋论起来应该系好亲的了，当年佢竟做出那种事来，旁人都睇冇惯了。"三弟景鸿说："当年佢咁嚣，我哋记恨佢了吗？人啊，系要吃一些教训始明白啯，早知今日事，何必当初呢……"

十一

苗英金得了肾病在家里请草医治疗，村里为他们申报为精准扶贫户。苗英银在广东打工，嗜赌成性，他认为把他家列为贫困户影响了他找老婆，因此要求村里开证明，把他的户口单列出去。

"为着嗰件事，苗英银今年已经来揾我冇少于五次了。前日夜里十点钟仲在广州打电话给我，要我帮佢列户口，我都烦死了。"村主任耿定武摇摇头说。

长田垌的人都知道，春节刚过，帮扶人、乡卫生院副院长李翠莲就上门慰问了，她跟苗英银说了半天政策，最后背着包气哼哼地走出来了，径直开车去村委会对村支书周茂盛说："冇见过咁样的人，自己穷冇有勇气承认啯，居然冇愿别人帮扶，一年我上门十几次动员、慰问，解释政策，我讲上边有小额贷款三万元，仲有一户一产业扶持，佢竟然冇愿听，难道想一直穷落去？穷冇揾到老婆，那就奋发致富嘛……"

两天后，布爹的大儿媳，也就是苗英金的老婆阿花与他们的儿子阿生打架了，事情的起因是阿生初中毕业后没有考上高中，一天到晚睡在床上玩手机，她母亲阿花一次次劝他出来吃饭，他却不予理会，继续玩到天光天黑。有一次，阿花去拖他出来，他抄起房间里的一只椅子就砸过来，阿花的手臂被砸伤。

我们在谈起过世的布奶时，自然少不了谈到那个春节去平旦村一夜就赌输四万块的苗英银。苗英银本就对家里被定为贫困户之事一直冒火，一直恨声说"要跟老豆分开户口"，原因是"政府将我屋已弄成了扶贫户，影响了我形象"。他甚至去找村支书周茂盛理论："我仲未揾老婆呢，你现在帮我弄了只贫困户，以后仲有妇娘妹愿意嫁我啯？难道你有女嫁畀我吗？”

我要了苗英银的电话，队里人都说他在广州做建筑工，我先是和他加了微信，通过微信联系他，并打算逐步劝导他。我劝导的内容主要有两个，一个是不能赌博，第二是不能和他父亲分开户口。但是，这个和我有表亲关系的家伙有些不买我的账。“睇在佢系我表哥，又系市里有身份的人份上，我暂时听佢的话，如果冇帮到我乜嘢的话，我就懒刮佢！”苗英银在广州的水磨石工地上和村里杉木田队的苗秀英谈起我的时候，这样说。

生活似乎给了布爹一堂深刻的课，自从布奶长期中风卧床后，他对布奶外家这边的人客气多了，见人都问，当年那股圆睁双眼恶狠狠的戾气荡然无存，换上的全是一副疲惫、和蔼和顺从的表情。据三弟媳说，他自己种在地里的蔬菜吃不完时，有时也会拿着一些在路口等着，给我母亲和十一奶。她笑着说：“睇样子佢永远冇会再入我哋的屋了。”

我见到布爹是在晒场上。在这片多年前就起过争议后来已协议好的土地上，再也看不到当年的戾气升腾。西垌梁的二堂哥景湖和二堂嫂早几年就在那块地上种上了蔬菜和果树。晒场留下的三分之二成了我们东垌梁的停车场。那晚我回到老家，第二天天刚亮就听到村里的猪肉佬耿家成拉猪肉叫卖，总能看见穿着洗得发白的粗布外套的布爹蹒跚着走到停车场上买猪肉，我们家的三层楼房近在咫尺，然而布爹没有进来过一次。我有一回看见他躬着腰，青筋暴突的右手点着半边猪肉说：“要条猪利。”或者说：“要三两瘦肉。”我心里一阵难受，不知怎的，我想起了布奶那双枯瘦如竹枝的手。我掏出二百块钱给他，也许是当着家成的面他不好意思，他不停地推辞，后来我坚持把钱塞进他的起了许多线头的口袋里，他就低声说着“唔该唔该”，眼里闪烁着一种惶恐，还有一丝温情。

布爹常来我们东垌梁了，也许心里总有一道埂吧，就算来了也不是到我家，而是四奶家。那天，他捧着自己的左手，对四奶说：“我手掌心有一枚刺，摸着就痛，揾了半日冇揾到，想叫阿红帮揾揾。”我的十一堂嫂阿红就从里屋出来，举着他的左手帮他找。他已经是满头白发，身上的粗布衣服洗得水白，脚穿一双鞋底磨得薄如胶垫的黄拖鞋。看见我从楼里走出来，脸上有一丝疑乱的表情。我喊了一句“布爹”，他说“哎”，听起来竟然十分亲切，与三十多年前我听到的骂骂咧咧声判若两人。

十一奶说，他的大儿媳还是常常跟他吵架，骂他：“嗰只老龟，仲冇死，浪费米！”不久就怂恿苗英金跟他分家了，分了家的布爹一人煮一人吃，柴也要自己上山担，要吃肉了也只能是自己去买。有一次布爹厨房没柴了，去大儿媳妇厨房抱了一小把，结果大儿媳妇瞪着指着他的厨房破口大骂：“你只老龟仲冇死？柴都冇揾到烧……”气得布爹咳出了血。

十一奶在某天早上见到他买了一小块猪肉回来，二三两的样子。十一奶就主动问他：“定德啊，冇买多点够吃咩？”埋头走路的定德就像恍然大悟的样子回过头望着她说：“够了啯吙，自己一只佬吃，餐餐就系二两米，有银纸就买二两肉冇银纸就冇买咯……”

鸡年的清明节一大早，我的小学同学牛玉广拉猪肉来我们东垌梁门口晒场叫卖，我去买猪肉时又见到了布爹。布奶走了三年，布爹更老了，佝偻着，一脸松树皮一样的皱纹，头发几乎全白，衣服的肩膀上有两个洞。我问他：“系冇系买肉去拜山？”他说：“系。”我再问：“有乜人去？”他说：“自己去。”我又问：“英银呢？”他说：“几年都冇回拜过山了。”

我已经听我母亲说过，英金因为有病，只能在邻近的平旦村做泥水工，英银在广州做工，布爹一人在家什么都做不了。我继续问布爹：“你哋去拜布奶吗？”他说：“肯定要去拜啯。”我把身上带的仅有一百块钱递到他的手上，他两掌拱着往外推，最后在我的坚持下终于收下了，却一把抓住我的手，望着我，浑浊的泪水流出来，说：“晓阳，我对冇住你，更对冇住你布奶，那年你考上大学，你布奶拿了五十文纸去畀你阿妈，我那晚打了你布奶，系我眼拙，睇冇出你今日有出息，你布奶去了咁多年，我对冇住佢啊……”

他走了。他紧紧地攥住那张钞票，佝偻着腰，低头看地，像一只发现了食物的鸭子，往前伸着脖子瞪圆眼睛，迈开穿着鞋底磨得薄如胶垫的黄色拖鞋的蒲扇脚掌，啪啪啪啪地走了。

快　递

潘雄杰

一

孙梅坐在办公室里，一直等到秋凤走进来并抬手跟她打了声招呼，她才抬起头来。她看到秋凤还相当年轻，亭亭玉立，纤腰一束，穿着白衣黑裙，白皙的脸蛋上布满笑纹，两只眼睛似笑非笑。没再看第二眼，孙梅就能感觉得出秋凤一定是一个伶俐、乖巧、勤快的姑娘。她禁不住内心窃喜，认为今后局里的快递有人帮领了。

秋凤的身份跟孙梅的一样，都是那种扣除了五险一金之后，每月只能领取1300多元的公益性岗位。不同之处只有两点：一是孙梅比秋凤早来局里工作半年多；二是秋凤跟局里的姚副局长有亲戚关系，而孙梅跟局里任何人都没有半毛钱的关系。

办公室里的工作不算多，但孙梅每天都在紧张和诚惶诚恐中度过，因为局里的快递多如牛毛，快递一到，快递的主人就会像差使丫鬟一样差使她下楼去帮助领取。

这个局也十分奇葩，其中最大的奇葩就是领导与干部的比例严重失调。局里总共只有十二个编制，领导却占了八个。在八个领导当中，只有一正两副是现职领导，余下的五位都是非领导职务。这五位非领导分别姓杨、苏、蔡、李和陈。为了不张冠李戴，更为了讨他们欢心，人们跟他们打招呼时，都尊称他们为杨局、苏局、蔡局、李局和陈局。在他们当中，只有李局是因为快到退休年龄了被转为非领导职务的，余下的四位全是因工作失误或政绩平庸被撸掉的，他们的心情都不太好，牢骚怪话也就出奇地多。人大概都是这样，在位的时候，都觉得当领导没多大意思，有时反而是一份苦差事，可一旦没有领导当了，才觉得当领导的好，进而就更在乎别人拿没拿自己当领导了。平日里，只要局里有谁敢不拿他们当领导看待，他们就跟谁急，就拿谁不当人。连局长都惧怕他们三分，对他们能躲则躲，能避则避，甚至有求必应。他们什么工作都不做，每天就只坐在办公室里面空耗着，不是喝茶，就是看手机。他们还特别喜欢扎堆，围着一张茶桌聚在一起互相恭维，纵论天下大事。当他们扎堆的时候，用思想统一、步调一致来形容他们半点都不为过，因为只要他们当中有谁说到某某东西便宜，值得购买或者收藏时，另外几位就会立即下单购买。没出几天，各种各样的快递就会从不同的渠道源源不断地涌到局里来。快递一到，他们就打电话给孙梅，要求孙梅立即下楼去帮助领取。

办公室在六楼，没有电梯。孙梅有时候一天就得上下楼梯数十趟。她膝盖处的积液越来越严重了，走起路来举步维艰，像遭了针扎一样痛。许多时候，人们从楼梯上走下去时，都看到孙梅一手拄着膝盖，一手拿着快递，吃力地往上爬。她那张脸上布满了痛苦与无奈，眼里泪光闪闪。

这还是其次，最让孙梅恼火的是，个别快递的到来是不分时候的，往往是下班之后或者上班之前送来，每当碰到这样的快递，孙梅都不得不赶过来，领了快递之后再给快递的主人送过去。有天早上，孙梅上班前在街上吃早餐，那碗热气腾腾的汤粉刚摆到她面前，催领快递的电话就到了，她只好早餐没吃就赶过去。有天中午下班后，她到菜市场去买菜，在菜摊前蹲下刚拣好几只西红柿，催领快递的电话又到了，她只好去领了快递再回来买菜。待买菜回家做好吃过午饭，下午上班的时间已经到了。最让她难堪的一次是，有天上班走到半路时，她才发觉自己的“老朋友”居然连声招呼都不打就提前来了，刚好身上又没备有卫生巾，她正急头急脑地找地方买卫生巾时，局长却打电话来催她过去领快递，并且说这个快递是一个急件，他正坐在办公室里等着看。孙梅没辙，只好放弃买卫生巾。待她把快递送到局长手里，同局长一道坐在办公室里的几个人都从孙梅的白裤子后面看出了问题。刚好局里有一个项目即将上马，于是他们都调侃局长道："局长这次百分之百会实现开门红。"孙梅听后羞得脸上火辣辣地疼，恨不得一头撞死在墙上。

秋风进了办公室后，没有走到安排给她的座位上坐下，而是走到孙梅身后，一边挨着孙梅看她在电脑上制图，一边十分谦逊地说道："梅姐，我这个人很笨的，过去又没做过办公室工作，今后你要多多指教我，有什么做得不对的地方你尽管批评。"

孙梅笑笑，像征求意见似的说道："办公室里的工作嘛，说多不多，说少也不少，大多数时候我一个人都能应付得过来。只是……局里的快递有点多，有快递到时，你能不能下楼去帮助领取？"

"没问题，今后快递到了，就让我下楼去领取得了。"秋风十分干脆地答道。过了一会儿，她又自嘲道："我这个人坐不住的人，说实在的，我倒喜欢多跑跑腿哩。"

孙梅听后没再说什么，感到浑身一阵轻松。

那天早上，局里的快递也不少。秋凤每次下楼去领了快递回来，孙梅就带她去认识快递的主人，并指着自己的膝盖十分歉意地说道：

"没办法，两膝内都有积液，走起路来像遭针扎一样痛。请你记下秋凤的手机号，日后快递到了就打她的手机，让她下去帮助领取。"

秋凤听了这话，立即露出一张甜甜的笑脸，说道：

"年轻人就应该多跑跑腿，日后你的快递到了，可别忘了打我的手机哦。"

下午的快递也不少。到了傍晚临下班时，秋凤按捺不住内心的好奇，悄声问孙梅道：

"那个苏小小家里是不是特有钱？今天一天我就下楼去帮她领了五件快递，每件快递看起来都不便宜。"

孙梅听后笑笑，说道：

"我不清楚。"

孙梅嘴上虽这么说，但实际上她对苏小小的情况清楚得很，只因怕会落下个搬弄是非的罪名，故意不跟秋凤说而已。在过去的日子里，苏小小可算得上是一个十分幸福的女人，她老公在一个实权单位担任要职，家里有房有车，节假日想到哪里去潇洒就开车到哪里去潇洒。苏小小的长相十分甜美，性格也活泼开朗，歌喉更是不错。每天一走进办公室，她都爱自我陶醉地唱起歌来。别人也喜欢听她唱，因为她唱得确实好听。

特别是她唱那首《我爱你塞北的雪》时，听起来跟殷秀梅唱得差不多。只可惜这个幸福女人的命运到了开放生二胎时就转变了。她老公要求她为已读高中的女儿生一个小弟弟，她却不愿冒高龄产妇的风险再生孩子。这么一来，她老公因求子心切，一脚蹬掉了她，跟一个年轻漂亮的女子结了婚。自那之后，苏小小进办公室再不爱唱歌，也不跟人说话，她总板着一张冷冰冰的脸坐到电脑前，不是做工作，而是到淘宝、当当、京东等网站上去浏览，只要发现让她稍一动心的东西，也不管价格如何，都立即下单购买。那些购买回来的物品，有大部分她连拆都懒得拆，随手扔到身后的墙旮旯里。久而久之，那里竟囤积了一大堆。与其说她是在购买生活必需品，倒不如说她是在故意糟蹋离婚时老公补偿给她的那一大笔钱。

二

孙梅当初的判断半点没错，秋风确实是一个伶俐、乖巧并且十分勤快的姑娘，她工作勤勤恳恳，也十分听使唤，局里无论谁叫她帮领快递，她都轻心快性地下楼去帮助领取，绝不拖拖拉拉。

局里人对她十分满意，有事没事都喜欢走进办公室跟她说说话儿。有不少人还说要帮她介绍男朋友。秋风每次听到这话，都感谢对方的好意，但她却表示说自己年纪还轻，不想这么早就谈情说爱。

其实这话是假的。当办公室里只有孙梅和秋风时，孙梅因在心里喜欢着秋风，工作之余，她总跟秋风有一搭没一搭地说着话。通过那些只言片语，她对秋风的情况已基本了解。秋风是一个从大学毕业没多久的女子，她的父母是老师，正因如此，他们都主张秋风报考老师，因为相对于报考公务员或事业单位来说，报考老师会容易一些。但秋风不愿听父母的话，一心只想报考公务员或事业单位。她已经考过一次，却名落孙山，连参加面试的资格都没达到。这么一来，她的父母就都认为她有点好高骛远，对她的脸色也不太好。她不愿再待在家里学习了，便借助跟姚副局长这层亲戚关系到局里来做公益性岗位，准备一边工作，一边学习，待找到适合自己的岗位时再报考。她已有男朋友，在读大学时谈的。男朋友十分幸运，毕业第一年便考上了公务员，现在在纪检监察部门上班。男朋友很爱她，碰上下雨天，都开车接送她上下班。男朋友还十分支持她报考公务员或事业单位，并且发誓等她考上之后，他们再考虑结婚的事情。

平日里，除了领取快递，孙梅都争着做好办公室里的各项工作，让秋风有更多的时间和精力学习。

这个局作为县里宣传文化战线上的一个单位，虽然不是重要单位，但每年都要派人参加县里的宣传文化活动。今年县里庆祝国庆歌咏比赛又开始了，文件要求宣传文化战线上的每一个单位都要派一个人参加歌咏比赛，每人参赛的曲目不少于两首。

这可把局长的头都愁大了。以往县里每次要求派人参加歌咏比赛，局长都派苏小小参加。苏小小也十分乐意参加，并取得过不俗的成绩。她演唱的《红梅赞》《我爱你塞北的雪》曾拿过一等奖。可这次局长派苏小小参加时，却被她一口拒绝了，并且拒绝的理由十分过硬，她说道：

“算了吧，你不能让一个不愿再生孩子被老公一脚踹掉了的老女人再站到舞台上去丢人现眼。”

局长整日为这事愁眉苦脸，唉声叹气，因为局里除了这个苏小小，他确实派不出第二个人去参加歌咏比赛了。局里的其他人不但上了年纪，而且个个都是公鸭嗓，平日里虽然他们时不时就爱吼一嗓子，但没对着字幕，没有一个人能把一首歌唱得完整的。派这样的人去参加那么严肃的歌咏比赛是万万不可的，唱砸了丢单位的脸还是其次，县里的领导一定会让他喝一壶。况且，也没有任何人乐意去参赛。

姚副局长看着局长整日愁眉不展的样子，心里也跟着犯急。这天临下班时，他蹑手蹑脚走进局长办公室，对着正在无精打采地批阅文件的局长，他以商量的口气轻声提议道：“要不……让秋凤去试试吧？她虽然是个公益性岗位，但代表我们局去参加歌咏比赛也说得过去。”局长抬起头，自问自答似的说道：“秋凤也会唱歌？”因为在他印象中，秋凤根本上不像一个会唱歌的人，进局里来工作已经两个多月了，每天除了工作，其他时间都只看到她闷声不响地埋头看书。“她会不会唱歌我不敢保证。”姚副局长说道，“但据我所知，她小时候曾参加过县里的少先队员合唱团。”局长听后，也不好意思驳斥姚副局长，于是本着有枣无枣都打一耙子的心态，说道：“那就让她去试试吧，这件事你具体跟她落实一下，需要什么舞台服装由局里负责。你叫她不要怯场，唱得好与不好，得没得到名次都无所谓，只要不唱砸、不半途而废就行了。”

谁都没料到秋凤这次参加歌咏比赛简直是平地一声雷。她选了两首参赛曲目，一首是《在希望的田野上》，另一首是《成都》。唱《在希望的田野上》时，她甜美圆润的歌喉就把听众迷住了。待到唱《成都》时，她偷梁换柱，巧妙地改动了《成都》里面的一小部分歌词，把我们县里的江滨路和著名的食得福小酒馆都唱到了。这太让人震撼了，太不可思议了，要知道自古到今，我们这座偏僻小县城的景和物都没法进入到歌曲里面去，这次是破天荒第一次。秋凤唱完《成都》后，全场的空气都几乎凝固了，观众、评委足足屏息敛气了几秒钟，才爆发出雷鸣般的掌声。

用一歌成名天下知来形容秋凤有点过分，但说她在小城里已名声大噪却半点都不为过。

人人都知道了局里出了一名歌星，但用歌星来给秋凤冠名人们又觉得不太合适，最后干脆送给了秋凤一个艺名：金嗓子！

秋凤的朋友圈简直被刷冒烟了，里面除了溢美之词，还有许许多多爱的絮语。

六楼过去是一个人迹罕至的地方，但自秋凤出了名之后，在这幢办公大楼里面上班的几个单位的年轻人都爱有事没事就到六楼走走，目的是想一睹秋凤的风采，最好还能跟秋凤搭讪几句。

孙梅有时极看不过眼，为了让秋凤静心学习，她用身体堵住办公室的门，不让年轻人进来打扰秋凤，并叫他们别痴心妄想了，秋凤已有了意中人。年轻人听后，都悻悻地扭头离开。

得知秋凤有了意中人后，大部分年轻人都已偃旗息鼓了，但仍有一小部分年轻人不死心，他们守在楼梯上面，看到秋凤上上下下领取快递时，就目不转睛地盯着秋凤，没话找话地跟秋凤搭讪，有的甚至抢下秋凤手里的快递，看看购买的是什么东西。

秋凤代表局里参加歌咏比赛获得巨大成功，高兴的人不单有秋凤，还有局长。局长的高兴不只表现在脸上，还表现在关心和呵护上。他鼓励秋凤认真学习，日后报考局里的公务员（局里刚好空出了一个公务员编制）。局长由衷地感叹道：“如果秋凤考上了，日后局里就再不用愁派不出人参加县里的歌咏比赛了。”平日里，局长还尽量不安排秋凤工作，让她在办公室里安心看书。

三

姚副局长也关心秋凤，但他的关心是一种隐蔽的关心。他发觉秋凤每天在楼梯上跑上跑下领取快递浪费了不少时间，曾多次对局长进言，说局里的快递实在是太多了，这样下去影响极为不好。他建议要在会上跟大家作出一项这样的规定：从今往后，除了公务上的快递，私人快递统统不准再送到局里来了。

局长点头答应了，但他迟迟不敢在会上宣布这样的一项规定，个中原因有二：一是他不想得罪局里的人，特别不想得罪那五位非领导职务。二是他也做不到。他一家三口，老婆在乡下上班，早出晚归，儿子在读初中，白天家里根本没人领取快递。他十分喜欢看书，平日里一旦在网上发现有什么好书了，都忍不住下单购买，并要求送到局里来。这还是其次，最让他感到难办的是，他不想让儿子不开心。儿子在学校里成绩名列前茅，又听话又勤奋好学，让他省了不少心。但儿子也有一个嗜好，就是特别喜欢上网购物，并且送货地点填的都是他单位的地址，让他代领。儿子每次购完物，都在微信里叮嘱他快递一到，就立即送来学校给他。有时因工作关系送迟了一天半天，他那张脸都会拉得比马脸还长。

四

一天早上，孙梅因有事迟来了半小时，走进办公室后，看到秋凤已伏在办公桌上看书。因有一份表格要急着填写好并上传，她没跟秋凤打招呼，就打开电脑填起了表格来。

直至听到一阵阵压抑的呜咽声传过来，孙梅才抬头看秋凤，这时她才察觉秋凤不是在看书，而是在哭泣。她举起两个巴掌掩住了眼鼻嘴，尽量不让哭声传出来。但她哭得十分伤心，每一声呜咽传出来，两个肩头都跟着一耸一耸的。

孙梅赶紧停下手头的工作，走过去扯纸巾替秋凤抹去两腮和嘴角上的泪水，然后才拍着她的肩头关切地问她遇到了什么不开心的事情。问了许久，秋风才抬起泪水横流的脸说道：“梅姐，我死定了，今后再没脸面见人了。”“有什么事情这么严重呀？”孙梅一下子变得十分焦急。但秋凤没肯立即告诉她，又抬手掩脸啜泣了起来。孙梅急得冷汗直冒，她抹掉额头上的汗水，又不歇气地追问了许久，秋凤才肯把她遇到的尴尬事吞吞吐吐地告诉她。事情是这样的：昨晚临下班时，苏小小打电话叫她帮领快递。她下楼去签名领到快递后，也没看是个什么样的快递（其实所有别人的快递她都懒得看的），就拎着快递登登地走上楼来。到三楼楼梯口时，有两个年轻人正在那里等着她。这两个年轻人也是有事没事都爱到六楼晃悠晃悠的年轻人之一，秋凤对他们并不陌生，跟其中一个还说过话。他们看到秋凤上来后，便嬉皮笑脸地走过来，一面拦住秋凤的去路，一面伸手向秋凤要快递看看到底购买了什么东西。秋凤心里认为快递不是什么机密，让他们看看也无所谓，如果不让他们看一眼，想摆脱他们也不容易，于是便让他们看了。不料其中一个年轻人看过后，也没看看购物者是谁，就大声咋呼道：“哎哟，金嗓子，你是不是在玩变态啊，有那么多现成的真人你不玩，偏爱玩这个。”秋凤一听这话，知道这快递绝不是什么好东西了，她急得连耳根都红了，同时也忘了告诉他们这快递不是她的，她伸手夺过快递，就火急火燎地跑上楼去了。一直跑到六楼，她好像还听到从背后传来那两个年轻人一阵阵不怀好意的大笑。进到苏小小办公室，苏小小没在里面，秋凤把快递放到苏小小的桌面上时，壮着胆子瞥了一眼快递的商标。这一瞥让她灵魂出窍，她瞥见商标上写着女性自慰快乐器这么一行字。

孙梅听了后，只咻咻地喘气，许久不知说什么是好。她清楚地知道秋凤这次确实摊上大麻烦了，与此同时，她心里也有点同情苏小小，苏小小作为一个刚四十出头的健康活泼的单身女人，身心都非常寂寞，邮购这样的一件东西本来无可厚非，她错就错在不该让秋凤去帮助领取这样的快递，即使让秋凤帮助领取，她事先也应该提醒秋凤这是一个什么样的快递，不能让别人看到，两个人将秘密保密到底才行。

孙梅又扯下两张纸巾替秋凤抹去脸上的泪水，故作轻松地说道：“你放心好了，没有多大问题的，相信那两个年轻人都清楚那个快递不是你的。”“废话，你还说问题不大。”秋凤痛苦万分地说道，“现在无论我走到哪里，都发现有人在我背后交头接耳，指指戳戳，不怀好意地大笑。”“你跟他们说明那个快递不是你的，是别人让你帮领的不就行了？”“我哪敢对他们说快递是谁的啊？快递现在变成了一件耻辱的证物，我说它是谁的就会得罪了谁。况且，别人也根本不给我解释的机会。”孙梅听后觉得也是，再不知说什么是好。

从那天起，秋凤最惧怕的事情就是下楼去领取快递了，甚至连走出办公室的勇气她都没有了。每次听到有人叫她领快递，她都禁不住浑身一震，紧接着，全身的肌肉开始抽搐、聚敛，面如土色，眼冒惶恐，那样子跟如临大敌差不多。

她曾不只一次对孙梅说过，她再不愿在这里干下去了。孙梅每次听到这话，眼前总浮现出自己忍受着两膝针扎般的疼痛，艰难地在楼梯上上上下下的情景，害怕得脊背发冷。她安慰秋凤道：“放心吧，世上没有跨不过的火焰山，忍一下海阔天空，有些事情只要硬着头皮顶过一阵子就会没事了的。况且，我觉得你还是在这里干下去有奔头，因为局长对你不错，还建议你报考局里的公务员呢。”秋凤听了这话，再没说什么，只呆呆地看着窗外那棵落光了花的木棉树，半天一动不动。

五

局里的人对秋凤渐渐有了很大的意见，原因是叫秋凤领取快递时，她总吞吞吐吐不肯答应，即使答应了，也要磨蹭半天才肯下楼去领取。对秋凤意见最大的是那五位非领导职务，他们都是半丝冷落都不愿遭的人。只要秋凤怠慢了其中一位，他都会气呼呼地把其中四位招呼到一块，嚼秋凤的舌头，说秋凤自参加歌咏比赛出了风头之后，加上局长看得起，翅膀就变硬了，尾巴也跟着翘到天上去了，再没有像过去那样听话。

临近春节，局里的快递一下子多了起来。那些快递五花八门，种类繁多，除了通常的衣服、鞋袜、水果之外，还增加了酒、香肠、猪手、洗头油、护肤品、剃须刀等等。苏局还为即将出世的孙子或者孙女定购了一张婴儿床。秋凤把婴儿床搬到他办公室后，他兴致勃勃地当场拆包，接着招呼陈局、蔡局、李局和杨局一起过来观摩，就婴儿床与摇篮的优劣品评了半个下午。

秋凤往往是帮这个人领取了一件快递回到办公室坐下没几分钟，另一个人又来电话催她下去帮领取快递了。况且那些让她领取快递的人有大部分已经不到局里来上班了，他们以年前搞家庭卫生为名赖在家里足不出户。秋凤领了快递之后，又要给他们送过去。

好在这几天天气出奇地冷，秋凤下楼去领取快递时，总戴着帽子和护脸罩，头上只露出眼和鼻，这样下楼去领取快递时，别人就很难认得出她是谁，她的胆子也就大了起来。但冷过之后，气温立即回升，并且回升得特别快，几天时间就达到了二十多度。冬阳从早到晚挂在天上，地上的行人都脱掉了冬装。这个时候再戴帽子和护脸罩就显得有点不知寒热了。秋凤脱下帽子和取下护脸罩后，又害怕下楼去领取快递了。

孙梅十分体谅她，有时也下楼去帮助领取快递。她每次下楼去领取快递都要花去不少时间，因为她两膝内的积液越积越多，疼痛也越来越厉害了。

秋凤心里十分过意不去，再有人叫她领取快递时，她再没告诉孙梅，她主动跟送快递的人联系，了解快递的大小，如果快递是一小件，她就让送快递的人先把快递搁到一楼楼梯口局里的报箱顶上，待积蓄到一定数量之后，她再拿一只大纸箱下去一下子搬上来。

现在，唯一让秋凤感到庆幸的是，她上上下下楼梯时，再没有人死皮赖脸地走过来跟她搭讪，也没人在她背后交头接耳，指指戳戳了。大概人们都沉浸在春节即将到来的喜悦和忙碌之中忘掉了秋凤这个人，这是秋凤最求之不得的。

这天下午，蔡局叫秋凤下去帮助领取快递。秋凤答应了，但当她了解到快递只不过是一把剃须刀之后，就让送快递的人把剃须刀搁在报箱上面，没有立即下去领取。

她和孙梅伏在电脑前完善绩效考评材料时，就发觉蔡局在办公室门口走来走去，她没注意到蔡局脸上的怒色，以为蔡局是因为尿频上卫生间才在办公室门口走来走去的。

后来局长打来电话，叫她下去帮领取几本书时，她立即就下去了，并把蔡局的剃须刀一起拿了上来。

当秋凤把剃须刀送到蔡局手里时，蔡局却不接，瞪着牛卵一般大的两眼盯着秋凤，脸上怒涛翻滚，鼻子好像都被气歪了，他咻咻地喘着粗气，怒火冲天地高声嚷道：

“我不要了，狗眼看人低，别人的快递才是快递，一叫就下去帮助领取了，而我的却不是。”

秋凤被吓得全身瑟瑟发抖，她不知如何是好，想向蔡局承认自己这样做不对，但舌头好似黏在了下腭上，怎么都说不出话来。末了，她只好把快递放到蔡局桌面上，就转身走掉。刚走出几步，就听到身旁的垃圾桶里啪的一声巨响，蔡局把剃须刀狠狠地掷进了垃圾桶，接着还大声骂道：

“从今以后，老子再叫你帮领快递就是狗。”

这一声骂全局的人都听到了，他们丢下手头的工作，赶过来看到底发生了什么事情。

局长也赶了过来，待他弄清楚蔡局发火的原因后，负荆请罪地走到垃圾桶旁，弯腰捡起剃须刀，接着塞到蔡局手里，陪笑道：

“请蔡局息怒，这么大一把年纪了发火不好，发火会伤身体。秋凤还年轻，她有什么做得不周的地方请您多多谅解和批评指正，千万别在这里大吵大闹，大吵大闹影响不好。”

蔡局却不接，还讥讽局长道：

“你不用在这里当和事佬，和稀泥，这些把式老子早玩剩了，老子当局长时你还穿开裆裤呢。有些事情我就是要闹一闹，如不闹一闹，某些人都不把我们这些老屁股放在眼里了。”

这时，平日跟蔡局关系最铁，同样因为领快递的事情遭秋凤怠慢过的陈局从人丛中走出来，到蔡局身旁站着，与蔡局组成了一个坚不可摧的攻守同盟，才挖苦道：

“老蔡你日后再不要叫秋凤去领取快递了，我们网购的东西都不中用，不适合年轻人使用的，如果叫她去领那种快递，她一定去领得飞快。”

说完，他满脸都是猥琐的笑。

所有在场的人都听得出陈局说这话是什么意思，秋凤更加听得出。她顿时满脸通红，双唇紫黑，身子不住地颤抖。

她抬手捂住脸，哗的一声大哭起来，扭身从人丛中走掉了。

六

孙梅和秋凤坐在临街的一间茶室里，各怀心事地喝着茶，许久都没说一句话。

天慢慢黑了下来，街灯开始亮起来，临街的店铺也次第亮起了五颜六色的灯光。街道渐渐变得热闹、拥挤，人来人往，车水马龙。现在，许多地方受疫情影响，街道变得冷清，生意也变得萧条，但因这里防疫工作做得不错，还没出现过感染病例，市民虽然也参加防疫，进行核酸检测，上街时都戴着口罩，但对疫情几乎没产生过什么恐惧。就像远在国外的战争给他们的错觉一样，好像炮弹永远都不会落到自己头上。

孙梅捧起茶壶给秋凤面前的杯子续茶。续满之后，她才觉得单单请秋凤喝茶不行，喝茶也许会让她越喝越清醒，只有酒，才能把秋凤的话匣子打开，或者能让她改变主意。

孙梅今晚是带着局长和姚副局长交给的任务约秋凤出来喝茶的，该说的话刚才她已跟秋凤说了，但效果不佳，也可以说半点效果都没有。

秋凤那天遭陈局挖苦，哭着回到办公室后，用塑料袋装了几本书就走了，走时搁下了一句话：

“再也不来这个鬼地方上班了。”

这几天来，局长和姚副局长轮番出马，费尽了口舌，都没法再请到秋凤回局里去上班。现在，孙梅被他们派出来做劝客，作最后的努力。

“服务员。”孙梅朝服务员招了一下手。

立即就有一位戴白帽子的清瘦女子走过来问孙梅需要点什么。

孙梅问她茶室里有没有啤酒和熟花生，如果没有，就到外面去帮买两瓶啤酒和一包熟花生回来。

服务员出去没多久，就把啤酒和熟花生买回来并摆到了桌面上。

孙梅把茶杯里的茶水倒掉，斟满啤酒，举杯对秋凤说道：

“喝茶没意思，咱们喝点酒吧，我已经许久没喝过酒了，现在还挺怀念那种微醺的感觉。”

秋凤听后，没说什么，举起茶杯碰了一下，接着把整杯酒一口喝了下去。

窗外的街道越来越热闹了，不少人都以家庭为小团体集体出来逛街，拖男携女的，显得亲热无比。因受了节前挂在街边树上那些红灯笼的诱惑，每个孩子手里都爱攥着一串五彩缤纷的气球，欢天喜地地走着。

对面一家音像店里突然传出赵雷深情演唱的《成都》，秋凤听到后全身一颤，两眼立即冒出亮晶晶的东西。她用纸巾擦去，接着又捧起满满的一杯酒一口灌了下去。

孙梅没有阻拦她，她知道《成都》这首民谣对她来说意义非凡。这首民谣既让她出尽了风头，又给她带来了无尽的痛苦。如果她没仗着《成都》出人头地，成为别人眼里的金嗓子，那么她领完苏小小那个快递从楼梯上走上来时，绝不被那两个年轻人拦下，并看到那是一个什么样的快递。那么，她的生活和工作都会在风平浪静中度过。

几杯酒下肚，秋风的脸上露出了醉态，双目迷离，两腮的肌肉舒展了开来，再没像刚才那样绷得紧紧的了。受酒精的催发，她也主动说起了话来。她感谢孙梅，说这几个月来她们合作得很愉快，跟孙梅学到了不少东西，但她不可能再回去上班了，她不愿在别人的冷嘲热讽中度日。她还说在陈局说出那句话之前，她总以为局里的人会放过她这么一个弱女子，因为他们明明知道那个快递是谁叫她去帮领的，但到头来仍有人要出她的洋相。

孙梅听后，知道秋风去意已决，十头牛也没法把她拉得回了的。她替秋风感到十分惋惜，说道：

“我觉得你还是回去上班有前途，局长和姚副局长都那么关心和喜欢你，还建议你报考局里的公务员呢。”

“回个屁，此处不留爷，自有留爷处。”秋风突然豪气干云地大声嚷道，显然她已有了几分醉意。

孙梅再不知跟她说什么是好，过了许久，才关切地问道：

“今后有什么打算？”

“我准备离开这个地方，走得越远越好。”秋风又捧杯喝了一口酒。

“你男朋友同意你离开吗？”

秋风抬头望了眼孙梅，满脸都是痛苦、凄楚，眼圈渐渐红了。

“我遭他甩了。”她悲愤地说道。

“甩了？”孙梅简直不敢相信自己的耳朵，“他为什么要把你甩了？难道连他都不相信那个快递是你替别人领的吗？”

“相信归相信，但他再不愿跟一个名声不好的女子在一起了。”

孙梅听得心里一阵接一阵地痛，她恨透了秋风那个男朋友，她知道秋风为他付出了许多许多，还为他打过两次胎。她没敢再看秋风那张痛苦、凄楚的脸，扭头看着窗外那株梧桐树，一阵冷风刮过，巴掌一样大的叶子纷纷飘落下来。她感到彻骨寒冷。

两瓶酒差不多喝完时，秋风放在桌面上的手机嘟嘟地响了起来。是局长打来的，大概局长也想通过继续要求秋风帮领快递从而促使她回心转意，回局里去上班。他对秋风说他儿子的快递到了，能不能去帮领一下？孙梅听后比秋凤先站了起来，说道："既然你已决定不回去上班了，这个快递就让我去帮领吧。"但秋凤却不让，她抹掉眼里的泪水，说道："局长是个好人，他一直待我不错，我虽然不回去上班了，但我仍乐意帮他的儿子领取最后一次快递。"说完，她摇摇晃晃地走出了茶室。

孙梅结完账出来，看到秋凤的背影虽然有点摇摇晃晃，但却走得飞快。她的眼泪夺眶而出，她真想不到这么一个心地善良的姑娘却被一个快递毁了。

七

办公室又只剩下孙梅一个人了。

孙梅十分怀念跟秋凤在一起上班的日子，也有点羡慕秋凤豁得出去的气魄，毕竟她还没成家，没有家庭拖累，说不来上班了就敢义无反顾地不来。而她却不同，她的家境本来就不好，受疫情影响，老公、儿子都没法出去跑长途运输，整日都待在家里。如果她也不来上班的话，家里每日连半分钱收入都没有了。

现在，在办公大楼里上班的人又经常看到孙梅在楼梯上上上下下，艰难地迈着步子。每次爬楼梯时，她都一手拄着膝盖，一手拿着快递吃力地往上爬。她脸上布满痛苦与无奈，眼里泪光点点。

替死人签名

潘雄杰

百川来电话约我出去坐坐，我毫不犹豫答应了。

百川喜欢写诗，我喜欢写小说，虽然给汉字分行的方式不同，但在小城人眼里，我们是两个臭味相投的家伙。

百川新近荣升了职位，在兴头上，他请我出去坐坐也是理所当然的。

到了饭店门口，我才发觉刘东方也在那里。刘东方当年在小城里工作时，跟百川是同事，我们三个人经常坐在一起喝酒吹牛，谈天说地。后来刘东方捣鬼，害得我失去了心仪已久的女朋友陈伟玲，我就再不拿刘东方当朋友了，心里还对他充满了怨恨。

刘东方也是个舞文弄墨之人，在机关里负责新闻报道工作。机关的业绩不错，他的报道更是锦上添花。他写的新闻报道多次登上省报和《人民日报》（华南版）之后，他就被当成了一个了不起的人才。是人才就应物尽其用。不久之后，他就被提拔到邻县分管意识形态工作了。自那之后，我再没见过他，也没跟他通过电话。

我心里十分反感百川安排我跟刘东方见面，想掉头走掉，但刘东方已看到了我，这时候还走的话，就显得太不地道了，只好硬着头皮走进去坐到餐桌旁。

刘东方打开公文包，扔了两包价格不菲的香烟给我。我觉得他的动作里有种显摆的成分，故意不伸手去接。

几年不见，刘东方虽然胖了点儿，苍老了点儿，但仍可称得上是一个帅哥。当年他简直帅呆了，牛高马大，剑眉星目，举手投足都洋溢着一股倜傥风流。那时我们都极力撺掇他到香港地面上去走走，万一被星探发现，请去拍电影或电视，一夜之间他就会鸡变凤凰，成为一名帅哥大明星都说不定。因为在我们眼里，他长得比许多画报上吹嘘的帅哥大明星还帅。

刘东方见我不接他的烟，脸有点挂不住。他又把一瓶好酒推到我和百川面前，说道：“今天我不喝，你们喝。”我觉得有点不可思议，要知道，当年用嗜酒如命来形容刘东方都半点不为过，况且他还是个同饮几种酒都不醉的人，往往是饮了白酒饮啤酒，饮了啤酒饮红酒，逢饮必猜码，一猜起码来就牛气冲天，不把对方撂倒绝不罢休。最疯狂那次，他把饭店里的白酒、啤酒、红酒全跟人猜光了，还不尽兴，派人去买，可当时已凌晨四点，全城的酒店都关了门。同他猜码的人都说算了，但他不肯放过对方，要跟对方猜烟筒水。最后把饭店里五条水烟筒的烟筒水都猜光喝光，他才肯倒下去呼呼大睡。这么好酒的人今天怎么会不喝了呢，我有点不敢相信，于是揶揄道：“反正喝酒伤身，既然你不喝，我也不喝了。”百川却说道：“刘部长今天有紧要事可以不喝，但我们必须喝。”说完，他就拿起酒瓶往我面前的杯子里倒酒。我立即闻到一股浓郁的酒香。因很长时间没喝酒了，一闻到这酒香，肚子里的馋虫都被勾引了出来。还没等百川举杯，我便捧杯喝了起来。一面喝，一面继续揶揄道：“有的人真傻，拿这么好的酒出来给我们饮，自己却滴酒不沾。”刘东方听后只笑笑，没说什么。

喝掉半瓶酒后，我有点醉醺醺的了。趁刘东方出去接听手机，百川便对我说道：“今天你得陪我们跑一趟刘东方老家，帮他办一件要紧事。”“什么事？”我醉眼蒙眬地问道。“很简单的一件事，你去了就知道了。”百川模棱两可地答道。我想刘东方一定是摊上大麻烦了，近来他所在的县出现塌方式腐败，书记、县长都被双规了，听说还要牵涉到一大批人。我想刘东方一定是收受了不该收受的东西，现在要我去帮他擦屁股了。我可不愿拿一个雷顶在自己头上，于是大声嚷道：“打死我也不去沾那些屎事，你叫他屁股有屎就自己想办法擦干净。”“你不去不行。”百川说：“我们权衡了所有熟识的人，最后发觉只有你去帮这个忙最合适。”我正要再次开口拒绝，刘东方匆匆走了进来，问道：“喝好了没有，喝好我们立即就动身。”说完，他就走过去结账。

我站起来跟过去，想抢在刘东方前头把账结了。我知道自己只要把账结了，就不再吃人的嘴软，就有胆气拒绝帮刘东方办任何事情了。但不凑巧得很，待我站到服务台跟前，我才发觉自己今天出来得仓促，连钱包都忘了带。手机又留在了餐桌上。我匆匆跑回去拿手机，回来正准备扫码支付时，服务员告诉我账已结清。我懊恼万分，当看到刘东方朝我招招手，示意我跟他走时，我觉得自己变成了一具牵线木偶，不得不由他牵着鼻子走。

出了城区，小车便在二级公路上行驶。两旁都是低矮的丘陵，种满了翠绿的荔枝树。

百川坐在副驾驶座上，他一面替刘东方点烟，递矿泉水，一面拣好听的话跟刘东方说，那副巴结讨好的嘴脸让我看了极不舒服。但也不能怪他，因为他这次能够顺利晋升为副行长，听说刘东方帮出了不少力。现如今谁若想有所进步，都得拍马屁，只不过是拍马屁的方式不同而已。

我在后排心事重重地坐着，心里又开始痛恨起自己刚才为什么要爬上刘东方的小车。我觉得刘东方从来都没对我安过好心，过去如此，今日亦是如此。

我无心听他们谈话，装出一副酒醉的样子，闭上两眼假寐，心里却在讥讽刘东方道：

“你先别高兴得太早，现在我虽然跟你一道走了，但到时你要我帮忙时，我一概拒绝。”

刘东方发觉我故意冷落他后，扭头伸手推了我一把，说道：

“你小子忒不地道，现在还在为那件事恨我，其实我问心无愧，因为在那件事情上，我没有半点对不起你的地方。你说谁没酒后发飙过？只要不鸠占鹊巢就已经很不错了。”

我听后没作任何表示。他说的那件事我们三个人都清清楚楚。那件事牵涉到一个女子，女子的名字叫作陈伟玲。

陈伟玲是我无比心仪的一个女子。十多年前，她刚从师范学院毕业，工作还没着落。在等待安排工作的无奈中，她喜欢上了读书，偶尔还写些小散文，拼凑几句诗行，把心中的焦灼与无奈诉诸文字。我因写小说在小城里小有名气，她便通过一个人认识了我，向我讨教写作上的问题。我一见到她就被她迷住了。她留着齐耳短发，白衣黑裙，身段颀长，亭亭玉立，给人一股清新、脱俗、妩媚之感。跟她交往没多久，我便产生了一种把她据为己有的强烈欲望。在那段时间里，我远离了所有的朋友和文友，隔三岔五就约她出来见面，把自己所懂得的写作知识和创作技巧全盘灌输给了她。在我的指导下，她写了一篇名字叫作《芳心暗许》的小说。我把小说拿到县内一家内部刊物上登了出来，文友们读后，都被小说里面那个女主人公的柔情百转吸引住了，很想认识一下作者。但我怎么都不肯把陈伟玲介绍给他们，他们都骂我金屋藏娇。

我本来以为跟陈伟玲这种单线联系的关系会维持很长一段时间，但陈伟玲是个有点张扬、喜欢出风头的女子，她越来越不满足于只跟我这么个舞文弄墨的人交往了。当她得知我要到本地的一处风景名胜参加笔会之后，便强烈要求我带她去。我犟不过她，同时也想让她散散心，开阔开阔眼界，便答应了到时带她去。

为了使自己在笔会上显得帅气点儿，配得上陈伟玲那如花似玉的美貌，我虽然没钱打扮，却借了刘东方那套最昂贵的西服穿。穿起来虽然长了点儿，但我也顾不了那么多了。

那天当我和陈伟玲一步入笔会现场，刘东方等一大帮文友连眼都傻了，都对陈伟玲啧啧称羡不已，与此同时，他们的眼红病也犯了，恨不得使坏把我们拆散。

刘东方笑嘻嘻地走过来跟陈伟玲搭讪，仅一会儿工夫，陈伟玲就被他俊朗的外表和不俗的谈吐吸引住了。此后的两三天时间，她都有意无意的凑到刘东方跟前，跟他嬉笑逗乐。有时刘东方还咬着她的耳朵说悄悄话，她总是一面听，一面偷偷地望着我笑。我知道刘东方说的绝不是什么好话，心里叫苦不迭，并且知道自己这只癞蛤蟆再别想吃天鹅肉了。

到了笔会最后一晚，因明天早餐之后大家就要分道扬镳了，都有点意犹未尽，恋恋不舍。有人不愿早睡，便买了几箱啤酒、几包熟花生，聚在宾馆大院的停车场一旁喝酒猜码。刘东方喊得最响，谁跟他猜，他都来者不拒。

到了夜里十二点，参加猜码的人都几乎喝醉了，疯劲也上来了，有人大声唱歌，有人引颈长啸。酒店保安过去警告了几次，他们都充耳不闻。

不知是不是因为大吵，导致了陈伟玲无法入睡。她从三楼的一间房里钻出来，倚着栏杆，定定地朝楼下看。正在猜码的人看到她后，立即大声叫道：

“陈伟玲，下来。”

陈伟玲好像没听到似的，一声不吭，一动不动。

“陈伟玲，我爱你。”刘东方突然大声喊道。

几个酒鬼听后立即咕咕地笑了起来，接着不住嘴地喊道：

“陈伟玲，我也爱你。”

陈伟玲再听不下去了，转身进房，狠狠地摔上门。

这么一来，更把酒鬼们的野性激活了，他们都呵呵大笑不止。有一个酒鬼还把两手举到嘴边做成喇叭筒状，肆无忌惮地喊道：“陈伟玲，我想你。”

话音一落，又立即响起一阵经久不息的狂笑，所有酒鬼都跟着喊道：

“陈伟玲，我也想你。”

还有酒鬼装出了一副磨刀霍霍的样子，扬言说要上去把陈伟玲的房门踢开，进去强奸了她。

宾馆的值班人员实在看不下去了，同保安一道过来制止，并警告说他们如果再不散，就打电话叫110过来。他们听后，才肯站起来摇头晃脑地走掉。

翌日早上，大家聚到宾馆餐厅吃早餐时，没有见到陈伟玲。有人担心她经不起侮辱，在房里上吊自杀了，赶紧派人去察看，发觉陈伟玲早已收拾行李走人。

我为这事老羞成怒，跟谁都没说话。文友们都在我背后挖苦、偷笑、伸舌头、扮鬼脸，我忍不住要冲上去揍他们时，他们都尖叫着一窝蜂走散。

一回到城区，我就跟陈伟玲联系，可她再不肯出来见我。接下去的几个星期，我都锲而不舍地约她，把她惹烦了，竟怒气冲冲地骂道：

“以前我总以为你们这些舞文弄墨的人是高尚和圣洁的君子，殊不知是一群流氓、下流坯。”

想不到她把我也连带着骂了，我十分后悔带她去参加这个笔会，也不敢再约她。我为失去她痛心不已，并认定刘东方是这场恶作剧的罪魁祸首，从那之后，我再不跟他来往了。

小车在二级公路上行驶到30公里处，突然往右一拐，驶上了一条乡村公路。在乡村公路上再朝前行驶5公里，就到了刘东方的老家新安镇。

新安镇以盛产黑叶荔枝著称，因为水土好，长出来的黑叶荔枝果核小，肉厚，味道清甜。每到荔枝收获季节，外地过来运输荔枝的卡车总在公路上排成长龙，首尾不能相见。

小车在镇上拐过几个街角，便在一家银行前面停住了。刘东方下车后，招呼我和百川跟他走进了银行营业厅旁边的一间接待室。

有一个员工大概把我们当成了大老板或大款什么的，堆起满脸笑容走进来给我们斟茶。刘东方请她叫行长过来一下，她点头答应走出去仅一会儿，就有一位大腹便便的人走了进来，他自我介绍说是这家银行的行长，姓苏。

刘东方站起来跟苏行长握手，并报上自己的名字。苏行长听后，顿时恭敬起来，不住嘴地说道：“久仰大名，久仰大名，虽然我今日才有幸见到刘部长，但心里一直惦记着刘部长的大名，说起来我们还是马岭中学的校友呢，只是我比你低了两届。”刘东方大概连做梦都没想到会在这里遇上认识自己的人，并且是校友，他嘴上虽没说什么，但脸上的表情一下子轻松了许多。他嘘了一口气，说道：“我今天赶过来，主要是帮父亲领点钱。”苏行长说道：“先坐下喝口茶吧，这个容易，待会我出去吩咐营业员一声，叫优先帮助办理就行了。”说完，他伸出右手朝刘东方做了个请坐的动作，抓起茶壶替刘东方续茶。

刘东方一面喝茶，一面跟苏行长说话，一面盯着墙上的一幅书法看了又看。他问苏行长山野村人是谁，并说他创作的这幅书法很不错，笔酣墨饱，飘若浮云，娇若惊龙，深得书圣王羲之的书法神韵。苏行长听得两眼放光，但仍装出一副十分谦逊的样子，低声说道：“让部长见笑了，山野村人就是本人的笔名，这书法是在下胡乱涂鸦的。”说完，他不等刘东方进一步恭维，继续说道：“真想不到部长对书法有这么精辟独到的见解，这下好了，我新近还创作了几幅书法，请部长现在就跟我到楼上去给点评点评。”我总以为刘东方会拒绝，但他没有，扭头对百川说了句这里的事就交给你了，就随苏行长上楼去了。

当接待室里只剩下我和百川后，我问百川既然刘东方只是来帮父亲领钱，为什么还要拖上我一道来？百川听后扔给我一根烟，说道：“你先等着，到时你就明白了。”他的话音刚落，就进来了一位着白衣黑裤、端庄严肃的女营业员，她问我们谁是刘开源，请过去签名领钱。百川抬手指指我，说道：“他是。”我听得一时如坠五里云雾，忙分辩说自己不是。营业员狐疑地看看百川，又看看我，不满地嚷了句想不到领钱都有人不乐意的，就转身走了。

百川扭头望着我说道：

“刘开源是刘东方的父亲，今天请你来这里的目的是想让你代他签个名，好把他存在这里的一笔钱领出来。”

“刘开源哪里去了？他为什么不来签名领钱？”我诧异道。

百川叹了口气，抬手指了指窗外的天空，才说道：

“他来不了啦，半年前，他就飞到天上去了。”

我听得倒抽了一口冷气，脑袋瞬时变得像簸箕一样大。想不到刘东方竟如此歹毒，居然想让我冒充他死去的父亲签名领钱。我半辈子都不走运，近来付出巨大的努力，生活才刚刚走上正轨，可就在这么个节骨眼上，他却要我冒充他死去的父亲签名领钱，晦气，这不是存心想把我往死里整吗？我突然变得怒不可遏起来，恶狠狠地朝百川吼道：

“你叫刘东方做梦去吧，打死我也不会替他做这件事。”

吼完，我再不想听百川解释什么，站起来怒气冲冲地走出了银行的大门。

我在银行前面那条狭窄的街上百无聊赖地走着，视若无睹地看着从身旁走过的男女。这时我的酒全醒了，明白了刘东方今天请我抽好烟喝好酒不是想在我面前显摆，而是暗中施压，逼我无路可退。我两眼内储满了悲愤的泪，对刘东方的怨恨又多了一重。

因对新安镇不熟悉，在街上走了十多分钟后，我再不知到哪里去才好。想搭车回城，又没见到回城的公共汽车。我拐过一个街角，走到一片居民住宅楼后面的稻田旁，一面在心里恨着刘东方，一面无所适从地看着稻田里茁壮生长的禾苗。

大概过了一刻钟，当我抬起头时，看到百川像一条可怜巴巴的狗，慢慢地朝我走了过来。在他身后，跟着一个穿花格子连衣裙的苗条女子。

待女子走近，我才认出她是陈伟玲。我感到惊诧无比，不知道陈伟玲是从什么地方钻出来的。十多年不见，她虽已度过了人生的韶华时光，但她的体形保持得很好，仍然亭亭玉立，芳姿绰约。我不忍心多看她，心里既痛苦又失落，咬牙恨恨地想道："假如当年刘东方不捣鬼，也许我就能把陈伟玲追到手了，那么我的生活一定会比现在美满幸福。"

陈伟玲看到我对她十分冷淡，首先开口道：

"作家朋友，也许我还应该尊称你为老师，大概你不会想到我们又见面了吧？并且是在这个地方。其实这一点也不奇怪，因为现在我是这个镇里一所初中的语文老师，半个小时前，刘部长让我们学校的校长请我同百川一道过来见见你，恭敬不如从命，我只得丢下课赶过来了。"

听了这话，我仍然一声不吭，心里骂她是不是又准备跟刘东方沆瀣一气来作弄我了。

站在一旁的百川看不过眼，骂我见到老朋友都没半点热情，接着说道：

"今天请陈伟玲过来，目的是想帮你解开心头那个结，不让你再对刘东方怨恨重重。刘东方当年到底在没在陈伟玲面前说过你什么坏话，或者有过什么出格行为，现在你可以当面问问陈伟玲。"

"都过去多少年了，谁还有心情去追究那些陈芝麻烂谷子的事情？"我不满地嘟哝道。

"好，既然有机会问你都不问，那么大家朋友一场，我认为你今天很应该帮刘东方一把。如果你不帮，就很难找到第二个合适的人帮了。"百川说道，"刘东方现在遇到了一件十分头痛的事情，他姐姐身患重症，正在省城一家医院等着动手术，手术需要预交一大笔押金，刘东方和他姐姐一时都拿不出这笔钱，就想通过非正常程序把他父亲生前存在银行里的那笔钱快速领出来，拿去救姐姐的命。"

"你叫他做梦去吧，其他事还可以商量，但这事绝对不行，晦气。他身为领导，为什么不按正常程序领钱，专搞歪门邪道，难怪老百姓都骂当官的不守规矩，胡作非为。”

“若按正常程序领钱，既要到派出所出具刘东方父亲的死亡证明，又要到公证处办理遗产继承公证等一大批手续，等把这些手续全办下来，刘东方姐姐的命恐怕都没了。”

“他姐姐有命没命关我屁事，你叫他去找别人帮签名领钱得了，他为什么不去找别人，偏来找我？”

“他找了，可权衡了所有熟识的人，发现只有你最合适。”百川说了句一个多小时前已经说过的话。

“为什么别人都不合适，就只有我最合适？”我不解地问道。

“因为你未老先衰、秃顶，刘东方父亲也是秃顶的，而且你们的面相看上去还差不多。如果你帮签名领钱的话，绝对可以以假乱真，银行不会怀疑。”百川说道，说完，他想笑，却竭力忍住了。

陈伟玲听了这话，也偷看了一眼我光秃秃的头顶，也想笑，但也极力忍住了，憋得满脸通红。

我感到颜面尽丧，哭笑不得，想不到自己未老先衰、秃顶，今日居然也被派上用场。

百川见我仍不为所动，又递过来一根烟，继续说道：“刘东方这个人嘛，虽然有点大大咧咧，喜欢喝酒猜码，生活上也不太检点，口无遮拦，容易得罪人，但总的说来，他仍可算作是一个好人，起码是一个大孝子，工作能力也强，到哪里都得到上级的赏识与肯定。他生在农村，自幼丧母，家境清贫，父亲为了养活他，供他读书吃尽了苦头。参加工作后，为了报答父亲的养育之恩，他每月都给父亲钱，让父亲想吃什么就买什么。他为自己这么做沾沾自喜，并认为平生做得最正确的事情就是这件了。可他没想到父亲舍不得花他给的那些钱，直到父亲患心脏病突然离世，他才从父亲的遗物中发现父亲的存折，里面竟存了五万多元钱，比他历年来给的累加起来还多。他清楚这些钱是父亲故意留给他娶妻生子、买房买车。他当场就哭了，后悔当初没把给父亲的钱换成肉和食品，这样父亲就不得不吃了。”

这话我相信，刘东方确实是一个大孝子。当年在他身上还发生过这样一件事情：有一天，他从一本杂志上得知陕西有一位作家的父亲特别喜欢喝酒，但在父亲生前，这位作家因为钱少，没买过一瓶好酒给父亲喝。父亲突然离世后，他后悔不迭，于是掏钱买了一瓶陕西最好的丹凤酒放到父亲的棺材里陪父亲一道下葬。刘东方担心这样的后悔事也在自己身上发生，就拿出两个月工资，买了一瓶茅台酒和一条中华烟送给父亲享用。

陈伟玲被刘东方的孝心感动得两眼红红的，她拿出一沓纸巾捂住鼻子，乞求似的对我说道：

“想不到刘部长是一个这么重孝道的人，太让人感动了。你就帮帮他吧，实话告诉你，当年是你多心了，在开笔会那几天时间里，刘东方没在我面前说过你半句坏话，后来我之所以跟你们不辞而别，原因是我当时还年轻，面皮薄，听不得半句粗言烂语，并在心里认为你们是一群心灵肮脏的家伙，不值得再跟你们来往。”

我不相信她的话，挖苦道：

“你不要在我面前往刘东方脸上贴金，鬼才相信呢。如果刘东方当年没在你面前说我坏话，为什么你总是一听到他说话就偷偷地望着我笑？”

陈伟玲听了这话，禁不住哈哈大笑起来。一面笑，一面说道：

“刘部长当时十分心疼他那套西服，他总在我面前说你身穿那套西服是借他的，还说你马铃薯再打扮还是土豆。现在我倒想问问你，那套西服是不是你借他的？”

我无言以对，脸上热辣辣的，比遭了火烧还难受。贫穷真让我出尽了洋相。

百川抬腕看看表，脸上布满了焦急的神色。他像在下最后通牒似的催促我道：

“现在我最后问你一句，你到底愿不愿帮刘东方这个忙？”

我默不作声。

“其实替东方父亲签名领钱也不算晦气，许多人都做过这种事。况且，刘东方怕你有顾忌，早给你准备了一个大红包。”说完，百川就把那个大红包塞给我。

我像躲避瘟疫一样躲避着大红包。

百川火了，怒气冲冲地骂道：“你这人的心胸就是狭窄，就算刘东方当年真捉弄过你，你也不必记恨到现在。再说，你敢说你从来没捉弄过我和刘东方吗？当年我们连半次都没偷睇过外来妹洗澡，可你逢人就说我们天天晚饭后到体育场旁边的冲凉房去偷睇外来妹洗澡。”

陈伟玲听了这话，鄙夷地瞪了我一眼，也许她心里正庆幸着好在当年没被我骗上贼船。

我无地自容地低下了头去。

“救人一命，胜造七级浮屠，人都应该能帮则帮。”陈伟玲开导似的对我说道。

我没好气地骂道：

“我说过了不帮就不帮，要帮你去帮。”

不料这话把陈伟玲激怒了，她扭头对百川大声说道：“帮就帮，你以为我不敢帮吗？刚好我卡里有几万元，是准备交房子的首付的，既然刘东方要救他姐姐的命，人命关天，我十分乐意领出来让他拿去应急。”说完，她抬手扯了扯百川的衣袖，继续说道：“百川，你现在跟我回去领钱，不再在这里求人了。”

想不到陈伟玲是这么义薄云天的一

个女子，望着她渐行渐远的背影，我羞愧和自惭形秽得恨不得地上裂开道缝儿让我钻进去。

我再不敢站在那里了，迈开大步追赶他们。

回到银行，刘东方正跟苏行长坐在接待室里谈笑风生。

刘东方站起来招呼我们坐下。陈伟玲却摆摆手说道：

“我有事要回学校了。我卡里存有点钱，如果刘部长要急用的话……”

没等陈伟玲说完，刘东方就抬手止住了她，说道：

“多谢多谢，不用了不用了。”

说完，他走过去送陈伟玲出门。回来坐下后，又跟苏行长谈论起书法来。

我坐在刘东方对面。他却半眼都不看我。我觉得他这么做是在变相报复我，心里比吞了一只苍蝇还难受。

我一面耷拉着脑袋喝茶，一面希望刚才那个营业员快点走进来，叫我出去替刘东方父亲签名。

可十分钟过去了，接着二十分钟又过去了，仍不见那个营业员走进来。我再坐不下去，霍地站了起来。

刘东方看到后，抬手示意我坐下，朗声说道：“很多谢你刚才拒绝了我，避免了我犯错误。苏行长知道这件事后，也极力反对我这么干，并且用他的私人存款帮我解决了燃眉之急。”

说完，他双手抱拳，再次向苏行长表达谢意。

我听后心里五味杂陈，不知说什么是好。与此同时，我怀疑刘东方嘴上虽然这么说，但心里一定恨死我了。

待刘东方和苏行长谈够了书法，开车准备回城时，刘东方打开小车的尾箱，拿出一件漂亮的夹克衫塞给我。我想拒绝，但刘东方却不容分说地塞到了我怀里。我抱着那件柔软、漂亮的夹克衫，感到两眼内热热的，有东西从里面涌出来。

狗不离书记

黄国显

嘭的一声，车子差点不受控制，幸好车速不快，可也把司机小邱吓坏了。

小邱立马打右方向灯，然后在路边停好车。下车后小邱直接走到声音发出来的地方查看，只见右后轮完全瘪了下去，竟然爆胎了。小邱甚至还不相信眼前所见，伸手去触摸后轮漏气的地方，那个破洞，像极了路上的那一个大坑，轮胎传来的扎手的感觉，小邱再也不得不承认眼见为实了。车轮瘪了，小邱的心也差点一下子就瘪下去了。这该死的天气！这该死的路！这该死的坑！

老爹的那本通书上不是说今天是上任的黄道吉日吗？今早出门老爹还叨唠一句：今天有风有雨，风水好！小邱看着这干瘪的轮胎，这算哪门子好风水哟！都爆胎了！眼看着天上远处的乌云又准备袭来。小邱来不及多抱怨，便打开后备箱，扛出备胎。他在抖音里搜索了换轮胎的教学视频，现学现换。终于赶在了暴雨来临前换好了，却也弄得满头大汗，原本光鲜的衣服和锃亮的皮鞋，也搞得脏兮兮的。此时的小邱心里是难受的，这条路是他今后很长一段时间内往返县城的必经之路，要是如此经常出幺蛾子……他不敢再往下想。他甚至犹豫了，难道要打道回府？难道自己的选择真是错的？后退，肯定是不能的！当初自己可拍着胸脯向领导保证：再困难都会坚持下去！眼前这丁点小麻烦算得了什么呢？更大的风雨还在后头哩。况且上级的任命书才刚到，现在还安稳地躺在车上的公文包里呢。想到这，他从车上拿了毛巾，擦了擦鞋子便开车继续前行，好在离即将上任的单位不远了。

小邱原是在县城某单位任职，平时工作认真负责，办事效率高，口碑很好，很是吃得开。适逢脱贫攻坚取得大胜利之际，为巩固脱贫攻坚的成果，上级决定选派一些干部到基层去。而收到这一消息，小邱便第一个递交了申请。当时他的同事都表示很不理解，像他这样的年轻人，在城里发展的机会多的是，以他的口碑，提拔也是分分钟的事。别说是他的同事，就是他老爹都觉得他肯定是脑子犯糊涂了，别人都是往城里跑，他儿子咋就想着回乡里呢？本来儿子在城里上班着实让老爹在熟人面前扬眉吐气了一番，可如今……为此，他老爹还拿着他的生辰八字偷偷去找人算了一卦，得亏那先生说：卦象大吉，否则他老爹可得好好训他了。虽有卦象保底，但他老爹内心依然愤愤不平，久久不能释怀，不过孩子始终是长大了，而且性格像他一样，倔得很，一旦决定的事哪怕是九头牛也拉不回来。

小邱根据导航终于到了单位——北县嘎拉村村委会。他是上级委派驻村的第一书记。虽然路上出了点意外，但他还是提前到了单位，大部分村干部也到了。在村委简单开了个短会，跟全体村干部碰了面，听取了村支书和村主任按惯例的工作汇报。其实小邱的心思暂时还不在工作上，村支书他们汇报的情况其实在他来报到之前他就了解了。他现在想着那车胎的事情。一散会，便让村主任和他一起到镇上修车店换轮胎去了。后来他还和村主任在镇上吃了午饭。

没成想小邱上任的第一次见面会却给人留下了流言蜚语。也不知道是谁传开的，这个第一书记肯定是来镀金的，任期一到就回县城当领导了。别人新官上任三把火，可他倒好，屁都没放一个，上任第一天连村支书的工作汇报都没认真听，他只在乎他的那辆车的轮胎，放着村里为他准备的饭菜不吃，跑镇上去吃大鱼大肉，明显是嫌弃我们村呢？还不是像前几任第一书记一样，嘴上说为人民服务，内心还不是为人民币服务？咱嘎拉村刚脱贫，可没油水哩！

但小邱却全然不知。他只想着早点把他的新窝布置好，便于工作的有序开展。让村干部和村民意想不到的是，小邱竟住进了村委会，以前的书记可是住在镇上的酒店或在镇上租房子的呢。现在这书记怎么住村委会里了呢，而且村委的房子虽小，但煤气灶、电饭锅、电磁炉等却是一应俱全，这书记是有点不按套路出牌。

小邱接下来一个月的表现让村民们原来的流言蜚语不攻自破。小邱每天都按时早起，只要不下雨，他都坚持在村里跑步。慢慢地他也熟悉了村里的情况，熟记了每一户村民居住的位置。每次跑步的路线都是不同的，早起干农活的村民见了他也主动向他招呼一声："邱书记好！"虽然村民们常常邀请邱书记到家里吃便饭，但小邱都是过他们家门而不入。

大概到第二个月时，邱书记从城里过来，带来了一条小狗，说是从狗贩子手里买来的。自此，村委里就住着一人一狗。小狗全身的毛是纯白的，没有杂色，所以邱书记就叫它小白，另外，邱书记也觉得自己刚到基层工作，没什么经验，也是一片空白，所以他说，狗是小白，他也是小白。

一眨眼，两年快过去了，邱书记的任期也快满了。小白也长成了大白。在这近两年的时光里，邱书记和小白几乎是同吃同住，形影不离。邱书记早起跑步，小白跟着；去镇上汇报工作，小白跟着；走村入户它也跟着。后来村民们开玩笑地叫邱书记为"狗不离书记"——有小白的地方就会看到邱书记，邱书记在的地方就会有小白的身影。

上任大概半年的时候吧，邱书记借鉴其他村乡村振兴的经验，在村委会提出了"白改黑"方案，准备向镇政府提交申请。一开始村委的干部都不抱什么希望，先不说上级批不批，就是本村的村民意见都难统一。当时甚至还有村民说肯定是邱书记想方便自己的小车出入，而且来了村里这么久都没油水捞，现在终于出手了，终究还是想钱呢！

但邱书记才不会去和他们争论什么，他自认为人在做天在看，做事问心无愧就好。而且修路是利在千秋、利在万民的大事，有想法就得认真去落实。后来邱书记就带着他的狗走家串户，发动村里乡贤的力量，加上镇政府的大力支持，资金问题总算解决了，村委会也算是看到了修路的希望。

但还有一个比筹集资金更为棘手的问题，那就是入村的道路有一段山坡路经过张婶家种的一片竹林。当初扩路的时候，张婶就在村委闹了好几回，说村里人欺负她孤儿寡母的，她说那块地是她家的，凭什么要充公？路又不都是直的，为什么就不能从坡底的水田旁边绕过去？后来经多次协调，并给予极高的补偿，死活才让出来一点，比一辆小车稍宽一点。这也已经是很大方了，田地是农村人的命，谁要是动了他的地，他肯定跟你拼命！以前铺水泥路，竹子的根撬不动水泥，现在“白改黑”，村民们一致认为那段路该修宽一些，平时车辆出入都容易被竹枝剐蹭到，况且竹子的根系特别发达，不把路拓宽，修好的路铁定用不了多久就会被竹根撑烂。而解决这一头疼的问题也顺理成章地落在了邱书记身上，因为每一个村干部的祖宗都被张婶问了个遍，谁也不愿再去惹上这尊大佛。

了解了这一情况，邱书记也是硬着头皮带着小白去找张婶，他心里其实也没底，毕竟张婶家的情况他也是了解的，她儿子才刚出院不久，确实不好开这个口。但事关全村人的利益，他不得不去试一试。他想好了，大不了到时再请村里的乡贤帮帮忙，甚至决定自己掏腰包多给张婶点补偿。邱书记去了三次才见到张婶，这一人一狗也着实有耐心。第一次张婶出去镇上赶集了，第二次张婶回娘家探望了，到第三次终于在张婶家见到人了，大伙还以为张婶是避而不见，不想跟邱书记谈。后来才知道邱书记才刚开口张婶就满口答应了，并且不要一分钱补偿。连邱书记自己都不敢相信事情会进行得如此顺利。原来张婶的儿子在前段时间在田头干活摔跤，晕倒在田边，被小白发现了，小白狂奔回去告诉邱书记，后来邱书记把张婶儿子背上自己的车送去了医院。所以在那时张婶已经把邱书记当作她们家的恩人，就连小白也成了他们家的恩人。张婶说邱书记心里是真正装着村民的，邱书记所想所做的一定是为村民的利益着想的，所以她会尽自己所能支持邱书记。况且她回娘家一趟也确实眼界开阔了不少，她娘家原来比嘎拉村还落后得多，可如今她娘家村里道路宽敞，几乎家家户户都盖上了新楼房，村容村貌都发生了天翻地覆的变化，她老父亲告诉她，村里能得到如此的变化，一来是国家大力推行乡村振兴，二来是村民们思想也没那么守旧了，大伙把路拓宽了修好了财路自然就通了。张婶也想不到她几十岁的顽固老爹的思想居然比她还先进，所以邱书记一开口她就答应了。

半个月前，嘎拉村还闹了个乌龙事件。上级领导到嘎拉村村委对邱书记任期的工作进行考核。当领导看到收上来的民主测评表时，都大吃一惊，居然全部是不称职，建议留任。有个村民代表还在备注栏写了原因：狗不离书记，书记不离狗，正业没办好。对于这个结果领导也没办法，只能当堂宣布，邱书记听到公布的结果时，也是大吃一惊，怎么回事？自己的工作难道真的做得这么差吗？可是群众的眼睛是雪亮的，难道是领导看错了？也不应该呀？

正百思不得其解的时候，张婶却在窗外大喊了一声：“邱书记是一个好书记！”接着便响起整齐划一的声音“邱书记是一个好书记！邱书记是一个好书记！邱书记是一个好书记！”原来村民自发地涌了过来，看到邱书记一脸心灰意冷的样子，他们就跟着大喊了起来。他们知道上级领导过来，准备提拔邱书记了，大伙都舍不得这么一个好书记，于是就一起“出谋划策”想要留住邱书记，于是就有了上面测评表的统一意见。后来领导也批评教育了一番，说民主测评要实事求是，不能弄虚作假，要不会打击干部的积极性，也会影响上级对干部的任用，所以这次民意调查作废。村干部和村民代表都认识到了自己的错误，确实也不应该为了自己的利益，把邱书记绑在这。后来领导还说了，邱书记本来就已经提交了留任申请。上级领导看到小邱在村民中的呼声那么高，觉得小邱确实是一位深得民心、人人爱戴的书记，然后丢下一句：“乡村振兴需要你，嘎拉村需要你，好好干！”就离开了。

嘎拉村的乌龙事件传到了小邱老爹的耳中，那一句“邱书记是一个好书记”几度让老人哽咽在喉，久久才憋出一句：“卦象大吉！”

原来民主测评表的那个备注还有一句没写完——

“狗不离书记，书记不离狗，正事没办好，舍不得他离开！”

嘎拉村的早晨，柏油路上又出现了那熟悉的一人一狗……

邻居郝爷爷

李广强

一个暮色阴沉的傍晚，我从单位回到家中，村里已是灯火点点，启明星在半透明的夜空中若隐若现。饭桌上，一如往常一样唠家常。母亲一开口便说，隔壁家的郝爷爷过世了。她话中带着感伤，我心头更是一震。心想，郝爷爷前阵子不好好的么，怎么就走了呢？我把心里想的话说了出来。“老人嘛，不经老，等到什么都放下了也就走了。”母亲声音有些哽咽。饭罢，我被母亲的话感染了，关于郝爷爷的记忆如同这漆黑的夜幕般袭来。

我的邻居郝爷爷，一个八十多岁的老头子，别看他年纪大，身子骨还硬朗得很，走起路来腰杆笔挺，精神矍铄，见过他的人都说他是当过兵的。没错，郝爷爷当过兵，是一名退伍军人。

郝爷爷参加过1952年的抗美援朝战役。他身上有多处枪伤瘢痕。郝爷爷当年在一次战斗中，被敌人的流弹击中，当场晕了过去，还好他的队友把他送回营地医院。经过一天一夜的抢救，奇迹般地保住了性命。因伤退役后，郝爷爷自然是回到了家乡。与其他退伍军人不一样，他没有选择从政，也没有选择下海经商，而是接过老父亲的家传手艺——传统编织工艺，一干就是四十多年。他凭着高超的手艺，养活一家人。

郝爷爷是一个孤寡老人。其实也不算是，他原本有三个儿子，都去当了兵；他还有一个女儿，是军医。大儿子键民，二儿子炜民，三儿子榆民，都是烈士。因此郝爷爷是烈士军属。他前两个儿子是在1979年对越自卫反击战中牺牲的，当时他的妻子号啕大哭，眼泪也哭干了，连续三天茶饭不思，几近崩溃。为了不让郝家断了香火，夫妻俩决定老蚌生珠，向计生部门递交生育申请。最终老来得子，就是后来的三儿子榆民。榆民自幼聪颖，不断升学，后来考进北京的一所军官学校。在大二的一次体检中，一位党支部的老师发现他视力过人，且身体素质极佳，就推荐了他去应征空军。榆民致电征询家中二老意见，不料遭到了他母亲的极力反对，理由是榆民是家中独子。而郝爷爷坚决支持儿子，儿子有特长，正是应国家之所需。两人争吵不休。最终榆民做了应征空军的决定。为此，他的母亲闹着要上北京阻止他参军，但无济于事。榆民应征入伍，成了一名航空兵。后来的一次飞行执行任务中，因飞机发生故障而跳伞，坠落在海崖边上，壮烈牺牲。榆民死后，郝奶奶又是哭，又是闹，话里埋怨郝爷爷不该让儿子榆民参军，而郝爷爷只是默不作声，他心里有自己的想法。

由于极度悲伤，郝奶奶郁郁而终。郝爷爷依然如往常一样生活着。每次经过他家门的时候，我时常看到郝爷爷孤独的身影。像许多人一样，心里在想，郝爷爷对自己一生的决定有没有后悔过。

九月，秋风瑟瑟，一片一片的落叶像断了线的风筝往地面飘落，旋而与大地亲吻。时光在悄无声息地流逝着，转眼快要到冬季。一大早，我被母亲急促而又惊喜的声音叫醒，我睁开惺忪的睡眼，起了床，才知道家里来了稀客，是郝爷爷的女儿昭敏。她来请我给她父亲写点东西，说市里要报道他的事迹，大概是缅怀追思，以学习模范之意。她说，她的父亲一生虽然平凡而普通，但他给我们后辈传承了一些有意义的东西。话语间她递给我一封信。我略有迟疑地接过信，只见信封上写着“闺女昭敏亲启”，其笔迹清晰，刚劲有力，可见读过几年私塾的郝爷爷当年功课定然不差。只见郝爷爷在信中写道：

闺女：

当你打开此信之际，吾恐怕与你阴阳两隔，吾若弃你而去，不必伤悲，人固有一死也。吾去矣，即可与汝兄泉下相见矣！吾一生无愧于心，坦荡磊落，吾儿亦如此，从军事国，矢志不渝，虽死而未悔！惟独愧对汝母也！汝母恐九泉之下嗔怪我矣。但自古忠孝难两全，国之事大，家之事小，二者若相悖，吾先国而后家矣！如人人临国危而退之，国之焉存？吾不舍身事国，孰事之？生为华夏裔，当立报国之志，以尽吾辈之余热。人人如是，则国之万幸，民之万幸矣！医者仁心，吾盼你可光汝兄之遗德！勤勉兢业！克己奉公，吾亦欣然舍你而去矣！吾去，勿念！勿悲！

父笔

信读罢，我内心受到了极大的震撼，为郝爷爷的无私，也为他的执着。昭敏此刻早已泪如雨下，我给她递去手帕，安慰她说：“斯人已逝，莫过于伤悲，你爸看着我长大，邻里交往甚密，那我就尝试给他写点东西吧，也算是告慰他老人家的在天之灵。”昭敏捂着脸抽噎着，默默地点头。昭敏走后，我端详着郝爷爷的信，心中油然而生的敬意久久不能平息。十一月，深秋已到，我已经把写好的稿子寄给了昭敏。

冬，至而未至。按往常，此时早已气温骤降，寒意刺骨，可至今还是艳阳高照，晴空万里，给人一种宛如处暑之感，甚觉异常温暖。一晌贪欢，本来想出门溜达溜达，好吸收这难得的天地之精华。正值出门之际，昭敏发来信息说，他父亲的事迹已登报，非常感谢。尔后，我们闲谈甚欢。高兴之余，手机那头发来一张清晰醒目的照片：一个穿着军装、戴着红领巾的小男孩，右手举过头顶，向着他头顶上迎风飘扬的国旗敬礼，神情自信而坚定。我凝视着这小小而乖巧的身影，十分熟悉，似曾相识。我正想着，可“叮”的一声信息提示音将我从臆想中拉了回来，只见照片下面出现三个字：我儿子，还有一个微笑的表情。我会心一笑，顿时豁然开朗，不由得加快了脚步，径直向阳光更多的地方走去。

“小香港”

王星晞

观潮茶坊坐落于盾铁港的闹市旁，很久以前，第一任茶坊的老板买下了这闹市旁一整幢楼，小楼上面住人，下面买茶水。小小装修一下，便投入使用了。茶馆陈设很简单，后排摆着一排中药柜子，前厅摆着一排茶水桶，贴着有些发黄的塑料标志：“雷公根、罗汉果、金银花……”茶水桶旁摆着塑料杯和收钱的箱子，立着发黄发旧的牌匾：“茶水自取，一毛钱一杯。”傍晚时分，船夫们打鱼回来，打一杯茶水，投币，往门口一座，便悠然自得地聊起了天，茶水铺回荡着船夫身上特有的海风的咸腥与汗水发酵的酸味，年轻的茶馆老板娘这时候就会点蚊香摇着蒲扇悠悠地倚着门栏，和船夫们谈天说地，不亦乐乎。待到天黑下来，街上弥漫着烟火气，船夫们也不留店吃饭，各自道别回家去。老板娘叫冼汶淇，留着一头短而卷的头发，中等身材，爱穿棉麻制的宽松的洗得发白的衬衫，戴着圆框眼镜，衣服温婉而有知识的模样，她常年带着三个伙计住在楼上，照顾三人起居，三个伙计都是稍小一些的姑娘，视汶淇如长姐。

今天，汶淇的小外甥女来投靠她了。

在盾铁港独有的酷暑下，汗涔涔的黄雯丽背着大包小包来到观海茶馆，正巧碰上了正在给街坊做思想工作的汶淇。

“阿娇姐，你听我的，你家男人打你一次，就还会有无数次，在外面会找一次女人，就会找无数次女人，不如趁早离婚算了。”

“阿淇，我离了婚还能去哪呀，离过婚的女人还有什么男人会要？况且我还有个孩子……”

“女人又不是男人的附属品，况且你还年轻，好好赚钱爱孩子，以后照样会幸福……”

汶淇说着说着，瞥见了门口大汗淋漓的雯丽“您要喝点什么吗？”雯丽抬手看了眼照片上的女人，有些懊恼地抱怨：“是我呀小姨！”汶淇恍然大悟地拍了下手“哎呀！我给忘了！”健步向前就要帮雯丽拿行李，一边冲着楼上叫嚷：

“大雨，快下来帮忙！”

“得嘞！”

随着一连串有力的脚步声，一个穿着白色背心和大短裤的高个女人从楼梯间闯来，麻利地扛起雯丽最大最沉的包裹放在肩上就哼着曲子往楼里走，在众人眼里留下一个稍有肌肉曲线的背影。“这么说来我该走了。”阿娇站起来向汶淇示意了一下，匆匆离开茶馆“您该考虑一下我说的话！”汶淇冲阿娇的背影喊道，背影没说话，过一会就变成街道上的一个小点了。

安顿好住处就已经是饭点了。雯丽刚下楼就闻到了饭香味，汶淇提前打了洋，撸起袖子进了厨房，熬了一锅奶白奶白的鱼汤，鱼是找船夫买的，浮着葱段，汤汁上浮着些金色的油花，新鲜又可爱。她的三个伙计也来帮忙了，大雨支起桌子，长得娇小精致的柑子摆好碗筷，穿得一身黑的阿兰进厨房打下手，不一会桌上就挤满了冒着热气的各式好菜，随着汶淇一声吆喝：“吃饭！”大家便纷纷动起筷子来。

“这鱼汤好鲜！”雯丽一口一口将鱼汤咽进肚子，舍不得喝完，“小姨，你好厉害！”

“每个盾铁港人都会煮鱼汤的。”汶淇埋头趴了几口饭，漫不经心地回答道。

“但是还是汶淇姐做的最好喝。”依在汶淇旁边的柑子冲汶淇挤挤眼。

汶淇紧锁着眉头，用胳膊肘轻轻顶了一下柑子：“少拍马屁！”顿时间，屋子里洋溢着快乐的氛围。

“雯丽，你在哪个地方工作呀，怎么突然要过来？”大雨一边给雯丽夹菜一边问。

“我在南桂工作，最近在准备写小说，来小姨这里找点素材。”雯丽道。

“会写小说啊。”阿兰缓缓咽下嘴里的食物，平淡的语气中带着些许赞许。

大雨满不在乎，“这里有啥素材可以找啊，不过是个小渔村而已。”雯丽想要说些什么，却被汶淇的“吃饭吃饭”打断了，只好作罢。饭后无事，各自便闲聊一阵后回屋休息了。

第二天一早，雯丽就拖着柑子、大

雨以及阿兰上街游逛，美其名曰采集素材。柑子三人不得不当起向导来。早晨的盾铁港熙熙攘攘，通勤的人早开始了一天的生活，各式杂货店接二连三地开门把杂货放在街边，禽肉粉店散发出诱人的飘香。雯丽走在前面，睁大了眼睛打量着街道，柑子跟在后面细细地讲解这个街道的故事，大雨和阿兰困意未散，耷拉着拖鞋在后头向前挪。他们一路逛了到城市的另一头，又招呼了一辆三轮车一路向北去码头边。海浪拍打礁石，雯丽脱下鞋子不顾扎脚的礁石就往海里跑，吓走了在礁石下的虾蟹。远处的船只悠扬响起号角，正午的太阳在海面上点缀金子。这时的雯丽终于累了，找了块大礁石坐上去歇脚，众人也顺势跟了过去，坐在旁边，海风带起特有的咸腥。在阳光下，雯丽踩过水的脚丫被照得透红，经过风吹日晒，渐渐析出细小的盐粒。

“你这一天逛下来什么感觉？”大雨一边拿蒲扇扇风一边问。

“很有意思，只不过这里太安静了，街上没什么人。”

“毕竟晚上这座城市才是清醒的呀。”大雨露出了意味深长的笑容。

柑子没好气地拿胳膊肘狠狠顶了一下大雨“别听她的！”

雯丽恍然大悟：“这么说来昨晚确实感觉茶馆附近很热闹，那我今晚去看看！”

三人听到这话后有些震惊地看着雯丽，“不太好吧……”柑子小声嘀咕。

沉默片刻，米兰不屑的声音响起：“正经人谁晚上出门的？”

回到茶馆早过了晌午，汶淇拿出冰好的凉粉招呼众人解暑，雯丽借此机会问起闹市的事情，汶淇只是淡淡地回答：“烧烤摊挺多，但还是不去为好。”便去前台整理药材了。最近汶淇烦恼得很，隔壁楼住进去了一群混子，整日无所事事，总是跑来这里喝凉茶，一杯一杯地喝，却每回都赊账，三个伙计轮流交涉都没有任何效果，据说混混头子不太好惹，只能找时机报警了。“在烦恼什么呢？”钟奕探长的声音突然出现，打断了她的思绪。钟探长是汶淇的老朋友了，时常光顾茶馆，二人交情甚好。探长身边跟着一个瘦小的女孩，头发长而柔软，细嫩的小手不知所措地垂在两侧，呆愣地望着汶淇。

“有什么可以帮您？”汶淇知道虽然二人交情甚好，但探长每次出现就是来寻求帮助的，虽有些烦闷，但仍然客气地询问了。

“这个孩子在火车站捡到的，待在警局好些时候了，她说她父母已经不在了，不知道其他亲戚在哪，也不告诉我她家在哪，可能需要……”

不等探长说完，汶淇就毫不留情地打断了他的话：“要我收养她？”

探长有些歉意地点点头，“是这样的。”

“这已经是第四个孩子了，您可真有意思。”

“没办法，现在盾铁港有几家人愿意收留她呢？就算是自家生出来的女孩子，又有几个是保得住的？各个都往火车站丢。”

汶淇望着门外街市逐渐支起的帐篷，叹了口气：“好吧，她可以住下来，但你最好能找到她的亲属。”

探长有些歉意地致谢了，并告诉汶淇，如果有困难可以随时找他。汶淇想到那群赊账的小混混，于是告诉了探长，交谈之余，雯丽就凑了过来，细细打量这个有些发福却高大的男人。

钟奕探长注意到了雯丽，向她点头示意，汶淇只能无奈地把她介绍起来。

“抱歉，我家这孩子不太懂礼节。”

“小姨——！”

汶淇带着责备地排了她的后背，探长见此哈哈大笑起来。

“您是探长？那您肯定知道很多有趣的见闻吧。”

探长摆摆手：“没有没有，鄙人见识短浅，不如你小姨学识渊博。”

汶淇大概是想报复一下探长，在旁边拱火道：“探长办过的奇案比我吃牛肉的次数还多。”这下，汶淇的眼睛瞪得雪亮：“那探长，您能不能给我透露一点奇闻，我在写小说，想采集点素材！”这下，轮到探长满头大汗了，他刚想拒绝，却对上汶淇意味深长的眼神，只好连连答应：“好吧，只要雯丽小姐需要，鄙人乐意奉陪！”“那就今天晚上吧！在隔壁的夜市，您觉得可以吗？”探长的脸色顿时白一阵红一阵，“您确定吗？”“您今晚要工作吗，还是回家陪孩子？”探长看了看雯丽天真无邪的眼睛，再看看汶淇古怪的笑容。

“好吧。”

“那晚上见啦！”说完，雯丽蹦跳着回厨房帮忙烧饭了。

有些上了年纪的探长向汶淇投来求救的眼神，此人已经接近崩溃了。汶淇无奈笑笑，“就算您不带她去夜市，她自己也会去的，还是有人看着比较好。”探长叹了口气，无奈告别。

汶淇带着年幼的孩子上楼了，这个孩子只有七八岁的样子，如水一般柔顺的头发毫无生气地搭在她的肩上，虽然头发很柔顺，但长短不齐，似乎被一双生涩的手胡乱地剪过，细腻的肌肤印出阳光晒过的痕迹，散发出被海水浸泡过的咸湿气息，你甚至可以从她身上看到析出的盐粒。汶淇询问她的名字，女孩犹豫了半天才慢慢吐出一句话：“我没有名字……”汶淇无奈，但还是向她承诺：“那我后面给你起个名字吧。”女孩没有说话，过了半响才慢慢地抿着嘴点点头。汶淇招呼大雨给她收拾出了一个小房间，将她安顿好，她想再向小女孩问出一些事情，但换来的只是沉默。

雯丽和探长约定晚上八点在夜市门口见面。盾铁港的夜市灯红酒绿，夜宵摊遍地，坐满了载歌载舞的男女，露天烧烤蒸腾出热烈的空气，树上也挂满了五彩的小灯。那个时候路灯还不够普及，夜市的欢娱却把盾铁港点亮了，在霓虹灯的照耀下，盾铁港的夜晚格外繁华，交相辉映的彩灯似乎成了盾铁港的另一个太阳，人们都说，盾铁港的太阳不会落下，就像另一个香港。

雯丽站在钟奕探长指定的大榕树下，四处张望着，街上欢快的气氛使她兴奋极了，她不能自已地跺跺脚，对夜市的探索跃跃欲试。

但这样的状态只持续了一会，一个醉醺醺的男人搭上了她的肩膀，暧昧地抚摸着她："靓女，去我们那里坐坐嘛。"另一个男人也围了上来，"走嘛走嘛，我们那里的烤香肠很好吃哦。"雯丽惊慌地想把男人推开，但这些醉汉像狗皮膏药一样死死地黏着她，汗湿的衬衫黏糊糊地贴在雯丽的腰上，油腻带着二手烟熏过的嘴已经离雯丽近在咫尺。在雯丽绝望之际，她看到了对面出现的钟奕探长正在和几位穿着贴身且艳丽的女人掰扯，雯丽扯着嗓子向探长喊道："探长！救我！"两边正在纠缠的男女瞬间从迷狂中清醒过来："……我顶，条子！"然后几乎同时松了手，踉跄地逃走了。钟奕探长理了理头发，失神地走过来："汶淇没和你说这地方晚上不兴来吗？""我也不知道是这样的啊，我以为他们在开玩笑。"探长叹了口气，从口袋里掏出手帕擦汗："好吧，我们换个地聊。"

探长带着雯丽换了一处开阔但还算安静的路旁，这里灯光昏黄，远离夜市，只有零零星星的车来往："说吧，你想知道什么？"雯丽无神的双眼精神了起来："把您知道的事情和我说说呗。"探长眼睛一转，回顾了自己办过的所有案件，脸上露出了些许复杂："确实有过几件，是关于你小姨的，不过你还是直接去问她比较好。""到底是什么让您一直把我的关注点往小姨身上引啊。"探长掏出了一根烟抽了起来，火星子一会儿明一会儿暗：

"你小姨以前不是一般的女人，她打架厉害得很。"

"是混子吗？"

探长摇摇头："不是……她不打人，不，她打过，她往她们老大脸上扇了一巴掌，那男的脸色从此没有好看过。"

雯丽继续问道："小姨以前是哪个单位的？"

"我记得好像是一个叫'渔夫'的单位，那时候也不是什么单位，她在的时候还不拿工资。"

“我小姨以前是打鱼的？”

“不是打鱼，是他们那帮人就叫‘渔夫’。”

雯丽接着问：“‘渔夫’是干什么的？”

“这你得去问你小姨了，具体的我不知道。”探长摆摆手，昏黄的灯光下，他饱经风霜的脸上露出了一丝疲惫：“不早了，我送你回去吧。”探长叫了一辆三轮车，回去的路上他们又聊了一些有的没的，不一会就到茶坊了。

门半虚掩着，雯丽看到汶淇在查字典，阿兰在旁边写写画画，“她那么文静，还是叫一宁比较好，小名宁宁。”汶淇对阿兰说，阿兰在写得乱糟糟的名字中间打了个勾：“听你的吧。”她们为小女孩的名字苦恼了几个小时，“姐，真要给她定名字吗，万一以后她过段时间就走了……”“没办法啊，她不告诉我们名字，再说，你也不想想你们怎么来的……”阿兰听完不说话，转身上楼去洗澡去了。这时，雯丽推门而入：“小姨，‘渔夫’是干什么的？”汶淇一怔：“钟奕和你说了什么。”“他和我说你以前是‘渔夫’的人，我不懂那是什么，他让我来问你。”汶淇叹了口气：“一个打邪教的组织罢了，没什么意思。”

“可是探长说你不打人。”

“确实不打人，我是抓坏人的。”

“这么说来‘渔夫’是警察咯？”

汶淇露出了复杂的神情，“也不算吧。你如果想知道，明早和我上神明山看看就是了。”莫非“渔夫”是帮神明干活的组织？雯丽心底想着，兴奋了起来，她爽快地答应了，和雯丽道晚安后便回了房间，兴奋得一夜未眠。

神明山坐落在盾铁港码头边，与其说它是一座山，不如说它是一个海拔不到200米的小土坡。相传，盾铁港以前只是个与世隔绝的海岛，诸神想为它建一座通往大陆的桥，大家齐心修建了很久，但因为盾铁港地形特殊，周围太多阻挠的海兽，无力治理，造桥计划半途而废，失落的神明们一个个离开，只有一个神明心怀愧疚，化成了一座眺望大海的山，默默地守护这里。而现在的神明山已经被建设成了盾铁港人散步必经的小公园，爬上山顶能看到半个盾铁港的风景。

汶淇天没亮就把雯丽叫起来了，雯丽因为一夜未眠，很是疲惫，汶淇不满地塞给雯丽一个馒头，示意她跟着自己，然后大步迈出了茶坊。天还只是蒙蒙亮一点，各家各户紧闭着房门，偶尔有几家稀稀拉拉的光透出来。路上冷清极了，整个盾铁港都在沉睡，在朦胧的天光下，汶淇在前面快步地走着，雯丽拖着疲惫的身躯踉踉跄跄地跟在后面，汶淇一言不发，只给雯丽留下了一头凌乱蓬松的短发和她在漆黑的路上翻飞颤动的宽松白衬衫。雯丽想到小时候看相册，不苟言笑的汶淇总是默默地站在合照的最旁边，家族聚会时，母亲会把她托付给汶淇照看，汶淇虽然不说话，但总能带她去很有意思的地方玩，如今，那个小姨似乎变了，但又好像没变。

他们上了山不走大路，绕着小径窜进一条石子路，后来脚下的石子路又变成了黄土，到后来只剩下高高茂茂的野草，雯丽打心里感叹，小土坡竟然可以走出这样僻静的路。翻过草丛，小小的农舍出现在二人面前，汶淇让雯丽躲进灌木里等候，不到必要的时候不准出不来，在微微亮起的景色中，汶淇叩响了农舍的门。“吱呀”一声，一个长头发肤色苍白的女人打开农舍的门走了出来，在黑暗中拧出一道消瘦的易破碎的轮廓，汶淇似乎与这个女人是好友，一直在嘘寒问暖:“乐盈,你又瘦了,或许该下山去,去疗养院，住这不方便。”“就我这个样子该怎么出门呢？”那个叫乐盈的女人答道，她明明看起来和汶淇年龄相仿，但声音沙哑得要命，吐出的每一个字都用尽全力。“或许住我家也行。”汶淇声音有些犹疑，又有些恳求。“你家没房间了吧？”女人一句话噎住了汶淇，沉默了好一阵，只听到汶淇低低地叹息。

“钟奕又带回来一个孩子。”

“我猜到了。”

“这次不一样，之前三个孩子还有点背景，这个什么都不说。”

“不爱说话吧。”

“有意思的是这孩子身上有大海的味道，不是那种海风味，说不出来，总觉得以前闻过。”

“你又想起以前的事了。”

“我怎么会忘掉？如果不是他们，你就不会——”汶淇的声音有些颤抖。

“先不说这个了，你把你侄女带过来了对吧。”女人望向雯丽这边，汶淇示意她可以出来了。雯丽走近女人，再一次被她的相貌震撼到了。这个女人高挑得很，比汶淇高出了一个头，却瘦成了一根细长的杆子，穿着不合时节的高领毛衣，脸上是这个年纪不该有的风霜的痕迹，她本应该是个有些姿色的女人，但似乎已经被某种病折磨得毫无生气，单薄得嘴唇开裂且毫无血色，更恐怖的是，她的下颚若隐若现遍布着藤壶状的疹子，它们好像寄生在脸上，一点点蚕食着这个女人的躯壳，夺走了这个女人的精气神。

雯丽有些紧张，她不知如何开口。那女人却很从容，“抱歉，没吓着你吧，我叫杜乐盈，你小姨和我说过你。”雯丽被吓得有些失神，好一会才缓过神来，缓缓地伸出手与她问候。“你小姨以前和我是一个单位的，但是中途发生了一些事情，现在我们都辞职了。”“为什么辞职？”雯丽问道，“因为收到了命令，我们得和其他单位合并了，但是合并以后我去了一个不太合适的岗位，没适应好，受伤了，你小姨为此还动手了。”汶淇剧烈地咳嗽了几声，“点到为止吧。”她少见地不耐烦起来。后来他们又聊了些其他的话题，帮女人收拾好房间就下山了。下山时天已经蒙蒙亮了，太阳光微微地照进山上的松柏林，开始有来来往往的车流在山下穿梭，趁还没有什么人，汶淇放慢了脚步，开始道出让雯丽后来都觉得毛骨悚然的往事。

大概是三十多年前，有一批传教士为了躲避战争来到了这里，他们自称是能和神明对话的人，将这座山作为他们的据点，开始宣扬通过诵读经文与神明对话，成为至高无上的“神语者”的荒谬言论。那时候文化普及程度还不高，很多人信，信了就出现了问题：盾铁港人口莫名减少，诡异的命案增加：正值壮年的男女被发现胸口破了个洞死在自家佛堂前，老者则是当街猝死，小孩被残忍截肢，失去的手脚下落不明。更古怪的是，那段时间盾铁港频频传出不明生物的目击报告，目击事件最频繁时，光是一个月就有164起。此外还有渔船被莫名其妙袭击、损坏，天空时常游荡着不明生物，有人曾目击到有东西乘着浪花卷走在海滩边游玩的路人，这一系列事件越来越让盾铁港民不聊生，官方束手无策，当时大批的盾铁港人逃离了这里，几乎让这里成为一座“鬼城”。

这个时候，一批年轻人自发地站出来，组成了一支队伍对这一系列怪异事件展开了调查，惊奇地发现这个传教组织正企图用“神语者”这个来由不明的噱头组织人们展开邪教仪式，他们向来认为海洋里有比人类更高级的文明，他们想通过仪式取悦这所谓的高级文明来与他们合作，让人类在合作中不断地“进化”，仪式是“合作”的一部分，而他们的信徒，无疑成了这场人类进化实验中的牺牲品。于是，年轻人们开始巩固队伍，他们召集了更多的青年人，他们自诩为“渔夫”，开始了一场直击海洋的讨伐。这场讨伐持续了几十年，巅峰期甚至连国家军队都介入了战争。汶淇正是在这个时候加入了队伍，在当时，汶淇也是“渔夫”的指挥官之一，而杜乐盈正是“渔夫”集团的话事人，在二人的配合下，“渔夫”们向海洋深处进发，拔除了盾铁港周边的威胁，铲除来自陆地的邪教残党。

然而雯丽不知道的是，当时除了“渔夫”集团，还有其他组织一起来共同完成了这场围猎。然而后来，根据要求，“渔夫”不得不与其他组织合并起来，建设成统一面对海洋的队伍。人员调度与岗位变动，让汶淇和乐盈没有在他们原来的岗位任职了，汶淇还算好，调到了专门负责保卫与侦察的岗位继续她的使命，可怜的乐盈因为不能满足当下的岗位需求,被调到了临时机动组,从零开始学习,几乎要把每个岗位都要负责的事情都干一遍才能确定调度方向。汶淇记得调职那天，乐盈抱着一箱一箱的资料离开了宽敞的办公室，把他们整整齐齐地安置在了杂物间，汗水从她细碎的头发尖渗出来，发丝无力地搭在她白净细小的臂膀上。她也不让人帮忙，乐呵呵地抱着她的书往杂物间送，汶淇正出任务回来，发现乐盈整理好的资料和他们洗都洗不干净带着血腥与海风夹杂着发出恶臭的“捕鱼工具”放在一起时，大吃一惊，乐盈却说：“没有关系，反正我哪个岗位都会实习一遍，后面说不定还回来你的部门和你一组呢！”乐盈还说：“别看我现在这样，说不定以后我比你还厉害，到时候我可要在你头上作威作福。”汶淇只能无奈地挠挠头，换身干净的衣服然后去吃饭。

然而这一切只是未来的畅想。就在某日机动组要执行任务时，乐盈所在的机动组遭遇了袭击，而被袭击的船只落入大海，从“渔夫”继承下来的珍贵仪器落入海中，乐盈企图跳入水中挽救仪器，却不慎撞在了沾染海兽附着物的藤壶群上，引发非常严重的感染。她的创口开始被无名的病菌寄生，长出像藤壶一样密密麻麻的疹子，这种无名的病毒至今无药可治，乐盈还为此付出了相当高昂的医疗费用。然而，新组织负责人以仪器早就老化无法使用，乐盈救仪器属于个人行为为由拒不承担责任。为此，愤怒的汶淇敲开了负责人办公室的门。

那天，乐盈刚接受完治疗，准备找负责人办理复职手续，却目睹了她永生难忘的画面，汶淇发抖着站在负责人跟前，握紧的拳头不住地颤抖，大腹便便的负责人愤愤地抽着水烟，不满地看着她：“我都说了，你们仪器都老化得那么严重了，没什么好救的。”“但它也是珍贵的仪器啊，测出的数据很精准。”汶淇快急哭了，但还是强忍着泪水愤怒地瞪着眼前这个男人。“市面上的仪器比这精准多了，傻子都知道你们那仪器不好使。杜乐盈救仪器完全就是她自己作的。”汶淇抑制不住怒火，扇了男人一巴掌，愤怒地抓住男人的领子。男人抽过烟的嘴散发着的恶臭，连同他那轻浮高傲的话在汶淇耳边回荡：“这就急了？你们女的都这么情绪化吗？怪不得某些人从指挥官位子上撤下来了。”汶淇不顾男人的奚落继续质问：“你既然知道仪器老化，为什么还不换新的？！他们一而再再而三地找您拨款，申请修缮设备，您在干什么？您说‘能用就行’，等仪器完全报废了才买新的，结果呢？杜乐盈的治疗费都快比仪贵了，您还觉得您赚了吗？”她说着，带着巨大的愤怒，眼泪浸透布满血丝的疲惫双眼，抓着领子的手都在颤抖。负责人愤愤地把汶淇摔在地上，乐盈夺门而入，不顾负责人尖酸地叫嚷，扶着摔了一跤的汶淇离开了。

“汶淇……汶淇，我们回家。”汶淇记得当时瘦弱的乐盈扶着她走出办公室的样子，乌黑茂密的长发，白净而又憔悴的脸蛋，汶淇看到她也哭了，眼泪顺着脸颊流下，落到了感染的病灶旁，若隐若现的可怕的创口侵入汶淇的眼帘。

再后来，这个机构还在运营，两人仍递交了辞呈。自大的负责人认为打击邪教和海兽已经做得尽善尽美，于是开始邀功，决策者认为这样恐怖的传闻留在坊间只会一直让人惶惶不安，就把“渔夫”拔除海兽的事情宣传为打击邪教，蒙混过去了。至今还有多少人记得这里出现过海兽？估计少之甚少。

回过神来，汶淇已经站在茶坊门口了，这时已经是大天亮了，街上早已经喧闹起来，晨间的太阳把茶坊照得亮堂堂的。汶淇问雯丽：“你有什么感想？”半晌，雯丽缓缓说道：“我不知道，只是觉得好神奇、好震撼。”“那你打算在这定居吗？”雯丽思索了好一阵，仍是想不出答案来，汶淇望了望街市，向大海的方向眺望许久，说道：“要我说，也许远离海洋才是最好的选择。”

汶淇和雯丽进了茶坊，只见一群混子歪七扭八地站着，堵在茶坊正中央，来抓药的阿娇看见汶淇回来了。急忙上前求助：“不好啦！那混子头目的女人要找您！”汶淇见状，连忙让雯丽先上楼躲起来，自己去找那女人。只见那女人怒气冲冲地站在柜台中央，几个小混子在旁边用方言劝呀劝，柑子陪着笑对那女人说：“姐姐您有事和我说就好，我会转达给老板的。”“不行，我就要见你们老板。”柑子正忙得焦头烂额，突然发现汶淇已经来了，立马露出了崩溃的表情向汶淇求救。汶淇作出一副温婉可人的样子站在女人面前：“小姐，您有什么事呢？”“你就是这里的老板？”“是的是的。”女人插着腰回头对这些闹哄哄的混子大吼：“老板来了，你们知道该做什么吧。”突然，这群闹哄哄的混子瞬间安静了下来，排起长长的队伍分别往柜台上送东西，拍翅膀的鸡、活鱼、鸡蛋、牛奶……应有尽有，净往桌上摆，不一会就垒成了小山。汶淇又惊又喜：“您这是干什么呢？”女人有些歉意地说：“我们家这帮孬种在你这赊账太多了，真的丢了我们家脸，现在是来给你赔礼道歉的，你看看这些够不够还赊账的钱，不够再说。”“不……不用了”汶淇摆摆手，“茶水没那么值钱”“没事，就当是心意吧，给你添麻烦真的对不起。”女人转过身命令道：“快道歉！”

混子们把“对不起”“对捂住”喊了个震天响。汶淇实在招架不住了，只好从柜子里摸出些茶叶来，塞进女人的手机打发她带着混子们离开。三个伙计们见混子们离开了，喜气洋洋地从楼上下来，一件一件地把礼物捡拾归类好，纷纷往楼上送去，看到心仪的零食就往怀里塞，往房间里送。明明是大夏天，但茶坊里的伙计仿佛身处大年夜，各个喜笑颜开。晚餐时，汶淇就把混子们送来的鸡做成白切的样子，一家人欢天喜地地吃了一顿好的。

入夜后，汶淇便关闭茶坊，上楼休息，她难得可以休息了，这几天为了见乐盈一面她也是大费周章地准备，很是疲惫。刚要睡去，敲门声又想起，汶淇打开门，小女孩一宁正拿着枕头站在门外。一宁的气色比刚搬进来之前好些了，但还是有些怯生生的，紧张得小脚趾都抠进鞋子里，她用稚嫩的嗓音叫了声："姐姐"，让汶淇有些吃惊，这是她第二次听见这个孩子开口说话，一宁又说："姐姐，今晚我可以和你一起睡吗？"

汶淇把一宁请进了房间，一宁把自己的小枕头放在了汶淇的大枕头边，汶淇突发奇想，问一宁会不会写字，一宁犹豫了一下，说不会写。于是，汶淇把一宁抱到了写字台边，打算教一宁写字，当汶淇抓住一宁握笔的手时，一宁轻轻地颤抖了一下。

"怎么了吗？"汶淇注意到了她轻微的颤抖，俯身询问，"没事姐姐，我第一次拉大人的手，有点紧张。"小家伙有些慌张，说话都喘不上气。汶淇感到有些吃惊，但还是教她写完了自己的名字，一宁还告诉汶淇，自己以前都是自己的事情自己做的，很少拉大人的手，甚至没有被像母亲那样的人拥抱过，汶淇叹了口气，带着一宁上床睡觉，小家伙像一只安静的小羊崽，乖乖地依偎在汶淇旁边，紧紧抓住汶淇的手睡着了。那天晚上汶淇突然想到未来发生的事情，她会不会真的把一宁养大，她会不会像传统的盾铁港女性一样结婚生子……想着想着，汶淇进入了梦乡。

第二天早上，汶淇按时起床开门营业。在开门的瞬间，她看到了惊慌失措的阿娇："怎么了？姐。""你绝对想不要我看到了什么……昨晚一只章鱼吸附在我家窗边，太可怕了。"汶淇搀着形影颤抖的阿娇进了屋："你家不近海，是谁家卖的章鱼跑出来了吧？"阿娇没听进她的话，她颤抖地喃喃自语："章鱼，那是章鱼？那是什么章鱼……它、它有牙齿——？！它想爬进来，用触手打开了窗户……它……！哇啊！"阿娇惊叫着蹲下来大哭，汶淇急忙俯下身安慰起来，但从阿娇的言语中，汶淇察觉到了一丝不对劲。她让柑子扶阿娇上楼休息，同时打电话给钟奕报了警。

到了晚上，汶淇借了艘钟奕单位的船，就准备出发了。她独自拿着根鱼叉在大海中央四处张望，星空下，大海映出星光的颜色，深邃而神秘。这时，一只长着人骨骼的多足生物向汶淇的心脏快速刺去，汶淇赶紧抵挡，一击直击生物的心脏，它抽搐着发出刺耳的悲鸣化开了，汶淇将这失去生命的怪物摔进海里，然后四处张望，这时，更多的无法描述形状的飞行生物咆哮着，露出白花花的利齿向汶淇袭来，汶淇只能挥舞着鱼叉奋力抵挡，这些生物汇聚成黑色的浪花，它们啸叫着，四周泛起不可言说的细碎低语，灌进汶淇的耳朵，而黑色的浪花很快就要将这艘船吞噬。这时，一声清脆的哨声响起，汶淇环顾四周，耳语褪去，哨声四起，是"渔夫"集合的调子，熟悉而悠扬，黑暗的海面突然多了几束火光，最初只是星星点点，最后连成一大片一大片，高昂的火焰点亮了天空，让星星也暗淡无光。无数的"渔夫"自海岸边涌出，他们昂起头颅，手持炬火，挥舞着利器，高亢地唱着号子，化成热烈的火海，向黑暗深处进发。"渔夫"已经不在了，但每一个成员早已活成了"渔夫"的样子。

几个小时后，汶淇一身是血地推开了家门，让屋内所有人都惊慌了起来，伙计们赶忙问起汶淇的去处。"只是去杀了个猪怕什么，明天吃杀猪菜。"汶淇兴奋极了，仿佛自己又回到了多年前和乐盈出海凯旋的夜晚，明明浑身是血，疲惫却又欢愉。

终于还是到了雯丽回家的时候了，这一天，汶淇带着伙计们早早把雯丽送到车站，临走前，汶淇问雯丽："你想好写什么了吗？"雯丽有些犹豫："可以写那天在山上听的故事吗？"汶淇愣了一下，悄悄地在她耳边说："写了请务必畅销起来。"

大巴缓缓驶离盾铁港，汶淇心满意足地离开了车站，这一天茶坊不营业，汶淇要带一宁去办户口，然后把乐盈从山上接下来，这次，她们终于回家了。

阿蜜和出租屋

廖林英

阿蜜的父亲从屋檐下推出自己的摩托车，并在车座的后面结实地绑好了一捆昨夜阿蜜奶奶劈好的柴枝，那捆柴枝看上去整齐得像一个备用车轮。阿蜜的奶奶拿着一个皱巴的塑料袋往菜园的方向走去，阿蜜的父亲很不耐烦地叫住了她：

“什么青菜县城没有，快点吧，我等下还有活呢！”

阿蜜的奶奶并没有停下反而加快了脚步，嘴里小声说着：

“自己种的不好？爱花那钱做什么……”

阿蜜很不开心，她就想在村子里待着不去上学。村子里孩子少，组不成学校。阿蜜父亲便托关系给阿蜜在县城里找了一个学校，也不寄宿，由阿蜜奶奶在校外租房子照看。今天是周日，放假的最后一天，明天就要上学了，阿蜜的父亲要在下午将祖孙二人送到县城。看着蹲在一旁逗小鸡的阿蜜，阿蜜的父亲语气有些严肃，说道：

“你带回来的书本都收好没？不要差了哪一本在家里。”

阿蜜没说话，只是将刚抓来的一捧米，均匀地撒在了地上，几只小鸡蜂拥而上，对着地面的米粒，叽叽地啄了起来，阿蜜走进了屋里收拾书包。

乡村路上，一辆摩托车上挤着两个大人，中间还夹着一个小孩，车尾绑一捆柴枝，满满当当地行驶着。路上的尘土落在她们的头上、脸上、衣服上，跟着风一齐到了县城里。

到达出租屋，阿蜜的父亲将柴枝从车上卸下后，先是给了阿蜜奶奶这一星期的生活费。等阿蜜奶奶把卸下的东西搬进了房间，阿蜜的父亲又悄悄塞给阿蜜这一星期的零花钱，并告诫她：“不要总是乱买一些麻辣片，那东西吃了容易生病。”说完，便启动摩托车，开出了巷子。阿蜜将父亲给的零花钱好好地藏进了口袋的最深处，转身走进了出租屋。

出租屋是阿蜜奶奶找的，除了价格便宜之外，她更看重的是，是否可以烧柴做饭。阿蜜的奶奶不喜欢烧煤球，也不喜欢烧煤气，唯独爱烧柴。好像煮饭、做菜、烧水没了柴就不能做成似的。出租屋里一共有六户租户，每一户都烧柴，厨房是最大的公共区域，最显眼的是四个形态各异的灶台。有的是用泥砖砌成的，有的是用碎砖块围成的，还有的是切割了铁桶的半截做成的。阿蜜奶奶的很讲究，她专门买了一个小巧精致的铁灶，生火时，随意地搭上几根干柴，点根火星就能燃起，因此阿蜜奶奶的火总是烧得很旺，水一会儿就噗噗的烧开了。

二

阿蜜没精打采地走进屋里，屋子像长方形的盒子，一条南北走向的公共走廊，从门口直通向屋尾，走廊越往里走越阴森，透着一股淡淡的霉湿味。六个房间像小格子似的被切割，阿蜜住在第二个房间。

“阿蜜，进我这来玩！”一个清脆的声音从第一个房间里传出来。

阿蜜没说话，站在门边伸出小脑袋细细地打探着。里边有个好大的火炉子，燃起的火光将整个灰暗的屋子照得明晃晃的，火光与炉子内发出的“吱吱”响声在整间小屋里荡来荡去。只见一个女人坐在炉边的小板凳上捯饬着没烧尽的木柴棒，也不说话，但好像在笑。

“阿蜜，你怕什么，进来啊！”她转头看向还在门边打探的阿蜜说道。

阿蜜还是没说话，但有些忍不住好奇，小心翼翼地走进了房间。借着火光，阿蜜看清了女人的脸，额前一小撮刘海，五官和常人没什么区别，只是嘴边涂满了紫红色的药膏，连牙齿也被染得不见白色。看到阿蜜进来，不知道她从哪个角落拉出一张小板凳，拍拍板凳说：

“阿蜜来，坐这！”

阿蜜看见了她那双被药膏染得紫红的手，活像几根笨拙的紫萝卜，阿蜜有些害怕，没有坐下，轻轻地说道：

“阿姨我不困，我不想坐。”

女人微笑着，不说话继续地烧着炉子。

阿蜜被堆在床上的东西吸引住了。一张大大的床，只剩下能够平躺着的位置，其他的都被一些堆得高高的盒子占满，盒子里装的像是宝贝。阿蜜想看清楚盒子里藏的到底是什么东西，她慢慢地向床边靠，隔着一层白纱蚊帐，她瞧见了五颜六色的小娃娃，就在盒子里！阿蜜想上床，但又不知道怎么说，于是她坐到了火炉边。

“阿姨，你的床真好看！”阿蜜笑嘻嘻地说。

“阿蜜，你喜欢布娃娃吗？我床上有很多哦，你喜欢就去拿吧！”她指着床上说道。

阿蜜想也没想，脱了鞋就往床上蹦。她搬下一个个盒子，盒子里满是各种各样的娃娃，有人形的也有动物的，可惜大多都已经破了棉，棉芯从小动物的肚子钻了出来。阿蜜用小手指塞了塞，棉芯又回到了小动物的肚子里，阿蜜知道奶奶一定有办法把小动物的肚子给缝好。除了娃娃还有几个小闹钟，但它们已经不再转动，阿蜜玩弄着玩具，心里很是开心，嘴里嘟哝着：

“阿姨，我可以带回去吗！”

“你都拿回去吧！”女人笑着回答。

阿蜜拿着几只玩具，下了床，鞋跟也不提就往自己房间跑，想要阿奶立刻帮自己把这些破了肚的玩具修好。回到房间里没看到阿奶，阿蜜又沿着长长的公共走廊一直往下跑，来到公共厨房区域。阿奶正在生火，她两手捏着吹火筒，嘴巴鼓当当的，不断“噗噗”地向火筒里吹气，火堆得到了新的氧气，立刻燃了起来。阿蜜伸过手中的娃娃，展示在阿奶眼前，说道：

“阿奶，你帮我缝一下她的肚子吧！”

“你哪捡小东西，不要把外面不干净的东西带回来。”阿奶瞧了一眼那娃娃说。

“这不是捡的！隔壁的阿姨送给我的！”阿蜜解释说。

“快扔了，要这些东西干什么！”阿蜜奶奶的脸色立刻变了。

阿蜜失落地走开了，但她并没听奶奶的话。回到房间后阿蜜将几个娃娃盖在了自己的小枕头下，枕头只能盖住娃娃的半个身子，阿蜜又把床上奶奶叠好的衣服拖过来盖住，就怕奶奶发现。

晚饭过后阿蜜趁着阿奶还在隔壁龙洲奶奶的房间看电视，便早早地就上了床，她想趁着奶奶不在的时候拿出娃娃，自己尝试着将它缝好。阿蜜从床头的蚊帐上取下一根带线的针，上面引着一截很长的白线，这估计是阿奶为阿蜜缝衣服时线太长没用完才留下的。阿蜜左手拿着漏棉的动物娃娃，右手拿着针，似乎觉得哪里不对劲，但也说不出。她左手俩手指按压着裂开的两边使其重合，右手小心翼翼地将针穿过裂开的两边，每穿过一次阿蜜总要扯一扯线头使两边的布料贴紧，一针一线一来一回，裂开的肚子终于被阿蜜关上了。不过这“手术”显然是不太成功，肚子虽然不再漏棉可是一道七扭八歪的缝痕显得格外突出，阿蜜没有理会，她认为手里的这只动物娃娃本该就是长这样，它仍然是最可爱的动物娃娃。

夜晚睡觉，黑暗中，隔壁房间里暗黄的灯光和摇晃的火光时不时地映照到阿蜜的房间里。阿蜜用手悄悄地摸着自己枕头下的动物娃娃，她想让娃娃和自己挨着并排睡。突然地，在一股好奇心的驱使下她小声地问道：

“阿奶，我为什么不能拿隔壁阿姨的东西？”

“小孩子家家问那么多干吗，叫你不要拿就不拿啰！”阿奶扯着嗓子回答。

“那你知道那个阿姨她叫什么名字吗？她家在哪？”阿蜜又问。

“小孩子别打听这打听那的，睡觉吧，明天上学不要迟到。”阿奶将阿蜜踢下的被子拉回到她的胸口，这样回答道。

阿奶扯着嗓子的大声回答让阿蜜有些不知所措，房间与房间之间完全没有隔音效果这一说法，隔壁阿姨烧柴时火焰发出的吱吱声都能听到，更别说她与奶奶之间的对话了，阿蜜希望隔壁的阿姨不要在意她与阿奶之前的对话。阿蜜又向阿奶问道：

“阿奶，我明天想吃粉也想吃油条，你能不能多给我一块钱？”

“好嘛好嘛，给你给你，油条吃不完可别扔，放书包里拿回来。”阿奶回应道。

阿蜜闭上了眼睛，她希望明天、后天、大后天赶紧到来，快些结束这读书的日子。她不喜欢上学，也不喜欢这昏暗的屋子，她要把这只缝好的动物娃娃带回到村里去，给它看看真正美好的风景。

清晨，阿蜜和阿奶一齐出了门，到了路口便与阿奶分开，阿蜜往北走去学校，奶奶往南走去菜市。阿蜜熟悉了上学的路后就再也不用阿奶接送，阿奶也赶早到菜市挑一些新鲜又便宜的蔬菜。阿蜜去上学的路上总是走走又停停，碰巧遇上一个爬行于路边的蜗牛都能让她停下好一会儿，等路过的学生多了，阿蜜才不紧不慢地走进学校。按照昨晚的计划，阿蜜打算去吃碗粉，她习惯性地掏了掏口袋，发现自己的早餐钱不见了。

她将书包脱下放在地上翻了个遍也不见一毛钱，她急哄哄地跑回刚刚停留过的路边，除了原来的那只蜗牛，什么也没看到。阿蜜没丢过这么多钱，这下粉和油条都没了，这让她十分着急，于是飞奔地跑回出租屋。

阿蜜用力地拍打着出租屋的大门，眼里的泪水不由自主地溢了出来，嘴里喊道：

“帮我开一下门！帮我开一下门！”

几声过后，都没有人应，阿蜜贴紧着门听，里面一点儿声音都没有，只是感受到一缕缕阴凉的风从门缝里面钻出。阿蜜已经意料到了阿奶还没有回来，在这条昏暗深邃的长廊里又有谁听得到她的声音呢！阿蜜失落地走往巷口，安慰自己道，少一早上不吃早餐也没关系的。走了几步阿蜜听到了那旧式大门打开的声音，吱，吱，吱……阿蜜没有回头，因为阿蜜知道就算进了大门她也没有自己房间的钥匙，于是继续地走着。

“阿蜜！是你在敲门吗？怎么又回来了？”一个熟悉的声音在叫唤，不是阿奶。

阿蜜转头望去，一个身披外套，头发有些凌乱的女人站在门边招呼她过去。是隔壁房间的阿姨！阿蜜想也没想就往回跑去，眼里的泪水又止不住地流了出来，一边跑一边说：

“阿姨，我的早餐钱不见了，那是奶奶给我买粉和油条的钱。”

阿蜜来到她的跟前，似乎在期待着些什么。女人望着可怜虫样的阿蜜先是给她擦了擦脸颊上的两行泪水，再说道：

“阿蜜不哭，不就是买粉和油条的钱嘛，阿姨请你吃早餐好不好！”

阿蜜心里是开心的，但她又害怕，她不知道放学后要怎样跟阿奶解释今天早上的早餐钱，因为阿蜜心里明白阿奶并不喜欢阿姨。在阿蜜思考的时候，那阿姨已经从外套的口袋里掏出了五元钱，塞到阿蜜的手里，并且对她说道：

“阿姨今天请你吃的早餐，这是我们的秘密，可不要跟你阿奶说！”

阿蜜看着阿姨的双眼，她俩在对视中好像互相明白了些什么，阿蜜放在心里没说出口的话，阿姨都明白。阿蜜站着给阿姨小鞠了一躬，说了声：“谢谢！”

阿姨一时没反应过来，后退了一小步，不知所措地说道：“阿蜜，你干吗呢？快吃早餐去吧，上学可别迟到了。”

阿蜜紧紧地攥着阿姨给的五元钱，向北跑去，到了早餐店，看时间还宽裕，阿蜜点了一碗粉、两根油条，两根油条是分开装的。阿蜜一根也没有吃，好好地放在书包里，因为油条在阿蜜的书包里待了一上午都不曾动过，油条渗出的油渍印染在了阿蜜的作业本上，阿蜜觉得那油渍印染显出的图像还有些好看呢！中午放学回家，阿蜜先是趁着阿姨房间里没人，将早上买的一根油条留在了炉子边，另一根阿蜜给了阿奶。对于早上的秘密，阿蜜从来不曾向谁说起。

自那天早上以后，阿蜜总背着阿奶到阿姨的房间里玩，阿姨也总是分给阿蜜一些精巧的小玩意，虽然都不是新的但阿蜜很珍惜。阿蜜先是将这些玩具偷偷地放在书包里，再故意的当着阿奶的面拿出来，得意洋洋地说道："这是同学送给我的！"虽然阿奶也爱给阿蜜强调，不可总是收下同学送给的礼物，但过后也会好好的将玩具收拾好放着。

很长一段时间里，阿蜜把阿姨当作她最好的朋友之一，去到学校里思思是她最好的朋友，回到了出租屋阿姨就是她最好的朋友，阿蜜希望这两位朋友可以一直一直地陪伴着她。

阿蜜所在的学校不大，由于是旧式的学校，厕所并不是建在学校里，而是在校门的对面，学生上厕所需要先通过一条马路。建在学校对面的厕所不仅向学生开放，整条巷子的人都可以使用，所以在厕所里能见到的除了学生，还有各种各样的人。这一天，阿蜜和思思结伴着去上厕所，还没到厕所，就听到回来的同学说，厕所里有一个可怕人！肩上背着一个乌黑的蛇皮袋，头发乱蓬蓬的，脸上手上满是紫一块青一块的。不知为何，听着回来的同学描述阿蜜脑海里竟出现了隔壁房间阿姨的模样，阿蜜拉住思思，说道：

"要不我们先不去上厕所了吧，下个课间再来。"

思思拍拍阿蜜的肩膀说："没事，都走到这了，说不定那个人早走了，门卫叔叔都在校门口守着呢，怕什么！"

阿蜜拉着思思的手，她有些紧张，她希望那个人已经离开了。穿过马路，进到厕所，阿蜜都没看到同学口中的所谓"可怕的人"，她一颗吊着的心慢慢地放下了。突然，厕所的尾端走来一个人，在一旁等候的同学纷纷让出一条很宽的道，讲话的同学也不再发出声音，相互地用眼神提醒着，好像在说："就是她，就是她，离她远一些！"阿蜜往那一看，她立刻转头装作什么也没注意的样子，挪着步子更挨近了思思。

一眼，阿蜜就认出了那个人就是自己隔壁房间的阿姨，从来没有哪一刻如现在这样，阿蜜觉得眼前的这个女人是如此的可怕，她与周围学生相比显得那样的格格不入，她看上去真像一个可怕的怪物！阿蜜低着头，她心脏"砰砰砰"地直锤，比趁热打铁还激烈，此刻阿蜜只希望阿姨不要注意到她，耳边的脚步声逐渐靠近，阿蜜已经分不清这急促的呼吸声是自己的还是别人的。

霎时，一声清脆的"阿蜜"，像一道闪电似的击中在阿蜜身上，使她全身僵住，大雨向她全身倾注。同学们纷纷把低下的目光转向阿蜜，似乎也在期待着什么。阿蜜还是低着头不说话，她不敢给自己留有任何的余光看向阿姨，头就要栽进了地面。这定格的几秒恍如陷入地狱的那般难受，无人解脱，也无从解脱。当阿蜜正想往厕所外跑时，思思大声地说道：

"我们不认识你，再不走我们就叫老师！"

思思话一落，阿蜜便听到耳旁传来一句："不好意思了，不好意思了，我认错人了，我认错人了，她不是阿蜜。"这话好像是只说给阿蜜听的，也只有阿蜜放在了心里。阿姨走后，阿蜜才微微抬起头，看着那个背上驮着蛇皮袋的女人逐渐远去，阿蜜的心里像是有一汪不着边际的海水，一会儿往前推，一会儿往后倒。往前推的浪花微笑道："哈哈哈，她走了，阿蜜可没有这样的朋友！"往后倒的浪花嘲笑道："阿蜜，你真虚伪，她不是你的朋友吗？"在反反复复的前进与后退中，阿蜜慢慢坠落于海底，直到听不见任何浪花的声音。

此后，每当阿蜜放学回到出租屋时，她总要在大门停留一会儿，小心翼翼地观察着第一间屋子的房门是否是关着的，看见关着门，阿蜜才松了一口气地走回到自己的房间里。那些放在床边的人形娃娃、动物娃娃、小闹钟、小汽车也被阿蜜用塑料袋收了起来，阿蜜几次想跟阿奶提起这件事，但每每到了嘴边，阿蜜又不说话了，这是个秘密，秘密就是不该让别人知道。

二

阿蜜的出租屋靠近码头，冬天一来，大风呼呼的侵袭着屋顶上的瓦片，发出可怕的声响。阿蜜怕冷，她讨厌冬天里冰冷的水，讨厌冬天里怎么也睡不暖和的床，讨厌厚重的衣裳。

阿蜜的奶奶担心阿蜜在冬天里感冒，因此在生火做饭时总向炉子内加满了干柴，饭做好了，干柴也烧成了通红的火炭，阿蜜奶奶就用铲子将火炭铲回到房间里的小火盆内，让阿蜜就着暖烘烘的火盆把老师在学校里布置的作业完成好。冬天里，阿蜜也从不在晚上洗澡，阿蜜的奶奶总是在出太阳的中午为阿蜜烧一锅热水，趁着中午的暖阳让阿蜜把澡洗了，晚上只是擦擦脸洗洗脚。一个冬季下来，阿蜜的奶奶要烧掉好几十捆干柴，这是阿蜜奶奶得以骄傲的战绩，烧柴不费钱，柴一烧完就回村里绑上几捆又可以用上几个星期，这可比用煤用电省下不少钱。

出租屋里的水电费是六户人家按每户的人头来均摊的，虽说冬天的用电量会比其他季节里多些，但入冬的这两个月以来，每户需要上交的电费竟然比之前翻了不只两倍，这让各个租户十分惊讶，大伙儿都是烧柴，不用热水器也不用电暖炉怎么就突然蹦出那么多电量？尽管大家都相互猜测，但没有证据谁也没有多说些什么，照常给房主上交电费。

一天中午，阿蜜放学回到出租屋后放下了书包，看到奶奶还在公共区的灶台上生火做饭，便独自在走廊里玩起了抛石子。也许是阿蜜太饿了，她总感觉自己的鼻尖环绕着一阵阵类似于烤红薯烧焦了的味道。这味道让她十分惊喜，这是回到村子里才会出现的味道啊，怎么飘到这里来了？阿蜜放下手中的石子跟着味道寻去，她停在了龙洲奶奶的房间外，确定香味就是从她这房间里飘出的，可是又觉得这股味道不像刚刚那样鲜甜焦香了，这时的味道透着一股炭烧味，有些刺鼻。

阿蜜探着脑袋先往里瞧了瞧，没人。难道是人不在，烤红薯烧焦啦？阿蜜跨着小步往里走近了看，地上没有火炉，哪里来的烤红薯呢？正当阿蜜想要离开时她发现墙角边的床上冒着一大堆白乌乌的烟，那不断冒腾起来的白烟好像是湿柴烧起的火雾，又浓又呛。

"阿奶！阿奶！燃火了燃火了！"阿蜜跑在长廊里大喊道。

阿蜜奶奶和龙洲奶奶俩人从厨房里冲了出来，问道："哪里燃火了？"

阿蜜指着龙洲奶奶的房间说："你的床上冒了好大的烟！"

她俩又一起冲进了房间，龙洲奶奶快速地将大棉被从床上掀起，棉被的一角已经被烧黑了。阿蜜的奶奶见状后先是把阿蜜拉出门外，自己跑到厨房接了一大盆水，进了房间就想将手中的那一大盆水泼向着火处，龙洲奶奶一手就拦住了阿蜜的奶奶，大盆冰冷的水直接浇在了阿蜜奶奶的脚上。阿蜜奶奶大喊道："你干什么，燃火了你知不知道！"

龙洲奶奶也有理的大声喊道："有电，淋不得！"

阿蜜奶奶瞬间就明白了，那床上垫着电热毯，两个月以来电费翻倍的原因也找到了，她扔下了盆，拖着灌了水的棉鞋向厨房走去。

"下个月的电费我们不交了！就让龙洲交，自己用电热毯舒服了，让别人给她交了两个月的电费！"阿蜜的奶奶当着厨房里所有人的面大嚷道。话一落，厨房里的其他租户纷纷和阿蜜的奶奶议论了起来，故意提高了半个嗓子，你一句的，我一句的，说话毫不客气。阿蜜的奶奶一面就着炉子烘烤着刚刚湿透的袜子和鞋子，一面洋洋得意地描绘着她刚刚见到的场景：你们没看见啊，那个烟冒得床上都是……

阿蜜已经没有兴趣听奶奶说她刚刚发现的那一秘密，阿蜜饿了，她端着饭在火炉旁边认真地吃了起来。过了一会儿，龙洲奶奶也从自己房间里出来，额头上堆满了汗珠，没等气息平稳过来，就指着阿蜜的奶奶说："你莫以为我不懂！我不在的时候，你拿了我炉边多少柴火！"

阿蜜奶奶鞋也不穿的就站起来，朝着龙洲奶奶喊道："你哪只眼睛看到我拿你的柴火了，你那柴给我我都不烧的！"

"你没拿，你没拿我这里的柴怎么会越来越少！"龙洲奶奶又反驳道。

阿蜜看着奶奶通红的脸和扯直了的脖子，她害怕地哇哇大哭了起来。"阿蜜，你哭什么！"阿蜜奶奶呵斥到。接着，阿蜜的奶奶快速地走回房间，迅速抱来一捆大大的柴火，"乓啷"一声，重重地摔在龙洲奶奶的跟前，说道："你给我找找看，哪根是你的，找出来我直接就送给你！"龙洲奶奶傻了眼，定定地站住几秒，之后便回到了自己的房间里。

晚上，快要入睡时，阿蜜问奶奶："阿奶，你真的没有拿龙洲奶奶的柴火吗？"

阿奶拍了拍阿蜜的掌心说道："要她柴火做什么，我们村里的那一山不够？"

阿蜜又问："那为什么龙洲奶奶放在炉边的柴火少了，是谁拿的？"

阿蜜奶奶停了好久一会儿，才回答道："这是另一个人的秘密了。"

三

出租屋的最后一位租客，他的房间里总是最"热闹"的，阿蜜时常看到许多漂亮的姐姐从他的房间里出来。安静的时候，走廊里还可以听到她们相互嬉笑的声音。不过奇怪的是，阿蜜的奶奶决不让阿蜜到最后一间屋子去玩。

最后一间屋子和前五间的都不同，从空间上看它要比其他屋子的都大。屋子的门常常敞开着，进门的一边放着两个玻璃罐，里面装满了各式各样的贝壳，长条的、扇形的、螺丝状的，每一个贝壳都是那样的洁白没有一点儿杂质，像是在大海里淘洗过无数次才装进去的。阿蜜没有去过大海，也没有在沙滩上捡过贝壳，她特别希望自己可以拥有一枚贝壳，哪怕是玻璃罐子里最小的那一颗。因此阿蜜常常站最后一间出租屋的走廊上，远远地看着那个玻璃罐子，认真地数着里面的贝壳，从不厌倦。

进出最后一个房间的大多是年轻的姑娘，她们不是留着大长发就是梳着爆炸头，穿着超短裙或者大短裤，嘴唇抹得红嘟嘟的，眼睛涂得亮闪闪的，与她们擦肩而过时总能闻到一股浓烈的香水味，阿蜜觉得她们像极了要演出的样子。这些姑娘与其他租户都不认识，但走廊里见到，她们也总是会很热心地打起招呼来。阿蜜的奶奶还因此认识了一个姑娘，这姑娘与其他人不同，她绑着马尾，不抹口红，不穿短裙，说着一口和奶奶差不多的壮家话。阿蜜奶奶跟她搭讪了几句之后，便把她拉到角落，似乎在说些什么，阿蜜听得不太清楚，只见那位姑娘拍着阿奶的手，嘴里好像答应到："阿奶，你放心，我以后不会来这里了！"

"为什么不到这儿来呢？"阿蜜不知道。看着那姑娘走出了出租屋的大门，阿蜜的奶奶才毫不掩饰地叹了一口气，转头望着身后的长廊，神情同这条长廊一样深邃，昏暗而看不见一丝的光亮。阿蜜小心地向阿奶打探着：

"阿奶，你见过贝壳吗？是那种海里的雪白的贝壳呢！"

"河里的那些乌青乌青的贝壳，我洗衣服时，倒是天天见。"阿奶回答道。

"最后一个房间的门边上就摆着雪白的贝壳，可漂亮啦！"阿蜜激动地说着。

阿蜜奶奶的脸色立刻变了，盯着阿蜜的眼睛严肃地讲："阿蜜，你不准去后面的房间，听见没有？"阿蜜只好乖乖地点点头，对于那两罐雪白的贝壳，阿蜜只能先悄悄地放在自己心里。

阿蜜的舅公，也就是阿蜜奶奶的弟弟在县城里买了房子，邀请阿蜜和奶奶到新房里玩。阿蜜奶奶特地提前定了一担庆新房用的糕点以表祝贺，要阿蜜先在家里等候，她取回糕点后再回来把阿蜜带过去，阿蜜欣然同意了。

看到阿奶出门后，阿蜜悄悄地走到了最后一间屋子地长廊上，这次她离那两个玻璃罐更近了，但却始终不敢上前去打开罐子，取出贝壳。阿蜜就站在门边，房间里传出几个男人和几个女人的打闹声，女人边笑边喊着：

"烦死了，烦死了，你们就懂欺负我！"阿蜜一步步向玻璃罐靠近，她看见烟雾缭绕的屋子里，仅摆着一张矮桌和一张大床，男女女都在床上，床上的几张旧毛毯胡乱的堆着，一张还掉在了地上。一群人赤脚地围坐在床边打牌，女的看起来容光焕发，通红的嘴唇和烧得火热的脸庞，让她们看起来有些微醉的模样。男的则大多数看起来油光满面，大笑时露出渍黄的牙齿犹如鳄鱼进食时那样可怕。其中有一位年龄稍大的男人独自靠在床头，骨头像散了架，两眼无神，嘴巴却微微笑着。他瘦得出奇，脸上颧骨的形状最为明显，两眼微微下凹，加上腊肉似的脸色，阿蜜每次看到他就想起某篇语文课本上出现过的成语"尖嘴猴腮"，他是最后一间屋子的租户，阿蜜常听到那些女人叫他"中德"。

坐在靠墙一边的女人发现了阿蜜，她撩起地上的毯子，穿上了原本盖在毯子下的一双男士拖鞋，顶着一个胡乱的爆炸头（将扎起的头发不断打丝，形成球似的造型），走到阿蜜的对面，双手交叉抱于胸前，靠着另一边门对阿蜜说道：

“阿妹，你找哪个？”

阿蜜的眼睛回到了装着贝壳的玻璃罐上，小声地说道：

“姐姐，我谁也不找的。”

“想要这个？”那女人指着眼前的玻璃罐说。

阿蜜点点头，问道：“我可以拿一个吗？”

那女人笑了，清了清嗓子，对靠在床上的那个男人喊道：

“这个，你要问问这里的老板同不同意。”

那靠在床上的男人，抬头看了看阿蜜，拿起了刚刚那女人放下的牌，没说话。阿蜜不敢说话只是呆呆站着，她不知道自己到底可不可以拿，但阿蜜还是想再留下争取一会儿。那女人蹲下了身子，阿蜜站着一眼就看清那女人白花花的胸沟，简直和玻璃罐里的贝壳一样洁白，阿蜜的眼睛立刻看向别处，假装着什么也看不见的样子。那女人又说道：

“选吧，拿几个都可以！”

阿蜜又惊又喜立刻蹲下，想都没想，挑都没挑，就从玻璃罐的最上面拿了三个，这些刚好是不同形状的。阿蜜太高兴了，她一起身就想离开，那女人叫住了阿蜜：

“我给你编个头发吧！”

阿蜜迟疑了一会儿，但还是答应了，她将手里的贝壳握得紧紧的，任凭着那女人在自己头发上做造型。阿蜜可以感觉到那姐姐是在给自己做和她同样的造型“爆炸头”，阿蜜的每一根头发都在被疯狂的撕扯，在一把多人用过的梳子上摩擦，逐渐阿蜜觉得自己的脑袋变得越来越重，像顶着一个大圆球，无论阿蜜怎么甩也甩不掉。造型做好了，那姐姐拿着镜子给阿蜜照着，她似乎很满意自己的作品，还乐呵呵地问阿蜜好看吗？阿蜜看着镜子里的自己先是一惊，才说道：“谢谢姐姐！”

阿蜜一回到自己的房间里便拿出镜子仔细地照看自己的发型，有几分新奇又有几分可怕，像一个毛茸茸的狮子。阿蜜刚想用梳子给自己头上打了结的头发梳平整，但心里又有几分犹豫，觉得这造型也不错，梳这一发型去舅公家大家见了应该都夸好看吧，阿蜜想着想着，便放下了手中的梳子。

阿蜜的奶奶回来后，一眼就注意到了阿蜜的头发，语气里有些怪罪：“你又去干了什么，怎么把头发弄成这副鬼样子，快把它梳平！”

阿蜜一百个不愿意，嚷道：“我就要这样，我觉得这个头发好看！”

“那你就不要去了，一个人留在这里！”阿蜜奶奶拿着钥匙准备锁门，机灵的阿蜜立刻跑到门外，做出要跟着阿奶出发的样子。阿奶走在前面，阿蜜跟在后面，阿蜜一面走一面用自己的手将打了丝的头发捋顺，可她越是心急，头发越是绞得厉害，阿蜜稍微用力一些头发便从头皮上连根拔起，疼得她泪水直在眼角里打转。走出巷口，正好碰见几位男孩子在玩游戏，看见了阿蜜，他们大笑着喊道：

“你们快看阿蜜的爆炸头！”整个巷口里全是一群男孩的嘲笑声。

阿蜜觉得难过极了，她想赶紧跑上前去和奶奶并排着走，但阿蜜奶奶的步伐更快了，她回头看向阿蜜，眼睛睁得鼓鼓的，一半白一半黑，这让阿蜜有些害怕便不敢跟得太紧，直到过马路时阿蜜奶奶才领着阿蜜一起走。

到了舅公家，阿蜜是和奶奶一起进的门。舅公倒是很开心，一进门就拉着阿蜜让她自己拿桌上的糖果吃。舅奶看了一眼阿蜜的头发，嘴角不再微笑，愣了几秒，刚想开口对阿蜜说些什么，又闭上了嘴，一把拉住了阿蜜的奶奶，说道：“二姐，你也不看看今天什么日子，阿蜜不懂事也就算了，你一大把年纪了也这样，你看阿蜜这头发搞得像什么东西！”

阿蜜奶奶一时不知道说些什么，只是搓着俩手。这时候舅奶的大女儿笑着解围到：“妈，这是今年的流行发型，我觉得阿蜜的头发很有创意呢！”舅奶没再搭话就进屋里忙去了，看着阿奶无所适从的样子，阿蜜有些难过，她将双手放到裤子两侧的口袋里，摸了摸里面的贝壳，阿蜜觉得自己没那么喜欢这贝壳了。

晚饭过后，由于阿蜜第二天还需要上课，阿蜜奶奶便带着阿蜜先回到出租屋，临走时舅公还送了好大一袋水果，说送礼的人多，这些水果他们吃不完，便叫阿蜜带回去，尽管阿蜜奶奶推迟，但舅公还是一把塞到阿蜜的手里。在昏暗的路灯下，阿蜜奶奶一手提着水果，一手拉着阿蜜，两个一大一小的影子飘飘斜斜地印在马路上，一路上祖孙俩都没说话，任凭来回的车辆反复地碾压着两只灰暗的影子。

回到出租屋里，阿蜜奶奶先端来一盆热水，手上帮着阿蜜梳通她那乱蓬蓬的爆炸头，嘴里说道：

“阿蜜，你看看你这头发，梳不好，明天上课看同学笑不笑话你呢！”

阿蜜知道自己犯了错，她小声回答：“阿奶我以后再也不搞这个头发了。”

阿蜜奶奶将已经捋好的头发，小心翼翼地披在阿蜜的身后，说：“下次再搞嘛，我直接用一把剪刀给你剪了多块！”阿蜜使劲地摇摇头，她再也不想看到这爆炸头，也不想到最后一间屋子去了。

好在阿蜜奶奶耐心，尽管折腾了很久但也终于把阿蜜的头发梳得平整。阿蜜上床后，阿蜜的奶奶从口袋里掏出几个贝壳递给了阿蜜，看着阿奶皱痕斑斑的手掌，手心上的几颗贝壳显得更加美丽动人，阿蜜惊讶地问道："阿奶，你的贝壳是从哪里来的？"

"问那么多干嘛！给你，你就拿着。"阿蜜奶奶把贝壳放在床上后，就端着热水出去了。阿蜜将之前放在口袋里的贝壳一起拿出，整整齐齐地摆在了床上，她再将床上的枕头被子都移到一边围成一个沙堆似的小角，还找来一个帽子捧在自己的手腕上。阿蜜在床上慢悠悠地走着，像是脚踩着金黄的细沙，沐浴着轻柔的海风，时而蹲下将贝壳捡入自己的帽子里。阿蜜梦幻着自己去到了海边，她携着那小小的篮子，里装满了她所有的期待。

夜里，阿蜜和阿奶睡得正沉，一阵阵猛烈的拍门使她们惊醒，除了拍门声，还有喊叫声："中德！你给老子开门！快开门！"

阿蜜有些害怕，她对着奶奶小声说道："他们好像在叫住最后一个房间的那个人。""阿蜜不怕，别说话，继续睡觉。"阿蜜奶奶轻轻地拍着阿蜜的背，没有要起身去开门的意思。屋外的声音越来越激烈，像铁锤在疯狂地敲打，谩骂声也更加肆无忌惮，但屋里依旧没有任何声音，一个个房间如同一个个封闭的盒子，谁的房门也不愿意打开，长廊上依旧昏暗深邃，没有一丝光亮，只有传不到尽头的拍门声和咒骂声。

过了好长一会儿，声音渐渐停了，估计她们已经离开，阿蜜奶奶才放下了阿蜜的手。没等阿蜜和阿奶睡着，又传来一阵阵吵吵闹闹的声音，这次声音从侧边传来。好像有人在翻墙，一个个萝卜似的"咚咚咚"的落地，阿蜜奶奶赶紧和阿蜜紧紧地贴着，她被子拉过阿蜜的头顶。一帮闹哄哄的人翻墙进到走廊后，声音更加响亮，仿佛是在炫耀她们翻墙的本事。在阿蜜的门外，突然有光特意从门缝照进，门外的人推了推门把锁，嘴里说着："在里面睡觉，竟然不给老子开门，那几个贝壳白送了！"

这一夜，阿蜜和阿蜜的奶奶都没有好好入睡，俩人辗转反侧，各有各的心事，各有各的秘密。

第二天，阿蜜的奶奶突然要送阿蜜去上学，出了房间门祖孙二人便看到一个人从长廊的末端走过来，一头凌乱的长发下拖着一个无力的躯壳，身上的衣服反而像是她的枷锁，也不看路，浑浑噩噩地走着。离近了些，阿蜜认出她，这就是和阿奶说同一种壮家话的那一姑娘，这全然不像阿蜜第一次见到她的样子，尤其是眼睛，和这昏暗长廊的末端一样，毫无颜色。阿蜜故意将动作放慢，她以为那姑娘会向阿奶问声好，没想到，那姑娘走过的时候什么话也没说，头也不曾抬起过，清冷得犹如清晨的霜。阿蜜的奶奶望着她掠过的背影，似乎想说些什么，但始终没有发出声音，阿蜜的奶奶明白，眼前的这一背影，她再也唤不回头。

祖孙俩走出了出租屋，阿蜜奶奶“啪”一声地锁上了门，一条暗黑的长廊被封锁在了门里。门外的天气很好，尽管天没全亮，几朵懒洋洋的云却挂得很高。东边，一出红日从一幢幢参差不齐的房子上升起，金黄的阳光散漫整个巷子，沉浸了一夜的霜露在退却，从巷口里吹来的冷风让人倍感清醒，睡意全无。“今天天气蛮好！”阿蜜的奶奶说到。阿蜜笑道：“明天的天气也会和今天一样好，后天也是，大后天也是……”

作者简介：廖林英，女，广西柳州市鹿寨县人，平时爱好写作、阅读、旅游，喜欢用文字记录生活点滴。现为玉林师范学院写作人才班里的一名学员。

回乡记

李启远

傍晚下班时分，九号厂房仓库组正在进行春节放假前最后一次集合。组长说明了放假日期后，要求大家谈谈假期计划。同事们很踊跃，一改平日的拘谨。轮到李书说的时候，他却沉默着，直到身边的人提醒他后才说：

“我还没有想好呢。”

同事们哄笑起来。

“还没想好呀，明天可就放假了！”组长说着转过脸来望向大家，“感谢仓库组每一位成员在这一年中的努力与付出，我在这里提前祝大家新春愉快！”

掌声雷鸣般响起来，久久未曾停息。李书如同患了耳疾，仍旧面无表情地站着，让人疑心他在梦游。可当他随着舍友一起回到宿舍，却觉得老是有人在耳边鼓掌。这是很奇怪的，李书担心自己出现了幻觉。

或许是憧憬着回乡带来的喜悦，舍友们情绪高涨，有人唱起歌来，马上就有人加入了合唱。他们边唱边踏着节拍摇晃起手臂，瞬间进入了蹦迪的状态。

“好运来，祝你好运来……”

前不久举行的元旦晚会上，车间最漂亮的那位姑娘登台演唱了歌曲《好运来》。也许她太紧张了，都不敢把头抬起来，最终多处跑调。假如有宿舍的这群哥们上台伴舞，台上的气氛一定轻松很多，说不定还能拿个好名次，可惜了！

几位舍友先后向李书招手，示意自己旁边是他的位置。李书坐在床沿没动。

睡上铺的小胖，扭动着硕大的臀部来到李书面前，关切地问：

“李书，今天怎么了？”

“没，没什么。”

“听说你过年回去定亲是吧？明年将对象带过来让兄弟们瞧瞧。”

“没，到时候再说吧。”

入夜后，舍友们为明天出行做准备，早早关灯休息了。李书也躺下了，却怎么也睡不着。耳边的掌声已经散去，他由此相信自己还是健康的。窗外的夜由喧闹回归寂静，周围几栋宿舍楼的灯光渐次熄灭后，夜色越来越浓。已是凌晨一点多，睡意却迟迟不肯到来。其实，已经有好长一段日子，李书没有踏踏实实睡过一个好觉了。他非常不愿昨夜的失眠得到延续，狠狠闭上眼睛，用力拉紧被子蒙住头，将自己裹成了一个粽子。可纷乱的思绪不受控制般自顾自打开了一扇门，许多过往的经历相互串连，在头脑中越缠越紧。

年初的时候，李书听别人说炒股赚钱容易，也跟着去开了个账户。没想到头一回买入居然赚了八个点，而且只用了短短的三天时间，为此他满脸红光好几天。李书见炒股挣钱快，毫不犹豫把自己所有积蓄投了进来，可从那以后他就再没有微笑起来，买入当天就被套了。

李书全仓买入的时候，正值大盘开始调整。他见持有的股票连续下跌，沉不住气，割肉后马上换股。哪知换的股票第二日迎来了大跌，赶在跌停前慌忙换回去，没想到换回的股票在尾盘开始了补跌。李书认定自己运气不好，这么倒霉的事情偏偏他碰上了。今天买入的股票需等到第二日才能卖出，不管尾盘跌去多少也只能眼睁睁地看着，李书头一回感受到了无能为力的挫败感。李书气不过，把每个月的工资也投了进来，还是没能阻挡账户总资产快速缩水的步伐。

李书的心里已经乱了，这么跌下去他真的担心自己会疯掉。病急乱投医般赶忙换成股价较低的大盘股，准备长线持有了。

起初他还是有些信心的，可每天股票依旧以绿盘来迎接黑夜时，刚刚燃起的希望之光又迅速黯淡下去。李书常常浏览各股吧，不顾腰酸眼胀的折磨盯着手机撑到深夜，只是为了寻找明天能够反弹的理由。可第二日即便真的有利好出现，全线飘红的行情只是昙花一现，至收盘时分跌幅反而较昨日扩大了。李书百思不得其解。他不愿再相信股吧里任何消息，只盼着出台历史性的利好，迎来连续大涨的奇迹。只要挽回了损失，他发誓第二日就去销户。当他弄清国外股市行情对A股的影响后，每天早晨醒来的第一件事，便是快速登录查看国外行情。国外股市的上涨总是来得很容易，每一次大涨都让李书坐立不安，似乎期盼已久的奇迹就要出现。

也许太过于关注，他那颗敏感的心渐渐有了担忧，唯恐看到欧美股市大跌。

他常在夜里惊醒过来，迷迷糊糊的，明知是场噩梦也会赶紧用手机查看实时行情进行佐证。只要是开市的日子，夜夜都是如此。

李书也曾想过将股票卖掉算了，却担心卖出后行情会反弹，取舍成了困扰他的难题。亏了这么多，他不甘心呀。直到经历了昨天千股跌停的惨痛教训后，他的幻想才在懊恼与痛苦中一点点崩溃。他真的感到了恐惧，害怕手中的股票变得一文不值。终于李书在今天下午用颤抖的双手实施了一个行动——将持有的股票全抛掉了。当看到自己账户总资产只有四千多元时，他再也控制不住自己，还没走到货仓僻静处，眼泪就流了下来。

手中没有持有股票了，原本以为晚上可以安安心心睡个好觉，却不知不觉想起了阿Q的一段遭遇——“很白很亮的一堆洋钱！而且是他的——现在不见了！”于是，心里又被懊悔和伤痛占据。反复思量，泪水便渗满了眼眶。

去年假期回乡，母亲托人为他介绍了个对象，女孩是隔壁村的雪妹，在县城一家超市上班。按照家乡现今的风俗，一门亲事定下来前，男方需要在县城买套商品房，媒人带着女孩来到县里碰面，首先便会带去看看新房。

当时购房首付至少三万元，加上装修和办婚礼，没有十五万元根本拿不下来。装修可以简单一些，但婚礼是不能省的，该为女方准备的聘礼一样不能少，否则便会让女方家里失了面子。李书存款不够，不愿让母亲操心，便与雪妹双亲商定在今年年底定亲。

也正因为如此，年初的时候，李书才选择积极投身股市。只想赚到钱后多备些聘礼，好为雪妹家争些光彩。他万万没想到现实是如此残酷，如同被人狠狠抽了一个耳光。李书擦去眼中的泪水，长长叹了口气，如果一切可以挽回，他宁愿自己抽自己的耳光。

这座海滨城市每年冬天总有一阵子特别冷，况且这几天寒流正在袭来。想到了雪妹的李书，才感到了一些温暖。他裹了裹被子，将雪妹送的书抱在怀中，面朝墙壁睡去了。

第二天早晨七点不到，舍友们已经起床，就连平时最喜欢赖床的小胖，已经在梳理头发。小胖往头上喷了很多啫喱水，宿舍顿时弥漫着呛鼻的气味，李书连着打了好几个喷嚏。小胖边打开门边把西装换上了，然后背着手在宿舍里走了一圈，问大家：

“哥们，帅吗？有没有咱们老板的派头？”

说完把头微仰，双手叉腰，竭力模仿老板常见的站姿。小胖头发油亮，西装笔挺，不看脸目确实有几分像。

“是老板来咱宿舍视察工作，大家赶紧鼓掌欢迎。”隔壁床的那人说。

“要的就是这个效果！”小胖很得意。

对面的两个人嘴里发出“啧啧”声，显然对小胖这身打扮也是很稀罕的，他们围着小胖转了一圈，其中一人问：

“妈呀，这帅哥是谁呀？真是太帅了！”

另一人似乎因为眼花没看清，眨着眼睛凑近小胖又转了一圈，还刻意闻了闻小胖头发散发的气味，然后非常厌恶般赶紧捏紧了鼻子。

“这不就是那位平日最喜欢赖床的小胖同志吗，他可以一边上厕所一边刷牙的，好几回嘴上还堆着泡沫就冲进了食堂，硬是把食堂阿姨惹得笑弯了腰，我觉得那会儿的他比现在更威风！”

舍友们大笑起来，有位差点失控，靠在李书的床架上才把持住。小胖红着脸把叉腰的双手放了下来，走过去关宿舍的门。边走边说：

“不管咱之前过得怎么样，在假期里必须潇洒起来，这样回到村里才有面子！”

李书在心里思量着小胖说的这番话，他是非常赞同的。随后大家陆续踏上回家的征程，欢笑的场面便再也没有出现。有人相邀李书，他总是这样说：

“你们先走，我买了明天的票。”

李书撒谎了，他根本没买车票。其实到底要不要回去，他还没有确定下来。

已经快十点了，他还躺在床上。舍友们走后，宽敞的宿舍里只剩李书一人。窗外的太阳早已升起，一些泛白的光线透过窗户玻璃照进室内，寂静的宿舍被映衬得越发冷清。李书望着舍友们的空床铺发呆，发现少了舍友们的宿舍让他很难适应，如同很难适应此刻空荡荡的内心。

其间，小胖曾返回宿舍拿身份证。急得满头大汗的小胖还不忘给李书带份早餐，在那短短的可能不到一分钟的时间里，李书想表达感谢的时候，小胖回头一笑匆匆关门而去。剩下渐行渐远的脚步声从走廊传进来，最后慢慢消散了。

“他应该走到拐角处了。”李书自言自语地说。

李书从床上坐了起来，沉闷地坐着——他在考虑要不要回去。他想，躲在这边过年也不是办法，很可能整个假期都将与孤独为伴，那必将是一种煎熬。他不想找借口撒谎欺骗母亲和雪妹，可回去后又不知如何面对。怎么办呢？

李书感到很烦恼，点了支烟。烟抽到一半的时候，想起小胖那身西装革履的打扮，他惊喜地把烟扔掉了。迅速从床上爬起来，他决定回去了。

腊月二十七下午，李书身着一套崭新的西装回到家乡。天气较冷，他故意解开衣服纽扣，让围在脖子上的那条高档围巾随着他的步伐飘动起来。他左手拿着旅行包，右手提着一个大大的礼品袋，头发上喷了些小胖的啫喱水，满面春风地走在村庄的小路上。他这一身行头引来聚在路边闲聊的乡亲的注视。乡亲们怕认错，等走近了才敢出声。

“小书子，成大老板了？”有人问。

李书没去肯定，也没去否定，掏出一包高档烟，老人小孩逐个发。有人推辞，他就这么说：

“没什么，抽吧！这几天谈了点生意，所以耽误了，现在才回。”

当李书拿起行李往前走的时候，身后的人说：“真是阔气了！”

李书偷偷笑了。步子迈得更大，让人觉得他脚下有点飘。

回到家没顾得上坐下，李书提着礼品袋径直往雪妹家走去。来到雪妹家，李书给雪妹爸敬的不是一支烟，而是将整条烟塞了过去。雪妹爸知道这烟贵，问：

“小李，怎么买这么好的烟？”

李书没有回答，反而向雪妹爸编起他做生意的谎言来。说是今年与朋友一起合伙做生意赚到些钱，所以就买了些好烟好酒，他指了指身上的那件西服说：

“一千多呢！”

说到定亲的事时，他是这样解释的：

“朋友说把生意的规模扩大些，所以我就把存款全都投了进去，但您和伯母请放心，等来年资金周转过来了，我一定办场隆重的婚礼让乡亲们开开眼界。”

李书这番说辞，在列车上经过反复演练早已谙熟于心，他自认为刚刚说话的语气和手势都拿捏得恰到好处，完全达到了预期的效果。李书为自己如此优秀而沾沾自喜，脸上便有了笑意，只是雪妹不在家。原本想着以这身光亮的衣服，以突然出现的姿态，带给雪妹惊喜的，就连有些说辞也是为她而准备的。可她却不在。李书有些失望，决定先行回去，唯恐待久了露出马脚。

起身告辞的时候，他从礼品袋中拿出一瓶经常在电视上做广告的酒，对雪妹爸说：

“这酒挺好喝的，我在那边经常喝。”

回家的路上，李书接到村里一位好兄弟的电话。好兄弟说他家宰过年猪了，让李书晚上过去喝酒。

来到好兄弟家，在座的各位都是儿时一块长大的伙伴，李书更加放松下来。回乡的计策实施得天衣无缝，是该好好庆祝一下的，这顿酒来得太及时了。李书心情大好，嗓门便大起来，不住给伙伴们递烟。酒过三巡，伙伴们抽着李书发的烟，竟调侃起他来。

“书老板，一年不见真是如隔几十秋呀！”有人说。

“这可不是！这一身光亮的西装，这大款才抽的高档烟，哪里还是去年的李书！”有人搭腔。

“小书发达了，有没有弄个女秘书

回来？”有人问。

“他要什么女秘书，他有雪妹。”

话还没说完却被人使了个眼色。几乎在同时，伙伴们带着尴尬的神情全都转过脸去。李书不解，反复问起隐情，伙伴们才将雪妹被人追求的事告诉了李书。有人说：

“最近有个男的经常开车来找雪妹，那人家里很有钱，听说在县城开了一家大酒店。”

“这也不能怪雪妹，现在哪个姑娘不喜欢钱，况且雪妹长得又标致，是个正常男人都想多看她几眼。”

“我们大伙儿从小一块长大，跟亲兄弟一样亲，可遇上这事真的不知道怎么给你帮忙。”

他们七嘴八舌地讲述是在李书将信将疑的眼神下进行的，有人怕李书不信，这样说：

“今天早上雪妹精心打扮了一番，刚吃过早饭就跟她妈一块坐车出去了。车是面包车，跟往常开进村的车不同，估计有钱的人家有好几辆车。”

李书咳嗽几声，急着吐痰慌忙站起，走到屋外却给雪妹打起了电话。雪妹得知李书回来了，丝毫没有隐藏她的惊喜。她告诉李书，正跟妈妈一起坐车从县里回来呢。李书没有去体会雪妹话里包含的情意，直截了当地问：

“是辆面包车吧？”

听到雪妹给予确定地答复后，李书脑里一片空白。他本想在石堆上找个石块坐下来缓缓情绪，可石块不愿配合，待李书刚坐下便从顶部滑落下来，重重落在了地上。李书很气愤，转身向石块踢了一脚，还是不解恨。他觉得伙伴们没有骗他，那余下的话他不想再听了，尽管雪妹依旧在电话里表达她对李书也知道这件事情的惊讶。李书无力地靠在旁边的大树上，臀部有些疼，衣服上的尘土没去拍，说了声“不好意思，打扰了”之后，直接把电话挂了。

返回屋后，李书情绪低落，好兄弟安慰他说：

“别想那么多，反正你跟她还没有订成亲，也算不上丢人，等明年找个更好的带回来气死她！”

李书做了个手势打断了好兄弟的讲话，站起来将酒碗举过头顶，大声说：

“兄弟们难得一聚，今晚只管喝酒，今夜一醉方休。”

说完脖子后仰，一口气将一碗酒全都灌了下去。他没有放下碗，自己迅速把酒斟满了。

“今天我李书挨个儿敬大家。承蒙大家看得起，将我视为兄弟，我这人没什么出息，就先干为敬了！”李书高高举起酒碗，闭着眼睛一饮而尽。

李书被伙伴们搀扶着回到家里时，已到了晚上十点多。李书在路上吐了一阵子，反倒觉得清醒了许多。伙伴们走后，他摇摇晃晃走进房间，一把将身上那件“一千多”的西服脱下来，用力甩在地上。他觉得不解气，又往衣服上踩了几脚，跺脚使劲踩。最后他踉踉跄跄地坐在床沿，他哭了，无声地哭。

听到有人在屋外敲门，母亲赶紧去开门。李书听出是雪妹的声音，他胡乱擦了一把眼泪便冲到雪妹面前，口齿不清地大吼：

“你来干什么？你给我走！”

说着要去推雪妹。幸好，母亲及时将他拦住了。李书斜眼瞟了一眼站在门边的雪妹接着说：

“别人家里那么有钱，还有酒店，我什么都没有，连准备定亲的钱都被我炒股亏掉了，亏得我都不敢回来见你，这些你知道吗？而你过得倒好，吃着碗里的看着锅里的，我真后悔当初要与你定亲！”

雪妹哭起来，掩着面往外跑。母亲伸手去拉，可惜没捏紧雪妹的衣袖，赶紧抓起手电筒追了出去。李书则呆坐在凳子上，面无表情地呆坐着。

母亲回来的时候，李书还没回房间。母亲问起李书事情的经过，李书将在好兄弟家喝酒的听闻及打电话给雪妹的经过，还有炒股亏钱后想到的这个装大款的计策都告诉了母亲。作为最后的补充，李书说：

“没想到雪妹是这样的人。”

母亲听完后长长叹了口气，她长年在家忙于农活，没法理解炒股是怎么一回事，只是为李书亏掉的那些钱感到可惜。她说：

“雪妹倒是一位好姑娘，只是你自己不争气，怕是没那个福气了。”

李书不解，急切地追问母亲，没想到母亲往下说的话让李书更加感到意外。母亲说：

“今天是雪妹姑妈办喜事，开车接送的人是雪妹表哥。之前是有人经常去找雪妹，但雪妹拒绝了他。雪妹告诉过我，那个人是不学好的二流子，经常穿得花里胡哨地往女人堆里钻，雪妹从来没有正眼瞧过他……”

母亲的话还没说完，李书一下子瘫坐在地上。他瞬间清醒了，甚至比没喝酒前更为清醒，他觉得发生的这一切就像一场梦。李书开始为自己的所作所为感到后悔，他羞于面对母亲，羞于面对雪妹，羞于面对整个世界。他没有再坐起来，只是将头埋进双膝间，努力往下钻，似乎这样会好受些。

母亲过来扶起李书，“雪妹为了避开那个人把超市的工作辞了，准备明年与你一块南下找工作呢。”

听母亲说完这句话，李书当即抽了自己两个耳光。起身回房后，迅速传出几声闷响，不知是什么撞到了墙壁上。李书却告诉母亲没事。

次日一早李书醒了，额头有些红肿，头也痛得厉害，可他还是靠着床头坐了起来。原本应该正面面对的事情，经过自己如此操作，反而闹成了一个天大的笑话，真是让人无地自容。能怪谁呢？都怪自己太虚伪。时光无法倒流，过去的一切无法挽回，再怎么痛心也没有丝毫意义，眼下最紧要的是怎么向雪妹道歉呢？昨晚他反复想了很久，认定只有道歉才能求得雪妹的原谅。只是现在钱也没了，定亲的事自然无从谈起，那么道歉还有没有用呢？——大概雪妹是不会接受了。

李书感到一种绝望的悲伤，从烟盒里掏出最后一支烟点上，狠狠将烟盒扔到了墙角。假如年初不是因为财迷心窍，这一大串事情也就不会发生，这会儿应该早就起床去雪妹家了。可惜呀，美好的一切就这样被葬送了！李书越想越急，越想越气。

手中的烟还没有抽完，雪妹妈来了。李书听到她与母亲对话的内容，猜想雪妹定是将昨晚发生的事告诉了伯母，哪敢出房相见。其间母亲进房来叫，李书推说头痛不肯出去。

雪妹妈走后，母亲拿着一张纸条递给了李书。李书一看字迹就知道是雪妹写的：

“我家里今天宰过年猪，你若还珍惜这份情意，就过来帮忙。”

李书反反复复看了三遍，看到最后一遍就转悲为喜了。他从床上一跃而起，迅速换了身衣服，那件“一千多”的西服被他丢在了床上。他决定勇敢做回自己。

李书走出房间，走在去往雪妹家的小路上。屋外的天气一改多日阴沉的面孔，太阳露出了暖融融的笑容。路边的小溪沐浴在阳光里，一路金光闪烁。远处，一群玩游戏的孩子兴奋地在田野间追逐、嬉闹，欢笑声远远传了过来……春节将近，美丽的小山村里多么祥和！

李书边走边想：若是年后与雪妹一块去乘车，一起进这家工厂，一起分配到仓库组，那必是一件极好的事情，那就是向往已久的生活。雪妹跟他一样喜欢看书，厂区不远正好有一家图书馆。手里捧着书，两个人一块坐在夕阳里……想想便让人如饮醇酒。若是年末集合时，组长再次让大家谈谈假期的计划，他将与雪妹相视而笑，那是两个人才懂的甜蜜……

想起舍友小胖返乡前在宿舍唱歌跳舞的情景，李书一脸的笑意。李书快速而行的步伐，远远望去就像扭动的舞步。

作者简介：李启远，广西桂林人，曾用笔名李沐阳。2002年来深圳打工，2011年开始写作，作品散见于《广西文学》《红豆》《南方文学》《三月三》《佛山文艺》等刊物。现居家乡，立志耕读。

北流文艺

（2023卷）

诗歌

主　编　梁晓阳

UNITY PRESS 团结出版社

图书在版编目（CIP）数据

北流文艺. 2023卷 / 梁晓阳主编. -- 北京 : 团结出版社，2024. 7
ISBN 978-7-5234-0953-4

Ⅰ. ①北… Ⅱ. ①梁… Ⅲ. ①中国文学-当代文学-作品综合集-北流 Ⅳ. ①I218. 674

中国国家版本馆CIP数据核字（2024）第089378号

出　　版：团结出版社
（北京市东城区东皇城根南街84号　邮编：100006）
电　　话：（010）65228880　65244790
网　　址：www. tjpress. com
E - mail：65244790@ 163. com
出版策划：书香力扬
经　　销：全国新华书店
印　　刷：四川科德彩色数码科技有限公司

开　　本：145mm×210mm　1/32
印　　张：32
字　　数：662千字
版　　次：2024年7月第1版
印　　次：2024年7月第1次印刷

书　　号：ISBN 978-7-5234-0953-4
定　　价：200. 00元（全四册）

《北流文艺》编委会

目录 Contents

◎ “圭江潮”全国诗歌邀请展 ◎

◎“圭江潮”全国诗歌邀请展◎

（本期组稿：黄秋　宗昊）

◎柏桦

家庭生活——致母亲

我一直在寻找一种美，
一种家庭之美……
一种但愿找不到它的神秘之美。
——柏桦

我告诉了你吗？妈妈
六十一年前我看见了
旦暮之间，已是千年

妈妈别进去，我记得
当时我在北碚电影院
门口哭。我们快跑吧！

成都有个伊藤洋华堂
每一次跟你外出，我
都有一种少年的激动

仿佛我老了重获新生
“我们还会活多少年？”
后来，那儿子在想……

大江在闪烁，箴言是
恐怖的。我们会忘了
下午的大桥？你真会

恨我不敢往桥下跳？
是的，锯子和梳子还
那么神秘，直到老年

是的，弹琴虽费指甲
高痰盂却因红花而鲜艳
越用越新，直到永远

燕子与蛇的故事

燕子在漆黑的卧室疾飞，什么状况
睡下的父亲披衣擎灯引它来到堂屋
抬头望，梁上燕窝旁，垂下一条蛇
那蛇口里衔着另一只不动弹的燕子

乡间万籁俱寂，我们赶紧绑扎镰刀……
蛇吐出燕子溜了，狗叼起燕子跑了
什么状况，狗突然栽倒，中毒死去
翌日清晨，千万燕子盘旋我家上空
堂屋的气温、气流、风，年年依旧
什么状况，从此燕子再也没有飞来
许多年后，不，又过了一个半世纪

我想到的怎么不是那晚求救的燕子
不是父亲高举镰刀发出的嚯嚯吼声
而是动物越安静越令人害怕——蛇！

在猿王洞

这里的岁月很凉快。
面对群山和森林
我四十八岁的思绪
突然集中了片刻——

苍蝇一只，闲闲地飞着，
很清瘦，很干净；
孩子们朝它喂饼，
一位红衣小姐拿拍子打它。
（啪的一声！“那不忍心
伤害别人的苍蝇死了。”）

此时我注意到了一个人
来自攀枝花中心医院
正午，他渴望生活，
于是他喝了酒。

◎**陈巨飞**

钟表匠

你有多久没有练习倒立了——
深夜，摩托车的声音旋转
你体内的小齿轮
发出细微的声音
你的仓库里有一架水车
你的山谷里，哪怕是月夜
野百合也没有酣睡：花朵边，露珠在怀孕
正午的阳光等待着她
你推的巨石圆润，适合滚动
你乘坐的风车上
有一首适合单曲循环的歌谣
钟表匠，没有自己的时间
磨坊里热气腾腾，时间磨碎了
分针急着赶夜路
你藏在表壳里，像少年在逃避爱情

川剧《变脸》

他在故纸堆里找他的脸。
能找到吗？他找到的，
都不是他的脸。
找着找着，他开始疑惑，
仿佛脸，
本来就是身体的累赘。

史书泛黄，但每一张脸
都是崭新的——
有人一页页地撕下，也许
只有这样，才能读懂历史
本来的面目。也许
好看的脸只存在于传说。

当背景音乐吐出火的舌头，
我们忍不住叫好。
当掌声冷却，灯光退场，
他回到非遗大师工作室。
那一刻，明月照着卸妆镜，
也照着他的空脸。

漫山岛夜谈

湖水退潮。这是显性的——
当我对着湖水喊了一声，
星空仿佛涌动起来。

白鱼于飞马座两侧，一头跃进
隐性的寂静里。芭茅在摇晃，
灯塔在固守，我们由此开始争论。

“最先来岛上的，是厌世者，
还是热爱生活的人？”
有那么一瞬，我们似乎听见
柿子落地的声音。有时候，
拥有一个帝国，不如拥有一座小岛。
拾得板栗，不如收藏栗壳。

那是因为邻座姑娘被扎一下。
却使我们警醒：原来，夜晚是由
很多光芒的刺构成。当我们
迷路时，手电筒打开了小径的穴位。
清晨，我们在码头与她作别，
银针翻腾，浪花像一副草药。

◎吉小吉

白杨坪寨

要理解山路的无数次伸腰
而依然没有办法把腰伸直
要理解白杨坪一次又一次俯身
才最终敢于挺立在你面前

你走下小汽车
吊脚楼出现了
还没有推开门走进去
土家族的气息已经扑过来

来时，有晚霞相伴
晚霞很谦卑，悄悄从窗叶缝
进来，问候你
那种小心翼翼让人心生怜悯
你拉开窗帘
窗外，一朵一朵白云
贴着蓝天偷窥暮晚的太阳
特别害羞的那几朵
正在飘向山间
与暮岚会合
与漫山遍野的竹子会合
与竹林里升起的炊烟会合
与白杨坪每一个角落透出的谦卑和虚心
会合
与我刚住下来，不久又将匆匆离去的肉
身，会合……

遥望金顶

梵净山老金顶在白杨坪的视野之内
这是无需论证的事实
当这事实摆在我的眼前
梵净山老金顶却躲进了雨雾里
你们曾经看见的佛光
也只是躲在你们的曾经看见里
躲在你们的手机照片里
我羡慕你们，但不失望
因为，我很清楚

梵净山老金顶的无私
对于谁都是公平的
只要你有足够的虔诚
愿意并且坚信：
进入群山之心，来到白杨坪寨子
总会有佛光普照的时候！
你看，那竹林一波一波涌来的绿浪
正在浩浩荡荡地证明着这一切

登上梵净山老金顶

借助中国70后诗歌友谊之力
依靠一条通往山顶的铁索
我，站在了燃灯殿前
拥有了比二千四百九十四米更高的海拔

走进群山之心的人
会被诗歌山居赋予友谊的力量
都会拥有一条攀登的铁索
到达高于梵净山的高度

◎**张继宝**

那出戏

记得打开屏幕，记得
把音量放大
人世的缩影就这样在演出
国庆的时光慢慢离去
约好的人物都在剧中出现
剧情永远不会逆转
每一条路的方向都是这样固定
看到那灯红酒绿的微笑
无数次的转身都不够华丽

如果用心去衡量
原来都不是心态的平衡
就这样看着天色渐暗
就这样看着剧中的人物悲欢离合
真的看不出什么是真，什么是假
真假的瞬间，是角色转换
那出戏让人看不明白

每一种游戏都是一个情节的停顿
每一种人的声音都在装疯作傻
结局都是一样的，思想也是一样的
看到吗？无论你是动心
无论你是悲伤也罢
都是一种无聊的理论
那就是人生如戏，一旦
戏份结束，生命定格
新的生命的戏份开始上演

芙蓉花开

花开美丽，颜色缤纷
花落矮树丛，看吧
娇艳如霓如虹
我视如繁花同枝

枝头叶绿如歌
如芒如水，流光
依旧飞跃在腐朽的昨天
想象一朵花开总如玉

相信泪光中的我
把明天的太阳热烈鄙薄
如晨雾飞扬
夜晚的月光都黯淡

翻开彩色中药图谱

那本书，还在蒙着灰尘
记忆的海在波涛汹涌
只是当时已惘然，无绪
就像年轻岁月，肆意挥霍

似乎已经远去，面孔
似乎已经忘掉，故乡
亲人与掩面而泣的我
山涛与大海的呻吟

母亲生活在世界的另一端
无法因为我的庸碌感到羞愧
我一遍遍地看着蒙尘的书页
没有丝毫幻想，没有丝毫振奋

生活给我太多的安逸，无奈
就像童年时光的逍遥
随着父亲带一把锄头
钻入密林，栖身树下

我呵，不懂寒凉温热
不懂四季轮回，不懂
升降沉浮
只看红花落叶，茎根相恋

我只是悲痛于四气五味的无知
我只是沉迷于色彩世界的梦幻
把一身的蛮力，把一生的寄托
在拭去风尘的瞬间昏睡

◎**紫藤晴儿**

第八天

睡梦之中就过了半天了，这样或许更好一些
不急于去醒来，我在梦中我才是我
我也不知道外面的事物，发生着什么
发生了什么
好像我急于逃脱着我的一天，要更快一些的
翻过去
一直到一个月。仿佛一个黑影的掠过
时间可以在诗中消解，也可以在梦中悠荡
我不想说出孤寂
只能用它们来虚掩着。好像安慰于我也只有这些了
缓慢于每一天我需要翻开一些书
听那些古代的风声，舒缓又寂静

慢的再慢一些时
我就会忘记了
（左边的膝盖和它摔伤时的疼。时间愈合着它裂纹）
我当然还要一些的甜蜜时间，不是在古代
是把我爱的他带到了古代
从第8日到每一日

第九天

腊八的第二天，大寒的第二天，我感觉不到的冷意
也感觉不到喧闹
世界仿佛寂静在我的左边膝盖上
又仿佛我寂静在自我的孤寂中无事可做的时候
本能地去写诗
五只鸽子在膝盖上飞
我的忏悔少了许多了，好像我用好起来的骨头来迎合着
它们的飞翔
是我成为了它们，它们成为了我
血液已流向了春天，我也不曾阻止着我的心，我的爱
现在它们又多了许多扇翅膀
像轻轻抬起的阴影，我会忘记了第一天
也会忘记第二天
第九天，再往前就第十天
看不到的阴影都被光抚慰着
春天临近，而我的爱更多了

第十天

似乎膝盖左边的伤已好，只是它还捆绑在第十天的
日历之中
不可以弯曲，我也不可以向着什么事物去屈服
冬天的雪已经流向了春天
我哪里也不可以去。甚至我无法倾听到一些水声
只有一片的光透过窗户，你又会觉得它的明媚也是
春天的明媚
我的爱流动于春天
一株玫瑰会在虚无之中花朵拥簇
缓慢的一天，每一天，我好像都是在以诗和爱
为名，打开它，理顺它
祈祷有时都在默不作声
“而我的爱也略大于整个宇宙”

◎小黑

让一列车厢作为我们的表达方式

你正挤进车厢的门，什么颜色的衣服都没有意义
我们以越走越远的各种想象来体现爱

是的，所有的爱都是远离
让一列车厢作为我们的表达方式

那个时候的车厢里，你正与怎样的人们
　拥挤在一起
在天亮以前，这是一个陌生的问题

车子离开后剩下的两条铁轨，埋藏在地里面
我一直坐在田埂上，望着空旷的庄稼地

我一直坐在田埂上，望着那些消失后的
庄稼地

走在星河流沙之上，遥望大楚

走在星河流沙之上，遥望大楚
你的每一步，比梦更遥远

阳光里有少年向你问路
你的微笑柔柔地
行走在地底的人提心吊胆
握紧的手心里冒着汗
每一个美好的情节都是出口
枯黄的竹林在你背后
笋如刀剑，单薄而痴情

孤零零的亭子支撑着你看不见的味道
长椅上拥抱的人
已在河的对岸渐行渐远
那些欢乐多么弱小啊
他们看见了露珠上短暂的光芒
还有多大的黄昏让你翘首
春天迟暮了
落日的嘴如此苍老
归鸟在屋檐下颤巍巍
你的怀念
汗流浃背

湮灭

所有的湮灭都在创生
抑或是换一种活的方式
刚开始的黑如墨一样的山，世界凝固得
　厚重
然后树梢上长出了薄雾与呢喃
再后来长出了阳光，长出了一些鸟
每一段生长的过程你都把它叫作光阴

就这样你的夜渐行渐远
你潮湿的一部分归于泥土，干燥地飞向
　了天边
时间与你的树林变得透明
河流波浪清澈，鱼儿欢欣
风儿阵阵
你一节一节地把这一生
还给了另一片大地

流浪

你已远离那些奔腾的河流
远离每一片盛开的花瓣
奔跑的脚后跟上有自己的尘埃

飞翔的一切都是孤独
各自的年轮循着它的路线滚动
抗天的人也克一切
走太远，活太久终将寂寞

青杏褪去最后一点花盘
晚春的背影融入最初的薄雾
清凉如此的浅薄
摸黑赶路的人成了灯光
散落的美好隐藏在某些声音的背后
无情的苍天耍不了众生太久
总有人把你的肉身交到火里
你的回忆正冒着热气
没必要开灯

◎**柳柳**

桃花

美到这一步，全靠自己。
春天也不用出场来烘托气氛了，
它们就是气氛本身。

除了辟邪，桃花因反复降临而更迷人。
任春风浩荡，它们也不过多摇晃。
世界的可能性有时候不宜过多展示。
它们重复着自己，也可以每年都赢得肯定。

经过沟通，桃花答应花落后结果，
和我们一样有着深红的内心。

黄昏

绿色在消退，红色也是，
万物都在消退。

消退得只剩下轮廓。

天空的技艺过于古老，在被人类习得之前，
先需被人类习惯。

找魂

睡一觉醒来，魂不附体。
行走如神游，是我，又非我。
世上尚无良药可治——这暧昧的走形。

不急，再睡一觉，魂又回来了。
我看不见，却感受到了。
实实在在落在地上，
这一次，恰好吻合了身体。

赠别，给一个不告而别的朋友

在接受自己终将一死的命运之前，我们
已多次接受了别人的离世。
——他们一点点抽空我们，又被后来的
生活填补。

这眼前的不告而别，或许也是可以缓慢接受的。

你陪我看了那么多花，我陪你吃了那么多饭。
有十年，没有血缘关系的我们一起长大。
走在康健园的竹林下，你说像走进了大观园，
世界只剩下我们，自备花开花落。

《红楼梦》里的女性友情是因为生命凋落而附带失去的
我们不是。你有权终结它，在有生之年，
这主动性，可能源自你受的疼更多。

多到，很多我都没看见。对不起，我只看见自己的，
我很自足，连悲伤也是。

◎王近松

跳花坡

杜鹃一朵接着一朵开，时间的虚线
串联起整个春天

我们到跳花坡
雪花未完成的征途
都交给了流水。悠闲的马匹
托起山上的天空

在栈道上，失修的时间
构成最后的记忆。我们拆除
眼里的轮廓，新的结构
也不能避开时间劫

从跳花坡下来，我带了一身尘埃
尘埃中， 有永生的太阳

雨夜，致文志

当我想你时，我是一滴雨
雨夜，涌进你耳朵的雨声
一定是我的情话
我想取一把伞
去雨中看看我的爱人

在春天，思念并不具体
对你的爱正如雨滴
疯狂地向下落。
我希望雷声是真的，
没有雷声的夜晚
无处将思念安放在开花的云朵中

我不知道雨将要下多久
躺在床上给你写情书，写废的诗句
拥有了雨水的命运
接下来的整个雨季，它们将替我爱你

高速笔记，兼致麦客

这里没有我想要的慢，两侧的树
疾速掠过。时间是傍晚的炊烟
穿过虚无的风，消逝在半空

桥在山间长出半圆，背景是山川
它在雾霭和夕阳中实现价值
我们不一样，仿佛一直在穿越隧道
只能在前进中，去寻找自己

我渴望夕阳进入体内
在天黑之前，能有一刻钟的温暖

高速上遇雨，雨刷消灭玻璃上
会引发关节疼痛的湿气
随着年龄增长，越来越害怕
某个关节，成为疼痛之源

到底要多少虚构的梦
才能称为而立之年
现实的一部分回答我
答案是秋天的河水

我们承受的压力，来自大地
活着。还得赓续雾的精神
即使是缥缈之旅，也要用尽所有的勇气。

每一道减速带，都是回家的路障
别太快，学会减速。
路过黔西，借用稻壳的颜色
为秋天的麦客写几句话：别丢掉欲望
它将替你维护一切关系，包括见面、喝酒
或者是谈论异性

◎谢健健

草海站

列车晚点以后，举牌的二道车贩
蹲在铁皮外和时钟对视
蒸汽的笛鸣像还没开始的故事
我知道友人正想象抽烟
烟雾中会映现他本质的颌骨
揽客声中隐藏着上世纪的中国
流向不同的边境和年龄不同的床
人群开始涌动了出来，握着
瓜子壳，或是一卷过时的报纸
伴随旅店打开所有窗户的黄昏

朋友们来了，满是疲倦，
从上一座车站赶往这座车站
他们要从海水中打捞起我
捕获一次潮汐过后
湿漉语言已浸透的海洋之心

车站保留了相见的庄重，人们
握手，人们致意然后拥抱、
谈论得以缓解远行的悲哀
我们共同信赖，古老的等候——
它是双向的风将要扑个满怀

省耕湖，秋色

走完整条临湖的水街，入秋的叶
闪耀在留影者的身后加深光线
雪山前，有人通过远眺
握住云雾偶尔散去的寒冷部分
当落叶不安地纷飞，在湖心街道

省耕湖，到处长满了金黄的银杏
这古老的风景适合站在中轴线
有人低头仰拍，快门将帷幕掀起
有人捡起一枚书签，水面破碎
的暮色，谁封存这一页时间之书

这是秋天的另一种打开方式
将桂花佩戴在发间，对抗消逝
的甜。会有未结绳的野鸭
从入水的涟漪里浮游而出
为我们晃动水汽朦胧的疲倦

在瓜州，G30高速

下悬壁长城，获得一枚纪念章
它只剩下纪念意味，作为奖赏
赠给你夜里十点，还不坠落的太阳。
天地在广阔之外还泛着光，它爱
大巴上还在赶路的人们，也爱你
因为多吃两块西瓜，多买几个妇人
手扎的娃娃。这是一种时差，
只有你没发现爱人其实早就入睡，
她在江南梦不见夜里明晃晃的金色。
多么悲伤，车后空无一人的日落大道，
只有你留下了不断定格的影子，
在完成一次幻想练习后，顺着暮光，
落在了每棵向你示意的胡杨枝上，
这不死的树，边疆上忠诚的卫兵，
她在等待日落后，钻出地洞的鼹鼠爱人。

◎郭旭升

青唐城夜记

在风中，这尖锐的辽阔
沉寂而执拗，被攥紧的
影子成为弓箭，与风赛跑
你且尽情追逐，穿过这座
沉默之城，与逆向的车流
擦肩而过，与匆忙的人群
打个照面，你尽管剔除
堆垒的文字和身上的微尘
循着月光，在凤凰山路疾驰
“看见和看不见的都是道路，
最终所有终点都将汇合。”
风越大，影子越摇摇晃晃

彩陶

跳一曲鸟兽祝祷之舞
直到篝火停止吟唱
跳一曲拓印命运之舞
直到驯化衰老死亡
跳一曲星河更迭之舞
直到黎明擦亮神情
跳吧，跳吧，尽情跳吧
尽情地大笑和旋转
记忆汹涌已植入血液
寓言滚烫已掺入泥土
大舞随风，如同火焰
成为玄妙的岁月纹彩
成为鲜活的血脉影像
在火焰中摇摆
在火焰中重生

湟水河

你是在讲述自己的一生
在等待阳光丰盈寂寥的山谷
循着岁月的凹陷和凸起
成为孤独、忧郁和猛烈的疼痛
像满目的疮痍，像苍茫的星空
像梦和醒之间清晰的光影
像旷野中独自鸣唱的琴弦
你在峰峦与峰峦中
剔取不屈的命格
将一块块石头磨亮
洗净沉默的影子
在等待羊群、月亮和发烫的雪花
在等待风掬起一潭黎明
将我的倒影折叠、排列、重组

◎韩东

白色的他

寒风中，我们给他送去一只鸡，
送往半空中黑暗的囚室，
送给那容颜不改的无期囚犯。
然后想象他在冰冷的水泥地上
孤独地啃噬。他吃得那样细，
每一根或每一片骨头上都不再附着任何肉质，
骨头本身却完整有形，并被寒冷的风吹干了。
当阳光破窗而入，射入室内，
他仰躺在坍塌下去的篮筐里，
连身都翻不过来了。
四周散落着刺眼的白骨，
白色的他看上去有点陈旧。

我们不能不爱母亲

我们不能不爱母亲，
特别是她死了以后。
衰老和麻烦也结束了，
你只需擦拭镜框上的玻璃。
爱得这样洁净，甚至一无所有。
当她活着，充斥各种问题。
我们对她的爱一无所有，
或者隐藏着。
把那张脆薄的照片点燃，
制造一点烟火。
我们以为我们可以爱一个活着的母亲，
其实是她活着时爱过我们

忆母

她伸出一根手指，让我抓着。
在城里的街上或是农村都是一样。
我不会走失，也不会被风刮跑。
河堤上的北风足够大，
连妈妈都被吹着走。
她教导我走路要顺着风，不要顶风走，
风太大的时候就走在下面的干沟里。
而且我们有一个家，
土墙上的裂缝也足够大。
我的小手足够小，可以往里面塞稻草。
妈妈糊上两层报纸，风一吹
墙就一鼓一吸，一鼓一吸……
她伸出一根手指让我抓着，
我们四处走来走去。
在冬天的北风里或是房子里都是一样。

◎蒋立波

重新命名

一年不来的人工湖看上去没多大变化
蝉鸣疑似使用多年的旧乐器
几支钓竿以45度角斜斜插向湖心
一棵朴树的树皮上，去年看到过的
“张小梅我爱你”这几个字还在
那用来刻写的锋利的刀片或许早就丢了
表白却已经长大了一岁，特别是那个
由于树身的扩张而被拉扁的“爱”字

已经变得像一个体态臃肿的孕妇
而在“我”和“你”之间，总是横亘着一个
新的人称，但不是“他”，不是具体的
名字与性别，而只是一片被推远的湖水
新的命名总是以看不见的方式发生
如同湖底苦闷的淤泥，用新的藕孔换气

上下文研究

根据上下文填空，语文课上做过无数次的
练习题，对此你轻车熟路，得心应手
至少括弧内放得下一座宗祠，一袭蓑衣
一架同治年间的风车，一池雌雄同体的
　狐尾藻
最大的危险在于，上文和下文一旦失去联系
就只剩下粉刷一新的茫然，即便牛腿
仍在虚空里驰骋，泥牛早就杳然，一如青山
在春雨中炖得酥烂。因此，上下文之间
蹲着的也可能不是一座石拱桥，而是
一台推土机，像一只孤独的屎壳郎
在芬芳的粪堆里沉睡，诗人写出的村歌
也可能是对粗鄙叙事的雅化，凭空捏造
　的戏台
只为让你一心跟着某个虚构的传说走
这无异于要短笛交出一个牧童，唯一的名角
是燕子，它拉出的斜边与我们的视线
构成一个锐角。两场骤雨之间，刚好嵌
　入一场小酌
而裁缝铺里急踩的针脚，已追不上绝尘
　红旗轿车

★上下文，浙江诸暨草塔镇一古村名。

象群迁徙路线研究

我经常这样担心，大象迈出的每一步
会不会踩扁脚下这颗星球，这巨大的钝响
溯源时间深处的神秘密码，不像我
写下的每一个词语都在事物表面打滑
每一首诗都倾向于否定，怀疑论的古老音步
让我踯躅于虚妄的领地。无人可以阻止
世界的穹顶持续坍塌，这粗大的屋柱也不能
它只是以自身的重量陷入亚洲的地貌
勇武的步法，回应血液里一条固执的路线
那翻卷的地幔，地心减弱的磁力
象群继续向北，穿过村庄，城镇，公路，河流
对挡路的挖掘机不屑一顾。它们终于可以
在人类让出的村庄散步，沐浴月光
它们在一个加油站逗留，细细嗅闻体内
一座默不作声的油田，那灼热的沉积和涌喷
或者只是一坛酒，一场美妙的宿醉
而更多的佳酿还没有被创造出来
为了拧开生锈的水龙头，它们甚至动用了象鼻
一个笨重和即兴的扳手。这更像是一次
纯粹的梦游，因此劝返它们，需要的或许
不是渣土车，无人机和热成像仪，而是
另一首确信之诗，一种更加肯定的力量
就像导航仪上一个最新弹出的位置
积极，紧迫，而又暗含对人类经验的不
　断纠正

◎弦河

一只青蛙站在我的眼眸里

滴水湖湖畔，一窝小蝌蚪在芦苇丛的倒影上
写着青蛙的经文
它们从自身开始解读卑微，和孤僻的语言
直到读取出自信和辽阔的视野
它们要斩掉自己的尾巴
当我想到这里，我的脊椎骨有了莫名的疼痛
我看到它们褪去尾巴长出了四条腿
跳出水面，捕食飞跃在芦苇丛中的飞蛾
这里没有庄稼，它们分不清楚是害虫还是益虫
它们直起身子，拉扯弯曲的骨骼，我仿佛看到
一只青蛙站在我的眼眸里和我对话
我们不知道彼此穿越了多少时光和多少多维空间
我们彼此注视，在风中稍作停留，化成了一滴水

我有纯粹的爱

我有孤独的语言长满了荒草
没有学会耕耘的土地上，它们正拼命生长

有人从水中捞月，有人在太阳的轮廓上奔跑
他们都抵达了彼岸

我是走在岸上的人。月亮和太阳从我的身边走过
周而复始

我的孤独是所有人的孤独
他们有的孤独我都有，他们没有的孤独我也有

这一生我做得最多最绝情的是
除自己的草。我将被众多无形的歌颂者予以歌颂

没有什么比它们更干净了

石头上能长草吗？
石头上能开花吗？

不是它的夹缝里堆积了泥土
从远方飞来种子

当一块石头碎成了无数无数
细微的颗粒，比泥土还小的，卑微的颗粒

它们一颗堆积着一颗
享受着雨水的喂养，它们像鱼一样在水里生长

面朝大海，每一粒海沙都经过了若干岁月的洗涤
没有什么比它们更干净了

◎袁磊

秋夜进湖

梁湖静谧如我的心
拐上进湖的栈道我就能感受湖上雾水
与氤氲，倚在垂柳旁看湖边暗影
我就能听到草木的声音，一眺望灯影
捉住月牙儿，我就能捉住内心
蹲在栈道的拐角处，摁上水泥台沿
摩擦青苔和润湿的软泥，我低头
就看见一株绿芽从台缝中挤了出来
我歪在水泥台沿，陪它小坐
任湖风吹送着水波。一只萤火虫
悄悄地从树影中闪了出来
从不担心飞向哪里，只取悦自己
而一丛败荷已在浅水湾接受自然的凋敝
我站上沿湖的石墩，向着远处水域
喊了一嗓子，除了秋夜的梁湖与回音
我与这个世界并没有什么关系

秋夜散步

放下手头的活儿，我喜欢悄悄地
摸进夜色中去。我满怀期待
走在道路绿化带旁，踩着行道树
阴影，像书生等着月光的回信
我喜欢倚着行道树眺望霓虹，穿过
张开的叶子，看高楼伸向星空
我就能找到自己，向着夜色张开
而拽着头顶的虬枝，晃两下
枝影婆娑，抚摸掌心的凹痕
我就能确认自己对生活的满足
走在这条伸向湖区的路上
只要心怀流水，总能找到未来的路
而秋夜夜色笼罩，无论来路
去路，都是归途

黄昏进湖遇麻鸭

我情愿湖水打湿耐克鞋
我情愿软泥玷污裤管
我情愿针织衫沾上草屑与芭茅
在梁湖边小坐，我与白芷、江离为邻
任流水推送着霞光，与白云互换着胸襟
岸边的苦楝已被我认定为兄弟
站上树根拱出来的高地抚摸枝丫
我满心欢喜，站在楝树的立场眺望梁湖
白云悠悠，衔来远山与空寂
我被空寂领着，天快黑下来时
顺着荒草让出的小径，追着月影
走过半程，一只麻鸭不知从什么地方
钻了出来，贴着那丛芡实伸长脖颈
我理解麻鸭对世界的警惕，蹲下身来
怀抱双臂，直到夜幕降临
直到我听到小家伙拨动浮草与流水的声音

◎华金余

向西而行

往西，轻轻路过一个曾唤作姑篾的小镇

再往西，撞上山明水秀
许多人，在那里发芽，抽青，盛开
与悄无声息地凋零

牛儿低头啃食青草
静静地，小溪畔卸下黏稠了一天的劳顿
偶尔抬头，阅读云的洁白如雪
迷离的部分，交给缓缓远去的流水

几粒鸟鸣跃动
匍匐在随风而起的蒲公英之上，率性飞扬
草，与竹，一直绿到山巅，绿到天边
绿到了深深地埋在时光里的四十年前

遇见懵懂的年少轻狂
粗粝的青草味，汹涌地将我吞噬
丢掉一切习得的聪慧
像一只山野的笨熊一样，喜极，而泣

在渔歌小镇

披上午夜时分卸下的紧身囚衣
赶到下马村的时候，浓烈的阳光
已经开始张牙舞爪
一滴水，在高举的荷叶上
将自己晶莹的孤独，滚来滚去

还是来得太早了
两百亩的菊花，还将秘密
守口，如瓶
尽管缤纷的蝴蝶放纵翅膀
将每一种菊花的名字，咬出了血

乱子草条枝柔弱，搁不下如此繁茂的粉黛
溢流出来，染红了溪畔的沙石
肉身，与精神之间
被暖暖地撞出了一座落差巨大的悬崖
每一个我，随每一朵雏菊摇曳生姿

老旧的小火车，拖着前现代的步伐
穿梭在每一个人的童年时光
一生化着烟熏妆的细尾獴
用惊异的眼神，唤出了我遗失已久的乳名
梅花鹿，淡定自如

天空之镜，映出了我埋藏在体内多年
锈迹斑斑的闪电
有一两声鸟鸣，背负逐渐凋残的忧伤
从身体遮蔽折叠不及的部分
逃窜了出来

雅堂街的玉兰花

雅堂街的玉兰开了
好似武陵人，穿过漫长冬天的阴郁
觅到桃花源的入口

白的，是青衣
红的是俊俏的花旦
都处于一生中最美好的年华

往来行人，仿佛一只只流连忘返的蝴蝶

目光张开翅膀，停歇在花枝
心里有一股暖暖的炊烟，袅袅升起

一花一天堂
千万朵花，该是怎样壮阔的自由自在啊
西华寺，羞涩地紧闭着门

夜幕铺了下来
玉兰举一盏盏酒杯
酩酊大醉，摇曳在自己的旷世容颜之中

◎古沙子

父亲的琴弦

在他的沉默里，
我学会了沉默，
坐在他的对面，
就像坐在平静的湖水边，
目睹，
一片雪花怎么呼唤一场忧郁的大雪，
一对脚印怎样复制一条回家的路。

深夜，酒瓶倾斜，他倒出
最后一杯昏沉的语境，
却闻不见一枚词语的落地声，
他是不起涟漪的湖，不开裂的石头，
这怀抱生活琵琶的男人，
拨自己的琴弦，
只会让自己听见。

海棠啊，海棠

不争，
不争。

你内心的火焰
与春天的干柴保持距离，
先让繁枝嫩叶过滤风里的谗言
坐等绽放的好时刻。

于是，你有了你的青山碧水，
温柔的笑容和颤动的腰肢，
暗自潜入别人的梦里，
释放一道道粉色的闪电。

这定是你的预谋，
在浪子情人的记忆里
訇然作响，灿若霞光，后
再悄然离场。

我诉说着爱情

我诉说着爱情
云淡风轻，爱情便走远了

哦，山野的风是醉人的
下山后的回忆比风更迷人

给我一只无骨的手
我想，她适合珍藏命运的珍珠

就这样，今晚的星星
什么都懂却什么都不说

◎范庆奇

一列火车驶过暮色

西宁开来的火车
在兰州又添加负担
庞大的躯体有节奏地扭动
像深秋的毛毛虫，从菜叶上滑落
在月台上等待下一辆车
那一刻，我有奔跑的冲动
去追赶不可能追上的火车
就像我和她，异地而居
把每一天都刻在书上
过去一天，划掉一笔
前面几步，一对恋人相拥而泣
他们互诉离别的苦痛，和相见的艰难
我注视着他们，就像看到了自己
一列火车驶过暮色
汽笛鸣叫的声音在远方响起

秋草

去年秋天，我和你行至后山
你指着眼前的草说：它们又老了一岁
声音极细，像是自言自语
我没有搭话，抬头看你一眼
又看一眼草，这片土地
埋葬着你的儿子，我的父亲
他长眠于此
已经忘了尘世的亲人
只有我们清明还记得扫墓
草长得真快，覆盖了半腰的坟茔
我要拔草，你说：放过他们吧
这些草都是他的肉身
你指着一棵树下的空地
让我把百年后的你安埋于此

走马河

霓虹灯映照河面
古桥的色彩调和夜色
街上冒雨回家的人踩响夜晚
雨滴落在脸上，冰凉一瞬即逝
啤酒摊的叫喊声传入耳朵
热闹的城市，仍然有人无家可归
走马河的水涨了三分
一分是雨水，两分是热泪

过昭通，读樊忠慰的诗

我提前就知道这辆火车路过昭通
也提前就知道昭通盛产诗人
在盐津，有个诗人叫樊忠慰
他是诗歌真正的孩子
他写爱情，写沙漠，写花草
也写自己
我读他的诗，时而欢呼，时而痛哭

◎安乔子

挑担子的人

在荔枝庄，你会看到挑担子的人
一条扁担捆着两个箩筐
或走村买卖，或从山里田间回来
路上担子见到担子，会点点头
一担子重重的荔枝或稻谷
压弯了扁担，扁担就那样颠起来
仿佛扁担颠起来才有劲
颠过一座山，又颠过一条河
汗水和黝黑在脸上颠着
草帽在颠，脖子上的毛巾在颠
从心爱的姑娘身边颠过去
心也跟着颠起来
他们从村头颠到村尾
一边颠一边哼着歌，或大声喊卖
那样的人无论生活多么艰辛
他们也从不掉队
挑担子的人也有我年轻的父亲
他挑着货物走村串户
穿过荔枝林和水稻田
在新丰河边遇见我的母亲
那时母亲十八岁，面若桃花
看到挑担子的人
就看到了她将要度过的一生

总有一只白鹭飞过你

回到荔枝庄
在你不经意间
总有一只白鹭飞过你
像雪，一场经年的雪
像亲人，迟疑地看了你一眼
又飞走
隐于树中
有个声音迎面而来：你回来了。
你抬头那瞬间
总有那么一只白鹭飞过你
像你丢失的那部分
又回到你心里
她没有压低你
而是托起你
她是你轻的部分
这让你瞬间惊动：我离开多久了
这让刚从外地回来的你
放下行李，热泪盈眶
因为那样的白鹭，无论何时
无论疾病或者痛苦
你总不会倒下，而是轻盈地起飞

父母

父母睡得早，乡下九点钟
他们就入睡了
他们老了，经不起折腾
我们姐弟几个坐在院子里
围着火炉取暖，把夜聊得很晚
炭火暖暖地舔着我们
燃烧像一支不眠的小夜曲
我们都不约而同想到小时候

我们早早地入睡了
而我们的父母，还在外头忙着
深夜他们会过来看看我们
有没有出汗，有没有踢被子
有时他们坐在院子里
说话，商量着什么事
轻声细语如同月光
现在，他们在里头睡着了
像是我们熟睡的孩子
轻轻的鼾声像星辰在头上闪烁
我感到了人世的辽阔和安稳

◎**陈贤猛**

细节

偏爱细小的事物，因为他们背负着
整个世界的无知和广阔
经常瞧见有人在花瓶里插花
去喂养一个季节的满足，与眼光
从而移步取景获得人们的信赖
夸张以及想象。水满则溢
在花丛中验证片叶不沾身
验证持久拒绝和欣赏
需要练习推脱，练习数次被邀请
都能制造一枝花独处的气味，形状
太多争先恐后的渲染，类似风暴席卷
小于一株草、一块石子的肖然
它是如此豁达而有秩序地在悬崖
在低谷倾斜，又妥善安放
荣枯是形而上学的，它在轻重的身体
缓冲忧患。更少的人往花瓶里插草
插入自己的根系，跟平常
仿佛隔空的骚动。一遍遍沉沦
又开垦认知

凌晨四点

人声已慢慢从白桦树脱落
生锈。月亮不再徘徊于斗牛之间
它越来越低，低到林子里
散落成一颗颗樱桃
它的薄唇噙着露水。新鲜的感觉在扩散
薄荷的感官得到重生
飞蛾扑火的故事还在继续
鸟声高悬，像音乐盒循环的祝福
一遍遍，闪着光与悲伤
在困倦中我抛掷一枚硬币
端详它的正反面
仿佛拾捡起一地的碎片，和片刻尊严般
不舍。又不得不剪断蛛网
极简的绘画。再次放好
十几分钟坐在阳台，想到蜗牛
它是如此缓慢的时间，和孤独
寂寞地行进不失为一种
保持自重的方式，思绪平稳降落后
我拉上窗帘，恍若合拢沉浸
挨着安静入睡

观察

在窗台。路标摆出不同于以往的

姿势，天空镀着铅色
乌鸦栖在杏树，多余的热经空调变频
减至风的单眼皮，隐约有声拨动
如银钿落地。月亮高过朱阁高过路灯
我想到蚁穴如何塌陷回平地
想到一群蚂蚁面对溃败是怎样的慌乱、无措
想到一个人的塑造，或许源于泥土
多元的样貌。都说热锅上的蚂蚁团团转
我认为这并非正确，他们保持着相对独立
并不需要紧张的氛围粉饰

◎**程渝**

一切都像是一场梦

人们说什么貌似没有那么重要。
那一刻，
我只听到体征监测仪的呼吸
细数着我的生命。
我曾也想到过死。
但大都如英雄豪杰，坦然无畏。
讲真，我倒真有些害怕了。
我看见我傻站在一地，
地面没有影子；四周宽广而深邃。
全是黑的。
我伸手，却得不到另一只手；
我嘶吼，却只有寂静回应。
在那里，我跪下了，
但并不意味着屈服，或是乞求。
在那里，我收缩成蜗壳。
为了被拯救，我已耗尽了所有力气。
讲真，我真的有些害怕了。
庆幸的是，上帝没有永关我头顶的门。
光明，如同甘露般洒下。
我手护双目，颤巍着，离开这里。
一切，都像是一场梦。
而我，也再次醒来，在这一分钟，
我清醒地躺在白色病床上，
也就是说，我躺在了光明的领地。可
我的心还在黑暗中，替我受罪。

再见断线的风筝

我在虫蛇混杂的荒地里
找到曾在骤风中断线的风筝
它已蒙上俗世的尘土
静躺在那里，苦守被风化的躯体

涌起的惊喜又被忧伤叠过
我并没有立即拿起，而是观察
隐约间，有股不甘和遗憾
像冬日袭来的凉风。我心咯噔

我心咯噔：我懂它对天空的热爱
它却失去了飞翔
它并没有因为离开我而过得如意
慢慢地，我再一次走近

轻拂它身上的尘土。尘土不尽
像它难以补好的伤
像我们，再用不了原先的线
可我还是拿起，久违的亲切

雨夜

不止一次对我抱怨——
深夜街道的人声、汽笛、疾驰的胎噪

说想回到乡村
院儿前种水稻，后山种李子；院儿内种牡丹

里里外外，种满我们的理想
你每念及此，我都偷摸着，查看余额

环顾简陋的出租屋，轻抚你头："乖
把耳朵捂住，像关闭收音机"

但你又总会在夜半，被跑车的引擎惊醒
依偎在我怀里

今夜，你为何睡得如此安稳
一场雨正在窗外下着，不紧不慢

◎**蓝棂儿**

夕阳落在河唇上

夕阳落在河唇上轻按阴影处琴弦的虚声，
岸边柳、桃、野草、不知名的紫色花
动了情的风，抚弄着金芒之蕊偷偷冒出的弦
更多参与合唱的香槟色音符正慢慢汇聚……
从天涯迂回的云朵揣满了流浪的故事，
它们摩肩接踵，让一条河绽出遐想，
次第花开时辰在傍晚七点
乐章在霞光滑行……

黑白

白天追赶黑夜，云慢慢贴紧
目击众神凋零的草原野花正抬高，探入
渐郁暮色，比斜长的光更远离尘世

执着的启明星最早在浩渺暗夜咬出小虫洞
耐心啃食黑暗。无数个夜晚排列成一夜
为一次追赶，释放一场大白天下

陌生的访客

二月的桨声拍在阳光滩涂，
世界震动了一下回响
向日葵朝向虚无之处绕了一圈
荒芜的老井，仍深不见底

有人窥探久远的秘密，
凋零的玫瑰和荆棘封印的午夜
在迷乱的山岗上失去时间的古堡

我从井底捞出铜锈斑驳的钥匙
每一个凸起的齿轮卡着一张告密者的嘴唇
切割无状的风语，它们反复说：
这是陌生的倾听者

◎荣荣

心舍利

多少年了　她用黑夜追着他的星光
当他猜忌　挑剔　使小性子
她也正在猜忌　挑剔　使小性子

“神啊，愿他是完美的。
不猜忌。不挑剔。不使小性子。”

“神啊，如果这辈子他无法完美，
让我继续迷信他的不完美。
无限依恋他的猜忌，挑剔和小性子。”

水井巷

上午十点的水井巷像一只被阳光转动的万花筒

“你们女人就喜欢零碎！
小手势　片言只语的温暖
点滴的记忆或片段”
现在是满巷子的藏饰

看上去真的很美！
这是日常里朴素　廉价的部分
这个外省女子在这里拼凑着
对于西北的理解

她不喜欢讨价还价
但必须忍痛割爱　在生活的另一面
“我喜欢零碎　你就是我绝望的零碎！”

安良

他为他的暴力准备了一个夜晚和一百条舌头
她却只有一个闸门　这个被说服的人
有太多的不安需要走过一场风雨的飘摇
走过激情的纵横和共有身体里的几副灵魂
此刻　院墙外花朵的凋零更像是一种飞翔
那只任性的鸟却突然停下来
看他的爱如何抵达她的腰部
也许还要向下并再次相互确认：
她是他的良家女子变质
他是她的良辰美景虚设

◎苏仁聪

拥抱湖水

那一汪湖水是多么可怜
我曾在无数个黄昏拥抱它
把它带到卧室
给它装上废弃的铁船
它和我抱紧时我感到世界的温暖
在浅睡的梦中，我听见自己关门的声音
母亲一次又一次叹息的声音
微弱，但已经潜入我的心底
我在无数清晨把它放下
像放下一个装满清水的沉重木桶
里面溅出鱼群，像放下一条鱼
里面有祖父布满褶皱的面孔
有时是一朵野棉花
它擦拭眼泪和新鲜的血液

湖水有一天变成雨滴
从杉木皮覆盖的屋顶落到门前的浅沟
许多梦境因此开始，模糊的水桶
我们通过一滴水可以看见青山扭曲的影子
祖父的青山已经由我继承
因为父亲也已垂垂老矣
我坐在通往棕榈树林的小路上写日记
那时我已经不会获得安慰
因为我已经长大，多次远走他乡
已经不会感到委屈
此时在我眼前的是我不曾见过的风景
每一天我们都去领悟，去长大
去学着祖辈衰老，谨慎地和人们相处
我被一群跳舞的人围在中间
火堆照亮我的脸庞
我不会再去拥抱湖水
以后我更愿意拥抱我的父亲
他没有第二个儿子
我必须承担他的一切孤独

一月的远行

他的祖父一生都坐在火塘边
去世后又埋在烈火中
彼时大雨茫茫，火焰在天空卷曲
暴躁的火，人性的火
此刻给我们供暖的大火
燃烧在远离城市也远离乡村的山间
我们捡来枯枝
松枝燃烧的噼啪声带来宁静
四周都是森林
我预感到会有一头麋鹿漫步下山
用它舌头舔舐我的头顶
它需要盐，温暖和陪伴
有一人他已经被审判
他出狱后将不会回到家乡
直到人们忘记他的罪行
那是不可能的
除非认识他的人都已死去
但这都是十五年后的事情了
我想到这些事，就往火塘里添一些新柴
有一人说坐在火塘边就想起他那曾经存在的家
他曾在那里梦见一次没有目的地的远行
现在这场远行正在进行中
他要拍拍身上的柴灰
去寻找一个更像家的地方
他的瓶子里备足了清水
背包里有足够的食物
他要像他的祖父一样寻找到属于自己的火
他要葬身火海
他要养育一朵完美的野花

去杉木森林

去年我来过
没注意到这里有几所荒坟
蕨草层层覆盖
林中已没有道路
但他们有爬山虎
可以开辟一条新路
运输碑石
为了修路他们几乎拆掉一面墙壁
用那些砌墙的石头来铺平道路
那栋房子已经好些年没有人住

我们预测它会在十二年后倒下
因为即将到来的雨季会加速它的腐烂
因为这里一年都是雨水
现在雾就笼罩山顶
这里已经成了鸟类的天堂
没有人打扰它们在这里的生活
此时枯枝掺杂着新绿
有轻柔的冷风
春天还没来
我们必须加紧手里的活计
因为年轻人出门后只剩下老弱的父亲
他们还要照顾孩子，作为祖父
他们还要祭祀山中的祖先
而祖先已经淡出我们的生活
我们像谈论一个陌生人一样谈论他们
天黑后我们离开杉木森林
带着工具和傍晚的疲惫
一桌热饭菜等着我们
普通的一天我们就这样度过

◎叶燕兰

流水的悲伤

那个水龙头一直开着
水一直流着……

水一直流着，水下一双枯瘦的手
攥着一个奶瓶，十指通红
裸露的奶嘴渗着白色的奶液
像无辜的婴儿，涎着口水
我就站在老人身后，也握着
将给女儿带去安抚的奶瓶
我们每天都会这样在开水房相遇
清洁，流泪，把滚烫的开水调到
适宜的温度

水一直流着。柔弱的水不停地
叩击着金属槽面
一些不小心的水花喷溅出来，我不忍上前
提醒，也不敢无声催促
我只知道，只有让她把心里的水慢慢放掉了
眼前的流淌才能继续
洗刷一个又一个疼痛的奶瓶

微颤的生活

我常戏谑你，傻瓜
其实你是天生的聪明人
与街上的大多数相似
温和，寡言，不深究
危险的关系
像远处的纷争，近处的爱情
每当我这个真正的傻瓜向你
抛出一连串的质疑、诘问
季节向我们抛下冰霜雨雪
你总以沉默之刃抵住
这左右手互搏的矛盾
末了，拿起案上久置的苹果
用笨拙的刀削去无用的皮
削弱共同抚触过的温度
一分为二，一半递给我
一半递给微颤的生活

深溪：献给流经生命的那条河

一开始我也深信不疑——
这听来仿佛是一条野生河
天然的命名

所有人都这么叫唤时
她自己，竟也几乎
信以为真
以日夜不停的流动喧响
回应石头
堤岸、村庄
一样顽固的外在世界
仿佛奔突、流淌，本是她
从源头起就该自觉
领受的，真正的命运

而源头在哪？
薄雾中，看似偶然的积聚和
消散的必然之间
如两山夹峙的记忆峡谷
凭空生成一条新的，恍惚的
存在的细流
那么普通，那么神秘

◎年微漾

儋州赋

从雨林归来，织造着雾
到星空中去，撒开了网
鱼的劫数击沉落日
海的鳞甲加固船舱
浪命令盐，成为一颗颗
迁徙至火焰的黍离之心

起三间房，桄榔覆顶
挖一口井，狩猎白云
儿生以前，天无颜色
谁死之后，举世混浊
甜在椰子里长胖
咸从淡水中挣脱

开凿骨头，曝晒舌苔
晨曦放生辽阔的地理
信风喂饱芭蕉的旗纛
曾经大旱志书有载
黄花梨树结满神祇
海鸥幻作卦辞的回音

伥与魈镇守灵异录
更路簿通往紫薇星
先生谪居此地，放不下功业
池塘研磨月光，续写了天空
杜鹃花没有能走出行草
不孝子要去赴海的恩科

舍近求远，贝壳的籍贯
居高临下，藤蔓的婚姻
命镌刻掌上，是航道交错
烟解散香灰，受妈祖所托
现实倒映虚妄之下
永恒要向瞬间求索

我因何恸哭，泪流满面
跪伏在盐田，举目皆亲
今夕，永远都在今夕的背面
自己，不过只是自己的化身
天地合为一人，他体内的洪荒
而我作为天地，那乌有的想象

过泸县龙脑桥

落叶如界碑，溪流下有故国
秋天住在伤心省
伴随着波纹漾动，青苔
是从月亮身上剪掉的
多余的绒毛
将天色冲淡，把前程都稀释了
带着君王的旨意
一群工匠腰缠斧凿
与墨绳，要去穷山恶水间
缉拿图案和词语——
世间奇迹，总是最早源于
平凡人的想象
坐在桥面上，我欣赏他们的遗作
这些传说中的巨兽
只在倒影中
才得以遇见自己的威严
更多的时候，它们展现的线条
温柔多过凌厉
信仰大于敬畏，轮廓则带有
一间院舍坐落在
文言语法里的庄重和自如
像突然收到两条微信
一条来自福建
另一条来自河南
在无尽的日常中，我总与日常为敌
但流水没有这样
流水带走野心与不安

洞头看海

我们对面的山上，结满了星光
大海，藏起它的愤懑
与沮丧。秋分过后
白昼减短，风牵引船只回家去
煤油灯用掉又一个夜晚

三十多年前，镇上重修天后宫
从惠安县转运的巨石
垒砌妈祖的法身。一位渔夫
出了远海，至今尚未归来——
他永远也不会再归来

失怙的幼子手执叶笛，当时坐在崖石上
还不懂悲伤。镇上挂钩扶贫的
小青年，踩着单车去看他
尽管相隔十几岁，两人将同时
走上成为诗人的道路

多么可惜啊，月亮缺席了
那样的现场。后来，跨海大桥
联结岛群，而岛仍是
人间的遗憾，留在海中的结石
需要用酒才能排出

趁着醉意，潮水再次扑向星空
车辆驶过桥梁发颤，月光带着
绵密的睡鼾。此刻的大海与人间
究竟谁更值得悲悯？数亿年的
心有不甘呵，月亮是大海命里没有的东西

◎林宗龙

论写作

深夜，拿着手电筒
在漆黑的楼道照射，这是父亲
穿过的马丁靴，鞋底沾着笨重的泥土
和烂掉的腐叶，（我猜想着
父亲一定去过语言的极地）
他发现了鹿和牦牛，那意义的所在
让我继续往更隐秘的台阶
挪动我的光束，这是角落里的花盆，
栽种着妻子的洋桔梗，
我闻到了那幽香，是雨水里
一只瓢虫在缓缓爬动，这充盈着
整座建筑的爱，父亲提及过，
那神秘的极光，把一些源头的事物
带回到那个密室里，
我照着它：夏加尔怀念贝拉的油画，
在镜子面前，静静响动的
黑胶磁带，一把倚靠在木柜边的
透明雨伞，遵从我的想象，
摆放在合适的位置，但事实上，
它什么都没有显现，父亲是对的，
他熄灭了我手中的光源。

角色扮演

傍晚，孩子在屋顶扮演
国王和奴仆，有时候也会模仿
老虎和犀牛的口吻，像在练习
无形如何在片刻中显现。
他们爬上蓄水池的扶梯，或躲在
底部的凹槽，举着手中的玩具枪，
瞄准未来的一只皮球。
上帝也这样，在建造偶然的
星球，我们在过去称作未完成的
在移动一只花盆，
在屋顶的屋顶，看着孩子游戏，
看着他们中的一部分，
成为他们扮演过的角色：
水手，猎人，占星师，或者
某条水域上真正的王者。
另外的部分，那个躲在花盆背后
羞涩的男孩喊住了我：
“三十一岁的林宗龙，我在七岁
玩丢的玻璃球，你找到了吗？”

雾在某一天升起

雾在某一天升起。
某一天指的是，另一个我
命令我翻开一本书籍，
找回他的记忆。
他终于离开了
物质的房子，来到雪地里，用树枝
覆盖鹿的脚印。
（那从来都是安静的，

在极力呈现一颗完整的心灵）
或者，他会赶着火车，穿过湿地
和红树林，凝神地看着
窗外雾气升起时，那只恋爱中的鹿
跳跃的样子，直到他为它的消失
而感到悲伤。
父亲说，孩子，这就是你的源泉。
他听到另一个声音，是母亲祷告完后，
把花束插到瓶子时，一颗星球在颤动。
他静静地观察着，雾气如何
变成精神的雨滴，落在那些花瓣上，
然后成为一种准确的时间。
他会回到现实里，把房间的灰尘
重新打扫一遍，他体验到一种
深沉的冒犯和爱。
父亲会继续说，去成为你自己。
他坐着电梯，来到顶楼的天台，
雾气遮住了整个世界，
他什么都看不见，但他竖起那只鹿的耳朵时
他可以听见——
一只虎头斑，滑动到我的感觉里，
它永远是个谜。

◎**卢山**

火车在天山脚下穿行

一列绿皮火车在天山脚下穿行
盐碱地和碎石堆发出惊天的震响
车厢里坐着李白、王昌龄、岑参
塔里木河与塔克拉玛干沙漠都是站台
这一列来自唐朝的列车开过来
雪山纷纷后退，月光打开永恒的探照灯
哐当 哐当 我的心脏也和他们一起
在天山大地起起伏伏
跳跃在中国的西部边疆

塔里木之夜

黑夜用一座座盛大的沙丘
埋葬了塔里木的黄昏
这个闪光而悲伤的君王
静默于塔克拉玛干的心脏

我驱赶着塔里木河
放牧十万棵胡杨树
携带唐朝的经卷和史册
独坐于苍茫的星空下

西伯利亚的寒风把我
雕刻成一枚锋锐的冰凌
塔里木的地火燃烧着
我内心的激越之血
今夜，这片深不见底的沙漠
一具木乃伊屏住呼吸
匍匐在脚下，恳求我
为骆驼刺唱一首情歌

向雪的风暴中心走去

雪 无处不在

天上的雪 地上的雪
落在穹顶和寺庙上的雪
落在车辙和沟渠里的雪
落在雄鹰翅膀上的雪
落在女孩子衣领里的雪
都是我生命里的雪

雪 统治了一切
词根里躁动的雪
骨头缝里尖叫的雪
月光下的雪婀娜动人
黑暗中的雪悄无声息

今夜，站在天山脚下
我告别母亲，身体里装满石头
向雪的风暴中心走去

◎宝尔吉德

四月阳光，足够的暖

四月的时光，浓郁
注定会升腾起遍地芬芳
细柳十里，为绿而歌
尽管岁月匆忙
此时最适合拥抱阳光

暖风和煦，处处芳菲
踏青踩绿，脚下浸染闲适
唯愿温情如丝，如织
熄不灭是那诸多灯火的感动

四月美在清明，美在谷雨
美在花开，美在花落
美在烟雨霏霏，美在微微缥缈

四月阳光，足够的暖
总给人一种贴心的感觉
打马而过，翻过山，蹚过水
心底便涌动着感激和欣喜
微隙的气息，充盈着那抹一碧如洗

把这个夏天，悄悄装进行囊

是不是，无意间有了不期而遇的美
没有掺杂任何酸酸甜甜的味道
透明的风，洗尽了流霞茶宴
悄悄地治愈，绿荫满窗

衣襟戴花，甘甜不涩
慵懒的一些小惬意，小欢喜
很容易被人肆意消磨

虽然这边风景独好
那边景致也不错
趁着满地深情正绽放
把这个夏天，悄悄装进行囊

绿莹莹的诗，此时早已被淡忘
酿好的马奶酒，倒进牛角杯
慢慢饮，慢慢品
别再去惊扰，已经忘记的时光

穿过玻璃的阳光

穿过玻璃的阳光
正照在我睡懒觉的身上
夹杂着浓郁的牧草味道
既单纯而又复杂

睁开朦胧的眼
有些模糊，不够透明
那抹刺眼的蓝，却从天空中倾泻下来
落在眯着的眸子里
穹庐之上，留下一道人为的划痕

穿过玻璃的阳光
慢慢飘移
一点一点在房间里扫视
触碰过的空间
被抚摸的舒舒服服

此时，我想起时间这个概念
不过，没有丁点的不自在
这日子过得，有些稀里糊涂
总感觉，缺少了一些不该缺少的东西

穿过玻璃的阳光
继续撕扯着我的影子
我随着影子移动着
有一些疲惫，跟着阳光悄悄溜走

◎代庆香

海螺石林

眼里的石头，在河流分岔的春天
裸露壮实的臂膀
这些石头，难道是阳光喂大的吗

农夫用神一般的琴声，奏响
风里清扬的山歌，无意中抖落清弦
于是万马奔腾的石林
从沉睡中，苏醒

云朵下的村庄
被唱歌的石头代替
那些遗漏在三月的词语
重新涂抹了时间的背景

秀山嶙峋、形态各异的石林
如果不是巧合的机缘，我也难睹你真实的容颜
你水墨画般的静美，挽留了村庄，挽留了我
与你邂逅，我突然喜欢静止的事物了
目光落在石头上
我不再关心春天的雨水和春天的花朵
我要把石林带到我的诗歌中
我会一直等着你，看着你跟黎明对峙
总有一天，我会在阳光下
跟你一起守着村庄

油菜花

三月，抽丝的新柳
摇曳细腻的风情
一夜之间，金色的花浪
在半坡和田野起伏

走进油菜花，身上立即沾满花粉
类似一场没有准备的外遇
每一朵花都会告诉你
春天的思念多么热烈又多么辽阔

恬静的村庄，这一片花香过于浓郁
在雨水充沛的高原，灿烂的抿笑
打开了心窗，只为一个春天的吻

爱情隧道

推开三月之门，你突然的绽放
我似乎听见远方呼唤

春天，高原用他的阳光
投向那些梨花
我终于抵达爱情隧道一样的花园

看，梨花飞起来了
这些白衣仙子
一部分来自天空，一部分来自我的内心
真想成为这雪白的一部分

在风过往的旷野
适合铺开一张洁白的宣纸
让细碎的花瓣，设置生命的行踪
在春风中活到天荒地老
在花团锦簇的日子
与你一起白了头

◎陈琦

在想象飞翔中老得不成样子

大风夹着雨点疯狂地拍打着我的窗口
我呆呆地坐着
听任风雨不停从房子的左边呼啸而过
院子里高大的泡桐，一次次弯下身去

我想起白天老吉和老肖给我打电话
他们让我说说飞翔
但我已经不想说这些天空上的事情

请原谅，但此时此刻我确实想起了她们
　的名字
我想起自己曾走过她们
吞噬过她们的青春
仿佛只是一个饥饿的孩子

想起三十年来，带着她们在欲望的深夜里飞
不知道寒来暑往，莺飞草长
不知道那时，已经是最美好的年月

今夜的风雨不停

但风雨不能进入我的房子
我从窗口望向远处
云天宫高大的塔顶，顽强地闪着金光
停电了，整个雨夜
这是玉城唯一的光亮与斑斓

不知道此时，自己是否
是唯一为这座城市守夜的人
一首诗已写了这么久
它将以什么的形式投入岁月的裂缝

当你像雨夜中的泡桐俯下身子
想起我们的光景
曾经那样缓慢，那样宁静
在南流江畔
我已经老得不成样子

不再去想河山的温凉

二月里的一天，在人民东路
我送一个烂醉如泥的朋友回家
暮色四合，一辆洒水车
唱着一首不知道名字的儿歌
与我相向驶过

没有什么比与一辆洒水车相遇
更让人烦恼的事情了
但今天不同，我的朋友
已将我的副驾室吐得肮脏不堪
一路上他哭着，骂着
一个五十多岁的男人
撕心裂肺地将这个世界骂了个遍

但我对此早已熟视无睹
不记得是什么时候开始
我行走的脚步，慢了下来
不再为河山的温凉喟然太息
在燥热的夜晚，不再血脉偾张。
我优雅，知性，笃定
在所有人面前彬彬有礼
不再言及心底里的迷惘和辛酸

像今夜，与一辆车，又与一辆车
与很多很多的车擦肩而过
车流缓慢的时候
不时响起愤怒的喇叭声

我只是默默地把着方向盘
沿着白漆划定的车道
缓缓向前

做一棵高高的盘架子

某个夜晚，仍然是一场风暴
将我困在家里。我百无聊赖，从窗子
向外望，小小的玉城
街灯昏黄。高大的盘架子树
在风暴里猛烈地摇晃。我熟知这些
规则，当命运的飓风铺天盖地袭来
再强大的躯体，也得弯一下腰。我熟知

盘架子的一切，熟知它淡黄色的树皮
圆筒形的花冠。我也知道
受伤后它会流出白色的乳汁
散发出浓烈的腥臭。我感到，自己这一生
从未期许过那样的高度
在冷雨夜将风暴拥抱，以点点纯白
掩盖着隐伤。我对着镜子
梳理毛发稀疏的前额
内心纯净。世事不再困扰我
灯火阑珊的街头
也不再有什么让我怦然心动

◎湖南锈才

夜色是个灵魂歌手

深夜。膀子村。
是因为一杯酽茶，还是因为刚回乡
听着一首老歌，我竟彻夜失眠……

父亲一个人躺在对门山上
月亮圆了又缺，已三十多年。
母亲转眼就老了。
我的亲人，在附近的厂里吃粉尘。
一个才三十多岁，彻夜咳嗽不止
每咳一声，村庄便颤抖一下。
一个崽才五岁，肺又发芽，长出球球

小小少年，走着走着便胡子拉碴。
一些人，出了膀子村，再难找回。
熟悉的，正在陌生，
而陌生的，更加陌生。

无边夜色，是灵魂歌手
一曲《橄榄树》，我竟把故乡当异乡……

草

祖父的坟
都被荒草所吞
父母住的老屋漏雨严重
青苔可当被子了
兄弟姐妹之间，如生锈的钥匙与锁
久不联系
亲戚路上相见，俨然陌路。

我在膀子村路口
草，很快湮没我的脚印。

春夜

有很多花，并未如期绽放
相恋的人，走着走着便已陌生。

此刻，老家膀子村。
我在春夜里，像小时候那样仰望星空
只有依稀可辨的几颗星星
年迈的母亲轻轻唤我乳名。

流水低低。

蛙虫齐鸣。

我的内心从未如此宁静。

◎艾卓

失语症二首

从那个下午开始
我患上了失语症
凡是关于父亲的词
悉数从我的口里走失

我无论如何努力，总是徒劳
我再也喊不出“爸爸”那个音
在我的字典里，与父亲有关的字词
全都悄然隐身

老师偶尔会布置有关父亲的作文
我都默默绕开
当同学们骄傲洋洋地提起父亲
我黯然地蜷缩在角落，舔舐伤口

只有在夜深人静时
我用泪水编织成网
在时间和空间构建的虚无里
打捞有关父亲的记忆

当时间的车轮碾过我的童年、少年
我的失语症愈发严重
那个人的离去已烙下永远的伤
“父亲”在我的语言系统里将永远缺席

记忆

每到夜深人静，我的记忆
便穿越弯弯绕绕的时光隧道
穿回六岁那年，那个昏暗的下午

那个昏暗的下午，我的世界
只剩下一堵墙壁
我对着墙壁，细数墙上的霉斑

墙上的霉斑，仿佛命运的注脚
诠释着我今后的悲惨人生
我对着墙壁，哭了一下午

一下午的哭泣并不能改变什么
成人世界的运行逻辑，从不因小孩修改
我在这逻辑的轨道上，被碾得粉身碎骨

粉身碎骨的我，在天黑后孤独睡去
窗外的萧索与冷淡
恰如世态炎凉，人心凉薄

人心凉薄，在我幼小的心灵上做着旁批
我望向窗外，巧遇流星陨落
恰如生命中突然失去的父爱

◎沈苇

芭提雅山庄

芭提雅不在泰国，在中国江南
秋阳多么纯良，照耀山居的好心情
湖畔，两个石臼，一堆石础
窗外，茶园、竹林和五代同堂的银杏
银杏果用来炒菜、煮粥
铁锅里，旺盛的柴火炖着土鸡
秋虫阵阵低鸣，增添一种世袭的静……

芭提雅在江南顾渚山下
陆羽在这里写下：
"茶者，南方之嘉木也。"
其芽涤凡尘，名为紫笋
银瓶储水，带一壶金沙泉同去长安……
当我偶尔到达，仿佛从未远走他乡
恍然感到还有一个我
在此出生、成长，静静老去

村里的孩子

挣扎的人，生出挣扎的孩子
脸上有污泥，污泥里养鸡鸭
河里扑腾，捉蝌蚪、螃蟹、小鱼

遇大雨，跳进水塘，露出鼻孔
老人说，这样不会得病
病了，穿一件姜汁内衣
病重，喝臭卤，吃一只蛤蟆

挣扎的人，生出挣扎的孩子
所以走路很晚，似如拼命
他摇摇摆摆，从桑园摘回木耳
木耳是带露的
污泥的脸上是有光的

羊毛溪

溪水再少
细如羊毛、毫毛
也能形成一方水域：
绵延丘陵石槽里的一泓清澈

皖东南，窑厂村，出石涧春和
上李董路，就到了水库边
油菜、玫瑰、樱花已谢
绿茶正是采摘季
无名野花，繁星般璀璨
延宕了又一个阴雨天

茶园边，静谧的松树林
杂草丛中新立的水泥墓碑
一条独自玩耍的小黑狗
它的孤独是黑色的
一只雄赳赳的花公鸡
它的孤独是斑斓的、骄傲的

已是下午时分

万物看上去都有点慵懒
而公鸡的高亢啼鸣
仍在一再唤醒溪水的
潺潺、汩汩、淙淙……

使我忆故人，轻伤怀
这么多年，我把肉身的粗糙磨砺成
你枝干的样子，其用意
你知道

◎卞云飞

种花的过程

种花的时候不只在种花
种花的时候更多是在种心情
心情有好多名字：天竺葵、风车茉莉、
铁线莲、
大花萱草、太阳神殿绣球……
她们含苞或怒放，引我去寻一世界，
赐我冥冥之欢喜，
教我参透昨夜风雨后的空……

蜀冈的梅花开了

不喜欢人群，和人群里的我
喜欢在一个写生者的画笔下
着彩色运动衣，像一只离群的蜜蜂
悄悄地来
每年以跑步形式，
来十五公里，回十五公里，
来一身汗水，回一身汗水，
以此区别于其他人见你的方式
以此感谢你为我绽放的美好，

空谷幽兰

如何让一枚火山口飞出的石头
冷却下来？
如何让它焦炙的心，去接受空谷的幽静
和淙淙清流的软？
当阳光透过罅隙，些许青烟
落在它嫩黄的唇上……青苔为证，
我找到了答案

一得的兰花

聊一得的建兰时，我已醉入三盏
乌龙茶中。对于现场
忽有一种飘然远去又飘回的重复感
好心人让我吃甜品，以使血糖回升，
可我似乎享受这样的游离
他们讲的兰花我不懂，也不敢养
一些经验提示，我的笨拙可能难以调理好
它们骨子里的野性
但我相信，只有濒临绝境的生命
才能开出绝美的花

小小草

你说你叫小小草
站在这片田野上，望着蓝天下的小草
就莫名想起你
我爱这些小草芬芳如初恋，
也恨它们不顾一切占满我的伤心地
如今，时过境迁，
行走在这片田野上，
露珠绊湿脚踝，
我时不时蹲下身子来寻辨你：
这是牛筋草，那是马齿苋，灰灰菜、
蒲公英、狗尾巴、小飞蓬……
——唯不见你

◎陈三九

雨水丰沛的季节

雨水丰沛的季节我的村庄贫瘠
我的父亲坐在一根白发上拉琴
拉一曲太阳坐在水中的歌
我的火苗熄灭，我的荒野溃逃
雨水丰沛的季节
我的大地沉睡，潮湿的稻子低头行走
走进我含着面包的梦中
孤零零的身子是两具雨做的披肩
站在我的额头上哭
雨水丰沛的季节
我的口袋是溢出的春江与大唐湖
它们在我的身体寻找
回乡的路
我的诗篇是盛满六月哀歌的琴弦
我的祖先站在黑色的诗篇
唱一首火焰的歌
雨水丰沛的季节我的眼是空中
两道闪电，是坐在两张纸上的
太阳与村庄

尘埃之美

带上玫瑰吧，在一个欢愉的早上
或者傍晚去见见你
这夜雨水短暂造访所有人梦境
你听不见凌晨响器盗走的声音
它藏有宁可粉碎的尘埃之美

明天我还是告诉你我的城市深夜降起大雨
隔着一个模糊夜色的视线，仿佛看见
它们在街灯下宽大的镜面跳跃舞蹈
像某个时刻与你说起的优雅
像某个时刻你站在面前望着我拨弄乱发
那天安静是我们打碎的话语，像舌头
站立着一块沉重的铁。亲爱的
我的视力越来越差了，去你城市的路上
你告诉我，要穿过脆弱与希望的两扇门

信未寄出

父亲，信未寄出，孤独者在写信
孤独者在风中写信，写雨水的信
火焰与孤雁在我的头顶飞旋，我的房子
　遥远
我的门前石头是空中两朵沉重的云

父亲，信未寄出，孤独者在写信
孤独者在太阳底写信，写河流与荒野的
　信
两艘船站在春江是两道分开的光
我小小的湖泊是春江渗出的泪

孤独者在写信，在昏暗中写两盏灯的信
两只眼睛是两匹奔跑的马
是一个姓氏里的两个名字
父亲，孤独者还在写信
他在纸上写下：雨水，河流与灯盏
他的心脏是只苍老的雄鹰

◎非亚

闯入者

雨下下停停，半夜和清晨
被惊醒两次
后来在梦中，梦见暴雨和狂风灌进
窗口，窗帘横飞
雨水湿了一地
我躺在床上
伸手去拉被子盖住身体
想到自己已经五十
什么风雨没见过
在平静得乏味的生活中
我反而突然
喜欢上这些粗暴的
闯入者

饲养蜂鸟的女人

她饲养那些蜂鸟
给它们喂食，墙头上
摆上给它们吸水的瓶瓶罐罐
她的花园里种了很多花
各式各样
每天，蜂鸟们准时过来
在她的后院里盘旋，跳跃
叽叽喳喳
她透过窗口
从不去惊扰它们，当她外出旅行
她就把足够多的食物和水
放在她的院子
她把这些羽毛光洁的黑色精灵
当作自己的孩子
给它们起各种名字
就好像这些，是她生活中存在的一个个人
即使死去，也未曾离开

诗神

我觉得真的有一个诗神，就隐藏在我的房间
“出来吧”，当我在黑暗中
翻动手机
荧屏上的亮光，照着
幽绿的墙壁
我想发现躲在窗帘后面和阳台上的诗神
是不是也有脑袋，四肢
和手脚
身材到底怎么样
脸蛋英不英俊
性别，是男还是女
如果是个男的
我希望给我的诗以力量
或者锋刃般的
锐利感
如果是个女的
我希望她就像窗外披着婚纱的月亮
在我单调
沉闷
波澜不惊的生活中
冉冉升起

◎高权

麦垛早已沉睡

叶子总是最先收到秋的问候
溪流要挺到最后才停止欢唱
在一场接一场的秋雨过后
天空愈加高远，星辰更加明亮
蟋蟀入户，演奏着生命的献曲

燕子离巢，就要飞回南方
而它们的主人——北方的农人
还未到过祖国的西方，和东方
和田野里的动物们一起
他们忙着运送过冬的食粮

颗粒已经归仓，大地重现荒凉
裸着伤口，像父亲宽大的手掌
唯有经霜的白菜，仍保持翠绿
唯有枝头的野果，还赤若残阳
暮色中牧人赶着羊群归来
冰封的河面将他们的影子拉长
无人知晓这世代劳作的地下
仍有黑色的暗流在汩汩流淌
——啊，这亿万斯年孕育的
造福人类也诱发罪恶的宝藏

袅袅炊烟下飘溢着新麦的芳香
而大雪覆盖前，麦垛早已沉睡
已足够冬天，点亮母亲的灶膛

无我之境

我想收回我散落尘世的目光
像大海收回帆影，风恬浪静

我收回目光中漂泊的尘埃
让意识之两岸，无限地靠近
在镜光尚未抵达的景致中
我的山谷清幽，湖水澄明
像深渊收回雨水，我收回
幸福或悲伤的泪滴，收回
你眼中荡漾的我的笑意
从春的水面，和秋的大地上
我收回我的影子

像石头收回誓言，我收回
写在纸上的姓名，云净天空
在掌声永难抵达的寂静中
我收回我深藏于幕后的身份
像大地收回落叶，我收回
飘落的日历，燃烧的余烬
在我的身上，意义尚未来临
像英雄收复河山，我收回
万物着我之色彩，收回世界
而光明，尚未占领我的躯体
而黑暗，刚从我的眼底诞生

世界上的我和你

你不在这里。
或许这个世上，
本就没有你。
南来的列车，
和北往的船舶，
在大街上相遇。
我不在车上，
你也不在船里。
天上风轻云淡哪，
人间悲欣交集。
你从远方来信，
说“见字如晤”哪。
可我知道远方
其实没有你。

我该去哪里
把你寻觅呀?
迷途的小鹿有着
莫名的欢喜。
我要去远方建造
海市蜃楼哪，
飞翔的鱼群带来
潮汐的秘密。
一年又一年，
我还在这里，
但见石桥送流水。
流水载着我的
叹息纷纷哪，
远去复又归……

◎谷频

一首诗中的博尔赫斯兄弟

那么多昂贵的证据
正成为我们书案上划时代

精神的铭文，蒙得维的亚街道
在你语言的过滤中
充满着油画的韵味，1923年
诗人看见蓝色屋宇上天鹅
窥视着前世临空的姿态
而另一片沙子的海洋逐渐漫上阳台
连最后田野的春天也被掠夺
那些遗遣心间的诗句
又是多么湿润。树木温柔的阴影中
靠近电影院旁的清真寺
塔顶瓦片的厚度超过了你的想象
天快要冷下来了，无数次走过的胡同
却成为自己心灵的迷宫，我的博尔赫斯
兄弟
整晚都在重复相同的情节
做梦或者做爱，还要小心翼翼地
在逆行之中，逼近那些陌生的面孔
和奔驰的汽车。在积满灰尘中
似乎还想再捕捉点什么
属于你歌吟中的花朵
早已在黄金之夜绽放生命的光辉

在我们时代里的海明威

丧钟长鸣，但从没一个生命是懦弱的
我们距离有点深远，时间的纸鸢
却在最明亮的地方飞翔，这丝毫不影响
旁观者的视线，当你把朝圣遗忘在风中
未曾翻开的书里隐现大海的缺口
谁又将是拯救时代的敌人或朋友？
你双眼微闭，太阳尝试着升起
使记忆有淬火的疼痛，预言的武器
正在削掉乞力马扎罗的积雪
即将醒来的一切迫使我们孤独地崩溃

等待秋天的一个片段

季节是每个人的知己
当你将所有的种子撒进大地
是谁倾倒瓷瓶中的海水
将蓬莱以南的空气跟言辞的光芒重合
多去想一想行色匆匆的人们
如何挥汗而锄，在生活的缺口
却找不到一垄禾苗成熟的芳香
比收获更亲近的
陶中的鱼纹在回忆中把童贞
丢在我的身边
那不过是青春坚硬的誓词
与傍晚同时抵达的还有彩绘过的爱情
走进灯盏的眼睛，是梦游者的钟摆
经历时常会收拾起它的误差
还有什么是必须生存的理由
闻到泥土的气息就想把背影留下
而夏天的花园依然脆弱
寂静的途中，你我就像麦田的稻草人
相互听得见老式收音机
传来排列不齐的欲望

◎陈一默

红豆村里有我的母亲

红豆的叶子密密层层的
红豆的心思是那么细腻
母亲住在红豆村里
她就是另外一粒红豆
红红的，浅浅的
红得没有自己
只有父亲和她的孩子们
春天，母亲在地里播种
种下谷苗
夏天，母亲收割稻子和黄豆
秋天，她又种下萝卜和葱蒜
冬天，母亲张罗着翻耕地
红豆村里只有四季
有天地间最朴素的劳动
一个女人嫁给了一生
就踏踏实实地活下去
把泥土和家庭
看作自己最美的嫁衣

种红豆的祖父远远走来

种红豆的祖父哪里去了
祖屋里
只有轻悄悄的风儿在吹着
走到他最后看过的窗
住过的房
最后叫你坐下的木凳子
抱住他最后种下的红豆杉
一种红色的羞涩开始弥漫
他在红豆村里度过一生
他的眼前只有四季和青山
他没有教给你什么大道理
但他的朴实
和祖先一样拥抱了你
他没有很多余的话
早晨就醒来
晚上就困觉
白天在红豆村干着祖祖辈辈该做的
从青年到现在
出生到死亡
像他种下的红豆树
红红的循环着
直到有一天，他去了
你还不完全懂得红豆的意思

没有哪一颗红豆比穗伯更红

鸡叫的鸡叫
打鸣的打鸣
黄二嫂起床扯猪草
陈大伯开始做粉条
最傻的啊金
两儿两女坐在田埂上
新媳妇儿人家
早早生了烟火
这家的炒菜味，飘到那家

哪家的鸡鸭
跑到别的窝里来
红豆村热热闹闹的
今天有喜事
明天有白事
谁家碰上，就去谁去帮忙
谁家缺肉，缺菜
就有人注意到
穗伯在村里开着棺材铺
86的年纪了，还在做“木”
在棺材里吃饭，在棺材里睡觉
他不怕死
把世上的木材做成房子
人人有家可归
没有哪一颗红豆比穗伯更红

◎孔庆武

梯子

我的手脚都交给你
以此来偿还这一世的债

我和一架梯子的对话
从上面两句话开始

木匠老三，进山伐木剥皮烘干
三天三夜制造了你
换回一壶高粱烧酒
外加一刀肉

攀登在你的身体上，有些晕
不断升高的横木梁，像刀锋
你一定是偷吃了
木匠老三的酒肉

灵魂在地上出生，然后变成漂浮的云朵
每天都有人登上一架梯子，追赶云朵
木匠老三的生意很好，后来离开村庄
只有每年回来伐木时，装上两坛老酒

结尾句，梯子说：
“我拿什么来救赎你
快滚下去吧！”
夜梦惊醒，一头汗水

盛花

一朵花，收藏一个世界的微笑
没人记得，留在蒙娜丽莎脸上的
那一朵叫什么名字
村庄里有无数个灿烂的花朵
96岁的姥姥盛开的表情——比花美

一只手，让石头站立成房山墙
苔藓守着房子的主人
扎根在临时的房间
青藤盛花结果，生下葫芦娃

一把梯子伸到烟囱的
位置。恰好和树梢上的月亮接近

她的长发及腰，比腰还细的
秋风。荡起秋千，水落石出花好月圆

一只螳螂，从前，拳不离手
现在，数花瓣的日历
盛下芳香给秋天

喂养我们的土地
早早地用花开的请柬
通知远行的人返乡

告辞

当“汨与汩”两个字映入眼帘
它们已不是汉字里的一对孪生兄弟
它们是一条江和一种流水的声音

一条身影投江而去
一位伟大的诗人，他最后的
诗句，是汩汩流淌的水声

千百年来，他奏响的旋律
一定是爱国的，大气恢宏的，悲壮的
交响乐。流传至今家喻户晓的
中国的，世界的，纪念伟大诗人的传统节日

汩字多一横是泪啊
不多不少的一横是历史唯一的绝唱

芦苇的身体，包裹住糯米晶莹的琥珀
五月初五，大火蒸煮
云飘飘，雾茫茫
一些锋芒和疼痛化作泥土的芬芳

混合着粮食和草木的节日
告辞，是一封诗歌体书信

艾蒿，五彩丝线，龙头凤尾
端午的祈福传承民族的记忆
时间的长河中，一条江好像一滴赶路的水
迎来送往，出发与返回，总会有告辞

◎刘鹏

背影种在太行山下

芭茅花压弯了抒情的笔锋
风走到哪里，感情就在那里一波三折
但这并不意味着它们可以取代河流
前世，它们是船帆，为宣纸留白
若即若离的影子止步于影子的范畴

芭茅花倒伏的时候，它们也一同趴下
面对孤苦无依的风声，所有顺从都悲悯
像贫瘠的山地飞出去的灰喜鹊，乌鸫鸟
有时候，很认真地落在烟火中

在莽莽太行山下
我让时间掐灭了三根香烟
放下一团火，同时屈就单调的白
和奢侈的黄让我默认了此间虚无

怀古

我攀爬，会当凌绝顶
树木先一步抵达目的地
它们守护那片岩石

攀爬逐渐缓慢，迟疑
如果能够遇见几只猴子
我有理由停下来，打声招呼
很多年前，我的祖先习惯了平淡

也许，树上的猴子都将选择地面
而我们为何逆流而上
飞鸟叽叽喳喳，对此颇有意见
但谁知道，六亿年前
这里波涛万顷
生活着贝壳，珊瑚，鲸鲨，或者冰山

我们的血液里，隐藏起游民的图腾
从草木到山岩，从江海到孤独的云层
该出土多少背井离乡的梦魇
而在高处，每一次停留
我就理解了短暂，需要写在屋顶
——每次仰望，皆是童年

山下雪

我又一次投入温暖怀抱
雪是冷梅，鹅毛却热乎乎地
落入太行崎岖的山路上
像儿时摇床，供我颠簸摇晃
这一场梦，很快就没了终点
无法完成的梦，快乐处处含苞
只要伸手一拢，那些善良的花瓣
就融化，稳稳地走进我的故乡

今年，江南还欠我好几场雪
欠我写下思念的白纸素笺
我于是交出羊羔羔的梦，在山下
走着，走着，走出深深浅浅的
——呼唤

◎**李芙蓉**

故乡瑶

相比于喊出：故乡
我更愿意喊出千河、冯家山、百花园
这些近似于我乳名的称呼

重组一片渭北平原
陌上花开，需从村头的梧桐树开始
从马尾辫上长大的花
是我心头氤氲不败的人生底色
此后，我穿泥过河时
所有风云浮沉里的坦然与担当
皆源于此，盛于此

只是，抱憾亏欠的，再走近
故乡的黄土是行囊就也是归宿

互拥长眠，成了我们与它
最后的、完美的合体

在南京

人间四月，风从南京来
只一阵漫抚，历史的齿轮就将过去与未来轻轻粘合

不消说过去，过去已然过去
我所欢喜的，是她重新长出的
高于法国梧桐的——参天之物

这比玄武湖更美，比总统府更威武
静默于街道两旁的茶树，红枫
还有那不曾褪色的秦淮河
……
此刻，她们皆以沉默自渡

沉默总是好的，不言语
这万般滋味，自会覆于流年
比如此刻：我激荡又平静的难以言说
风又能看出什么呢？

遇见青海湖

蓝得如此过分
定是女儿家的忧思太多
一湖青蓝，一腔幽情
所过处，无非是风动涟漪漾
风过复归寂，只是这
戚戚又凄凄，自血脉而涌出的滚烫
一生只可一次

就像此刻的相遇
阳光比金子更黄
蓝天与你胸怀无异
就连那细细碎碎的油菜花
也有风吹秀发的柔美
一切已然都是最好的样子
过后怎及

◎**潘爱英**

秋水堂的墙

秋水堂只剩半面残墙
筑砌的青砖
词人的故乡长满青苔
有斑驳的指印
摁进泥坯八百年前的西江月

秋水堂的墙
冬天会积雪
化作郁孤台下的清江水
流淌北望的眼泪
春天有落花
坠地有声的生前身后名

鹧鸪衔来依旧闪烁的阑珊
点燃破阵子的火把
酒一样酡红鹅湖山
种在墙上的目光
年年盛开蕙兰的芬芳
山风吹拂
浸透旋转的人间

石盘渡的石

月白的肤色，嵌入星星作眼眸，峨冠博带
裹紧桐木江的涛声
坚挺故乡捏就的肋骨
一路颠簸
从石盘渡开始奔流

拒绝过1764年的官廷
割分了天下三分之一的诗文码头
也只能在通州运河挥别
桥边柳树轻柔拂去石头不甘随波的眼泪
六朝古都的秦淮河畔
剖出肝胆
镂雕宫商角徵羽的玉笛

一袭粉墨
在笛声中翻舞，长歌当哭
楔不平倾斜的世道
《四弦秋》的琵琶断了弦
南腔北调、仙侣过曲哑声
寂寞在光阴中经年的疼

石盘渡倔强的石头
怀抱沉重的江南江北
砸伤自己的时候
敷贴《临川梦》作膏药
也砸进《冬青树》
激荡几个尘世，一波又一波的清醒
落定鹅湖的洪荒
厚重回声

补白一棵铅山竹

雷声震醒沉睡了一冬的梦
松开土壤的怀抱
根鞭在黑暗中独自攀爬
身披黄泥色的盔甲钻进乍暖还寒
睁开婴儿的萌态与好奇
吮吸几场雨蓬勃的哺乳
便挥出旧石器时代的标枪
孑然独立山野荆棘

向上
如玉的面庞，虚心正直的身姿
捧着浓绿的立夏举向云霄
摊开明清时的月色
一张连四纸的洁白
将千年不朽注入永乐大典
写进四库全书经史传奇
盛放辛弃疾稻花香里的丰年
描摹蒋士铨岁暮到家鬓发上抖落的风尘

◎车延高

一瓣荷花

我来的时候一朵荷花没开
我走的时候所有的荷花都开败了

像一个白昼轮回了生死
睁开大彻大悟的眼睛
一只是太阳，一只是月亮
脚下的路黑白分明
命运小心翼翼地走
起伏的浪花忽高忽低，揣摸不透
只有水滴单纯，证明着我的渺小

有时，我已穷极一生
只能采下一瓣荷花
而一夜湖风，用一支笛子

吹老了整个洪湖

莫愁湖

风来不及暖，菖蒲花就开了
芦苇一摇，就把昨天打扫得干干净净
睡莲不认为客厅小
有那么多浪花散步，就有鱼来串门
急的，该是那些含苞待放的花朵
一部《容斋随笔》老了，风，信手翻了翻
莫愁就从一个汉字的梦里出来
石城在身后，浪花忽高忽低
现在是四月，我眼里只有阳春，看不见白雪
只感觉这里人还是楚人秉性
怀古，念旧
回不回来省亲是你的事儿
莫愁湖边的栈道修了
莫愁村，也在痴心等你的土地上建了
客栈整旧如新，挂有你名字的红灯笼红着
马兰花在墙边儿站着，都低了头
好像谁批评了他们
我也老了，不记得回楚国的路
只有你的唇，能让我认识颜色
隐隐记得，我还有一方从未用过的
印泥，在你那里

摆渡人

秋天坐在一片叶子上远行
风摘下花，能听见一瓣疼痛的哭声
水滴沉淀了白色的传说
只有脚印流浪
等夕阳找到了枕头，我能听见夜的喘息声
相遇 想到过死去
所以不怕孤独
蟋蟀的鸣叫 也许是给自己听的
如果唤醒灵魂 ，苦海
就多了一个摆渡的人

宁静

尘埃落定，明显陵安详
落日余晖残照，山衔一抹浮光
杜鹃不曾泣血
墓冢宁静，魂灵无叹，白云为何远走他乡
两排石雕凝重
身后站着历史，眼前红尘过往
落花，咬死悲声；宁静，打坐于草尖儿上
好干净的塘
口吐莲花，羞杀不可一世的牌坊
两扇朱漆大门推开
一个声音出世
不让眼泪悲千古，就以风物放眼量

◎**黎阳**

总有一场雪会从记忆深处落下

下雪了，内心的荒凉就被收藏起来
那些狩猎者丰收过后的庆祝痕迹
也会随着雪花，成为一片白茫茫的素描
尘埃落下来，再也不会成为厌世的泥浆
雪是这个世界最好的化妆师
轻妙的雪也会发出巨大的吼声
在滚滚的风雷中，遮挡着
被时间摧残过的村庄和记忆
每走一步都要深陷下去，才能
靠近土地，这种膜拜的方式
会让南方人措手不及

他们躺在雪里，或者抱着雪
雪只是他们的玩具
雪是北方人的命
瑞雪的降临是农人的福祉
活在雪中的人，善用畏惧
他们把雪藏在命里
等到感动，等待融化
等在雪中的圣洁，改变
灵魂的距离

雪在收割，那些玩世不恭的人
那些被塑造成雕塑的高楼和狮虎
在一场浩大的春风里
融化的命，都是泥土赐予的点点繁星

有些风永远不会打开

五月来路不明的含蓄和亲热
即使封存在送审文件夹子里，也透露出
阴沉的质感　寒暄多了

星星也哑口无言

没有错，这股风带着笑容
从微信的门缝里蹿出来
以为你丢失了许久的血缘

每次接到风的电话
都会谨慎地问一句收费吗
或者是什么东西
有些直接退回去

推不回去的有些是真风
也有假风，从季节之外刮进来
让人看不懂热烈
或者干燥的只是少一点火星
这风里的是漩涡也是陷阱
这都是绕不开的命

空调里的风吹出一双水汪汪的眼睛

是的，你从空调的风里看过来
这个跨度有些惊人，差不多三十年了
姑娘，还是用这双水汪汪的眼睛
看透这不计晨昏的怀想

袖手旁观的岁月，还是看不清
在你面前的拘谨和木讷
这不怪你，是犹豫不决
我没有扣动最后一刻的决心

给自己留有退路
即使被拒绝也只是掩着伤口
从不在任何人面前说疼
这是一种惯性，或者说承认
自己在面对实话的时候　弱不禁风

空调是不会说话的
她只是调节内心的温差
她不懂得，我需要的
患难与共的温情

人啊，陪伴一生
就是最好的幸福
哪怕阳关路，也是独木桥
也是要走完这一程

我知道星星还在
花朵还在
风也还在
只是你的眼睛告诉我
早已不在十九岁

◎刘春

王府井大街上的麻雀

整整一个下午
我都在向它行注目礼
你看这里人来人往
个个都阳光灿烂
有几个还衣冠楚楚
露出高人一等的得意
但这与它无关
它在天上飘
观察着人世
又与人世保持距离
我还注意到它的鸣叫
与周围的环境不大和谐
最终它被人驱赶
仓促逃离

多年来
我从未过关注它和它的同类
被驱逐，被抓捕
被冠冕堂皇地划为害虫
却仍然向往天空
从未停止发出
叽叽喳喳的声音
而我习惯了弯腰
点头，礼貌地表示同意
写过很多歌颂自然的诗
却对它们的命运
沉默不语

现在，它又飞了回来
在树枝上跳动
谨慎地观察着地面
冬日的王府井因此产生了
残酷的诗意
而我幸福地捂住胸口——
一只麻雀
在里面跃跃欲试

种下六株百香果

中午，嫂子带回六株果苗
让你种在屋后
你找了六个地方，用锄头挖开地面
把它们一株一株栽进坑里
扒些泥土盖住树根。
想象开春后枝条尾部长出小叶片
不消几个月，藤蔓就爬上墙头
和预先搭好的棚子
再一年，绿色的珍珠挂满屋后。
而你并不急于采摘，悠闲地
端一张长椅躺在南风中
哼着小曲，间或摆弄一下身旁的
瓷杯和茶壶……

回到屋里，母亲问：
拿锄头干什么？
你说，种百香果。
种在日头能照到的地方了吧？
你愣了一下，嗯。
铲掉旁边的杂草，别让它们
扯走肥料。
你又愣了一下，嗯。
记得淋点水。
……嗯。

母亲上楼午睡了。你悄悄地
跑到屋后，挖了六个小坑
给果苗挪地方
再把四周的杂草锄掉
然后提着桶，向井边走去。

风吹过

我喜欢那些沉默寡言者
他们心里肯定也有很多痛苦
但他们忍住了
我觉得他们是哲人
他们知道不欢呼，幸福不会减少
哭泣和嘶喊也并非必须
只要真正爱着。所以
如果有人逼你接受苦难，咬紧牙关
推开它！推不开的那一部分
就像他们那样
大大方方地认领下来

我喜欢这样的早晨
空气就是空气原本的味道，风吹过
湖面拂动一丝细微的波纹

◎**桑子**

墙上光斑

互相渗透但绝不模棱两可
孤独者在确立自己的意志
小小的代言者和鼓舞者
反观或者启发
光在抵达边界时发出的回响
时间的囚禁与释放
昆虫 杂草 单调的矿物质——
名副其实的平庸之物等闲之辈
这也是我
要避免陷入苦闷与彷徨
阴影在找寻的确凿证据
纯粹的、热烈的一小撮永恒之物

无数个春天

无数春天中的一个

一个事件推演出另一个事件
一种状态转化为另一种状态
某个确定的时刻
我们目睹光与影鲜活的交易
一年又一年　一切嘈杂狂热
春天啊
一个事物吞没了另一个事物
太快了
川流不息的人群
鸟鸣般周游世界
誓言代替忠诚
赞美代替立场
任性代替自由
每一天的每分每秒
生机勃勃的无意义
触手可及的漂浮物
大地如此粗野
愿世界的真相能败坏你的兴致

散步的猫

沿着墙角成为一串梦呓返回梦中
仿佛这偏远之地陌生的世界也有人到访并深爱
它要赶去告诉一些人山洪要经过
那些人正在阳光下　不相信有威胁自身的存在
它只是永恒地经过如光经过阴影
脚步必须轻柔　使看到的人都感觉经历了死亡
毫无错觉　一些阴影得到了修正
从一阵风抵达另一阵风焦躁不安的人说不出爱
按着老规矩　它必须小心翼翼
在半空中交叉迷乱　冒失地站在不可能的领地
借无数的耳朵和眼睛　敏感得如同无边的午夜
时间的暗示与咄咄逼人

◎黍不语

突然的月亮

黄昏已经很深了
她仍在那条路上快步走着
一条小河穿过她被暮色缠绕的身体
而将水草留了下来
经过一块陌生的草地时
她没有迟疑，跟上了草间一条正在形成的小径
她看见前面不远处鱼贯
走着一群人，一支散乱却又似乎一致的队伍
她继续走，离队伍越来越近，几乎像是队伍的一员

她抬了抬头，茫然中
似乎想辨别点什么
忽然间
她的眼睛触碰到远处虚空中一轮明月
美丽，苍白，沉静，像一个深深的梦
她被深深地感动惊呆了
她看见在那个深深的梦下面那些人深深地走着
在深深的时间里再没有头抬起深深地望去一眼

你在那么美的地方

你在那么美的地方出生
子宫。手心。怀抱。新鲜
无觉的世界
你把最响亮的哭声献给了她

你在那么美的地方长大
小学校。石子路。电影院。田野。清贫
又慷慨的月亮
你把新鲜而莽撞的力量献给了她

你在那么美的地方与人相爱
双人床。厨房。火车。落日。两颗心
碰碎的一万片海水
你把最亮最重的眼泪献给了她

你在那么美的地方变老
变空。变模糊。变成陌生的另一个人另一张脸
最后在那么美的地方死去
死去后你的身上还长着青草和野花

你在那么美的地方
从未有悲哀

女孩和鸟

女孩在她的木头小房子里
呆呆坐着
对窗外汹涌的蓝和猛烈的蝉鸣
浑然不觉
对手中的笔和笔下的作业浑然不觉

十分钟前，她被一只在窗前
一闪而过的鸟儿吸引
仿佛一脚踏入梦中

很长的时间里那只鸟儿
在她仅有的思想里飞
她仅有的思想是一只鸟儿在飞

多年后，当她从记忆中回望
那只鸟儿

仍不能说清那究竟是什么
只有那羽毛，以及羽毛扇动的气流
在她们之间恍惚涌动，像某种徒劳却必然的打捞

◎袁杰

时空简史：本地的往昔

缓缓地去一个地方
从蓝中问一个问题
本地的往昔是当然之事
少数的几抹蓝　少数的几滴水
少数旷野的风声　灰鹤吹着口琴
那美丽的瞬间
在苍白的脸颊找回宁静
天使们放晴了
羽毛闪亮　收回天空之镜
对你的挑逗，有孩童般的好奇心
晚风吹得更深　晚风毫无意义
疲惫的水，在蓝中修行

时空简史：小寒

从大海中成长起来的平原
羞于高过海面
瓦蓝的天空一如大海
平复的田畴
蒙霜如孩儿面
看不见鸟的踪迹
田鼠们也到地下书房读书去了
小寒在安静的田野里
独自走着，低头想着大寒

时空简史：手

光暗了下来。无数双手臂
从黑土与尘埃中
生长了出来
每一双手，尚存余温
摩挲着光的喑哑绸缎
飓风如蟒，横贯天地的帷幕

有一双手，合着风暴的残音
从更深处伸展了上来
这一双手，在独舞
生于众手的森林
高于众手之上
在敲鼓

时空简史：十一月池塘

很难再次言说十一月池塘
不是阳历　是阴历的十一月池塘

停泊在米草沼泽的腹地
结伴再去千鹤湾　寻鹤不遇
更加汹涌的寒流　劈开冷呼吸
芦花又往池塘的深处移了几步

黎明振响　大雾又起
这不是一家倒闭的玻璃工厂
把闪耀又璀璨的熔化玻璃
倾倒在阴历十一月的寒彻池塘
喷溅起蓝色雾气的巨帆
沸腾在滨岸上　遥接大海

◎叶青松

播种

这个冬天过于寒寂
故乡，为书柜里的新书
又添了一件泥色大衣
去年的盛夏，无数文字
向我的脑海迁徙，准备过冬
带着暑热，开垦新的土地
天渐渐暖了，铁犁已闲置多日
杂草疯乱生长着，或者盐碱超标
一张计划表，像一台马力充足的除草机
运动让多余的盐碱流出
其实，在书页的一张一合间
就已经完成了两次打理
天渐渐暖了，春天要发芽了

复试

眼睛是一枚按钮，闭上
电影便开始在脑海的幕布上
播放，四周一片黑寂
今夜，我又包场了
水滴敲着池壁，夜色敲着木鱼
数双眼睛注目
我要自信从容地表达
这个场景，已在脑海
排练了很多次
也许，只欠一次实战
最终票房预示了失败
但绝不能以烂片定义
我要去豆瓣，评上第一个9分

◎邹进

路灯下

节能灯隐藏在茂密的树冠顶部
如果不是夜色衬托，我都不知道
它的存在。在时空的某一个点
或者公园的某个角落
谁都忽略它的存在

路灯散发的光芒，充满惊喜
就像凌晨我在窗口
突然看到一只白鸽拍翅起舞
或者一只流浪狗躺在花丛中
啃食一根沾着露水的骨头
对于习惯蜗居的我来说
这种惊喜足以愉悦一整天

这是我在公园的所见所闻
场景几乎每天都在循环播放
许多人选择忽略
但我却深深记住，并为之感动
而今，路灯如太阳
把站在公园某个点上的我
照耀得干干净净

大风渐止

多年来，他一直驻守在村口
沉默紧紧裹住沧桑
小村的名字成为他唯一的语言
每次在这块高大的石碑下歇脚
我总能感受寒风稍带柔软

四面八方的风，不期而至的雨
都无法让他移动半步
固守白昼和黑夜
无生无死，无始无终
在轮回中苦苦修行

这多像父亲，以瘦弱的身子
扛住一切压力，所有困苦
被打磨成命运的雕像
岁月深处，大风渐止
因或果，最终跪拜在他的脚下
风化为虔诚的禅悟者

雪中景

逗留在雪山的苍鹭
无法衔住涌动的风
一些故事成为雪花，一片片
覆盖住流泪的山坡
往事在风中浮浮沉沉
枯枝依然留恋落叶
远方，夜莺的歌声断断续续
它在向严寒宣战

一只棕熊在雪地上独行
飞舞的雪花
有时与迷雾没有区别
它在寻找方向，但不刻意
森林，到处都是它的家

我被揉进这个场景

分不清虚幻与真实，如此也好
难得糊涂更适合
裹满雪花，借助迷蒙的雪光
像一株青梅，立根生长

◎**赵素芬**

雄鹰

从高原的上空掠过，带着风声
用翅膀与沙尘撞击，摩擦
一片片羽毛，犹如带刺的光芒
在广袤无垠的大地上
投下变幻莫测的斑点

从射雕英雄的铁弓下钻过
涅槃重生后的欲望
比烈火更旺盛，比坚冰更冷硬
拍打而起的气流，缓缓升起
一朵偈子似的曼珠沙华
有时，毒咒比什么都美丽
比如罂粟，伤你于无形之中

而雄鹰目光如电，一切伪装
都在他的冲击下烟消云散
那些沉于水底的游鱼，以及
躲进森林里的飞鸟
只能从可怜的缝隙中
遥望雄鹰搏击长空

月光

月光如水，漫过树杈
尚在梦中，思维已经醒来
苍穹灵魂深处的秘密
涉及山川河流和日月星辰
它们层层叠起，簇聚密实
泛起淡黄色涟漪
在裸露的山岗上走向远

月光鲜活，生命易碎
它们游移于岁月的长河
当痛苦和悲伤联袂而来
月光之手，抚平伤疤
而我们的感恩
有时候属于听觉
有时候又属于视觉

月光游弋在众生之河
性命之光与佛陀之光
渗透进我们的血脉
泪水在流淌，热度在加温

◎牛依河

示儿

我在镜中，以为
每拔掉一根白发，就可以
守住一寸青春的城池。
以为，屏住呼吸就可以
保留住一丝朝气。然而
并不是！

儿，我的幼稚不同于你的。
你的比我的纯粹，还没蒙有尘埃。
你在草地上无拘无束地奔跑时，我怀揣
　惊魂，
冲进苍茫尘世。

儿，你挣脱开我牵着你的手，
落日下，我误以为，跑出去的你
是变得越来越渺小的我，身骨渐缩的
逆境中尚未完成的句号。

儿啊，记住，捂住寒霜
是我们取暖的一种方式。

书架上的空螺壳

螺壳，躺在虚空里
久久未动
柔软的肉体不知所踪
可能躲到了书架上某本书的背面
或者，趴在一个句子上，凝滞成
一个停顿的语气助词
你无法理解，它会以柔软的姿势
远离不必要的人群

那半透明的空壳
用笔头敲击
居然可以发出美妙的声音
像清脆的朗读，把情感
传递给聆听者——

你看，残存在它体内的良知

仿佛重获土壤
长出对事物应有的悲悯

——你看，灵魂并不来自肉体

暗夜中，总有一些轻微的声响

我躺下，像一脉山峦
在夜晚中，放下

白昼里对事物的警惕
所有的记忆在深深下陷的枕头上
得以缓冲
夜风拂过
我听见窗帘轻摆，又突然停下
像陌生人到访
我不问，他不答
沉默而友好地对坐

而一些莫名的声响，像秘密
轻微而谨慎
我得不到完整的倾听——
似乎
我并不需要它们

◎宗昊

迪巴科克日记

在微观的世界里，晚霞过于暧昧
落日始终温柔，藏着一些未竟的语言
我的精神漂泊其中
于是人间便轻易被下了定义
那一日，平原上下起了雨，雨落群山
云朵仿佛要坠下来，仿佛瞬间懂得浪漫主义
这就是诗开始的地方，也可能是小说开始的地方
一边是窒息的现代美，一边是憔悴的古典美
它们交织着，最后谱出了神曲
我也看到了流水的意义，它们爱上了古代
爱上那超越了一切的声音
人们聊到了这样的惊喜，而这样的惊喜
一生只出现这一次。这一次，我屏住呼吸
抬头看向天空，看着日出与日落
一辆火车驶过，扬起了一阵灰尘

飞行的意义

想要飞，就研究白鹭
我知道飞，是它前世的天性
冷眼看天空，越发像一个无理数
看来光阴如刀，人慢慢变成石头
在边界处出经入道，看昙花一现
有人打开一扇门，白月光在里面浮现
那是画家率先放弃的一抹色彩
梦回唐朝，大地是一只空碗
裂开的纹路是今世的象征主义
我们每个人都是一座仓库
活成了棋盘，也活成了一片薄雾
我预料到我出生的地方有条大河
暮气缭绕，那寂静的时刻
我竟然看到了一群飞行的白鹭

无题

走了很久，终于在喀纳斯湖停下
一阵风就吹来，在形式主义的山头
一跃而过。这一年，生活在比喻中
越过越抽象。我知道在更远方的地方
更多的人如同游鱼，在大地之上流浪
在倒垂的树下坐一天，领悟着植物的生存过程
每天见到的最后一个人，一定会亲口对他说一声晚安
他们越这样生活，世界就越柔软
他们不知道，在乡村醒来同样柔软
无论是飞鸟还是羊群，一定来自远方
如果你也在湖边遇见我，你会诧异
其实我也曾是你，在大河决堤之前跑出来
与笛卡尔辩论，谁是最先跑出来的那一人
谁就能在一瞬间，抵达虚无之中

◎周所同

比较学

唯心与唯物。具象到抽象
顺时针如果走到反方向
好比艺术更珍惜偏见或冒险
不同产生唯一。相似呈现歧义
形而上木梯搭在檐下
房上晒着回家的谷子和玉米

半日谈

舍弃即是选择。不逾矩才拥有
自由；得到与失去一样多一样少
谁都有够不着的手指
自律是觉悟或智慧。是知道悬崖
比崩溃危险；给的多用的少是普遍
真理。知道脸红的人是干净的
我只要二两闲情三寸自由
像一只又小又黑的蚂蚁
也有一粒米的悲喜和看人的眼睛

悖论词

小路好比大路错误。大江大河
一定掩去无名支流
万物皆有深渊。敢于下坠
落叶也会变成美丽的云彩
对峙、角力或解构指向平衡
和谐永远居于矛盾核心
尘世嘈杂而喧哗。唯有翻书的手指
才能使世界变得安静

概念说

宽是概念。窄应该也是
如果感觉接近真实，生成艺术
一条路就拥有或长或短的意义
大小、远近、阴晴以及圆缺
万物对应。鸟儿才长出飞翔双翼
高低、贵贱、贫富也是概念
失去平衡与良善则远离了美学
而世事纷繁。更需要守住——
明是非、辨黑白、知善恶的良心

海天赋

海蓝它的云白它的
接近纯粹虚无不讲道理
天空下雨也是下雪
如果落霜则是怀念身后影子
小鱼喜欢排比。大鱼偏爱沉潜
海藻水草找到顺从的位置
沙粒、石头、大山或者尘土
相生相谐。苦难与美好才互为邻居
你看！鸥鸟与白云都在蓝里晒盐

◎育邦

寂静邮局

寂静邮局，站在
海边小镇的边缘。
一只乌鸫，从屋顶的斜面上降落，
降落在绿色邮筒上。
一切喧嚣都停止了。

那封信，从黄昏出发，
从潦草的童年出发，
越过所有的大海，所有的墓地，
其实，它还没有写完……
就在不期而遇的暴风雪中，
消逝，成为自然的一部分。

邮递员送出的是谜语，
谁也不知道答案……
耳中的火焰已熄灭，
土豆会在来年发芽。

我们热爱那些稀饭和咸菜的日子，
——每个人都能找到自己的庙宇。
当然包括一碗忧郁的清水，
以及我们幽蓝的面孔。

寒星透过栅栏，凝视着我们。
在那麇集而又散开的人群中，
只有你——从不开口的孩子，
才看到微弱的光芒。
但你，一直保持缄默。

钉马掌

他们把那匹枣红马
拴在杉木做成的马掌桩上

反戴遮阳帽的男人抱着马的小腿
穿藏青色夹克的男人端来一盆清水
清洗沾染苔藓与碎石的马蹄

锤子轻轻敲击铁钉
发出清脆的响声
如同轻声哼唱的小曲，汇入
库尔代河欢腾的河谷

马儿打了个响鼻
钉马掌的人直起腰
停顿片刻，抬头看见
山头——堆积着
一年又一年的白雪

东梓关

——纪念郁达夫先生在此居住的一个夜晚

隔岸的群山，站在
我们的生活之外
梓花开时，那只白鹭
从富春江上飞回来
秋风沉醉的晚上
果荚带来妈妈的问候

大梦初醒，咳血的黄昏
药石与山川祛除不了宿疾

木芙蓉在黑夜里绽放
青霜指向永不停歇的江水
你沉默的少女，在微茫的晨曦中
燃烧——向你走来

头顶苍老的星辰
你留下一张字条
从瓦松反射的光芒中
重返喧嚣

青石板上，清瘦少年
藏匿在蚂蚁的阴影里
你大雾弥漫的心中
便结满了无患子

◎**应文浩**

在水中

我看见影子
在水中奔跑
世上没有什么
可以阻挡它们
我看见两人的影子
越来越近
轻松地合二为一
像碰上了偏爱飞翔的人
我还看见高树上
一动不动的喜鹊窝——
那些着墨过重的部分

萨克斯

11 月 14 日
晴朗的早晨——
入口在抬高

南园广场上
萨克斯手被围着
我被自带金光的音乐击中了

不像是生日月的一次潮汐
是每每如此
那种从忧郁中颤出的愉悦
令我迈不开步

是的，我的身体也如万物
有隐秘

林中

某年，在秋的一个细部节点处
是你独自，从晚色中撕开一个口子
虚掩入林

有那么一个时辰
或许是两三个时辰
你同神一起站立在秘密的黑光中
抽去空气一般稠密的时间
你成了一座空心雕像

真空外的林间
仍能听见沙沙声下着
似有看不见的生命
在草垛里滚动

一些事物就要结束
一些事物就要开始

秋虫吱吱声如银亮的针线
串起多米诺牌
依次倒下的声音

◎谢夷珊

勿老湾

前往那座美丽而陌生的海滨城市
我把目光投向她的外港勿老湾
见识装运石油、橡胶、棕油和剑麻的庞大
集装箱，还有郊外连片的种植园

外港的繁忙，早超出航道之外
我如果不是第一次亲临其境
走进爪哇人和华人开垦的一片橡胶园
就不会感受到热带丛林透出的凉意

我拨开树丫，聆听勿老湾的涛声
仿佛传到了遥远的马六甲
她没任何理由，拒绝故国鸿雁传书
在日月之间，在海天之间起舞

神秘的勿老湾，太古老了！
她连接太平洋和印度洋的沧桑逝水

“一座城市安静卧于一片海岸……”
棉兰老街有许多马来人和印度人漫步
我们曾经愉悦地穿行其中
偶尔停留，掏空一些久远的悲伤

夜晚，闪烁的勿老湾亮起了许多渔火
内陆上那些爱热闹的人，赶了过来

我迎面撞上的那些人

我迎面撞上的那些人，可以肯定
他们说的是马来语，刚从彭亨河汉下来
乘坐吃水很浅嘶鸣不止的机船
不知我们中间谁对他们呼喊
忽然间就传来他们的呼应
这是十月之初，一连下了几场雷雨
八百里两岸落英缤纷，肥硕鱼虾蹦跳上岸
众多黑燕不断在山崖上飞进飞出
喧嚣的午后，呜咽的机船
却有这么多纯朴的人恭迎我们

还有五颜六色的鸟欢喜地立在船舷上
说着 Apa khabar

我横渡到苏门答腊岛

逃离棕榈林，我赶往马六甲海峡
头顶金光闪闪，大海茫茫无涯
我奋力划水，是世界上最美的横渡者

时光安寂从容，我的身体平行海面
汹涌澎湃的大海让我屏住呼吸
一轮盛大的落日在万顷碧波上闪烁

海天之间，仿佛悬挂无数颗头颅
海鸥掠过了波光粼粼的海面
此刻的苏门答腊岛，张开双臂恭迎我

红霞燃烟，我横渡到苏门答腊岛
在日里河口，是另一片棕榈林
海滩有巴塔克人的一排排棕色房屋

◎夕夏

帕里草原

星辰从未离开，夜晚从未这么寂静
鹿群昨晚穿过草场
那新鲜蹄印踩在旷野，阳光照耀大地

我们晒出潮湿青稞
风干牛肉，干净奶酪
青稞酒
几双城里买回的新靴子

昨晚一场风暴，阿妈眼神里填满晶蓝色
　的海洋
她能听见神山呼唤转山人的声音

那是去年，她的马匹失足河谷
孤零零的山峰垂落暮云，恍如流星
雪落满她脸上的褶皱
她的故乡来自老去的起伏的札达雪山

拉萨河

月亮下，青稞饱满
拉萨河夜饮的狐狸、豺狼、狮子……
这些出行梦境的神啊
没有一个可以接近：河水分娩婴儿
大雪恍若苍茫
那些诵经人带来慈悲，给予大地修行人
粗劣手套，木头板车
那些驾驭尘世的神灵，仿佛站在高处
翘望山岗下茅屋里
点亮的黎明
喜悦日子里，我又一次看见格桑花

火车上的老妇人

◎寿州高峰

我乘坐一辆来自广西的火车
峡谷和山峰显得拥挤，钢圈摩擦铁轨
轰鸣声惊起午睡的松鼠
这是云贵高原的山间，窗外是傍晚的村庄
和偶尔点亮的灯火
那个坐在院子烤火的老人
多像我的父亲，单薄的身影
在压迫中抵抗无尽的暮色
那个走向车站，坐我身旁的女人
手提一袋南瓜和玉米
像母亲年轻时从白马镇到北流县城
看望读书的我。但她那么衰老
眼神中没有一丝喜悦和生机
这些陌生旅客终将下车
这些晦涩方言不必听懂
每一句话都是一座遥远的故乡
这些短暂停靠和启程的站台
只不过是一种虚无景象
一节节沉闷的车厢，人群逐渐沉睡
安静的时刻，她握着一串木珠
转动着告别和抵达的声响
紧闭的唇齿不曾说一句话
仿佛再遥远的地方，都有终点
每个终点都有神灵护佑

小生

月亮刚升起，娘出门看戏
因为生的全是丫头，她特别喜欢小生

小生颜容俊秀，未婚
有时兴冲冲去赶考，有时落第而心情郁闷
才子随时能遇到了佳人

小生要小，长寿有罪，活到白发苍苍时
靠涂脂抹粉，靠一把折扇演绎风流和身段
台上还是二十来岁善于“撩妹”潘必正
　和柳梦梅
只负责“谈情说爱”
天上的圆月开缺，小生失宠
还没演到分手，她就吵着不看了，赶紧回家

花鼓灯

蛰虫开始翻身了
蜷缩在地上的人们
将肢体舒展到无以复加的地步

“兰花”是种子萌芽时的绿瓣
在陡峭处平衡锣声的是“鼓架子”
台下那么多人
只有我那么具体，有血有肉

群舞者都没有面孔
他们一会儿成淮河波浪
一会儿是风吹之柳
他们是凤台县的小麦，大豆
是一座农家红砖院墙上划来划去的影子

看戏

一个村庄就是一座戏台
父母子女，角色行当……
上场的，下场的
有时，全部演员都站在台上
不知道是开场亮相还是刚刚演完谢幕

时间久了，感到戏台不知不觉朝向了神灵
朝向祖先的坟墓
原来，一出大戏都是演给亡灵看的
活着的人，站在台下
努力昂着头，仿佛生来就是蹭一场戏

◎童灵子

想到枯荷

现在，它们圆润碧绿
像被放大的水滴
每一片都举着低垂的霞光

为何无端想到枯荷？
枯荷有枯寂之美

离乡多年。故土
逐渐衍生出越来越多的意象
麦芒，石块，低矮的坟茔……

人近中年。已无力赞美
更多美好的事物
此刻，莲叶
化为一枚枚落日
它们铺满家乡安静的水塘

大风渐止

这里被人遗忘了
土坯墙倾斜，依稀可辨的白色字迹
在岁月深处隐隐浮现。

我们在一个秋天的下午
重临此地。地面的落叶伴随呼啸声
被卷起，在半空盘旋
久久不肯落地。

村子形如一小片森林
藤蔓攀爬，草木葱茏
更迭与轮回同样存在于这里。

离开时，大风渐止
袁庄像一位患哮喘的老人
剧烈咳嗽后，慢慢平复下来……

河堤之上

河堤之上，比疲倦的城市
更易察觉到初春的冷
这种冷止步于粗糙的皮肤
夹带着水气的风，令他冷静又兴奋
一排排波浪拍打河岸
也拍打他的胸膛
起伏的涛声，掩盖了呼喊

此时将晚，冷意叠加
河面安静下来
如余生辽阔……终归寂静
在他身后，一盏盏灯火次第亮起来
仿佛空降在人间的点点星光
——苦凉时许以温暖
迷蒙时，犹如彼岸灯塔

◎丁忠诚

某天

在早晨，未来大厦第81层
云梯下行
“除非你是一个量子，否则
无论你去哪里，总有一面镜子
在暗中与你照面。”
落地。只见庭院内
桃花灼灼其华
风动草堰，街市上
虚拟的货币，瞬息互换
“你只是一个数据，
移动在算法的掌控中。”
钢铁冷酷
按设定的轨道运行
万物一马也，路灯比肩绿树
并置在道路两侧
“这个时代，语言——
是多余的。”
漫游这座城市
各种人面，面目新奇
有各式眼花缭乱的装备
与我擦肩而过
“人的呼吸是越来越虚弱。”
陈列馆内，诗句通灵
栖居在纸张里，不动声色
我一路冥想
不觉滑入地下铁
地铁内，人影绰绰
电子屏显示：
起点：蓬莱；终点：函谷关
“据说，所谓的高人
不是消失在水上，
就是隐遁在山中。”
此刻，黄昏悄然而至
呼啸的地铁
仿佛要运走一个时代
“别担心，
幽林深处的青苔上
仍散发着微光。”
我独坐列车末节，闭目

有如一段朽木
等待播音将我敲醒：
“各位旅客，南山站到了……”
我迫不及待钻出地面
“或许，
南山下的一枝古菊
可以让你恢复做梦的能力。”

暴雪

“暴雪，不过是多余的礼物。”
一位官员如是说。说完后
决断的语气凝结在空中。一场雪
来自不可见的馈赠之手
雪花急速地回旋下坠，仿佛
抱有赴死的决心
“不合时宜的覆盖是不可原谅的。”
年关将近，寒风刺面
扫帚、铁锹、铲车和盐……
忙过匆匆行色。雪，越下越大
漫过天、楼宇、桥、爱人的软肋
孩子一阵阵的尖叫以及
某个人没肩的青春
“没有什么不可化解的事物，包括
难挨的岁月，只要你有颗博大的内心。”
大海如镜。一只野斑鸠栖落
在墓额上饮啄尘世的冰凉，并
倾听来世。草木枯，天地宽
月华如水，午夜
“一个人的孤独有多空旷，取决于
月光抚摸雪的温度，以及你对白的理解。”

存在之星空

你所能感知之物
乃是宇宙中或明或暗的星体

那连接群星的无边黑暗
只能意会，无法言传

存在之星空
如此切近，又如此遥远

只待我纵身虎跃，或
顺然化蝶抽身离去

◎**惠永臣**

山坡上

山坡上，那么多的牛羊低头吃草
那么多的石头
都放弃了言说，它们却都是见证者：

草木绿了又黄
黄了又绿；牛羊一批批长大
又一批批被运到山外

牧人从来舍不得让皮鞭
打在牛羊的身上
挤奶的女人，从来都会给羔犊子
留一口奶水

当你站在山坡上
甚至站在它们中间
你就会感动地流泪

——它们一抬头
世界就会马上温柔起来

草原上

在草原上，我才真正感觉到
一棵草活得不容易
在草原上，我才真正懂得
以前所见的辽阔
不算辽阔

马儿陪着白云
可以跑上几天；花儿顺着风
可以美美地香上好几天

一棵草，更多的草被送进到马的嘴里
但它们从不认命
从哪里跌倒，就从那里爬起
绿了又枯，枯了又绿
多少年了，它们还活在鹰翅膀下

马群吞没的是黄昏
而不是小草
天边的星群
不是帐篷里的灯盏
而是滚动在草尖上的露珠

故居

岁月里的烟缕
从古木的背后飘出。木纹清晰而苍老
但仍稳固地支撑着
人间的信仰。出出进进的人
似乎都有一颗虔诚的心

我们拜谒的是古旧
我们崇拜的是遗留下来的
只言片语

他端坐如故
多少年，保持着固有的身板
和面容。他看到的
我们不一定看到
我们看到的，他也不一定看到

长袍马褂的时代早已过去
而他自始至终
穿着这一身
端坐在那里

借助微弱的光线
我们才能看清衣袍上的皱褶
借助四季
我们才能感知到人间的冷暖

◎进勤

我们把自己误当成乐器

在噤声的夜，也在喧鸣的清晨
在玻璃被囚徒发觉的密闭空间里
我们把自己误当成乐器

在獠牙磕不破，撞击声愈响的瘪罐头
在口腔的腥味与酸腐弥漫周遭
我们把自己误当成乐器

在锦鲤安于水缸，鲥鱼沿江逃亡
在一杆哑箫被拴上渔线垂钓时
我们把自己误当成乐器

琴师以绝弦避世，念及楚樵夫之余
告诫我们关注房价，抑或把砸碎的乐器
换作酒与一处归宿

臆想

聒噪点燃耳廓，我便闭眼进入了海
攥起钢，撬开贝壳装缀的防盗门
捏住珊瑚中伸出的触须
拣回故事，和初恋的眼睛

牵回那只熟悉的手
奔向熟悉的操场和公园
奔向教室、宿舍和出租屋，追逐
从复读学校将我载回的班车

我驻足合肥与六安，驻足长江畔的芜湖
驻足偷食禁果的恐慌与窃喜
驻足天各一方与九年守候
在藕与丝的哲理中，臆想出童话与魔盒

惊恐终让我再次睁眼，那些声响
戛然而止，成为刀刃和疮口
锃亮那截钢躺在案前收缩，幻作
多年前我为你吹《童话》的那只口琴

口腹禅

倘若物欲可以被宽恕
我愿在静谧处禅坐
以恻隐心大赦，以舌尖血
润色不堪的过往

我更应捐出口腹
养白莲花，放行穿肠酒肉
任佛来塑金身，也为
流浪的灵魂，寄存皮囊

我只该囚禁，妖言的舌头
褒奖兴修水利的臣子
为落榜秀才备足干粮

归途何须杨柳依依
流云堆砌的浮图，也载功德
那肥美的草场，又有
几匹骏马被埋葬

◎**龚学敏**

沙尘暴

沙尘中迷路的喜鹊，放弃了飞翔
如同春天放弃时间

树枝的手臂伸得越高，天空的
陷阱便越深

良知站在玻璃的前面，依旧无法
分清跟随我多年的事物，和我
是飞翔，还是坠落

而尘土虚伪的汽车，如一枚枚
整齐的种子
在天气预报中等待复活的命令
已经没有童话
走在沙尘暴和他们的前面了

气象精确到用我走过的街道的肠胃
把城市掏空

黄色快递与老式邮政的区别
不只是绿色，和
喜鹊的初恋
如同一首老歌的树，定是拴过
众多绵羊的叫声

沙尘暴的报纸，掠过城市，遗下
那么多的黑字
还有被这些字中伤的，黑白状
喜鹊

女贞树

迟钝的女贞树在正午阳光下昏睡
已经听不到惊雷

事物经历一遍，耳膜就刺破一点
不识时务的鸟啼
把妄想叠成纸飞机，挑战天空
又被一次次打回原形

已经没有惊雷。走在最后的乌云
正在吞噬所有的声音
鸟啼们于清晨，随露水
滴在僵硬的水泥上，嫁接给甲壳虫
的伪装

文青们不停抄袭植物仅存的名称
用普通话修剪女贞树的睡眠
树不觉，不悟
像是印在大地上的一句废话

偶尔，有车辆驶过，提醒文青们
尾气的藤蔓成为新的植物
写字的白纸像污水浸泡出的大地

黑夜

黑夜的羽绒服穿在大地身上。灯一开
患了感冒的房间，被光的喷嚏
挤得无处可走

可是，我要在漆黑的夜里呐喊多久
声音才会把黑布刺破
弥天的，羽毛的大雪
才会把我染白。带走

黑夜的确旷远，最黑处，莫过于
把孩子们的哭声用黑线，牢牢地
缝死
成为新的黑色

大地一天天懦弱，直到得软骨症的
水，停滞在严寒面前

我唯一能做的，就是把冻死的鸟鸣
扫拢一堆，交给
能够点燃它们的春天。而我已被
冻死

◎李云

隔水看黄花

隔着二十丈六尺一十三寸
光阴　肝肠寸断的苦戏

目光之翅能落地生根　肉身却难渡河左
　泥塑的丝弦呀

黄金赶集　蜜蜂飞舞比心跳还乱经纬
苇草叶沿长刺的小嘴在唱青衣

只有等到姓夜名晚的公子到来
篝火才会熄灭流淌的血盛开撕碎的赤旗

五月结荚　鼓乐迫近
那该是在六月天甲子日亥时
东风如期临幸人间

隔岸看花其实也是隔岸观火

谁知道铅华洗净的素面
是戏子的更苍老
还是观者的更新鲜

闺蜜的蜜

为了共同修炼的一勺蜜
你可以降落凡尘
收起长尾和撒野之心
收缩到三寸金莲里
变身婢女

为了捍卫姐姐
你斥道：法海——秃驴
对薄情郎许仙
你唱出：叫天下负心人吃我一剑

断桥前你见证相爱和被弃
受伤的总是女人　仿佛
你识雄黄之味
却永不识人世间的男女爱情

你可以推倒雷峰塔　传说善良如此
你却救不了一条白蛇的痴情绝恋

仅为了一勺蜜
你成了匍匐在竹叶青上竹叶青的青
不会再显人形——小青呀！

榫卯结构

以性爱的姿态相互咬合
江山　婚姻　长久永固——假设如此

地震来了也不松开　海啸砸下也是长在
　一起的肉和骨　　灵与灵
碰撞后的镶嵌

在这凸凹互吻的纹理里
檀木和楠木是道人和尼姑的拥抱
一条河流焊死一条河流
燕尾、龙凤缠颈支起迎风冒雨的龙骨

一个个戴盔穿甲的人站在高处守望苍穹

旧式的爱情和制度瓷实的背影
锲钉的默契使众厦不坍塌不颓败
好生难得

◎毛子

自画像

我是那个提桶水，走向大海的人。
我是那个在大海中，想抱起波涛的人。

自从月亮引发潮汐和女人的周期
很多事情已经发生。
我是在它们之前和之后的那个人。
在去往大海的路上，我遇见
那个乞食的托钵僧。他已忘记自己
是迦毗罗卫国的王子。
我在溪边看到了那个磨铁棒的老阿婆
很多年过去了，她依旧在磨啊磨
但一代一代的人，已穿过针眼。

我是那个在针眼里，企图建立掩体的人
当成群结队的明天远道而来

然后变成了昨天。
我是那个既不想过去
又无法回去的人……

现在，我试图消灭那个人
当我从墙上剥落的灰，衣物上
一小块污渍里，找到自己的位置。
我是那个在下跪中，看到微尘之神的人。

论大海

大海动用庞大的开支
安置着它自己。
我来的有些晚，正好遇上
它的拖延症。

多么广义的收藏夹啊，
多么浩瀚的浏览量。

但万事已过，流水
不过它们的身后事。

但波涛永不撤销，在反复中
验证着伟大的无用论。

◎安海茵

雪还是在下

雪还是在下
这唯一干净的人间烟火
雪的香气将霾的阴影遮盖
飞鸟尽藏　谷粒收仓
这个冬天彻底闲落
在雪中空空荡荡

这时有人内心宁静
有人背负对故土一生的歉疚
有人想起孩提时的梦
那行囊里一路检点的缥缈的歌哭
或者也会有人饮泣　为那亲近之后又远
　离的冰雪
还有谁一遍遍地失去
在黄金般的雪焰里截句　行止

更多的雪被世人遗忘
深陷泥沼却依旧被深深爱着

一半的我还是醒着

我是这座城市夜里唯一不失眠的人
也还是有一半醒着

醒着
眼睑　内心的春风
以及无数次伸出去试探岩石的触角

醒着
和童年留下的唯一一张卡片在箱底作伴
彼此拉着手　防止被寂静整块儿吞咽
夜的黑不是它的本意
斧劈皴一点点把你的小心思剔除
我就一旁静静看着　不说什么

新年

只爱北疆的风雪
只爱一万亩兴安岭的辽阔与真
只爱这辞旧与迎新的一瞬
眼中都是我爱的亲人

像汤匙上滴落的蜜
像被我们噙在舌尖的糖果
像光阴在山涧的坠落
——终有人将日历一页页打磨
我走过的皆是故乡
我爱过的皆有共振
庄稼和牛羊彼此祝福
风一般掠过这紫陌红尘

◎吴少东

所在

雷声滚过高空时，
我买药归来，
提着温经散寒的几味药
站在一株暮春的槐树下。
预设的一场朝雨没有出现

妻子偕儿进香去了。
我见过那座山下的庙宇
它的墙面是明黄色的。
此时我脚边落下的槐树叶子
也是明黄色的。
我们携带迥异的浮世之脸
但慈悲有着相同的光芒

早晨我将一壶沸水冷却
分倒在三只杯子里，
他们娘俩各带满杯虔诚
剩下的一杯佐我服药。
我的体内充满悖论。
化解我的那一粒白色药片
无疑是慈悲的

而从锡箔里破壁而出
在地板上滚过雷声
却无处找寻的那一粒
也是慈悲的。
我颓废的中年似乎尚未出现

附着物

此刻，我看着溪流中的游鱼，
想着它的一生与我的半辈子。
万物有太多的沾染，而鱼除了
托付的水，只有最后的刀锋。
我摆脱不开东西太多了。
每天吞下的白色药片
永久蛰伏在腹部的疤痕
我左手常戴的一串佛珠。
我感觉不出重量

服药记

我依赖一剂白色的药
安度时日

每天清晨，我漱清口中的宿醉
吞下一粒，化解经络里的块垒
让昼夜奔跑的血液的马
慢下来，匀速地跑
有力的蹄声，越过
倒伏的栎树，明确自己
又过了一程又一程

药片很白，像枚棋子
掀开封闭的铝箔，提走它
在体内布下两难的局面
无所谓胜负手，提子开花
以打劫求得气数
每走一步，都填平陷阱

我想以你入药，融于肉身
陪我周旋快逝的时光
制我的狂怒和萎靡
唤我跃出每日的坑井
我视你为日历，一板三十颗
日啖一粒，月复一月，忘了亏盈
像技艺高超的工兵，排除雷
排除脑中的巨响

其实我依旧在寻求
一剂白色的药
用一种白填充另一种空白

◎**黄鹏**

花山·母亲

一

那个女人
用2500多年持续孕育
定义人类的绵延
定格生命的深刻
用隆起的腹部
包涵人类灵魂
涵养历史与现实的血脉

赭红，作为血液颜色
鲜艳并夺目着
画面以大大小小的形象
和各种神态，构成家族
和民族的生活内涵

日升月落
光阴改变着事物的容颜
只有这生命的颜色
保持亮丽

二

连绵起伏的青翠
隐藏骆越祖先的微笑
也隐藏母亲的微笑
母亲来过这个人间
并生育九个儿女
几年前她踏月升空
化入了苍穹
此刻，在花山
对着岩画里的那个孕妇
我喊了声母亲

大风凭空而来
江潮刹那激涌
大雨不期而至

三

那支歌谣
在岩画里收起尾音
尾音的分贝
恰如心跳的律动

田园里，耕作的夫妻
犹如一个和音
连着岩画和土地
协调背后、眼前和前方

他们没有说话
只是默默地
进入我的诗歌
成为花山的新故事

◎又见

又见

此后风花雪月
我们沉默不语
共同的书写已戛然而止

消失，像时光的流水
对面楼里灯光下
空荡荡的白

冒雨出行，淋雨夜归人
一下子越过了北国之春夏秋
还欠一场纷纷扬扬的雪

力学胡同雅雀闪电一般
掠过，随着远去的飞机
消失在另一座城里

而南方另一座城，夜里常常自饮
或吸烟，会好好咀嚼
那段越嚼越有味的人生

一切好像都还在那儿
还是那些匆匆的人影
不经意间就会梦中惊起涟漪

惜别的日子

还是早晨六点半的响铃
还是七时轻关房门的声音
还是那条源自明清的古巷
万物好像突然间静默了

102路公共汽车上
“我记住了你们
每天这个时候
从这里相遇和出发”
尽管彼此隔着口罩
准时护送孙辈上学的大爷
总算认出了什么

我有时惶恐时间过得飞快
有时担心走着走着
来时的路已被人群掩埋
车子每次提醒“到站了”
心儿就更茫然了一些
真希望窗外的阳光
要么一路跟随
要么戛然定格

离开之后

那树玉兰还会开花
她的世界有我
自由地盛放
而不是默默立在那儿
鸟儿还要栖息歌唱
众人还要与她同框
合影留念
来年的春天里
我也许会重来
轻轻拨开残雪
她会闪着露珠的亮吗
那雪一样的头发
是留在时光里的白
是留给一起走过的日子

◎丘文桥

一朵花开在一朵花上，次第绽放

首先是阳光，不疲倦的
映耀。有风徐徐吹来
一朵花叠着一朵花
这是唯一的抒情

像天空中相拥的云朵
像刚暗淡的花再次展开
像枯萎了的树枝撑起了眼前的灿烂
把藏进去的孤独拽出来
找一个没有心计的喘息
越过花朵之上，装饰你本没有张开的眼睛

对于眼前的这一切
炽烈的阳光
终将凋谢的花朵
也可能是我一点点的矫情
展开的今夜漆黑一片

是随着描述燃烧的

你是随着描述翻腾的
经历的过程
我不知道你是想象还是复述
甚至试图用渺小装下整个夜空
“我爱你，更像是一场盛典”
在电闪雷鸣的博弈里
我们像失散的亲人
自带的光芒总是悬而未决
相同的斑斓，逐出心里的野马
此刻如同空气中游荡的尘埃
穿行在今早的情诗
振翅。燃烧。

沉默如此茂盛

谁是那个杀富济贫的侠客
谁在暗夜里嘲笑
谁蛊惑爱的刀锋
谁手持一支玫瑰，最终燃烧歌声
入一幅画、入一首诗

那么，画就是奔涌在体内的
一片云，带着香草味的
那么，诗只关注欲望
这句秘而不宣的箴言：
恨极了成熟的神话

借用一夜的寂静
抵御，似一个醒不来的梦

◎欧阳红苇

途中

需要一段旅途，证明万物并非永恒
需要一场暴雨，终结即将干涸的夏天

树木在飞，我是孤独的远行者
云朵在飞，他们是我失去的伴侣

离开太久了，很多事物都让我留恋
有时是泥土，有时是星辰

有时是你送我离开时
轻轻关门的咿呀声

松林

背后是一片山岗。樟子松、马尾松和黑松
满腹心事垂手站立，每一棵都不善言语
影子落入我的酒壶，倒出来是一片片雪花
群山开始冬眠，我的宽袍落满松针

风如火焰一般贴着山坡进入深谷
燃烧枯草，燃烧石头，燃烧溪流
寒冷的冬季即将到来，可这一切
与我们无关

只有风仍然呼啸着，穿过人间
只有躬身的松树
如白发须眉的老者
目睹过离别，经历过悲喜

崆峒山

崆峒山的四月依然芳菲
暮晚时分，雾霭若隐若现
枫香树、铃木、野樱、野枇杷……
都拥有曼妙的年龄
她们在风中嬉闹
沿着溪流一路追赶
林间，虫鸣喧哗起伏
仿佛告诉我茫茫无边的心思
数只绣眼鸟和柳莺飞向天际
勾勒出群山的轮廓
当我到达山顶时
一块仙人石已等了很久
我们默然无声
闭目倾听崆峒寺稀疏的钟声
万物总是如此关联
一草一木，都是群山
向时光写下的谶语
我确信：如果你爱我
此刻，你会在远方看到
我也是群山的一座

◎杜乃彤

理想生活

龙葵，井栏边草，竹节鸭跖……
这些贸然造访小院的客人
卑微，谨慎，不善言辞
是我小时候的玩伴
是难得进趟城的乡亲
是谁派来的信使
带给我田园和故乡的消息
曾经朝夕相处然后随风飘散
只有户口页上的籍贯
暗示着某种不可语人的关系
这些年我们都有很多改变
被切割，驱逐，连根拔起
头疼，牙痛，咳嗽，慢性咽炎
在钢筋水泥里缺氧失血
在挖掘机的轰鸣声中失眠
专家的处方上从来不会写上
这些散发着土腥味的名字
尽管他们味辛，性寒，清热解毒
可治疗各种无名肿痛
这其实并不稀奇
我在院子里独坐的时候
大多也是在喝茶抽烟发呆
好像只要不打开那扇破旧的木门
我们就都在过着理想的生活

雨中

细雨已不适合中年
连咳嗽都是黏滞陈旧的
广场边上紫丁香兀自盛开
算是出门的理由吗
撑伞的男人和女人依偎着走远
各自摇动手中的钥匙
一个黑衣少年怀抱篮球
在雨中快速穿过广场
此时球场是他一个人的
他奔跑，拍球，反复练习投篮
像是在和谁赌气
他不知道的是
一场连绵不绝的晚雨
把我们联系在一起
它加重了各自的咳嗽
同时治愈部分相同的顽疾

◎陈先发

泡沫

迷途中处处水丰草美。
贾科梅蒂[①]画下晦涩的、流逝的钟表。

拿什么验证此为迷途?
……答案是

我什么证实不了。我们可能
寄生于一个泡沫中永难自觉

有一天，我想到时间和空间的
刻度问题。譬如蜉蝣，朝生暮死

——而在它自己的维度上，

蜉蝣正为如何度过漫长的一生而
挠破头皮。草履虫正为心底一首诗
不能在光和风中显形，浑身燠热难安

注①：贾科梅蒂（1901—1966），瑞士画家，雕塑大师。

泡沫

阿什贝利说："勘测时间的空牢房"。
又，岂止是……

人类以防疫完成史上最粗鲁的自我囚禁
之后

座头鲸游弋的海域
噪音垂直下降了25倍
淡水溪流中
鲑鱼卵子更透明了
蜥蜴扒开更多沙坑，投身于孤雌生殖
在日本奈良
梅花鹿占领了警察局和寺院

而我们永不知在墙壁另一侧
是垢面蓬头还是对镜花黄
邻里之间，犹似秘境
只有诗的秘密愈加大白于街巷

诗的秘密就是
树影斑驳静谧
花粉在风中传播更快

诗的秘密是印度人从
棚户区
看见了雪山

泡沫

论迹不论心，看看手中物。
论心不论迹，谈谈量子纠缠?

世界远非可见的这么简单

许多变种，我们全然不再认得
父亲死去13年，如果他
只是一个泡沫破灭了
那凝成人形回我梦中的，是什么？
如果昨夜他额头滚下的汗珠
在我肌肤上的烧灼乃为真实
那么，当年死掉的又是什么？
我身在一隅，我踱步，
并不期待长针的刺破

甚至并不急于弄清楚
他，我们……是不变的时光旅行者
还是难以捉摸的瞬间存在物。
——窗外，起雾了

肉身易朽，其一刹之坚固
却也毕露无遗
巫宁坤说：我归来，我受难，我幸存。
弘仁说：万壑千崖独杖藜

◎刘川

过萧山楼塔镇

庚子仲夏，某晚
诸暨、富阳、萧山
三市之交
吾自东北飞至义乌复由义乌乘冰水车抵达斯此处
暮色四合
酒桌之上
灯火暖人

四围皆是吴语
皆是临绍小片萧山话
而我是被央视主持人纠正过的
普通话
接下来谈诗
而诗更是一切语种方言的
小语种
……居然交流得毫无障碍

大醉，一抬头才发现
月亮，如一部同声传译机
挂在楼塔镇夜天正中

饮贵州脚尧茶

飞几千里云路
行几百里山路
耗几天时间
去山顶
关掉手机
喝一杯茶
这是我一生
最奢侈的一件事
却在脚尧村
得以实现
端杯徐徐以进

我44岁之时
惊艳了一下——
那是整个贵州的味道
来到了舌尖

雷公山中遇雨

把身份放下
把职称放下
把头衔放下
把大城市放下
才能来到
雷公山中

雷公时隐时现
他用斧子
砍一下人间
坏人心里一颤
好人心里
也一颤
——那是他们记起
妈妈窗台上
晒着的天麻干

◎**师力斌**

小秘密论

不跟网络的海啸对话
只说给孤芳的蟹爪兰
不追电视剧，疫情下也不去外地
早上做儿时的体操，对着
折射过来的阳光

不空想一座城变成桃花源
只打扫卫生，给花草浇水
不吐槽大咖名人，红尘中也不羡慕
月上楼头时读些经典，就着
水泥顶上永恒的星辰

樱桃

一颗心变成百颗心
一捧红表达上万亩果林

世界粗制滥造
你如此精致，像修炼了千年

当我用牙齿咬你
你就用羞涩吃我

呵，你滑腻的脸，爱的王后
这人世间我舍不下的，小小果实

我娇惯你，把你放在白瓷碗的水中
让你占据爱情的长河

城市夜空的月亮

城市　即使你如此丑恶
我为什么仍然爱你

此时
我站在一条垃圾拥挤的巷内
田园时代已经结束
月亮　你喝醉了啤酒和饮料
你的夜空的床上已睡满了
工厂的烟尘和几个市民吵架的声音

我无法逃脱命运
就像无法逃脱你的照耀
尽管你挣扎着呼救
虽然你丰满的嘴唇已经弯曲

千百年来诗的主题
此时已经暗淡
当我心爱的人对镜梳妆
一道火车的伤疤开进了
月亮的脸中

◎孤城

春天

枝条开始柔和
嫩芽，一点点鼓胀起来，抵消冻疮与冰雪
婴儿降生，缓解
旧土堆在内心隆起的痒痛
地平线被大范围哄抬。天空垂下
遍地金黄，油菜花拽着一万条细雨的秋千
缠上小南风，晃过来又荡过去……
永安河又在烟雨中
与那些鹅们鸭们，玩起你拍一我拍一的游戏
一再加深
我对春天的体察
那穿梭的船坞，卸在两岸的，显然
依仗过夜色的隐瞒
他们已经说出：红肥绿瘦，大地莺飞草长
只剩下
“地皮紧张，一夜堵塞”
没用完的春天——她们的固执
最终会不会
将后我而来者，挤出诗歌的语言，无从下笔
要不要预先赦免
他们的平庸

在迷醉的间隙

翅膀掀过头顶——如巨石呼啸，坠向深渊——
天际，暮色缓慢葬送的，
那一点孤影，
是谁苍凉的——最后一场恋情。

“最舍不得的都舍得了，就没什么了”，

直到生。
你必活好。
鼓胀的，母性的春天。你惊怵的小鹿的善感心灵。

繁花决堤的季节，
暗许五谷交集的愿景。酒瓶高于饮者。
我攥紧不摔，是为徒劳。为相送。那吞咽而下的
汹涌的
碎玻璃。

还有多少人世的光阴，
可堪分割我们？

打春贴

一夜冷口吻，将世态、物象一股脑儿
说白……

纷扬到索然。眉眼寂寥之人
徒生闭锁关城之心

不围炉。不诗话
新事日渐稀缺
物哀于冷却灰烬中伸出乌有之手，摊开手掌
给你看一粒噼噗磷火

风，吹着风衣
吹旧时光身上一件曾经之物。此去不远

桃花落——是刀削的新血肉，遍地打滚
把一生中的伤心事
重新诉说一遍

旧友

在古镇，天际线也是怀旧的走势
惹人想起旧友
譬如飞檐挑起的空寂
粉墙黛瓦的心情
即便我再从这石拱桥上走回去，你也不会出现
的喟叹

旧友是愿意随你去旷野里苦守寒风的人
只为相聚
旧友在记忆的衣柜里，有纯棉的质地

旧友往往和遗忘叠在一起
叫人幡然时，心生愧疚
允许迷路
允许迷路后去看望一个永远三十一岁的旧友
没有比永逝埋得更深的伤痛

万物在旋转中生长，月季花今年已经开到第三遍
旧友有的晃动新花的外形——

自己凋谢在自己的身体里面，叫人徒生怅然
有的
还在眼前

◎马泽平

与友书

我们受够的苦，他们也受过。我们疏于修理的
胡须，也曾像野草一样
生活在他们
清瘦但写满故事的脸颊上
我们聊到的这些话题
这些生有七色翎羽的语言，对他们来说，意味着什么
我们中总有人先坐下来
支起小饭桌，烧两三样菜，在靠近桌角的位置
留出一盏酒器
然后是灯笼和纱巾，橘黄色的柔光流动在
我们中间
我们就是在雨中拆解积木的孩子：
我们，我和你；他们，帕斯，帕斯，和帕斯
可能只剩下今天了
可能只有这搭建和拆解的游戏
召唤我们隔空举杯
现在我来回答你
这个早晨，抛给我或者更多人的问题
想象力，在灰色和浅黄之间，制造新的风暴和太阳
而且他“总能到达要去的地方”
我通常把这理解为延续
我们和他们，和西西弗斯，我们推往山顶的是同一块巨石
石头总会落下来的
他们受过的苦，我们也会受够

原点

早些年我痴迷于琢磨某件器具的基本结构
也以为生活就是
不断地尝试，直到擦洗干净
溅落在我们皮肤上的污泥

现在值得我深信不疑的事物越来越少了
尤其当我途经过几回墓地
渐渐惊觉这可能是个问题：只有在语言隐匿的地方
诗歌，艺术或者你的生命旅程才真正开始

芝诺悖论之二分法

芝诺的悖论之一是：我将永远面向你，但始终无法抵达你
这似乎是前定
当我脱去地域和宗教背景
只面向无穷，接近你，也不过是接近
更多个二分之一。我们的悲欢并不相通

你曾为落日覆盖河流哭泣
而我已忘记河堤，浪花和礁石
远离生活，手持哲学之斧凿壁
——为这最后的二分之一
六月的五里店南里已进入雨季
我常常会因此而想起
悖论和你
如果我们中孤独的那个人
整夜都不发出声响，谁会继续走在大雨
　滂沱的黎明中

◎林珊

立秋

如果漫长的离别，只是为了
短暂的相逢

那么我们真的不必在天亮后的
人群中，相拥着告别

这样的一个夜晚，秋风拂面的夜晚
就让我们怀抱着鲜花

站在美丽的星空下
靠近一点，再靠近一点吧

吴堡

亲爱的鲁米先生，辗转千里
我终于在深秋的十月末
抵达吴堡石头城。我在便笺里写下的
是这样的关键词：铁葭州，铜吴堡
城墙，县衙，庙宇，书院，女校，驼队
石窑，客栈，饭馆，南北二道街坊
我还没来得及写下的，是历史的云烟
嘹亮的号角，马革裹尸，残垣断壁
荒草漠漠啊，这铜墙铁壁的
十万平方米的城池
当我走在千年古道上
落日辉映出我长长的影子
我在瞬间有了些许恍惚
我问我自己
到底是什么，让我来到了这里
到底是什么，让我回到了这里
一些残存的记忆或许比漫漫风沙里的
石头，更为牢固
这一切，这无法言说清楚的一切
是源自一部电影
一本书籍
还是一个人在某一个瞬息
无法避开的红尘
恍若一梦的前世
亲爱的鲁米先生，此刻秋风四起
我们不提前世也罢
如果有来生，如果有来生
我希望，能够早一点儿
遇见你

海上钢琴师

◎李点

安静作答

大雪纷飞的时刻忆及往事
寒凉的感觉曾经令人十分悲伤
真的不该忽略对时光表达不尽感激
它令那么多看似无法安抚的词语
最终都归于平息或黯淡
如今提及往事
我已学会从容应对，安静作答

我们多么需要见上一面

隔壁住的什么人
我不得而知
隔着厚厚的墙壁
隔着心
午夜传来窸窣的脚步声
尔后
仿佛一个人动用两根手指的力量
在击打墙壁
分明是一个诗人在深夜
遇到了深渊
你看，我们多么需要
见上一面

来临

一些轰响还在继续
这些莫名的
偶尔夹杂着两声呼喊，或者
沉闷的撞击声
更多朴素的声音来自四方
带着安抚的善意
我无法分辨并大声说出我的感谢
她们迟早止步于黑夜
而那时，因为过于安静
我会非常想你

宽窄巷子

夜幕降临白夜酒吧
蓝花丹的影子开在石径上
行人的脚步慢下来
我不敢踩踏花影，不能告诉你，此刻
我正吞咽一种无法言说的苦涩
宽窄巷子中的时光，等同生活中的宽宽
　窄窄
有时需要踏步前行
有时则要侧身而过
现在，需要一阵风压过另一阵风
用以抚平那些深渊一样的存在

奋力晶莹

雨落下来
落到葡萄树的叶子上，果实上

被一道闪电击中之后
葡萄树加剧了自身的战栗

我目睹疼痛，也目睹新生
目睹那些椭圆的颗粒，在雨中
奋力晶莹

◎董喜阳

汴河街

对着汴河街的风吹口哨
潮湿的手伸向我
每一缕风都带有古老的意志
受它统治的那些彩旗
摇晃着小脑袋，翻起的每一个筋斗
都是一种浓缩形式的思考
风是一个故事，它的结尾并不是雨
雨惯常的穿着崭新的大褂走来
那褂子上的补丁
潜心修竹的隐士般，冒着
士大夫的香气
走过风雨的人，在汴河街开始
燎原身心。像我身边的曾先生
风雨之于他是旁观

我说他是在水云深处，垂钓的人
就好像他总说我
是从自己的影子中走下来的……

夜宿丽江古城

纳西族人的房子都会说方言
夜宿丽江古城
听窗外风雨谈了一宿
有时是演讲，有时是辩护
我们拥抱着躺在木床上
各种鸟也在展示好口才
坐在屋顶上的秋千上，数星星
我们的爱情像星星
数着，数着就回来了。爱情
是个圆，没有圆心和半径的
永远不规则的球体
仿佛我亲手叠给你的千纸鹤
每天都被你好奇的打开
而后又小心翼翼地合上

◎羽微微

万物生

轻盈的事物总在拖动沉重的
正如灵魂拖着肉体
白云拖着群山
人要稳住脚步，才能不被回忆拖走
儿童笑着
小小的身子
裹着时间的蜜糖
光令万物生长啊
但光是如此的轻
令树木长出重重阴影
也长出累累果实

当你走向我

当你走向我
然后走近，你身前的空气
也在向前推动
那绵软的热的空气挤压着我
我转过头——
从虚空中看你的眼睛
你的唇，和你的手。我大胆地看。
我还看到自己
安静，又轻微地移动着
我看到热的空气自我们之间滑出
从外面包裹着我们
我闭上眼睛——
我听到你叫我的名字
我转过头来向你轻轻地微笑

坐在你对面

早一些的时候
阳光在屋外

后来它经过了窗台
缓慢地接近我的膝盖和手腕
我想再等一等
再等一等，我也还是没有张开口
也忘记看阳光，往哪里消逝

我想我并不擅于抒情
我总有着不合时宜的腼腆和沉默

蚂蚁

如果把那只蚂蚁放大
像只鸟儿一样大小
我们就不会那样掐死它
轻易地，毫无罪恶感地
因为痛苦的表情，能看清了
扭曲的身体，能看清了
乞求的或愤怒的眼睛，能看清了
甚至能听到呼号的声音
但现在不是，蚂蚁太小太小
小得像装不下痛苦
小得像没有装上一个真正的生命

◎**龙少**

我在书里读到山雀和好看的橡果

我们在落雪的夜晚说到海
纯粹的蓝，和一种永恒色调的神秘
说到一个男孩在夏天对蓝色的敬畏和执迷
我想到他的安静，甚至因为过分安静
而拥有的孤独
后来，我在书里读到山雀和好看的橡果
像我童年在山里见过的那样
自由而轻快，藏着风起伏的弧度
和降落后的安静
我想到这两种安静的相似与不同
想到十一月的夜晚适合下雪
适合安静
适合两个人的思绪
“走出城市最远的灯火”，归来后
依旧用蓝色，建造自己的房子

暮晚时的雨

我的悲伤不长翅膀
也不与任何事物交谈空气的味道
只储存大麦，玉米和眼泪
只许阳光照进来，带着它的橡树
和捧着书本的手，带来雨水
刷洗降落后的炊烟，而我像雨后的蕨类
或独处的圆石，在山谷建造自身的
星座。那因为沉默而拥有的寂静
绕过了风声的喧嚣
当我在风中藏起爱，谷仓与灯柱
阳光下的蝴蝶正向我走来
带来葡萄和平静的水
带来一些诗句，像暮晚时的雨

小镇秋日

小镇的初秋，日子总是很悠闲
一只羊和一片落叶
便是我目光的停留之所

我在这里过得平静而散漫
像墙角的草木
或者屋顶上的瓦松

那些金黄而蓬勃的草丛
比夏日时更加迷人
我有时经过它们
——看风在湖面上雕刻身影

有时，想着丛林就在那里
木门就在那里

我走过去，捡起落地的橡子
那么久了，也没有鸟鸣
只有风声，一阵高过一阵。

◎**李道芝**

六月的右江像一道闪电

一连多日，雨水凭空而降
除了涌入地下暗洞
热衷于伏地迎接，装满自身裂缝的
唯有云霭遮掩不住的右江河
——并非说它不好，只是盘旋于大地太久
越来越向往深渊和梦境

这样的河渴望回翔
与天空相连，自上而下，西而东
蜿蜒曲折，飞奔而去
过不了多时，它就会由枯竭的名词变成
　一个动词
从一敲即碎的器皿，跳跃为击打器皿的利刃
所欲之事
磨蚀掉层层淤泥，掀动秘密的河道
几乎接近村庄和神祇

浊黄的江水，摇曳在缓缓起身的平原上
像一道闪电落在旋涡深长的时间里
而放电的过程更为持久
带着刺耳的雷鸣与无限回响

一件琐事

尽管垃圾桶标记“分类”的标签
真正将它们分类的还是那些手
那手，在前人身上，曾握紧石斧，石锤
拿过青铜器，铁，各种木质把柄
如今陷入不为人知的窘境
把十分有限的纸皮、塑料瓶抓在手上
这绝对是刻意——稍慢就会被攫取

天气闷热，暴雨浇注，放进蛇皮袋的事物
要经受难闻的气息才能发现

夜市摊的顾客如何也不能体味到
眼前一片深海的欢愉

有一晚，一个人把头侧着埋进垃圾桶
像在坟场拼命刨土
像在大地按照年月日的算法收获应得的部分
像把生活的哲学抛在半空
看上去剧烈摇晃，让眼睛异常敏感

南瓜苗和南瓜花

没有人说清，南瓜苗和南瓜花
是否要等立秋之后才吃
恪守立秋以后吃的人
相信立秋前它们有股草木灰的味道
意味着乳臭未干
其实所有庄稼都有自己的季节
即使生长的草
也要到一定时候去锄掉
——玉米地里的草要锄两次
一次在四五月，一次是抱穗时期
锄得到位，像打蛇七寸
如今很少有人愿意顺着它们的季节
专注地做一件事
常常混淆事物的秩序
把犁地当背粪，把挖坑当掩土
也难怪很多人
一落地就在生命的秋天

◎汪洋

写给马尔康

哪怕尘埃落定
我也要一步一步走下去

瓦蓝的天
把大海搁上我的肩膀

阳光涂满草甸
马尔康
谢谢你捧出干净的草香
把每一个日子
都串成了清亮的露珠

有人在草登寺
诵读经文
有人将溪水中的影子取走

想到观花节
嘉绒姑娘的歌声就飘进我的茶碗
这里空气真好，请你小心存放

穿过鹧鸪山长长的隧道
兴许还能看见天边的积雪
柔软的羊群，都是掉在地上的白云

哪怕尘埃落定
我也要一步一步走下去
哪怕我两手空空

没有群山回应

在马尔康，我愿遇上佛
也愿遇上你的善良

做个梦吧，梭磨河谷
我是走累了，河滩上躺着一堆柔软的石头
那天，晚霞碎成了金色的波光

河水在天边喧响
混淆了人间和天堂

走过雁栖湖

你不知道
这崎岖的路有多美

秋叶红上了山梁
斑斓的色彩抓住我

你不知道
这里的湖有多安静

驻扎在芦苇丛中的风
还没有接到冲锋的号令

多想，像一只甲虫
寄居在红叶上

这样，我在北京
就有了一个柔软的家

湖水不说话
白云就无法获取大地的秘密

走吧，小灰蝶
去见证一下野菊花的爱情

我不知道去往天涯的旅途中
还滚动着多少泪滴

热爱
是否形同一次赴险

道路啊
把远方推向更远

把辽阔
碾成飞尘

好了，我要赶路去了
下一站就是黄昏的山野

我会向云霞打听
神的住址

山里，凉，安静，等天黑，鸟儿归宿
再给你写信

◎石才夫

吹泡泡的小孩

他的气泡排山倒海
闪着五彩的光
男孩儿气定神闲
在城市午后的街头
人行道上
目空一切，制造并欣赏
一串串被囚禁的空气
像一个早熟的
哲学家

听一个女诗人朗诵另一个女诗人的诗

女诗人走过广州大剧院
走过人群和玻璃幕墙
她后来写下的诗句
被另一个女诗人朗读
句子发出粤语的声调
婉转，顿挫
像五月黄蝉在风中盛开
听的人想起广州
想起白云饭店
《南风窗》和《家庭》
那时，女诗人还小
朗读的女诗人更小
她们不知道
诗人除了可以走过广州大剧院
除了可以写诗和读诗
还需要在时光里奔跑
流汗，一口喝下一大杯
满满的啤酒

在一起

单位每年都要核实
干部信息
人事处小李
拿我的登记表
让我签字确认
这个时候
父亲和母亲的名字
会同时出现
而且挨在一起
他们名字后面的三个字
也挨在一起：
已去世

母亲这样挨着父亲
已经三十多年
他们还将继续挨着
超过生前
在一起的时间

回溯一个苹果

上午十一时，建政路28号
一只削好皮的苹果
三小时前，它在麻村
一栋居民楼里

放在桌子上，有些日子了
果皮已经脱水发皱
一个月（或两个月？）前
它是在一个纸箱子里
和其他的苹果排列在一起
这样算来，它应该是
去年的苹果
在华北或西北的某个冷库
待了半年
再往前，就是果园树上了
由红熟，到青涩，再到
小小的果实
当然，再往前
就是花开，是孕育
是一片土地上
一阵春风吹来

我不能再往上追溯了
我怕看见三十多年前的那个下午
我第一次买苹果
从南宁往老家赶
而母亲，再也吃不下任何东西
第二天，那袋苹果
供在了母亲灵前

◎刘频

在上海申报馆旧址

在上海申报馆旧址，一楼
是改造成的现代茶餐厅
我落座在一个偏角位置，像电影里
的地下党，等待着一个接头的上线
我在穿越世纪画面的等待里
捋一捋被外滩的风吹乱的头发
我甚至想象着一声破空的枪响
猝然染红明早的沪上报头

但二十世纪四十年代戴礼帽的那人
他不会来了。我也没看见义愤的记者
在老式的版面里进进出出
我只是一个外省旅游者，随意逛到这里
我只是饿了，装成一个有身份的人
保持着对美食的耐心和矜持。在东张西
　望里
我甚至异想天开偶遇一场上海滩式的爱情

我看见一个个嬉笑的食客
像一条条金鱼，穿透茶餐厅的玻璃门
邻座的一对时尚小阿拉，你侬我侬
时而夹杂一两句低声的争吵
我想，如果他俩是当年伪装成情侣的特务
那也好，让我在饥饿中保持着一种警惕
但他们不是
他们在谈论着房子，股市，旅游，婚期

当服务生俯下身来递过菜单时
我点了一份西式套餐，再加一份《申报》
他抱歉地说，《申报》，确实没有

暮晚的火烧云下，我看见那个人还在大海捞针

那天，海面依然是一块烧红的巨铁
在彤云垂天的大海
鲸鱼向远方激射出红色的喷泉
一艘装满集装箱的巨轮，像古代神话中的英雄
在航行中压低了夕光中的海平线
爱情的心，把一望无涯的海面布置成了浪漫的吧台
但我无意关心这些
我只注目于一个在大海捞针的人
从少年时代起，他一次次纵身入海
要捞回那颗失落海底的针
要捞回那颗给他带来一生剧痛的
针
在漫天的红光里，我再次看到了他
看到了他被晚霞染红的白发，看到了他裹挟着一团火烧云
扎入大海的身影，正像一颗带血的针
朝海底狠狠戳下去
那一刻，只有我知道海水在疼痛，在痉挛
在回应着那个人——波涛下隐没的悲怆

山区阴雨天气里的铁塔

那时，我们在傍晚的木楼里
谈论着杉树，水塘，早稻。在偶然的一瞥里
我从木窗看见了对面山顶上的电力铁塔
它高高耸立于山区的阴雨天气
三角形，空心的铁建筑，推开了黄昏的雨雾
把天空压下来
浓雾中的六根高压电线
带着倾斜的电流，以四十度的坡度
向那边的矮岭俯冲过去
像一只被撕掉翅膀的大鸟，带着黄昏俯冲过去
在滑翔中，把山下的溪水、树冠、蛙鸣提到了高空
又丢回原处
那山岭之间绵延的电线杆，接应着它们
向着白蒙蒙的雨雾那边远去

缅甸来信

这首诗歌的题目，最初叫南方来信
但我感觉那一片丛林还是太远了
一封信，骑着大象，穿过了佛塔，柚子林，穿过了
东南亚甘蔗地上空的晚霞

三十年的时光，是一个中年女子的笼纱
是孔雀，是木菠萝，是缅甸玉
在一群奔跑在神牛的孩子中间，她教汉语
把汉语拼音转化为掸族方言
把中国的偏旁部首
转化为缅东北山地的一片野果苗
她标准的口型
保持着一个宁波籍女性的优雅

在伊洛瓦底江纯蓝的天空下面

她没有谈过恋爱，一直单身
她的爱情，是中文，是方块字，是长江的云
“给人一粒榕树籽，得到一棵榕树”
她的爱，是一座远方的寺庙

在那阴湿的山地，她的关节炎告诉我
一封缅甸的来信，是在停电的夜晚里写的
“当年，我们的祖父
也是在一个没有月亮的夜晚
结盟为兄弟”

◎白小云

布谷鸟

春天，布谷鸟
在杨树顶上鸣叫不息
在农田上空，边飞边叫，布谷——布谷——
黑褐色的尾羽，划过天空
叫声不绝，凄厉嘹亮
——唤农人春起播种
它是记录农耕的善意先知

孤独的，杜鹃鸟
在树枝上追逐确认、跳跃欢呼
春天来了，它们相遇，将产一枚蛋到
灰喜鹊的窝里，它们能给的爱
从推翻其他鸟蛋开始
——这是唯一的爱，明年它们将爱上
空中鸣叫的另一只

“百度”说，布谷鸟又名杜鹃

像劳动模范是暴力狂、
家里的慈父是对外的骗子
哲学家是惯偷和杀手……
我认真地想了想
确认它们是同一个

夏雨

大地接受突然袭击
被关在暴雨的笼子里，反复敲打

因为附属者的骄傲
石榴花、栀子花、紫薇花们
跟着一起挨训
恐吓、照亮和清洗
审判者不分昼夜到来
电闪雷鸣，对时间内的所有
实行严厉的鞭挞

变深，变绿，变宽、变成唯一……
洪水的记忆弥漫，石头碰撞石头
河水冲刷河水，树枝掰折树枝
一边信任，一边质问；
一边迎合，一边抵抗；
激烈地争吵，日夜不息

真正的热爱如此灼人
它容不得片刻犹豫

鸟窝

杨树上本来没有鸟窝
你创造了它
有些鸟终身没有鸟窝
你拥有了它
有些鸟不会筑造鸟窝
你有天然的巧嘴

灰喜鹊，我看见你的窝
被捅到了树下
肇事者已经离开

你不要太难过
金色嘴巴不要难过
灰色羽毛不要难过
宽宽翅膀也不要难过

本来就没有的东西
得而复失，有什么难过

花店

她整理新到手的花
给它们旅途上干掉的杆剪出新口
抖落蔫萎的叶子和花瓣
摘掉外面不好看的花托
放进深水里“醒”它们
畅饮以修复来路所失

她读过几本书，写过几行字
尚且年轻也会稍事打扮
作为人类这强势物种之一
她亲自摘掉自己野草的荒蛮
插进这城市的高楼里
陌生的人流经过她

花整理好了
核心处的花瓣露出美丽姿容
——凋谢正计算着时间到来

她伸个懒腰，望着头顶
那双能看见她的眼睛
不知道有没有睁开

◎**盘妙彬**

叫她闪电

叫她闪电
在白云山上出现时，晴空万里，阳光是湛蓝的，她是白的
她健康，有星期六

叫她闪电
是因为她的闪，她的电，不是她的快
虽然一万年才遇上一次，又虽然一万年过去了

足够的风证明她还在，她的白衬衣，她的中学乳房
她的小心弯腰

山楂树开花

一棵山楂树开满白花
在几万棵其他树中它爱着自己，表白，表白，遇到打柴人
坐到树下，放下的柴刀，佛一样

转过几个山
一个山洼里几百棵山楂树
在一起开花，没有其他树
枝头上是白花，落地上是白花，没有一张叶子
它们爱着自己，表白，表白，其实是燃烧，燃烧
火中烧出白瓷
或者火中打出柴刀，放于一旁，佛一样

爱在今天，明天，第五天，以后的时间交给佛
以后长出的叶子会有自己的主张

远在远方

祖国日夜唱歌
今日何日兮
一隅而言，一日日无，小草衰败，一日日生，树木开花
我在窗前读书，彼采葛兮，彼采萧兮，彼采艾兮

远桥流水，原野蔗林，如此甚好
上南宁读书，认识低一年级的外语系女生，如此甚好
一别二十一年，不甚好
虽然我喜欢漫长的旅行，二十一年了，真的不甚好

没有浮云的日子，我想过出一次远门
空着双手，身无一物

◎琬琦

泥土

终其一生，我们无法离开
在泥土里种植庄稼，蔬菜，花朵
收集蜜蜂从远山采回来的第一滴甜
摔打泥土，制作砖头和瓦片
栖身在砖瓦房子里
饿了，就捧着泥土烧成的瓷碗吃饭
那个去泉边打水的姑娘
抱着泥土捏成的陶罐
如果我们相爱，就会相信女娲造人
是用同一堆泥，捏出了你中有我，我中有你

爱尽一生之后，掘一个墓穴
我们在泥土深处依然互相陪伴
直到，重新长出下一个轮回

目睹一只瓷碗诞生

一块泥土，摔打很多次后
仍然保持着必要的水分，才能捏成碗状
机器代替祖母的围裙
擦去多余的泥垢。代替姐姐的胭脂水粉
描出繁花。绿叶。鸟鸣

我亲眼所见：一只瓷碗诞生了
但我不知道，在翻腾的烈火中如何端坐
才能保持完整。如何交出自身的软弱、
　黑暗
才能这样光洁明净。铮铮作响

我不知道，这些包装精美的瓷碗
将去往何处，承载怎样的酸甜苦辣
又将在何时，迎接那命中注定的破碎

茅草

茅草长在路边。茅草长在坡上
我们知道，茅草的根茎是甜的
折叠一叶茅草塞在衣兜
就是一个小小的护身符

我们还知道，一到冬天
茅草就枯黄了，纸幡哗哗作响
为村里远行的老人们
点燃了一支支白色的蜡烛

在寒风中摇曳的白蜡烛
要到清明过后才会熄灭。那时
茅草漫山遍野，换了嫩绿的新装

◎方汇泽

两株藤萝

用畸态的美
向下抓七寸的土壤

土壤黢黑，它抓得多用力
这种美在人心，就有多深

——此刻，藤萝是一个
惯用春风的比喻？
它附着于枝干，人们
忘了它还有松虬的根部

——现在，它枝繁叶茂
绿叶和苞芽的掩映中
一只只粉色蝴蝶悄然形成

一帘瀑布乍然而现
你嗅到它的味蕾
幽暗地，蛰伏在展翅的
蜂蝶体内，在耀眼的虚空中

花木斋笔记

1.
“栽花种树，心境无我。”[1]
在花木斋，沉浸于植蜡梅一
碧竹二、窈虫吟无数。

微风、明月、鸟啼指认为
亲密的伙伴，
我的往昔：渐江、陶潜和弘忍。

2.
明月高悬、流水澄澈
斋内僻静一角，自然的画家
挥舞纤毫，泼墨即就……

稀薄的空气在“在”
与“不在”之间旋转——
我，徜徉在一粒沙子的屏息里。

注①：选自《菜根谭》。

岭南行记

1.
迎春花头顶新雪，河床上
碎冰消融

我，爱的世界的第三人称
度过了半生，将于
此地完成最后的一跃——

2.
一个微苦的行者，放弃自我
衲衣沿着山脉起伏

拄着拐杖，要去前方！
我写下的“一蓑烟雨”，至今
几人传唱？

3.
……岭南，生命的终点？
旅途中布满了鲜花和闪电

又一年春天寂静，荞麦青青。哦，
万物体内的积雪已在山间涌出……

◎**史鑫**

白云

它们悬在群山之上
像是某种点缀，刻意的
这个上午的视野虚构
手法有点儿拙劣
既不是天空的帷幔
也不是自然之神的布置需要
我怀疑这是迷失的白云
从雨季中逃脱，又在
晴朗的边缘驻留

此时，它们慢慢向我移动
越过灰暗的群山
又要将我的质疑兜住

流云

低处的云徘徊着
阴郁，像是要坠落
更低处的，是山林中的列车
不断穿越隧道
在黑暗与光明中变幻
此时，一个乘客
在列车中发出叹息
他正在远离家乡
以流云的方式
抛落在横冲直撞的密林深处

◎许天伦

黑夜简史

夜晚总是孤独的
因为孤独，你会想到很多事情
比如死亡，比如玫瑰色的爱情
这些遥不可及的预言
早已进入到近在咫尺的梦中
变成你在而立之年的虚幻之境
但你对梦的理解，尚不足以使一个混浊
　不堪的世界
回归最初的纯真。爱因斯坦曾说
知识就是力量，现在你想要说
力量源于孤独，源于辽阔无尽的茫茫深夜
是的，一个人若拥有了面对黑暗的勇敢品质
那么，任何孤独于其都是一种独特享受
而你这想法转瞬即逝，犹如一颗彗星
当它划过外面的旷野时，光芒照耀下你会看见
所有的生灵都纷纷抬起了头

秋

一枚叶子的忽然掉落
并不意味着枯萎或死亡
很多往昔还附在上面，你如果
顺着它的脉络向深处延伸
藏于树内的年轮，便会使你回味
也一定有什么推力，在推动
钟表里横陈的时间
当你在这微风惬然的午后，听秋蝉
用最后的鸣声歌唱
叶子被你攥在手里，像那份
从未启齿的爱
曾经历过无数个黑夜
幸福和悲伤，依然是对等的
是的，在这个秋天，万物逐渐变沉
以至于一枚叶子的忽然掉落
足以使一颗泪珠，开始踏上
另一段旅程

◎胡昕

突然就想起了你

水在山里是幸运的，之于水，每一块石头
仿若慈悲的菩萨，容忍水的死寂或者
骚动，容忍水穿过它们的坚硬，容忍水
不顾一切地流向万丈红尘……于是
突然就想起了你，怀念刚刚蔚起，春天

就来了，而经历的所有细节，像一群
尚未突围的鸟，始终困在冰天雪地

我的消失

你说看见我在大街上，在人群中穿行
阳光照耀着我，所以你确信我在你的视
线内
但你能描述我消失的情景吗？一只鸟飞
过天空
一片叶子被风掠走，一道闪电划破夜
色……
这些都是一眨眼的工夫。因此，世界

并不是你眼前的样子，当你试图说出
看到我的时候，其实我已消失

◎张永波

秘密

不说那陡峭的欲望
是石头里的云图，冷抱着雪
陶醉于妄想中

把爱情涂上红色
冰化了，水的灵魂
不再沉默
一副宝石花开的模样

坚硬骨头躲到白桦树林
藏起你的枪口
只是，不敢说出对不起
爱就不能轻易放下

心灵的山河上
谁出卖了忠诚，谁吹熄了长明灯火
生活中就少了一些
哭泣的成本

宿命的复笔

不幸被言重了的诗歌
仿佛就发生在你我之间
我看到，一页一页被唱尽的
春夏秋冬。尽善尽美

生活就是一首上口的抒情诗
像爱情，有斯文，有烈焰
从开始到坟墓
都是预言里复笔

我渴望囤积安静，在嘈杂中挑选出
干净诗句，追逐美丽的基因
或在荒芜的野地里
不停地把春天朗诵

凭着诗中的符号我们就会找到家
找到自己对心情的人
有了家，我们就有了自己
突然就想泪流
想说，咋就那么幸福

◎王相华

对影

倒映在路上的轮廓，继续向前
移动的姿势，给周末
更多想象，风，很清凉，吹得视线忽高
　忽低

枝头上的叶子低下头
我迎着它们，相互对视，竟如此谨慎
如脚下的影子
每一步，都变得小心翼翼

不同的是：有些叶子，会落下来
草丛、池塘、凉亭……
面对陌生，它们只能选择顺从

这正是我担忧的事
所有相遇，仿佛都是活在我心里的自己

锁孔的位置

被时间禁锢，它离地面很近
一些杂草生了又枯
约定的事，早已淡出了三十年前的风尘
终究只是虚设
老屋坐落在大城市的背面

像被人遗忘的庙宇
包括我，从奔跑的生活主线中折返
仍然一见如故
只谈那些年，聚散后的细节

——当说到你，夜晚哭得很伤心
手中的钥匙多么明亮
而锈迹斑斑的锁
茫然、纠结，又无所适从

只与你待了半个时辰
春风乍寒，黎明轻轻把我们送回现实

◎白庚胜

理塘歌吟

被一个诗僧迷惑着，
被一首诗歌感动着，
我亦借仙鹤的翅膀，
飞到一个叫理塘的仙境。

那个诗僧永恒，
只凭着二十四岁的生命，
就千年万载与阿海雪山同在。
这首诗歌精致，
只要二十一个汉字的组合，
它就滋润了理塘草原的虫草、雪莲，
以及炊烟和彩虹交映的田园，
磁吸了全人类的诗眼诗心。

理塘，
她的不朽，
熔铸于牦牛蠕动的草原，
来自于澄澈明鉴的碧溪，
更缘自被歌声浣洗过的蓝天，
由藏袍舞动着的群山，
还有那被哈达撒向高空中的白云。

理塘，
路在天上走的理塘；
理塘，
佛心寻可觅的理塘！
理塘，
宁可出无马、食无盐，
也不能少了信仰、诗歌的理塘，
一尘不染的诗僧，
只迷恋她的清纯、宁静，
再“不去其他地方”，
一切都已黯然失色。

理塘，
格萨尔的旌旗已经不再，
木天王的鼓号歇息，
古道茶马早已侵没于岁月的芳草萋萋。
我虽不是诗圣与词仙，
但也深深爱恋着理塘。
因为那猎猎的经幡，
只念诵神谕和天语；
那亭亭玉立的白塔，
是藏人永不玷污的灵魂；
而高空中的苍鹰，
更表征着理塘的高度：
永远充溢着理想、信念与大美。
所以我深爱着理塘，
期待着诗化她一次又一次，
期待着回报她千回又万回。

穿越，在合肥

像米拉日巴，
与阳光一同登上冈底斯山顶，
宣誓他比丁巴什罗更加非凡；
如弥勒佛从四亿年后，

回望芸芸众生的喜怒哀乐。

今日，
我在合肥超越，
先从黑洞闪身，
又从白洞口脱颖，
在暗物质与显物质的时空自由穿梭，
然后借光子与量子的转换，
演绎事物的亦真亦幻，
更颠覆生命的生老病死与新陈代替谢，
用密钥打开纠缠，
解读主体与客体的暗语；
让一切生灵，
依赖着核聚变的威力，
点亮心宇的人造太阳，
令思想漫游于40亿光年外的红移，
透视造物主的神机妙算，
重写光怪陆离的《创世纪》，
回答什么是人类，
人们怎样去坚守，
如何去应变，
怎样安生与立命，
怎样去制动大自然的悸动，
怎样去驾驭物力与神力的无情无义。

今夜，
我又一次在合肥超越，
这是从实在到虚幻的最后一次诞生，
这也是蒙昧与智慧的最根本的决裂。
让我化作量子吧，
我要以比光还快一万倍的速度，
完成自己最辉煌的成丁仪式。

2019年“七夕”

轻轻走进你的土地，
正是苍苍蒹葭的时节。
满山的花椒笑口问候，
遍野的土豆花开放迎人。
玉米捋着红缨守望伊人，
苹果含着初染秋霜的白露流盼。
几声蝉鸣，
柔曼了夏日炎炎；
漾水潜行，
不再是往昔的浩浩荡荡，
一水尽是呢喃
情话。
七夕的喜鹊，
歇息在团花剪纸的梅梢；
迎巧的姑娘，
忙碌于构筑未来的鸟巢——
孵化爱情与欢乐，
放飞希望与美满；
全凭着勤劳智慧的历练，
不再忧王母娘娘的珠串一甩。
牛郎的苦难已经过去，
织女的梦想——成真；
这里乞求情真意切，
西和人更加心灵手巧。
轻轻地走进你的土地，
永远难忘在水一方的清淳。

◎高平

毛毛雨

毛毛雨
有杏花的颜色
桃花的气息

毛毛雨
是可以大口吞咽的酒
是摘掉口罩的呼吸

毛毛雨
难得无声相遇
温暖而不沾衣

毛毛雨
像千手观音的玉臂
像李商隐写的无题

毛毛雨
细化了甘泉
天然的甜蜜

孤雪

它不肯融入大地
还梦想回到天上
只能把最后一滴泪水
蒸发于春天的太阳

◎田湘

万世之空

天空的空亦是我内心的空
星星是一泻万里的河流
这条河叫银河。在银河里
有一叶轻舟，驾舟的是李白
我欲拜李白为师，来到银河
可我酒量和水性都太差
刚站上船头，就被巨浪打沉
酝酿多年的诗歌也胎死腹中
李白哈哈大笑：我要的就是这
万世之空。转瞬间
银河消失得无影无踪

一只鸟在雨中飞翔

一只鸟在雨中飞翔
它扇动翅膀抖落羽毛上的水滴
它用微弱的叫声呼应另一只鸟的呼喊
它落地觅食，一只蚯蚓成为它的猎物
但它更爱撒在地上的谷粒
仿佛是神赐予，供它啜饮
它飞走，又唤来另一只
在它们的世界里，没有别人

阳光如此纯粹

阳光给大地着色
让绿色还原为绿色
山还原为山，房子
还原为房子

阳光洒满河流，洒满
我走过的每一条路
阳光点亮树，让树露出阴影
点燃欢乐也点燃痛苦
阳光下，我没有任何隐私

阳光如此纯粹
它还原每个人的面孔
甚至，还原一个人的灵魂
可灵魂看不见

飞鸟是神的孩子
阳光给它飞翔的力量
飞鸟在飞，那么轻
上了云天，顿时
世界被它的翅膀托起

◎**陈建**

花裙子

我还剩下多少花朵
从来没数过，落下的部分
对于春天过于残忍，更由不得
剜空肉体的利刃
我把它洗净，晾晒
一只燕子飞过，留下它的
一瞬
一个人走过
归于尘土
我只记得，那些花
开得无比灿烂

远航

我的船只需从黎明掏出来
我的帆从天亮前就已经张开
灯火早在涨潮之前就熄灭了
而熄灭，总不能施舍以大海的颜色
也许大海是从天空
逃出的一部分
同样的蓝，同样让人
无法站立
只是我从肉身中逃出的时候，并没有去想
会不会成为一柄利刃
将它们分开

午后

一个女人的午后，昏暗而悠长
她有太多台阶需要
不停地来回，光着脚，
整个下午赤裸而苍凉
她决定织一条毯子，盖住这段

被拉长的时间，再带上
一只狗——此刻如一团
蹦蹦跳跳的阳光，与人不同
它的时光总是毛茸茸的

玻璃杯

我的玻璃水杯
透明无色
我每天用它喝水
只喝水
今天我把它放在窗台上
阳光照下来
它没有呈现我期许中的
光芒灿烂
除了水锈，它体内空无一物
我突然不能断定
我们之间
谁更迫切需要清洗

◎何圣勇

乡愁

老刺槐没有长出新芽
兀自的高着
四处漏风的鸟巢
孤零零的
看样子，它
是支撑不了多久

炊烟已经死去
遍地的瓦砾就是我的村庄
是的
我在等待槐花的盛开
等一场盛大的白
将他们覆盖

窗外

外面的雨有些冷
空空的小镇
夜，深的让人局促
似乎要把
人世间的黑色，全部
投射给他
他淋着雨，每走一步
都显出老态
我正在归拢零散的文字
仓促的一声号啕
又把它们冲散
我迟疑了一下，不去揣测
他是醉了，还是
世界长满了牙齿，他
放弃了抵抗

午夜站台

午夜的站台
路灯自顾自地亮着
清晰地印下薄薄的雨雾
一辆由南向北行驶的车

淹没在夜色里
留一道隐隐作痛的伤口
在斑斑回忆里
患得患失
行道树，绿得从容
玉兰花开得肆意
都是在悄无声息中进行
面对四通八达的路口
多么希望
一世的迟疑能够，统统
带走……

◎高作苦

荒草颂

荒草抹掉你，冰雪加身
大地挂满冰花，容不下你的滚烫
现在风雪停歇，我来了
暖阳初照，我为你割掉一大片荒草
但它又在远方长出来
它长得太快，太急，我追不上
淹死我的不是河流，是湿漉漉的夜色
是你未喝完的那壶烈酒

星空引

我带着群山来看你，把你种在它们中间
桃花来惹你，蜜蜂来蜇你，你没有反应
用浪花浇灌你，桥梁连接你，把小小的
　火苗
送往下游，它会长成海边的灯塔
但有什么用呢，所有航船都空空如也
我要用满舱鱼虾交换你，换你一夕欢
眺望星空的人，最终
也被浩瀚的星空接走

木床颂

海子睡过的木床，海子母亲还在睡
几个孩子在床上出生，像是大山长出了
余脉，平原延续了平原
缅怀是必须的，但河水一样流走
我只是从迢迢异乡赶来，替海子
活下去、不起眼的陌生人
不是所有湖泊都能长成海，风吹草低
凡是旷野奔跑的植物，都值得我们深深怀念

高河中学

要怎样，才能把一个凡人捏成神？
用他稚嫩的喘息、清澈的眼神，还是
迷路的、对未来一无所知的麦子？

书声琅琅，校园空旷，他们是否
拥有一颗同样受难的心？每个人，都是
一座富矿，挖得越深，泉涌越甜

在高河中学，拿别人的河流来拯救自己
也拿自己的河流去拯救别人。返家后
杨柳青青，无数的神晃动如谜

◎李然厚

一只飞翔的蚂蚁

蚂蚁一般使用动词
爬
使用动词咬、拖、驮
或者摔、翻、滚
在黑暗逼近的暮晚
也不习惯使用动词走、跳、跑
在三月，在危崖边
我看见一只蚂蚁
使用动词打开和起飞
比蜻蜓轻盈
比蝴蝶优雅
跨越湍急的涧水
身体在阳光里放射光彩
一只飞翔的蚂蚁
在春天，在急流之上
是一个名词

想象

我常常想象
窗外一块块青石
飞起来
击中一个香蕉、芒果或李子
击中一只乌鸦、麻雀或翠鸟
下落的时候
顺带击中一句句流言
我也常常想象
一些词语
长出翅膀
在我的诗歌中飞起来
又能自己收拢双翅
停回方格子里
就像不曾飞过一样

春天的石头

分明听到了春的呼唤
风急，雨急
四方桌上的好运石也急
像要冲出台窗
冲破厚厚的夜色
满园青竹在叫，在喊
像孩子寻找母亲
小木屋四周的石头
一整夜在练习飞翔
清晨推开篱笆门
我看见他们一块块
皮躁肉肿，呈淤青色
跟着一只黄嘴鸟
蹿进青竹林深处
岩下溪流水也急
几块扇形大岩石
打开坚硬的翅膀
借助一排排腾跃的水花
言心中飞翔之志

◎史金龙

桃花啊桃花

一个读书人的身影在堂前恍惚
是千年前盛开梦里的那朵吗?
那承载了太多希冀的纸和砚台呵
在弹指之间沿着那条溪水蜿蜒而去
是梦里注定的命，还是不朽的诗篇
在归燕急急而湿湿的张望中，神色灿然
他那铜镜里摇曳的阵阵传说
飞溅起爱慕般的忧伤
来点缀他乡间幽居的小屋
朗朗书卷声中，他沉沉睡去
梦里还是那只在春色里迷失的蝴蝶吗?
那个劫此生不解?
篱边的小草生满露珠
谁把青天以外的蓝色染遍
谁在他的梦里放上药的引子
阳光照耀了这一切，风和日丽
只等晚归的人，把盏言欢
口含浊酒的人哦，总是目光迷离
只等时光将树身刻上一段段的标记
茅草的屋顶晒着贫穷和乡愁
去年的风霜在翘起的兰花指尖褪色
一枚枯叶在塘心流连忘返
千万别把读书人的梦惊醒
让他安眠在甜蜜的花蕊里
一笔一笔的书写，来世今生

往事

如果我能记住某个下午天空的颜色
划痛脸庞的一定是远方的路
还有不断远去的阵阵乐音
固执的人们，用血液涂抹的路标
夏日猩红的唇音
吹响了困惑已久的你的问候
丈量从太阳到你的距离
便是一个故事的开始和结束

消磨人的除了意志还有精神
一只蝈蝈离睡眠有多远
我们的世界便会有多远
我继续在迷惘中跋涉
在面对东方的日出
我平静地阅读和写作

高举的灵魂吞噬了很多的高贵和贫穷
照亮，许多人的灰色和苍茫
黑色的墨水里，滋养了人类的卑微和坚强
西风在秋天的旗帜下占据了所有的阵营

我在你古老而喜庆的盛事里
一点点剥离岁月的无情
掩映了一个个青春的祭坛
后来，秋雨来了
后来，秋雨又来了

而你的身影却在疲惫的西风里越走越远
越走越模糊

一个真实的我却没有完整地将那段坎坷奉为神明
甚至，我穷追不舍我沉默至今的神祇和迷离的眼神
而我积雪至今的后园里正盛开着朵朵往事

麦地是谁的地

春天的风已经很深了
那些满眼满眼的麦浪
在我们的眼里只是一道朴素的风景
是什么样的季节成熟什么样的收获
还是什么样的收获里有什么样的心情
雨水静悄悄的刮过我的村庄和我的父辈
那个炎热的夏季来临之前
我必须清空一切
包括风的方向　雨的路线
还有山脚下缓缓流淌的小溪
还有走过的我最美的新娘
我路过很多人的田地
青草茂盛得一如向阳的花朵
爽朗的土地绵绵厚厚
我开始不知所措
以为这样的日子真的很美
美得我心旌摇曳
麦地是谁的地?
或许我一生都会不停地问

◎覃琼燕

木已成舟

不必讶异，出海的人已经远去
渔村搁浅森林，剩下水面辽阔
渔人开始喂马，圈养蝴蝶
更多的木头回到生活本身
长出柔软的木耳，烟火升腾

文字里过早写下白发苍苍
一尾鱼的梦想回到佛前
更多的鱼沉下江心，交换秘密
春水漫江时，蝴蝶飞越森林
白云散于辽阔之上，来来往往

女人

喝下十三杯，脸微微发烫
需要一捧冷水，拉近镜中与镜外的距离
鼻翼间的香味，开始流动，顺着水滴找回记忆
鬓边的黑发、白发，星罗棋布
像一张网，那么多昼伏夜出的日子
高跟鞋、裙子、包包、香水、口红……
这些岁月的漏网之鱼，归于时间的河，以及大海
滴答、滴答、滴答……时间准时到达目的地
河面风平浪静，通往辽阔
男人打开家门时，女人挂上新的围裙
一朵粉色的玫瑰在胸前悄然绽放

◎若水

风又吹

草垛，树枝，是风又一次在昨夜搬空后
扔下的骨头

是风它那个邪劲儿上来了
劝不住
将这些草和树，一直往死里吹
一身掉光了奢华
留给人间一片空白
风不怕它的作为
给那些逃到南方过冬的候鸟
留下什么不齿的口舌

风也从来不留情面
将一个皇朝吹得不见影儿，也将一处棚户
一个蚁穴，以及留在纸上的文字
如数吹到

祖父的矮墙

溪头的花开完了，柿子树结着柿子
秋色深了

又见矮墙，一蓬一蓬的蒺藜
风晃动着它
晃动的那些时光影子，明一阵
暗一阵
像一个隐忍之人藏他的身世
我无从知晓

夕阳下，那一个蹲在墙根独自沽酒的人
也不能告诉我
回到他纯粹的少年
回到一个脸色惨白的女人

山门外，风声越来愈远

◎王一萍

路边一棵树

一棵树，独自结果
路是流水，是人间
树身被供养于莲花宝座

其身前，是前进的道路
身后，是后退的悬崖
我们都囿于阳光下的方寸之地

向天借来雨露
脚下的泥土久无灌溉
形式主义的阵地我们共享

果实掩映于枝叶
枝叶被更高的楼阁覆盖
我立于树下，不能从阴影里逃脱

枝条伸向天空

光线从指缝间倾斜
我不能叙说一棵树的隐居史

门前一条河

河是废弃的，水藻满面
码头长满青草，遍地是幸运儿

水面泛着水泡，河底有鱼
正在挣脱一条河的宿命

翠鸟一如往昔
守着无人掌舵的水

杨柳数一数空中的楼阁，垂头
在水面使劲地照镜子

桥头栏杆已毁，一个人
走上去，像自我了断

船破旧，半身倾斜入水
你过码头，跃身上船，救活半条命

◎池新可

铜石岭（组诗）

丹霞之魂

时间是最美的雕刻家，把铜石岭
雕成一幅精美绝伦的油画
它有个诗意的名字：丹霞之魂
铜石岭的每寸肌肤，都是赭红色
岩石和土壤像刚燃烧过，炽热的余温
暖着洞穿的眸光，让人不禁想起
远在天边近在眼前的紫霞仙子
一袭红衣柔情万种顾盼生情
再回首已是万年。青翠欲滴的花草藤蔓
点缀着她的水袖裙裾。崖壁是颧骨
瀑布是前世的眼泪。蓬蓬的松顶
是高高卷起的发髻，风吹不乱
雷轰不倾。滴露的清晨，空旷的黄昏
借助婉转的鸟唱来表达内心的情愫
我知道，她肯定有颗血性而柔软的心脏
默默地泵流着尘世和梦。她永远年轻
赭红色的容颜，历经风霜，依然那么
光芒和芬芳。在世人的心目中，她是
世世代代不老的女神，等待着你
朝思暮想，顶礼膜拜，深情拥抱

北流型铜鼓如是说

铜石岭注定要载入史册，因为它是
北流型铜鼓的铸造遗址。一千多年以前
铜石岭遍布熔炉和作坊，沸腾的铜水
染红了铜石岭。红是血液，红是心脏
红是太阳。智慧的铜艺人，在铜鼓镌刻
太阳纹，象征对日月和生命的崇拜
镌刻青蛙和云雷纹，诠释农事、季节和天气
硕大厚实的铜鼓，用来报警、祭祀、驱
逐猛兽

镇压邪魔。也用作战鼓，俚人部落的首领
发号施令，一面铜鼓就是一柄飘扬的战旗
我看见一匹枣红色的战马，离去的背影
尘土铺天盖地，谁会是最后的赢家？
铜鼓最终只能回到乐器，作生活的咏叹调
丰收，嫁娶，红白喜事，铜鼓锃亮
像一面镜子。它的音律有速度和力度
而且具有神性。随风寻找它的主人
高亢的颤音，从内心喷涌出来的兴奋或哀伤
划破春天夜晚的神韵，千万里荡气回肠
那花一样美妙的音符，在时空的栈道绽放
我知道哪一朵是音乐，哪一朵是永久的记忆

南越王赵佗来到铜石岭

二千多年前的一天，南越王赵佗带着将士，跋山涉水数千里
来到了铜石岭。在此之前，他带兵征伐，所向披靡
来这为了冶炼青铜，铸造兵器。他身披红色的战袍
在黄昏中安营扎寨。乱云飞渡，大鸟扑棱棱归巢
燃起篝火，打开酒桶，他决定犒劳全体将士。然后
他把目光铺在夜色苍茫，全被火光笼罩的铜石岭
把剑深插在地上。这一剑撬开了铜石岭的历史
铜石岭的秘密从此被世人皆知。从那一天开始
宁静的铜石岭变成一个沸腾的工场，炉火遍地蔓延
采矿的，冶炼的，铸造兵器的，浇铸铜鼓的
男的，女的，老的，少的。铜石岭是一片翻腾的海洋
人们在此劳动着，快乐着，舞蹈着，喝酒为乐，击鼓而歌
他们是铜石岭真正的主人，为铜石岭的辉煌默默奉献了
青春，热血和智慧。而铜石岭却没有记住他们，连名字
都没有留下，连一块骸骨都没有留下。他们的血肉和灵魂
早已融入铜石岭的一草一木一土一石一水。他们铸造了
闻名世界的青铜剑和铜鼓，许多精美的生产生活器具
而他们默默无闻。许多年后的一天，我也来到铜石岭
想起南越王赵佗来到铜石岭的时刻。我禁不住捧起足下的
一把褚红色泥土，闻了又闻。我闻到遥远的铜渣气息
还有南越王赵佗的王者气息。那一刹那，我战栗了

◎黄官品

冬去春来花会开（组诗）

大雪催开的花

冬日街头灿若云霞的黄连木
替天下抵挡隆冬豢养肥的大雪
不负人间的蜡梅、山茶、冬樱
依次从枝头，登场
替阴沉的天空，张口发言
倾倒淤积体内的病痛尘埃
置换一棵棵向阳生长的绿色植物
寒风中摇曳倒伏的草木
一路打探春天的信息
惊叫的鸟儿，东奔西跑的白云
在梦中剪裁衔来一派竹松的苍翠
一粒粒种子似的撒向人间
呼啸疾走的风
在墙头，村口，河岸，田野
捣鼓腾挪出一片残雪
小院，阳台，脱下红棉袄的人
倚着门窗的阳光和大寒，攥紧拳头
的呼吸中，颤动在篱笆墙头
的迎春花，赶趟儿似的
也黄了一朵

登山，活捉一场大雪

一片片茂密的大森林，一座座起伏的群山
昨夜密谋，一张大雪的脸
把时空围堵山坳里，借体还魂

越来越深的脚印，越来越模糊的身影
今晨定制，一场白白胖胖的相亲
妄自登山的人，凭空套牢一场大雪的掌声

沟壑，草木，鸟鸣和风的影子
听命一张天网的话语权，活捉一场大雪
的梦
缴械的心，私藏一片白茫茫的声音

除夕

这个冬天的胃口不小，大北风
押着一场铺天盖地的冰雪堵在门口
站在村口的银杏、滇朴、老梨树
依旧在天下让出一个地方
接纳来自天空的一个个无辜肇事现场
乡亲们大声招呼着冲进雪地的娃儿
抓起一团雪白的惊喜，哈出一口仙气
跺跺脚，还一派欢天喜地的样子
房前屋后，张三揭下张飞关公扛着的大刀
李四换上秦琼敬德紧握的铜鞭
一家老少，热气腾腾的年夜饭端出来
父母拱手，除旧的天
儿女作揖，迎新的夜
此时恭候在大门口，火红的爆竹
噼里啪啦像小虎，一个个啸声跃起来
一筷人间，一筷天上
又一碗初春耕种的酒，续上

（2023卷）

评论

主　编　梁晓阳

UNITY PRESS 团结出版社

图书在版编目（CIP）数据

北流文艺. 2023 卷 / 梁晓阳主编. -- 北京 : 团结出版社, 2024. 7

ISBN 978-7-5234-0953-4

Ⅰ. ①北… Ⅱ. ①梁… Ⅲ. ①中国文学-当代文学-作品综合集-北流 Ⅳ. ①I218. 674

中国国家版本馆 CIP 数据核字（2024）第 089378 号

出　　版：团结出版社
（北京市东城区东皇城根南街 84 号　邮编：100006）
电　　话：（010）65228880　65244790
网　　址：www. tjpress. com
E - mail：65244790@ 163. com
出版策划：书香力扬
经　　销：全国新华书店
印　　刷：四川科德彩色数码科技有限公司

开　　本：145mm×210mm　1/32
印　　张：32
字　　数：662 千字
版　　次：2024 年 7 月第 1 版
印　　次：2024 年 7 月第 1 次印刷

书　　号：ISBN 978-7-5234-0953-4
定　　价：200. 00 元（全四册）

《北流文艺》编委会

目 录 Contents

林白：写作让我不断回到一条叫北流的河

张 英

认识林白二十多年了，从她参加黄河考察活动开始，后来《枕黄记》出版，就采访了她。

再后来，一家报纸请我采访了林白和陈染、棉棉，就女性主义和文学为题，访谈发表在《阅读导刊》上，编辑是沈浩波。后来，这篇访谈被沈颢看中，打电话给我，《城市画报》想转载这个访谈。

这次采访，是因为林白新长篇小说《北流》出版。我主持的腾讯好书和阅文探照灯书评人奖的年度好书评选，30多位评委把票的投给了这部小说，《北流》也成为评论家和媒体人连个群体的宠爱，最后双双入选2022年年度十大好书。

《北流》是一部大书，也是林白的第十部长篇小说，也是至今为止最厚的一本长篇小说，更是她过往写作的集大成之作。这是一本以林白故乡北流命名的长篇小说，也是六十多岁的林白，写给故乡的一部历史和记忆之书。

小说主人公李跃豆的个人史，串联起了梁李两家的家族史、北流这座城市的地域史，碎片化的个人记忆折射了历史的横截面，在碎片化的描摹中展现了一幅完整的时代生活图景，深刻详实地映射着几十年里北流背后的时代变迁。

《北流》获得了林白以往作品前所未有的赞誉和好评。

评论家李敬泽称，林白给我们提出了一个很大的题目，这个题目不仅仅在于理解她的这部小说，某种程度上可能也有助于我们理解在此时此刻中国小说面对的新的可能性，现在很多小说看不出什么新的可能性，但是这部小说向我们敞开了一种新的可能性。

评论家梁鸿鹰称，从来没有人像林白这么大规模的实验，方言化是一个方面，方言、辞典、注、疏、书信、自序、独白，她把多种元素大规模的集成引进到小说的文本当中，这个确实令我们叹为观止，这是这部作品突出的特点。

王春林：在我的理解当中，从本质上来说，世界上大概只存在两种作家，一种是写作不那么成熟的作家，一种是思想艺术已经达到了成熟程度的作家。从《一个人的战争》到《北流》，从个体化的存在，最后抵达中国人的存在，最后抵达人类的存在，从地方性的写作，最终抵达世界性的写作，作家彻底打开了自己、打开生活、打开世界，打开了人类的存在。

林白在《北流》当中一种整体化的思维方式的存在。如果离开一种整体性的统摄，那么，一部长篇小说其实是不成立的。林白的天才在于，她把那些碎片巧妙地组合成一个艺术的整体，她有一个整体性的艺术思维统摄自己那么多的生活碎片。

文学是语言的艺术，所以从语言运用的角度来说，方言的写作是一个非常重要的方面。它不只是野生的，不只是充满活力的，不只是鲜活的，刚才贺老曾经强调林白世界观的表达，在我看来，只有借助这个方言才能完整呈现你的世界观，对整个世界、对整个存在，整个人类生活的那种理解和认识。

第三个方面，文体的丰富性、文体的多样性。注、疏、笺、异辞、《李跃豆词典》《西域语大词典》、诗歌……但是这些丰富的文体，比如注和疏、笺、异辞，从表面上看好像是来自于传统，当然跟我们的本土传统有关，但严格说来，却又不仅仅是传统的，当林白把这些征用到《北流》整部长篇小说中时，其实有一种现代性的气质。所以，这种文体的丰富多样既是传统的、本土的，同时又是现代的，是开放的，是指向未来的。

综上所述，《北流》真的不仅是林白个人写作历程当中非常重要的一部长篇小说，即使放在中国当代文学的视野当中，放到整个新世纪20年的长篇小说谱系脉络当中，《北流》同样是一个非常重要的存在。

评论家张清华认为：《北流》是一部大书，是近年长篇小说的重要收获。我简单说三句话，也即阅读的三点印象，第一，这是一部福柯式的“知识考古学”意义上的书，它汇聚了半个多世纪以来中国社会的各种历史符号，从重大历史到日常生活，从全国到地方，各种已经忘记和即将忘记的那些记忆，知识，符号，将它们逐一打捞起来。第二，这是一部汇聚了个人的成长，创伤，苦难与幻灭的生命史，家庭史，它与社会历史的翻覆与变迁互相纠结，映照，投射，构成了一幅斑驳杂陈的当代史，对建构当代中国人的历史与文化记忆，是一个重要的文本。第三，林白依然保有着她的先锋精神，依然在顽强地探索，在担负，包括在文本实验上也仍然不退缩，值得我作为一个忠实的老读者表示由衷的敬意。

65岁的林白，1958年1月，林白出生于广西北流县城的一个家庭。父亲在她三岁时过世，母亲是妇幼保健站的医生，经常出差。

很小的时候，从上小学开始，林白就一个人独自居住。她住的宿舍楼是保健站后面的阁楼，里面堆满了宣传计划生育用的男女生殖器模型，还有人体模具，大腿等肢体器官，乱七八糟堆放在角落里。

“我必须在每天下午五点半前回房间爬上床，否则天黑的时候更可怕，没有人的时候，你会听到各种各样的声音。”很小的时候，她就开始自言自语，和自我对话，沉迷于内心世界，对外界充满恐惧，跟外面的世界没有通道，无法交流。

高中毕业后，当时大学停招，林白离开县城，作为知识青年到农村插队。那段艰苦的日子里，和所有到农村的知识青年一样，她做梦都是离开土地，躲避繁重的农业劳作，回到城市，改变自己的命运。

她开始创作诗歌，也是因为想通过文学改变命运，到处给全国各地报刊投稿，不当农民。很幸运，她投给《广西文艺》的一组诗歌，获得了去南宁改稿的机会。编辑在十首诗歌里，选发了四首诗，这组诗歌最后用的她的本名林白薇发表。

不久，广西电影制片厂招聘的负责人，说看了她的诗，想请她去做编剧。组诗发表不久，林白参加了“文革”后的第一届高考。林白最后被武汉大学图书馆系录取。毕业后，林白分配回广西图书馆工作，重新开始写诗作，笔名林白。

四年后，林白从广西图书馆调到广西电影制片厂工作，也是在这段时间，林白开始从事小说写作。又一个四年后，林白调到北京，在《中国文化报》，先是新闻部记者，后来到副刊当编辑，并开始在小说写作展现自己才华，走红成名。

20世纪90年代，林白开始创作大量小说，是当代中国女性经验最重要的书写者之一。2004年，林白凭借《妇女闲聊录》获得华语文学传媒大奖年度小说家奖。授奖词称：“她多年来的写作实践，一直在为隐秘的经验正名，并为个人生活史在写作中的合法地位提供新的文学证据。”

也是在这一年，经作家李修文举荐，45岁的林白，从北京调到武汉市文联的武汉文学院，成为专业作家，直到2014年退休。

写作上不断变化的林白

女性主义是在女权运动的基础上形成，18世纪末最早在法国产生。它泛指主张性别平等、男女平权的各种文化思潮，后逐渐在英美等国流行起来，20世纪80年代中后期在中国得到广泛传播。它随着时代不断发展，吸收精神分析、解构主义等多种理论，呈现出多元化的特点。它是女性创作的重要理论来源之一，也是当今重要的文学阐释模式之一，是研究女性文学的重要依据。

随着女性主义理论的不断引入，中国文学也渐渐受到影响。20世纪90年代，一批年轻的中国作家开始在小说写作中，引入女性主义的理论和观点。其中，陈染、林白是两位代表性的作家，因个人独特的生活经历及其影响，她们以鲜明的女性意识，创作出一系列书写女性隐秘经验、躯体感受等作品，把创作与女性主义理论的关系向前推进了一步。

由此，“个人化写作”“女性主义”写作，开始成为20世纪90年代中国文坛最注目的文坛现象。作为这个文化现象的代表性作家林白，在当时接连推出《一个人的战争》《守望空心岁月》《说吧，房间》和《回廊之椅》等体现女性主义观念的小说，成为女性写作的旗手。

“那是一个宏大叙事的年代，个人是不被重视的，但我觉得我应该写自己的东西，我写的东西应该是自己感受到的。那时候是开先河，所以也受到很多攻击和争议。”林白回忆说。

她早期的系列长篇小说，向内将女性经验书写到极致，营造出至为热烈而坦荡的个人经验世界，创造出女性写作独特的审美精神，她写出了所有人的青春期，写出了所有人的成长，更写出了女性这个群体的命运。

文学创作往往走在文学研究的前面。

而那些批评林白的评论家，则认为她的作品“沉迷于自我的情感世界和敏感的女性躯体”。但也有评论家辩护：“林白也许是最直接插入女性意识深处的人。她把女性的经验推到极端，从来没有人(至少是很少的人)把女性的隐秘世界揭示得如此彻底”，“营造出了至为热烈而坦荡的个人经验世界……创造出了女性写作独特的审美精神”。

最引发争议的，是小说的自传性色彩。林白的早期的作品，有很浓烈的自传色彩。林白是一个把自我经验用到最大化的作家，在她的小说作品里，可以看到她的人生经历和往昔生活的影子。

没有工作的她，四处求职找工作，接连碰壁。最后失业在家的她，最后写出了更加激烈的长篇小说《说吧，房间》，小说故事很简单：女编辑多米被报社解聘后，离开北京去深圳找工作，与女友南红住在一起。南红向多米叙说她闯荡深圳的曲折经历，而多米则在倾听中不断地回忆自己支离破碎的生活与事业。多米在深圳找工作未果，又重返北京。

在这部小说里，林白写下了“求职的过程是一个人变成老鼠的过程”。多年以后，她这样解读这个作品：“这么说吧，《说吧，房间》中，多米肯定有相当一部分跟我血肉相连。”

2000年，中国青年出版社组织作家“走黄河”，进行文化现场的田野考察，“高度怕人”的林白焦虑不安，最后硬着头皮走出家门，去了黄河两岸行走。几个月坚持下来，沟通能力也不断提升，渐渐地能够跟村庄的老百姓沟通聊天了。

在与复旦大学中文系陈思和的一次对谈中，林白这样谈到她走黄河前后的变化。走黄河之前，林白一想到要应付那么多人，就怕得要命，她很怕人，而走黄河的经验让她俯身去倾听大地上人们的声音。

“那时我去开会，室内都想戴眼镜，这一步老跨不出去。现在没关系，想拍就拍，自己没那么在乎好看啊难看啊，然后就是内心变得明朗了。”

林白文学创作开始大破大立，和以前的小说风格彻底告别。不久，林白丈夫老家湖北浠水的一个亲戚木珍来到北京，在林白家做家务工。这个生命力顽强，见识多广、喜欢热闹的农村妇女，给一直宅在家里写作读书的林白，打开了一个开放、浩瀚的世界。

因为和木珍的家长里短的闲谈，林白的小说开始容纳世间万物的风风雨雨。2003年，林白发表出版了长篇小说《万物花开》，逐渐从封闭、晦暗的个人世界里出走。

“她对我很重要，是天上掉下来给我的，正好因为我走了黄河，我去跟人家农村妇女聊了，我会聊了，正在这个时候，她来了，真的都是天意。”林白根据小云讲述的乡村故事，写出了《妇女闲聊录》。小说《万物花开》里很多素材，也直接来自她。“木珍”每次说起乡下村民打架，打麻将、赌博，办红白喜事待客喝酒，绘声绘色，讲得眉飞色舞。

“早年我觉得文学是第一位，生活第二位。但到了《妇女闲聊录》，我觉得生活是第一位的，文学是第二位的，整个人生观就改变了，身体也好很多，对人、对生命的激发，对生命的滋养，从那个时候慢慢就有了。

《妇女闲聊录》，应该是我的一个转型之作，面对广阔的世界有一种想提升自己作品的愿望。写作《万物花开》，首先是想满足自己。到达一个从未去过的地方，变成一个从未见过的人……原先我小说中的某种女人消失了，她们曾经古怪、神秘、歇斯底里、自怨自艾，也优雅，也魅惑，但现在她们不见了。”林白说。

于是从《妇女闲聊录》开始，林白的作品里，开始有了广阔的天地，山川、河流、大地，不再只书写内心的世界。《妇女闲聊录》带给了林白写作上的自信，文学界高度肯定和赞扬她的转型和尝试。

2004 年，林白凭借《妇女闲聊录》获得华语文学传媒大奖年度小说家奖。授奖词称：“她多年来的写作实践，一直在为隐秘的经验正名，并为个人生活史在写作中的合法地位提供新的文学证据。”林白发现，不知从什么时候起，自己已经是“一个正经的、大家认可的作家了”。

林白发现，不知从什么时候起，自己已经是“一个正经的、大家认可的作家了”。从发表诗歌时被编辑压制开始，到出版成名作《一个人的战争》时引发的争议，背负着“女性作家”的标签，林白一直在矛盾和摇摆之间写作，重复书写着内心一些不能舍弃掉的事物。

文学评论家王德威曾借林白小说名，评价她“仿佛要为千百同辈女子，写下‘一个人的战争’”。而这样的写作方式，在被边缘化多年之后，在 2004 年得到了中肯的评价：“她多年来的写作实践，一直在为隐秘的经验正名，并为个人生活史在写作中的合法地位提供新的文学证据。”

如今，林白认为“女性作家”的标签是一种偏见：自己一方面淡化了女性身份，另一方面内心更加认同这个性别，“越来越觉得女人比男人更有神性，更坚忍更丰饶，觉得女人的可能性比男人更多，是一种神秘的存在”。

在一篇关于林白的著名论文中，学者程光炜形容林白“为多米和海红几乎花费了半生的岁月”——那是她的小说人物。程光炜认为林白小说的自我重复率很高，“这里面一定有某种她无法舍弃的东西，某个她不能忘却的问题，但这里头有幸运，有命运，有其他。”

在后来的《致一九七五》，林白在文体和实验上，又向前大胆迈出了一步。这个上下两部组成的小说，上部是一个散文类似的文本，下部则是一个回忆录的小说叙事文本。林白在小说里表达了一个人时隔 30 多年后返乡时，回望既往岁月时的心情。

而让林白真正完成心理和创作风格蜕变的，是《北去来辞》。《北去来辞》中的主人公海红，也是从广西到北京。书中“圭宁”“玉林”“图书馆”“写诗”“去北京”等经历，都让人感觉与林白的现实经历有相似之处。

新出版的《北流》，则是让林白变成了大作家的阵营。从《一个人的战争》到《北去来辞》再到《北流》，林白穷尽一生都在讲述自己和家族的故事，由于作品背后的大时代与历史变化，她写下自己的故事，还写了母系家族、年代印记、社会情绪与历史走向。

对林白来说，《北流》就是林白版的《呼兰河传》，她给北流撰写的文学地方志，是文学的《北流县志》，其中有地方历史、母系家族故事、一代人的求学插队生活及后续的生活情状，是北流县城的变迁史，也是北流的人物史与生活史。

林白不喜欢给自己的写作生涯分阶段。她认为前期以《一个人的战争》为代表是第一个阶段，《万物花开》和《妇女闲聊录》是第二个阶段，而《北去来辞》是两者的综合，《北流》则是全新的开始。

一颗种子回到萌生的土壤

张英：《北流》这个小说看得我很伤心，小说展开的语言和叙述，让我想起杜拉斯的自传体小说《情人》，电影里开始的女作家，在纸上沙沙沙的写字，电影开头的叙述者的画外音，沧桑、沙哑、伤感、平静，据说是杜拉斯本人的配音。

《北流》也是一部这样的小说，是林白成为一部大作家的小说杰作。在这部小说，能够看到林白很多部的小说的身影，也就是说，这是一部涵盖了林白过去所有小说的小说，是"一部集大成的小说"。

《北流》这部小说，经得起从不同侧面的打量，不管是文体、结构还是语言，时间、故事、人物，社会、历史和故乡，你在这部小说的处理上，行云流水，得心应手，创作上进入成熟期，获得了大自由。

林白：真的吗？大作家林白！听上去多带劲，你这样的专业读者，如此评价，真让人精神抖擞。

和我以前的小说相比，《北流》这部小说的主题和线条要复杂得多，丰富性也够的，像一个个连绵互扣，而且五彩斑斓的九寨沟湖泊，可以从很多不同的角度进入和解读，有很多创作维度和评论分析的角度，它确实有多项的选择。

张英：评论家梁鸿鹰称，"从来没有人像林白这么大规模的实验，方言化是一个方面，方言、辞典、注、疏、书信、自叙、独白，她把多种元素大规模的集成引进到小说的文本当中，这个确实令我们叹为观止，这是这部作品突出的特点。"

林：《北流》这部小说从《十月》杂志上发表，到长江文艺出版社出版图书，我看到了很多评论，不同的角度，不同的解读，异常丰富，也打开了我的眼界，加之还有圈内小说家朋友的反应，上了不少年度榜单，每每出版社发来新消息，我总有宽慰，心里也有些小得意的。确实，在我的长篇小说里，《北流》算得上是"集大成"的代表作吧。当然也可以有别的表述，它与我之前的作品在不同的"时间支流"之中 。

张英：王春林有一个关于《北流》的评论：他说："从《一个人的战争》到《北流》……从本质上来说，世界上大概只存在两种作家，一种是写作不那么成熟的作家，一种是思想艺术已经达到了成熟程度的作家。从《一个人的战争》到《北流》，从个体化的存在，最后抵达中国人的存在，最后抵达人类的存在，从地方性的写作，最终抵达世界性的写作，作家彻底打开了自己、打开生活、打开世界，打开了人类的存在。"

这个论述我非常同意，我觉得王春林比较敏锐。《北流》真的不仅是林白个人写作历程当中非常重要的一部长篇小说，即使放在中国当代文学的视野当中，放到整个新世纪20年的长篇小说谱系脉络当中，《北流》同样是一个非常重要的存在。

你选了一个很大的小说题材，一个行政地名，一个城市乡村的地区，这块土地上漫长历史，社会生活的几十年，几代人的经历和变化。这庞大的叙述，这么多的人物，但在你细腻的笔下，那么多庞杂、丰富的东西都结合得很好。很多人写长篇叙述，很难做到那样栩栩如生的细节，高精度还原生活现实的能力。

林白：嗯，《北流》里的小说人物，大多数有原型，也有少数没有原型的，有个重要人物陈地理其实是没有原型的。人物立体生动，是叙述里有不少鲜活的细节，还有事件，大多都真实发生过，有的是可以在材料上找到的。写的时候就有信心，从容不迫，基本上没有写不出的时候。

自己回头看看，觉得《北流》还是蛮好看的，没有人家说的有那么多的方言障碍，也很容易懂，我选取的都是那些接近白话的方言。其实方言在这本书的正册里的比例，我统计了一下，内容最多占据10%，可能都不到。从阅读的角度说，根本不是一个障碍。

张英：但是这些方言很生动，在标题很分段下面，很像一个个路标，我觉得起到了提示的作用。

林白：对啊，在卷与卷中间作为间隔，有设置的《李跃豆词典》，一开始就有，然后到最后也有，正好包在里头了。能够找到这个结构，我自己还是比较满意的。

小说开头的长诗，发表的时候，是连排的，本来打算单行本的时候分行排列，后来是诗人张执浩提了一个建议，认为连排比较好，与后面下文比较好衔接。后来采取了他的建议。

再有分卷分章那个间隔，在原来在《十月》发的时候，这个间隔、卷前的《李跃豆词典》，有很大的重复比例的。比如说“闪电”，我会不停地出现，闪电叫“眨令”，还有彩虹，我们叫“涟界”。这种比较重要的词，在书中我让它们经常地出现。

我觉得这样的效果很好，但是怎么解释它的好呢？季亚娅（《十月》杂志主编）帮我做了一个解释，它像诗一样，一首很长的诗，结构上有一些重复，就会有音乐感，不断地重复迂回，带来节奏和力量。当然这里指的不是诗，而是一部50多万字、结构上有特点的大长篇。

后来小说单行本，长江文艺出版社的编辑王苏辛认为《李跃豆词典》里的词汇的重复不好，就“词典”而言不像词典，建议我删除那些刻意的重复。我当时就考虑，觉得不重复也可以，所以在小说单行本的时候，就删掉了重复出现的词汇。这样，杂志发表的版本，和小说在文体和结构上，都有一些不同，变成词典没有重复的版本，就是每一段没有重复的词汇，有这样的变化。

张英：《北流》的复杂性和丰富性，是超越你以前所有的小说的。你用“注”“疏”，把很多不相干的事物，连接在一起，我觉得这个创意挺好。

林白：我自己觉得这个结构很绝妙。

首先这个结构是怎么来的？一开始，并不是刻意要在形式上实验，我起先动念不是这样的，而且，《北去来辞》之后，我觉得我就不要再写一部大长篇了，我觉得写得差不多了。

但我完全没有想到，回了一趟北流之后，就有很多很多小说素材，很多小说里的原型人物，自己跳出来跑来找我，特别神奇。让我很刺激很震动，又有了写小说的念头，觉得这些人和事，不写可惜了。而且时过境迁，岁月流逝，很多当事者都不在了，这些记忆和历史都将被遗忘，到最后会全部湮灭。

特别是我老家的那个表哥。——当然《北流》书中，很多人物都是我虚构的，但是重要人物（除个别外）有基本的原型，人物的基本经历是原型经历过的，小说里大量的细节是我虚构的。我表哥自己跑来找我，他给了我厚厚一沓年轻时给恋人的信。有13万字，我最多用了2000字，他就把这些素材都给我，还有写给别人的信，还跟我讲他的经历，这些底层的人们，真实的生活，情感与命运，遭遇到的一切，那些艰难坎坷和辛酸，在正常日子里难以碰到的东西，对我有触动吧，有一种激发。

这些写作的素材，都是自己跑来找我。我觉得还是要写一写，不管是不是年纪大了，财务自由了，还是要写点东西，否则人生就太空虚了。不动脑，再说也容易得老年痴呆对吧。

自己喜欢写东西，如果长期没东西写，整个人会比较闷，就不太兴奋。我还是愿意写的。所以《北流》，不是为了写成一个作品而写，是我内心有一种激荡吧，所谓生命的热情，可以这么说。

张英：小说叙述人是现在时的，也就是现实中的作家，她去香港，去别的哪里，也变成了小说的某些部分，有点像元小说了。“我”和描写的场景，产生一种奇妙的对应，成为结构里的结构。

林白：香港这部分是很重要、很重要的。香港相当一个开关阀，为什么会产生这部小说？为什么小说出来就有一个《李跃豆词典》，有粤语这些东西？因为我去了香港当访问学者，香港语言的等级对我产生了很大冲击。

我前面写的很多稿，香港哪部分内容，都是放在前面的，结果后来小说要发表了，我自己换了，我觉得从当代、从现实切入也可以，但后来出书的时候，我还是觉得这个开关阀应该放在前面。《北流》的试读本，你看了没？香港内容就是放在前面的，结果到快印的时候，出版社觉得香港这部分内容很敏感，坚决要调到后面，好吧。但这样的话，会有点不好进入。

张英：你说，《北流》里的《李跃豆词典》，和你的香港生活经历有关。

林白：我从2013年年底开始动笔写《北流》。2016年10月份，我不是到香港浸会大学作家工作坊了吗？工作生活了一段时间，又有了香港的写作素材。比如日常生活里香港的语言等级，对我冲击非常直接。到香港生活你不懂英语，根本就不能处在一个正常的序列里，香港的语言有很多等级。

还有粤语，也有等级区别。香港粤语跟我们广西粤语不一样，我们那个叫“勾漏片”，粤语在语言学上有很多分支的，我们这个叫“勾漏片”粤语，基本上是广东乡下话，在香港，普通话又在广东乡下话之下，在香港讲普通话，人家觉得你是“北佬”“北妹”。我去一个集市买马油，那个卖马油的大妈，听我讲粤语就说，哎呀，你是台湾来的。因为我粤语不标准嘛，但如果我讲普通话，她肯定就没有亲切感，跟我有隔膜，有戒心；但是我讲一口粤语，虽然不够准，她就认为是台湾来的，跟她心理上比较亲近，对我的态度马上就不一样了。我在香港去买任何东西，都是讲粤语。这个冲击对我挺大的，然后回头来再写，《李跃豆词典》就出现了。

张英：《北流》的小说结构，是怎样一步步变成后面的样子的？

林白：这个小说我写了好几年，有很多想法冲击我，越来越庞杂，不同的维度，环境地理，风俗传统，语言的刺激，人物不断的跳出来。我要处理那么多素材，还有很多东西要写。《北流》原来的小说结构叫“降落伞”，还叫过“巨象”，还有叫《李跃豆外省书》，还叫《简繁志》，后面还有《织字》《织字九章》。

《北流》我写过很多很多稿，写了十稿才拿出来。我觉得我写的那些东西，都不能汇聚到一起，包括很多闲聊的东西，各种阶层的人的闲聊，主要是底层人，像我初中小学同学那种社会阶层的，还有保姆啊，工厂的女工等等这种阶层的闲聊，这些东西是我们时代的声息，我认为很有必要放进小说，但是始终没放进，后来我想我搞一个“气根”吧，就是一个东西，有支线，有分叉的，像南方的榕树。榕树有气根，这一稿就叫作“气根版”。写得很庞大，后来也觉得不对。

后来有个朋友说，你干脆叫“北流注”，相当于你写的所有东西是对“北流”的注释，北流也不仅仅是实际的那个北流。它包括实际的北流，同时也是精神的北流，同时它还是一条河，它是一个很丰富的概念。然后我马上就觉得行了，“注”“疏”“笺”，闲聊录在小说里，我设置了“时笺”这个名目。就都放进去了。哇，一下子就觉得特别合适，特别舒服。

现在回想起来，为什么会有“注、疏、笺”这个结构？其实我有一个种子，但是自己没有觉察嘛。我是图书馆学系毕业的，我们有一门课叫古籍整理，有一门叫古代文献编目。这是我们图书馆学中，我觉得比较有学问、比较扎实的一门课。我们的老师要求也挺严格的，考他的试是最难考的，我只考了六十多分，勉强及格。

那么多年也没摸，觉得忘了。古籍那些东西，什么宋刻版啊，善本、珍本等等各种版啊，他们怎么排列呀，怎么编目啊，那些我们课程都有的，《十三经注疏》，十三本经名，我们都得背的。所以，“注、疏、笺”，我是很知道的。疏就是“注”的注，然后“笺”也是。

我忽然想到，通过“注疏笺”这种结构，舒服地把所有内容聚集到一起，实际上是为了找到一个更加真实、更加能自我认同的东西。

张英：我觉得特别好的是，《北流》这个书真的是像一本林白的写作总结。为什么呢？你用过的所有文体，很多小说的人物，全在里头，有脉络可循，就像一个集大成作品。

人青春年少的时候，就是到世界上去，离开我的卧室，离开我的小家到我的大学，到更广阔的世界去，其中都有“我”在里头。当你要描写一个世界，一块小天地、小宇宙，那才是挑战。在这个意义上讲，《北流》就是一个完整的世界。

林白：我觉得它是多主题的。是一个很多维度的小说。你要通过这作品论什么，好像都能够在这里找到，女性也有，历史也有，宗教也有，谈个人也有，谈世界也有，谈方言也有，人的各种生存方式啊，什么的其实都有。

光小说里使用的语言，都有很多层次。一部长篇一般是一种语言嘛，《北流》里面不是一种语言，既有青春时代那种先锋的、锐利的语言，也有之前时代的语言风格，又有很平实的语言，又有比较清淡的、古雅的文风，还有未来的语言，还有诗的语言。所以这部小说的语言是有丰富性的，我自己能说出来的语言起码有五种。

回头读这个小说，我觉得还是不错的，但是如果这部小说晚一点出来，可能会更丰富一点，因为它的文本，其实还是可以加很多东西的。现在书已经出来了，那就算了，就把它忘掉啊。2021年10月份刚发表的时候，有一些大媒体找我做访谈，我都不想谈。刚写完很累，根本不想谈，就都回绝了。

一棵树回到了出发的故乡

张英：我觉得最让人感动的是什么呢，《北流》是一个多年在外的游子，写给故乡的情书，如同是一颗种子回到了自己的土壤，对不对？

林白：哎，你这个说法有点妙的，这话有点诗性呢，你是不是写过诗啊？

对我来说，《北流》确实就是这么一个东西。对别人是什么，我不清楚，对我来说确实一个小世界，一个逝去的故乡，当然它也是当下的中国。

它是一个游走在外，看似若即若离的游子，在几十年以后，一件既是给故乡、也是给自己的礼物。

你这个说法，做我们这个访谈的题目，我都觉得很好。

张英：我为什么感动呢？阅读小说的感觉，唤醒了我很多遗忘的经验。人生过半，当我回到故乡，再见我的同学，亲戚朋友，其实每个人的处境，生活都在急剧的发生变化，都在不断远离故乡。

因为你离开故乡，到外地上学、工作、结婚、生孩子、找工作，实际上是在不断地遗忘。你把你以前的记忆封闭了，好像一个贝壳，过去的世界像虫子一样被包裹进去了，你以为你忘掉了。而这个发现和遗忘一定是要在你50岁、60岁的时候。

林白：就是这样！写故乡的小说，你年纪太轻不行，年纪太轻，没有时间的厚度和褶皱，不太能“哗一下”激发起很多东西。

只有当人过六十，故乡和人和事，不断的告别、不断的流失，你的经历你的人生，许多经历的见证人，都不见了，你会陷入怅惘和怀疑，那些一起走过的路，经历过的历史，生命里的事件，好像都跟着那些人的离开消失了。你的记忆和情感上出现了巨大的真空，好像那些往昔经历的东西，根本就不存在。

那些人生的经历，随着事件流逝，人的年龄越来越大，慢慢会丢失这些记忆和认识的片段，如果不写下来，会逐渐遗忘掉。我很庆幸自己，在这个年纪，为了北流以及我所知道的一切，写了这么一本书。

张英：人生就是到了你这个年纪，你故乡的味觉会突然回来，就只有在这个时候能写出来。当你回故乡，激活你的人生记忆，很多童年、少年的经历和记忆，原本被遗忘，物是人非，几十年以后，遗忘某个契机，某个人或者某件事，像黑夜里的萤火虫，微光照耀你的内心柔软的地方，激活了潜藏在你心里的那些疼痛和记忆。

杜拉斯写《情人》是这样，《北流》也是这样。为什么我读的时候特别感动，我突然想起杜拉斯写的那个场景，用一个很慢的声音的调子进入小说，进入她的少女时代，她的青春疼痛，某种意义上说，这部小说《北流》也是一个漫长的告别。

鲁迅回到故乡绍兴，再见老年闰土，五味杂陈，很多时候，隔着时空的沧海桑田，不知道说什么。闰土没讲他的一辈子，他看到的就是那个结果。《北流》也是这样，这种对故乡山河故人的回望和造访，巨大的沉默和巨大的时间在里头隔离，造成了一种回望的效果。当这种调子变成了一个小说，它就一定非常的结实。

林白：嗯！讲得很好，你单独写一篇文章算了。你看，我在写《北流》的过程中，就有很多人物原型不停地去世，到现在去世的有五六个了。一些有名有姓的人物，慢慢就没了。我写的那个表哥，书写出来，想给他一本，我给他发微信，他已经都不回了。后来就说他病了，我又托我的老师，老师让学生给了他一本书《北流》，我估计他的身体情况也不是很好。然后什么我老家的姨婆、大姨母，好多亲戚，还有韦医生和她女儿，还有泽红父母等等，六七个都是有的。是你说的“漫长的告别”。从这个角度看，《北流》很有必要写的，如果不写多少东西就消散了，是不是？

张英：《北流》这部小说就是林白的伤心之旅。为什么呢？一个人在六十岁以后，回到故乡，表哥给你看他当年的情书，让你想起很多事情，你再去寻找当年的同事、玩伴，重访很多年不造访的人，想去和那些当年的朋友见面，人越来越老，老朋友都是见一面少一面，或则会最后不会再见了。

故乡就是很多时候你想逃离，躲开它，嗯，但是最后发现，你的成长，你的人生满意背后的密码，所有都来自它。

林白：那肯定，最后我终于明白了，我书名叫《北流》，北流就是我的本质啊，我不知道啊以前。啊，什么女性主义小说啊，什么新状态、城市小说，这个那个，我自己写了十部长篇，《北流》是第十部，还不算《枕黄记》，《枕黄记》算游记。

然后写到这第十部长篇小说，我忽然明白，原来最后我要写这么一部作品，原来北流是我的本质，我人生的初始，种种古怪懵懂蛮力，都从北流开始，我最后才明白，到我六十多岁的时候，才明白。

张英：非常好。六十多岁的这个时候，林白终于为故乡，也为你自己的人生，写了这么一个小说。小说是一个巨大的容器，如此庞大的一个空间，有点儿像量子世界，繁复迂回，千转百回，人生与历史，时间和命运，各种细节纠缠在一起。当年你的小朋友、你的经历、你的眼泪、你的伤心、你的亲人，还有这个地方的风俗人情，气味和食物，世间万物都交叉在一起。

林白：对，这些元素和叙述互相纠缠在一起，有时候很神奇的。我一开始就想写当年几个小伙伴的人生故事嘛，这部小说就是时间的礼物，一直写到最后，小说里的人物原型，他们跑到北京来了。当时是 2021 年，我已经都写完了《北流》，第十稿已经写完了，那年夏天 7 月份，她们两人报了一个到内蒙古去玩的旅游团，一个是吕觉悟，一个是泽红。

吕觉悟是我幼儿园的同班同学，后来又变成我沙街上隔一道墙的邻居。我们家是一个妇幼保健站，她们家是盐仓，就隔一墙，她又是邻居又是同学。小学我们又是同班，初中又是同班，高中不同班，然后很长一段时间都不怎么联系的，后来又联系上了。她们来北京看升国旗，中国偏远地方的老百姓，就是有这种爱国情怀。

吕觉悟跑来北京，还有泽红，泽红是什么人呢？我妈怀我的时候，和她妈妈怀她的时候，是一起的住的同一个宿舍。我们两个人都是在 1958 年生的。在婴儿时期，她妈妈背着她，我妈妈背着我，她们一起去参加大炼钢铁的工作，我在我妈肚子里，她在她妈肚子里，开批判大会，是跟她一起，大炼钢铁，又是跟她一起。这经历也是很神奇的。

2017 年那次我回去，去看泽红家，她父母还活着。那次，她妈妈突然讲起来，她怀泽红的时候，一天吃两个鸡蛋。我妈妈说她怀我的时候就吃红薯。所以泽红的身体好，我身体很差嘛。

“住在隔篱邻舍”，她妈妈说，“我们大肚子还去开批判大会呢”。我就问她是开什么批判大会啊，在哪儿开？她说，就是批判你爸爸。我才第一次知道，我妈怀我的时候，就开了我爸的批判大会，我妈没办法肯定得去嘛，她是医院里的员工嘛，我才第一次知道居然还有这么神奇的一个事情。我见了他们不久后，她父母就去世了。

我上小学了，跟吕觉悟是邻居，到了初中，我又跟泽红在医院宿舍是邻居。到了初中，我们三个人同班，就这么一个关系。到了 2021 年 7 月份，她们俩报了一个团到内蒙古去旅游，中间路过北京看天安门升旗，然后就来我家里看我了。

我那时候刚写完《北流》，身体有点差。这个遭遇太神奇了，时间给了我一个我们的结局，但是我没有放在小说结局部分，我放在了聊天的部分，等于为小说注入了一个时间上的东西。我觉得这是时间的礼物，太神奇了。

张英：所以你写了十部长篇小说，在《北流》里这部小说就来了一个集大成。你完整地把你眼里六十多年的北流，全部写到小说里头了，这么长的时间宽度，有这么大的一个容量的小说。

林白：还不光是我，还有别人。我表哥，新中国成立前他父亲是国民党县长，到了解放初，因为革命和战争，家里人口少了很多。还有我小伙伴们的父亲，都是很复杂的。吕觉悟的父亲在香港，吕觉悟的奶奶有一半德国血统，到了她是 1/8 德国血统。泽红的爸爸也是右派，小说中对这两个人的父亲也有叙述，使小说内容变得很丰富、很立体。

你如果不跟我讲，我也忘了这些，就是关于《北流》的时间跨度，其实不止 60 年。我本来不打算再写长篇小说的，后来所有的素材来找我，我就不停地想把它们放进去，但不够自然，很生硬，始终放不进去。一直到最后找到“注、疏、笺”这个结构，我终于把我要放进去的东西安顿下来了。那些日常闲聊的东西，放在时间那里头啊，去香港的、去云南滇中的，放在“疏”，放在火车笔记，然后回到北流的人放在“注”。这样，就舒服了，通了，安顿好了。我就觉得很愉快。自己也踏实了，很安稳，心很安了。

写完《北去来辞》，我觉得它肯定是我最后一部长篇了，四十多万字，那么长，我觉得已经够了。结果后来《北流》来找我了，都是小说素材来找我，也是很奇怪的，我不得不写。

小说的结构和声音

张英：我们在评“腾讯好书”和“探照灯”年度书单的时候，大家一致把你列为第一名，文学类我们评 10 本，小说有 5 本。我们的评委史航、朱学东，潘凯雄、王春林都是读书人，一人一票，大家都在你的小说里，找到了一个自己认为好的妙处，认为应该给《北流》一票。

林白：太难得了。评委们有自己心仪的

作品，谁知道他们选哪个，对吧？很难说。

张英：在《北流》研讨会上，每个评委也是从不同角度，对作品做出了自己的解读。李敬泽后来做总结，这个小说展开了一种新的可能性，面向未来的。“某种程度上可能也有助于我们理解在此时此刻中国小说面对的新的可能性，现在很多小说看不出什么新的可能性，但是《北流》这部小说向我们敞开了一种新的可能性。”

有评论说《北流》是林白版的《呼兰河传》。我想，萧红决定在她死之前写《呼兰河传》，其实也是穷途末路，在香港回望东北的故乡。

林白：《北流》是有现代性和当下性的小说，我自己确信。我也是希望它有冲击力的，所以我是这么处理文体与结构的。

萧红是在香港写《呼兰河传》的，非常非常好。《呼兰河传》我是1979年在武汉大学珞珈山书店买到的，那时候在国内算很早了，1毛9，薄薄的一本，我当时很震惊。

张爱玲的作品我是很晚接触的，1986年、1987年我才看张爱玲。但是1979年我就看了萧红，我是非常喜欢《呼兰河传》。那绝对是极其击中我的一种语言。她很击打我的，第一行的句子我就觉得很好。

张英：所以这个结构就非常好啊。小说的结构又来自你大学学的专业。

林白：就是太神奇了。武汉大学毕业这么多年，我不碰图书馆学，我也把它忘了。大学的时候，我非常不甘心学图书馆学的，也不好好学，考试考六十多分就拉倒了，没想到到了晚年，到了六十多岁，它帮了我大忙。然后，很多东西都因为这个结构和文体，都浮出来了。

我们那个老师，我也很多年没想起他了。现在想起教我们古籍整理的廖延唐老师，他后来调到湖北十堰去了。他腿不太方便的。大学班群里有同学记性好，还记得40多年前廖师出的古籍整理考试题，著录宋版书，作者是：濠、舒二州刺史佩紫金鱼袋独孤及。问的是，著者的身份，姓和名三种。古籍我们很生，更没想到古人还有挂彩色袋子以区别身份及显示皇上恩宠。而且，谁知道独孤是姓呢。于是有同学著录作者：“鱼袋独，字孤及”。出了“字孤及”笑话的，我好像亦在其中。我们根本都没想到还有配金鱼袋的，这是皇上的恩宠，皇上赏你一个金鱼袋相当于一个奖状，可以挂在身上，表示你的身份。我孤陋寡闻，我哪里知道？我们班里面有个把人答对了，可能还没到1/3的人。这题出来，我们笑得要命，根本就答不出来，然后就变成了一个笑话，我肯定毫无疑问没答对嘛。

有同学回忆起廖师讲课提到皇帝的妃子，他说“皇帝的爱人”。而讲世界历史的张继平老师，把奴隶社会的女奴隶说成"奴隶社会的女同志"，可见80年代初思想的禁锢，妃子和女奴这样的词老师还不敢用。那时班上有个小组研究陈独秀，但最后改成研究李大钊了。我也才知，陈独秀竟然敏感。

我印象很深，有的同学都还记得当时的题目。要考廖老师的研究生，你还得去上金克木的弟子萧蓮父的佛教历史课，要上很多专门课程才能去考他的研究生。而这些冷僻的专业知识，我当时是完全没有兴趣的。

我当时就想着文学，写一篇东西在哪里发，在什么《青春》杂志发，那就很牛了。当时满脑子是这个念想，根本不喜欢图书馆学系，不喜欢专业课，大学毕业以后到广西图书馆待了四年，也觉得工作无趣，蛮烦的，一天到晚就写诗。

哪里想到，到了六十多岁，以前的这个种子忽然发了个芽。所以人生很多事情，早年的时候你不知道是好还是坏的，现在发现图书馆学帮了我一个很大的忙。对，它对我作品的结构，对我认识这个世界是有用处的。如果没有这样一个手段，你就很难把这些纷繁的东西把它们一一安顿得很舒服，放在一个结构里。

本来没有“时笺”这部分的。我怎么都想把 2020 年的闲聊放进小说里头，但怎么都放不进去，但放不进去我怎么都不甘心。反反复复改，我觉得我一定要加上去，变成细根，变成枝子，都不舒服。

张英：小说叙述人是现在时的，也就是现实中的作家，她去香港，去别的哪里，也变成了小说的某些部分，有点像元小说了。“我”和描写的场景，产生一种奇妙的对应，成为结构里的结构。

林白：香港这部分是很重要、很重要的。香港相当一个开关阀，为什么会产生这部小说？为什么小说出来就有一个《李跃豆词典》，有粤语这些东西？因为我去了香港当访问学者，香港语言的等级对我产生了很大冲击。

我前面写的很多稿，香港哪部分内容，都是放在前面的，结果后来小说要发表了，我自己换了，我觉得从当代、从现实切入也可以，但后来出书的时候，我还是觉得这个开关阀应该放在前面。《北流》的试读本，你看了没？香港内容就是放在前面的，结果到快印的时候，出版社觉得香港这部分内容很敏感，坚决要调到后面，好吧。但这样的话，不好进入。

张英:《北流》小说里的各色人等的声音，那些不同身份的人的闲聊录，也很生动，如同菜市场路口的人间烟火，有了这些人的闲聊，从美学上来讲，为这个小说注入了元气。

林白：就是啊，是很重要的元气。只要把这部分弄进去了我就妥了。所以归根到底就是结构的问题，长篇小说结构、立意重要。按理说，语言也很重要，但是没有一个结构，你怎么统辖这些不同的语言呢？五六种语言：诗性的，年轻、先锋、犀利的，五六十年代的，晚年比较平实的、清淡的、古雅的……各种语言，你怎么统摄进去呢？

如果没有这个结构，我的闲聊部分怎么安插进去呢？硬加上去，那就不是个成熟的东西。

张英：所以《北流》的结构是开放的广场，放射的网和道路，致无尽的故乡，因为它形成了不同进入的可能性，在结构领域。在写作的野心上，小说同时又是林白书写如今这个时代的正面强攻。

林白：是，我从来没这么写过如此多的人，叠加了七八个十年，如此多时代，包括 60 年代、70 年代、80 年代、90 年代，直到 2020 年，你看那个表哥，还有我虚构出来的和表哥的一块长大的人，当作对比嘛，一个是被时代推上去的，一个是表哥这样被时代打下去的，在两个人之间形成对比。我是蛮得意的。

你很会聊天，本来《北流》我已经写完了，我就不管它了，很多东西我已经淡忘了，结果你一聊把我给勾起来了。《北流》不光是写故乡，对吧？讲故乡的话，就有点窄。

当然也是，但也不仅仅是。你看，就这部分“时笺”，这部分很难放进去的，如果没有一个“笺”，它都进不去。然后我加了一个“时”，叫“时笺”，就是现在的。

“时笺”东西很多，但是很多都删掉了，其实有些东西还蛮精彩的。包括湖北的木珍给我讲的大量农村的事情，我们都觉得匪夷所思，但它们就是真的。所以知识分子写农村我都觉得很可疑，根本不是那么回事儿。光“时笺”就删了两万多字。“世界革命”，中间连着四页删了。很可惜。我八九年的心血之作，还是先出来再说。

张英：你这个小说就是变戏法。方言词典、著书、书信、自述、独白……这么大规模的集成在文本里头就那么贴切。这个是非常有意思的。

小说的文体结构很有意思，中国古人买一幅得意的画，不同的收藏者都要写两句评语，皇帝也要盖一个自己的印章上去。中国古人对书法也是这样的。你看那些著名的画，都有一堆收藏者的印章在上面，就是太喜欢那个东西了，就想把自己放进去。《红楼梦》的批文也是的呀，不管是什么程乙本、程丁本都是这样的，也有很多批注，包括那个号称是曹雪芹知己的脂砚斋还要再解读。

林白：中国文章有这个传统。注、疏、时笺，包括“异辞”，这种形式，是从传统里来的。

张英：以前看戏，很多观众在台下座位上观看，最便宜的卡座是在舞台两侧，价格最贵是舞台二楼的小包厢，他们在那里喝茶看戏。两侧的观众看戏的角度最有意思，舞台里外演员进出都能看得见，演员在舞台进进出出的时候，在上面演完戏，台还跟两侧的观众打个招呼，普通观众是只能坐台下观看的。

林白：这个很有意思，这个戏剧表演的立体空间，应该就是一个小说结构。他们之间的互动穿插，甚至纠缠，就在同一时空里构成一种结构。

张英：是的，构成一种结构。更早一些年头的时候，观众、演员相互之间互动，他们登台之前或者结束表演下台，可以到观众之间聊天儿，起到串场的作用，好比央视春晚，表演的大舞台重要节目布景、换场需要时间，台上的演员就跑到台下观众边，读诗或者把表演相声，猜谜送礼物。

林白：我觉得这个很精彩。因为如果小说仅仅是一个单线索的话，就单一、单调了。只有在互相穿插，左边也有穿插，右边也有穿插，前面也有穿插，这个时候才是最立体的，最丰富的，最复杂的，也是一个多向多维的，这样才带劲啊。

张英：你以前的小说，一个个碎片中能看到很多闪光，从《玻璃虫》开始的，一直到《北流》，你终于把它们集成了一个完整的图景。你把那些碎片巧妙地组合成一个艺术的整体，一颗一颗星星，组成了一幅星图。

你不太喜欢“碎片化”这个词，但是我觉得它是一种本事。这么庞大的主题，庞杂的事物，时间和空间的转换，被你特别细腻编织下来。当你把它组在一起，它形成了溪流、湖泊、甚至是江水，然后顺水而下，最后形成了汪洋大海，小说整体的丰富性出来了。

哪怕你的细节碎片是一滴一滴水，它可以折射天上的云朵和星空。这个湖泊能映照天上的星星，同时湖泊也在地上啊。然后，天、地、人，它就在你的世界里头了。

林白：你说的完全就是诗啊，视野深广，有天地宇宙观的感觉在里头。一滴滴水组成了湖泊，这个蛮好，这个我接受的。

我不希望太强调碎片。当然有的评论家，他觉得碎片，就是这个时代的样貌。但是我觉得还是不要过分强调碎片，特别是《北流》这个作品，它是有整体性的，有整全性的。我自己不愿意过分强调碎片。

如果仅仅强调碎片化，我是不接受的，因为我的小说不仅仅是碎片化，碎片只是其中的一种东西，它最后要汇聚成一个整全的东西，最后要跟星空、云彩交融起来。

张英：再说人与植物这两个关键词。陈思和教授当年在《作家》杂志写你的评论，他写到你和南方的关系，就提到你和植物的关系，南方的雨季，植物的生长摇曳多姿，如同那些带着尖帽子在湿热的天气里，顽强、沉默的辛勤劳作的女人。

《北流》这部小说里的长诗《植物志》，你把它放到了小说的开头，算是最重要的位置，你的意图是什么？

林白：我最愿意讲《植物志》了，《植物志》我自己是很得意的，我几十年写诗，到目前为止最得意的作品。它完全是一种从天而降的感觉。写得很快的，我有手稿，手稿是一天之内写出来的。

前一天四五点开始写的，晚上该睡觉睡觉，第二天早上起来接着写，到下午四五点，正好一个对时写完了。哗哗哗，写得很快的。《植物志》写好，后来就给了《人民文学》杂志。最后《人民文学》才发了个节选，如果发全诗就好了。

2021年欧阳江河出了个长诗集，《人民文学》也是选了一个节选，但是节选也蛮好的，毕竟是一首长诗，好像是20首。

张英：你现在练习书法了，将来应该把它写成一个长卷，像书法作品一样的，以后参加艺术展去。

林白：我抄了一个。这个字不够好，以后我的字可能会好一点。20首原来是分行排列的，确实太多了。张执浩建议，放到小说前面发表的话，还是连排比较好。如果是竖排，或者分 行排，对读者来说是障碍。我觉得连排蛮好，跟后面过渡比较自然。

张英：你写的植物和小说人物的命运形成了对应，也是人物命运的象征，非常有意思。这也是中国古典文学的一个传统啊。植物的隐喻和象征，是非常好的。

林白：这首诗作为开篇，我觉得从传统和现代感来说，作为开篇更好，有现代性的体现。姑且这样说吧

我是不断往前走的人

张英：20世纪90年代，文学坠入谷底，先锋实验穷途末路，大家很难再写那种以前的小说了。批评界的借口是，那些实验文本里，故事死了，人物也死了，连语言也死了，你们作家连对话都写不好了。后来一些作家们向写实性回归，写故事，刻画人物，写对白。

但是到了全球化时期，被现代艺术培养的读者们，其实也很讨厌那种简单的叙述、线条单一的故事，他们愿意看到更多有艺术个性，一种打破常规又有新发现和突破的作品。故事和文体实验其实并不是绝对对立和冲突的。

林白：我觉得不行，如果那些优秀的作家，放弃自己的特长，光这样要回到故事，回到传统的现实主义的写作手法，也不是一

条好路。现在的读者，不要看原来那种传统手法的现实主义故事了。你要在小说里，给他一种新的东西，一种大于小说的东西。现在小说是越写越小了，我觉得越写越小是不行的。一回到原来的写法，我觉得又要变死了。

小说当然应该是更广阔的文本。但我觉得更理想的文本直接就应该叫长篇作品了，能容纳一切虚构和非虚构，随笔蔓洇的随笔，突如其来的描述、一些思绪、人物、少量故事、诗歌、戏剧，各种因素。小说应该是超越小说的东西，比小说更自由，比人生更丰饶。

张英：我觉得《北流》的尝试特别好。你的小说一直是属于当代性的写作，全球化的写作视野。你的十部长篇小说，放到一起，能够看到你的进步和成长，你试图让每一步小说，变得与众不同。

我们学到那么多西方的小说叙事，文体技巧和结构方法，要把它变成独特的小说。这种特有的讲故事的文体，用写人物的，写世界历史的，把它包起来。每个故事说书人要有方法呀。以前的“三言二拍”，无论是袁阔成，还是刘兰芳、田连元，大家都有自己诀窍的。大家道具都是一样的，茶馆的人像坐流水席，为什么有人能火？人家都有诀窍的。说书人有招法，这个招法才是我们作家、小说家的本事，对吧？

林白：是，每个人一定得有自己不一样的东西，有创造性的东西。你的这个观察我是同意的，认可。我认为自己写作上是在不断成长，不断开拓的。而且我要把身体照管好，下面的写作，才能有成长空间。

张英：我记得我在复旦读书的时候，陈思和老师写了一篇关于你作品的评论。陈思和评你的中篇小说，说你的作品充满了巫性和神秘主义，好像“广西热带雨林充裕地成长”，情感饱满细节丰富，小说语言是清晰和明亮，优雅从容不迫，有音乐的回旋，叙述却是往内收的。

林白：我觉得巫这种东西是一个超越哲学的综合体，是另一个系统，是文明的另一脉络，正如女性文学是文学的另一脉络。

我向来是没有什么自信的。说句不太好听的，我是凭天性写作，凭蛮力写作的，凭一种人生的力气写作的；那种理性地去汲取世界文学宝库的精华，然后自己很理性地构造一个东西，在这个方面我还是比较缺乏的。

我更多是凭野生的、野蛮的力量。我有一种野蛮的、原始的力量，可能跟我在边地成长也是有一定关系的。比如说我跟谁谁谁有什么不一样，我的本质就是一个边地、边陲的人，肯定有一种边地的莽撞、有不够规范的东西。

张英：但是不规范有时候它就是美呀。

林白：现在我知道不规范是好的，而且现在我还专门去追求一下“不太规范”。特别是语言文字，什么主语、状语、定语、宾语，如果一句话语法上很结构很完整，那肯定是很差的，一点都不生动，对吧？

张英：这句话可以这么说。一个有天赋的人，他一定会打破原来的常规，而没有天赋的人，他的写作全靠知识、靠训练，靠每天写，他能达到精准，但是不能给你刺激和惊喜。

林白：这个我基本上是认同的。你说精准，我觉得对人的生命力的表现和别人阅读时候得到的生命力的唤起，光是精准是不够的。

张英：韩东说“诗到语言止”，这个经验也可以用在小说写作上。你天生是一个好的小说家，很多小说家，红极一时，语言是过不了关的。好小说的人物语言生动，叙事语言有穿透力，描述的世界，必定有美术的精准，音乐的节奏回旋。

重读你在20世纪90年代的那一系列的小说，我就觉得林白是有小说家天赋的。

林白：自己也不知道天不天赋的，愿意写，就是愿意写下去。我不是说我必须要怎么样，但是我就很愿意写，因内心有很多激荡，我愿意把这些东西表现出来。你说的很好，你把你说的多写一点进去，我少说一点。

张英：因为我们在做访谈，你是主角，我要引你说话，所以我一般会多说，但是整理的时候，我要把自己藏起来。

林白：我还是希望你多说一点。

张英；我是做一个路标，在大众和学术之间做一个桥梁，把作家的作品介绍给大众。

林白：大众还是需要引导的，你不说大众不知道的，不过现在读者水平比较高了。

张英：那当然。这些年来，中国的那么多大学扩招，都是文科专业，中文系培养的专业读者，数量和质量，比以前的读者好太多了。几乎每一个地级市的学院，都有中文系。

林白：读者的文化水平也在不断提升，和作家的创作一起成长，读者的艺术素质比以前好太多。你看一些互联网的文学网站，什么豆瓣、微博，微信上的读者啊，都很专业，观点鲜明，什么角度读作品的人都有，而且能够自圆其说，评价和结论，都有自己的角度。

张英：中国的大学专业设置，不是按市场经济就业导向办学的，而是计划经济的，所以庞大的中文系，为文学培养了一群很好的纯文学读者，这是全世界都没有的。

林白：是吧？而且这些读者读了就要表达一下，他们表达得很好。怪不得现在读者水平那么高，你随便看看豆瓣的读者评论，都讲得很好。

张英：现在的文学读者是互联网背景下成长起来的一代，全球化时代社会里的数字公民，就像你女儿这代人，她们什么都见过，所以知道你的存在，知道你作品好在哪儿。

林白：是，我家马林也知道这个《北流》是很洋气的，很现代的，她复旦大学文学硕士毕业，虽然也不是那么地了解小说背后的社会与历史，但是她有现代文学的训练，这方面叙事的熏陶，很容易明白咱们进入、阅读这个作品，她熟悉小说创作上的艺术性和表达手法。她在人民文学出版社工作，当编辑，每天都在阅读文学作品，自己也慢慢开始写小说了。

张英：马林未必知道你成长时期在故乡吃的苦头，未必知道那个残酷的年代里历史和政治对人的压迫，因为那个是需要人亲身体验的。但是作为今天新时代的一个年轻读者，甚至包括90后、00后的读者，她知道你的作品好在哪里，因为他读的就是现代文学叙事。

林白：对，如果还是原来那种写作方法，单线条、顺时针传统现实主义的写作方法，我根本就不想写小说。但是，我写长篇小说，也不是非要搞一个结构新的小说，我想在我写的小说里，根据题材和主题，每一部小说，有新的尝试和可能，每次有不同的变化，向前能走几步。我一点都不想用原来的手法和方式，写那些长篇小说。

张英：所以《北流》这个作品写得那么长，写了快十年，有很多不同的修改版本，是一步一步到这个样子的。

林白：是一步一步到这个样子的，确实不是一下子设计出来的。

写了十部长篇小说

张英：对，我们现在尝试把你的十部长篇小说里的归纳一下，谈一下你自己的尝试。

林白：这两天我跟作家出版社签了个合同，我给你看看我的目录。林白作品系列，除了跨文体的《枕黄记》，一共有十部长篇小说。另外一部中篇小说集，一部短篇小说集，还有一部游记，一共 13 本。

我自己回顾了一下，自《说吧，房间》开始，我的所有长篇几乎都是天上掉下来的（《玻璃虫》除外），是素材自己找到了我。《说吧，房间》是因为我被解聘了；《万物花开》《妇女闲聊录》是因为木珍来了，她本人就是老天送来的素材；《致 1975》是因为我回北流一趟；《北去来辞》银禾雨喜的素材也是送上门来的。最新的《北流》就更加是了。有时候，天上掉下来的小说，我不想接，很奇怪，但过了几年就还是把小说接着了。

我一开始写小说的时候，自己很不自信，只是抱着试试看的态度，写出来的习作也没有什么个性可言。只是到了《同心爱者不能分手》写完，也就是 1989 年以后吧，才开始找到了自己的感觉。接着写出了《子弹穿过苹果》《大声哭泣》。

后来调到北京工作，环境改变了，报社也特别忙，影响了我的写作状态，像《青苔》里的大部分章节都是这个阶段写的，语言感觉就不怎么好，《瓶中之水》，很多人觉得不错，我觉得不如《回廊之椅》，这个之后，算是一个转折，开始进入比较理想的写作状态。

张英：回头来看，《一个人的战争》这完全是一个强烈女性的文本。你在那个时候的写作，完全是一个私人视角的话语，以激烈的反抗姿态逼近当时的社会环境，除了小说故事意外，文本里有很多政治的经济的隐喻，那个文本也是很丰富的。

林白：《一个人的战争》这部小说的写作过程简单之极。事先没有酝酿，在动笔写作的前一天我并不知道自己要写这样一部作品，在这之前刚刚写了《瓶中之水》和《回廊之椅》，我感到自己重新找回了对小说的语言感觉，由于新闻写作的规范，有一段时间我差不多丢失了文学的语感。语感的到位使我觉得自己正坐在滑梯口上，有一种往下滑的冲动。

当时，我觉得自己很想写一部长一些的作品，于是我提起笔，写下了这样一句话：“女孩多米犹如一只青涩坚硬的番石榴，结缀在 B 镇岁月的枝头上，穿过我的记忆闪闪发光。”这是当时的开头。有了这个开头，我感到小说将会十分顺利地一气呵成。后来确是如此，手稿干净整洁，除了章节的前后顺序作了一点调整，所有的语句几乎很少改动。我当时觉得它们就像是天上掉下来的水滴，圆润而天然。

《一个人的战争》，原来我觉得太简单了，现在我自己回想，觉得还是一个很不错的文本。我们国家期以来强调集体，很少提到个人。这部小说从个人的角度出发，在当时可能还是有一定的震动的。

按蒋子丹说，它是横空出世，但这个，当时我也并不觉得。我整理旧信件发现有不少读者来信，还有最近有人跟我讲，《一个人的战争》对她们的影响还是蛮大的。深圳的吴君当时看了《一个人的战争》，就促成了她跟一个男生的恋爱。

还有一个人在哪里看了《一个人战争》也发生了什么。很多人很愿意读这个书，当时没有这种书嘛。我觉得这还是蛮重要的一个作品，对我来说，是决定性的。没有《一个人的战争》的林白，也就发展不到《北流》。

张英：它不光是一个集体主义和个人主义，中间有男权和女权的解读和理解，有女性自我的确认，自我的独立性的价值确认。

张英：对。那个时候，社会环境到了改革开放的关键阶段，文化思想也引来了全球化时期的开端，中国马上要举办全球注目的世界妇女大会，女性问题得到了前所未有的关注。

《一个人的战争》横空出世，刚好就处在经济突飞猛进发展，中国改革开放的深化关键时期，思想和文化也引来大繁荣之际，当时的社会思潮，集体与个人，男权与女性独立，以及女性解放运动已经开始起步。

《一个人的战争》的主人公，大声呐喊：我不依附任何事物，去掉所有的词汇，我是我自己的道。而且小说的那个结尾，非常有象征意义，可以从很多层面来解读。其实小说的意义，很丰富的，到现在回头来看，都是一部杰作。

林白：是吧？我开始没觉得，后来我一想可能这个文本有它的可取之处，不然不会有这么多读者，而且它永远看都还是挺锐利、挺好看的。

张英：从《一个人的战争》到《青苔》到《说吧，房间》这中间其实有一个逻辑。你怎么看后面这几个小说的关系？

林白：其实《青苔》的写作时间，早于《一个人的战争》，但是它没有机会出版。《一个人的在战争》出版之后，它才出。

1994年，我发表《一个人的战争》，在当时是没有那样的长篇的。那个年代是宏大叙事，个人是不被重视的，但我觉得我应该写自己的东西，写自己感受到的。算是开先河，所以也受到很多攻击和争议。

《一个人的战争》还是我的长篇处女作，它出版在前嘛。那个阶段，《一个人的战争》《守望空心岁月》《说吧，房间》这三个应该是同一个系列的，都写女性自我的看到和寻找。

这些小说里，那些隐蔽的私密经验、个人的隐痛、撕裂感，个人的身体和心理感受，在当时的时代氛围中不是那么容易被接纳，我们的文学传统更多是集体的宏大的东西，个人很少，认为集体才是崇高的，个人则没有格调。

张英：在精神处境上，它们还是“一个人的战争”。到《说吧，房间》，主人公激烈的反抗，姿态已经很明确了。主人公失去了单位的工作，被社会被世界抛弃，回到自我个体的处境，她怎么来看这个失败的人生。所以《守望空心岁月》要诗意一些，很多喃喃自语，到了《说吧，房间》完全是内敛的，回到了社会现实，有一个很大的考验：我要活下去，有这样一个压力。

林白：是的。《说吧，房间》女主人公，她被单位解聘，工作什么都没有了，又离婚了，失去了一切，到处找工作，到处碰壁，没人要你，整个社会抛弃你了。小说里是有这个东西的，激动、愤怒，但这个小说，我写完了放了很多年，没有再修订过，但是多年以来也没有回顾，也没有重新来说一说这个事儿。

写这个小说的时候，真的是没有收入啊，一个月是300块钱。孩子还那么小。我觉得生活还是有压力的。我必须一两年写一个长篇出来，然后就写了《玻璃虫》，写《玻璃虫》我完全就不管了，写得最放飞的就是《玻璃虫》。但是写完《玻璃虫》就空掉了。

张英：你写《玻璃虫》，把你当时积攒所有的写作资源，全都给它用掉了。所以我后来看《枕黄记》，虽然是个过渡，但是它很重要，因为它让你重新离开了北京，讨厌的北京、压抑的北京。一路沿着黄河走，你去看了看北京以外的世界，看到了中国社会里最底层的人民的生活，一百年没有变化的老百姓的生活状态，回望自己的遭遇，你的委屈和自怨和愤怒都没有，心胸被打开了，小我消失，走向大我，走向了广阔的世界和天地，从此开启了一个崭新的写作方向和道路。

林白：是的，我当时怎么就下了决心，一个人就要去走黄河？很奇怪，那时候我们认识的。就是有一天我跟李敬泽通电话，他说，我要去走黄河了，我一听，这么好的事情，问他是怎么回事，他说有这么一个事儿……我说我也要去、我也要去，就一咬牙就决定了，本来我不适合干这个事儿。

张英：但你还是很勇敢的报名，参加黄河文化考察，一个人就上路去了。

林白：我当时怎么就想到自己要去走黄河，很奇怪。后来一想，当时策划这个活动的出版社和赞助商，给两万块钱的考察经费，一路上走黄河文化考察，这个经费包括路费和吃住，另外还赞助一台笔记本电脑给我们旅途写作用，还签订了出版合同，等书写好了出版，还有版税给我们，那我觉得很好啊。

当时我日子很不好过，工作没有了，要养一个女儿。那时候笔记本电脑是稀罕的东西，价格很贵，有电脑写作当然好，当时哪有钱买啊，那时候要一两万块钱，那会钱值钱，耐花。出版社找到一个冠名的赞助，那时候互联网刚起来，要求我们每天写考察日记，传回去发表。

开始觉得这个事情很划算，可以给自己的生命灌注一种全新的生机，是自己主动要去的。结果钱领到了，笔记本电脑拿到手了，还有帐篷、睡袋、防潮垫、瑞士军刀等等野外露宿的那一套，拿到东西就开始后悔。

张英：不管怎么样，考察黄河，《枕黄记》写作，让你走出了书斋，离开封闭的环境，走向了开阔的世界。

林白：当时有2万块钱和笔记本电脑，是根本的原因，不是我为了打开自己去看一个广阔的世界，去沿黄河走。走黄河这件事打开了自己，看到了更广大的生活，看看那些黄河边居住人，看看底层，那才真叫艰难。自己就不算什么了。人总是天然地觉得应该怎样，其实需要的并不多。

我特别不会跟人打交道，跟人聊天对于我一直是一件很困难的事情。我很愿意听人聊天，但是要我讲，从来讲不出来。原因很复杂，有小时的成长环境，包括母语属于广东乡下话，有很大的口头表达障碍。但是箭在弦上了，还是一咬牙一跺脚就去了。

田野调查，要沿途采访。不知道采访什

么，自己也没有想法，没有提纲，没有设置，出版社没有任何要求，随便写什么都可以，只要跟黄河有关就行。于是就问最基础的问题，碰到农村妇女，就问你们家有几口人，有多少地，平时种什么菜，冬天吃什么，夏天吃什么，养多少头猪，有没有人出去打工，老人怎么样，小孩怎么样，生孩子怎么生的，坐月子怎么坐，结婚的时候男方送了你什么。

当时我能想得到的问题，都拿来问人家。我是县城长大的，外婆家是农村的，对农村还有一定的了解，也还能问得出来。一路上走，一路上看，自己的那点痛苦，就慢慢忘记了。我就问黄河岸边的人家，吃的是什么？一年怎么吃？我们去东营的村，那儿连树都没有，整个是盐碱地。日子过得也不宽裕，荤菜都很少。基本上中青年干活的壮年男性，都出门打工谋生去了，在家当农民靠种庄稼，地里生不出钱来，日子苦得很。

一对比，我以前那些苦闷真不算什么，它会是抚慰你，会冲掉心里和很多郁闷和堵在那儿的块垒，我们生活在北京上海的人的日常生活，跟那些社会最底层的老百姓的日常生活，没法比，他们的日子，那真是千古不变的。

张英：《枕黄记》缓解了你所有的郁闷和纠结，你内心的郁闷和伤痛，跟你看到的底层人生活的残酷性一比，根本不值一提。

《枕黄记》从此打开了你的视野，接下来，你又有是写作素材了。和你们的阿姨木珍一聊，又有三本书出来了。从《万物花开》《妇女闲聊录》到《北去来辞》，都跟木珍有关系，都跟你在外面行走看到的风和雨有关系。

你把2003年的《万物花开》看作转折之作，为什么？

林白：《万物花开》不是我走向素材，是素材自己走向我，是天上掉下来的，为什么突然从前期《一个人的战争》，一直到《玻璃虫》，忽然变成了《万物花开》？不是我蓄意，想很久，打算创新、转型，决定要做一些改变，然后追求的结果。不是这样的。我觉得有一点神秘的，有的时候就是天上掉下来的，素材自己走向我。

从这个作品开始，我的写作向外敞开了。我写《万物花开》，首先是想满足自己，到达一个从未去过的地方，变成一个从未见过的人……原先我小说中的某种女人消失了，她们曾经古怪、神秘、歇斯底里、自怨自艾，也优雅，也魅惑，但现在她们不见了。

在《万物花开》里，我虚构了一个村庄王榨，虚构了一个脑子里长了5颗瘤子的少年大头，以他作为叙述视角，讲述他眼里的王榨的原生态生活景象，贫穷，怪诞，又充满了勃勃生机。

这个小说有一个契机，一个我家的亲戚，木珍，从农村老家来到北京，到我家帮忙做家务。之前，她天天在农村老家打麻将，不做饭也不正常吃饭，再打下去要出问题了，她要戒麻将，所以主动到北京来。这是一个文学人物，极其生动的一个人，自己整天兴高采烈的。我觉得就是生命，就是生命力。因为生命最后是一个悲剧，这个生命力需要释放，需要狂欢。

木珍不忙的时候，我就跟她聊天，越聊越觉得有趣，很多事情很有意思，我问她一点，她就说出一大堆故事，简直是天上掉下来的好素材。她说到有一个“大头”，脑子长了8个瘤子，活不长了，整天在村里闲逛。

我就把他作为我小说的原型，不过故事不是他的故事。我直接用了“大头”这个外号，但把8只瘤子减为5只，人物和素材均有来源，只是故事是我设置的，也就是说是虚构的。

无论是大头还是木珍，他们所经历的乡村现实包含了中国现代化进程和商业社会转型中的矛盾与冲突，也包含了对古老乡村文化及传统道德伦理秩序的解构。在王榨的乡村里，人们以原始的本能生活着，无所谓善恶、无所谓过去和未来，有种醉生梦死，及时行乐的做派。因为生命最后是一个悲剧，这个生命力需要释放，需要狂欢。

因为是我是以湖北农村小孩的第一人称写的，看的人会觉得那真是那个小孩的经历，但其实不是，这是完全虚构出来的小说。《万物花开》描写村庄，不是一个现实主义的东西，而是一个语言中的乡村，是一个带有狂欢色彩，甚至带有一定乌托邦色彩、有一点封闭的，不是一个真实的乡村。

《万物花开》是一个很明亮色调下的农村民间风俗画，有一种张开的反常的东西，表现一种生机，有很多的暴力，但不是表现它的痛感的，不是要痛彻心扉，不是那样的东西。整个的色调是比较明亮的，表现了一种生命状态，这种生命状态是向上的，是一种要生长出来的，生机是要爆发出来的，一种明亮语言之流，一种生命状态。读者通过语言会感受到另外一种力量，这种力量不在于是不是乡村现实，有多少控诉，我不太在意。这部作品的写作，更多靠直觉，靠一股蛮力，读者可以从不同的角度来读。

我想起码它不是一个真的现实主义的，要经受社会学的解剖的，要控诉社会，不是那样的。我也不愿意写那一路的风格的小说。

张英：最后在《北流》里，再一次回到故乡，来了一个十部作品的总结，一部集大成之作。

林白：有道理。是啊，我自己很难想象，怎么就一部接一部写，竟然写到了第十部《北流》。

张英：所以说，生活逼着你一部部写，命运也选择了你。你也没别的招法，就“写作”这条命。

林白：到武汉之后，就不能算生活逼着我写了，表面上武汉文学院有任务、年终有总结，但当时的院长邓一光经常跟我说，你一点都不写也没关系，完全不写都没关系。是我自己想写。

我觉得这条路，是老天爷掉下来给我的。人到中年，我竟然还干了这么浪漫的一个事。后来才发现走黄河这个事情，对我太重要了。后来我才慢慢地打开自己，跟社会上的人能够聊天了。然后家里来了木珍，帮我们干家务，我才能跟她聊，我的写作才有民间社会和底层的大量因素。后来，根据和她的聊天，我就写了《万物花开》这个长篇小说。

其实《妇女闲聊录》是很有价值的一个东西。然后我跟木珍一直聊下去，写了《万物花开》以后，又有了副产品《妇女闲聊录》。然后我就找到了工作，调到武汉文联去了，我重新有了工作，在武汉文学院当专业作家。

我为什么要写《妇女闲聊录》，因为我到武汉去了，我觉得我刚去应该有一个成绩呀，正好《妇女闲聊录》已经有一半了，我就把它变成了一本书。结果《妇女闲聊录》出来，大家都说好。大家没说好之前，我也知道这个小说有价值。但我没有想到，这本书的社会反响很好，会很多人给它写那么多评论，被很多媒体报道，难得的都是表扬和肯定，没有批评。

写作是一个人在黑暗里行走，前后都是一片漆黑的，有人叫好，相当于有人给你点亮一盏灯，是件很愉快的事情。当年早期写作，尤其是写诗的时候完全没有人叫好自己仍然写，并不是说有人表扬才写，当然不是。

张英：那么叫好是没想到的。因为《万物花开》还是文学性的表达，因为你长期在写纯文学，那个“我”是不敢跳出来“破”的。到了《妇女闲聊录》，那是一个大年纪的社会底层的农村女人，在社会上飘荡，到处卖力气干家政活、打零工，从形象上看起来一段也不优雅，不美丽的底层的女人，她的口述史，粗糙、结实、有力量，完全靠生命力的元气，那种强大的底层的生命力，完全是底层赤裸裸的、未经美化和提纯的一个妇女，她乐观的生活态度，这刺激了文化人和学院的知识分子啊。

因为如果的文学，评论界、作家圈，全都是知识分子叙事，我们的日常生活和社会底层隔得太远了。所以陈思和、张新颖……那么多评论家，都被它刺激，写下了评论。

林白：我看到张新颖写了好几篇文章，说了挺多《妇女闲聊录》的长处。我知道它有价值，但我没想到它的价值是那么的大。尤其对我这种写作者来说，确实是完全赤裸裸的、非常粗糙的、非常原生的、非常真实的、生命的充沛元气。它就那么照头照脑地泼下来了。

如今农村真正的面貌，是可以从《妇女闲聊录》看到一些的。有些小说写的也是农村，但很多其实是50年代60年代70年代的农村，现在的农村跟以前非常不一样了，大大的不同。

木珍的218段谈话，是真实记录下来的，它们粗糙、拖沓、重复、单调，同时也生动朴素，眉飞色舞，是人的声音和神的声音交织在一起。原生素材已足够精彩，但我整理、加工，也极花精力，因为书里的文字，跟以前的口语讲述是不一样的。一句话、一个词肯定是用她的，然后这个句式怎样，前后节奏怎样，什么时候短句，什么时候长句，怎么才有现场感？我写了几十年的文字，也写过诗，对语言的节奏和语感肯定有感觉。然后我把它变成文字，变成现在这个文本，换一个人把她的对话记下来，肯定不是现在这个样子。

关于《妇女闲聊录》，有些评论家评价比较高。认为“《妇女闲聊录》，放在整个女性写作史上也很重要，不亚于《一个人的战争》。那是一个低微的女性开口说话，蓬勃、顽强、自我拔节，全部是非精英的看法、非精英的语言。她拓展了自己的小说观，写下了粗粝的民间口语。通过这个实验性的写作，林白完成了自己的转变。”当然很带劲。

张英：它的这种元气与所有的文人墨客是隔着的。出现那么一个文本的时候，形式、语言都不重要了。为什么？这是生命啊，热腾腾的生活呀，你来不及想、来不及评价、来不及说好，就酸甜苦辣全端上来了，就这样。

林白：是，就这样了！当然这个小说，写《妇女闲聊录》，我还是有文本结构的。那段时间我正好看日本清少纳言的《枕草子》，我就按《枕草子》分段，分卷一卷二。其实《妇女闲聊录》的结构从那里来的。我好像没跟人讲过。但是别的一切，它都是原生的了。你说的这点我觉得很好，它破开了。对我，它有一个“破”的冲击力。

张英：大破大立嘛，从这个作品开始你就大破大立了。林白从此离开了自己的家，离开了市区和宅女的生活。她走向了广场，走向了社会，走向了山川。它是转折性的一个写作。

林白：这个是有的。《枕黄记》，一个胆小的单身女人，生活在北京这样的城市，虽然早年在农村待过，工作过生活过，也有心理准备，但当我出门心理还有很多未知的恐惧和不适应感，确实是畏惧和茫然。开始那段，有一个朋友陪我，河南那一段，从濮阳到范县，是画家陈鱼陪我的，第三段山西、陕西，是杨志广陪我的。没朋友陪我根本不行，你下去人家接待你还得跟人家喝酒，我也不会。我是极其收缩自我的一个女性。到了第四段青海，是青海女诗人肖黛陪的我。

张英：《致一九七五》这个小说很意外，我没想到你会写这个题材，这是怎么来的？

林白：从北京回家，返乡一趟嘛。就有了灵感，年岁渐长，人与事的沧海桑田，不断地有意无意造访，刺激了我，最后转变成为写作的素材。

《致一九七五》有另外一个名字：《漫游革命时代》。这个后来未被采用，透露了一个基本的信息，那就是：《致一九七五》是一部以“革命时代”为背景的小说。

后来为了写《北流》，我又回了一次广西故乡，在这个小说里，我还使用了一些《致一九七五》里的小说素材。

张英：是的，能看到它们之间的联系。

林白：《致一九七五》一个是返乡，一个是我去了武汉，我觉得还是要写东西。虽然当时的武汉文学院长邓一光对我说，你不要想着任务，想写就写，不要有压力。你不用写，什么都不写，没关系。邓一光这个人特别好。但是我自己觉得，既然武汉给我发工资，那我还是要写点东西，不然对不起人家，而且我当时有灵感触动了。

1975年对我来说，是一个特别的年份。那一年，我离开学校，离开县城下乡当知青，生命从此打上时代的烙印。《致一九七五》当时因为上半部是散文化叙事方式，下半部是小说叙述，当时还引发了争论。

这个小说里，我采用一种弥漫性的写法，我称之为“洇开”，点和线向四面八方洇开。一本书里有两种风格，不同的视点和不同的语言风格，呈现斑驳感，而不是一个单线条的东西。前半部分貌似写实，像回忆录又不是回忆录。记忆是过去的东西，而过去是永恒的，因为你再也回不去了，不管我写不写下来，有没有意识到时间和记忆的价值，它都是永恒的。

张英：《致一九七五》是怎么来的？尤凤伟有部长篇小说叫《一九五七》，关于20世纪知识分子劳动改造的。

林白：他写的是《中国一九五七》，我写的是一九七五。他写的是右派，我是写插队，不是一码事儿。

这个小说的写作，持续了很多年。1998年我回到广西北流，有不少触发，于是开始动笔，手写了大概十几万字，最终没有完成就放下了，直到2005年，我再次回到北流，在南宁到北流的高速公路上，天上飘起了小雨，两边的红色泥土越来越鲜艳，农田、数目、房屋、和水塘，也在雨中飘动起来，整个感觉和1998年一样。忘记已久的感觉瞬间复活，我回来以后又捡起这些草稿写。

小说的内容既不是女性内心世界的自言自语，也不是现实生活的原生形态，而是一种记忆叙述，所谓“只有经过回忆才能使生活获得灵魂……没有狂想的生活不值得一过”这几句话印在了《致1975》的封底上，以个人记忆的方式书写已逝的青春，片段和细节闪回，画面和狂想交错。

小说的结构，我用了三个时间段，比如1975年左右的故乡、1998年初次回故乡、2005年再次回故乡，三个时间段里故乡的人和事，构成了小说叙述的主体，小说写得很舒服，也很自由，信手拈来，极具跳跃感，回忆时会突然被拉回到眼前，人物的曲折命运在瞬间被放大。与其说这部小说是写人的，不如说是写时光的，尤其是前言，也就是上部，就叫《时光》，是人和事漂浮在时光中的身影，而不是线性的时间故事。

小说里的主人公李飘扬身上有80%自己的影子，而另一个寥寥几笔的小人物翟青青，无论是北漂的经历，还是小说的风格，也都是我自己的。

张英：你是一个好人，邓一光越这么说，对你好，你越觉得不能白花的人家钱，还是得写小说，完成合同的任务，你不愿意亏欠任何人。

林白：哈哈哈，是的，我有那种心结。说来也真奇怪，反正我每写一部长篇，都以为是最后一部了。我以为《一个人的战争》是最后一部小说，没想到是第一部长篇小说。到了《说吧，房间》也以为是最后一部了，《玻璃虫》我也以为是最后一部了，每一部都以为是最后一部。

最后，一部部长篇小说，不断冒出来，直到现在，写了十部长篇小说。

张英：所以你是一个行动主义者。你是被命运逼着，不断地改变，然后通过写作，一步步走到现在，绝处逢生。

林白：我觉得每一次遇到人生的转折点，都是觉得天快塌了，人被逼到绝境，在很多关键点，都靠写作拯救了我自己。而且写作，每部都不是我规划的，一部部作品，都是自己冒出来的。

我向来没有很强的规划和目标，说我一定要怎么样，写多少部小说，都不是我自己要，都是天掉下来给我的。回想起来，这一切好奇怪呀。

张英：所以你这个身上的这个狠劲儿，其实比方方还要强。

林白：那不敢说，方方是很强悍的，性格上，她很强悍的。我和方方本质非常非常不同的，她当然开朗，当然强悍。她是有安全感的，我是从来没有安全感。当然现在心定多了，跟打坐有关。

张英：我知道。方方多喜欢玩呀，她是一个顽童心态，她没把写作当成命，当成唯一的出口。因为她觉得有很多出口，不像你这样，只有写作一条道。

林白：对，没错。她从小生活就比我优越。我在武汉分了一个房子，我跟她说，我一定要安装实木地板。因为我从来没住过实木地板的房子。方方当时一听很感慨，从小她家就是实木地板。方方爸爸是高级知识分子，上头几个哥哥，都是大学教授？

我在广西边陲小县城，那么偏远的地方，哪见过实木地板？都没见过。小时候，我们有一段时间，就在公路旁边的一排土坯房住，那是医院的宿舍。县医院宿舍的地都是黄泥地。我小学五年级就住在那里，一直到读完高中，我去乡下农村插队，才离开那里。就是黄泥地，不是砖。后来一直到我读大学的时候，回到家，我们家搬了，搬到的宿舍地面，才是地上铺青砖的。

我是在这种环境中成长起来的，我哪里见过实木地板呢？我三岁丧父，我妈一个人工资很低的，要养我和我弟，她又要再婚。小时候有一段时间，我都怀疑我妈要遗弃我们了。她本意肯定不是，但是当时她再婚，这个行为对我感觉伤害很深。

张英：方方还有很多路可选择，写作不是她非走不可的一条路。对你来说，你只会这一件事情。

林白：没错，我凡是碰到绝路，路走不下去的时候，我永远都是想我可以写小说。上大学的时候，因为我心思也不在专业上，成绩不好，我想写小说；到广西图书馆了，大家业余都去上英语班，我不上，我想我要写小说。永远就是这条。不管碰到任何困难，我都是这个念头：我还可以写作。

张英：因为你只有这条道，这是你的道啊，这是你的路呀。

在《说吧，房间》修订版后记中所写："无论女性生活的变与不变，那些生命中的焦虑、惶恐、疼痛、碎裂等等，都还是需要文学的，而文学也是需要它们的。"这些语句至今还打动我。

林白：可不是吗。《说吧，房间》是一个情绪比较激烈的文本，那是我失业在家，感觉被社会抛弃，天翻地覆后写下的小说，这本小说描述职业女性生存状态，也是我的作品里女性意识最强的长篇小说，我下岗以后到处找工作，接连碰壁，真是灰头土脸的艰难日子。

张英：你在后记中写道："求职的过程是一个人变成老鼠的过程，女性之生活终究无大变，哺乳的奶汁仍然是血变成的，挤公交车的疲惫仍然会使乳汁分泌下降，奶水仍会变成汗水悬挂在额头，人工流产仍需面对锐利凛冽的器具，面对那些弯刃、钢尖、锯齿，那些刀刃之上的刀刃，寒光之中的寒光，这些仿佛变成刑具的手术器械，它使女性如惊弓之鸟。"

这么多年过去了，女性的工作就业机会和生存处境，相比你那个时候，有什么区别和变化吗？

林白：二十多年过去，我感觉女性的生存境况并没有更好，似乎还更难了。以前是国家分配工作，单位没法拒绝，现在女性要自己找工作，完全是市场经济双向选择，工作机会多难啊，而且很多工作单位还性别歧视，成本产出一番计算，不愿招女性。

现在经济形势不好，又人口危机，国家还开放二胎、三胎，女性去找工作，上班谋生，回家还要做家务活，还要传宗接代，怀孕生产哺乳，兼顾工作和家庭，真的工作处境也好，还是生活处境也好，都太难了。

张英：《北去来辞》以海红为主要线索，讲述了两代不同知识层次的女性由南方到北京打拼的坎坷经历与精神升华，并围绕她们，讲述了她们的亲人、恋人及家族诸多人物的命运，展示出中国半个多世纪的社会变迁。

《北去来辞》中的主人公海红，也是从广西到北京。书中"圭宁""玉林""图书馆""写诗""去北京"等经历，都让人感觉与林白的现实经历有相似之处。这是很好的一个文本，当时出来我就想采访你。这个小说怎么来的？

林白：2007年，我写完《致一九七五》之后，觉得自己再也不会写太长的作品了。但过了两年，我按捺不住，又再度动笔写了起了小说《银禾简史》，银禾就是木珍，我觉得她的东西太有意思了。

一年之后，我写成了一部被我命名为《银禾简史》的长篇初稿，16万字。这时候正好有一个机会到埃及去，我扔下这部长篇稿子就去玩了。后来修改的时候，我决定给这部长篇小说增加一些东西。这个念头一出现，"海红"这个名字即刻从虚空中咚的一下掉在我面前，仿佛是我早已熟悉的一块石头。我兴奋起来，打算一回家就扑到初稿上，推倒重来。

在我的写作经验中，兴奋是第一要素。回国的时候，我中间坐了几趟飞机，我真怕自己从天上掉下来啊！我随身的包里，一直放着我的纸质笔记本和笔，以便把纷沓而至的念头记在纸上。

就这样，这部长篇把我越来越紧地箍在了它身上。这是一次有难度的写作，从未有过这么多的人物，如此深长的时间来到我的笔下，我也从来没有如此感到自身和人物的局限。我慢慢对海红这个后加人物的兴趣，渐渐超过了银禾，她的失眠、漂浮、纠结、迷乱，她的神经质和自我审视、她的日渐凋谢以及自我更新的企愿……一次次逼近我，我不停地倒腾她的前世今生，以至于写作和交稿的时间，一再延宕。

写完《银禾简史》，我说给谁出版呢？刚好人民文学出版社开一个会，我的朋友高叶梅也来了，我就想，给高叶梅看看吧。当时刚好邓一光在北京，他是的图书编辑隋丽君的作者，隋丽君大姐是非常好的资深编辑。邓一光到北京以后，隋丽君就把高叶梅、我、邓一光、张洁作为她团结的作者。后来我就跟高叶梅说，我把这书给隋大姐得了，高叶梅一听就很赞同，然后我就给隋大姐她们看。

她们觉得家庭这方面弱了。书中的女一号海红，其实这名字都起得不够好，但是我觉得她就是名字不够好的一个人才对。要起特别好的名字的，那是不对的，她是个小镇出来的人。

隋大姐作为责编，小高也帮着看，她们认为我应该加强家庭方面的内容，我就反复加。后来我觉得是应该加，然后就变成并列双线，银禾的简史跟一个家庭的故事纠缠在一起，双线叙事，它就变成一个丰厚的小说了。小说是这么构成的。我本来只想写15万字，最后就变成了40多万字。她们希望我能够把所有的东西都放到一本小说里。当然我也觉得把一本小说写得丰厚些是值得的。

最后在《十月》杂志发表的时候，我删掉了十几万字，小说出书的时候，书名也从在《十月》发表时的《北往》变成了《北去来辞》。

张英：我觉得你有一个特别的本事，就是还原艺术现实的能力。马尔克斯在回顾当年的拉美文学爆炸说，难道写小说的不应该是一个手艺人吗？他除了有惊人的想象力、用词准确之外，应该有强大的还原现实的写作能力，能够把人物写得栩栩如生，哪怕故事是虚构的，也能够让读者相信他描述的现实。

林白：我觉得这个……不是事先有个

设计或者有个标高，或者去追马尔克斯的标高，不是的，我的小说让人觉得真实，除了使用了我本人的自传性素材，还因为我使用一种回忆性的语调。这方面，要靠漫长的写作，一点点成长，三十岁、四十岁增长一点，五十多岁增长一点点，六十多岁会更好一些……经过漫长的岁月，慢慢自我成长、慢慢修炼。

《北去来辞》中的主人公海红，是我，也不是我。虽然她是从广西到北京。书中“圭宁”“玉林”“图书馆”“写诗”“去北京”等经历，在这个小说的创作中，我使用了自己的一些素材，但主人公海红和我是有距离的，无论从叙述角度、人物，包括海红的经历，都不是自传性的。在这个小说创作的过程中，正好史铁生去世，我读到一些怀念文章，他有些话给我印象很深，比如说：写作归根结底是要解决自身的问题等等。

于是，这部小说就写了三年，这也是一个养自己的过程。我像一棵树一样，“长”在这部长篇小说里，长得慢，但根是根，干是干，叶是叶，在我的写作中，算得上是枝繁叶茂。

张英：你的小说还有一个关键词，是“真实与虚构”。真实与虚构，其实完全是一个矛盾，但是在它们发生碰撞之后，形成冲突之后，你的小说形成一种独特的张力和艺术特点。在你的写作历程中，作者的自传性与虚构作品，这方面的融合与冲突，是比较多的。

很多时候，我在读你做的时候，都会不由自主地把作者和作品里的主人公反复进行比较。你怎么看这两者的关系？

林白：对，有时候你虚构的，人家觉得好像是真实的。我觉得这个效果，跟叙述的语调关系极大。有时候明明是个假的，但通过语调你可以把它变成真的，哪怕没有细节，我觉得语调最重要。

《北流》的虚构成分蛮大的，包括“姨婆与世界革命”“美，而短”，这都是我设计的，包括陈地理，还有那个被闪电电死的男孩……我之前的虚构其实没这么多。但是你看到我的自传性，就是我个人的内容当然也有很多，但纯虚构的同样也有很多。

像“在香港”，可能我个人痕迹很多，像“小五世饶的生活与时代”，卷一卷二卷三卷四，这条线我用了一点他的，好多都是我设置的。“树上”这些东西不可能是他本人的，肯定是我叙述出来的。我看到我妈的一个老同事叫李星，是北流县医院的护士长，她是民国的时候就在北流县医院了，喜欢写文章，她写了一篇文章，就讲 1958 年之前北流的大树。1958 年我才生，我哪知道北流有什么大树啊？我生出来很多树都不见了。我知道原来北流是有这么多大树的。

然后，我就想着小说里的这个人物，小五，可能从这棵树到那棵树，在树上走到学校。1958 年以后就没有了，这似乎跟《树上的男爵》有共同之处，但我觉得的确有这个可能。1958 年以后就没有了，这不是中国的现实吗？大炼钢铁，树都被砍掉了嘛。这都是我设置的。

张英：在中国的传统文化里，山神、地神、树神，还有动物，其实也有一个相对完整的神话设定。像宫崎骏的动画片《幽灵公主》，就是一个奇异的故事，有一个是山林里的灵性的动物们，为了保护山神和人类搏斗，最后山神是被破坏森林开发铁矿的人类砍掉了头，从此山神没有了，树就没有了生灵，也失去了庇护，大地就干枯，各种动物也失去了保护，它们日子就越过越苦，就只能变成妖、变成人去城市里讨生活。

林白：啊，这个很好啊。我要是把这一点写进去，可能也有点意思。以前不管是哪个民族都灶神，以前每种花树都有自己的神，春节家里窗户上也要贴“太公在此”，这些民间的传统 和信仰，这些东西写进去，小说会更丰饶。

我是1958年生的，1958年之后，大炼钢铁，树都被烧了，然后我们出生了。这个如果能联系起来那很好。反正我信树木有一种特殊的感觉。我到了北京工作，东四十条旁边一个学校的一棵大柳树要砍掉了，我都非常不舍，看着要砍掉的大树特别特别难过。

后来到全国各地开笔会，一看到有大树，我肯定要拿手去摸一摸，就有这种特殊的感情。我的书《北流》里其实也讲到，就那个陈地理的笔记本里头，就讲花的崇拜、树的崇拜，这个也是神了，我其实还是有写的，就是不够立场鲜明。

前时看到一个片子，知道植物也有本体感受力，把光照和重力的因素排除之后，植物会凭着本体感受力向上生长。植物力学家让我们看显微镜下的细胞里头的淀粉粒怎样沉淀……植物的本体感受力很神奇的。

张英：另外，你怎么看待不同作品里出现的人和事，在不同的作品里，你会自己借鉴和反复引用，还有不同文体的互文写作，最后让你的小说里有了很多不同的丰富声音。

林白：你说得对，互文，是，《北流》与之前的一些作品是有互文的，在图书馆学分类编目里叫“互见”，编目的时候，一本书若有两种内容，就要做两个卡片，一个放在主要的类别，另外一种放在另外一个类别，这样就不至于读者找不到。

以前我的作品《致一九七五》写到过的。它再次出现了，就是一种重复的声音，它的能量没消散。在另外一个位置，这个声音又升起来了。蛮好。从歌剧和音乐来讲呢，重复，是一种节奏，如交响曲和协奏曲，它的主要旋律是反复出现的，一个主题用不同乐器表演旋律，反反复复起起伏伏，能打动人。

有时候，我觉得重复是必要的，一些素材的能量，在一部作品中没有挥发完，我就让它在另一部作品中出现。也有的时候，是我在写一部长篇，朋友逼我写短篇，只好从长篇里裁一段，这是另一种情况。这种情况大量存在。这类我就不认为是重复了。是一部作品分出来发表，但杂志是不会告诉你的，杂志有时候稿子不够很想找点东西来发表，就会说你从长篇里截一段出来给我们不行吗？好吧，那就截一点出来。没什么不行的。“随”，这个是易经的概念吗？好像，好像64卦有一卦就叫“随”，当然这个有点扯了。

问了个朋友，“随”随之时义大矣哉。查了一下，“随之时义大矣哉意为”：随从于适宜时机的意义多么宏大啊！这是对“随卦”含义深广的叹美之辞。扯远了，我顺便学习一下。

张英：把你的十部长篇回放一下，从《一个人的战争》到《青苔》《空心岁月》《说吧，房间》，这是第一阶段；《玻璃虫》回到了80年代；然后《枕黄记》将你完全打开，写你书房以外的风景。

一些到历史或者家族故事，很多作家往

往会借用历史的力量，引用史料和地方志。帮助作品加分。但问题是，如果一不小心，作家的思想和写作就被历史的惯性压倒。如果作家的精神力量不够强大，没有一个很好的写作技法，思想不够强大，你会被历史的阴影和惯常的叙事压倒，最后这些小说会变成类似的面貌，失去了个性。

林白：已经有很多类似的历史叙事了。这个不会影响我，我不会，我没有这样的野心，要去还原时代、社会和大历史。我写作也从未想过要为时代发声，我的写作不是集体写作历程，我一直是个人的写作角度，当然，人就在时代与历史之中，我是置身其中的。是必然地会……

张英：因为你当时要用北流县志，我就很担心，因为很多作家是解决不了这个问题的，一旦进入历史、进入地方志，作家如果没有强大的精神，没有很好的文体来处理，通常就被压倒了。

林白：假如在小说里搞一个地方志……作家写小说，当然要得法，注重文体，还得有合适的语言、真实的细节，要不然写不好。对我来说，小说里的很多细节，就是时间的馈赠，很多细节不能生造的，都是来自现实。

所有的虚构背后，人物和故事，细节和场景，都有现实支撑。否则我写不出来，觉得不够自然。假如心里没有底就编造，我会心虚，会觉得不对、不妥，而且对我没有一种生发的力量。

只有这么写，我才能够生发，这可能是我的天性，我多年就是这么过来的。我就觉得写作是这种进入，这才是我要的。

女性主义写作和女性困境

张英：回头来看，你在中国文坛出现，作为女性写作的代表作家，时代选择了你、陈染、伊蕾，从文本和女性主义角度来比较的话，你的《一个人的战争》，陈染的《私人生活》，再加伊蕾的诗歌《独身女人的卧室》，这三部作品是比较突出的。

如果我们再把目光往前看，舒婷还要更早一些，诗歌《致橡树》从女性的角度，呼喊男女平等，我们一样站在风里雨里，相互支持，女人不依附于男性，也是一棵独立的树，我有自己的价值。在那个时候，它发出了一个时代的声音。

但是，真正在文学领域，完成女性独立意识的自我构建，利用小说这么一个丰富的艺术手段的，其实是你和陈染。你怎么看待20世纪90年代社会氛围和女性处境？以至于你后来写了一系列小说。

林白：其实《一个人的战争》是在我写完两部中篇小说之后写的：一部中篇叫《回廊之椅》，一部叫《瓶中之水》。这两部中篇小说在《钟山》发表之后，我觉得我要写一部长篇小说，1993年4月份开始动笔，写了5个月，1993年9月底完成我的长篇处女作《一个人的战争》，1994年2月份在《花城》杂志发表的。

这个小说其实很多是我个人遭遇，但也能感受到当时的社会氛围对女性的压抑……我不是为了表现两性差距而写作，也不是为了表现对男性社会的反抗而写作，准确地说，不是为某种主义写作。我的写作是从一个女性个体生命的感官、心灵出发，写个人对于世界的感受，寻找与世界的对话。

我昨天整理东西，正好找到一个东西，不知道哪个杂志要求我写的，《1998年的个人女性观》："女性是人类的另一极，作为那个生物意义的人，性别差异就是一切，但人——作为社会的人，个体差异要远远大于性别差异。

女性的生存与发展，有赖于两性观念的更新，社会的进步以及女性自身素质的提高。在未来的社会里，我希望看到两性对立逐渐减弱，双性和谐成为可能，而在以上氛围中，个人的自由得到最大限度的实现。”

张英：1995 年 9 月，当时中国政府承办了第四次世界妇女大会，所以女性的地位和女性困境，突然就成了一个热点，被全社会关注。

林白：我不是因为女性成为热点后，才写的关于女性的作品，是我正好在那个时候写了小说，所以获得了很大的关注。应该是这样一个因果关系。

如果不走极端，女性意识和女性写作都有好的地方。

张英：那时候我记得河北教育出版社出版了一套由王蒙主编的女性丛书，22 个女作家，一人一本。

林白：王蒙主编的“红罂粟”女作家丛书出版，世界妇女大会的召开都是 1995 年，《一个人的战争》是 1994 年 2 月份发表在第二期《花城》。

回头来看，当时这本书只能说暗合了时代，不是时代给了我信号我去写的，主要是我没这么敏锐，我就是沉浸在自己一部又一部小说的写作中，先写了《瓶中之水》，又写了《回廊之椅》。后来我觉得中篇写得差不多了，想要一个写自我成长的长篇，是这么一个创作过程。

从个人的私密经验走向更广阔的世界经验，是一种内心需要和生命需要。同时，作家应该在丰富的社会经验中保留自己的发现眼光和对个体经验的感受方式，避免被集体化的语言同化。

张英：具体来说，你怎么看这三个词语：女性，女性主义、女权？

林白：说到女性主义的影响，我 20 世纪 80 年代买过波伏娃的《第二性》，但是我没有读。不过不读不一定就没有受到影响，因为女性主义是有时代氛围的。

让我讨论这个三个关键词的区别和内涵，我觉得这个真的太学术，我哪里敢对这些做出一个合适的概念性的描述。这种描述和理论分析，对我来说还是困难的。

但是女性的确是在生理上跟男性不一样，她是弱势的。至于女性主义，凡是你觉得要为这种女性的弱势做一点事情的，或者说出一点什么的这应该算是女性主义？这是非常不严谨的一个描述。女权则意味着更强的政治诉求。也许。

张英：伊蕾在她的那个诗歌里有这样的句子：“她自言自语，没有声音 / 她肌肉健美，没有热气 / 她是立体，又是平面 / 她给你什么你也无法接受 / 她不能属于任何人 /——她就是镜子中的我 / 你不来与我同居”。

这首诗描述了一个单身女子，她没有和其他人一样结婚，也没有生孩子，她还打扮那么漂亮妖娆。其实她受到了一种敌视，来自她身边的社会圈子，父母、居委会大妈、单位的敌视。

林白：其实结婚、要孩子这种所谓女性天职的压迫，我觉得现在好像更严重，我们那时候没有这么明显，但是单身是有很大压力的。

我母亲就曾特别担心，我单身又没有孩

子，她跟我的发小吕觉悟的原型哭诉，这是我受到的压力。

张英：你当时感受到了女性处境，比如你去单位工作，又是什么样子呢？

林白：工作上还好，因为我们《中国文化报》，都是女记者厉害嘛。女记者挺多的，也挺能干的，女编辑也很能干的，应该算是男女平等的。因为是文化部的机关单位，下属的文化单位，单位又在北京。

但你在广西老家，在小县城里就不一样了，我在北流，处境就绝对和北京不一样。在北流，所有人都要谈论你，你在小县城里头，都是熟人社会，都知道你这个人没结婚，然后你的家庭、你的父母、你的亲戚都觉得很丢人。

还有些妇联干部，我在《北流》写过的原型，一个妇联主任的女儿要跟一个社会层级比她低的人结婚，她就要把自己女儿杀了，我当时听说了，非常惊讶：居然还有这样的妇联干部！还有这种思想观念。她完全被强大的男权意识同化了。

张英：在新中国以前漫长的时期里，女性的地位，好像从来没有变化过。

林白：女性解放、男女平权，就是现在的事情。还有一个，我认识的一个县城女性，她就一直没结婚，自己买了一个房子，县里没有结婚的女性，在她那里互相取暖。她很早就死了，四十多岁得癌症就死了。

还有我在小说头写到的春河的原型，她是前年或大前年去世的，也是没结婚，其实长得很美，小时候我认识她。她到银行工作，要拉存款，完成任务指标，就有人告诉她，得跟业务对象睡觉。你说，女性有多悲惨！

很多职场上，男性对女性的压迫，其实是无所不在的，但是什么都不让说。春河她不能干这种事情，后来就生存不下去，从银行出来了。出来没工作怎么办呢？她又到一个公司当会计，人家要她做假账，她又不能干，所以就很惨，后来得了癌症。

我觉得单身女性在县城下面是很惨的，反而很自我的那种人会活得不错。我有个同班同学就很厉害，她事业很成功，还找了个情人，还跟情人生了个孩子，孩子还由丈夫的婆婆带。她就很自我，但是太少了。

我很想见见她，我三十多年没见她了。她前一段时间跟我微信聊，很希望我回北流，住到她家去。我也打算住到她家去，想看看她的生活，她怎么能那么强大地走到现在。

张英：她首先解决了所有的压力，比如最大的压力——经济压力。

林白：她是个企业家，还倒贴给她丈夫搞了很多根雕，她丈夫喜欢园林、根雕。她把情人养在另外一个地方，大家都知道，她丈夫也知道，她婆婆也知道。你看，经济是所有的基础，同样是在县里，因为物质富裕，带来了独立和自由，她就没有普通人的那些问题，经济让她有信心和安全感，重要的是自我强大。我看微信里她的照片，都是生机勃勃容光焕发的。

张英：回看你们那代人，青春的时候，在女性的自我发现和自我价值确认上，女性和男性的传统，在一种社会层面与精神层面的反抗，思想和价值观的抗争，反而是最激烈的。但是你们那代人以后，几年不到，整个社会一下进入消费社会，商品价值和消费观，反而消解了女性的思想价值层面的抗争，男女关系被消费和金钱改变和影响了，这些变化，也体现在文学里。

林白：我觉得进入商业社会之后，物化女性的这种趋势很明显。一直到现在的抖音等平台里的很多视频，展现出来的都是，男人去工作打拼，把钱交给女人，女性在家里做家务是应该的；男人负责挣钱养家，女人要貌美如花，还要和小三小四竞争，照顾老人和小孩，唯一的收获是物质层面的，她买了名牌包包、口红、香水，一堆女大学生崇拜，表示想要那样的生活。

很多女大学生没有独立人格，这种东西这么多年过去怎么就没有改变？确实值得我们思考。我觉得现在女性的自我意识肯定是下滑了。相比政治和封建的对女性的禁锢和压制，经济和商品消费对女性解放女性独立的负面影响更大。

张英：可能唯一一点儿的进步是什么呢？比方说在身体层面，之前在男女关系里，比如性爱里，女性需求和欲望是被压抑的。现在男女之间，男方也得说说情话，得讨好对方，得给她惊喜，甚至做爱完了之后，要搂着她说说话。但是在二十年前，这一切完全是男权单向的。

林白：我们那个时代，即使是知识阶层的男性，他也是性蒙昧的，他不知道性是双方的，是互相愉悦的，他只知道我是要求获得愉悦的，女性是给我提供愉悦的。他不知道女性作为一个主体也同样需要愉悦。

张英：这些观念的进步，在文学的体现上是，出现池莉的小说《有了快感你就喊》，余秀华的诗歌《穿越大半个中国去睡你》。

林白：我觉得余秀华是非常天才的，但是她身上的那种勇敢强悍也很重要，光有天才不行。现在社会在女性主义这方面没有问题了，但是又出现另一个极端，就是女权运动，变得更加复杂了。

在西方，女权很有法律保障，你敢性骚扰，我就让你身败名裂。弄得所有大学的男教授不能和女学生谈恋爱。我觉得这个也要反思，不仅西方，me too在中国也是。这种走极端并不好，本来生活是很丰富的，现在变得人人自危。

张英：相对女性问题、女性平权，女权运动如今是个敏感的字眼，男人觉得被压制了，有些国家和社会又出现了男女平权运动。

林白：我很清晰地反对极端女权主义。

张英：在思想和精神的维度上来看，在写作上面，你觉得目前女性文学发展到了什么程度？比你那个时候有进步吗？

林白：我没有资格来谈。女性文学是个比较广阔的东西，我不知道是否算进步。就女性主义这个话题，我没有判断。

张英：从你个人写作来说，在《一个人的战争》之后的小说里，有一个变化，你的小说里的男性形象，不再那么像早期小说那么面目可憎、可恶、可恨，男性人物的刻画和描写，越来越好了。澎湃新闻的罗昕采访你，这是岁月带来的和解吗？你突然意识到："我之前好像很少写那么多男性的啊"，从一个女性写作者的立场，到中性的写作立场，这是一个进步。

林白：大概视野比之前开阔了，对人的认识扩大了。荣格说，人都是雌雄同体的。大概年轻的时候，只记得自己的给定性别，忘记了更深处是雌雄一体。年轻的时候，我也会有一些阶段是完全忘记自己性别的，比如大学时代，我就不太意识到自己是女性。1980年代初，有一次，我和《广西文学》主编张辛、广西大学中文系教授许敏歧一起去梧州开诗歌创作座谈会，我们一起坐船从南宁去梧州。那时候的船是个大通铺，我们三个人的铺位连在一起，这样睡了一夜，我完全没有觉得自己是个女的，在两位男士旁边有什么不妥，而且我那次连护肤品好像都没带。其实，很多时候，我是一种混沌状态。

这些年会写男性了，大概是因为内在的什么觉醒了吧？可能真的是。《北流》写出来与以往还是有较大不同。

人生经历和写作

张英：你是一个强大的人，跟杜拉斯一样。你当年说，很小的时候，就是一个人独自过活，小时候你住的卫生防疫站，自己要拎水到冲凉房去洗澡，在沙街，有个阁楼堆放人体标本、各种身体器官模型，白天也挺暗的，看熟了，也并不可怕。

我读到你这个经历和感受的时候，才知道，真是人生经历决定性格。原来你的细腻和敏感，对文字和语言的影响，源头是在这里。

林白：这是我的本质，你是怎么成为现在的你。你的敏感、对社会的恐惧，其实都与人生经历和遭遇有关，我是个社恐，当然现在好多了……基本上懒得与外界打交道，会畏惧、害怕、焦急，怕和陌生人说话。以前严重的时候，打电话我都很害怕的，手心会出汗。

现在到了互联网时代，有了微信，我觉得很好，我就发一条文字，用文字交流就好了，处理很多工作上的事情和日常生活里的事情，也不用非要见面和寒暄，不用面对面交流。而且我现在有一个进步，但现在我敢发语音了，原来我不敢发语音。

张英：这也是为什么林白能成为一个作家的密码，通常是社恐、敏感的人，一定只能开掘内心，只能往内心走，表达想象力，写作让你的这种紧张，通过想象和表达重建了一个自己的世界，所以你成为一个好作家。

另外我很好奇你的插队经历，在县里面怎么会有插队呢？

林白：当时特殊年代，小县城的知识青年不插队去哪儿？没有大学可考可上的，都是统一跟随国家号召，只要是城镇户口，都得插队。

我在县城高中毕业，大学没有了，也没有招工的，而且招工必须从农村招。只有两条路，一个去林场叫上山，到生产队下面叫下乡。所以我们上一届同学有去大容山林场上山的，当林业工人，好像还有工资领。我们那一届统统没有上山，统统是下乡。

张英：上山比下乡好，都是去什么林场，有工资。

林白：物质上待遇好是好，但据说以后就不能招工了，因为已经是工人。所以我还是愿下乡的，有指望。

张英：下乡没有工资，只有工分，工分折算成钱。

林白：对，开始还可以把每天的出工计成工分，年底把工分折算成钱，年底发放。知识青年好像1973年之后，有李庆霖上书毛泽东，知识青年第一年有补助，第二年开始靠工分生活，生产队实际上账上没钱，一分钱没有。我们在地里干活，完全没有收入的。白干活。农民要买盐，可能得要卖掉鸡蛋。但农产品又不能买卖，晚上有农民到树上挖树根来卖，被抓就要斗争的，叫作割资本主义尾巴。

张英：你这种从县城到下面插队的知识

青年，不会吃太多苦吧，都是家乡人嘛，平时周末是不是都可以回家？

林白：那也不是。苦是一样吃，毕竟知识青年到农村插队，全国都一样，辛苦的劳动都是一样的，一年四季，种地干活，一样的风吹雨淋日晒风霜，艰苦的劳作。我干过的活是很多的，普通的插秧割稻子不算，半夜打谷子、修水利、耕地、耙地、上山砍树枝烧窑、盖房子脱砖，等等，很多，干过很多很多活。

但地理的距离确实近一些，一个县的地域也不会有多大，回家容易一点。我从插队的村庄，骑自行车回县城的家，大概两个半小时。有时候想回去了，就收工以后天黑了骑车回去。但肯定不是每个周末都回家，要看当时的情况，农忙的时候就不行，回不了。不是说人家不让你回去，是当时有一种气氛，逃避干活是极其严重的道德问题，将会永无出头之日。是自己强迫自己，只有《北流》里写到的潘小银，她才有这种力量逃避干活。她不愿意在生产队干活，自己出去找武术师父教她武功，带队干部对她也没办法，她不需要你给她出路，她自己给自己找出路。这种人是在当时是遭到社会唾弃的。

张英：你后来上武汉大学，是属于工农兵推荐上大学还是恢复高考上的大学？

林白：我是国家恢复高考之后，第一批靠考试上大学的大学生，是最牛的那一批，积压了十年的人才，都在这一年参加高考。

我是七七级，是通过高考进的武汉大学，很难的。那年高考，我的成绩分数是全县第一，文科第一名。第二年，我们县有一个文科第一名，考上了北大。

张英：但你那会儿其实已经有一个选择，可以不读大学，你在广西电影制片厂找到了工作。

林白：1977 年，那时候我 19 岁，广西电影制片厂的人事干部来调我，先来见我和我的父母，让我写了一份自传，回去了以后又来了一次，调我去厂的条件就是我不能考大学。第三次人事干部又来了，政审，到了公社，公社不给盖章，知青带队干部很反对，还有流言说，我会被人家拐卖，其实人家不是骗子，是电影厂的人事干部，是厂里的吴导演推荐我去当编剧，当然一开始先学习假如当不了编剧当编辑还是可以的。这个我在《一个人的战争》里头写过。

那一次，广西电影厂没去成，我 1977 年在《广西文艺》发表了四首诗，其中有一首是抄袭。当然这是个污点。发表的时候《广西文艺》也有顾虑，不相信我能写诗，以前没听说过，所有刊物报纸都没发过，他们专门把我请去，是 1977 年 4 月，当面写诗给他们看，他们还觉得不错，一首诗是写闻一多的，还有一首是写昙花的，当场写，他们觉得是那么回事儿，承认我是会写诗的，但是发表的四首中有一首是抄的。当时自己不认为严重，不叫抄，叫参考，所以当时叫去面谈，并没有及时说出。但肯定是个大事儿，所有这个机会就没有了。

特别幸运的是，武汉大学招生组的老师来招生，看到表上的政审，他们工作很细致，特意到《广西文艺》编辑部了解情况，《广西文艺》的编辑也很好，把我的情况说了一下，认为这个人很有才华，当时到编辑部来改稿，其实已经面试过的，是当场写了诗。于是就顺利录取到我的第一志愿武汉大学图书馆系了。假如武汉大学招生组的老师没去

《广西文艺》了解情况假如《广西文艺》的编辑说了对我不利的话，那肯定就上不成武汉大学了，这对我来说可能就完全是另外一条人生道路了。

我一直觉得自己是特别幸运的，看看我们班全班63个同学，只有4个人考上大学的，大量同学从农村回县城后，能够到县百货公司当营业员就算很不错的了，到工厂的，90年代都下岗了，日子很艰难，我已经算是非常不错的。

张英：后来你武汉大学毕业之后，分到电影制片厂还是图书馆？

林白：我是图书馆和电影厂工作了各四年。我大学毕业分到广西图书馆了。后来又有了新的机遇，当时广西电影制片厂来了个陈敦德，他要招兵买马，摩拳擦掌，想大干一番事业。他是个文学青年，自己也写小说，他要找一批比较活跃的文学青年，我在当时是很活跃的青年作家。

巧就巧在哪里呢？陈敦德跟当时广西电影制片厂的副厂长是两条线的。陈敦德也要我，那个副厂长的夫人在广西图书馆，她也找我，电影厂不同的人都要我。当时别的竞争者是没有大学文凭的，只有我有重点大学武汉大学文凭——武汉大学的文凭响当当的，别人都没有，然后我又有创作成绩，我就这么去了广西电影制片厂。

张英：那会儿广西厂好像不错，发展势头很好，张艺谋等好多人，工作关系都挂在那儿挂着。

林白：张艺谋和张军钊在那儿，后者拍了个电影叫《一个与八个》。张艺谋工作关系在广西电影制片厂一直挂着呢，他回陕西电影制片厂工作，属于借调，工作关系都在广西厂，一直待到退休。

张英：你对武汉这个城市感情很深，在哪里读武汉大学，后来干脆工作关系调到武汉作家协会。

林白：我跟武汉实在是太有缘分了。武汉大学，我是自己考去的，在武汉生活了四年嘛，然后又在武汉文联待了十年。直到现在，武汉市文联还挺关照我的。

武汉这个城市而言，我其实并不是很熟悉。大学四年都是在校园里，到汉口只去过一两次，有一次是去看星星画展。在武昌，水果湖洪山礼堂去过一两次。去洪山礼堂，主要是看电影，看内部电影。有一次是看苏联片《解放》……我不会讲武汉话，可以听。

2004年到武汉市文联武汉文学院，先是在武昌徐东路租房子住，在东湖附近，活动范围就是附近的两三条街道。2005年在汉口发展大道荷花苑有了自己的房子，但我住得很少。主要是住在北京。一直不适应武汉的气候。冬天没有暖气，实在太冷。有一年，冬天去武汉开会。散会后我在自己家待了半个小时，浑身上下就冻透了。夏天又实在太热。

武汉真是对我很好，武汉是把我“托着”的一个城市。因为我们广西没有专业作家；在北京呢，我多少次想到北京作协当专业作家，都不成功。很早很早，我从报社解聘出来下岗，想去北京作协，但后来只是变成签约作家，不是专业作家。你看现在文珍啊，乔叶都是专业作家，我当时多想去当专业作家啊。后来我到了武汉文联，我还想调回来呢，根本不可能，假如我是领导也不会要我，我又没得什么国家奖。现在退休在武汉，人住北京，看病不方便。说老实话假如当初有机遇，能去广东当专业作家应该是比较理想的，毕竟我是粤语地区长大的生活习惯气候都能适应。

后来因为《北去来辞》，拿了老舍文学奖这种，是北京的文学奖，然后稍微有了一定程度的认可，要不然就比较不被认可，我在主流文坛应该是比较不被认可的，你觉得呢？但学院批评家好像是一直认可的。两个体系。

张英：怎么说呢？如果从世俗的认定结果，你肯定是不被主流承认，但是如果从艺术性来讲，你可比很多拿官方文学奖的作家，要好太多。历史已经证明未来会继续证明这一点。

林白：我的文学价值观吧，肯定是认可艺术性，这个学院是认的，但主流文学……不好说。我真的是没得过什么国家级的文学奖嘛。文学奖是对作家个人生存有一定影响，当然家里有矿有不同，或者，没有孩子也可以。

唯一的例外是《北去来辞》，这部作品40万字，2013年1月由北京出版社出版，2018年9月由中信出版社再次出版。出版后获老舍文学奖长篇小说奖、人民文学长篇小说双年奖、十月文学奖。《当代》2013年度长篇小说五佳等荣誉，并进入第九届茅盾文学奖前十提名。

张英：我没想到，你会回复写诗，武汉新冠疫情，激发了你，重新恢复了写诗，人六十以后，再通过写诗，你获得了写作上的自由和精神上的解放……

林白：我是震惊的，有几位认识的人，都因为新冠疫情，好好的人，突然就离开人世了，其中有一个，他不久前还写了《北流》的评论，忽然今年元旦那天就没了。

刘海涛，写诗的，评论家木叶的哥哥，他写了一篇关于《北流》的评论，发在经济观察报的《经观书评》，写得很好的。然后看到木叶在朋友圈写一首诗说：一束光到了时间之外，被时间充满了；到了空间之外，又被空间充满了。

我1987年后，就没怎么写过诗，一直写小说。写诗和写小说非常不一样。写诗比写小说更具神秘性。需要更强烈的情感激荡来启动。写诗需要速度，需要神灵的眷顾。能够恢复诗歌写作，这是我自己都没有预料到的。

重新写诗对我算得上是一次“炸裂式写作”，在我六十多岁时突袭而至。写诗的灵感，完全是新冠病毒引燃，不得不写，从2020年开始到现在，总共写了300多首诗歌，不仅数量多速度也快，这是前所未有的经历，数字超过了我此前全部诗作的总和。

我在武汉市文联工作了十年，2005年搬到汉口，就住在距华南海鲜市场10分钟的发展大道荷花苑。整个新冠疫情期间，我在北京的家里，一直关注着武汉。武汉有方方，还有同学、同事，同学的亲人是中南医院消化内科护士，后来去增援雷神山医院。

每天听到种种消息，情绪翻滚，溢到笔尖。从2月7日写下第一首，《二月，所有的墨水不够用来痛哭》。本以为是一次性表达，结果第二天早上六七点起来打坐，双盘四十分钟后，诗句又自然涌出。我把诗歌发给《收获》杂志，那段时间他们的公众号刚好也在推送诗歌，诗歌发表后，就转给一些朋友看。结果一半的人都表示反对我写诗。这反而刺激了我。

《收获》的微信公众号，连推了我三次，每次都是上午写完，中午修改，傍晚发给他们，晚上就推出来了。我跟他们说，他们是三级火箭，把我发射上来了，然后我就高速运转，总是以为，第二天就没有了，结果第二天早上起来打坐，打坐完了，句子就自然出来了。非常神奇。

第三首诗的诗是《记录吧，你》：“二月的舌头已生锈 / 再不开口就来不及 / 记录吧，你 / 把诗忘掉”。这首写完，人就比较顺畅了，进入诗歌的写作高潮期，之后的写作就变得也自然了。

张英：我那个时候联系你，还试图把发你的诗歌和另外一个作家的日记，一起在台湾《印刻》杂志上发表。

林白：我武汉的作同学，给我寄来Paperblanks（爱尔兰古典笔记本品牌）的本子，让我写诗，她说：Paperblanks号称自己的本子可以存放两百年，想象2220年人们发现你写的东西，像读历史一样读着诗稿。

我大概写了四十几首跟疫情密切相关的诗，到了后面，就彻底放开了，什么共享单车，题材五花八门，什么都可以写，我的外婆、作家略萨，去外地旅行，什么都可以写，连书桌上摆放多日后腐烂的苹果，都可以成为触动我写诗。

比如《苹果》这首诗，写它的那天早上我觉得可能已经没有什么可写的。这苹果就摆在我桌上，我就想这苹果陪了我好多天。没想到，这首诗很顺利，第一句就写出来了，“书桌上的苹果是最后一只”，一句接一句地跟着来，非常的畅快，写完之后自己知道这是一首好诗。有一种狂喜的感觉，晕眩感，在这些小说中从未有过的状态，我想以后我就别写小说了，我要写诗。

苹果

书桌上的苹果是最后一只
我从未与一只苹果如此厮守过
从一月底到二月
再到三月二十日。
稀薄的芬芳安抚了我
某种缩塌我也完全明白
在时远时近的距离中
你斑斓的拳头张开
我就会看见诗——
那棕色的核。
我心无旁骛奔赴你的颜色
嫩黄、姜黄与橘黄
你的汁液包藏万物
而我激烈地越过自身。
我超现实地想到了塞尚
他的苹果与果盘
那些色彩的响度
与喑哑的答言
我不可避免地要想到
里尔克关于塞尚的通信
你的内部已震动，
兀自升腾又跌落，
要极其切近事实是何等不易。

后来定稿的时候，去掉了两个“你”字，基本上没太大改，有两句写的时候改掉的。

张英：那段日子，你是怎么过的？通常在什么样的情况下，你会写下一首诗？

林白：我觉得写诗能提升人的精神层次，可以极大地激发精神能量。我每天都在家里，也不是很闷，因为我是一个写作的人嘛，向来习惯了在家里待着，读书写作。差不多有很长一段时间，我每天上午写诗，必须在笔记本上手写，才写得出来。写一首诗，快的几分钟，慢的半小时，写完一首，直接在本子上修改。改完了做点家务，打打太极，午饭后小睡一会儿，再看看书，时间也过得很快。

疫情期间，北京的隔离措施也很严格，进出小区需要出入证，用身份证办理，出入证上有个人照片，一人一证。购物一律在网上，送到小区门外的马路边，然后下去取回来，进家门之后，鞋底要消毒，取回来的东西也要用消毒液喷一下。

（原载《作品》2023年第4期，发表时有删节）

崛起的北流作家群

莫晓霞

引子

2023年4月，《作品》杂志刊登了一篇访谈《林白：写作让我不断回到一条叫北流的河》，这篇文章从各方面剖析了北流籍作家林白以自己的故乡“北流”命名，创作出一部长篇小说的心路历程，它是林白写给故乡的历史和记忆之书。在此之前的20年，林白长篇小说《北去来辞》荣获第九届茅盾文学奖提名奖，朱山坡小说《推销员》荣获第七届鲁迅文学奖提名奖，朱山坡的短篇小说《萨赫勒荒原》还被山东省选入模拟试题，长郡15校联考、济南市联考试题；梁晓阳的长篇小说《出塞书》出版后举办了国内名家研讨会，《南方文坛》《文艺报》《文艺争鸣》《文学报》等报刊相继发表名家的评论，3月18日，他的散文集《文学中年》新书分享会在广西南宁举行……这些北流籍作家取得的文学成就再一次把人们的焦点拉向对北流作家群的关注。

文脉

北流市位于广西东南部，毗邻粤港澳大湾区，旧称“粤桂通衢”“古铜州”，历史上曾“富甲一方”，素有“小佛山”和“金北流”之称。北流历史悠久，设县已有1500多年，因境内圭江自南向北流而得名。

据清代乾隆版《北流县志》记载，清雍正六年（1728年），县城“临江税厂”年上解白银1315两。当时的圭江，千帆竞发，舟楫相继，风帆满江，装载着各种土特产的货船来回穿梭，可见当时北流航运之繁盛。

经济的发展带来了文化的繁荣。北流铜鼓文化源远流长，如今世界铜鼓王就是在北流出土的。北流铜鼓出名，与之相应的铜鼓文化更是意义深远。据专家考证，铜鼓的铸造，曾吸收了中原铸铜文化的成果。至汉代，世界最大的铜鼓在北流出现，标志着北流文化的第一个高峰，也是难以逾越的高峰。至晋代，道家的代表性人物、医学家、化学家葛洪为勾漏令，著有《抱朴子》内外篇及《肘后救急方》等多种典籍。

唐宋以后，中原文化对北流大地的浸润影响加大，其中尤以“贬官文化”为甚。这源于地处于六万大山与大容山交接之处的中国十大名关之一的“鬼门关”，此在古代为通往钦、廉、雷、琼和交趾的交通冲要，东汉伏波将军马援于建武十七年（41年）率兵两万余人征林邑，经过此关曾立碑。唐朝德宗建中年间宰相杨炎（781年），被贬为崖州司马，过天门关时写诗曰：“一去一万里，千知千不还。崖州在何处？生度鬼门关。”唐代诗人沈铨期（字云卿）被贬过此写《入鬼门关》一诗：“昔传瘴江路，今到鬼门关。土地无人老，流移几客还。自从别京路，颓鬓与衰颜。夕宿含沙里，晨行同路间，马危千仞谷，舟行万重湾。问我投何地，西南尽百蛮。”宋代大文学家、诗人苏东坡，被贬岭南和得赦归朝，经过此关，并作《次韵王郁林》一诗：“晚途流落不堪舍，海上春泥手自翻。汉使节空余皓首，故侯瓜在有颓坦。平生多难非天命，此去残年尽主恩。误辱使君相拉拭，宁闻老鹤更乘轩。”遗留的诗文还镌刻在石碑上。

此外，还有唐代李德裕，宋代李纲，明代的解缙等贬官，皆饱学之士，虽鸿迹之偶经，但对北流文化的影响却极其深远，其直接结果，便是北流文气初开，“敦品力学，代不乏人”。中进士者，宋有冼积中、坦中庸，明有陈文昌、李文凤、李宏，这些人物的出现，不仅标志着北流文化已渐与中原文化融为一体，更重要的是为清朝乾隆、嘉庆北流文化黄金时代的到来造成了一种蓄势。

特殊的地理位置、悠久的时代文明和丰富的历史文化，为北流文化产业的开发积累了十分丰富的资源和潜力，也是北流文化发展繁荣的根本。正是有了这些深厚的文化底蕴，孕育了林白、朱山坡等一大批北流籍作家涌现，老中青相继，形成了区内瞩目的作家群体，这是北流的文学现象，是北流积淀深厚的历史文化的闪现，是北流的作家们弘扬传统、开拓创新的结果，也是北流市委、市政府多年来坚持发展先进文化、发展文化产业、重视文学创作所取得的丰硕成果。

奠基

文学是一个民族精神的集中体现，也是一个时代精神的有力反映。在北流这片古老而神奇的土地上，悠久的历史和丰富的资源孕育了北流人生生不息的文学之梦。清朝北流一共诞生了13位进士，杰出者如阙邦觐、李绍昉等。现当代有著述九十余种的史学家与国学大师陈柱、一生创作诗词1000多首的教育家与诗人冯振、教育家陈一百、音乐家何名忠、画家马达及名将李明瑞、俞作豫、俞作柏、中国科学院院士党鸿辛、东南亚华人领袖曾永森等。新中国成立后，特别是20世纪80年代中期，北流又涌现出一批才子佳人，出版有《沧桑北流》《圭江夜泊》等著作的覃富鑫，出版有《萍踪丝语》《容山哓璋》的张向明，出版有《好的故事》《北京丽人》和诗集《温软的梦》的李洪波。创作有《粤语诗经》的陈林，另外《北流县志》主编卢岱荣，还有宁绍旗、李小冰、邹小玲、吴健仁、卢岱荣、陈林、廖毅、刘海峰等。特别是李洪波，近年来依然笔耕不辍，创作了多部长篇、中篇和短篇小说在一些刊物发表。他们大多是北流当地的“文化名人”，影响了不少文学爱好者。

到了90年代中期，特别进入21世纪以来，文学好似给北流人开启了一道闪着希冀之光的大门。朱山坡、吉小吉、梁晓阳、谢夷珊等人开始在《人民文学》《花城》《青年文学》《诗刊》《天涯》等全国知名刊物上发表诗歌、散文、小说等体裁的文章，那是一个文学创作的激情时代，随着这些作者先后加入中国作家协会，更多爱好文学的北流人追随其后，把北流式的书写推到更远更宽广的天地。

而这群被随后的北流文学爱好者们称为“大佬”的文学先行者，在把北流文学之梦带出广西走向全国的同时，也不忘提携北流当地的文学爱好者。1999年，吉小吉、谢夷珊等人召集了20多名诗歌爱好者，组成诗歌沙龙，取名“漆”。当时的成员中陈琦、朱山坡、伍迁、吉小吉、谢夷珊被称为“漆五君子”，他们创作了大量具有影响力的诗歌，作品频发知名刊物。“漆”的成立，更是带动和挖掘出了大批爱好诗歌写作的人才，他们如雨后春笋般现身在中国这座偏僻的古老小城里。

北流作家群的崛起，与北流市委、市政府的大力支持密不可分。北流市委、市政府高度重视文化建设，积极推动文学创作，为作家们提供了良好的创作环境和广阔的发展空间。北流市委、市政府、北流市文联、北流市作协等部门多次举办各种省级文学活动。2002年、2006年、2009年连续举办三届广西青年诗会，自治区领导潘琦出席了第二和第三届广西青年诗会；2005年举办了中国华南青年诗歌研讨会；2010年成为广西文学创作五强县市区之一；2015年承办了首届广西诗歌民刊联谊会，协办《广西文学》散文新锐专号研讨暨散文创作培训班；2016年协助《广西文学》做好了全国著名作家重返故乡采风团到北流采风活动。2013年–2017年，连续主办或承办了五届诗意岭南活动。2018年至今五年来，协办了第十七期广西青年文学讲习班和2021年《广西文学》基层作者培训暨改稿班，第五届广西花山诗会等。与此同时，作为已经“走出去”的对北流文学界影响极大的著名作家林白、朱山坡经常应邀返乡指导北流文学的发展。

为推动北流文学事业的发展和繁荣，打造岭南特色文化强市，提升北流发展软实力，北流人努力的脚步永不止。由广西大业建设集团有限公司、广西铜石岭旅游发展有限公司与北流市文联、北流市作协共同设立的“大业文学奖”，培养和扶持着文学新人，激励当地文学创作；北流市文联于2020年成立并挂牌运行北流市文学院，成为全民参与阅读与写作的标志。而作为北流文学起源的《北流文艺》杂志，自梁晓阳担任主编、吉小吉担任执行主编后，杂志更是立足北流作家群，放眼广西区内外，重点推出北流作家，突出名家指路，兼顾发表区内外作家作品，为北流市培养了大量文艺创作人才。

崛起

近年来，北流涌现出了一批植根于北流深厚的文化土壤中，坚持不懈地从事文学创作活动的作家群体，他们属于北流籍或是在北流工作生活的人，他们通过抱团群暖，相互激励，共同进步，形成了一个相对紧密的群体，他们以自己的笔触和文字，描绘了北流的美丽风景和丰富文化，成为崛起的北流作家群。这些作家中，有的是年轻的文学新秀，有的是资深的文学家，他们的作品涵盖了小说、散文、诗歌、报告文学等多个文学领域。他们的作品不仅在当地广受欢迎，还在全国范围内获得了广泛的认可和好评。

现已享誉全国的作家林白，其作品大多以北流作为基点进行书写，小说语言自由妖娆，具有强烈的诗性特点，著作先后获华语文学传媒大奖，老舍文学奖长篇小说奖、中国女性文学奖、第九届茅盾文学奖提名奖等诸多大奖。"新南方写作"代表作家朱山坡是短篇小说的一颗耀眼的星，其作品先后获得郁达夫小说奖、上海文学奖、鲁迅文学奖提名奖、林斤澜小说奖等多个全国奖项，善于用质朴的语言书写波澜壮阔时代的作家梁晓阳获首届三毛散文奖，吉小吉的诗歌常被大学生进行研究并当做毕业论文来写，谢夷珊域外诗歌信手拈来，作品写的是国外所见所感，并且都有不小的体量，夕夏的诗歌充满浪漫气息，安乔子的诗愈发灵动而成熟，刘军海的寓言故事深得孩子们的喜爱，潘雄杰的小说亦庄亦谐，曹美兰的散文善于在故事和细节中回望童年……

在北流作家的作品中，均饱含着作家们不忘初心的坚持，在电子智能化大时代的干扰下，纯文学已不再是人们阅读的首选，但依然不足以撼动文学爱好者们坚持静心创作，力争努力突破自己的决心。一分耕耘一分收获，北流作家的文学作品不断在国家级、省级等名刊大刊发表。吉小吉、谢夷珊在《人民文学》发表作品；吉小吉、朱山坡、谢夷珊、陈琦、安乔子、夕夏、陈一默、梁仕爵在《诗刊》发表，其中谢夷珊的组诗《槟榔屿》在《诗刊》头条配正反方评论推出，此外还在《民族文学》发表长诗；梁晓阳在《花城》发表散文，在《中国作家》发表长篇非虚构《出塞书》；《小说选刊》《新华文摘》《散文选刊》《青年文摘》分别选载过朱山坡、梁小平、吉小吉、韦延才等的作品。黄应樑、潘雄杰、曹美兰、覃琼燕、何里利、颜鸿、彭奋、莫晓霞、陈予启、龙海锋、李中华、陈一默、陈奕娟等一大批作家的作品经常在《广西文学》《星星诗刊》《扬子江诗刊》《诗歌月刊》《诗选刊》《延河》《青年作家》《草堂》等省级以上刊物发表。

北流作家们频频获得国家级扶持和自治区级扶持奖励。梁晓阳签约中国作家协会 2016 年定点深入生活项目，2017 年，长篇散文《吉尔尕朗河两岸》获得再版，2019 年，《天堂谣》获中国作协定点深入生活项目扶持，成为文学桂军出名作攀高峰主创成员，长篇小说《出塞书》在《中国作家》杂志发表并由作家出版社出版发行。吉小吉签约中国作家协会 2017 年定点深入生活项目、广西 2014–2015 年重点文学创作扶持项目、广西"2+1"文学创作扶持项目。安乔子、陈振波签约广西 40 周岁以下青年文学创作扶持项目。在自治区成立 60 周年文学歌曲创作征集评选活动中，吉小吉获诗歌类二等奖，谢夷珊获诗歌类三等奖，梁晓阳获报告文学类三等奖；在自治区成立 60 周年讲好"广西故事"民族团结进步征文中，梁晓阳创作的纪实散文《富海军魂》荣获二等奖。安乔子出席第 20 届全国散文诗笔会，荣获广西第五届花山诗会年度诗人奖，诗歌《一首诗》获第三届"浪漫海岸杯"国际华文爱情诗大奖赛三等奖。夕夏荣获第十一届"诗探索 · 中国红高粱诗歌奖"提名奖，《苏州居记（组诗）》荣获中国作家协会《诗刊》社、中共苏州市委宣传部、苏州市文学艺术界联合会“最江南”诗歌征集三等奖。谢夷珊分获第五届、第六届“诗探索·中国诗歌发现奖”提名奖，第十一届“诗探索·中国红高粱诗歌奖”入围奖，诗歌《河流的母语》获《飞天》杂志社征文二等奖，长诗《一个农民对千亩稻田的叙述》获“中国梦·我的梦”全区征文比赛一等奖，与安乔子一起荣获广西第五届花山诗会年度诗人奖。陈一默《陈一默的诗》荣获2021年度《广西文学》优秀作品新人奖。莫晓霞《一座小城镇的大梦想》荣获《广西文学》、广西作家协会“庆祝中国共产党成立100周年”重点主题文学创作全国征文报告文学二等奖。刘军海出席中国寓言文学研究会第九次全国代表大会。梁银杏散文作品荣获自治区自然资源厅、中国自然资源作家协会、广西作家协会“自然八桂党旗红”“壮美自然杯”自然文学征文佳作奖。颜鸿、曹美兰的散文作品分别荣获自治区自然资源厅、中国自然资源作家协会、广西作家协会“自然八桂党旗红”“壮美自然杯”自然文学征文优秀奖。

北流文学创作得到了全国各地评论家的关注，研究北流作家文学创作的成果不断在《南方文坛》《中国现代文学论丛》《文艺报》《生活周刊》以及各地大学学报等文论刊物发表。其中《广西民族师范学院学报》在“文学桂军点将台”栏目以小辑的形式分别在2018年第一期一次性推出3位评论家研究梁晓阳散文的成果论文三篇、在2020年第四期一次性推出6位学者研究吉小吉诗歌创作的成果论文四篇。今年，该学报栏目又组织了关于梁晓阳、吉小吉、安乔子、曹美兰的作品多篇论文准备刊发。2022年2月，由北京语言大学“一带一路”研究院主办，作家出版社、《诗刊》社、中国散文学会及《世界文学》杂志社等机构共同参与的“一带一路”文学发展主题研讨会在京举行，在诗歌专场研讨会上，研讨和推介了谢夷珊等8位诗人的作品。

北流作家在文坛的影响力日益提升，受到自治区作协的关注，梁晓阳、安乔子先后被推荐录取为鲁院文学院中青年作家高研班学员，曹美兰被选送参加鲁迅文学院广西青年作家高研班学习。据统计，目前工作和生活在北流的省级以上作家、艺术家协会会员达到42名。

北流作家群的崛起，不仅为北流市的文化建设注入了新的活力，也为广西文学的发展做出了贡献。他们的作品不仅具有地方特色，也具有普遍的人文价值，展现了广西文学的多样性和丰富性。

边缘的超越

——论新南方写作视阈下的北流作家群

何珈阅

摘要：最近两年，一些学者和作家就“新南方写作”展开了热烈的讨论，而新南方写作视阈下的北流作家群，在地域上正处于边缘和模糊地带，其文学创作中日益凸显的自觉的意识和鲜明的创作风格逐渐使北流作家群成为一股崛起的力量。从新南方写作的角度出发对北流作家群进行研究，可以发现北流作家群的创作中拥有鲜明的南方性、主体性和生命意识，这是其独特的新南方写作特征。随着“新南方写作”范围和意义的延伸，北流作家群在一定程度上实现了对传统的延续和对现实的超越，具有重要的广西地方性文学史意义和现实价值。

关键词：地域性；新南方写作；北流作家群；边缘

在中国，绝大多数河流向东或者向南而流，而广西北流市境内的圭江则特立独行，蓄全身之力向北而流，这是一条执意要与世界相异的河流，它的存在似乎预示着北流河畔有一种异样景象正蓦然萌发。在北流，有一群对文学“喋喋不休”的人们，他们以酒论诗文，在文学的世界里志同道合，以下将他们称为北流作家群。北流市是广西玉林市下所属的县级市，北流作家群即指从北流市走出来的北流籍作家团体，主要成员有林白、朱山坡、梁晓阳、吉小吉、谢夷珊、安乔子、夕夏等。北流作家群的成果众多，创作面貌丰富，众多优秀的诗人、小说家从北流出发，沿着圭江一路向北，走向阔大的世界。

2005年8月9日，由中共玉林市委宣传部、广西作家协会、《南方文坛》杂志社、玉林市文联共同主办了“天门关作家群”研讨会，对玉林作家群（即“天门关作家群”）的发展做出总结、提出建议，在这次研讨会上，冯艺认为“‘天门关作家群’是文坛桂军一个重要的组成部分”，李敬泽认为玉林作家群正为文学提供了人们所需要的“偏僻的眼光和偏僻的表达”，他指出“在偏远的地方写作，在人性偏远的、遥远的角度，偏远的路径出发，去接近那种庞大的、浩瀚的人性和生活。”[1]。批评家张燕玲的《从“鬼门关”出发——崛起的玉林作家群》从“鬼门关”作为桂东南文化之象征、文学家的心灵原乡的角度，对玉林作家群进行了学理性的批评，寄予其极高的期待。[2]由此可见，早在多年前文坛就已注意到了来自广西玉林的文学力量，当时的研究者多从地域的角度对玉林作家群的文学创作进行阐释。在对某个区域作家的整体研究中，地域性固然是一个离不开的话题。对于广西作家的整体研究，谢有顺曾指出“并不是每个地方的作家都可以当作一个整体来研究的，比如我所在的广东，作家们来自五湖四海，写作风格差异极大，就很难概括出他们的共性，但广西作家的地方风格是存在的，而且比较清晰，这不完全是因为广西作家群中的大多数人来自广西本土，更重要的是，这些作家有一种朝向本土的写作自觉。”[3]北流作家群中的部分作家虽然如今已分散至全国各地，但同为从北流河的大染缸中出来的北流作家，身上仍拥有着鲜明的共性，本土朝向的意识也愈加鲜明。在文学地理学的研究中，作家的出生和成长之地至关重要，认为“这是文学家的生命原乡、生活原乡、精神原乡”。[4]原乡的本色在北流作家群的文学创作中有迹可循，成为他们的文学特色。

直到“新南方写作”的提出，对北流作家群的研究打开了一个新的方向。新南方写作是对文学地域性的继承和超越，它站在一个阔大和包容的立场上，以鲜明的自主性和地理性建立新南方的文学传统。与此同时，随着主体意识的逐渐觉醒，处于边地的北流作家群的创作风貌也发生变化，北流作家群的创作中所显现的特质与新南方写作不谋而合。新南方写作和北流作家群的相遇，可以称得上是“天作之合”。在新南方写作之风的拂面下，北流作家群这股自边缘地区异军突起的文学力量，从彷徨走向自觉，从依附实现独立，追求文学对现实的超越。

一、“新南方写作”的提出

文学的地域性是作家的生命和精神的原乡，文学的魅力可借助地域性得到彰显。学者丁帆发现了中国文学中地域性深度探索的缺失，曾提出新世纪的中国文学应重视“风景”，他认为“民族的文化记忆和文学的本土经验是‘风景’描写植根在中国特色文学之中的最佳助推器。”[5]丁帆提到“风景”就是自然景观和人文景观、民族气质的融合，甚至可以上升到哲学层面，是一种超越单纯的景观描写的“风景”。文学地域性的意义究竟何在？贺仲明给出了自己的答案：“地域性的意义确实不可忽略，因为一方面，文学的地域性本身内涵丰富深邃，它完全可以生发出深刻的思想，依托深厚地域文化精神，可以诞生独特深刻的思想；另一方面，地域性背景并不妨碍更高思想的楔入。”[6]丁帆和贺仲明的观点突破了作为风景、民俗描绘的地域性的浅层内涵，为地域性的深入扩展开拓了广大的空间。地域性作为文学作品的一个特征之一，它带来的将是个性的彰显和意义的延伸。纵观中外经典文学，惠特曼笔下广袤无垠的美国、哈代笔下的英国乡村，还有莫言的高密东北乡、汪曾祺笔下雾气缭绕的江南水乡、王安忆的上海，地域性成为这些作家的作品中鲜明的特色，他们不仅关注到了地域的景象，还有地域中的人、地域之精神，并将它们熔铸在一起，文学的魅力在作家所呈现的地域中茂盛生长。

新南方写作的出发点正是文学的地域性，它正是立足于南方的土地。2021年，《南方文坛》第3期“批评论坛·新南方写作”栏目聚集了杨庆祥、东西、朱山坡、林森、曾攀等一众批评家、作家的评论文章，以集体之力向学界推出“新南方写作”。其中杨庆祥的《新南方写作：主体、版图与汉语书写的主权》以学理性的探讨得到了学界的关注。从呈现地域之景象、人和精神的角度来看，新南方写作固然与文学的地域性有着密不可分的关联。但“新南方写作”并不等同于地域性。“新南方写作”较之于地域性，更富于文学边界的可能性和想象。从名称上看“新南方写作”，“新”代表着区别于“旧”的南方文学，“新南方写作”的“新”有几层含义，一是其有着新的划定范围，因不同于传统意义上的以某个行政区划为单位的文学群体，新南方写作更多的是作为一种以南方以南为疆域的文学概念，杨庆祥所划定的新南方写作的地理范围是中国的海南、广西、广东、香港、澳门，以及辐射到南洋的新加坡、马来西亚的现代汉语写作。“新”的第二个层面是指新作家、新作品，在新南方写作提出之前，就已经涌现的一批作家如黄锦树、朱山坡、林森、王威廉、陈崇正、林棹等，他们有的成名不久，有的初露锋芒，其作品不仅在内容上表现出南方气象，更是在精神上隐现出新南方意识。已经成名在望的作家推出的新作品，也流露出浓郁的南方气息，例如林白的《北流》，以主人公李跃豆从故乡离开到再度回归的视角，细数那些在北流河畔蓬勃跳跃的生命。第三层是“新”的精神和意识。这种“新”的精神和意识可以分为两点，其一是世界性，新南方写作区别于以往的南方写作的最鲜明的一个特征是更加包容和阔大，新南方写作是可以和世界接轨的，南方写作是一个世界性的概念，如福克纳的小说就是美国的南方写作。南方写作在世界地理的方位上是相似的，在文学抵达生命本质的追求上是相同的，但在地域风貌和精神气质上的展现是有所不同的。新南方写作正是要与世界文学接轨的同时，展现自己的个性，正如朱山坡所说的“在世界中写作，为世界而写，关心的是全人类，为全世界提供有价值的内容和独特的个人体验”。[7]“新”的精神和意识又可以解释为一种“新”的主体性，在对新南方写作的概念进行阐释时，杨庆祥认为现代汉语的文学版图应该是多元而不是一元的，南方的文学以其异质性和多元性作为并不依附于北方文学的一种存在，有着自身的主体性和特征，南方以南的文学需要逃离主流进行重新命名，因此新南方写作应运而生。当人们提到中国南方的文学时，多会不由自主地想到以汪曾祺为首的江南文学、沈从文田园牧歌式或描绘民俗和自然的湘西文学，或是以王安忆为首的上海文学，尽管中国南方的地域何其辽阔，但除此之外的岭南、福建、海南的文学似乎销声匿迹，无人问津。“新南方应该指那些在地缘上更具有不确定和异质性的地理区域”，因此，杨庆祥在提出新南方写作的同时，也是为处在边缘的文学正名。[8]可以说，新南方写作是一个没有受到主流之规训的，被模糊和失落的文学群体的呼喊，在文学的同质化问题愈发严重的今天，新南方写作象征着一种冉冉升起的自主性和浓郁的异质性。

从广西文坛的历史痕迹溯源，可以发现新南方写作的横空出世并不是空穴来风，而是有迹可循。从20世纪80年代开始，广西文坛上演了几场轰轰烈烈的文学论争，分别是梅帅元、杨克等人提出的弘扬百越文化传统的“百越境界”，主张抛弃广西传统文化、走出广西的“广西文坛三思录”和探讨广西文学之出路的“振兴广西文艺大讨论”，最终论争的结果是形成了一系列文学制度和政策，并发出“文学桂军”的口号，以集体的文学力量向全国文坛发起冲击。这几场文学论争的目的都是要建设和发展广西文学，推动广西文学向全国和世界靠拢。肖庆国将这三次论争的发起缘由归结为“深重的‘边缘性焦虑’”，认为广西文学正是将自身放在全国文学的场域之下产生了这种焦虑。[9]因此，无论是“百越境界”还是文学桂军，都是边缘在缺乏主体性的情况下向中心的靠近，也就是杨庆祥一针见血指出的南方仅作为北方“一个依附性的结构”。[10]由此看来，新南方写作既是前几次论争在某些方面的延续，又是一种与众不同的创新，其特点和不同之处显而易见。区别于被动地接受中心领导，依照中心的规范进行的创作，新南方写作是一种主动寻找和建立自己的主体话语和范畴的文学概念。新南方写作正是以独立、开放、包容的姿态，以自己独立于世的创作想象和风貌，淡化和瓦解这种由来已久的边缘自卑和焦虑。从“文学桂军”到如今新南方写作视阈下的广西文学，一种新的意识正在诞生和觉醒，当我们谈论新南方写作，更多的是在谈论南方文学的主体性和异质性。

二、作为边缘的北流作家群

无论是林白还是朱山坡，都习惯于将自己的故土北流称为“边地”“边城”，这说明作家对于故乡的认知是与北流所处的“边缘”地域分不开的。实际上，北流的“边缘”地域有两层解释，一是指北流位于中国五岭之南的广西，在地域上自古以来远离政治经济文化中心，在地形地貌上呈现出南方边远地区所特有的丹霞地貌和喀斯特地貌共生，在民间文化上表现为气象万千的百越民族文化。“边缘”的第二层含义是指北流地处于广西地理位置上的边缘，与邻省广东相靠近，靠近时下所称呼的“粤港澳大湾区”。这两层边缘的含义代表着北流所立足的土地既是中国的南方以南，同时也正夹在两个不同地区的交界处，两层含义也决定了北流的地理位置和文化内涵，首先是偏远的、原始的，与主流中心的地理和文化呈现出异常的样貌，其次北流是处在桂粤两种相近而又不同的文化之间的，这决定了北流的文化将呈现出一种交错杂糅的状态。从这两层边缘性出发，可在北流作家群的文学创作中窥见一些端倪。

广西北流市，因圭江向北而流得名，位于中国南部、广西东南部，地处广西和广东之间，与广东高州相近。北流地貌奇崛丰富，著名的“鬼门关”矗立于此，是天门山和龙狗岭对峙之下形成的一座天然屏障，也是古人被贬往南方的途经之地，苏轼南行路过此地时也不免感叹一句“自过鬼门关外天，命从人鲊瓮头船”，究竟是鬼气还是恐惧，我们不得而知。北流有一座勾漏山，山上的勾漏洞是自古道家修行之处，据林白小说《北流》中所言，勾漏洞曾是晋代葛洪炼丹修仙之处。勾漏洞内石柱千奇百怪，暗河涌流，洞外雾气缭绕，丛林密布，亚热带的湿热孕育了北流丰富的物种，树林野草在层层迷雾中肆意生长，瓜果遍地。这就是北流所拥有的独特景观，自带南方的勃勃生机，也拥有原始气息浓厚的民间文化。广西是一片拥有着多民族的土地，林惠祥曾在《中国民族史》中指出：“百越所居之地甚广，占中国东南及南方，如今之浙江、江西、福建、广东、广西、越南，或至安徽、湖南诸省。”[11]广西作为百越民族的聚居地之一，民族文化、道教文化等多文化的汇聚使得广西的文化携带着一种神秘的民间色彩。北流，就是以一种异样的景观立于边缘之上。

同时，也正因北流处于边缘地区，与中心和主流意识形态疏离，使得北流作家产生了彷徨、自卑的情绪。不仅是北流，放眼近几十年来的广西文学，正是带着这样复杂的情绪处在边缘与中心的拉扯之中。20世纪90年代，广西文学界上演了一场“振兴广西文艺大讨论”，主要对广西地域文化和文学作出批评和反思。有学者整理出了此次讨论所聚焦的四个层面，分别是广西的地域文化与广西文学之间的关系，广西的民间文学传统，广西文学所采用的叙事形式以及广西文学的制度。[12]在探讨广西的地域文化与广西文学的关系时，有两篇评论文章值得注意，第一篇是周伟励的《广西文化悖论》，尽管文章对广西本土文化的见解不失为悲观，但同时精辟点出了广西人的自卑心理，如提到讲着一口“桂腔粤语”的桂东南人士时，“北方佬分不清粤桂，必问：广东人？而此君必大大方方答曰：然也！于是身份骤增，举手投足俨然一广东客”。[13]在强烈的地域自卑感面前，不少广西人耻于承认自己的地域身份，更愿意佯装成外省人。第二篇评论文章是《两广文坛的困惑与出路》，文章谈到广东文化是以具有现代气息的海洋文化为主，广西文化则以原始气息浓厚的壮文化为主，相比之下，开放包容的广东文化优于闭塞保守的广西文化。文章对身处粤文化区域的桂东南地区寄予厚望，认为这片区域正受到改革先进文化之风的吹拂，而北流正是处于这一片粤文化区域影响下的桂东南地区。[14]这两篇评论文章，既揭示了广西边缘地域所致的尴尬窘迫的困境，以及这种困境之下广西人产生的先天自卑的情绪，也反映了在看似更先进的广东文化面前，广西人的主动融合和走近的倾向。

以上两篇文章所表现的对于自我身份的认同问题和两广文化的交互影响，尤其在处于桂粤交界处的北流作家群及其创作中可见一斑。林白的小说多具有自传性质，在《一个人的战争》《北去来辞》中多次强调主人公来自拥有“鬼门关”的偏远边地，林白也曾在创作谈中提及自己的来路，“跟北京相比，北流是蛮荒之地。这种边民的身份就是我生命的底色。”[15]可见，林白认可自己边民的身份，也毫不掩饰地在小说中流露这种“生命底色”。然而当谈及其广西人的身份，林白却多有疑虑，“说我是福建人我会比较窃喜，说我是广西人我很不爽。长期以来，对自我身份的认同，自我认知，自我想象，总是在摇摆之中，探究起来有很多复杂的原因……广西，除了外貌的特点，像马来人种，还有其他的行为特质，有点憨，有点二，有点神经质，有一点小自卑。”[16]林白既认同了广西人所特有的自卑心理，同时又可以看出她对自己作为广西人这一身份的排斥，对于自我身份的认定仍存在疑虑。生长在广西，却不认为自己是广西人，究竟是一种什么样的心理？这种特殊的心理源于一种自我身份的不确定性，身处于落后地区和发达地区之间，身心的摇摆造成了这种不确定性。朱山坡说：“我的家乡在广西东南部，与广东省的高州城的亲近程度甚于我所在的县城，很多与发达地区有关的信息都是从那里源源不断传来的……落后地区和发达地区的交接处是一个使人着迷的地方……”[17]对于北流人而言，广东的高州象征着发达地区，而自己所处在的广西是落后地区，在落后与发达之间形成了一种心理落差和自卑情绪，作家自我身份的认定也在二者之间徘徊。

除了产生一种对自我身份的不确定性之外，北流和北流作家也在无形之中受到广西文化和粤文化的影响，也就是朱山坡所说的粤桂边城的特点“比如生态环境、风俗习惯，比如我们的白话，比如港澳文化、岭南文化和南越文化”。[18]对北流作家来说，这是一种得天独厚的优势，朱山坡敏锐地抓住了这种优势。南方的风光不止江南和桂林，未被人们发掘的桂东南地区在朱山坡笔下无法说尽，正如他的诗歌《粤桂边城》中所写的“人们一直以为 / 江南以南山水至桂林为止 / 我却在岭南一隅笑 // 现在许多画家都想以桂林出名 / 我和高州的朋友说 / ‘一群井蛙’”。粤桂边城的独特印记在朱山坡的创作中不时闪烁，吐露着浓郁的地域气息，山野乡村、凶险的河道、台风、暴雨、野芭蕉树、骑楼，“还有那些狂野的禽兽、生机勃勃的植物和热气腾腾的内心”。[19]在朱山坡的粤桂边城里，作家着重渲染的还是特殊时代下边远乡镇的苦难和哀怨。米庄就是朱山坡所塑造的苦难发生的地域，明明叫米庄，那里的人们却肚子空空如也，总是在饥饿中茫然呐喊。同时，米庄作为朱山坡故乡的原型，受到来自代表着现代化的高州城的侵蚀和冲击，《我的叔叔于力》《米河水面挂灯笼》都不同程度地展现农民“米伤贱农”的悲惨命运。

林白、朱山坡等北流作家的创作中都不同程度地存在着一股来自广西地域的原始意味。林白小说中的“巫气”是评论家们常常提及的内容，这种文学的“巫气”明显是受到了广西地域文化中巫鬼文化的影响。《子弹穿过苹果》中就透露着一种巫气，马来女人蓼充满着神秘和诡异，小说多次提及在“我”眼中蓼就是一个女巫，“蓼的眼睛像猫一样在黑暗中也能闪光”，她还能够听见从年久失修的阁楼上传出女人的声音。[20]在用北流方言编撰成的《李跃豆辞典》中，林白提到“鬼婆”即巫婆的意思，巫与鬼有着千丝万缕的联系。这种巫文化与鬼文化的结合，在《回廊之椅》中有所体现，小说中既描绘了充斥着阴森的鬼气的章家宅楼，又讲述了巫文化中关于“放蛊”的传说，七叶的回答像是“立即传导了一种强烈而怪异的东西，我一时不知道那是什么，同时我觉得头脑十分混乱”，“我”自从来到章家宅楼，仿佛中了蛊一般。[21]无论是小说中的虚幻还是现实，都弥散着阴冷凄清的氛围，林白正是在这种氛围的烘托之下，讲述着一段隐秘、悲剧性的感情。朱山坡的小说中也有不少关于鬼魂的故事，通常以一种荒诞、怪奇的方式呈现，《灵魂课》中农村人的灵魂在城市里无处安放，《风暴预警期》中荣耀见到一整船诡异的人形巨蛙，《牛骨汤》里一路觅食的父亲已经双脚离地变成了鬼魂，仍在寻找那碗不存在的牛骨汤。有批评家曾赞扬广西文学中的这种“巫气、灵气、鬼气、水气”，认为这正是广西文学的引人之处。[22]山川河流的气息影响一个作家的写作，令人不寒而栗的“鬼门关”激发了北流作家的想象，诞生了这种“巫气、灵气、鬼气、水气”。弥漫在南方土地、森林、河流的巫鬼传说，都深入到林白和朱山坡的语言当中。可以说，林白和朱山坡对广西文化的吸纳和处理恰到好处，提炼萃取出广西地域文化的独特之处，在地域文化与文学的融合中找到了一种精妙的表达方式。

方言是地域文化的承载物，也是地域精神的形态之一，它具有地域的鲜明特征，能够唤醒人们对于地域的认同和集体记忆。粤语方言是粤文化中重要的一环，北流勾漏片方言是粤语方言中的一个分支，也称白话。朱山坡曾谈到粤文化和粤方言对自己的影响，“我生活的地方跟广东交界，广东对我的影响远远超过广西对我的影响。粤语方言对我的影响蛮大。”[23]粤语对朱山坡、林白等作家的影响直接体现在创作上，朱山坡表示自己长久以来的创作多是从方言翻译成普通话，“得用‘北方’的词汇替换更为准确的方言”，自己的思维逻辑仍是方言的思维。[24]对于长年流寓北京的林白来说，尽管她的方言思维已经退化，但在方言意识的觉醒下，林白完成了一部将方言与普通话融合的小说《北流》，主人公李跃豆具有粤语方言的认同感，来到陌生的语言环境，使用粤语交流和演讲缓解了跃豆紧张的情绪，即使身处异地，能让陌生的人们联结起来的仍然是方言，这源于一种共同的地域精神，唯有在精神的原乡，人的内心才会感到宁静和释然。

在对自我身份认同方面，北流作家群虽与广东接近，满嘴粤语方言，但在地域身份上仍被认定为广西人，在文化方面，北流作家群在广西文化的本色之上，又吸收了来自广东的文化，尤其是粤语方言的文化，这样一种因处在边缘而导致的复杂矛盾的心理和杂糅的文化，投射到北流作家群的创作之中，诞生了一种交融和碰撞之下的文学力量和独特的创作风貌。

可以说，北流作家的边缘性正契合了新南方写作的特质。杨庆祥认为“新南方应该指那些在地缘上更具有不确定和异质性的地理区域，他们与北方或者其他区域之间存在着某种张力的关系——而不仅仅是‘对峙’”。[25]北流以其边缘处境正切合了这种“不确定性和异质性”，以及杨庆祥所说的文化杂糅的“临界性”。北流文化既与主流产生一种张力，又因其处在桂粤之间，具有不同于其他南方的异质性。北流作家群正是从一种异质出发。在自然环境和地域文化的作用下，一批北流作家林白、朱山坡、吉小吉、谢夷珊、梁晓阳以一种文学的异质性冲破土壤，滋生出奇特瑰丽的文学想象。北流籍作家林白是第一个突出“鬼门关”重围的人，她早期的代表作《一个人的战争》大胆书写着浓郁而隐秘的女性意识，在后来的《妇女闲聊录》《万物花开》《北去来辞》中，林白一次次实现突破，不再局限于个人化、私语式的探索，而是由内转外，直面现代文明冲击下的城市和乡村中的小人物，使其作品走向了一个广阔的世界。林白的新作《北流》回忆与现时交替进行，以碎片化、意识流的形式完成了对于故土和自我的观照，后文将详细论述。朱山坡从诗歌开始文学创作，以写短篇小说见长，偶有长篇作品，他的小说基于故乡北流建造了一个属于他的“高密东北乡”——米庄和蛋镇，值得注意的是，这两个虚构的地名意味深长，象征着饥饿和破碎的苦难，这也是朱山坡小说中常见的主题，朱山坡擅于从这两个虚构的故乡生发出具有原始生命力的幻想和思考。吉小吉和谢夷珊以诗歌创作为主，吉小吉认为诗歌应该关注生活，“诗歌要回归生活，回归本土，回到原生的状态”。[26]因此，他的诗歌语言有着质朴、平实的口语化特征，诗歌始终保持着紧贴土地的姿态。谢夷珊的诗歌在北流作家群中是一道异样的风景，诗中交织着岭南山风和一股海洋气息，从遥远的海岸传来诗意的呼唤。

三、北流作家群的“新南方写作”

“新南方写作”里雨林密布、万象丛生，字里行间充满着野气、潮湿和梦幻，在叙述上多体现出现代和后现代的元素。可以说北流作家群的创作丰富了新南方写作的文学景观，以个性化的表达增添了“新南方写作”中那股野性和草莽气。北流作家群的创作中也不同程度地呈现了与新南方写作有关的特质，可归纳为鲜明的南方性、主体性的建构以及生命意识的彰显。

要论及北流作家群中的新南方书写，第一个应该指出的就是其南方性。北流作家群所处的都是同一个南方，南方却在他们的笔下构成了不同的形态和意义，或者说，他们每个人心中都有一个属于自己的北流。植物的意象在林白的小说中具有典型性，她曾坦言在创作《北去来辞》时受到法国画家亨利·卢梭画作的影响：“他那些不属于任何热带地区的热带丛林幻想画——那些或剑形、或蛇形、或桃形的阔叶，在错综的枝叶中，硕大的鲜花朵朵怒放，动物生猛，目光炯炯。”[27]在接受故乡亚热带气候洗礼的基础上，林白吸纳了这种来自热带的浓郁风格，不仅以卢梭的作品作为《北去来辞》的封面，还将这种庞大的植物、猛烈的生长体现为小说中一棵蓬勃壮大的龟背竹，以势如破竹的力量层层叠叠地包围着房屋。这种难以抑制的野性气质以另一种形式在林白的创作中延续下来，变成了长篇小说《北流》，关于植物的描绘在开篇的长诗中一泻千里，淋漓尽致，尤加利树、木棉树、鸡蛋花、芒果树……数不尽的植物在她巫术般的笔下长出生命，充满灵性，“你永远喜欢汹涌澎湃的植物和它们的无穷无尽”[28]。植物在《北流》中被赋予了更多的含义，书中多次写到一棵棵倒下的树变成了柴火，化作了烟，暗含着现代社会中缺少的生态意识；小五罗世饶喜爬树，“这时候杨桃树伸出了手，小五讲他要屙尿，边讲边攀上了杨桃树”。[29]米豆能够跟葱、芭蕉木等植物对话，与它们谈心，在林白纯真的文字中，植物与人类滋生出了情谊。跃豆也喜欢爬树，在树上滋生出天真的幻想，也通过树望见世界，植物在这里又变成了连接人们与世界的中介。

其次是主体性的建构，不同于以往的创作，近年来北流作家群的文学主体性逐渐增强，与新南方写作对自主性的呼唤相得益彰。米歇尔·福柯的话语理论指出了社会中存在的话语等级，在中国文学的语境下，普通话和方言书写背后正隐含着中心与边缘的等级观念。林白曾坦言自己从小有对普通话的崇拜情节，一度羞于开口说话，因自己夹带着浓重的南方口音，“我家邻居有一户是地地道道的老北京人，我觉得他们的语音太好听了，而北流话太丑了”。[30]北流方言于标准普通话，即是边缘于中心，边缘的自卑情绪使得林白产生对普通话的崇拜，也就是对于中心的崇拜。然而，在林白的《北流》中，作家之前对于方言和普通话的态度有所改变，普通话在方言面前逐渐黯然失色。《北流》每一节开头都出现的《李跃豆辞典》，自然而然地将读者带进了林白所建立的北流方言世界。小说多次将方言和普通话放在一起进行比较，“粤语在电视里一个词一个词地响着。忽远忽近……比普通话来得新鲜响亮”，粤语在量词“只”字巧妙的形容下变身忽明忽灭的萤火虫，灵动而透亮，可见对于跃豆而言，粤语的鲜活是普通话无法匹及的。米豆热爱普通话的音节，喜欢用普通话的腔调朗诵诗歌，但普通话总有枯竭的一天，在他体内的母语仍旧像野蜂般汹涌澎湃，“他用普通话诵完了‘我有一个梦想’，然后仿照大姐，朗诵了一首《长征》算是应着景呢……咩梦想呢，他再想不出普通话的句子。而母语滚滚而出，圭宁话他的母语，像野蜂”。[31]小说中也不乏对普通话的暗讽，“主持人整晚标准普通话，已无本地口音。早已认定普通话代表至高水平，圭宁话上不了台面”。[32]尽管普通话仍象征着中心、正统、规范，但方言所代表的边缘地域早已不是卑微、落后的代名词，而拥有着普通话难以企及的魅力和活力。从对方言的拒斥到运用方言写作，并在其创作中流露出对使用普通话的抵抗，林白对于方言的看法产生了极大的改变，对普通话的反抗，正是边缘对于中心的反抗，是边缘的觉醒，更是地域文化的觉醒，意味着林白身上边缘地域的自卑感有所松动。可以说，《北流》作为新南方写作的代表之一，林白完成的不仅是对于故乡风土人物的生动描摹，更是树立起如杨庆祥所说的不再“北望”的新南方意识，地域文化的主体性在《北流》中得以建立，处于边地的南方在北方面前不再处于卑微、依附的弱势地位，地域文化的自信在21世纪的新南方文学中再次焕发了活力。

梁凤莲指出，与权力中心的远离，一方面造就了岭南文化的自由生长，另一方面也带来了“自身文化无所归属的彷徨”，在此之下岭南不得不自寻出路，在文化上走出了自身发展的道路，在文学上表现为建构自己的叙事风格和话语。[33]朱山坡就在自己的创作中建构了一个属于自己的南方，在他的蛋镇中有以水果命名的芒果大街、菠萝巷，诞生了一个个混杂着台风、暴雨、洪水的南方故事，飞沙走石。朱山坡的语言中也流露出浓烈的南方痕迹，在他的笔下常能见到以自然风物充当修辞的语句，可见南方已经融进了作家的语言肌理当中，例如“被千山万水重重包围”，“它眼里的恐惧像洪水一样慢慢退去”，“段诗人一下子便像一条藤一样枯萎了”。[34]这些南方自然风物的加入，使得朱山坡的语言中夹带着一股异常生猛的力量。正如谢有顺所说，“南方是一个地理概念，也是一个精神概念”。[35]朱山坡笔下的南方更多体现为一种精神质地，而承载这种精神质地的主体正是人，《风暴预警期》中几乎每个人都怀抱理想，脆弱又坚韧，荣耀在故事的最后意外死去，五个被他领养的孩子在狂风暴雨中为他举行了葬礼，肆虐的风雨中一种蓬勃旺盛的东西从人们心里长了出来。即便在风暴的摧残下，朱山坡也一直相信“所有坚固的一切都将永驻”。

生命意识亦是新南方写作中的重要质素。从文学地理学角度来看，在南方的密雨丛林中，万物蓬勃生长，对于个体生命感受敏锐细腻的作家来说，自然的生命景象很容易引发作家产生对于生命的思考。孙明君关于生命意识的观点值得参考，他认为：“生命意识指人类发展到一定阶段后，对于人类生命的本体、对人生在宇宙中的位置、人生的价值、生存的意义诸问题的高度关切、思考，以及在此基础上对生命自由的追求、对生命痛苦的超越。”[36]他提示我们，生命意识不仅关注人类生命、生存的本体问题，还需深入到对生命、痛苦的超越上。朱山坡小说中的生命意识体现在生存的困境问题，即在饥饿、风暴等苦难下对于生存的渴望。饥饿叙事是朱山坡小说中常常出现的，儿时的饥饿从朱山坡的记忆中爬了出来，变成了有力量的文字，在叙述饥饿时，他一贯习用的反讽消失了，而是运用张力，使得他的作品产生深刻、锋利的效果，如《牛骨汤》中，“但我们都坚信他已经地毯式搜遍了世界每一个角落，只是食物躲在暗处，不肯与他相见”，“事实上，米庄已经有人饿死，只是我们以为是撑死，因为他们的肚子里全是黑土”。[37]在《风暴预警期》中，张力的内涵则更为庞大、丰富，在风暴随时会降临的蛋镇，“我”却拥有着一种对于生命孕育、母性的渴望，这种原始的生命欲望不仅表现在我对于从未见过面的母亲的苦苦寻觅，更投射在猫、鹿等动物的身上。喜爱小说结尾，“我”的小猫琪琪在猛烈的风暴来临前降生了小猫，毁灭和新生，极端的强大和弱小，一种巨大的张力在拉扯，小说正是在这种拉扯之间诞生了震慑力，也拉开了文学的想象空间。生命意识在林白早期作品中已有流露，在林白小说的研究中，女性意识与生命意识的关联是研究者们关注的焦点，林白把目光聚焦于一个个鲜活的女性，以自传性、同情的笔触剖析女性个体的挣扎和生存。随着林白写作的转向，仅仅是从女性意识出发探索林白书写的生命意识已显得有些单薄，其所表现的生命意识已经逐渐跨越了性别，甚至是物种。林白笔下的南方是一个万物有灵的世界，所有的生命已经与作家所生长的北流牢牢联系在了一起。林白小说中的河流是一个独特的意象，是由生到死的入口，在《北流》中，死去的天新长成了北流河中的一棵树，坚定而永恒地生长在北流河中。相比起树木的生命，人的生命是短暂、脆弱的，尽管年轻的天新已经逝去，但他将自己暗淡的生命通过河流进行了转换，以一棵树的形态将生命延续了下来，林白把人类共有的生命意识和其独特的植物王国结合起来，这样一来，死亡就变得不再可怕，“死亡不再是生命意识的终结，而是生命意识的升华”。[38]生命意识不仅是指其作品内涵，更是林白创作的自我革新，“所有的创作都是不断的生长，是生命到了这个点上”。[39]从《一个人的战争》到《北流》，从女性主义到跨越性别的生命书写，林白的创作生命同样是一个不断生长，始终保持生命活力的过程。

诗歌对于生命意识的书写更为直观，带来的冲击力也更强。吉小吉诗中的疼痛书写与生命意识有关，《寒风》是拟人化的风对人狠狠鞭笞的痛楚，《夜深人静的时候》中，如黄牛般拉拽的生活带给诗人疼痛之感，《触摸疼痛》中流露的是诗人面对现代化建设下山林鸟语的消失所感受到的痛彻心扉的感觉。吉小吉对外部世界的变动和困境有着敏锐的觉察，并能够将外部的疼痛带进诗中，转化成诗人身心的伤痕，用诗歌来承受这种切肤之痛，生命意识在此得到了深刻的体现。生命意识在谢夷珊的诗歌中也有彰显，诗歌《我身陷峡谷里》写到，“我抱紧静默的岩石/仰望峭壁上的巨树、枯藤，上升的浮云/偶见蝴蝶飞来几只，蜻蜓飞去一群”，诗人将“我”置身于绝望的峡谷之中，在这样的绝境下，人对于爱和生命的原始想象得到了激发和孕育，因此他说“陷落于此，梦见羊群和女人”“我试图，造就出一片斑斓的原野”，生命想象蓬勃于绝境之中，凄美而汹涌。

浓郁的南方性、主体性和生命意识，构成了具有北流特色的“新南方写作”。在这些创作特质中，隐现着北流作家们对于文学的某种坚持，那就是对传统的传承和现实的超越。

四、“南方”传统的传承与对现实的超越

在与张鸿的对谈中，朱山坡说：“我遵循有传承、有来路的写作。”[40]新南方写作正是一种“有传承、有来路的写作”，其文脉可以追寻到唐朝传入中国的一部佛教经典《楞严经》。在林白的《北流》中曾几次出现对于《楞严经》的引用，第一次出现在序篇诗歌的第8节“万物生生不息。尘归尘 / 土归土”，第二次是云筝打香灰时引用了《楞严经》中香严童子闻香悟道的故事，小说中还有两次提到跃豆听南怀瑾讲《楞严经》。除了故事内容所需之外，小说与《楞严经》并无直接联系，为何频频出现这一部佛教经典，《北流》与楞严经究竟有何关联，值得我们思考。

一部好的小说重在对细节的打磨，体现在《北流》这部作品中的就是作家对历史文化碎片的打捞和梳理。事实上，作为佛教典籍中具有较高文学性的经文，《楞严经》传入中国的历史与两广地区有着密不可分的关系。《楞严经》经题上有“菩萨戒弟子前正谏大夫同中书门下平章事清河房融笔受”，其中提到的房融原为唐朝宰相，被武则天发配至岭南钦州，被贬途中曾在广州短暂居住。房融精通佛法，具有深厚的家学渊源和文学修养，与房玄龄是同族。在广州，房融与天竺国沙门般剌密谛法师结识，神龙元年五月二十三日，房融与般剌密谛法师一同翻译了自印度传来的《楞严经》，般剌密谛法师为译主，北印度弥伽释迦法师负责翻音，房融任笔录，并为经书润饰文采，最终形成了如今奥义深邃且文辞优美的《楞严经》。这部举世瞩目的佛教经典自岭南传入中国，吸收了岭南的山水灵气，地域精华，对于岭南文化的价值和意义不言而喻。从《楞严经》到《北流》，历史隽永流长，文学穿越古今，正是这一片看似荒芜的边地将文学跨越时空般联系在一起，新南方写作的内涵因此变得无比宽广和丰富。林白打捞起这一段潜在的历史，在《北流》中不露声色地埋下南方写作悠长的文脉，并以此将它延续下去。透过林白散文式的笔调和故事，拨开历史的云雾，方可知晓林白的用心。从某种意义上看，追寻自身写作的传统实际上也是建构主体性的行为。沿着历史的脉络，在万千气象中寻找文学之根，北流文学试图逃离一种被主流整合的命运，在飘摇无依的边地建立自己的“历史”。

对于北流作家群而言，诗歌创作是另外一种传统。北流作家群的大多数重要成员与一个名为“漆”的诗歌沙龙有着密切的联系，“漆”诗歌沙龙是以诗歌创作为主的同人群体，聚集了谢夷珊、吉小吉、朱山坡、伍迁、马路、安乔子等众多北流诗人，他们活跃于自己的诗歌阵地民刊《漆》，主张用诗歌“给生活上漆”。“漆”诗歌沙龙对北流作家群而言具有重要的意义，正是诗歌将北流作家群团聚在一起，从此北流这片土地上回荡着诗的余韵。从事小说创作的林白、朱山坡都是从诗歌开始走上文学之路，诗歌也成为他们小说创作中重要的元素。林白坦言自己痴迷于诗歌所具有的纯粹，诗歌的元素早在林白代表作《一个人的战争》中就有所体现，18岁的多米为找出路写作了一组诗歌，这似乎印证了多年后的作品《北流》中的一句话“写诗是对自己的拯救而不是别的”。[41]近年来林白出版诗集《过程》和《母熊》，写作了长诗《植物志》，节选发表于《人民文学》，后全文收录在《北流》之中。前文提到林白笔下的植物是通灵的，在诗歌《植物志》中，植物在时间中消失，化为灰烬，又“在时间中喃喃有声”，她将植物和时间等同于一起，拥有着无限的生命，赋予植物神性和灵性，植物在此处已经超越物的存在，表现为宇宙中的一种永恒。诗中贴近生命本真的植物意象表明，林白的诗情仍没有消泯，这种诗情顺着藤蔓一直延续到《北流》的文字里，林白的语言一直葆有一股诗性的流动，她曾这样评价自己的诗化语言“它们来自传统和文化，但它们最终是要来自生命，从生命的深处涌流出来，表达生命本身”。[42]《北流》中的诗意除了指向生命本体的思考之外，还体现在隐喻意象和复沓的运用。火车是《北流》中具有诗性意味的一个意象。火车意象在全文中反复出现，在缓慢前行和摇晃的火车中，人容易产生幻觉，也滋生遥远的文学想象，“牛吃草的声音来到火车的车厢，细细碎碎、不离不弃、不徐不疾，漫天细落在种满木薯的山坡上……”，“在火车的轻微摇晃下我想了起来，那个胸襟辽阔的女子，她叫齐梦阳”。[43]《北流》全文共出现11次与“火车摇晃”相类似的语句，如“而火车摇晃”“火车一直向前，轻微地摇晃”“而火车自始至终在摇晃”，这些句子散落在不同的章节中，形成复沓的艺术效果。[44]每一次“火车摇晃”，都是一次对火车意象的强调和加深。从故乡北流到武汉，再到南宁和北京，林白的前半生一直处于颠簸之中，经历了归属感的失落和个人的迷茫、漂泊，因此火车可以代表着她的人生状态和写作状态，在这个名为火车的巨大宇宙里，林白找到一种安定感，诞生出灵感和文学，文学才是作家的“避难所”，“火车给你灵感，火车轻微的摇晃助你进入语词的连绵中”。[45]在如火车般平淡而摇荡的叙述中，文字和想象力在火车上跳跃，从而诞生了诗意。

朱山坡的诗歌故事性较强，荒诞性的想象是其诗歌的一个鲜明特点，如《我为什么不能爱卫慧》中讲述我和卫慧乘坐的飞机遭遇了变故，而“‘我爱卫慧’/我的誓言拯救了飞机”，有着超越现实的大胆和荒诞，又如《骑驴到西安找伊沙》，“我”要骑着一头驴去到西安找诗人伊沙，充满着荒诞色彩。朱山坡的小说也延续着这种跳跃性的荒诞的想象力，他的想象建立在现实的基础上，想象力往往不是以庞大的架构出现，而是迸发式、断裂式的。波光云影般的想象力能够产生一种文学的空间和呼吸，诗歌亦是如此，以简洁的语言贴近生命本质，为读者留下广阔的诗意。当诗意进入小说，就能够为小说留出空间，那些跳跃的间隙使作品得以呼吸，既扩宽了想象的视野，小说的内涵也变得更加丰富，正如古代章回体小说在每章的开头和结尾都有一首诗，除了有对小说内容的归纳、总结、评论之意，也可以为小说带来这种呼吸的间隙。《风暴预警期》讲述的是台风来临前的故事，荣耀在船上见到了一船镇上的死人转世变成的人形青蛙，这些青蛙长出了人脸，他们为了躲避即将到来的风暴游走在蛋镇上，却受到了来自亲人的驱赶，朱山坡用一个荒谬奇崛的故事来展现灾难来临前人心的动荡。荣耀的祖上活到了112岁，蛋镇上的人们因此认为他是被上帝眷顾的人，拔光了他身上的毛发以为自己庇佑，全身光秃秃的祖父百无聊赖，最后吞食台风，肚皮爆裂而亡。这种死亡的方式诡异、魔幻，与朱山坡所建立的奇诡的南方叙事相得益彰，一个个碎片化的想象增添了朱山坡小说的独特性，也在碰撞和重叠之间产生飘逸的诗意。

因此可以说，北流文学拥有着诗意的传统，无论是小说家、散文家还是诗人，都以诗歌为起点，架起文学的帆船。吉小吉诗歌中的南方是一个现实锋利的乡土世界，他把目光投注于乡村中的土地、树木、飞鸟、天空，如《那棵树》《刀痕》《一只小鸟是不是在路边安睡》《歌声即将被人枪杀》《我想与天空说说话》（组诗）等，在南方背景之下熔铸对现实的穿透和哲思。谢夷珊的诗歌《在岭南》《滩涂上的鹅卵石》《鸟们曾飞抵并栖居那片竹林》，以一种典雅的语言描绘家乡的景致，表达诗人的哲思。杨庆祥指出“新南方写作”中特有的一种海洋性，即不同于以往从土地遥望海洋的中国大陆的写作，而是“摆脱‘陆地’限制的叙事”。[46]谢夷珊的诗歌除了立足土地，还具有杨庆祥所指出的海洋性，这也正是他异于其他北流作家的独特之处。谢夷珊曾一度周游东南亚各国，航行在马六甲海峡之上，穿越一座座岛屿，海上的壮阔景观和奇异风景被他吸纳进入诗中，成为其诗的又一大特色，如《我横渡到苏门答腊岛》中“汹涌澎湃的大海让我屏住呼吸 / 一轮盛大的落日在万顷碧波上闪烁 / 海天之间，仿佛悬挂无数颗头颅”，构成了盛大而梦幻的诗意。从谢夷珊诗歌中传来的来自海洋的气息，不仅丰富了北流作家群的创作，更使得北流作家群创作的边界得以向无尽拓展，对于时间和生命的探讨从中国南部的红色土地，一直延伸到波涛翻滚的海域和寂寥的孤岛。

“新南方写作”不仅要触摸传统的印记，感受历史的温度，更要与全国和世界接轨，这也是文学的来路和去向。杨庆祥为新南方写作所划定的地理区位中包含的南洋、东南亚汉语写作，就已经预示了“新南方写作”的世界性。世界性是一个更包容、更广阔的文学视野，它代表着吸收，也代表着加入。放眼中国当代文学，几乎没有哪个作家不受到西方乃至世界思潮的影响，北流作家群也不例外，融汇、吸纳了西方现代主义的审美艺术。朱山坡小说叙事中的先锋意识，林白早期创作鲜明的女性意识，以及叙事上碎片化、非线性和电影语言的运用，谢夷珊诗歌异样的海洋景观和气韵，种种迹象表明，北流作家群正积极地向中国乃至世界文学学习。正如曾攀所说，“新南方写作”是一种从南方的地域性出发，跨区域、跨文化的写作。[47]林白小说的主人公跟随她的步伐从北流来到武汉，从武汉去到北京，林白在《北去来辞》中书写边缘和中心，城市和乡村的碰撞，《北流》以一个返乡作家的视角开启叙事，在逃离与重返的复杂情绪下，不同的文化和地域得以交融，在林白的创作中呈现出丰富而生动的景观。梁晓阳的《出塞书》是一部以生活为原型的长篇小说，小说以散文的笔触、南方的方言行走在风光无限的西北草原上，从跨区域、跨文化的意义上来说《出塞书》也属于“新南方写作”的一部分。朱山坡所强调的面向世界的“新南方写作”，在他的文学实践中不断显现，在新作《萨赫勒荒原》中，文学的跨度已经来到世界范围，朱山坡从中国南方的视野出发，将笔触伸向非洲辽阔的萨赫勒荒原，通过想象和人性的温度将地球上两个远不相及的地方联系在一起，如此亲密又如此遥远。时间和空间的跨度、多元的文化和景观拓宽了北流作家群和新南方写作想象与创作的界线。因此，对比起其他地域的创作来说，“新南方写作”是一个仍在不断生长的文学概念，它更具文学的活力和想象力。可以说，新南方写作的根基自南方始，其触角可以抵达世界上任意一个角落。

新南方写作视阈下的北流作家群，正是从一片山林环绕、潮湿低洼的地域中走来，从自我封闭、迷惘走向自主自觉。不管是地域之间的磨合，还是地方与世界的碰撞，在时间的单线演进中，北流作家群一直执着地寻求一种文学的超越，如同千百年前栖居勾漏洞中的道士，渴望修道成仙、超脱现实，北流的文人志士也渴望在文学的世界中实现重生，获得文学对现实的超越。

作者简介：何珈阅，女，扬州大学文化传承与创新研究院在读硕士，研究方向为中国现当代文学。

参考文献：

[1]《“天门关作家群”研讨会纪要》[J].《南方文坛》，2005年第6期。

[2]张燕玲：《从“鬼门关”出发——崛起的玉林作家群》[J].《南方文坛》，2009年第5期。

[3]南方文坛编辑部：《“广西作家与当代文学”学术研讨会纪要》[J].《南方文坛》，2018年第5期。

[4]曾大兴：《文学地理学概论》，商务印书馆，2017年，第89页。

[5]丁帆：《在文学的边缘处思想》，广东人民出版社，2021年，第257页。

[6]贺仲明：《地域性：超越城乡书写的文学品质》[J].《广西师范学院学报》（哲学社会科学版），2017年第1期。

[7]朱山坡：《新南方写作是一种异样的景观》[J].《南方文坛》，2021年第3期。

[8]杨庆祥：《新南方写作：主体、版图与汉语书写的主权》[J].《南方文坛》，2021年第3期。

[9]肖庆国：《“边缘的崛起”：逃离与重返及其限度——“文学桂军”批评》，2022年，浙江大学出版社，第13页。

[10]杨庆祥：《新南方写作：主体、版图与汉语书写的主权》[J].《南方文坛》，2021年第3期。

[11]林惠祥：《中国民族史》上册，商务印书馆，1936年，第六章 《百越系》第111页。

[12]肖庆国：《“边缘的崛起”：逃离与重返及其限度——“文学桂军”批评》，2022年，浙江大学出版社，第22页。

[13]周伟励：《广西文化悖论》[J].《南方文坛》，1989年第4期。

[14]周兆晴，曾强：《两广文坛的困惑与出路》[J].《南方文坛》，1989年第1期。

[15]林白：《生命的热情何在——与我创作有关的一些词》[J].《当代作家评论》，2005年第四期。

[16]南方文坛编辑部：《“广西作家与当代文学”学术研讨会纪要》[J].《南方文坛》，2018年第5期。

[17]孤云、朱山坡：《不是美丽与忧伤，而是苦难与哀怨》，《花城》，2005年第6期。

[18]孤云、朱山坡：《不是美丽与忧伤，而是苦难与哀怨》，《花城》，2005年第6期。

[19]朱山坡：《正在消失的南方》，

江苏凤凰文艺出版社，2019年，第93页。

[20]林白：《瓶中之水》，春风文艺出版社，2007年，第81页。

[21]林白：《瓶中之水》，春风文艺出版社，2007年，第14页。

[22]曹文轩：《“先锋”与“艺术”的广西文学》,《北京日报》2006年6月13日。

[23]南方文坛编辑部：《“广西作家与当代文学”学术研讨会纪要》[J].《南方文坛》，2018年第5期。

[24]朱山坡：《正在消失的南方》，江苏凤凰文艺出版社，2019年，第42页。

[25]杨庆祥：《新南方写作：主体、版图与汉语书写的主权》[J].《南方文坛》，2021年第3期。

[26]吉小吉：《卷首语》，《漆》，2006年第9期。

[27]金莹，林白：《文学的价值不仅仅在于“对抗”》[N]. 文学报，2013年7月4日。

[28]林白：《北流》，长江文艺出版社，2022年，第113页。

[29]林白：《北流》，长江文艺出版社，2022年，第197页。

[30]南方文坛编辑部：《新时代的地方性叙事——第十届“今日批评家”论坛纪要》，《南方文坛》2020年第2期。

[31]林白：《北流》，长江文艺出版社，2022年，第101页，第289页。

[32]林白：《北流》，长江文艺出版社，2022年，第3页。

[33]梁凤莲：《岭南文化的历史与现实视界》[J].《暨南学报》(哲学社会科学版)，2003年第5期。

[34]朱山坡：《风暴预警期》[M]，上海文艺出版社，2016年，第110页，第172页，第215页。

[35]谢有顺：《〈风暴预警期〉：独特的南方叙事》,《文艺报》2016年12月5日。

[36]孙明君：《三曹与中国诗史》，商务印书馆，2013年，第165页。

[37]朱山坡：《陪夜》，济南出版社，2019年，第1页，第2页。

[38]李雯苑：《岔路的方向——论林白小说中的生命意识》[J]. 长江丛刊，2018年第27期。

[39][法]柏格森:《时间与自由意志》，商务印书馆，1958年，第56页。

[40]朱山坡：《正在消失的南方》，江苏凤凰文艺出版社，2019年，第282页。

[41]林白:《北流》，长江文艺出版社，2022年，第172页。

[42]林舟，《齐红.心灵的守望和诗性的飞翔——林白访谈录》[J].《花城》，1996年第5期。

[43]林白:《北流》，长江文艺出版社，2022年，第184页，第309页。

[44]林白:《北流》，长江文艺出版社，2022年，第96页，第126页。

[45]林白:《北流》，长江文艺出版社，2022年，第3页，第22页。

[46]杨庆祥：《新南方写作：主体、版图与汉语书写的主权》[J].《南方文坛》，2021年第3期。

[47]曾攀：《新南方写作：经验、问题与文本》，《广州文艺》，2022年第1期。

国内知名文学评论家聚集北流 畅谈“北流作家群”与“新南方写作”

李航 陈军

8月24日，由玉林市作家协会、北流市作家协会主办的“北流作家群”与“新南方写作”座谈会在北流市民乐镇会众村竹节冲组的北流市文艺家创作基地召开。这也是中国作家协会扶持项目“作家深入基层赋能乡村振兴”志愿服务活动的系列活动之一。

暨南大学文学院教授、博士生导师、中文系主任贺仲明，中国人民大学文学院教授、博士生导师张洁宇，首都师范大学教授、博士生导师张桃洲，山西财经大学文学旅游与新闻艺术学院副院长、硕士生导师金春平，南宁师范大学副研究员、硕士生导师钟世华，玉林师范学院文学与传媒学院教授、文学与传媒学院院长肖国栋，玉林师范学院文学与传媒学院教授、玉林市理论家协会主席郑立峰，玉林师范学院文学与传媒学院副教授杨荷泉，广西职业技术学院学报编辑唐梅樑等区内外文艺评论家，北流市委常委、宣传部部长陈小凤，北流市人大常委会副主任杨红，广州文学艺术创作研究院专业作家朱山坡，玉林市作家协会主席、北流市文联主席梁晓阳，以及20余名北流本土作家代表和当地镇村干部群众等，共40余人参加。座谈会由玉林市作家协会副主席、北流市作家协会主席吉小吉主持。

陈小凤、杨红分别致辞，对全国各地文学评论家的到来表示欢迎，对他们一直以来对北流作家和北流文学的关注表示感谢，也希望北流的作家们珍惜这次机会，虚心向各地评论家请教，创作更多更高质量的文学作品，为“新南方写作”贡献北流作家力量。

座谈中，暨南大学教授贺仲明，中国人民大学教授张洁宇，首都师范大学教授张桃洲，山西财经大学教授金春平，玉林师范学院教授肖国栋、郑立峰、杨荷泉，南宁师范大学副研究员钟世华，广西职业技术学院学报编辑唐梅樑等区内外文学评论家分别发言，肯定了林白、朱山坡等“北流作家群”在“新南方写作”中发挥的重要作用，分析了“北流作家群”的形成、发展、壮大的各种要素，“北流作家群”在文坛中的影响力，“北流作家群”作品的地域特色等等。

朱山坡、梁晓阳、李洪波、吉小吉、谢夷珊、安乔子、曹美兰等北流作家也分别发言，畅谈各自在“新南方写作”体验中的心得体会和今后的创作方向。

24日当天和25日，与会区内外专家和部分北流作家还深入了汉代冶铜遗址铜石岭，新圩镇河村、司马第，三环集团陶瓷小镇，民乐镇艺术小镇调研考察。

张桂林：经验化诗

——《北流》的地方想象与自我想象

张桂林

摘要：林白的《北流》，既有作家本人自身经历的影子和对现实的细致描述，又夹杂大量对过往和未来情景的奇幻想象，时空构造复杂，情感虚实相生，同时将对故乡的地方想象和一位成长的女性自我想象统一起来，把琐碎的日常生活经验和独特的想象编织成了全新的诗意的世界。

关键词：林白；《北流》经验；地方想象；自我想象

林白的新作《北流》，是一个形式上显得缠杂不清、会让读者一时间摸不着头脑的层次复杂的文本，叙述者自谓“你的小说无非就是颠三倒四……她的小说向来不像小说”。大致说来，它的组成部分如下：标为“序篇：植物志”的一组诗歌、“正文”、分别标为“注卷”和“疏卷”的全书主要内容，及全书最后两个“注卷”之间的“时笺：倾偈”。奇怪的是，所谓《北流》的“正文”部分，其实被印成“……北……流……”，就是被省略了，被省略的还有“时笺：倾偈”部分的第二章，即“七线小城的世界视野”，印为“……”。如果不把其当作故弄玄虚，那就是叙述者觉得正儿八经的讲述为难，即使是复述“七线小城”（可视为北流的同义词）的“世界视野”也颇为不宜，只好从略。“注”“疏”“笺”的名称均为古书注释的体例，似乎可以理解为，《北流》一书并非严格意义上在写林白的故乡广西北流，而是关于北流的一些注脚，甚至是道听途说（所谓倾偈，粤方言或北流白话中聊天之意）。

但《北流》实实在在又是在写北流。同林白的其他几部长篇小说一样，主人公的故事、经历和思想感情，常常有作家自身的影子，却都是虚虚实实、真假参半，并不能当作自传的。作为中国一九九〇年代最有代表性的“个人化写作”和“女性写作”作家，林白的写作一直是主观色彩浓厚、女性与自我意识强烈的，到《妇女闲聊录》，作者才发现“世界如此辽阔”，所以“向着江湖一跃”，开始扩大自己的视野，用自己极富个人色彩的文字编织出更丰富复杂的世界。《北流》可以说是这个复杂世界的集大成者。虽然在以前的写作中，故乡北流也不时出现，有的是偶然提及，有的是重要的组成部分，如《北去来辞》，只有《致一九七五》

写的插队经历，写的基本是当年的知青生活，但地方的名字却成了“南流”，似乎刻意回避“北流”两字。当然在《北去来辞》等作品中，北流常被写作“圭宁”，《北流》中也一样。只是对于这个故乡，主人公并没有流露出深切的怀念之意，这是出乎读者的意料的。

小说故事是由一个所谓的“作家返乡”活动引发的。文中劈头盖脸就是一句，“想到返乡她向来不激动，只是一味觉得麻烦”，对于活动本身也没有什么好话，“头尾仅半日的‘作家返乡’，与三十多人蝗虫般隆隆来去，有谁热衷于成为一只蝗虫吗？”这种对故乡疏离的情感，必有来由。果然，那些来自历史深处的情景慢慢浮现。主人公也是主要叙述者李跃豆，生于“大路进”期间而得名。其父母祖上均非本地人，也都有些不愿或不能提及的过往。他们在当时火热的斗争和建设工作中，本就聚少离多，感情生活可想而知。而其母亲还有意向孩子隐瞒了一些实情，比如她曾经在怀着跃豆时就带孕参加了丈夫的批斗会。跃豆刚满月就被母亲背着到大炼钢铁的工地上去了。真正影响跃豆和家人之间的感情联系的，是母亲另嫁，跟继父生了另一个弟弟后，曾将她和同父的弟弟李米豆送到生父老家乡下，让她感到被抛弃了。“她变成了一个自私而扭曲的人”，“就是从那时起，她和母亲成了陌路人”，“她跟家庭的疏离感始终没有弥合，每次回来都不觉得亲，人不亲，地方也不亲”。这种影响一直持续到当下，跃豆认为，母亲梁远照强烈地偏心跟继父生的小弟弟海宝，而对米豆不闻不问。当然，跃豆自己平时也不关心，唯一一次关心，也可能是出于一种普遍性的正义感，而不是对亲人的感情，没想到实际上可能是反而害了他。叔叔过世的时候，没人通知她。按叙述者的说法，“他们对跃豆厌恶到了极点”，“她感到了悲凉，他们对她这个人，也是要当垃圾扔掉的”。没有了亲情的联系，对故乡的感情当然就成了无源之水、无根之木了。

也许更重要的，是李跃豆的想法。回家后，她了解到，远照大孙女大二没毕业就嫁了富二代，辍学在家生了三个孩子。她自问：“若你仍在这七线小城，也会成为一个生育机器吗？”“地方越小，女性的空间越窄，越有可能被天然地当成生育机器。”她认为小地方本来就太窒息，而结婚和生孩子更是小县城对人的窒息，“她庆幸自己早早就离开了”。小说特别写到，当年跃豆从武汉大学毕业到南宁工作，专门去服装市场买了一件风衣，由于武汉是大过南宁几倍的大城市，她因此断定，“此处服装要比南宁好看……在边远的广西省会断断不会有”。她不认为这是出于自己个人的想法，而是具有普遍意义的行为。“有人问我，为何要离开广西去北京？只觉得，提问者竟不能理解一个文化中心的强大吸引力，一个人从小地方去往大城市，实是文明进化的永恒内驱力，全世界均如此。”显然，北京和北流代表了两个不同的方向。她在生活中碰到不如意和烦闷的时候，她也不是回到故乡找亲人倾诉，而是去旅行。“故乡向来不能成为她的避难所，每当她感到心灵破碎需要修补，第一反应总是远走他乡”。意味深长的是，小说还写到了好几个人的私奔，也写到了叙述者对私奔的向往：“私奔的激情大于返乡”“私奔是乌托邦，是激情与灵感的来源，从未枯竭的理想，是时间之外的时间，老天昂贵的礼物”，作为对照，“返乡除了疲惫没有别的……”。

问题在于，私奔属于年轻人的特权。“热恋中的年轻人眼里只有对方，他们既不会留恋事物，也不会留恋地方。如果有必要，那么他们会离家私奔”。而李跃豆不再年轻，只能在想象中赞美私奔、埋怨返乡。同时，我们也看到，她在改变，其中一个表现是，自闭的她近年来逐渐愿意听人聊天。“回到家乡文友找吃饭她总是欣然赴约，她爱听他们聊天，粤语称之为倾偈”，她认识到，不光私奔是乌托邦，应该承认文学也是一个乌托邦，“写作的朋友同在一个文学共同体内。他们认她，她也因此获得抚慰”。《北流》中也就因此写到了几位文友在倾偈中讲的故事，让她能更全面地了解当今家乡所发生的各种变化。

于是，叙述不再仅仅局限于自己的主观感受或想法，而是深潜到李跃豆成长的宏大历史背景中，尤其是北流这个“地方”成了核心，而不只是李跃豆个人。有关故乡的几个重要侧面凸显了出来。也许是因为作者在植物稀缺的北方生活得太久之故，小说中充满了关于植物的记忆和描写，但她不是为了写植物而写植物，而是为了把那些“茂密汹涌的绿色”和人物的生命历程与经验，或者人物的故事联系在一起，同时赋予植物与人生机与活力。“作家返乡”活动参观市博物馆，她发现这里原来就是旧医院宿舍，她家曾经住过几年，但她并不怀念旧居，而是想找到当时院子里的一棵大芒果树，“找到芒果树就算找到了往时……结果迎面扑见一个空”，为了建博物馆几年前就把芒果树砍了，现在仅剩树蔸残存。“那树蔸和不再存在的树冠出奇的空，从地上到半空，空出了一大块”，这几个醒目的“空”字反复提醒读者，跃豆此时是多么的失落。关于果树的记忆在小说里有多次描述，或者是朋友们玩游戏时的背景和道具，或者是少年时偷摘果实的窃喜。但有关树木的描述不只是和自身的生命经验有关，更与时代变迁紧密勾连。《注卷：小五的生活与时代》的第一章“树上”，写表哥罗世饶的少年时代，他上小学时并不喜欢在地上走，而是在沿途的大树上攀爬跳跃，可以一直在连绵不绝的树上活动，不用下地就能到学校。有心的读者可能会联想到卡尔维诺著名的《树上的男爵》（一译《在树上攀援的男爵》），但林白的作品明显不同于卡尔维诺的寓言化和哲理化，而更多的是一种现实主义的想象。小说中写道，由于“大跃进”，为了大炼钢铁，大树纷纷被砍，小五（罗世饶）的空中路径因此不得不中断。“再也没有从西门口攀上一蓊树就直接到达龙桥小学的日子了，从前他攀上人面果树，半丈远就会有一蓊玉兰树接住，玉兰树之后是木棉树，木棉树之后是苦楝树、榕树、万寿果树、龙眼树、芒果树、马尾松树——那些富有弹性的神奇道路，深浅不同的绿色，或大或细的树叶，时疏时密，光滑和粗糙的树枝交替摩擦他的脚窝”，如此不厌其烦地列举那么多树名，显然绝不是为了发思古之幽情。“照耀我头顶的，是那些消失多年的大树”，在“序篇”里明确将那些大树作为历史的参照物。

可以说，在《北流》里，这些故乡的植物并不仅仅是作为自然景观出现的，它们总是和人的生活、劳作等产生千丝万缕的联系。当然这并不只是《北流》独具的，在《致一九七五》里，就以作物作结：“萝卜在地底下生长着，发出簌簌之声”，《北去来辞》结尾，“旷野上，农作物和草连在了一起”，在那种“百草苍荡”的景象中，每种草都能找到适合自己的生长方式：“有的喜欢爬地长，有的呢，往上飘——它们生逢其时”，似乎暗含主人公海红对生命的领悟。李跃豆通过植物与故乡产生联系，也有多种方式。作为“片瓦不留的采花大盗”，她与小伙伴们曾经多次采摘过美人蕉的花、宝塔花、扶桑花、芭蕉花……或嗅或吸，有时用于编织，或仅仅是好奇娱乐。自然，植物对人类最重要的功能之一，是直接提供食物，既给了人类生存必需的营养，也给了个人以独特的体验。所以在小说一开始，提及返乡让她觉得麻烦之后，笔锋一转，“当然，若少时的好友……也凑在一起，她是欢喜的”，表明虽然没想到亲人，但故人仍然有心灵的联系，但也仅止于此，接下来的篇幅就留给食物了：“若能吃到紫苏炒狗豆……煎米粽，她的欢喜会像一串气泡，一路从脚底心升到头壳顶”，也就是说，与见到故人相比，更乐于品尝自己喜欢的食物。仿佛意犹未尽，文中继续写道，“只有这时，才觉得家乡对她凭空有了一种大河似的壮阔。那壮阔有着紫苏薄荷似的颜色味道，在青苔的永生中”，家乡于跃豆，只是味道永生，真是醍醐灌顶。她对中学生活的回忆，最重要的一笔也是食物。老师带高中同学们去生产队帮助春插，生产队招待大家吃饭，她第一次听到神情时常忧郁的回乡知青、生产队长用的词“用饭”，感到“如此讲究”，“同是高中生，与人家高下立判”。之后就是一大段活色生香的描绘：“两只黑棕色的木桶，一桶粥，一桶饭，粥和饭都热腾腾的，散发着好闻的木香。有条凳，但大家站着，方桌上脸盆盛了一大盆炒咸萝卜，有肥猪肉，金灿灿的，还放了青蒜，非常非常之好吃。最后一餐是酸菜鱼，酸菜是芥菜腌的，茎肥叶厚脆爽味醇，酸菜叶浸透了鱼汁……那味道，常有念想。”有人说，中国文化是吃的文化，岂不信然？谁敢说林白这里书写的不是中国传统文化？

这有点扯远了，还是回头。如果说植物构成了李跃豆生命经验中非常重要的组成部分，这大致是不错的，但更重要的生命经验仍然得说是那些生活经历和人际交流，可能有些经验，就如她和母亲的隔膜一样，充满别扭和痛苦，却层层叠叠地积累在心灵的深处，遇到合适的时机就涌现出来。这里有遗憾，有痛惜，也有留恋与怀想。她带着飘逸的神思重述她曾经穿过的一件风衣，也曾表达过对自己使用过的一个旧衣柜的深情款款。恰如哲人所言，衣柜是一处充满私密感的空间，更是一个“收藏回忆”意象的隐喻。无论叙述者如何强调她对北流的人不亲、地方不亲，但她的叙述却不时暴露她真正的情感归宿，与她成长过程中的正面收获。比如她的审美趣味，就是一个很好的例子。当年演《白毛女》中喜儿的姚琼，是姑娘们心中的榜样，现在人老珠黄、疯疯癫癫，早已面目全非，李跃豆却感到她很亲近，“召唤了过去的亲爱的时光”。站在同样面目全非的大兴街上，她想起了一首叫作《拖拉机进苗寨》的歌，她当年指挥大家合唱过。歌声嘹亮且清脆，“有点凉，却又是热情的，有点喧闹，却又有其辽远”。她甚至清晰地记得歌词，“拖拉机，进苗寨，姑娘坐在驾驶台，禾苗迎风点头笑，柳树摆头把手摇”，“歌词浅而幼，但有喜气”。也许是因为她今天回忆起来仍觉得愉快，所以发出了一句追问：“这有何美感呢？”她的回答是：“但它把1974年春天的风直接吹到我的额头上，而别的什么经典名曲，说到底是隔的。”思想感情和人生目标、追求等都可以发生改变，甚至是颠倒，但美学趣味可谓固若金汤，轻易不会改变。无独有偶的是，在火车上听到对面铺位一位老大姐手机里传出《闪闪的红星》中的插曲，“小小竹排江中游，巍巍青山两岸走……”，“我不得不承认，就歌曲欣赏而言，我与她有着相同的趣味”。类似这样的歌，她过了四十年仍觉得好听，“她仍喜欢那抒情的曲调，抒情遮盖了那些大而无当的大词的粗暴”，“那曲调仿佛被时间加持了，遥远的少女时光擦亮了它”。

但时间不会停止在“少女时光”，它同时无情地吞没荡平一切，包括个人行动痕迹和日常经验。一个表哥因为莫须有的罪名被冤杀了；姚琼发了疯；罗世饶烧掉了自己写给恋人的情书……承载着少时记忆的大树被砍掉，有历史意义的“礼堂”被拆除，“沙街整条街消遁在时间中，有一半铲平另作他用，另一半并到龙桥街，地名无存，沙街沉入河底。丧失的美。沉入河底的街”，个人在宏大的历史或现实面前既无可奈何也无能为力。北流或圭宁不再是以前的北流，人非物也非。或者，“以写作填充茫茫空旷”，就成为一个作家的唯一选择了。至此，作为林白“地方”想象的重要一环的北流方言（文中有时称作圭宁话）登场了。有评论家将《北流》视为“一个北流方言和普通话以有机的方式彼此交织缠绕的文学文本”，并给予高度评价。细绎文本，读者会发现，北流方言主要出现在“注卷”和“时笺：倾偈”中，“注卷”这部分的故事发生地在北流，主要人物是李跃豆和她生活在北流的亲朋故旧，“时笺：倾偈”是叙述者听她弟媳和旧友等的聊天记录。“疏卷”则主要写李跃豆在外地的生活，主要是几次旅行，故事发生的主要地点是火车上、香港和滇中，北流方言就极少出现了。也就是说，《北流》的叙述语言仍然主要是普通话，而涉及北流生活的部分，主要是人物对话，则较大程度地保留了北流方言。其实，作者本人对使用北流方言并没有那么自信，能用的词汇少，句式虽简劲，却又让整个叙述为难，因为说到底，如作者自言，“北流方言已然不是我的舒适区了，三十多年来我不怎么使用北流话，我的方言思维已近死亡，尽管我的北流口音依旧纯正，但思维已是普通话的思维，语言表达中的词语是普通话的词语。这样，在这个长篇的写作中，我陷入进退维谷的困境”，既然作为叙事手段的北流方言，并不能让作者觉得趁手，那她为什么最后还是在文中予以保留呢？

作家对语言有天然的敏感，所以对语言的历史变化自然也有清醒的认识，“按理说世间万物万事都是流动变化的，方言亦如此。一种方言，或一种文化，若无实际功效，自然也就被淘汰”。从来没有一种古今同质、一成不变的语言，一个人也不会一直使用一种语言，何况是经常走南闯北的人呢？这当然也不影响人对母语的亲切感，但母语和使用母语的人也在变化。“从长途客车落到圭宁一片陌生尘土中，连乡音也变得生疏，当地口音混杂，城乡杂糅，外地人口”，飞速发展的小城，其语言也在变化，连远照这样高龄的人，在告别时也都开口说“bye-bye”了。至于跃豆参加的一个晚会，主持人整晚标准普通话，丝毫不带本地口音。普通话代表高水平，圭宁话太土，上不了台面。问题在于，这不是个别年轻人的想法或官方活动的正式需要，而是一个必须直面的现实。多数人都认为本地话难听，土得不能再土，小孩子在家同父母也讲标准的普通话，“时代车轮滚滚，随便一想，方言迟早都会被普通话的大车轮碾压掉的”。即使林白将自己在香港时讲粤语的愉快经验，以“她”的叙述方式再现出来，我们也不难看出，讲一口“夹生广东话”未必得心应手，比如用普通话发言，她的语速是飞快的，而用粤语演讲，语速就明显慢下来，更有意味的是，“与知识分子和做文学的人她无法说粤语……只有同卖饭的大妈、打扫卫生的阿姨、保安大叔这一类人，她的粤语才可以顺畅”，毫无疑问，香港话对于作为粤语勾漏片的次方言，也是一种强势的语言，带给她的感受与没有充分掌握普通话时的感受相差无几。对北流方言的命运，让我们看看作家对2066年的情形的描述吧：“作为粤语主体的广州粤语和香港粤语仍然存在，基本上保存完好，只有37%的外来语混杂。日常使用仍然畅通无阻。但作为粤语小方言勾漏片的北流白话已基本消亡，日常使用已完全由普通话取代”，普通话已经成为绝大多数人天然的母语，“北流话作为一种文化，已经是死去的文化”。

在自己的写作中，用真正的北流方言叙述是不现实的，毕竟那是一种口头语言，而不是书面语，就是只使用它的部分语汇和句式，也显得左支右绌，而对这种语言的未来，又持如此悲观的态度，林白还坚持使用部分母语，其意义只有到别处去寻找。在全文最后一个“注卷”的“语膜，2066”一章里，李跃豆的外曾孙女为了录制所谓的语膜曾经查到过“一本几无人知的长篇小说《北流》”，知道其中“镶嵌了大量外曾祖姑个人生活”，并发现书里包含的《李跃豆词典》“不过是个存目，属小说的衍生文本，它从来没有完成过”。整个《北流》中，其实也就是在“注卷”中，确实常常在文中插入所谓的《李跃豆词典》，但那些词条其实和叙事没有直接关联，许多词条还多次重复。让我们听听叙述者自己的解释吧：“那部想法庞杂的《李跃豆词典》也是写写停停，本来就不是真正的词典，不过是某种修辞方式，再者说，圭宁方言已经不是她的舒适区，大量土语词汇她已忘得差不多，甚至句法，她脑子想事是本能地使普通话，母语已陌生遥远。她感兴趣的只是里面的《备忘小词典》，但，她一边写一边看见它们变成支离破碎的故纸堆”，这和我们前面所引的林白对《北流》中夹杂北流方言的说明，几乎一字不差。“备忘”，应该就是奥妙所在。故乡北流， 这个地方和她的联系已经支离破碎，有可能消逝在时间的黑暗中，只有通过写作才能唤醒和照亮它，就像她重新找到插队时的日记本一样。语言只有和过去的生活联系在一起，才获得它存在的意义，否则就真的死了。

所以那部虚拟的有关母语的书不叫《北流方言词典》，而是被命名为《李跃豆词典》。故乡是个人出发的地方，关于地方的想象也就成了个人“自我”想象的一部分，或者反过来说，自我想象必然从地方想象开始。这样，我们就更容易理解所谓词典结尾处的“两行手记”：“返回能回到哪里去，逃离又能离得多远？”，原来，语言使用的“进退维谷的困境”正是人生进退失据的写照。从这个角度，就容易理解小说为何没有正文，以及“注卷”和“疏卷”的区别了。所谓“注”，不就是集中、注入，也就是返回吗？而“疏”当然是离开、分散了。以北流为中心，李跃豆和泽鲜等故交，都离开了故乡，只是偶尔返回。返回，已然不是过去的北流（圭宁），但，确实，逃离又能离得多远？只是到香港，她就为不习英语而难受，讲“夹生广东话”才让她有了点自信，“仿佛找到了母语”。而到滇中去与泽鲜相聚的火车上，看到一些宛如故乡的景物，她领悟到，“原来，北流河跟着她，一直流到了丽江，又从丽江流到了滇中”，那些过去的时间重重叠叠，深埋在她的生命里，又不经意间浮现出来。她走到哪里，那里就是北流。她写的，就是北流。

她的所有人生经验，不管是逃离或返回故乡，或者是一位不合时宜、与周围环境格格不入的有点自闭又有点离经叛道的女性成长中的点点滴滴，包括她对母语的亲近、疏远、遗忘和重忆，通过想象、重构和书写，变成了一行行的句子和诗。李跃豆在香港教学生写作，有学员问："别人说自己琐碎怎么办？"她的回答简捷明了："找到自己最喜欢的方式琐碎，琐碎到底，将来琐碎会升华，成为好东西。"显然，她是这样说的，也是这样做的。那些支离破碎的生命体验的片段，通过作家的想象力重新构造为一个精美的统一体，正如她把关于北流的地方想象和李跃豆的自我想象统一起来一样。《文心雕龙·神思》中有言："若情数诡杂，体变迁贸，拙辞或孕于巧义，庸事或萌于新意，视布于麻，虽云未贵，杼轴献功，焕然乃珍。"那些如乱麻一般、庸庸碌碌的日常经历的生活片段，通过作家如织布机一样的巧手，最终呈现出美轮美奂。比如那些植物，确实是李跃豆生命中重要的组成部分，"那些深藏的簕，她的身体适应了它们，有的变成了血液和骨骼中的铁"，但它们只是诗歌的材料，而不是诗本身，只有作家用词语将其再现出来，簕或簕鲁，这种在中国南方沿海一带常见的植物才在文本中获得了存在的意义。它不再是那种可以用来做建筑材料、红缨枪的须，也不只是将其叶片卷在竹筒上做成乐器、吹奏"喃哆荷"旋律的植物露兜簕，而是"叶边细刺削掉，足够编织一个世界"了。有了小五在树上攀援跳跃的故事，那些大树即使早已无影无踪，也永远焕发出夺目的光芒，不会随着"大炼钢铁"的炉火灰飞烟灭。当然，我们也不应该忘记，那个林白曾经在《致一九七五》中曾写过的准初恋男人韩北方，他又反复出现了，其实那是一个一本正经的人，每周给她写信全部都是正能量，唤起的是辜负青春的回忆。"故我要幻想另一个韩北方……我愿意深蓝色的天空有一轮月亮，月亮下有只稻草垛。愿意在夜里飘浮在稻草上，愿意在稻草垛上裸露自己的身体，愿意韩北方的皮肤紧贴我……"只有在想象中，过去的缺憾得到了弥补，生命才完整圆满美好了。

换言之，《北流》可以理解为一部成长小说。文中反复提及跃豆想写一部《须昭回忆录》，准备了大量的材料，可一直没真正动笔。直到有一天，她发现，"我更应该写的是一部六感回忆录"，与其写别人的故事，不如直接写自己——当然，我们知道，林白已经写过那本书了，就是《致一九七五》。这一次，对六感的回忆仍然是重要内容，甚至是对同一个故事的重写，如有关韩北方的那部分那样，那是人成长过程中无法逾越的重要阶段，也是个人与地方、历史、现实世界的重重纠缠和紧张。叙事中那个不停回望的叙述者，时而是"我"，时而是"你"，"这样我又望见指挥合唱比赛的那个自己。那个李跃豆。那个'她'"。不断地自我审视，同时重塑重构"自我"。《北流》结尾，"在无尽的岁月之后，她才看见这条大蛇，它飞奔着，从码头扑向了北流河，它已然成精，并将有一只新的名字：蛟。她在虚空中望见，这条大蛇将要乘北流河的河水一直去往西江珠江然后奔向大海……在甘蔗林的旁边是母亲大人梁远照，她穿着天蓝色的西式短裤骑着自行车，一个穿紫衫的小女孩坐在自行车的后架上。成群结队的灰色水牛迎面行来，水牛背上停着白鹭，白鹭飞向大树停在树枝上"。时间从不停止和凝固，那个小女孩从北流出发，奔向大海，通过自己的想象和书写，在编织世界的过程中试图与世界和解。

重新想象南方的方式
——评林白长篇小说《北流》

王慧婷

摘要：作为新南方写作的代表作，长篇小说《北流》激活了北流方言的生命力，蓬勃可爱的南方世界在纸上生长，并将北流从地理起点延伸到人物的命运原点与精神归处。这部小说大胆进行形式突破，使用混乱破碎的叙事视角，借助个人体验，重新审视故乡与过去，由此来展开对时代的观察。同时，林白在小说中塑造的女性形象，展现出其独特的女性立场，拥有着反抗与和解的双重气质。

关键词：林白；语言世界；叙事方式；女性立场

作为林白沉潜构思八年的长篇小说，《北流》是林白实现写作突破的一大力作。北流小镇，承载着私密的个人体验和宏伟的时代书写，它们都熔铸在独出心裁的长诗《植物志》与“注疏体”结构里，而粤语便犹如一把钥匙，使李跃豆重新在故乡打开自己的精神家园，同时它时刻召唤着她回忆过去，从而串起不同人物的命运故事。这部小说既有《一个人的战争》式的“半自传书写”，保留着女性立场，也有像《万物花开》那般向民间立场贴近的姿态，审视众生百态。那么，林白如何通过她的语言世界重新想象南方？而跳跃的叙事视角，给小说本身带来了哪些突破？林白的女性立场，何以在小说中体现反抗与和解？这些都是值得探讨的问题。

一、语言世界：精神归处与话语结构

关于《北流》，林白在创作谈里提到书名的多次修改，在《降落伞》《北流注》《北流》等书名之中，最后她选择了《北流》作为现在的书名。“北流”，除了作为一个地理概念，还蕴含着更加丰富的意义，在小说中承担着重要的叙事位置。孟繁华认为“北流”是“一条向北流的河，是隐喻，也是一个象征”[1]，它是主人公李跃豆的离乡北漂印迹，同时它也点亮了全书的语言特点：北流方言的使用。这暗示着林白站在与普通话截然不同的语言立场。被语言重现的北流，像是被纳喀索斯所凝视的水面，而主人公李跃豆的记忆，便在这里倒映出丰富的南方世界和强盛生命力的人物，于是她在粤语中找到了自己的精神

归处。

小说主人公李跃豆因“作家返乡”活动再度回到民安公社六感大队，这些人与事，使她进入到对往昔的回忆之中，重新唤醒了被她遗失与冷落的北流词汇。贯穿在全书中的《李跃豆词典》，并没有模仿正规词典的编纂方式，而是跟随着故事的展开，以生活化的词语来解释北流方言。每一个条目背后，都隐藏着李跃豆乃至其他人物在北流生活的点滴日常。除去《李跃豆词典》，林白还在书中虚构出了另一部词典，即《突厥语大词典》，它出现在关于罗世饶的回忆章节里，这是陈地理所常阅读的书，始终和罗世饶的一生缠绕在一起。有趣的是，它并不像《李跃豆词典》那样解释书中的方言，而是一种人物内心与命运的象征。它犹如一根丝线，冥冥之中牵引着罗世饶在革命年代走出北流，流浪十五年，直到未来他会走到新疆伊犁。不仅如此，陈地理的影子也和这部词典合在了一起，“成了罗世饶的精神父亲”[2]，他为罗世饶打开了远方的世界，没有他，可能罗世饶也不会开启那惊心动魄的远走。两部词典在罗世饶回忆章节时而共同出现，此刻个人与时代两种声部在创新性的语言世界发出让人无可忽视的共鸣，隐匿在时代中的个人抒情得以浮现在新时期的文学中，从而展现出有别于其他涉及到革命时期的文学作品的面貌，一定程度上保留了林白所坚守的私人化写作特点。

这样的词典编排，不能不让人想到韩少功的《马桥词典》，它和《北流》一样，都闪烁着对方言现状的担忧，通过语言构造了地方的历史与文化，捍卫着地方的故事。正如蔡翔所说，“‘方言’的进入，却在另一种意义上，表征着‘地方’与或‘地方性知识’通过‘方言’这一语言形态得以在文学中的有限度的保存”[3]，韩少功以一个个方言词汇来构思短篇，编织出开放的马桥世界，而林白通过激活粤语的生命力来衔接北流充满野性的文化，更加拥有触动人心的力量，这正是普通话写作无法达到的幽深之处。

实际上，这也是对北方话语的隐性反抗。当李跃豆走到香港的时候，她重新感受到粤语的活力，在方言中获得真正的自由感与舒适感，“粤语自动旋转，放出光来，上升，上升至墙上垂直生长的狼蕨中，狼蕨疯长，外婆家的狼蕨，那些贴身的圭宁土话，广东乡下话，它们就是粤语……粤语不讲聊天，讲倾偈”[4]，于是故乡从《一个人的战争》里的“B镇”走向了“北流”。作为新南方写作的代表作，《北流》具有区别于东北地区的写作特征，它将非线性叙事和粤语写作联系起来，这也说明了新南方写作不会作为北方的延展与附庸而存在，南方的历史与文化终将被重新书写。

二、叙事方式：跳跃人称与回忆书写

林白是一位勇于在小说形式方面创新的作家。目录的独出心裁，“注疏体”的设置，给小说营造出了历史的纵深感。但是，当读者尝试深入文本肌理后，他们就会发现跳跃的人称使用，似乎也是林白着力突出的方面，而人称的变化，意味着小说叙事视角的灵活性。

这样看似混乱的人称使用，往往也会让人联想到拉美著名作家科塔萨尔，他的后现代叙事常常颠覆着读者的认知。在其短篇小说《魔鬼涎》中将摄影镜头、第一人称与第三人称联系起来，打造了一场文字游戏，而林白也在无形中利用人称构建了自己的叙事迷宫，却显得更加自然温和。书中的人称切换主要还是围绕李跃豆展开，作为全知视角的第三人称，它有时候会吐露出人物的未来命运；第一人称的李跃豆扮演着“讲故事的人”，为读者展现其丰富的时代在场经验，叙事更能深入到内心状态；转向第二人称时，李跃豆则成为一位时代的审视者，引领读者进入到南方世界，且穿插一定的女性立场讨论，比如在讲述霍先和李跃豆的交往故事中，小说曾用第二人称来重新审视这段话语不平等的爱情：“你看不到他对你的践踏，只沉浸在献身爱情的崇高感之中”。

和卡尔维诺一样，林白的叙事，总是喜欢模糊真实与虚构的界限，让叙述者的声音与作家的声音碰撞在一起。这在《一个人的战争》中已经屡次体现，在《北流》中，作者也会潜入到文本的细节当中，彰显出“半自传”的风格。林白不介意在小说中提到早期作品《一个人的战争》和所参演的电影《诗意的年代》，这就使林白的声音顺理成章地借李跃豆的叙述而发出。不仅如此，强烈的在场性让人眼前一亮。她的纸上记忆仿佛是动态的，新时代的事物也在她的笔下留下痕迹，读者可以看到全国卫生城市、民谣乐队“万能青年旅店”、人工智能阿尔法狗。林白不再是停留于狭小隐秘的个人叙事，而在敏锐地观察时代的发展，这样贴近民间立场的叙事姿态，为小说增加了一定的可读性与趣味性。

大量关于对各类人与事的回忆，是《北流》中最为重要的内容。小说在回忆书写的设置上，形式比较多样。在《疏卷：在香港》B部分之前，故事主要是以一个个括号标注的提示来展开的，并不直接列出小章节，类似剧本的场景提示语，在有些地方的概括尤其简洁有力。比如在写母亲远照的小节中，括号语为“主宰”，坚强可爱的女性形象便跃然纸上；讲述叔叔与跃豆尴尬关系的时候，为渲染悲凉的气氛感，标题便为“局外人”。除此之外，别出心裁的细节也闪烁在回忆书写中，小说后面也会在段落前设置“……”来提示进入了回忆环节，每一次的“火车摇晃”都会指引跃豆步入记忆深处的革命年代，或者切换人物故事，进入“注卷”。而《时笺：倾偈》更是以跃豆亲友的微信聊天内容为主要内容，补充了家族与小镇的过去，又融合了新时代的各种文化元素。现实与回忆的交叉，交织出无限繁复的南方大网，它是相对动态的叙事结构，林白记忆之巨阔，能使时间与空间在这里重叠，结构却如此井然有序，可以窥见作家进行写作突破的活力。

三、女性立场：反抗与和解

作为90年代女性主义文学的代表，林白在《北流》仍然带着鲜明的女性立场，也正因如此，林白选择以李跃豆的视角展开北流的故事，去关照今天的时代忧患，南方的历史与文化便铺天盖地涌进来。书中既有对原生家庭与落后故乡的反抗，也有着因时光流逝而生长出的温和，“《北流》给我们展现出女性独有的生命体验，一场漫长的精神流亡”[5]，在这场漫长的精神流亡中，李跃豆或者说林白出走又返回到精神原点，尘埃落定，她们在寻找独属于女性的精神家园的过程中得到了成长，于是林白才会说《北流》“是一棵树，会自己从内部慢慢生长出来，若它足够有力气，就会生长出更多胡须”[6]，这是北流的故事，无尽的植物生长在南方世界里，同时也是李跃豆们的成长，和植物一样，她们具有生生不息的女性力量。

在小说中，林白继续通过女性主义的视角，悲叹于小镇女性可能成为生育机器的命运，甚至也思考丁玲、萧红等女性作家的遭遇。而李跃豆想要写的《须姬回忆录》也是受到尤瑟纳尔作品的影响，这些种种表现，都体现了林白对女性话语的捍卫。年轻的李跃豆以行动宣告了自己与家庭的分离，考上大学、成为作家与外地买房，跃豆的倔强反抗隐藏着一段缺爱的过去，造成这个情况的重要原因便是“母女关系”，小时候被母亲“抛弃”的经历，乃至成年后母亲对儿子海宝毫不犹豫的偏爱，这些隐秘的苦痛，都将跃豆推向家族的边缘。但是跃豆并未陷入自卑的境地，而是毅然出走，向北方走去，当她再度回乡审视母亲远照之后，她惊讶于母亲“勇往直前的勇气远远超过了儿女”，哪怕母亲远照身上带着时代的局限性，但是那股强盛的生命力又在某种程度上与跃豆共鸣，为跃豆与过去的和解带来新的可能。

林白对故乡与世界的和解，也藏在对其他的女性形象的塑造中。轰轰烈烈私奔的泽鲜，在佛教之中获得心灵的慰藉，并且养出了同样淡雅的儿女们；人生跌宕不堪的泽红，一人撑起颓败的家，照顾儿子与丈夫，并在丈夫去世后独自抚养儿子。在滇中故事篇中，《北流》便与佛教的思想缠绕在一起，“笺”也出现佛经内容，体现一种谦逊且淡然的人生态度，林白不再一味坚持早期锋芒毕露的姿态，更多的是静水深流，就像是这条见证无数岁月的北流河，从容与温和之中隐藏着直面苦难的生命光辉。

林白以独特的个人经验出发，与时代接轨，重建这座南方边陲的小镇，书写着它的蓬勃生机，在她的笔下，方言与本土激发出它们未被擦亮的潜力，包裹着女性的温和力量。在《北流》，每个人物的生活敏感又广阔，仿佛都是一本沉淀着历史的百科全书，从而一个丰富的南方世界孕育着新的势能，并向我们无限展开。

作者简介：王慧婷（2003-），女，广西师范大学文学院本科生，研究方向为中国现当代文学。

参考文献：

[1] 孟繁华．世界如此广阔　追忆逝水年华——评林白长篇小说《北流》[J].当代作家评论,2023,(02):146-152.

[2] 林培源．“多相”的地方文学——论林白长篇小说《北流》的叙事[J].粤港澳大湾区文学评论,2022,(05):137-145.

[3] 蔡翔．革命/叙述：中国社会主义文学——文化想象（1949-1966）[M].北京．北京大学出版社.2018:70.

[4] 林白．北流[M].武汉．长江文艺出版社.2022:100,文中引号未加注释的文字均引自此版本，以后不再一一注释。

[5] 黄平；何卓伦．一个人的故乡与身体里的北流——论林白小说《北流》的文体与主题[J].南方文坛,2022,(02):80-83.

[6] 林白．就这样置身其中[EB/OL]. https://mp.weixin.qq.com/s/v5LvdY48ZEF-JJkoa7kBBg.2021-10-18.

论朱山坡小说独特的悲剧书写

何文霞

在“70后”作家中，朱山坡能脱颖而出，引得广泛关注的重要原因在于其小说充满悲剧意识，他以独特的悲剧书写建构了独特的小说风景。具体而言，悲剧意象的描写与悲剧意蕴的营造构成了朱山坡小说悲剧意识的独特表现，独特的结构模式和特殊叙事视角的选择则构成了朱山坡独特的悲剧书写策略。朱山坡正是以独特的悲剧意象、悲剧意蕴、结构模式和特殊叙事视角呈现了欲望挣扎下的灵魂状态，在全知视角下对现实生活一览无余地进行体察，在犀利冷静的叙述中构建了一个悲剧世界。

一、悲剧意象与悲剧意蕴

朱山坡悲悯情怀与小说悲剧意识的呈现，带给读者心灵的震撼与波动，得益于小说意象选择。别具匠心的意象蕴含了作家独特的情感体验与思考，朱山坡小说意象颇多，诸如棺材、风暴、双拐、乌篷船、弃婴等等。这些意象凝聚了作家的悲剧情感，加之移情作用，成了小说的悲剧意象从而奠定了悲剧意蕴的基础。

（一）风暴：恐惧而绝望

风暴是南方独特的一种自然现象，是朱山坡早年最为常见的自然灾害，其《风暴预警期》是作者修复南方记忆的一种尝试。伴随时代与社会的发展，南方变得普遍而个性逐渐消失，与北方一样。生活于此的朱山坡，开始怀念“遥远而陌生”的南方，怀念那台风与洪水。于是《风暴预警期》应运而生，这是作家向经典致敬的一部长篇小说，写出了童年记忆深处的东西。小说写了每年都将遭遇台风侵袭的蛋镇上发生的事情，同时揭示了人物命运的遭际、爱情的破灭、时代的变迁。

庞杂世界中，作家认为隐喻无处不在，隐喻成为小说表达的重要技巧。阅读中我们发现了隐喻，就发现了作家创作的机密与真相。小说《风暴预警期》中富有诗意与寓意的风暴意象，有着多重隐喻。小说通过这一意象的表达，使作品表达的方式得以美化并且表达效果也加强了，一股恐惧与绝望感涌上心头。风暴是自然界必然规律运作下产生的一种自然现象，人作为自然界中的存在物，那么人与自然的悲剧冲突则是无法避免的，悲剧便在这矛盾冲突中不断上演。从人与自然的关系看，“一方面人为了生存和发展，必须不断地认识、征服和改造自然界，另一方面自然界又总我行我素，不以人的意志为转移，因而，自然界的必然规律对人征服自然和自由愿望的拒绝、否定和毁灭，便产生了人的悲剧性”。[1]小说中人物面对强大的自然力，其自身的弱小力量势必会受到冲击。风暴每年到来的时间都不确定，对于经不起打击，一捏就碎的蛋镇无法避免灾难性的伤害。风暴过后整个蛋镇一片狼藉，蛋镇的人也因这一场风暴的到来变得一无所有。人们想在这风暴中免受灾难与打击，因此在它到来之前总是采取一系列防范措施。但都无济于事，终究免不了风暴对他们的侵袭。而且伴随着风暴，还将有洪水对人的冲击。强大的自然力面前，人终究是渺小的。风暴每次不定期的来临，潜伏于人们心中的恐惧感，难以平息与磨灭。

小说中呈现的这一风暴意象，不局限于自然现象中的风暴，更是人内心的一场风暴。这是一场对人的心灵与命运突如其来地冲击，把小说表达的深层含义指向了人的精神层面。风暴是暴力的隐喻，写出了对人们的生活、爱情与命运的影响。风暴冲击下，一个个孤独、苦闷不安的灵魂追寻理想。小说中“我”总是在风暴到来之前离家出走，荣春天试制世界上最好的汽水，荣夏天筹办一场婚礼，荣冬天每天剥青蛙皮。小说中每个人物都有自己的人生规划的蓝图，在风暴来临之前各自做着自己的事情，希望因一场风暴的冲刷改变自己的命运。每一个人对风暴充满期待，但又怕被风暴破灭一切。这些人物性格各异，亲情淡薄，关系冷漠，显露了他们心中与生俱来的悲凉与哀伤。风暴点燃了他们，也许读者只能听到台风的呼啸却感受不到他们的内心的哀号。人与人之间精神的隔阂，在小镇的生活中逐渐暴露。风暴将至的隐喻下，疯狂、挣扎与慌乱。荣润季总是想逃离蛋镇，却没有走出自己心灵的孤岛。小说中迷茫挣扎的人、万事万物都在时空交错中抵达纵深和宽阔，营造出一种恐惧氛围和让人窒息的绝望。他们试图各种抗争，但终究逃不出强大自然力的牢笼，被牵回生活的原地。

（二）弃婴：荒凉而孤独

朱山坡远大的写作抱负不仅止于关乎人的生存层面，还有对人类精神指向的思考。他在物欲的时代不随波逐流，把观察的眼光从外在的世界转向了人类的内心。身体与欲望写作盛行的年代，他关注人类灵魂中的困境。因此他认为精神的东西比生存的东西更能打动人，更能洗礼人的心灵。《灵魂课》《最细微的声音是呼救》等作品直接对人的灵魂进行描写，描摹物欲横流社会中人的灵魂状态。漂泊流浪而无所依；《爸爸，我们去哪里》也写到了人的精神迷茫与虚无；除此之外，朱山坡在小说中借用具有象征意味的弃婴这一意象对人的精神状态刨根问底。

早年作者家乡的道路上，经常能看到被丢弃的小孩，小说中对弃婴的描写就源于他早年看到的这一现象。我们生活中，父母为孩子顶半边天，但朱山坡小说却颠覆了传统父母伟岸的形象。《风暴预警期》写了一个身经百战的老将荣耀养活了五个孩子，这几个孩子都是父母丢弃的婴儿，从而被荣耀收养。小说以“我”为叙述视角，展开故事的叙述。“每一次台风来临前，我逃离蛋镇的念头都异常强烈。已经尝试过多次。但没有一次成功。”[2]“我”虽被荣耀收养，但是仍无生存的安全感，随时想逃离蛋镇。我逃离寻找生我的母亲，找到母亲才是我生活的最大希望。那么始终处于出走与逃离的“我”，最终哪里才是我的归宿呢？她茫然不知去向，能去哪里，取决于自己所挣到的盘缠。母亲在哪里她也并不知道，这是精神上的自我迷失。兄弟间的冷漠、生活中爱得不到满足，她感到孤独、绝望，无根的状态让她感到身份的迷失，灵魂的漂泊。“我说不清楚我是谁。不知道从哪里说起。关键是我无法准确描述自己。”[3]无数次的挣扎最终没有逃离蛋镇，美好的理想一次次被毁灭，消失于风中。荣耀用一种死的方式拖住了荣润季逃离的步伐，逃离中梦想再次陷入破灭。人物没有安全感，将是更加孤独与恐惧。可悲之处是孩子失去了依靠，失去了根，生命没有了栖息之地。无根将是弃婴最大的悲剧所在，同时感到迷茫与虚无。

朱山坡不断超越自己，尝试精神写作，从肉体灭亡的悲剧到精神流浪的悲剧。小说中弃婴这一意象具有极大的象征性，构成审美的最普遍的表现形式，成为人类无根的叙述。小说中“我”这一身份，无所归属到精神的幻灭，行尸走头，游离于人间。她感到孤独、恐惧，但又无法排解这种心理。总是百般挣扎，最终无法逃脱命运的罗网。通过意象的表达，是荒凉与挥之不去的孤独。根的不存在，生命的栖息之地何在？朱山坡通过对弃婴意象书写，反思当今人类生存的真实精神之困。

意象浸存着生存的苦水，深重的苦难将朱山坡笔下的人物置于绝望的境地。无论风暴意象，还是弃婴的意象，都饱含了作家对命运的深沉思考以及对生命的凝思。这些富有寓意与象征的意象，增加了小说的悲剧氛围，让我们感到了人物无奈，读者从中得到深刻地思考：我们的生命所在？哪里才是我们最终的落脚点？我们应该守住我们的根，让灵魂有所寄居之地。小说意象的表达是悲剧审美的对象，扩宽了小说的艺术世界，增加读者的情感体验。

二、从欲望到破灭的结构模式

故事、结构与行动是小说叙述内容的三要素，故事是小说成分的最基本承担者，而结构就成了内容的存在形态。朱山坡作品的结构模式指的是作品中各成分或是单元之间关系的整体形态。小说家作为设计师在写作之前的许多时间中会考虑如何布局小说的结构才能让读者产生阅读的快感与兴趣。朱山坡小说悲剧的结构模式为欲望挣扎中的破灭。

中西方悲剧，其结构存在形态差异甚远。即便在中国，古代与现代悲剧的结构也不尽相同。西方采用由顺境转入逆境的悲剧结构，英雄人物具有大无畏的精神，明知不可为而为之。这是一种逆转的结构，最后形成毁灭性的结局。中国与西方存在差异，古典时期的悲剧一般是先悲后喜，用大团圆收束结尾。将故事发展由逆境转入顺境，这种团圆是中国人不愿揭自己伤疤的表现，缺乏正视悲剧与危机的精神，是瞒与骗掩饰下笑中的哭泣。因为当时的中国人民生活在苦痛之中，现实世界无法抵达的彼岸希望借助文学这一虚拟的世界得到补偿。但在西方悲剧理论对中国文学不断冲击与洗刷下，鲁迅开启了中国悲剧新的结构模式，结局由喜转悲，即为敢于正视淋漓的献血。现代悲剧打破了之前花好月圆的传统结局，敢于正视生活中所面临的一切不幸与灾难。这是中国文学发展的一大进步，走出了中国传统文学格局的限制。

结构使小说形成一种形式美，朱山坡小说结构一般表现为人物心中萌生欲望，欲望促使下竭力挣扎，挣扎中梦想破灭或者自我毁灭。这也是一种由偶然因素介入，使人物由顺境转入逆境的结构模式。故事曲折发展中，因顺境突转，使朱山坡小说一悲到底，构成了朱山坡小说特有的美学品质。小说中人物都有自己理想从而变为一种欲望，于力、阙大胖、阙三兄弟、何苦等等。他们的悲剧正是因为欲望萌生，使之弱小卑微的生命展开了与生活、甚至是命运的抗争。奋力挣扎下欲望熄灭，理想最终破灭。小说叙述中加之血腥、残酷与荒谬渲染，人生之无常，命运之可悲尽显小说结构的魅力所在。小说《两个棺材匠》主人公何苦有着自己的体育梦想，优异成绩中他一心只想在运动会上争金夺银，拥有荣誉获得钱财。名誉与物欲成为他为之奋斗的目标，但通向成功的路上因偶然因素使他生活陷入逆境之中。他一直认为友谊天长地久最为纯洁，但砸伤他一直腿的石头便是他的朋友沈阳暗中操作，对小说构成了极大的反讽。失去一条腿后身体残缺，这条腿承载的所有希望化为乌有。他像折断了鹰的翅膀无力挣扎，心中充满了烦恼。如果只是为了热爱体育而加强训练，并不是夺得所谓荣誉的话，也许并不会遭到沈阳的嫉妒。正是何苦心中萌生了这种欲望，使他陷入困境之中，从此梦想被打入地狱，随之破灭。对手沈阳进入体校后，为获得最高奖项金牌，用卑鄙的手段在一号选手的鞋里做了手脚，从而被开除。沈阳对名誉极度渴望，试图挣扎不择手段，但最后因这无限的欲望让梦想一落千丈。欲望越大，酿成的悲剧则越震撼人心。沈阳对自己结局难以接受，最终精神出现了问题，死于一场车祸。他们两个短跑运动员在自己规划的道路上，因欲望丛生从而对名誉、权利以及钱财有着极大的渴望，挣扎中最终无法抵达导致破灭的悲剧。从小说中两个人的悲剧我们得出，这些小人物力量弱小，无法与强大的命运展开搏斗。因心中的欲望让自己挣扎从而陷入绝望。

朱山坡小说叙述中，总是把小说人物置于一种无法拯救的困境。而这困境便是人物因内心欲望促使下展开的与生活力不从心的争斗。无力回旋中，一步步深陷困境，导致梦想的破灭。因此朱山坡悲剧叙述中形成了一种欲望挣扎中破灭的叙述模式。

三、特殊叙述视角的选择

自从西方现代小说理论诞生以来，叙述视角问题在学术界的争论不休，对此产生了很多认识的偏差与混乱。感知者等于叙述者？它是话语层面还是故事层面？围绕诸如此类问题出现了不同观点，促进了叙事理论的发展并且具有重要意义。对叙述作品而言，讲故事的方式千差万别，但作家选择从什么样的角度切入对作品至关重要。此问题涉及小说创作的形式技巧——叙述视角。叙述视角是叙述者与故事之间的关系，也即叙述的眼光，是叙述者达到叙述目的产生的方式。叙述视角也是叙事行为发生时叙述者、受述者、读者三者之间联系的纽带，体现在四个方面：叙述声音、叙事眼光、叙述焦点和叙述指向。因此不同叙述视角的选择会带给读者不一样的阅读体验。

叙述视角发生在故事中表现为谁在讲故事，包括以谁的眼光像谁讲和讲的关于谁的故事。作家对经验素材展开时，若选取一个合适视角，将在叙事上达到事半功倍的效果。对朱山坡而言，他非常重视小说创作技巧，认为如何讲好故事比故事本身的内容更为重要。朱山坡作品，对悲剧的叙述采用了全知视角，我们可以归为两类特殊的人群：一类是精神病人；一类是未成年人。这类视角选择，体现了朱山坡对世界的独特把握与理解，与此同时，通过不同视角，读者也可以窥探出作品中深层的悲剧意蕴。

（一）精神病人

精神病人视角的选择构成了朱山坡悲剧书写的独特方式，对于这类视角，朱山坡说道：“我们都生活在精神病人的身边。我对精神病人题材特别迷恋。《我的叔叔于力》和《两个棺材匠》都涉及精神病人的问题。在我的眼里，这个世界上有太多的‘有病’的人，而这些人是需要怜悯的。不同世界的人根本无法实现平等的对话，是悲剧产生的另一根源。”[4]这类特殊人群身上发生了很多令人难以想象的悲剧故事，小说让他们充当叙事视角，使读者能更加清晰地理解朱山坡选择的缘由。

叙述视角没有统一分类标准，从全知视角与有限视角的角度分析，《马强壮精神自传》是全知视角型。“那就从我的一个仇人说起”，[5]显然小说用目前追忆往事的眼光进行叙述，则为第一人称回顾性叙述也就是全知型。小说充当叙事视角的“我”虽然是一个精神病人，但并不是神志不清思维混乱的，清醒的时候却聪明绝顶。全知视角马强壮对过去、现在故事的发生与发展讲述时，是站在读者所能理解的正常人的角度展开的。小说通过全知视角，回忆了马强壮从正常人变为精神病人的整个过程。同时小说也借以马强壮的感知，叙述着发生在他周围的其他底层人民生活的困境。王手足从农村进入城市，成为酒店的一名保安，变得高高在上。马强壮也从农村挤入城市，去酒店应聘厨师因为他的一记耳光精神失常，从此觉得自己不再是马强壮了。命运的扑朔迷离，两个人被搁置于城市底层。马强壮在城市中理想破灭，王手足成为流浪者。全知视角下，马强壮为读者揭开了绝望者内心的真实境遇。整个小说是马强壮在公安局里的自言自语、唠唠叨叨的“供词”，是对他整个人生经历淋漓尽致地叙述。“命运就是轱辘，生活就是轮回”，[6]马强壮妹妹被强奸、赖以生存的精神支柱王手足变得与马强壮一样精神失常等等，都以马强壮的眼光打量后在小说中呈现。城市中追求自己理想而不得，被排斥与不理解，落荒而逃的这群人通过马强壮的视角在小说中得以呈现。

特殊叙事视角的选择让作家获得了极大叙述空间，《马强壮精神自传》以精神病人马强壮的视角叙述发生在他周围从乡村进入城市的底层民众。通过马强壮的感知来叙述故事，呈现自己务工、住院到求生这一人生艰难的过程。读者能够真切感受到他自身的悲惨遭遇。其他人伸手便可摘得的东西，马强壮费尽周折却也两手空空，尊严丧尽。这一视角选择，作家与人物之间保持了一定距离，具有一定权威性并且脱离于主观感受。叙述中没有歪曲与夸张，读者往往也会以全知视角的观点作为衡量其他人物标准的尺度。小说反映了当今人类精神都面临着危机，轻轻触碰可能就会被激活。

（二）未成年人

朱山坡对悲剧的书写，除了选择精神残缺的病人作为叙述视角，还选择了未成年人作为小说的叙述视角。采用未成年人也即童年的视角叙述故事，成为作家对文学独特的把握。小说用孩子的视角展开故事的叙述，读者便看到了生活的细密纹理以及阴暗面，如《小五的车站》《回头客》《空中的眼睛》与《爸爸，我们去哪里》等等都是如此。未成年对外在社会有着自己独特的理解、迷茫与叛逆，朱山坡正是借助这一点对现实生活进行了审视。

“未成年人视角”是以未成年人的感知叙述故事但并不拘泥于未成年这一年龄阶段

的感知为小说创作的形式。这种视角的选择，增加了作品的真实感，丰富了小说的内涵，映射出美好世界下的丑恶现象，可喜下的可悲。小说《空中的眼睛》，视角的选择独特，以“我”的视角叙述，而“我”的生命已经结束。“现在我静静地蜷缩在天堂的一角，回过头来梳理那些留在我眼睛深处的乱麻一样的谜团，像一部被刚刚编辑过的纪录片，一切都被唤醒，留在脑子深处的记忆碎片逐渐发出夺目的光芒，”[7]小说是用追忆往事的眼光展开故事叙述。开始时引领读者跟随“我”即小男孩阙呆的步伐走进朱山坡笔下广阔的“米庄”与“谷镇”。灰暗色调的文字中展现了“我”对麻利冰悲惨人生的梳理：金老大一死，为了不忍受饥饿能吃到米嫁给了阙富；为了吃大肉，与屠夫打情骂俏，最后和屠夫张二有了一夜情，她的身子被肉行的屠夫全都摸过；此后认镇长为哥，当了情妇。麻镇长失势，大儿子因在水塘捞鱼被淹导致生命的丧失，女儿不知流落何处了无踪迹，丈夫凄惨地死去，麻利冰忍受了无尽的耻辱最后精神出现问题，带着儿子在城市里流浪乞讨。麻利冰想与现实的境况对抗，却遭到了背叛与唾弃，而且最终也失去了唯一依靠——阙呆。但整部小说以我的眼光叙述，之时偶尔也加入了叙述者的声音，“麻利冰以为这一次败仗损失的仅仅是尊严，洗掉身上的污泥便涮掉了耻辱的痕迹，他不知道，这一仗使他的儿子阙饭失去了行走的能力，他从此便成了软脚蟹。”[8]显然这里的叙述眼光与叙述声音都是叙事者发出的，小说有了叙述视角的转换，不同视角中我们更能窥探出黑暗中的悲惨故事。

小说以孩子的视角来洞悉身边发生的使你浑身震颤的一切：卑微猥琐的人、挣扎的无可奈何、弥漫中的死亡气息。朱山坡通过孩子的视角对善与恶描写时，试图挖掘人性中更多的可能性。这一视角透露了人类生存的艰难，呈现了人性朴素的一面和爱与善的表达。这些蕴含了创作者无限温柔的悲悯，作者的创作理想、创作的无限潜质在悲剧叙述中显露出来。《空中的眼睛》中，叙述视角的选择，是朱山坡驾驭小说能力的完美诠释。“一双空中的眼睛”成为小说的全知视角，漂亮冷峻但又能俯瞰着一切。如果说是孩子眼睛所进行的摄影，不如说是一个幼小心灵的叙说与申诉。人类生活的丑陋、人性的善恶都表达了出来，同时也是对底层无助的人们苦难深情的表达，麻利冰可悲之境况便由此可知。

参考文献：

[1] 亚里斯多德．诗学[M].北京：人民文学出版社，1962版

[2] 赵凯．人类与悲剧意识[M].北京：学林出版社，1989版

[3] 张法．中国文化与悲剧意识[M].北京：中国人民大学出版社，1999版

[4] 尹鸿．悲剧艺术与悲剧意识[M].合肥：安徽教育出版社，1992版

[5] 程亚林．悲剧意识[M].长春：吉林教育出版社，2001版

[6] 孤云、朱山坡．不是美丽和忧伤，而是苦难与哀怨[J].花城 2005.(6)

[7] 朱山坡．马强壮精神自传[M].桂林：漓江出版社，2017版

[8] 朱山坡．空中的眼睛[J].山花.2006(9)

《萨赫勒荒原》：物欲、信仰与人类命运共同体三重解读

钟世华　孙召玲

朱山坡以鬼魅的南方小镇作为写作背景，先后推出了《蛋镇电影院》《风暴预警期》《灵魂课》等多部极具寓言、现实与魔幻紧密结合的作品。这些作品给作家带来了声誉，但同时也构成了一种考验：身处南方地域，作家能否越过既定的边界，走向新的叙事空间和对话场域，从而保持文学表达的超越性？

2021 年，朱山坡在《人民文学》第 3 期发表了《萨赫勒荒原》，给出了肯定的答案。这部作品不同于以往的“南方写作”，聚焦的是撒哈拉沙漠西南边缘的尼日尔，讲述援非中国医生跟随当地人萨哈穿越荒原，赶往津德尔驻地的故事。这个故事和朱山坡以往的小说不一，已不再是密布荒诞的场景和密集的意象，取而代之的是简洁凝练的语言和平淡的叙事。于是透过《萨赫勒荒原》的描写，我们看到了尼日尔皲裂的外壳，萨赫勒荒原的萧索和孤独，以及“生存法则”。细读《萨赫勒荒原》，不难发现，作者放弃了丰富的想象，在作家笔下，萨赫勒荒原太辽阔、太荒凉，“不像新疆的戈壁滩，也不像内蒙古的大草原”。荒原上一切景物似乎看腻了彼此，“却又紧挨着搀扶着度过漫长的岁月和亘古的孤独”……如果上述描述还停留在荒原的表面，那么护送“我”和药品食品安全穿越萨赫勒荒原的老司机萨哈坚定心中信仰，秉持“公平”原则的做法，无疑折现出了尼日尔人民对物欲的克制，对信仰的虔诚。

尼日尔物资匮乏，在物化的生存时代和环境下，朱山坡没有否定人的物欲。作者通过物欲的抒写，真诚地呈现物化现实的局限，但又以作家的人文精神剖析时代里掩埋的柔弱人性。在荒原生存的萨哈对物欲极度克制，他不吃“我”递给他的饼干，也不吃车上的公家食物，只吃自己随身携带的粟饼和水。尼克探头进车内试图看个究竟，萨哈一把推开儿子，不让儿子看到车上的物资。甚至是尼克晕倒，“我”塞给他炼乳和黑麦面包都被萨哈以“不公平”的常识拒绝。同样，在“我”怀疑尼克身患疟疾，要求萨哈掉头，给尼克治疗时，他依旧坚持着“在死亡前人人是公平的”常识。李洁非曾言，“当物化现实对心灵的压抑所造成的痛苦达到一定的程度时，这样的觉识和反抗将自主地从人的

情感意志产生、爆发，而且物化越厉害，反抗也将越强烈。”反观萨哈，他一直在物和心之间有意识地保持平衡，即便医疗物资、生活物资匮乏，他依然默默地克制着物化现实产生的精神痛苦，这何尝不是荒原上坚韧不拔的生存信仰？如果说萨哈对物欲的克制是信仰支配下冰冷的产物，那么尼克对物欲的表达则带有一丝丝温性。虽然萨哈从“我”手中夺回食物，但尼克盯着“我”手里的炼乳，眼里充满了强烈的渴望。尼克生怕“我”拒绝赠予炼乳，发誓只给未曾见过炼乳的祖母尝尝，自己不动炼乳。尼克的物欲长期受到生存环境及人为的压制和剥夺，当“我”赠予炼乳，尼克如获至宝，紧紧抱在胸前。在赤裸裸的物化现实里，尼克真实、原始的人性又令人生怜。

在这个中国医生援非的故事里，萨哈、尼可、老祖母等本地人并非被拯救、被启迪的角色，他们的行为和精神信仰反而震撼了外来者“我”，并让“我”获得了前进的勇气和坚持的理由。萨哈母亲对老郭的感念，支撑她徒步十二天穿越荒原；尼可为了奶奶弥留之际的心愿，独守在荒原等待老郭的消息；萨哈是作者着墨最多的当地人角色，这位憨厚纯朴的司机心中怀着对信仰的力守和对公平的热望。萨哈放弃救援儿子的行为，初读时让人难以理解。他在亲情关系网中，手持尖刀，“冷漠”又果敢地割裂密布的经络。但阅读全文后我们会知道：在萨哈那里，寻求的精神上的公平，他感念中国人民的帮助，不愿利用自己司机的身份谋私利、得好处，他置自己和家人生死于度外，只因他有着更为崇高的信仰。小说末尾，“我”问起尼克病情时，萨哈一边泪流满面一边义无反顾地驶向更需要中国医生的津德尔驻地的身影让读者难以忘却。

朱山坡用《萨赫勒的荒原》向我们证明写作的诸多可能性。小说承载了物欲和信仰，同时又淋漓尽致地对人类命运共同体进行表达，是一篇不可多得的佳作。人类命运共同体推动不同文明形成交流对话、和谐共生。其注重汲取不同民族、不同国家的文明成果中的精华部分，号召不同文明兼收并蓄，共同绘就人类文明美好画卷。小说中中国医生与尼日尔人民在无边的苦难里结下了生死之交的情谊，他们对很多事情诸如疾病、公平的看法并不一致。“老郭”们奔赴尼日尔，不惜付出健康乃至生命，克服气候恶劣、病疾横行、缺衣少食的艰困环境疗治病症，守护人类的健康与文明。萨赫勒荒原上，“萨哈”们尽管生活在水深火热的环境中，但他们善良、坚忍，渴望健康，始终感铭中国医生的付出，并以坚韧不拔的生存信念守护他们的精神与文化的“公平”。人们心中的理解与尊重，热爱与敬畏让文化冲突化为文化交融。两国人民间如萨赫勒荒原般宽广坦荡的胸怀，超越了国界与文化的阻隔，其对彼此命运的关切和协助，代表着小说中所展开的殊途同归之意旨，显现着作者脑海中人类命运共同体的精神图景。当我们回望萨赫勒荒原，它不再是“从荒凉通向荒凉，从寂寞通向寂寞”。

《萨赫勒荒原》在叙事背景、故事题材和精神诉求上呈现了作者更为宽广的视野。这一平淡的短篇小说似乎荒原上的一滴水，击中物欲、信仰以及人类命运共同体的三重目标，走出了自己的深度和广度，值得潜心品读。

荒原意象与精神向度

——读朱山坡短篇小说集《萨赫勒荒原》随笔

湛　蓝

翻开朱山坡的《萨赫勒荒原》，是一望无际的孤独和荒凉。九个短篇小说，基于现实的虚构，多视角叙事，以虚构现实的内化还原现实的真相；以蕴藉“荒原”的“意象”，诠释作家的心语；以内在诗意的追寻，观照精神的向度。

在《萨赫勒荒原》《索马里骆驼》《卢旺达女诗人》中，朱山坡写了残酷的族群战争、海盗横行、贫穷饥饿和永不消亡的疫病。在《闪电击中自由女神》《夜泳失踪者》等篇章书写了南方城镇寻找遗失的灵魂、婚姻生活的不确定性和归宿感缺失等社会的日常。在地域、时空和种族的不同叙述中，无不显示现实生活粗粝、复杂、荒凉，我们清晰地看到一幅一视同仁穿越人生荒原的群雕，共同指涉爱与信念是穿越人生荒原的勇气和力量。作者用浪漫、诗意化的叙事，通过人与荒原各组成部分、与人在不同情景下的情感来展开。

一

英国托马斯·艾略特创作长诗枯萎的荒原，深刻地表现了西方社会人欲横流、精神堕落的本来面貌，传达出一战后西方人对世界普遍的失望情绪和幻灭感。为此，艾略特开出了方子：恢复宗教精神是拯救现代人的灵丹妙药。长诗里，荒原还意味着一种“现代人”的处境。

美·学者艾布拉姆提出文学是一种活动，即由世界、作者、作品和读者四个相关的要素共同构成文学活动。世界即生活，是文学作品的根基，通过创作主体艺术加工，成为作品。日常就是生活的内在逻辑。文学直视现实生活，发现普通人的思想，寻找历史的微声，并加以改造，其精神向度正是文学的价值所在。当社会处在转型期也处在塑型期，面临着多维价值观的强烈冲撞。现代社会经济环境得到了极大的改善，社会物质生活丰盈，但同时地球生态环境面临严重的威胁；全球性疫病流行，导致经济衰退、失业率上升；国际战争和形势恶化等诸多动荡加剧了现代人的生存压力，社会心理焦虑，安全感缺失。当社会过多纠结于物质层面时，便会削弱人们对精神的探索。文学关注的现实重心即集体意识到生存危机，便会努力去建设一个健康、和谐的生活环境和生存空间。这种大背景，成为朱山坡小说的现实来源，也促使文学创作主体在文学作品中寻找出路：

思索生命的意义，追求崇高理想、爱、诗意和正义等精神向度。

在短篇《萨赫勒荒原》中：老郭有心脏病，而且是医学上比较罕见的心脏病，很危险。两年前，本来是我来这里的，但老郭跟我抢。他说一定要去援非，这是他最大的心愿。我想起送老郭去机场的那天，阴雨连绵，春天的气息竟然让我们有些伤感。我最后一次问他，非得要去吗？他依然坚定地说，要去！

在《索马里骆驼》中，荒蛮的索马里部落人从没看过电影，暴虐的海盗头目以一头骆驼作为酬劳，邀请金灿英去他的部落放中国电影，金灿英应邀前往。第三天，柏培拉的黄昏，一个穿着红裙子、长发及肩、戴着硕大无比的银耳环、腆着大肚子的中国女人骑着骆驼孤独地行走在寂静辽阔的荒原小路上。她的丈夫不解地问："就为了一头骆驼？"但金灿英说："不，是为了善。"

要知道，在荒漠里跋涉和行走，骆驼如同海上的船只，陆地的车辆和空中的飞机，对人的生活举重若轻。金灿英义无反顾去索马里部落传播中国电影里的善，因她在索马里看到了暴虐和落后，与老郭选择去一盒纯牛奶都是奢侈品的尼日尔一样，因为信仰，她们是普通人，也是人心荒原的植树人。正如江绪林《生命的厚度》里说的，人无法选择生命的长度，但有必要培养思想和生命的厚度。老郭内心澎湃的理想超越了对个体生命安危的关注，放下了小家去援助医疗条件极其落后的非洲国家。索马里海盗猖獗，动辄杀戮，金灿英认为中国电影是劝人向善的，她为了传播中国电影，在漫漫荒漠中被飓风卷走。毫无疑问，老郭、前仆后继的"我"等援非人员对生命的豁达，金灿英传播中国电影的善，都是抵御这个时代浮躁、物化和焦虑继续加剧、促进社会进步和提升精神内核的力量，重建信仰。

《萨》篇几乎没有故事情节，写一路上的见闻和心理感受，以先抑后扬的方式塑造了萨哈的形象，展示了万物生而平等死亦平等的思想观念，有佛禅意味又体现了作品传递的生态整体观，以及对法度的敬畏之情。叙事景观粗粝、荒凉、辽阔，引人入胜，可见朱山坡创作小说艺术形式的高妙。叙事是双向的，小说讴歌的另一对象老郭自始至终就没正面出现在镜头里，全是通过"我"的回忆，萨哈、尼可和祖母对老郭的爱戴，表达尼日尔民众对中国医生淳朴、深挚的感情，侧面歌颂援非医疗队在为尼日尔提供医疗救援中体现的大无畏的人道主义精神。夯筑了中非人民友谊的根基，同时也促进了两地人民价值观和文化交流。

在朱山坡的笔下，荒原也有两种意蕴：它代表着崇高与朝圣般的神圣；它也隐喻荒凉、落后、危险与未知，决定踏足荒原，便意味着踏上了一条奉呈自身命途的不归路。老郭和金灿英在决定踏上荒漠的时候，就已经交出了自己，穿越了生命实实在在的荒原。

二

朱山坡始终关心特定情境下人的情感反应，及在此基础上形成的地方感与价值观。《闪电击中自由女神》《夜泳失踪者》《一张过于宽大的床》《午夜之椅》《香蕉夫人》《夜猫不可能彻夜喊叫》中，书写了人类鼓荡的物质欲望、永不停息地改造自然、支配他人的野心，以及荒原中的那些无根之人的孤独和生存境况，其核心思想是现代社会的个体究竟应该如何穿越人生的荒原？

卡夫卡说"不是每个人都能看到真相，但每个人都能成为真相"。《闪电击中自由女神》

写南方某报社深度调查的记者“我”，曾因暗中调查陕西黑煤矿坍塌事件的真相九死一生，因为抗打再次被派往竖城暗中调查珠江上游矿厂非法排污的证据。经过几个月暗访，终于拨开扑朔迷离的网，揭开了一个又一个真相。发现“黑洞洞的镜头像一只邪恶的眼睛深不可测，让我们看到的真相也许是事先布置的假象”而愤怒。作为一个深度调查的记者，我因对人间的真相肤浅不察而感到羞耻。这种自“我”书写的真相，是人内在的审思：对真理的探寻、对正义的坚守是一条布满荆棘的路。闭塞蛮荒的偏远地区，地方权利体系中，个体都是强权棋局中的一枚棋子。在强权设置的路径和障碍中，个体如同风中的一片落叶，如同江上一叶扁舟，被裹挟，随时可能葬身江底。越野蛮的地区，封闭的体系越顽固。当然，朱山坡避开了类似的政治语境语体，小说《闪电》《夜泳》均或深或浅触及到长久因重视经济发展而被有意识遮蔽的现实问题，以虚构的方式还原现实。小说书写日常现实，是为了精神世界的攀升，回归人文关怀，体现社会文明进程中的问题意识，符合整部小说的价值观，也是朱山坡《闪电》《夜泳》的显著特点，凸显了内部文本张力。

《夜猫不可能彻夜喊叫》写了一个抑郁症患者，承受着被抑郁啃噬、不被人理解的双重碾压，楼上南阳台是她精神荒原里可触及的一段救赎之光。通过都市隐形杀手抑郁症，介入一个精神受难世界，绝望中寻找生命的光源与希望。几经辗转，在矛盾冲突中，最终剔除庸俗的市侩和浅薄的偏见，以人的神性之光接纳、泅渡了一个即将被黑暗溺毙的女抑郁症患者，给予了一个孤独患者归宿感。

三

科技进步、城市化推进到一定程度，人类开始觉悟，重新意识到自然的可爱可亲可贵甚至可敬，并倡导返璞归真。其实质就是人类以新的角色重回自然，重新介入与自然的关联。小说集《萨赫勒荒原》的九个篇章，均采用了第一人称视角，虚构了作品的在场感，作品相互独立又具有某种内在勾连，在叙事主体与读者之间营造了一种真实感。朱山坡在不同篇章里有意识让人类与荒原里的气候、植被和动物发生关联：

“荒原越来越苍茫，阳光越来越刺眼。我看着干旱的土地，喉咙突然有冒烟的感觉。我拿起矿泉水吸了一大口，然后把头探出车窗，朝饱受干渴之苦的灌木、荆棘和草甸，以及那些可能隐匿其中的动物用力喷洒过去，希望能滋润一下它们。”行文中，可见朱山坡笔下的荒原随着对萨哈的了解逐渐变得俏皮可爱且通人性，“前面是一片绵延数十里的灌木黄叶，世界变成金黄，我相信这是大荒原为了取悦我而变化的风景”。

“萨哈突然一个急刹车，我的头狠狠地撞到了车窗上。当我抬起头来，萨哈用手指了指车头前面，一条身材臃肿的蜥蜴正慢吞吞地摆着尾巴横穿公路，不慌不忙，霸道得像是大荒原的主人。我明白了，萨哈在给蜥蜴让路。

飓风本来是要骆驼的命的，但是你母亲(指金灿英)拼命保护骆驼，激怒了飓风，她才被卷走的。”

万物有灵且有情，骆驼亦然。金灿英失踪后，骆驼欲为她殉道，绝食，瘦得行销锁骨，气若游丝。直至见到金灿英的儿子“我”，骆驼才让人为其处理伤口并开始进食。骆驼在金灿英和“我”的眼里，不单是沙漠里赖以生存的交通工具之一，不是被人类随意驱使和苛求的对象，甚至不是牲口，是与金灿英有过命交情的老铁，驼峰于“我”是自小就缺失的父爱和臂膀。朱山坡在大自然的审美关系中，摒弃了人类的唯我独尊和高高在上，全情融入。人是大自然的主体，植物动物是人之外的另一个主体，赋予了与人类平等的地位，给予了应有的尊重、善意、回应并与之产生连接。在这种平等主体间的交流中，体验世间大美与大爱。

四

《萨赫勒荒原》的九篇小说，涉及非洲的巫术和宗教、渔隐情怀、文物保护和岭南之南的历史文化，具有新南方写作的先锋特点。总的来说，小说的感情基调充满朱山坡有关新南方写作讨论中的“南方的孤独和哀愁”。但每一篇小说都给出了穿越人生的荒原的处方，那就是九篇小说均埋有一条隐线，它让人想起古老的照明用具——马灯。在尼日尔辽阔的萨赫勒荒原，在海盗横行风沙肆虐的索马里，在千百年烽烟弥漫的卢旺达，在灵魂遗落的南方边陲小城镇，穿越人生荒原途中，始终能看见一束从隧道外透射来的光——人性的真善美爱、信念以及对正义的呼唤，具备普世的价值观。

《卢旺达女诗人》中：

她的眼神干巴巴的根本滋养不了爱情，我明白玛尼娜的直觉是对的。

我们心里都明白，有些河流我们永远无法泅渡。

当我读到玛尼娜发来的诀别短信：我回卢旺达，不再回来。永别了，兄弟！朝着飞机的方向奔跑，很快被交警一把拉住。我差点闯红灯了。一股悲凉从心底喷薄而出，以汹涌之势撞击我的胸口，我退到一个无人的墙脚，蹲下来，双手抱头，放声大哭。

一个与自己同吃同睡的人，对自己的喜怒哀乐一无所知；而另一个遥远国度来的人，一个声音一个眼神便洞穿了爱与不爱的秘密。我在麻木里充分认识到了爱之于孤独的穿透力。朱山坡不论是对“我”敬畏的导师老郭，还是“我”恨之入骨的仇人阙崇才，以及萨赫勒荒原的蜥蜴和索马里的骆驼的生命，均赋予了同样的平等和尊重。小说对潘京、金灿英和樊湘的去向进行了魔幻处理，都凸显出朱山坡极大的悲悯。对“爱与生死”的悲悯情怀，作为一个恪守不渝的生活体验者，朱山坡既抒写了个体生命对生死的豁达，又在没有爱情的婚姻里仍饱含着情义并给予爱尊严，完成了对“爱与生死”的美学内涵的丰富与拓展。小说在主流意识形态被涂抹被扭曲的真实图景中，虽然没有过多粉饰现状和对现实生活作任何附会，但给予了读者希望。爱、真善美、正义和信念，是世界共同的审美标准，也是人类社会文明进步的共同指向，这是这部作品践行新南方写作和伟大之处，也是最朴素最暖心的价值构建与精神向度。诚如朱山坡在访谈中说的：“混吃等死，也是种生命的真相。但文学毕竟是与人为善的事业，要给予人慰藉、体恤和希望。让人感受到隧道尽头的亮光。”

参考文献：

王笛《那间街角的茶铺》

《“新南方写作”与文化诗学》

《从沙漠中穿透或折射更多层面的生存、生命状态及景象》

作者简介：湛蓝，自由职业者。出版有个人文集《樱花树下睡莲满缸》《我的月光》，主编有《香落尘外》《作伴结庐》《浣花集》等五十多部文丛。

精神返场与现实的烛照

——梁晓阳《出塞书》艺术探究

陈一默

精神，是指人的情感、意志等生命体征和一般心理状态。但我更愿意用它来描述一种内在驱动性质的、灵魂课题的声音。这种声音一旦触及现实的场域，它所形成的撄犯之力，是具有强烈的透视效果的。文学课题里这种实证实操的践行，其真切和厚实的回响更具雕刻的质地，有给社会人生自然命名的拍击，进而彰显其深刻的干预力。尤其是那种绝地孤勇般的个性化艺术追求，脱离了一般化的艺术探询，更是涤荡着审视性的力量。

“克勒克勒，克勒克勒，克勒克勒，克勒克勒……”“出塞出塞，新疆新疆，出塞出塞，新疆新疆！”当梁晓阳的这本《出塞书》摆在面前，火车节奏以一种“克勒克勒——出塞出塞——新疆新疆”的声音传递到我耳膜的时候，我对自己说：是了。这种带有现代性质的、身体力行的出塞之歌，它在情景场域的探照和影射，以及极其坚定的、突破性质的个人探求史，其中所蕴含的价值体系，足以烛照现实的藩篱。

一、脉络和概况

《出塞书》全书分为楔子，上部，下部和后记四部分。在上半部巩乃斯往事当中，基本就是写“我”在新疆巩乃斯新源马场以“阿依”与“阿依家人”为主的一场谈话形式的“采访录”，重现“流浪”这个悲情名称以及那个时代赋予的、一代人的悲痛和创伤。期间不乏在那段岁月里，大事件与小人物，命运感和沧桑感的冷暖交替。下半部，则是写“我”在十年转场中，在小城北宁与新疆伊犁之间往返的旅途和心路历程，追求文学梦想的悲欢岁月。作者始终在“旅途——南方——南方——旅途”这两个出塞的基点之间转场，以一种人物的经历和命运交织的在场感，言说着最真实的心灵部分。在最后的章节“隐秘乐曲”里，更是表达了一种十分复杂的出塞情结在里头，正如后记里所说，这是“一场漫长的人生求索”。可以说，这本六十五万字的灵魂之作承载了作者前半生的文字理想。

二、苦难中的操守和品格

“苦难”是生活的基点，也是一个“准则性”的存在。特殊年代里的生存史即是一部独特的进行史。书中的流浪者来到新疆，首先就是“活下去”，它所开辟的生存空间，往往就成了考验人们意志力的跷跷板。为此，阿依母亲敢于住“鬼屋”，吃被当地人弃之不要的牛下水和四脚。老乡们还吃野猫，吃一切可以活命的东西。除了种南瓜，豆子和洋芋，还外出帮人打零工，帮人采挖党参、甘草、牛膝、雪莲、贝母等。这种顽强适应生活的生存能力，让他们磨炼出了乐观豁达的品质。甚至被生活剥皮甚至抽打后，还坚守着“生存”和“生存中的品格”。比如在《哈萨克一大队》里面，就有寻上门来报恩，给阿依母亲送菜刀的广西藤县老乡路金英。还有《哈拉布拉》里的李日保，试验水稻种成功后，给阿依母亲还了200元钱和送来几十公斤大米感谢昔日的恩人。《十月公社八大队》里，面对给了好心收容但又做了偷盗的大温，阿依母亲恩怨分明，狠狠地打了他一个布鞋底耳光，把他赶进了风雪中……这种在苦难里磨炼出的弥足珍贵的人性支撑，大悲痛中锤炼出来的朴素人生观和高贵人格，我认为，这也是《出塞书》里面梁晓阳着重锤炼的，是一本品质厚重的小说必备的品德。

三、时代的注脚及升华力

一个时代有一个时代的风云。作为社会体系中最基本，也是最渺小的一员，我们——“人”，总是被裹挟着，溶进那些滚滚的河流，甚至没有回头的余地。梁晓阳没有回避那些过往的历史，通过一系列、真实可感的人物事件，尽量还原了那个特殊时代背景下具有代表性质的生存状态，让我们真实地了解到那个时代洪流的冲刷。悲怆人物和悲怆事件是相互进行的，翻开书本来到“4367”面前，贾玉生贾老师的代号就那样震动了我们，这个曾经的北大才子，在时代的缝隙中也逃脱不了挣扎的命运。他被劳改，戴着手铐脚镣去进行劳动改造，平反后，最终还是在大西北终老了一生。而另一个人物就是阿依的三爷爷，作者见到他时已变成了新源老马场附近后山草原上的一个坟堆。这个毕业于云南陆军讲武堂的男人，在那个特殊的运动中曾想着独善其身，但最终被定性为不好的成分，成了巩乃斯草原上一个“姓许”的默默无闻的垦荒者，直到八十年代中期去世。

鲁迅在他的《祝福》里曾出现过祥林嫂，在《孔乙己》里更为我们呈现了那个虐心的人物。《出塞书》只是实实在在的，还原了生活事件本来的面目。但就是这种看似记叙式的，淡淡的笔墨，让我们隐秘的情绪有了某个宣泄的出口。某种程度上，这种“落幕剧”的单纯呈现，更让时代中的人物命运，有了悲辛、悲切，甚至悲壮、悲悯式的回响。通过“悲剧”的书写去获得另一种升华的力量，我认为《出塞书》里面同样有这样的一种期待。

四、诗意和音乐性质的语言表达

六十多万字的《出塞书》，我们在阅读的时候，不仅为书中的人物经历所感慨，在独特而优美的自然风光中，也交织着大量行歌式的书写。书中大量衬托环境、情绪的歌曲、诗歌等，在一定程度上丰富了语言艺术的表达。如在《旅途（四）》当中，作者选用了唐代诗人韦应物的一首边塞诗《胡马》，这就很好地衬托了“我”当时的内心：“胡马，胡马，远放燕支山下。跑沙跑雪独嘶，东望西望路迷。迷路，迷路，连草无穷日暮。”千年前的胡马寄托着作者什么样的追求？而高高的祁连山，蜿蜒的河西走廊，从南方边陲里的一个小城到边远的新疆，书生“梁小羊”，他追寻的，其实也和诗歌《胡马》中的一样，是一种需要长空万里才能解脱的注脚。那种藏在幽暗地带的隐秘，就像月光之于月亮，火焰之于炭，自有其为之疯狂的质地。在“伊犁河，伊犁河，长流不息，波浪翻滚”。里，他围绕着这个他朝圣般的圣地，进行了一轮又一轮的心波转场。就像书的结尾主人公“梁小羊”在深情抒发的一样：“伊犁河，伊犁河……像我这样，深深爱着你/在这世界，没有别人……”

五、散文基调式的，优美的述说

好的长篇小说，优美语言的奉献肯定是一个不可绕过的门槛。描述与之相应的情景肌理，达到言情达意，烘托文学氛围的效果，我想也同样考验作者的文字功夫。《出塞书》里面，因为素材的迥异，作者天然地获得了一种有利的书写条件，地理环境的差异性，边疆风情与秀丽江南的碰击，则让我们领略到了一种差距化的书写美感。

“喀班巴依雪峰上的晚霞像穆斯林的红围巾一样，扎在雪顶上，主峰就像刚刚成婚的新娘，显得红润、热烈、高洁，透射出一种挺拔和神圣的品质。”这种优美又精确的表达，把晚霞中的喀班巴依雪峰的神魂描写了出来，这就是他理想中的乐土，希冀在这里完成他“文学伟业”的宫殿。“冰冻的吉尔尕朗河像一条白玉带子镶嵌在辽阔的马场边缘和一条公路之间，裸棉一般敞开的原野上，爆炸式的杨树枝条正举着银剑冰戟伸向高寒的天空……”——对于吉尔尕朗河，他在这里也有细致入微的倾情。再看《月亮和星星》：“月光太亮了，也太凉了，也许是蘸了雪的，落在身上有一种穿透身体的冰冷，摸摸胸口，感觉里面已经储存了许多冰冷的月光。”这些优雅的文字在《出塞书》里随处可见，是作者对于多年出塞的一种挺拔的诗意呈现，也是一种充满美感的，义无反顾的奔赴。

六、精神还乡及救赎的意义

翻开文学史以及回溯文字纪元，不难发现，“立德，立言，立功”，一直是汉语文学作者的书写理想。梁晓阳的精神还乡之路无疑是独特而少见的，这源于他不同于一般南方作家的、命运的进行之路。

“决心写一部关于我的心灵故乡的书”，这是梁晓阳一直贯穿在他整本《出塞书》中的主题，为此，他深刻的剖析过自己。他说“我回来的动力几乎就是为了我的创作……”“文学才是我唯一的救赎”。这里面，固然是有着他个人对于那个南方小城种种的不适和逃离，但更多的是一种高蹈的、凌空飞舞的灵魂摆渡。正如奈保尔所说：“世界上有许多人，他们不安于自己的现状，需要重新认识自我，了解社会，这使他们远走他乡，来到一个陌生的世界。”这就很好地解释了梁晓阳的出塞之旅，在新疆这里，他远离世俗的喧嚣寻求得到了内心的安宁。但随着人事的变迁，对这里的新鲜体验越来越少，这就不得不抛出了一个更尖锐的问题，即：文字的还乡和精神的还乡，文学的救赎和确切意义上的救赎之间的碰撞。那么，这条出塞之路还会继续吗？到何时才能彻底的结束？梁晓阳没有明说。但正如“我们为什么而写作”一样，这种彰显共通精神的默契，是直逼灵魂和人类精神本质的。“还乡”没有尽头，“救赎”也一直会存在。

七、全景观照下的探究与回眸

通观《出塞书》，小说的真实是在细腻叙事中一点点建立起来的。真实的细节、材料和情感，向身边的生活扎根，这种落脚点非常有效。全书行文顺畅，语言朴素，也具美感，在叙事手法和人物事件上，有实证精神。都力图以“纪录体”的方式展开，给读者展示一个题材独特、对比强烈的异域情景。在探索、追问文学空间和精神空间方面，同样有着一个赤子般的、朝圣式的书写。这种带有心灵力量去追寻的文学理想，很能打动人。“写作是独立和终极的”，不错。梁晓阳用十五年的行走，以笔当剑，苦心孤诣，书写了一曲新时代里“南方人出塞”独特而动人的篇章。这既是他献给生他养他的那座南方小城的一份深挚厚爱的礼物，也是他奉献给大西北甚至国内文坛的一部厚重结实的文学心灵史。通过十五年的行走，他以一种非凡的、骑士般的精神，近乎壮士断腕般的、悲壮式的生命献礼，给这个缺少文学的时代，上了一节深刻的灵魂课。当然此书也有不足，比如某些情节中重复拖沓，一些章节在布局、人物描写方面尚欠丰满，有略显粗糙的迹象。全书基本都是以“记录体”推进文字的，表现手法方面还可以更丰沛些。这就涉及我们“追求一种有难度的写作”的这个向度上，要怎样的下苦功才能去创造出一种更新鲜的表达途径，等等。这都是要下苦功才能抵达的，最终才能实现写作效果的最大化。

梁晓阳以他的《出塞书》系列给我们呈现了一曲大美的出塞之歌，我期待，今后会有更多的梁晓阳以及梁晓阳式的精神书写，给当下的文坛提供一种纯文学意义上的精神献礼。在我熟悉的文学写作之中，像梁晓阳这种以一己之力去进行文学朝圣的不多了。祝福他在《出塞书》之后收获更广。我与他共勉。

平民世界的哲学思考

——读吉小吉诗歌近作

十　品

美国诗人罗伯特·弗罗斯特写了大量的乡村生活和田园劳作的诗，我们喻他为“田园诗人”。他的一些作品让我们看到了美国的乡村风光和人文情怀，比如《割草》：“林边一片幽静，只有一个声音，／那时我的长镰在向地面低语。／它说些什么？我也不清楚：／可能是在谈论着太阳太热，／也可能谈这四周无声无息／怪不得它只是低语，不肯大声／这不是守株待兔那种幻梦，／不是神仙送的金子唾手可得，／凡事超过真实反显得无力，／不如真切的爱把草割成条行，／也有淡黄的兰花，尖瓣柔嫩，／也惊起了鳞甲闪亮的青蛇。／事实，那是劳动所知的最美的梦，／长镰低语，留下干草准备堆垛。”在诗人的眼里劳动是轻松愉快的，似乎不是生活的压力，而是一次旅人的体验生活。我国诗人中写乡村诗和田园诗好的很多，但他们有一个共同特点就是田园的风光与劳动的艰辛相结合，对土地的热爱与乡愁伤感相结合，把无限的感怀、思恋、乡愁、辛劳、重负、担当、阳光、谐趣、勤奋、勇气、希望、思考都写进诗里。这就是几千年中华的农耕民族爱土地爱家园尊人性尊道德的根基，是别的什么渔猎民族、游牧民族，以及任何其他民族都不曾有的文化理念。广西诗人吉小吉就是能把乡村诗写得很漂亮的一位，在他发来的近作组诗中就有出色表现。

吉小吉来源于乡村，对乡村生活和那个环境有着深刻的理解与体验，特别是父辈们、祖辈们留在他成长中的印象刻骨铭心，因此从他笔中流出的那方土地是有血有肉的，有灵魂的存在。《论心酸》就直接切入：

那时候，夜幕开始降临

母亲拿起薄刀
把小月饼切成八瓣
我们，一家人
就围坐在被切成了
八瓣的小月饼前
说说笑笑
等待着月亮升起
我后来回想起来的那种
幸福的心酸
你是无法想象的

这是“幸福的心酸”，没有一点艺术成分，我们也都经历过那个年代，但能成为诗，诗的境界直击心灵深处。当然，对于一个国家一个民族来讲我们并不提倡贫穷，相反我们更希望的是国家富裕、人民幸福、民族强盛，实现中国梦的中华复兴的伟大目标。然而，对诗歌而言能够记录这一过程，这途中坎坷和困境都是必须做的事。再看一首《在镇上遥望老家》：“山路垂直而下／像一根绳子／把我老家的村庄／吊在了半山腰上／风吹过来／树木依然摆动／但牛的嘶鸣／狗的吠叫／鸡鸭的合唱／连同老人的咳嗽／孩童的哭笑／越来越稀疏了／一年一年就没了声响／兄弟姐妹们都去了城里／他们在坚硬的机床前／一定把鸟鸣、童年、老家／统统塞进了思念里／一定把思念塞满了生活……//今天，我回到镇上遥望老家／村庄还在半山腰上／山路还像一根绳子吊着它／像吊着一个鸟儿早已东南飞的／巨大的空巢//也许，空巢注定就是村庄的宿命”。这首诗里提到乡村空巢老人的问题，这是敏感而又非常棘手的问题。中国的城市化建设发展迅猛，改变了原有的乡村模式，更多的年轻人走向城市，使得乡村以农田耕种为主的生产模式受到了冲击。四十年的改革开放，除了根本性改变了中国的经济模式以外，改变乡村面貌也是不可忽略的方面。而乡村的这些空巢和空巢老人们，走在城市前沿的儿孙子女们心中垂下无法剪断绳子。诗中揭示到深刻的根源处，而又让这种情感带着疼痛，带着无可奈何。这也会成为中华民族伟大复兴大业中的一个印记。

我发现，诗人吉小吉在这组诗歌中用“论”标入诗中标题。如：《论月亮的私密性》《论一朵荷花之重》《论心酸》《论一种坚硬的柔软》《论一种符号的持久魅力》《论一条叫明江的河流》《论夜晚更像是夜晚》《论不确定性》等。作者这样写一定有他的道理。似乎去掉这“论”字也不会影响诗歌的表达。最终我还是认可了作者的这种表达。诗歌首先是形式主义代表，形式上加重表达可以最大限度地扩展影响力。看看这首《论一条叫明江的河流》：“与江河东流的经验之谈／在这里完全失效一样，／影子对花山的反叛／类似于逆向思维：／把山体倒过去，并深深置于水中。／明江因此藏着三千丈绳索／悬吊的身体／是极有可能的。／猜测他们全身赤裸／挥汗如雨，挥毫题画／把自己的影子画在／万丈峭壁上／是不够的。／要闯一闯九曲十八湾／这一个水的迷宫。／要深入一千年／触摸永不变色的／血。灵魂里／会有一股力量／涌上江面成为晚霞里的／涟漪。明江向西／而流的极其迷人／是无法忽略这一／富于感染人的情景的。”确实是写“明江”的，诗人不是从历史角度看明江，而是从河流经验和地理形式来看明江，而这明江也以出色表现征服读诗的人。惊心动魄的诗句如：“他们全身赤裸，挥汗如雨，挥毫题画，把自己的影子画在万丈峭壁上”“要闯一闯九曲十八湾，这一个水的迷宫。要深入一千年，触摸永不变色的血”。诗人在“论”明江时，始终把握着理性的质疑和探求。再看一首《论一种符号的持久魅力》：“符号和悬崖。在宁明江畔／是可以建立起一种正比关系的。／各式符号越发鲜红，／岩壁便越发陡峭。心雷同于／闪过一阵阵惊雷。／定定神然后再去仰望：／马步脚踏大地、双手擎举蓝天，／或腰挎长鼓、拉弓射箭，／或交欢狂舞、仰天长啸，等等。／——这些峭壁上的先人的影子／历历在目。深究它们如何／骗过太阳和风雨／历千年而仍在，／而仍然光艳夺目，神秘感是会／成倍增长的。先于我／或迟于我到这里来的人尤甚。”很显然诗人对“符号”产生兴趣，相信任何事物，如果要有魅力一定会经受时间的考验。而时间又是不确定因素的产物，可探讨的空间够广阔的了。作者依然能拨开迷雾看清现实。“各式符号越发鲜红，岩壁便越发陡峭。心雷同于闪过一阵阵惊雷”“马步脚踏大地、双手擎举蓝天，或腰挎长鼓、拉弓射箭，或交欢狂舞、仰天长啸”“骗过太阳和风雨，历千年而仍在，而仍然光艳夺目，神秘感是会成倍增长的”这样的诗句很直观地表达出来，让读者变得非常震惊。被称之为“符号”的岩画是那样的古拙沧桑，日晒雨淋，春夏秋冬四季转换，生老病死五畜兴旺。当人们渐渐忘却岩画的时候我们还能将这个“符号”挪作他用吗？

诗人吉小吉的诗歌写作淳朴厚道，擅长乡村题材，才华隐形，藏而不露，是平民世界的哲学思考和探索，更多的是亲近感、真实感和踏实感。常言道：文如其人，在吉小吉这里再贴切不过了。

天鸟掠过的天空

——评谢夷珊的诗集《兰卡威一日》

陈　敢

天鸟是谢夷珊的笔名，广西具有全国性影响的著名诗人，中国作协会员，曾获人民文学诗歌征文奖，林白文学奖，诗作入选多个选本并翻译成英法俄以及东南亚等国文字。毫不夸张地说，天鸟掠过的天空，高远，纯净，一片蔚蓝，在浩瀚长空“划过一道光亮”（《一群鸽子在界河两岸飞》）。

多年以来，天鸟立足本土，面向世界，写下大量具有桂东南地域文化特色的乡土恋歌。他深情地歌唱家乡的每一座山每一条河流，歌唱祖祖辈辈生活在这片土地上的父老乡亲，那一首首从心灵深处流出来的诗歌，真诚本色，蒸腾着血的热气，灼人情怀，令人遐想，久久不能忘怀。

谁也没想到，天鸟在今年春天突然华丽转身，推出令人眼前一亮的新诗集《兰卡威一日》（百花文艺出版社，2023年3月版）。这部作品，完整地记录呈现了诗人游历域外——特别是去东南亚各国的所见所闻所感，主题相对统一，情感层次丰富。在异国他乡，不同国籍，不同文化，不同语言的人们，在一起进行深入的交流，互视善意，应该说这是一次爱的行旅，这是一次美的巡礼。部分行吟之作，将瞬间感悟与哲思定格成永恒，将对自然的观察与内心幻象融为一体，自然圆融。诗歌的色彩丰富瑰丽，洋溢着鲜明的地域文化特色和奇异独特的热带雨林景观和人文风情。诗中有画，画中有诗，如诗如画。景色远近相衬，动静相宜，斑驳交错，令人眼花缭乱。在赤道边上，热带岛屿的绮丽风光，海、天、岸、林浑然一体，境界雄奇壮美，撼人心魄。诗人的情感随着大海波涛律动，抒写了诗人对自然对生命和爱的由衷赞美，表达了诗人渴望个体生命与大自然和谐相处并趋于同构，在走向瞬间澄明中抵达诗意的辉煌。这部作品，彰显了诗人宏阔的国际视野和开放包容的文化心态，表达了诗人作为世界公民的同情心、同理心，充盈着明丽亲切的友善之情，所传递的是跨越不同种族地域的“真、善、美”，让无尽的情语揉炼在景语之中。同时承载了人们万物静好，以邻为善，天下大同的心愿，体现了“世界性写作的独特视野和新颖表达”（朱山坡语）。

我是大地上爱的旅行者

“我是大地上爱的旅行者”出自天鸟《曼谷，你好！》一诗，可以把它作为诗人的自白，把它作为打开这部作品思想奥秘的一把钥匙。换言之，爱，是这部诗集的底色和抒情的基石，这里的爱，超越时空、国界和民族，是民主、自由和博爱。天鸟在给我的赠书中写道：“周游世界，也是走在自己的归途”，这也是诗人对这部作品的完美诠释。我们只有将这两句诗结合起来加以考察，才能全面准确地把握这部作品的思想内涵与精神品格。前者道出爱是天鸟诗歌发生的主要心理机缘，为他的诗歌创作提供个人经验的独特内涵，也为他的抒情奠定了厚实的基础。后者表明诗人的心迹：纵然浪迹天涯，故国永在心中。的确，家国情怀是这部作品的抒情主线，串联起追逐沿途风景的一颗颗生活珍珠，贯穿于整部作品的始终。凑巧的是，我的研究生李路平也写了评《兰卡威一日》的评论，题目就叫作《大地上爱的旅行者》，可见，他切入的角度和立论的基点和制高点也是“爱”这个关键词，正可谓英雄所见略同。

这部域外题材的作品，拓展了诗人个人诗歌的审美空间，表现出在艺术上自我超越的可贵勇气，其笔下涌现的多姿多彩奇异瑰丽丰富而厚重的东南亚民俗风情，给人带来愉悦和惊喜。当然，诗人的本意和着重点，并不在山水风物的客观呈现之上，而是把诗的触觉延伸到自然和文化的层面之上，从而拓展了诗歌的精神空间与艺术空间，并在故国的沧桑逝水中进行审美观照。这样一来，我们发现自在的自然就具有人的色彩、人的风骨，成为“人化的自然”或者叫“自然的人化”，成为融进诗人情思的审美对象。诗人在《边城》中写道：“河里的鱼虾没有国籍，只有故乡。”在《一群鸽子在界河两岸飞》中写道：“一群鸽子在界河两岸飞。清晨 / 越过对面教堂的尖顶，暮晚 / 返回这边的广场闲庭信步。它们 / 总是飞来飞去，不用分辨国界 / 天下之大，何处吾之国土？”红树林上空的月亮，照出京族少女“弯弯的睫毛”和“像北仑河里的月亮一样美”的脸庞（《红树林上空的月亮》），在南阳的华裔村落，“更多人遗忘万里之外的故国”，忘却了自己的来路和生命的根，但诗人跟他们截然不同：“无论何时，我这浪迹天涯的游子 / 注定成为这个世界漫无边际的人 / 艰难的跋涉并非虚空无谓的 / 总会在梦境和现实的交替中前行”（《在丁加奴》）。可见，携梦前行、艰难跋涉的诗人，并非纯然游山玩水，而是背负着使命，在人生的路上漫漫求索，砥砺前行。在兰卡威一日，诗人在鱼干厂看到遍地金黄的鱼虾，“随即给万里故国放飞一只信鸽 / 我猜今晚，在深蓝的海上 / 肯定会升起脸盆大的月亮 / 寓居异国的亲人旅人，同样 / 遥望日落海角，明月天涯 / 隔着万里，与你们对话 / 生命沉默的声响，滑落海里 / 鱼虾蹦跳上岸与棕榈飒飒飘扬 / 我于是匆匆逃离鱼干厂 / 去远处海滩，偶遇更多幸福的人 / 那一刻，我竟没有一丝悲伤”（《兰卡威一日》）。此诗将游子对故国思乡思亲之情写得委婉动人，催人泪下。

除了以上作品之外，《沼泽三角洲》《雅

加达之夜：无眠》《黑人小伙奥西姆》《“月光光，照地堂”》《波德申北上》等等诗歌都表达了诗人血浓于水的故国深情和永远挥之不去的浓浓乡愁，读后令人不禁悲从中来，感慨万千。世事无常，一切只能随缘，无法强求，这恐怕就是大多寓居海外华人的无奈与悲慨，诗人对这些华侨表达出深切的同情。

独特鲜明的地域文化特色

打开这部作品，热带雨林特有的气息扑面而来，东南亚诸国的自然风光民俗风情尽收眼底，我们从中可以了解许多陌生的高山草甸岛屿河流和许许多多的动物植物，了解异域不同地区不同民族的文化与生活习俗。从这个意义上说，这部作品具有自然美学、地理学、植物学和民俗学等的审美价值。也可以说，这部作品是东南亚诸国的一束风景画风俗图风情画，是一部东南亚各国的乡土诗歌集。如《丹绒端灯塔》“远远地眺望灯塔/在丹绒端/灯塔金光闪闪/我们挥舞手臂。夕照下/它开始暗淡。五百年/就这么守望而来/我们乘坐一个马来人的游艇/远远地，眺望灯塔”。五百年坚毅执着的守望，多少沧桑往事随风消散了无踪影，岁月不居，五百年过去，灯塔依旧傲然挺立于大海之中，依然金光闪闪光芒万丈，默默地为过往的航船指明方向。诗人试图透过这500年的古塔告诉人们：人生就是一种守望，在坚守中等待与希望。处于逆境绝境中的人只要直面苦难，坚守初心信仰，就一定会有希望，就一定能够浴火重生。在双维塔咖啡厅，诗人遇到了印度裔小女孩，观赏了塔吉克人跳的鹰舞，这雄健独特的舞蹈，使诗人内心被“万颗流萤照彻”，感到身心一片澄明，雨化而登仙(《印度裔小女孩》)。其实，天涯孤旅的诗人并不感到孤独落寞，因为行走的旅途上总有新的风景新的发现新的惊喜。

天鸟叙事结实，历历然记录呈现东南亚行旅热带雨林热带丛林的自然风光与奇异浪漫激情的风俗民情。诗人以亲历者的视角，全景式介绍羁旅所见所闻所思所感，给人带来丰富的审美感受。《奔跑的棕榈林》描绘了一幅幅震撼人心动人心魄的自然画卷，这是一幅神奇动态的秋海图：“车窗外，那一排排的棕榈林/从布城到波德申，往南极速撤离/又像许多披头散发的人，舞蹈在马六甲海岸//那些棕榈林，伸出的手掌是万物的/远方鱼虾的故乡，是湛蓝的海湾//起伏连绵的棕榈林，让这个季节闪闪发亮/秋色正好，行行白鹭归来/代替富有的燕雀窝巢追逐棕榈林往南奔跑//唤醒沉睡的内陆，曾经的故人寓居何方/每次都带回几丛原生的根须/风如火焰，雨如火焰/我叙述的事物，包括命运/以及了无牵挂的自己和棕榈制品乃日常所需”。此诗虚实相生，动静相宜。首节写诗人在驱车途中所产生的幻觉，一排排的棕榈林在奔跑，“许多披头散发的人，舞蹈在马六甲海岸”，那些棕榈林列队伸出一排一排的手掌，是欢迎还是祈求不得而知。秋光闪烁中，“行行白鹭归来”，洁白的羽毛闪闪发光，放射出金色的光芒。紧接着诗人轻轻地询问：“曾经的故人寓居何方？”至此，诗人内心的秘密被点破，思乡思亲之情油然而生，漂泊在外的游子，放不下万里故国的沧桑逝水，思念牵挂着自己的亲人。诗的末节，推出突兀奇异的特写镜头：“风如火焰，雨如火焰”，这奇异明丽的意象给人意外的惊喜，拓展了诗作的审美时空。当然，这样的景象常人实际上看不到，而是诗人驰骋诗思时瞬间的幻觉，完全出乎人的意料之外，给人带来陌生化的间离效果，给人带来阵阵惊喜。

人世间有些怪异神奇的事物，至今无法解释，有些貌似荒诞不可思议的风俗，在一些国家和民族地区延续至今，历经千年，没人能做出科学的解释，也不想去深究其中的奥秘，代代相传，习以为常。如《拉弗尔斯阿诺尔蒂花》写一朵花的神奇魔力："那天我走进一个毛律族村落 / 一朵拉弗尔斯阿诺蒂花 / 让几个毛律族产妇平安分娩"。一朵花竟然能使产妇平安顺产，这是不是很神奇？这是不是天方夜谭？但这确实是加里曼丹岛热带雨林毛律族村落特有的风俗，多么神秘神奇，令人心生敬畏而神往。此外，《巴漳岛》"特纳坦人将长矛埋在自家院落 / 还有清脆的哨音把巨树的鸟雀唤醒 / 自此之后，他们重新诀别大海 / 深厚无边的沼泽延伸到外部世界 / 薄明水光中，仿佛喷出升腾的火焰"。特纳坦人的这种风俗令人费解，却是他们生生不息代代相传的习俗，成为他们民族文化的瑰宝。树屋是亚马逊丛林特有的标志性建筑物，是世界建筑史上的奇葩，《红树搭建的房屋》标题就让人眼前一亮，充满好奇，"红树搭建的房屋，招来成群的鸥鸟 / 上下翻飞，依赖更多原生河水 / 宽阔河湾上的清真寺闪烁金光 / 这是加里曼丹的斯里巴加湾市 / 偏僻一隅，没成为人们的遗弃之地 // 午夜之梦，你见到偌大的油气田 / 横亘到沙捞越，被丛林阻隔 / 醒来时，在华裔村巧遇一个黄姓人 / 说到麦哲伦当年在此不敢久留 / 所有的村落，都自豪黄皮肤姓氏 // 红树搭建的房屋，在此绵延数百年 / 命运颠沛流离，不再迷失自己 / 常于梦里返航，北方以北的故国 / 而沧桑岁月的命运，皆有史可查 / 与外部对接，他们唯有走出红树房屋"。深深的同情与充满期待的企盼跃然纸上，当然也有无奈与悲慨，诗人没想到这些华裔后人还生活在原始部落，过着丛林生活，他渴望现代文明之光普照丛林树屋，让华裔后人与外部对接，走出红树房屋过上文明人的现代生活，这也许就是当年下南洋人的一种宿命，冥冥之中自有安排，孤立的个体生命难以摆脱这种命运。

花人是一种另类，也是一种习俗一种风情，给人带来一种怪诞的美，一种古朴原始的美。"暮晚，我以与明打威一座小岛打照面 / 从海边的丛林部落走出奇异的人 / 他们纹着身，通体五颜六色 / 据说用棕榈树汁和木炭煮成的染料 / 这些所谓的原始居民成为花人 // 他们在腰下部围些树叶或扎下布条 / 花纹呈现的美，让人一目了然 / 抵达此地，我居然随风入俗脱去衣衫 / 在古朴的仪式下接受原始的洗礼 / 相貌奇古的化妆师把我打扮成花人 // 可以说此次偶遇让我暂时忘记了巴东 / 西岸勒江人是否也与这有渊源 / 花人并非穆斯林，崇拜万物有灵论者 / 第二天，我再次返回苏门答腊 / 华人少女庄重为我擦掉身上花纹图案"。这首叙事小诗，有人物、情节和生活的场景，似乎有些荒诞滑稽，但人们不会发笑，因为它毕竟凝聚了一个原始民族鲜明独特的审美理想审美评价和他们对于美的追求，而且这是他们祖祖辈辈传承下来的习俗，我们应该尊重不同的文明。

作品中所呈现所展示的热带雨林热带丛林特有的动植物，林林总总，美不胜收，令人大饱眼福的同时，进行了一次地理学、海洋学、植物学和民俗学等的科普，使我们增长了丰富的知识，也给作品平添了浓郁的地域文化色彩。

诗性直觉与奇诡思维：创造灵与趣的意境

我们知道，晚明小品空灵飘逸，具有灵与趣的意境。我以为，天鸟的诗歌具有晚明小品这一艺术特色。天鸟是一位有天赋的诗人，是一位有鬼才的诗人。他的诗性直觉与奇诡思维，通过奇异意象、诗性语言和跳跃性的结构，创造出灵与趣的意境。诗歌中那些妙笔生花的奇思妙想，灵光四射，让人一惊一乍，猝不及防。你完全意想不到，他突然间会迸发出哪一句好诗？阅读他的作品时，内心难以平静，总是有些紧张，充满期待，而且他总是不会让人失望，大多数的诗中不乏精警的诗句，正所谓诗眼。这些令人意想不到的佳词丽句，奇异独特的瑰丽意象和超拔的想象力，如同天马行空独往独来，在审美的荒漠中放射出绚丽璀璨的光芒。

诗贵精而忌长。我把那些 10 行左右不分节的短诗称之为即景小诗，包括《界河记》《边城》《从地角遥望天涯》《棕榈树的倾吐》《我爱草潭》《西湾渔场》《海边坟场》《一群鸽子在界河两岸飞》《北仑河口古村落》《在查古岛聆听京族民谣》《红木林上空的月亮》《春风又吹西海岸》《在北部湾聆听小白豚嘶喊》等等。这些小诗，短小精悍，语言灵动简约，干净洗练，写景状物随物赋形，略貌取神，寥寥数笔，形神兼备，真是方寸之间有天地，细微之处有乾坤，小诗写出大境界大格局。有的作品，呈现瞬间幻象情思，在瞬间澄明中创造灵境，完成诗歌的建构。作为开篇的《界河记》匠心独运，奠定了整部作品的抒情基调。诗中的父母各据一岸，遥相隔河怅望。年复一年，他们相互思念牵挂，渴望团圆，共同生活在一起，“母亲依旧在对岸的码头呼唤 / 父亲死不买账，说即使抛弃一切 / 也不能抛弃亲情。我珍藏着 / 承诺，活得越来越孤陋寡闻了 / 却始终没有遗忘往昔。一条河流的尽头 / 倘若不是大海，就是遥远的天边 / 有浩荡的生活，是两个不同的世界”。尽管呼唤的和被呼唤的并没有相应，而且母亲的呼唤一声更比一声凄厉，然而泣血的呼唤依然没有把父亲唤到对岸的码头，父亲岿然不动。这样的情节在现在也许不会发生，但在“文革”前随处可见。诗人坚信，万物总有个归宿，事情总会有个结局，因为河流的尽头不是大海就是天边。《一群鸽子在界河两岸飞》表达了诗人渴望和平自由的美好祈愿，同时也表达了诗人尊重不同文明、与邻为善、和睦相处、天下大同的人生理想。

有的人写诗很苦，犹豫再三，无从下笔，到头来写了数 10 年，甚至一辈子都没写出一首好诗，连一句得意的诗句也没有。而天鸟则完全不同，仿佛下笔如有神，灵动活脱精警的诗句信笔而来。那些妙不可言的诗句，奇异突兀瑰丽的意象全凭诗人的诗性直觉和异于常人的奇诡思维创造出来，往往在不经意间点染，举重若轻，画龙点睛，境界全出。如“海水是沧桑逝水”（《你是否见过马六甲的月亮》），“海天之间，仿佛悬挂无数颗头颅”（《我横渡到苏门答腊岛》），“薄明水光中，仿佛喷出升腾的火焰”，“清澈的水面，薄如蝉翼，汩汩流动”（《巴漳島》）“大荧屏上，滑音般穿过宇宙 / 天边竖起一把琴弦”，“某种奇光，伴随万颗流萤照彻我的心底”（《印度裔的小女孩》），“随即给万里故国放飞一只信鸽”，“生命沉默的声响，滑落海里”（《兰卡威一日》），“天空又如一只巨大的空瓶子”（《自霹雳州北上》），“克拉地峡那么小，小如春风小蛮腰”，“马来半岛仿佛一只神奇的足印”（《克拉地峡》），“火焰是海上的翅膀，倒映海下”（《印度洋岸的早晨》），“我的心犹如一只急旋滑翔的鹰”（《查亚峰的雪》），“一座火山，犹如一匹一匹狂奔的枣红马”（《与一座火山对视》）等等。这些精警的诗句极具审美张力，那些生动传神新颖独特的比喻妙不可言，令人折服。此外，《在橡胶树上空摘星星》《把鱼虾赶往天上》这两首诗的题目吸人眼球，具有审美的张力和冲击力。“在橡树上空摘星星，内心被擦亮 / 整个身体轻飘飘的，用力扯开 / 帐篷的一角，天堂的流水涌进来”，“天堂的水流进来”这是多么神奇壮美的境界，这是何等大胆瑰丽超拔的想象。紧接着，更神奇的是，此间“星光散落了一地”，“星光隐没，鸟群从橡树上齐齐飞出”，月光如水的夜晚，在橡树上空摘星星多么浪漫，多么温馨，多么神奇，齐齐飞出的群鸟的和鸣打破了静夜青山的幽深宁静，真的是鸟鸣山更幽。《把鱼虾赶往天上》“我相信世界处于动荡或完美之中 / 所有的人 / 戴着和善的面目 / 一艘神秘的货轮驶向彼岸也不会 / 驶往天上，唯在日月星辰更替时 / 把相同命运的人运抵远方的海洋”。不难看出，诗作表达了诗人渴望天下太平追求人与人平等和谐的人生理想。诗情浪漫豪迈，诗境宏阔神奇。

诗歌不能拘泥于事象，写得过于实，太实则诗魂无法飞翔，而应源于生活而高于生活，与审美对象保持适度的距离，通过艺术加工甚至变形的手法，使审美对象更具有艺术魅力，从而使诗歌空灵飘逸，富有神韵。天鸟的诗语言凝练简约跳跃性强，虚实相生，往往刻意留下空白，给读者留下联想与想象的空间，拓展诗歌审美的辽阔时空，让不同读者从中获得不同的审美感受。天鸟个性鲜明，有自己的诗学主张和审美追求，通过多年不懈的努力和执着求索，已经形成独特的诗风和艺术特色，走出了一条属于他自己的诗歌道路。他的诗歌传统与现代兼具，中西合璧，现实主义与现代主义融合，因此他取得了骄人的成绩，赢得诗坛的赞誉。

我衷心祝愿广西北流的这只神奇的天鸟飞得更高飞得更远，在诗国的天空划出五彩斑斓的弧线。

我坚信，并期待。

行走的诗学与“新南方写作”的域外生成

——由谢夷珊诗集《兰卡威一日》谈起

卢 桢

20世纪90年代，谢夷珊的诗集《明媚世界》以华美的青春意象、轻盈的语感节奏和清新的理想主义气息引发诗界关注。其代表作《霞光中的羽毛》写道：“我的诗歌，和流动的花香/每一次都穿越黄昏和羽毛/抓住春天的手。”诗句思致轻灵，质朴独到，彰显了作者与自然的精神投合，也潜在揭示出他的写作旨向，即将灵魂融入不假言说的自然，与之形成鲜明生动的对话，探析人格发展的诸多可能性。经历了生活的磨炼，感悟到岁月的流转，诗人的处世经验和运思诗意的方式发生了显在的变化。特别是进入新世纪以来，与青年时期的写作相比，谢夷珊的诗歌在意象取材、语句节奏、意境结构上保持了相对的连贯性，又汇入了凝重的哲思要素和历史意识，以“中年深沉的低吟代替了少年纯粹的歌唱”[1]，步入厚重、开阔的境界。

根植于对“南方”的实感生存体验与文化心理认同，谢夷珊频繁调用地域文化要素和自然意象，如北仑河畔的蕉风椰雨，平原霜露中的鸟族盘旋，都被他纳入“文学南方”的表现范畴。在近期的写作中，诗人逐渐突破生存视域的界限，开始向中国南方以南的海洋和异域寻求诗意，实现了想象空间的扩容。看他的新诗集《兰卡威一日》[2]，诗人以一种兼具地方思维和世界观念的文化比较意识，将南方经验延伸至对东南亚海洋风情的智性解读。他穿行于富含差异性的多元文化场域，细致摸索、梳理搭建人类共通性情感的可能。这种以南方阅读世界，又在世界中发现南方的域外文学行旅，磨炼了写作者对不同文化样态的感知能力，同时拓宽了“新南方写作”的意义空间，切实显示出这一理念的文化辐射力与精神聚合力。

一、作为文化整体的“南方”

凸显地域性文化特征的作家，往往都会为作品植入相对稳定的地标符号，以夯实诗性想象的基础。谢夷珊的诗作便包罗了一系列地方文化要素，尤以北仑河为代表。这是诗人倾心的原乡意象，是中国与越南的分界之水，也是抒情者心中的神秘界河。“跨过河的另一条岸是越南，更远是河内、西贡/唯眺望到辽阔的北部湾”（《北仑河》）。北仑河承载了诗人对旧时光的感念，也是他从地角遥望天涯的起点。在《北仑河口古村落》中，诗人立足南方，继续向南眺望，“像一个冒险家，胸怀远航之旅”，朝着“少年时代便向往遥远的彼岸”出发。“北仑河”构成清晰的“时间/空间”节点，它如里程碑一般，印刻着诗人关于故土的往昔情感和既往记忆。从北仑河走向“遥远的彼岸”，亦是想象飞升的契机，昭示了奔向开阔经验的可能。诗人以从过去的生命时间与南方空间里获得的生存经验、风景体验、文化意识为依托，向未来的时间和尚未涉足的南洋空间探险掘进，使“南方”化为诗歌经验层面上的中介，便于他打通连接过往与未来的精神通路。此刻的“南方”内化了诗人的北仑河记忆，同时，他即将要塑造的“新南方”又超越了单纯地域性的文学表达。如曾攀所说，这类写作“也不只代表不同区域乃至跨文化间的联结和融合，其更是作为一个整体的南方加以呈现，由此延伸出中国南部自身以及作为多元联结体的东南亚，分享着某种文化认同，也于文本中构建新的修辞伦理”[3]。

关于“整体性的南方”，包含中国南部和诸多东南亚国家，属于多数学者为“新南方写作”确立的地理性特质。由文化想象而观，“整体性的南方”指涉了新南方想象和传统“南洋想象”之间的联系。要从修辞伦理等角度打通这种联系，需要作家凭借实际的行走，观察、串联、重组固有的“南方/南洋”观念与新鲜的域外体验之间的关联点和脉络线。近年来，谢夷珊在南洋的文化活动和行旅经历，正可支撑这种“整体性”的构建。他的足迹遍及与中国相邻的越南、老挝、缅甸，也涵盖了马来半岛、爪哇岛、苏门答腊岛、加里曼丹岛等南洋群岛上的国家。结合北流的生存经验，诗人将自己在“南方之南”的行走体验与之融会贯通，尝试探索一种基于地域整体文化记忆特征的南方诗学。诗集《兰卡威一日》中，他以叙写人物为基点，通常采用速写的方式，细腻捕捉、定格沿途所观的人文景象，绘制海岛居民的生活画卷。这些人物有着彼此殊异的地域文化背景，却在日常生活习惯、民族文化风俗、族群精神信仰等层面，聚合、沉淀下内在的共同体意识。细究其理，至少可以从三个方面窥见端倪。

首先是对神秘文化的企慕。大概是源自桂文化中神性、灵性和奇幻性因子的深刻浸染，谢夷珊的诗歌多再现、还原此类原初的文化映像，特别是从民族色彩浓郁的仪式习俗中发掘巨大的精神力量，将其意象化之后纳入诗歌的表现空间。漫行在南中国海的周边岛国，能够触发诗人观察兴趣的，往往还是那些丰郁瑰异的地方文化礼俗和独特的人文形象。如伊洛克族人的收割祭典，将长矛埋藏在自家院落里的特纳坦人，莱特岛上头戴橄榄叶帽子的美丽姑娘，跳起兰拜萨满舞的班达亚齐人，用棕榈树叶和木炭煮成的染料纹身的花人，等等。南洋岛屿的奇丽风俗，给予诗人极强的感觉冲击力，他认识到东南亚文化与桂文化都有着多民族聚居、多样态文化融合的特点，侧重于对热带空间内“神秘”文化等超自然要素的共通性体认。因此，诗人接连敲下“神秘”二字，以之作为人物、风俗、大海、雨林、棕榈树、鱼群等意象的修辞外衣。由“神秘”生发的诗意，足以抵御俗常经验的侵袭，它是诗人叙写异域风情、品读人文信息的意义支点，也是新鲜精神质素的重要来源。

其次是由特性鲜明的南方山水品格出发，体察生命个体与大自然的密切联系，尤其是当地人和海洋文明的共生关系，具象化摹写“新南方”的海韵风致。《奔跑的棕榈林》中，起伏连绵的棕榈林仿若奔忙的人，“唤醒沉睡的内陆”，“舞蹈在马六甲海岸”。这些棕榈林“伸出的手掌是万物的 / 远方鱼虾的故乡，是湛蓝的海湾”。诗人视域里的棕榈林、港湾仿若母体，成为孕育人类文明的胎盘，神秘莫测的海洋，见证了人与世间万物的生长。再看《泰国湾》一诗，文本中的画面经由两个层次展开：先是“马来人、印尼人和土著人在表演秀”，享受人间烟火带来的欢乐，然后是“群岛的鱼虾成群结队游上海滩”，在蓝色的泰国湾“这谜一般的地域”内，演绎着属于海洋族群的狂欢。两幅画面共置一体，展现出海洋文明对人类和自然界的包蕴之力。静默的海洋拥有无边的智慧，甚至成为神性般的存在。源于对海洋文明的尊重、敬畏和理解，谢夷珊纵深探问沿海居民共有的海洋文化品格，以人与海洋的关系为纽带，将陆地和岛屿连接成为海洋命运的共同体，彰显出宏大的文化意识。

三是切入岛国人民热情、直率与淳朴、内敛并存的性格属性，一方面发掘海洋文化和山地文化共同锻造出的人性张力，另一方面则致力于捕捉各民族人民耕作的场景，从“共同劳动”的视角归纳、透视文化共同体意识。像《吉打的稻浪》中，那些提弯镰的人有“黝黑的马来女子”，“更有花格衫的泰国小伙”，文化交融的态势跃然纸上。《槟榔屿》中，抒情者缅想在此采摘过槟榔的人包括原土著居民、马来人、缅甸人、印度人以及华人后裔，这些“劳动者不分肤色和国籍，果实沉甸甸”。《巴漳岛》则进一步延续了跨历史语境的思考，诗人写道：“特纳坦人最早在这片丛林建起了村落 / 随后中国人在此垦出富庶的种植园 / 直到马来人重返内陆的那一刻 / 浩瀚的大海一直延伸到世界另一边。”在悠久绵长的历史中，不同的族群来到巴漳岛，在此劳作，于斯繁衍，将生命意识投射在这片岛屿。通过世代累积的开垦，岛屿走向了现代，人类族群也在共同的耕耘中建立起同一的意识与相近的观念，实现文明的交流融通，并将他们对海洋的精神认同和心理依恋，扩散到更为广阔的地域。依靠结构性的个人化历史想象力，诗人重述地方的风物志，他的文本实践契合了寻觅“整体性”南方精神的写作初衷，也为探求人类文化共同体的诗学表达提供了思路。

二、南方“风景”的召唤性结构

谢夷珊的文本多以“在某地”为题，位置标识感极强。槟榔屿、斯米兰、雪兰莪、丹绒端、兰卡威……一个个新奇而遥远的名字，顺着诗人行走的足印，连缀进入诗歌的字里行间，形成一幅信息丰沛的文化地理图。检视旅人眼中的景观序列，会发现这些景物大都指向东南亚特有的海洋与山地，风景的主体由河流、丛林、火山、草潭、落日、海鸟、鱼群组成，多呈现动感的状态。一般而言，谈到文学中的风景问题，应涉及对文人风景观的考量，定向追踪他们对风景的认知态度和审美视角。谢夷珊为我们所展示的，正是南洋的奇异风俗和以海洋为主导的自然风景。他并未过度滞留于奇观化的写作，而是试图通过组织、控制文本内风景的物象布局，使风景既再现了异域现实，又能借助独特的召唤性结构，抵达意蕴丰富的诗意空间。

诗人南行的第一站是越南，游览下龙湾时，他恍然发觉“月光朗照下龙湾，也朗照茶古岛/在北仑河畔，最适宜远眺”（《月光朗照下龙湾》）。写到东兴小城的京族少女时，又描述“她的脸庞像北仑河里月亮一样美”（《红木林上空的月亮》）。“北仑河”属于原乡风景，也是作家观看异域、考察人文的滤镜。在《可可树》《在丁加奴》《空旷的渔隐码头》等诗作中，诗人同样运用原乡风景读解域外景观，注重异国风物与本土心理经验乃至中华文化根脉的联系。《空旷的渔隐码头》便写道：

> 前方，那加工海产品的印尼小伙/运走鲜鱼皮，去喧嚣都市/许多土著渔民捕回满船的鱼虾//多少次，我抑制不住遥望——/穿过了渔隐码头，聆听海浪之音/从昨天的橄榄屿乘船赶来//我不经意回望，何曾忆当年/先辈下南洋，来了返，返了又来/但更多的人，永不复返了//当年，他们在现身空旷的码头时/难言幸福，况且活得艰辛/如今，他们早藏起了往昔自己

渔隐码头上的热闹场景，成为召唤性的存在，由视觉和心理上唤醒了诗人的中国南方记忆。位居其中的核心情愫，是作家对故乡的眷念，对祖籍观念与文化圈层的认同。因此，悟读海湾风光，心怀中华历史，追忆移民同胞，诉说世事沧桑，构成谢夷珊东南亚书写的显在情感旨向。再看《在伊洛瓦底江眺望白鹭》，抒情者随着白鹭飞行的轨迹眺望群山，走近记忆中“沿着宁静的岸边缓慢地滑翔”的一群白鹭，它们穿越缅甸，回归中国，像作者一样，沿着独龙江、恩梅开江，归于“灵魂降落之地”。南方之南，对于诗人是一次精神的寻根之旅，风景则充当了他追溯情感的引线。此刻，旅行者演化为梦幻者，风景的结构也由诗人观睹的实景向梦幻者构思的虚景、即作家记忆深处的先辈身影和故国远景蔓延。两种风景叠合而生，虚实相映，诗人的思绪也跟随海浪的方向流动，磨砺着诗歌的情质，使文本的意境由神秘趋向神性，渐而开阔、澄明。

从青年时期开始，谢夷珊便擅长以梦幻的感性思维，将诗歌领入充盈主观情绪的世界，表露对世情与万物的感恩。《兰卡威一日》中的风景时空，也融合了梦幻思维的点化之力。很多时候，诗人主动把自己置于黑夜，洞察那些观光客甚至是当地人习焉不察的幽微景象，释放着梦幻者的独到智慧。如《西湾渔镇》里，抒情主人公“从河流泅渡大海”，身处棕榈林的深处，将“义无反顾遁入夜的黑”，与隐匿其间的诸多“灵魂”交谈。《海边坟场》亦采取类近的思路，远离渔港小镇上熙熙攘攘的游客，作家却要去“描临魑魅天空下一片坟场”，和那些“幻成海天间游荡的灵魂”对话。“巨石来自珊瑚礁，隐现的墓碑/被月光擦亮，照彻椰林后面的海景房/那个最后画上自己的人，躺在坟场中央。”这般景象如梦似幻，勾连冷寂和神秘，读之却不悲凉。远离喧嚣的现实，诗人在异域空间内沉浸至当地人“过去的时间”，于时间

的流转、空间的位移中重组记忆，显现出独特的心理感觉结构，也透过文本语境，完成了对风景的再造。

结合诗集中的大多数作品，回览诗人梦幻思维的最终流向，仍是游子对文化中国和华族身份的深切怀想。例如，他经常会把“鱼虾”的游动与“飞鸟”的盘旋作为核心风景，以之喻指文化迁徙者的生命起伏，曾写下“河里的鱼虾没有国籍，只有故乡”（《边城》），或是在文本中遥望飞翔在天空之中、不用分辨国界的鸽子。鱼虾和鸟族的生命微小纤弱，却最能体会到海洋的温度与天空的气息。诗人对鱼和鸟的怀想，实则牵涉着他对迁徙者辛酸的感怀。看《兰卡威一日》一诗，诗人观瞧到椰树林后面的鱼干厂，“悬挂金黄的鱼虾/鲜亮、闪耀”，随后，他将诗文导向梦幻的情境，抒情者试图乘船逃离，“把从大海里打捞的/红蟹、青虾、花贝捎走/随即给万里故国放飞一只信鸽”，猜想“寓居异国的亲人旅人，同样/遥望日落海角，明月天涯/隔着万里，与你们对话”。诗歌的意义层次经历了从现实到幻境的转折，鱼虾“生命沉没的声响”和它们“蹦跳上岸与棕榈飒飒飘扬”并置，隐喻了诗人对人类生命循环往复的慨叹，也再次指向他对家国、故乡、母语、祖籍的心灵憧憬。

还应注意的是，谢夷珊的南方风景具有召唤性的结构，其精神召唤的“方向”存在两个向度。一个是内敛式的，维系着既往的时间，将人们引向北流、广西以及作家记忆中的河流；另一个向度则是开放式的，集中体现出行旅经历对诗人精神视界的塑造。在《梦中的檀香树》一诗中，诗人写道：“我始终最爱檀香树，长在雨林里/在我游历过的苏门答腊东南/我的另一个故乡和更远的地方。”借助海洋风物对诗心的激发，作家的精神主体向域外风景尽然敞开，来自原乡的人与外物的自洽联系，也在异邦的时间和新的“故乡”内得以缔结。诗人把南方视角与南方经验广植于东南亚的土壤，将域外行旅体验稳步转化为“新南方写作”的普遍经验，使“新南方写作”的意义宽度和经验广度得到双向拓展。

三、行走中的精神主体形象建构

随着全球化程度的日益加深，国际交通愈发便捷，越洋旅行成为人类生活经验的重要面向，也激发诸多诗人参与其中。穿越时空带来的文化位移感受，已是当下文人的共性体验，由此也带来“纪行/纪游”文学在新时代的兴盛。处理这类题材时，作家一般会将与旅行相关的地理、交通、风俗等信息融入作品，标示出身心均在路上的状态。谢夷珊的诗歌便保持了相对一致的开篇形式，他往往以“我来到”“我穿越”“我赶往”“我奔赴”“我远离”等语式，阐明自己的旅行者身份以及行走的动向。为了突出个体和陌生时空的联系，他还会清晰地揭示与游历地相关的地理时空信息。如“我的背后是辽阔的内陆”（《澎湖列岛》），“我背靠西马东海岸，确切地说/是从彭亨河的热带雨林匆匆赶来/眺望与大海平行的关丹海滩”（《关丹海滩》）。《自霹雳州北上》中写道：“自霹雳州北上，我将奔赴印度洋/椰风飒飒，沙子树木纷纷扬扬/上面是吉打州，下面是雪兰莪州/天空犹若明晃晃的刀把其切割成块/西南面朝马六甲和苏门答腊。”这些文本动态呈现了人与异国空间场域的关系，凸显渺小的个体和大洲板块之间的鲜明对比，又张扬了人在地理版图上自由行走、向生命未知领域持续拓进的探索精神。这不由得让人想起德国画家弗里德里希的名画《雾海中的旅行者》。画家将自我置于山巅雾海中间，以绝对孤独的状态悟读风景的精魂，无限放大着旅行者的精神内宇宙，实现人从风景中的独立。在谢夷珊的视域中，风景成为主体心理和精神活动的载体，人亦从风景中抵达自恰的状态。颠沛流离的旅途，变幻莫测的风景，反倒激活了诗人的冒险气质。他义无反顾地投入风景辽阔的怀抱，与蔚蓝海域里的鱼虾对视，将孤独摸索视为“游历期间无法躲避的宿命”（《吉兰丹丛林》）。诗人没有过多纠结于身处异乡的迷惘和忧思，他把文化乡愁视为契机，由孤独跨入宏大的审美境界。如《去吉婆岛》一诗中，“孤单”成为抒情的起点，诗人写道：

> 去吉婆岛，你是否如此的孤单？/我心存坦荡。在日落之前/独自一人眺望大海，安静地/欣赏落日/……/你如此的孤单，喜欢在傍晚/让尘世带来欣慰，我就是/一个安静的人，去吉婆岛海滩/独坐。寂寞海天竟如此悲悯/当然某一天，我追波逐浪/不会慌不择路，停靠船舷旁/在帆影与波光的辉映下，捧读/米勒尔·海明威的《老人与海》

透过内向性的自我言说，写作者凝望自己独坐海滩的身影，勾勒旅行者的精神具象。诗人与海天同体，由对抗孤独到对话孤独，感受到生命的自足和精神的安逸。沿着河流的方向，他一路向南，不时回望北方，凭借“和风景相逢——与风景同体——从风景中独立”的运思路径，持续消化、更新随时繁衍增殖的南方经验。他的“行走的诗学”，已将旅行中的观察思考化为自我精神的一部分。面对宏大的风景，诗人的肉身是渺小的，而他的灵魂却在人与风景的对话中走向坚硬、粗粝和博大的悲悯，主体的自由意识亦喷薄而出。如“忽见巨大的落日沉没/命运的罗盘旋回了内心”（《在雪兰莪》）、湖泊的广阔“以我为中心，万物荡漾”（《布城》）、“胸怀太平洋连接印度洋的沧桑逝水/马来半岛仿佛我一只神奇的足印”（《克拉地峡》）、“最后，我拥有所有的远方”（《我穿越你晴朗的早晨》）。从故乡到他乡，再把他乡诗化为新的故乡，诗人对人、世界与美之间的奇异联络愈发敏感，视界得以向宏阔处延展。最终，孤独的旅行者会意识到，自身的位置便是风景的中心，隐逸其间的，是一个适应跨文化迁徙语境的现代主体人格。这就使得谢夷珊的南方书写较之过往的南洋书写，无论是在游历者的观物视角、述景策略还是文化迁徙者的心理结构方面，都有新的质素汇入。

可以说，身为旅行者、观察者的“我”凝聚了诗人对自我精神情态的理想化体认，同时它也衍生为精神存在的图式，指涉写作者的“漫游”姿态。从对异域的文化速写中，诗人穿透物象的表层，倾力营造心灵内部的话语场。如《从地角遥望天涯》所写：“天空是一个华盖，罩住整个大海/天涯在海天交接处，隐现怪石和坟墓/我在离它数千海里的地角小镇，谈笑风生/乘坐一条巨大的鲸鱼背脊上/起伏沉浮。静静恭候生命的垂暮。”旅行者之“我”具有明晰的地理方位感，地角小镇与天涯的对比，不仅涉及距离的远近，还对应着现实与历史、真实与魔幻、生存与死亡、故土与异邦等多重意义。回望经验角力场中心的“我”，依然保持着出奇的镇定，于生命沉浮间淡然自处。或许，这就是鸟群、鱼虾、海波给予作家的力量，是他在充分感受河流的奔涌、海水的澄净、赤道的灼热之后，将行旅中的时空体验内化于心，从而进入的通透达观之境。

谢夷珊曾写下这样的诗句：“远离岭南，我不懂得该如何奔跑”（《在岭南》）。从旧时光里走出的人，如何将自我投射到新经验的想象中去？如王德威言及的“放大地理视野，超越家国界限”[4]，向更南的南方行走，正是诗人给予世界的回应。南方经验既是在地经验，又是诗人自觉观察世界的方法，是他突破写作惯性、从容面对中年悲欢的一剂良方。他坚信“艰难的跋涉，并非虚空无谓的/总会在梦境和现实的交替中前行”（《在丁加奴》）。面向广西以南的大海、岛屿，涉足地球之南的美洲雨林、东非荒原，谢夷珊重新定义了世界中的时间和空间，并不断强调着肉体与精神在行走中双重“抵达”的意义。像《贝都因荒原》等诗篇，还可和朱山坡的小说《萨赫勒荒原》等文本相互对照，以此印证“新南方写作”谱系中的诸多作家已经建立起的文学自觉。他们从野性的中国之南转向险阔的世界之南，“基于一种未来的切身性”去感悟海陆交汇中的文明流转，“在流动中识别自我和世界”[5]，使“新南方写作”在世界文学的坐标轴上获得了确立“文化/文学”整体性的契机，也增强了新时代文学处理全球化经验的能力。当然，与“新南方写作”的概念一样，谢夷珊的世界性写作仍处于未完成的开放状态。有学者指出他呼唤人与人的精神碰撞，然而诗歌中的抒情主体“更像是一位观察者，观看当地人的举动”，未能广泛参与这种互动，因此情感表达显得直白。[6]这类建构式的批评，值得引起写作者的重视。此外，在语言的冒险精神、对叙事、抒情元素体量的把握以及细节隐喻性的设计等方面，诗人的写作仍然存有进一步提升的空间。

（作者单位：南开大学文学院）

参考文献：

［1］刘春：《或明或暗的关系》，湖南美术出版社，2004，第 244 页。

［2］谢夷珊：《兰卡威一日》，百花文艺出版社，2023。

［3］曾攀：《汉语书写、海洋景观与美学精神——论新南方写作兼及文学的地方路径》，《中国当代文学研究》2023 年第 1 期。

［4］王德威：《写在南方之南：潮汐、板块、走廊、风土》，《南方文坛》2023 年第 1 期。

［5］杨庆祥：《在流动中识别自我和世界》，《文艺报》2023 年 7 月 3 日，第 3 版。

［6］廖亦奇：《诗歌在情感的精微处》，《诗刊》2021 年 1 月下半月刊。

生命诗意的寻找与抵达

——评谢夷珊《兰卡威一日》

刘沙沙

广西及其周边得天独厚的自然文化资源，滋养了谢夷珊对海洋与大地的浓厚情感，使其作品中充满南方景致葳蕤蓬勃的气息。他的新诗集《兰卡威一日》作为诗人在南方以南咏唱出的生命诗章，包含着其“在地诗写”向更深远处的精神漫溯。从对故乡北流山野风物的吟唱、缅怀到对越南、马来西亚、泰国、文莱、印尼等东南亚国家风景、人文方面的审美透视，谢夷珊在椰风海韵中还原着城市发展的历史性与现时感，记录下自然文明的运动轨迹。他以广阔的视阈与开放的姿态在其中建构起故乡与异域、海洋与陆地、离别与重逢等诗意命题，并以对普遍生命的尊重、理解、想象与表达，呈现出人类文明物我一体的和谐精神与诗性力量。

《兰卡威一日》的诗意行旅，更像是诗人在离乡与返归之路上对生命的探秘与朝圣。山川河海、草木丛林，在谢夷珊的笔下都拥有生命的故乡。诗人在远方与故国之间反复游历，与无法躲避的宿命抗衡，并最终在亲身历练之后抵达诗意的终点。他的诗句穿越悸动的海风、梦中的檀香树，从另一个故乡和更远的地方归来。伴随着空间的转化和文化视角的转移，个体生命、灵魂与自然同频共振，激发出诗人对时间、空间与人类命运的整体思考。他将自然看作独立于人的意识之外的一种生命力量，为河流与鱼虾的生命活动开拓出新的方向，写下“在这世上不仅鱼虾有未来，河流也有”（《边城》）。在《棕榈树的倾吐》中，猜测着下龙湾月光将要照射的位置……抒情主人公像一位“带走头顶鸥鸣”的孤独旅人，“始终无法抗拒汹涌的波涛”（《在茶古岛聆听京族民谣》），无法忘记马六甲海峡比内心还柔软的月亮（《你是否见过马六甲的月亮》）。诗人沉醉在对自然的敬慕中，并深感个体的渺小，他将这种对生命的感激，把自己对自然的情怀和态度，用来写他所观察到的山川大海与人间草木。

新诗集中，谢夷珊所呈现的生命诗意更多集中在海洋风情。北仑河、椰风树、界河、雨林，这些拥有丰富意义指向的风物，是南方的符号和表征，也包含着诗人对故土的情感与审美认同。在对特定界域风土人文的感觉建构中，诗人以原生的语言主体思维，拆解重塑着全新的诗性海洋文明。他以真实的北流气息和南方风味作为诗意世界的轴心，自觉发展并丰富着一种海洋性语言。这种语言是原初的，像长着翅膀的鸥鸟，在八桂世界自由地翱翔，跨越大洋、岛屿、海峡、星空，连接着母语的根脉，燃烧出充满野性的原生美与原生力。他将生命的喧嚣、心灵的舒缓包括感情的起伏寄于平静的文字，在具体、生动的意象组合之间焕发出自然的光芒，其中的诗意如清风过耳，素朴、坦荡却余韵悠长。

在这场看似抵达的精神行旅中，诗人自身其实也在寻找。但引人深思的是鱼虾的未来是什么？河流的未来又是什么？人到中年的瞭望，诗人需要一个方向。他带着南方视角和文化经验将探索向“南方以南”逐次延伸，通过在印度洋、丁加奴、兰卡威、森美兰等地行走时，与移民同胞、海岛居民、普通游客的交往，更新着消费时代语境下人与自然的生存状态。在途中，他写下“河里的鱼虾没有国籍，只有故乡”“我所叙述的事物，包括命运 / 以及了无牵挂的自己和棕榈制品乃日常所需”（《奔跑的棕榈林》）等人文精神与历史想象兼顾的诗句，将诗性的海洋文明用更为鲜活的形式纳入时代的审美谱系之中。

《兰卡威一日》是一部“从世界铺开之处展开的写作”，也是对生命诗意、精神彼岸的一次找寻与抵达。海洋书写天然的地域性、民族性和世界性，拓展了谢夷珊诗歌的审美想象空间，也让他的诗写具备了实现精神超越的可能。谢夷珊的诗歌起于北流，又指向更加广阔的世界，自然孕育了他开阔的艺术视野和无边的艺术想象力，海洋探索又使他摆脱了陆地抒情的限制。凭借着独具魅力的新南方诗写，在对混杂记忆与故乡山海的重返之中，谢夷珊正在完成着生命诗学的建构。

执着的自我寻找

——读梁晓阳散文集《文学中年》

罗 麟

"往返新桂两地的火车坐了一趟又一趟，很快我就从青年到了中年。"这是《文学中年》中的一句话。梁晓阳像一个虔诚的孩子，在新疆和广西之间的奔波中享受着、思考着，不知不觉中年岁已过，但他内心中的文学少年还活跃如初。

梁晓阳的文学世界里有一个相对固定的主人公，无论是长篇散文《吉尔尕朗河两岸》与长篇非虚构《出塞书》，还是最近的《文学中年》，主人公都是梁晓阳的化身，即作者真实生活经历与心理世界投射的双重化身。他（或者他们）都渴望回归自然、本真的生活状态，为了追逐自己的文学理想，可以放弃世俗中体面的工作忍受颠沛去往大西北寻梦，在新疆与广西两地之间一趟趟往返，寻找，并乐此不疲。散文集《文学中年》展示"我"从文学少年成长为文学中年的历程，也是作者审视自我、寻找自我的历程。

文集中的八篇散文相互联系、相互对照，用散文的体裁、小说的笔法、日常的语言，为读者编织了一个真实的回忆世界。在平实的叙事中，可见作者对生活独特的体验。这种体验是复杂且纠结的，是灵魂的压抑与沉闷，是家境贫困的窘迫，是两次考试失败的自卑，是恋爱破碎的苦涩。少年时期的文学梦则成为贯穿全书的线索，为贫困的家庭环境和艰苦的求学之旅添上一丝温暖的色彩，是"失败的人"的救赎。

在文学少年时期，"我"是一个自卑又高傲的矛盾体。在师大找不到归属感，"低人一等"的委培生身份，贫穷的家境，无法克服的自卑，使"我"选择了独行，以此维护自己的尊严。从此一心埋头于图书馆中，用知识和文学弥补之前的遗憾。文学对于"我"来说是类似于宗教一类的庇护所。而"我"不仅是梁晓阳笔下的个体，也象征着从大山走进城市，无法融入现代化社会的边缘人群。既缺少在城市中安身立命的资源和人脉，处处碰壁，遭遇失败和打击，又无法退回到原本的故乡，原生环境培育下的思维和生活方式受着城市的洗礼和冲击。于是“我”整日处在焦虑、自卑、窘迫中又找不到出路。起点低，又不愿意磨去棱角改变自己融入社会，学习现代化社会中的规则。而截断退路的，还有父母殷切的希望和家人为延续“我”的学业做出的巨大牺牲。最后“我”回到了伊犁，在这片土地上感到充实，无拘无束，文学种子在异域风情的滋养下生根发芽、疯长。虚无变成了实在，破碎变成了完整，伊犁成为容纳“我”文学宗教的庙宇。

从文学少年走到文学中年，梁晓阳写下《吉尔尕朗河两岸》《出塞书》等作品后，也从自己的桃花源走向外部的世界。舟山一游、北京鲁院进修等情节皆展示，他已经在现代社会游客式的观光、浏览中，学会了如何与现代化的社会相处，从一个外来者、漂泊者成为它的受益者、参与者。促使梁晓阳转变的，正是文学的力量，他在追逐少年文学梦的过程中成功地寻找到自我、并成就自我。

散文集的叙事取材中，可见他的精心裁剪。生活许多琐碎小事，如去参加会议时大家的装束，大学时发生的趣事和同学间恋爱的韵事，与饥饿的、穿戴不太好的朱山坡的初见等，所有人的过往与当下，皆通过“我”这个媒介展现出来。在梁晓阳的回望中，历史与现实、回忆与幻想相交织着。叙述之外，他则在文中直接告诉读者自己对某事的看法和态度，试图以一种真实、主观的方式呈现着他的人生观与丰富的情感世界。

作者在后记中写道，自己开始文学的梦想，正是因为父亲在课堂上对“我”作文的夸赞。父亲不仅是创造“我”的人，也是塑造“我”的人，与“我”在文本中互成映射关系。正是因为父亲的指导和肯定，才激发了“我”坚持文学梦的决心，而“我”也逐渐成为父亲一样朴实、坚持、不忘初心的人。“虽然文学发不了财，文学甚至很难改善作家的生活，但我却孜孜以求，穷追不舍。”“文学中年”并非梁晓阳的终点，只是他人生的一个过渡阶段。在回忆中，苦难和辛酸，自卑和敏感，都被坦然地写出，正是他面对真实自我的表现。

怀着“傻老冒”的精神前进的梁晓阳，已然与多年前那个敏感、自卑的少年逐渐剥离。虽然见到偶像林白、成名的好友朱山坡时，他心中羡慕、自卑的情绪还是一闪而过。但正是因为这点残留的小缺点，使他看上去真实可信，又不失可爱。“我与我周旋久，宁作我”，梁晓阳也正是如此，他不仅会将文学这条路走到底，还会继续自我的寻找之路。在当下的社会，梁晓阳这种执着和朴实恰恰最能打动人心。

作者简介：罗麟，广西师范大学文学院研究生。

用真诚和勇敢拥抱文学和生活

——读梁晓阳散文集《文学中年》有感

曹美兰

我的案头摆着梁晓阳的《文学中年》这本散文集。这本书在众多的散文集里面可以毫不胆怯地说，独具自己鲜明的特色。细细品来，始终让人内心情绪起伏不平。很真很纯的情感从那些鲜活的文字中流淌出来，含着对生活苦难的无奈，也含着对美好未来的渴望。每篇的基调基本一致，他将全然的悲怆基调赋予在一个站在文学中年的十字路口的身影上。阅毕，掩卷。一个仰天呐喊的中年男子便跃出脑海。

"……我起来拿出手机，找到前两天就已下载的刘和刚演唱的《父亲》，我把音量放到最大，那浓郁的歌声立刻在岳父的坟前响起来，在风声里向草原四处传荡，在雪山脚下传荡。我对着那座土色尚新的坟堆再次叩首，心中有一种岁月荒芜的沧桑感，在这片熟悉的草原上，在老人曾经无数次走过的草山上，我感觉到他的说话声、脚步声和喘息声尚在耳边……"

这是《一个人的马场》里面的一段话，像这样独特而又富含诗性的文字，每篇几乎都可以找得到。可以说，《文学中年》每一篇都能找到作者自我剖析的情节。那些带着疼痛的文字时而又带着淡淡的自嘲。加上自然而然的真挚感情的流露，阅读整本散文如走进作者的日常生活，使得读者对这些细腻而伤感的情节不知不觉进入了一种醉心的状态。作者的语言给我们叙述了一个把文学作为自己的毕生追求的中年人一路走来的许多不堪的往事，当然也有人生的百味。我甚至觉得，这样的一本散文非但似乎不是个人的经历，而且也是一部分中年人追求梦想的经历，让人感到深深的疼痛感，这种疼痛感如同会行走的影子，在每一篇散文里形影不离。

那天，圭江边的春风柔柔地吹过来，吹过来的还有梁主席的电话。他说，美兰啊，我的散文集《文学中年》即将出版了，这是我的第二本散文集，是真正意义上散文集，我很高兴，你不祝贺我吗？其实，他早已出过书，而且不止一本，是多本，可言语中还是觉察出他的心情像圭江桥头怒放的木棉花般灿烂。

作为同城的文友，我自然知道他高兴的理由。他曾对我提起，他获得首届三毛散文奖的《吉尔尕朗河两岸》，有人认为是散文集，可其实是一部长篇散文，是连贯性的一部书，洋洋洒洒地写到三十多万字，里面一个章节一个章节地叙述着他在伊犁草原上的生活内容和感受。作为一个以散文创作见长的作家，他觉得那只是一部长篇，还没有一部真正的纯散文集。不过，我没有放过难得调侃他的机会，回他一句：出书对于你来说，真的这么兴奋？你至于嘛！他忽略我的调侃，回我一句：以后你出书就明白了。语气欢畅得如同在圭江碧波上毫无阻挡的顺流而行的小船。天啊！我发表的文章都不多，出书更不敢想了。或者，要成为一名真正的作家才能悟到其中的深意吧。当然，我把这看成是他鼓励我的一种方式。

对了，我喊他梁主席，打一开始，我就这样喊，而且不止我一个人这样喊，北流的文友都这样喊。其实，他是反驳过的。他真诚地说道，我们是文友，可以叫名字的，像叫吉小吉、谢夷珊那样叫。我笑了，觉得这个人其实也蛮有趣的。我心想，你当文联主席这么多年，北流的文友都习惯这样叫了。就算以后你退休了，不再当文联主席，北流的文友还是会一如既往地尊称您为“梁主席”。不过，我没有说出来。同城的很多文友在文学上得到过他诸多的无私的点化和不求回报的帮助，当然也包括我在内，还有很多让我铭记在心的感动和细节，我也没有当面说出来。对于天生待人冷淡和不善言辞的我，真诚得像邻家大哥的他又怎会和我计较呢？

过后，我还是那样喊。我和文友都发现，如果我们喊“梁主席”，他听后转过身来，你会看到眼镜后面那双细长的长着双眼皮的眼睛透出真诚的光，正是那种光，让你心里盘算很久的小九九，居然不好溜出嘴边，觉得还是老老实实对他说真话比较妥当。如果那双细长的眼睛睁得更大一点时，光也跟着亮了许多，我就会知道他又要和我聊文学了。聊他这辈子如何跟文学结缘，爱到彻底，不管不顾。有时，我还会想得更多，会想起他写的散文，他的苦难的童年时代，他和他的亲人在大西北的沧桑故事，那都是来自他生活的原汁，来自他的走南闯北的经历，那种对生活、对文学的赤诚的感觉又漫上心头。

哎！怎么好糊弄一个对生活真诚的人呢？在生活中，待人真诚，显然已然是他生活的一部分，是他做人的一个原则啊！

其实，我想说的是，《文学中年》这本散文集真的是一本对读者真诚袒露心声的书。阅读他的散文，你会发现一颗真诚的心在文中处处显露出来。仿佛他就在你的耳边诉说。

“……他双目含泪，声音渐渐转重：兄弟，你我都是文学人，一辈子与文学不可分，但是我得回去了，老婆病危了，这学习无法进行下去了，这都是命啊……”这样的真诚在书中随处可见。只要你给自己一个走进《文学中年》这本书的机会，你就被一条线忽高忽低地牵引着你，触动着你，那条线就是由文字组成的真诚。

我还想说，除了真诚，你还会感触到《文学中年》中的勇敢。梁晓阳在书中勇敢地把自己的隐私、伤痛以及苦楚在读者面前毫不保留地呈现出来，勇敢地在满目疮痍的生活面前直起腰杆。这该需要一个作家多大的勇气？我不知道。我只知道，书中描写的无论是关于爱情、友情还是亲情，都让我们看到那种人生不如意事十有八九。人生的不如意往往是有外部力量和或者说是命运造成的，作为自然界中渺小的人，能掌握在自己手中大概还不到百分之五吧？

作者的文字没有过多的技巧却又带着属于他自己的张力和色彩。他的人生走出了一个弧度，正在背着文学继续朝前走。我相信，他会把文学的光芒延续下去，以他特有的姿态罩住他自己一直走来的气息，他要从那个让他找到自己价值的梦想取一处干净的回忆保存起来。

熟悉作者的读者都知道，他创作文学多年来，在文学这条路上，始终宛如蜗牛般爬行，一点一点地朝着一个方向爬，很慢，却很坚决，所以走到了今天属于他自己的文学的春天。那个文学梦已经在他身后，落在他后面的某个地方，在文学的森林里有一棵树是属于他自己的。

犹如他在后记中写道："三十多年的文学之路，我发表了两百多万字，出版了三四本书，写出了自己想写的前辈的故事，也写出了自己和亲人的人生。再回首，我已不可能重新开始，再回首，或许人生早已脱离了初衷，在漫漫的人生旅途中，文学会一陪伴着我……"

生活在继续，磨难就不会停歇。我在期待中相信，梁晓阳会一如既往地用真诚和勇敢来拥抱与他相亲相爱的文学，并且以同样的方式来拥抱就算是千疮百孔也要过好的生活。

作者简介：曹美兰，广西北流人，广西作家协会会员，作品见于《诗歌月刊》《广西文学》《红豆》等刊。

他有一个坚定的文学信念

——读《文学中年》有感

潘雄杰

我和晓阳是同事，说得确切点儿，就是上下级，平时我们相处融洽，相谈甚欢。十多年来，我以一个旁观点的身份，见证了晓阳在文学这条崎岖小路上的艰难跋涉和孜孜以求。著作甚丰，所著《吉尔尕朗河两岸》和《出塞书》早已让他声誉鹊起。这两部大作一版再版，若说不好，也只能说明出版这两部大作的责编是睁眼瞎了。

晓阳是一位文学能力非常强的作家，才思敏捷，落笔生花，一件简单的事情，一段平平淡淡的生活，到了他的笔下都被弄成一篇灿烂华章。

近来，晓阳又出版了散文集《文学中年》，看该书名字，并结合晓阳同志日常的谈吐，我总觉得他有了点文士暮年，壮心不已的感慨。当我在粤桂边城群里说到文学中年这个书名读起总给人一股凄凉的况味，接下去就变得颓唐和式微了，不料朱山坡说得更直接，他说接下去就是屙尿滴湿鞋的事了。看来朱山坡也在为韶华已逝，壮志未酬苦恼着。

我是躲在家里一面喝茶，一面随意抽烟看完这本散文集的，喝茶和抽烟都是为了提神醒脑，我怕一旦出现审美疲劳便看走眼了那些精彩的华章。读完全书后，我仰躺在床上连竖了几次大拇指，佩服之至，自愧弗如。《文学中年》是一部直逼内心并且对灵魂进行解剖式拷问的真诚之作，或者追忆，或者纪实，或者舒怀，篇篇都各具特色，真诚之至，让人过目难忘。《北去来辞说林白》表达了作者对从家乡走出去的著名女作家林白的敬仰和顶礼膜拜，并希望自己通过努力日后也能成为林白大姐那样的著名作家。《父亲书》具有西方文学那种审父情结的作品，但这种审父不是批判，而是痛惜和悔恨，父亲走完了短短的 58 年的人生，作为儿子的晓阳对父亲短短的 58 年人生进行审视，这种写作是最有别于他人的写作，也是最容易写出个人特色的，毕竟每个人都有自己的父亲，每个父亲又各不相同，只要用鲜活的文字把父亲的形象刻画出来，便是一篇别具一格的好文章了。晓阳同志在《父亲书》里，给我们刻画了一位伟大的父亲和一位伟大的乡村代课教师。这位伟大的父亲始终坚持诗书继世长的理念，以文建家，为了三个儿子有书可读，哪怕债台高筑，哪怕每餐只吃青菜白粥度日也无怨无悔，在所不惜。如果儿子读书需要到钱，他又会厚着脸皮去向亲戚朋友借。与此同时，这位伟大的父亲又是一位伟大的乡村民办教师，因为对文化的热爱，他恪尽职守，几十年如一日，以校为家，除夕之夜，每一家的人都聚在一起享受天伦之乐时，他却主动放弃同家人团聚，摸黑到学校去值夜班，他害怕学校的桌椅被人偷了，影响学生上课。读到这里时，我再也无法抑制得住夺眶而出的泪水。在泪光中，我看到了一位伟大的乡村代课老除夕之夜踏着夜色向学校走去的崇高身影。读《广西师大青春往事》的感觉有点像读村上春树的《挪威的森林》，作者虽然没有在字里行间把玩孤独，把玩无奈，但从一个贫困家庭里走出去的委培生的那种失落和自卑心理跃然纸上，所幸的是人生都是喜忧参半的，当一颗孤独、猥琐、并且有点自命清高的灵魂与另一颗火热、青春、悸动、生机勃勃的少女芳心相碰时，天雷勾动地火，立即擦出了爱的火花，结局虽然让人喟叹，但却让我们同作者一道分享到了青春的美好。朱山坡是我们地方文学的领航人，《内敛而又狂野的朱山坡》把朱山坡刻画得栩栩栩如生，朱山坡给我们的感觉确实就是内敛而又狂野，除此之外，我还觉得他有点可怕，思维变幻莫测，纵横古今，即使你跟他一起喝酒，在一起欢笑，但倏忽之间，你就不知道他的心想到哪儿去了，这说不一定又是一篇好小说的萌芽。

《潇洒陆春祥》作者抒发了对一位优秀的文学前辈的敬仰之情，同时又让我们再次在美丽的富春江上畅游了一番，梁晓阳用穿越古今的笔法让我领略了发生在富春江边上的历史人文景观，鲁迅在《故乡》里写道："老屋离我愈远了，故乡的山水渐渐远离了我。但我并不感到怎样的留恋。我只觉得我四面有看不见的高墙，将我隔成孤身，使我非常气闷……"我已记不清自己多少次读《故乡》这篇小说了，有一次阅读到上面这段文字时，感动得泪突然就下来了。我没有考究过，但我总觉得鲁迅当年离开故乡时，是搭船从富春江上离开的，我想不明白富春江这么秀丽，这么壮阔浩瀚，为什么融化不了鲁迅心里的坚冰，让他对故乡的山水投去欣赏的一瞥。后来我才得知，鲁迅是遭故乡伤害过的作家，十三岁时，他的家庭出现了巨大的变故，他被迫拿家里值钱的东西到当铺去当掉，换钱来医治父亲的病，为此遭尽了故乡人的冷眼。况且，他在写《故乡》这篇小说时，思想格局相当之大，他不只是对故乡，而是对整个中华民族发声的，他虽只写故乡的小说，但心里却永远装着"山河人民"这四个字。富春江永远都是美丽的，特别是经过乡村振兴之后的富春江更加美丽，淡妆浓抹总相宜，感谢梁晓阳用清丽的文字，给我们刻画了一条纸上富春江，让我们领略到了富春江如诗如画的美景以及富春江深厚的历史文化底蕴。

为了完成西部长篇散文《吉尔尕朗河两岸》的写作，整整十多年，晓阳在新桂两地转场，用他父亲骂他的话说就是"把半分钱都丢到车辖辘辘上去了"，但他半点不在乎，因为他是一位有理想有情怀的作家，为了完成心目中的杰作，茹毛饮血他也在所不惜，最后是有志者事竟成，破釜沉舟，百二秦关终属楚。《吉乐尕朗河两岸》长篇散文出版后，立即在文坛引起轰动，特别在新疆，汉语版和维吾尔语版两个版本同期出版。让许多新疆作家同行大跌眼镜，不敢相信梁晓阳是来自广西的作家，因为他写新疆的散文比土生土长的新疆作家还要好。还有作家同行盛赞《吉尔尕朗河两岸》可以跟《瓦尔登湖》相媲美。著名女作家林白对《吉尔尕朗河西岸》赞不绝口，她说该著作放在北京的文化圈子里面都算得上是一部杰作。与此同时，《吉尔尕朗河西岸》还荣获了首届三毛文学奖，《舟山记》就是梁晓阳记述2017年4

月到浙江舟山领取三毛文学奖的过程，写作上的辛苦作家心里自知，晓阳因怕错过领取自己一生之中一个重要的奖项，不敢乘飞机去领奖（怕出事），最后选择搭高铁去领奖。一到舟山，他就准备怀着一个朝圣者的心态到普陀山叩拜南海观音，希望自己的文学创作再次得到佛光的照拂，创作出更多满意的作品。只可惜错过了时间去不成普陀山了，只得留下来与文友相聚，当与文友把盏痛饮时，共叙文学时，为向文友表示真诚，让他们觉得自己不见外，连那碗他吃了要尿血的蚕豆汤他都照吃不误了。

《一个人的马场》让我读后感觉到上天的馈赠是十分公平的，一个人童年有了什么梦想，长大之后，所从事的职业往往跟他小时候的梦想有关。朱山坡和梁晓阳都一样，幼小就喜欢上了文学，有一个当作家的梦想在心里生根发芽，为了实现这个梦想，他们读书时出现了严重偏科，学习成绩下降，甚至中考、高考都名落孙山。家里为了让他们改邪归正，有时甚至用粗暴的方式办法强迫他们脱离文学，一心放到学习上面，他们虽然一时做到了，但仅过了一阵子，那个想当作家的文学梦想又死灰复燃。好在有心人天不负，多年以后，上天都赏赐给朱山坡和梁晓阳干着与作家有关的职业，他们在这条路上执着追求，每天都笔耕不辍，创作了杰出的文字，成为作家。他们的事迹让人们意识到：一个人不怕有理想，怕就怕在没有理想，让自己随波逐流，只要有一个理想在心底扎根，这个就会有追求，就会有迎难而上的勇气和毅力，就能够实现理想。散文《一个人的马场》的写作，给我们昭示了一个人只要有了梦想，最终都有机会去实现。出生在广西桂东南穷乡僻壤的梁晓阳，因读了金庸的《书剑恩仇录》便有了一股书剑情怀，幻想走上一段碧血黄沙的岁月，做一个腰配宝剑，长辫垂肩，一身鹅黄衫子的大侠陈家洛，可以这么说，上天对梁晓阳的馈赠是丰盈的，让他娶了一个新疆的女子做老婆，他的女儿也是在新疆的马场出生的，马场属于众人的，但更是梁晓阳灵魂的栖息地，每次回到马场，他都才思泉涌，写出许多灿烂的华章。同时马场也是梁晓阳的伤心之地，久病的岳父去世，因为工作关系，他不能同妻子一道赶回马场参加岳父的葬礼。当马场人为岳父举行了一个全马场最盛大的葬礼一年之后，女婿梁晓阳带着一颗负疚的心回到马场，双膝跪在岳父墓前时，那段让人惊心动魄的文字描写，让我们感受到了马场对南方游子梁晓阳的高度谅解和幸福接纳。

鲁迅文学院是文学爱好者心目中的文学圣地和摇篮，当代许多文坛大家、如莫言、余华、刘震云、迟子建等都在鲁迅文学院深造过，梁晓阳十分幸运，年过四旬的他凭借创作成绩获得了进鲁迅文学院深造的资格，他十分珍惜这次深造，在《文学中年》里面，他用细腻的文笔叙述了在鲁院深造的细枝末节，让我们这些没资格进鲁院深造的人通过阅读文字充分感受到了文学殿堂里面的种种妙处。相见时难别迹难，海晏河清终有时，当四个月的培训结束，学员们互相难分难舍道别之后，梁晓阳却不想制造离别的伤感，选择一个寒冷的凌晨，心里默念着“轻轻的我走了，正如我轻轻的来”离开鲁院，但善解人意的玲花还是没时出现了，让他们上演了一幕依依惜别的情景，此刻，他们的心是通透的，相通的，有一个坚定的信念在他们心里落地生根，绝不辜负鲁院老师们的辛勤培养，一定要创作出无愧于我们这个伟大时代的精品力作。

从文字深处返回故乡

——关于梁晓阳的散文集《文学中年》

吉小吉

《文学中年》最近在广西人民出版社出版。实在没有想到，这竟然是我的好友梁晓阳的散文集！

晓阳出版新著，本不令人惊讶。但他最近一段时间多次和我说到的，都是他刚刚完成准备出版的长篇小说《高山乜嘢响》！他从2015年开始，经过三年多深入家乡天堂山区采风、调研、采访，甚至参加劳动，深入体验生活，与村民打成一片，海量而详细地了解记录了当地风土人情，历史掌故、民歌和民间故事等历史文化，又经过六年多的潜心创作，最终完成全部书稿约92万字。刚开始书名定为《天堂谣》，或许是觉得“谣”字会让人产生歧义吧，晓阳后来改书名为《高山乜嘢响》。这一改，就很具有粤方言特色，也体现了日常讲白话的晓阳，从普通话思维的写作向故土的回归。所以我以为，晓阳最新出版的应该是这部大量使用本土语言，反映天堂山区乃至桂东南历史文化和现实生活的长篇小说。因此，晓阳这本带着新书芬芳的散文集《文学中年》摆在我面前时，还是给了我一个大大的惊喜。

《文学中年》一书收入《北去来辞说林白》《父亲书》《广西师大青春往事》《舟山记》《内敛而又狂野的朱山坡》《潇洒陆春祥》《一个人的马场》《文学中年》共八篇晓阳近年来创作发表的散文。这些散文，我是从“真诚率性的内心袒露”“走向城市的负重前行”“文学心灵的返回故乡”等多个方面去品读的。

真诚率性的内心袒露

晓阳是一个真诚率性之人。有很多次周末文学朋友聚会，我们一高兴就多喝了两杯，根本刹不住车。酒后朋友们大多东倒西歪的就着椅子、沙发等睡觉，只有晓阳是对着手机手舞足蹈地唱天堂山区的山歌，还自拍视频发到文友交流群里！或许真的文如其人吧，在《北去来辞说林白》一文里，晓阳把他“眼红”北流小城文友叫作家林白“大姐”，就写得淋漓尽致！文友们在他面前与林白通电话，那种“炫耀般”的“亲亲热热”，让他很是受伤，他毫无顾忌地在文字中表露出来。后来林白回到家乡与小城文友们相聚，晓阳终于能够当面叫文学女神林白“大姐”了！他这样写道：

朱山坡和吉小吉大声叫着“大姐”，一边的我一下子就不服气了，凭什么只是你们叫，我也要叫她“大姐”！我大喊一声“大姐”，林白竟然爽朗而清晰地答应了……本来还有些拘谨的我……劝一次酒喊一声大姐，问一句话喊一个大姐，我只想把这么多年来被朱山坡、吉小吉多叫了的“大姐”补回来。

在很多作品中，晓阳都是这样真诚率直地袒露自己的内心。在《文学中年》一文中，他对于文学大家、后来被国家授予“人民艺术家”的王蒙，有一段“心灵互动”：

在王蒙的课上，我专心地听完了他的授讲——“永远的文学”。他谈到了新疆伊犁，说那里是他的难忘岁月。记得有人评论说：“没有去新疆的十六年，就没有现在的王蒙。”于是我傻傻地想，是不是没有出塞的十四年，就没有现在沉溺在边塞情结里的梁晓阳？

王蒙讲到了作家必须建立自己的文学故乡，伊犁就是他的文学故乡。坐在台下的我也在心里说，伊犁也是我的文学故乡。他说他快八十三岁了，为了文学，他甚至会“写到永远”。我在台下也默默地说：我也要写到永远。

这是晓阳在王蒙的课上听讲时的平行互动式的内心独白，也是他对王蒙的真诚致敬的无意识袒露。他自觉与王蒙一样的文学大家、文学榜样，从时空历练到文学情怀的精神追求，进行了全方位的自我对标。在这些文字里，可以看到晓阳的自我励志和默默努力的巨大决心；也为出生于云开大山余脉天堂山区，生活在远离政治、经济和文化中心的南中国一个偏僻边远小城市的梁晓阳，为什么能够成为走出地域限制不断走向全国的作家，让读者非常清楚地看到了其中深层的原因。

走向城市的负重前行

很多人或许不会理解，一个大山里的人想要走向城市是多么的艰难。但晓阳的父亲知道！因此，为了家庭，为了自己的孩子能走出大山，晓阳父亲完全透支着自己的生命！在《父亲书》一文中，晓阳写道：

“我们几兄弟在童年的时候，总是跟着父亲到大山上打柴，山路崎岖，本来父亲肩上就扛着一把八九十斤重的木柴，而我们仅仅扛着二十来斤，但是走了一大段的下山路后，我们已经累得双脚打战，于是走十来米就要放下木柴歇一歇。经常扛着重担走下山路的人都知道，过多的歇息反而会让人动弹不得。父亲扛着重担，就算是在我们歇息的时候，父亲也不会放下肩上的木柴，而只是在我们的身后扛着柴站着，一直到我们扛上木柴重新走路为止。许多时候，父亲干脆一手挽着肩上的木柴，一手拎起我们的木柴，让我们就在前面空手摆臂走着。每当这个时候，我们想到的并不是父亲的吃力劳累，而是想：我们的爸爸力气真大呀！”

这是写父亲对儿子的爱，更是写父亲为了儿子们而负重前行的生活！因为负重，因为内心深处渴望儿子们走向城市，“父亲总是在一些生活习惯和做人品德上严格要求我们，当看到我们吊儿郎当，或者多手多脚贪小便宜的时候，父亲两三句话之后若是我们还不承认错误，或者磨磨蹭蹭，或者没长记性，父亲会将脸拉得又长又黑，一转身手上就多了一根棍子或者鞭子，还没等我们回过神来，手上脚上早挨了父亲的几棍子或者几鞭子。父亲打的时候总是下狠劲，打得我 们大声号哭。”而这种负重前行的生活，在很长一段时间里，是不被儿子们所理解的。晓阳长大后，才深深理解了他的父亲：“长大后我才知道，父亲一直对他的三个儿子寄予着深深的期望：走向城市，不用在这个偏僻的乡村过种田人的生活。”

在《文学中年》这本合集里，《内敛而又狂野的朱山坡》中，“心比天高”的朱山坡的“我要进城”，进一步加剧了晓阳走向城市的渴望！《广西师大青春往事》《一个人的马场》等篇什，也可以从晓阳要走出大山，走向城市的角度，去细细品味那些具体可感的细节和丰富深刻的真挚情感。

文学心灵的返回故乡

正如前面我提到的，晓阳把长篇新作《天堂谣》改书名为《高山乜嘢响》，体现了他从普通话思维的写作向故土的回归一样，《文学中年》这本书中的很多篇作品，也大量使用了桂东南的粤方言。比如《父亲书》中，“冇见过你阿爸这种人，落咁狠劲打自己的仔啯，人家的老子都系做个样子就得了！”“冇打狠一点佢哋冇有记性，下次仲敢咁样吗？”“等你哋阿爸回来我讲佢知，就有你哋好睇！”比如《内敛而又狂野的朱山坡》中，“高中时代的 梁晓阳好木讷啯，我跟佢讲了好多表示敬佩的话，但只系面红红哦哦 哦咁应，像只老实佬。”等等。还有对桂东南、对小城北流、对天堂山区的山歌、民俗、人文风物、历史传说等等在作品中的多层次融入，这些都证明了晓阳越来越正视本土文化，把很多原来认为“土”的东西，从生活中挖掘抢救了出来。比如《文学中年》一文中的天堂山俗语：“一螺富，二螺贫，三螺骑马走青云，四螺洗煲冇米煮，五螺打死六螺人，七螺生相公，八螺生麻风……”晓阳的文学心灵，又逐步返回了生养他的故乡！

而此前，晓阳的目光更多的是在故乡以外，从青春年少时写的诗“有月色，我会看到荒原/一个少年迎风挥动牧鞭/阳光在草丛里疾走/羊群在草地上悠悠地放荡”里，可见一斑。他也承认，“诗的语言受到北方民歌的影响是无疑的，我没有去过草原，长大后热烈向往草原，尤其喜欢北方民歌，一直暗暗地哼《信天游》和《黄土高坡》。”他说：“我当时是多么向往那片能开阔胸襟、拓宽眼界的神奇土地。”也许正因为此，晓阳后来创作了长篇散文《吉尔尕朗河两岸》和长篇小说《出塞书》，表达了他对大西北原生态自然的向往和对多民族共居生活的赞美，还融汇了他在大西北追求文学理想的执着自信。尽管晓阳的创作思维是南方的，字里行间的无限深情无法与南方家乡割裂，但以大西北为地域背景的作品，还是天然地排斥了很多南方家乡的深层次元素的。

今天，进入文学中年的梁晓阳，终于在他的创作中重新返回故土，桂东南的各种历史人文、风土习俗等等开始在他的笔下大量涌现。不信，你看他最新出版的散文集《文学中年》，还有很快就要出版的长篇小说《高山乜嘢响》。

诚以情怀润芳华

——读梁晓阳散文集《文学中年》有感

庞尉婷

我最初对作家梁晓阳作品的了解，源于他前些年发表的长篇散文《出塞书》，洋洋洒洒的文字是他十年以来坚持在桂疆转场的心路历程，更是他对第二故乡的赞美与抒怀。

我常常在思考，文学究竟在他的心里种下了一颗什么样的情感种子，让他把文学路当成了自己一直在坚守的路在走。又是什么样的情感，让他把他的文学梦根植于距离桂西南数千公里的大西北。唯有“爱”可以解释，也唯有“爱”可以言说。一个人的内心，“爱”为大，可丰富其思想，丰满其人生。

再次系统聚焦他的文学作品，是因为刚刚出版的《文学中年》。该书辑录了梁晓阳近十年来写就的散文，他敢于也乐于与读者坦诚相待，透过文本，他的成长故事、心路历程、包括他的喜怒哀乐，全都诉诸笔端，读者看到的是一个真实又感性，客观又虔诚的写作者。他的童年、少年、青年、中年，他的父辈，他的师友，他的爱情、亲情，他的青春，都凝结成他对文学的厚爱。他以第一人称来讲述，让“我”是我非我，但毋庸置疑的是，其内心世界是多么地丰富多彩，才能让这些过往都沉淀出芬芳。带着真情实感表情达意，带着冥冥之中的安排，他试图把人生说通理顺。

翻开扉页，一场作者与读者的心灵对话便以文本的形式拉开了序幕。当故事的主人公成为说故事的人，当事者便也成为旁观者。他既熟悉所有故事的脉络，又具备讲故事所需的理性阐述。他把几十年的光阴和文学捆绑在一起，相互依附，又相互成就，惺惺相惜。

每个人的人生，大概都是从认识父母开始的吧。梁晓阳也不例外。父亲在他的生命中的分量是不言而喻的，《父亲书》中写到，“父亲虽然活在世上只有五十八年，他走那年我才三十五岁，但他对我的影响并没有因为他生命的终止而式微，相反，他的思想一直在我的血液中流淌，他的影像也老在我的梦境里呈现。”这是长在骨髓里的亲情，到最后有了“活在身体里的父亲”。

父亲作为他人生中的第一个领路人，本想凭着自己的人生阅历和经验，为孩子规划一条自认为好的明路，奈何明路却不见得是坦途。儿时家境的贫困让生活徒添了负累，“我”因少年时沉迷文学，也导致了读书成绩不理想。在“只有靠读书，才能改变农村人的命运”的年代里，村里人的冷眼、嘲讽，像冷箭一样扎着这个贫苦家庭每一个人的心。但倔强而顽强的父亲仍旧坚守初心，在贫苦年代，敢于扛起养家糊口的责任。“我”的内心是矛盾的，也是纠结的，一方面，他理解并且能认同父亲的良苦用心，农家人改变命运的方式，大抵也就只能寄希望于读书了吧。但另一方面，“我”对于文学的执着和热爱又让他不甘臣服于既有的传统思想。

农村的孩子早当家，“我”终究是懂事的，“许多时候，父亲干脆一手挽着肩上的木柴，一手拎起我们的木柴，让我们就在前面空手摆臂走着。每当这个时候，我们想到的并不是父亲的吃力劳累，而是想：我们的爸爸力气真大呀！”当然，这是他在长大后才想到的道理。

一个人的成熟，最大的特征就是，小的时候，看到什么就是什么，长大后，看到什么还能想到怎么样。长大后的“我”明白，父亲当年常骑着他那红棉牌自行车艰难爬坡的心酸坎坷像极了“我”的求学路，但是当年，父亲还是扛住极大的压力，推着“我”一路前行，让“我”哪怕一直跌跌撞撞，也终于走到了透着光亮的前方，那也是充满希望的前方。

未知的千万种可能都是从现实发生的第一种可能开始的。“我”本也就是个农门子弟，何以能一步步走向自己想要奔赴的远方，哪怕当年还不曾知晓，那远方到底在何方。是父亲的咬牙坚持，是母亲的任劳任怨，是一家人的不懈努力，才让“我”有勇气、有能力，以文学的形式，讲好属于我们的故事。

有的人一辈子很长，有的人的一辈子又没有那么长，长短之间没有明确的界限，但是情感的分量是不会褪减的。许多年后再回想起当年，才发现积攒下了许多遗憾，剩下感伤和悔恨，但也恰恰是有了这种带着伤痛的念想吧，逝去的人才能在活着的人心里永恒。他会带着永远定格在五十八岁的父亲的所有记忆，一直走下去，这也许就是生命的另一种延续吧。

文本中提到，父亲在生命的最后，其实已然了解自己的身体情况，“可叹的是，亲人之间有时也会有一种微妙的关系，那就是心知肚明的瞒。”那些不曾用语言明确表达的情感，一直在以别样的形式呈现。父亲用自己独特的方式，让“我”渐渐读懂了人生，明白了不动声色的爱才是大爱，是即便只能以最简单的方式，也要全力以赴地努力，直到离开都想去护你周全。

贫苦的家境没能给予“我”的文学梦很好的成长空间，但敢于一直或隐或现的做梦，让“我”仿佛注定了和文学的缘分。也正是对文学这种执拗的偏爱，让“我”的求学经历中出现了那么多师友，也遇到了筑梦的地方。“适逢毕业25周年，我重游广西师大，背一个背包，揣一台手提电脑，写写记记，寻寻觅觅，郑重地祭奠我的青春，并流下了追忆的泪水，为我又爱又怨的母校写下了这篇沧桑遍布、百感交集的文字。”这是出自《广西师大青春往事》一文中的其中一句。那些青春岁月，应该算得上“我”的青春时代一首轻快的诗吧，有着初谙世事的懵懂，又怀揣着对光明未来的遐想。

在师大，“我”开始接触诗歌，真正开始文学创作，在文学的殿堂徜徉，也领略着小镇以外的“大世界”的风花雪月。落榜过的经历时时刻刻提醒着“我”，“惟有读书高”。读书在“我”心里，像宿命，又像使命，更像一条线，一直在牵着“我”，束缚着“我”。时隔25年，当年的主人公，也变成了看热闹的旁观者，但这样的“旁观者”又多了一层亲历感。饱经风霜后，再回首，当年的青葱岁月历历在目，光阴不再，“我”莞尔笑之。

学校是筑梦的殿堂，师友则是筑梦的引路人。早已著作等身的林白，内敛而又狂野的朱山坡，志同道合的吉小吉、谢夷珊、潘雄杰……这些良师益友，成了“我”文学路上的伙伴。《北去来辞说林白》中写到，“读她的书，里面有我多么熟悉的沙街、旧码头、犀牛井、大兴街、西门口、俞家舍、民安六感，有我多么叹为观止的文字，像跳舞的花朵，在舞台上娇艳；像燃放的烟花，在夜空中绚丽；像喷发的火山，在山川上灿烂。把一个文学青年的心牵扯得怦然而动。”字里行间满是赞赏、钦佩、艳羡，又满是斗志昂扬。“喜欢什么样的人，就努力成为什么样的人。”在“我”心里，她是“我”艳羡的对象，学习的榜样。“在我心中，无论何时，林白大姐始终是一片斑斓的草原，那里草鲜花旺、牛羊如云，起伏连绵、辽阔无边，我举目望着北漂的她，她就是一处读不完的风景，一道走不尽的天涯。”在《内敛而又狂野的朱山坡》《潇洒陆春祥》中，无不流露出梁晓阳对这些文学大家的崇敬与喜爱，这是一种对过往带着情感色彩的记录，亦是对友情毫不吝啬的情感表达，多年后，蓦然回首，这些遇见都值得心存感激。

当然，他最想要强烈抒情的，就是他的老马场，宛若一个通向未知远方的梦，像一颗种子一样在他心里发了芽。“我有一个雄心，要把他们的苦难和对生活的思考写出来，把他们的历史写出来。我觉得肩上有了沉甸甸的责任。”善良的岳父母、淳朴的乡亲让作者燃起对大西北展开激情创作的热情和希望，岳父母苦难的过往，是他们经历过后的淡然和释然，却成为梁晓阳以文字祭奠那段激情燃烧岁月的来由。十年如一日的南来北往，相互成全式的写作，不仅让梁晓阳收获了文学路上的财富，更使其内心充盈和厚重，他在文本后记中写到，“再回首，我已不可能重新开始，再回首，或许人生早已脱离了初衷，在漫漫的人生旅途中，文学会一直陪伴着我……”

遇见《文学中年》

陆梅华

父亲离开后，我才第一次认认真真地写散文。在此之前，因为散文“真实性”的特点，让我觉得写散文好像是一种自我暴露，把自己的生活，自己的隐秘，不愿提及的伤痛，内心幼稚或者阴暗的想法，都展现在文字里。这对于从小就缺乏自信的我，是难以跨越的障碍。除此之外，我内心有一种疑惑，觉得散文也许是VIP的文字，我们小人物贫贱生活的琐碎，谁会感兴趣呢？

当我拿到《文学中年》这本书时，这些疑惑依然在心中缠绕。今年3月，我就听说了这本书。当时我准备去北京，离开前希望能和一位老朋友见见面，可对方说要去参加梁晓阳《文学中年》的新书分享后会。我就这样记住了这本书，因为“文学中年”，一场美好的遇见被无限耽搁了。是的，人到中年，就会明白原来来日方长是多么委婉的拒绝。

有的遇见，经过很多的等待，很多的设计，始终无法实现。有的遇见，却在不经意中发生。4月的一次采风活动上，我见到了梁晓阳。我在人群当中，喜欢沉默。如果不是生存需要，我大概就像石头一样，默默地看着周围发生的一切，即使内心思绪万千，也是寂静无声。那个清晨，我带着满腹任性的忧郁，来到餐厅，不打算和任何人说话。就在这时，作家梁晓阳闯入我的寂静。他洁白的牙齿在我面前晃来晃去，像阳光一样明亮，那笑声能让一个装睡的人目瞪口呆。我只好暂时收起自己的忧郁，分离出一个社交场合中的自己，微笑着祝贺他新书上市。一进入角色扮演，我就变得陌生起来，竟也让人感觉亲和而阳光。这时鲁院的同学小白“不合时宜”地告诉梁晓阳，说我是评论家。憨厚的作家竟信以为真，热情地加我的微信。我当时心想，散文家是不是真的都这么实诚，玩笑也当真了。

后来去鹿鸣谷的路上，我告诉他，其实我早就读过他的文章，就是那篇《县城里的朱山坡》。那篇散文生动再现了一位作家从县城到城市，从官场到文坛，从青涩到成熟的成长历程，让读者在文字当中遇见一个裤子上打满补丁的文学少年，一个像老母鸡一样守护儿子的父亲，一个奔波于双城之间，在奔波之余追求理想的作家。最难得的是梁晓阳抓住了人物的灵魂，他熟悉人物的内敛，也窥见其内心的狂野。文章的最后一段关于人物醉酒的描写尤其动人。“一时举止狂野……我第一次看到他如此失态，但我觉得可爱极了。一向谨小慎微的他，只有在此时此境才勇敢地彻底的放飞自我。”多面的描写让人物形象而立体，那一点“反常”反而使人物在读者心中可亲起来。大约在这个太多规矩的社会，每个人心里都装有那一点点狂野，那一点点“反常”，这大约也是梁晓阳所说的“自由境界”吧。

梁晓阳听说我是他的读者，脸上的笑容十分灿烂，绘声绘色地和我描述为朱山坡做媒的过程，还再现了当时那个对作家一见钟情的女子深情的话语，那种不顾一切的痴心绝对似乎也让我动容，但是此时，我内心又感到了疑惑，假如散文当中“朱山坡”三个字换成别的名字，换成一个寂寂无闻的人物，那这些细节描写是否还具有文学的效力呢？在《文学中年》里，除了《内敛而又狂野的朱山坡》，《北去来辞说林白》《潇洒陆春祥 》也是关于文学名家的文章，即使在别的文章，也处处可见名家的身影。这些文章让读者感受到作者对文学的虔诚和热爱，也让读者对作家的创作、曲折和成长有了更深的了解，但同时，我在阅读这些文字室，内心关于散文是VIP的文体的疑惑又更强了。

阅读了《广西师大青春往事》后，我发现梁晓阳其实是我的师兄，这让我感到很亲切，似乎师兄妹的关系也让我觉得可以实话实说，我还没阅读完全书，就忍不住对他说：“学长写别人的太多了，应该深挖自己。”对于这样未经深思熟虑的判断，他回答说：“有道理！”我请他原谅，我是一个聒噪的读者。

也许是因为近来自己也学习散文写作，遇到写作的困难时，也会想翻翻散文书找答案。之后，我在书里翻到《一个人的马场》，直到此时，我才真正遇见了梁晓阳。在这篇散文里，他写年少时的困惑，写情感的挫折，写生活的困境和细小的美好，写伊犁的岳父岳母。我看到了阳光笑容背后一个有血有肉的“我”，看到“我”的酸甜苦辣、悲欢离合。“我”在里面不是作家梁晓阳，而是儿子、女婿、丈夫、父亲、姐夫……在这些活生生的人物和满是褶皱的生活里，我看到了散文本真的面目。我告诉学长，这篇散文比别的都要好，因为往往是带有生命印记的文字最深入人心。至此，我相信，散文属于有灵魂的人，无关他是否是VIP。

我还告诉学长，我觉得我很难这样敞开心扉地写下自己。他回答：“是，困难，我也是下了决心的。”我明白，他是毅然决然要把自己交给文学了。

梁晓阳学长在送我的书上写了这句话：爱文学可美容。我想回他一句：骑上文学的骏马，你又可以在大漠飞沙中纵横驰骋，宛如曾经翩翩少年。

忠贞不渝、坚持不懈的中年文学梦

——《文学中年》读后感

钟 燕

梁晓阳的散文集《文学中年》，包含八篇长篇散文，作者用饱含深情的诚挚情感，深刻剖析了自己对父亲照顾不周的愧疚，对妻子、女儿、父母和岳父母，以及文友林白、朱山坡、陆春祥及同学朋友们过往生活的回忆，用非虚构质朴无华的语言，构建了一个二十世纪下半叶至今富于浓郁地方特色的社会人物环境，塑造了朱山坡、我的父亲、女儿、岳母人物等众多鲜明、个性化的人物形象。表达了作者对文学梦的痴迷、坚持和执着。

书中运用了很多地方方言，描写了广西和新疆少数民族人民的艰难简朴纯真的生活，反映了人与人之间真挚温暖相互理解帮扶的美好情感。

全书以“文学”作为纽带，通过回忆的方式，按时间的顺序，让众多的书中人物得以联结沟通缠绕，反映了他们美好的生活愿景，质朴的美好愿望，纯粹的良善情感。即使面临非常艰难的生活坎坷时，他们仍然一如既往地选择善良，选择本真，不做违背自己良心和道仪的事情。

作者自始至终用饱含浓郁情感描述了对已逝生活的向往、内疚，不管面临怎样的艰难困苦，始终坚持来路，没有放弃自己的文学理想，对文学梦的追求，宁愿放弃官场的美好前途也要追求“清贫”的文学生活。

作者一如既往地关注周围平凡人的生活，关心他们生活中的一切，关注他们的喜怒哀乐，用详尽的细腻语言叙述了二十世纪的高考、广西农民教师的家庭生活、生活的贫困窘迫以及简单枯燥无味的学校生活，是文学给予苦难生活以灿烂和绚丽多姿，从文学作品中去寻找坚持的力量和希望，作者用饱含深情的笔墨忠实记录周围人的日常生活，让读者了解卑微的他们如何面临生存、生死、别离和无奈，记录他们的辛酸、悲哀、困苦和无助，面临死亡时的无力等。特别是父亲之死和岳母面临坎坷生活时坚毅生活态度等场景深深打动了我，忍不住与书中人物一起共悲伤，流下感动的泪水。

该书正是以这种非虚构的真实魅力打动人心，也启示我们，在纷繁复杂的社会现实面前，渺小的我们唯一能拥有的便是不要随波逐流，坚持我们的理想主义，坚持不懈的追求我们的梦想——文学梦或许是其他梦，并始终忠贞不渝，不管生活如此对待我们，我们都不要放弃对梦想的追求和坚持，对良善与本真的执着。